KB026611

벌들의
음악

아일린 가빈Eileen Garvin 장편소설
최현지 옮김

문학동네

일러두기

1. 주석은 모두 옮긴이주다.
2. 본문 중 고딕체는 원서에서 이텔릭체로 강조한 부분이다.

모든 야생생물들과
그들을 사랑하는 모든 사람을 위하여

1
정위비행*

새로운 서식지는 나이든 벌들에 밀려 강제로 이주한 젊은 벌들로
만 구성된다고 생각한다면 새로운 벌떼를 면밀히 관찰해보라. 몇
몇 벌들은 간신히 날 수 있을 정도로 매우 어리지만, 다른 벌들은
나이들어 날개가 너덜너덜한 것을 알 수 있을 것이다.
_『벌통과 벌에 관한 실용적인 학술서』, L. L. 랭스트로스, 1878

제이컵 스티븐슨은 후드리버 밸리 고등학교 역사상 가장 높은
모호크**를 지니고 있었다. 졸업앨범에 공식적으로 기록되기 전에
도 그는 그럴 거라고 꽤나 확신하고 있었다. 앨범 사진 속에서 그
의 모호크는 16인치 반 높이까지 솟아올린 암청색 걸작이었다. 글
쎄, 거의 그랬다. 16인치 3/8에 가깝긴 했지만 트집 잡으려는 이
들의 입을 다물게 할 수 있는 정도였다. 제이컵은 네 구역으로 나
뉜 그 뾰족한 뭉텅이를 기르는 데 육 개월을 들였고, 머리는 작년

---

* Orientation Flight. 벌들이 비행 방향을 정하기 위해 위아래로 움직이는 것을 가
리키며, 이 과정을 여러 번 거치면 먼 곳에서도 집으로 돌아올 수 있게 된다.
** 머리카락을 수탉의 벼슬처럼 가운데로 좁게 한 줄만 남기고 면도하는 스타일.

봄이 되기 직전에 최고 높이에 이르렀다.

이 봄날 아침, 제이컵은 자신의 작품을 거울에 비추어 살펴보면서 지금껏 일 년 넘게, 예기치 못한 고난에도 불구하고 이 머리를 유지해오고 있다는 사실에 작은 기쁨조차 느끼지 않았다. 모호크에 관한 부인할 수 없는 진실은 항상 중력과 싸워야 한다는 것, 그리고 어느 시점이 되면 중력에 지게 된다는 것이었다. 현실적이 되어야 했다. 온종일 유지할 수 있는 최대한의 부피를 목표로 해야 했다. 처진 모호크는 특히나 열여덟 살 소년에게는 끔찍한 수치였다. 제이컵은 높이를 유지하기 위해 다양한 제품을 가지고 실험했다. 달걀흰자, 콧수염용 왁스, 헤어스프레이, 심지어 목공장의 몇몇 접착제(이건 불운한 사건을 초래했다)를 써보기도 했다. 그 모든 실험을 통해 매우 단단한 조각용 왁스와 전문가급 헤어스프레이를 혼합하는 게 16인치 반에 가까운 높이의 업적을 유지해줄 가장 좋은 방법임을 알아냈다.

봄 재즈 공연이 있었던 날 밤, 노아 캐츠가 모호크의 공식 길이를 측정해주었다. 두 사람 모두 후드리버 밸리 고등학교 재즈밴드의 멤버들이 지난 이십 년간 입어온 전통적인 검은색 턱시도를 입었다. 당시 제이컵은 자신의 머리카락이 연푸른색 허리띠와 나비넥타이에 멋진 대비를 이룬다고 생각했다. 제이컵이 트럼펫을 들고 포즈를 취하자 노아는 키득거리며, 큰 손에 비해 지나치게 작아 보이는 휴대폰으로 사진을 찍었다. 웃을 때 노아의 뺨이 실룩댔다.

"멋있다, 스티븐슨!"

노아 캐츠는 성격 좋은 벌목꾼 같은 애였다. 두 사람은 메이 스트리트 초등학교 5학년 밴드에서 친구가 되었다. 제이컵은 트럼펫을, 노아는 트롬본을 연주했다. 노아에겐 모호크가 없었다. 노아는 엄청난 곱슬머리였는데 스스로 자기 머리를 "곤경"이라고 불렀다. 제이컵과 달리 노아는 머리카락이 중력에 저항하게끔 만드는 제품이 필요 없었다. 곱슬머리를 기르고 부풀렸는데, 주로 어머니를 짜증나게 하기 위해서였다. "조심하시라, 숙녀분들!" 그가 소리치며 한 손으로 꼬불꼬불한 머리카락을 잡아당기자 마치 솜털 단계의 인간 민들레처럼 보였다. 그는 셀카를 찍었다. 그런 다음 노아와 제이컵은 노아의 트럭을 타고 마을을 가로질러 학교로 향했다. 그들이 언제나처럼 늦자 밴드를 담당하는 새퍼 선생님은 화를 냈지만, 그는 항상 두 소년에게 소리질 이유를 찾고 있는 듯했으므로 대수로운 일은 아니었다.

　제이컵은 그날 밤을 기억하며 미소를 짓고는 오른쪽에서 왼쪽으로 고개를 돌려보았다. 돛대처럼 세운 머리카락 양쪽으로, 깨끗하게 면도한 머리에 까칠하게 돋아난 짧은 머리칼이 보였다. 그는 수도꼭지를 틀고 미지근한 물에 적신 수건으로 머리에 물을 묻혔다. 그리고 손에 부드러운 면도크림을 짜내어 짧은 머리카락들 위에 톡톡 두드렸다. 레몬빛을 띤 흰색 거품에서 병원냄새 같은 게 나서 약간 메스꺼웠다. 입으로 숨을 쉰 뒤 그는 면도칼을 집어들었다.

　모호크에는 원칙이 있었다. 매일 면도를 해야 했고 머리를 감거나 최소한 머리카락을 적셔야 했으며, 그다음엔 빗질을 하고, 젖은 수건에 왁스를 발라 갈래를 나눈 다음 고출력 헤어드라이어로 말려야 했다. 그 과정을 거치다보면 오늘 같은 따뜻한 봄날에도 땀이 나곤 했다. 정말이지 많은 시간이 들었다. 하지만 괜찮았다. 요즘 그에게 있는 것이라곤 시간뿐이었다. 머리하는 데 두 시간이 걸려도 전혀 문제 없었다.

이런 현실이 목구멍을 후려쳤다. 아침에 욕실 거울 앞에 앉아 있을 때면 이따금 그랬다. 어두운색을 띤 짧은 머리카락들은 하얀 거품 사이로 삐져나와 변함없이 위로 곧추섰지만, 제이컵 스티븐슨—또는 부모님을 제외한 모든 이들이 부르는 대로 제이크—은 그럴 수 없었다. 제이컵은 침을 꿀꺽 삼켰다. 모호크 자체도, 모호크가 세운 기록도 정말이지 멍청하게 느껴졌다—그가 후드리버밸리 고등학교 역사상 가장 높은 모호크를 가졌을 뿐 아니라, 펑크와는 거리가 멀고 로데오와는 잘 어울리는 이 농촌 마을에서 모호크를 지닌 유일한 아이라는 점을 고려한다면 말이다. 게다가 그는 지난봄에 일종의 졸업을 해서 더이상 학교에 다니지도 않았으니 더욱 멍청한 일이었다. 그러나 가장 멍청하게 느껴지는 건 그 빌어먹을 머리카락을 손질하는 일이 그가 매일 하는 거의 유일한 일이라는 점이었다. 이제는 병원 진료를 예약하는 빈도가 줄었고 물리치료도 한 달에 한 번 받는 것으로 줄었기에 그에게는 남은 생애를 휠체어에서 보낼 시간이 남아돌았다.

제이크는 거울에서 뒤로 물러나 자신의 앉은 몸을 바라보았다—상체와 팔은 날씬하고 근육질이었다. 쇠약한 다리도 겉보기에는 예전의 모습과 그다지 다르지 않았다. 하지만 종종 그는 자신의 다리가 다른 사람의 다리 같다고 느꼈다.

그가 '일종의' 졸업을 한 건 휠체어 때문이었다. 제이크가 60마일 떨어진 포틀랜드의 병원에 누워 있는 동안 학교 행정실은 그의 졸업장을 부모님 집으로 발송했다. 2교시가 끝나면 노아의 집에 가서 점심시간이 되기 전에 이미 마약에 취해 있곤 했기에 몇몇 수업은 성실히 듣지 않았는데도 선생님들은 체육을 비롯한 모든 과목을 통과했다고 처리해주었다. 그는 크리스마스 방학 전부터 체육 수업에 가지 않았지만, 매키너 선생님조차도 남은 인생을 하반신 마비 상태로 보낼 학생에게 체육 과목에서 낙제를 줄 만큼 잔인하지는 않았다. 참 아이러니다.

엄마는 제이크에게, 그가 병원에 입원한 직후 약물치료를 받는 동안 졸업하게 됐다고 말해주었다. 분홍색 안경테 뒤의 두 눈이 부은 채로 제이크의 침대 옆에 앉은 엄마는 아들 앞에서 울지 않으려고 애썼다. 침대 옆 의자를 거의 떠나지도 않았지만 말이다. 엄마는 몇 시간 동안이나 그의 손을 잡고 앉아 하느님께서 그를 지켜보고 계신다고 중얼거렸다. 전화와 이메일을 통해 안부를 묻고 기도를 해준 사람들의 목록을 살펴보았다. 제이크의 선생님들, 이웃들, 우체부, 교회 사람들. 그로서는 이름을 들어본 적도 없는 사람들이었지만 엄마의 마음을 상하게 하지 않으려고 그 말은 하지 않았다. 당시에는 아직 몇 주나 남아 있던 졸업식 이야기를 꺼내며 엄마는 얼굴이 환해졌다.

"우리는 네가 정말 자랑스럽단다, 아들." 엄마는 말했다. "네 이름도 프로그램 책자에 들어갈 거야. 노아가 널 대신해서 졸업장을 받을 텐데, 왜냐하면 네가 더이상……"

엄마의 목소리가 떨리더니 멈췄다.

제이크는 움찔했고, 일그러진 미소를 지어 보였다. "내가 더이상 걸을 수 없으니까요?"

그는 짧고 크게 웃음을 터뜨린 뒤 멈추지 못했다. 약물치료 탓이었지만 그게 전부는 아니었다. 제이크는 '걷다'라는 단어를 비웃고 또 비웃었다. 그의 다리, 젊고 강건한 소년의 다리, 스케이트보드를 타고 달리기를 하고 산에 오르던, 더이상 쓸 수 없게 된 날이 오기 전까지 멍청한 그의 인생 내내 몹시도 당연하게 여겨온 다리가 그 쓸모를 잃은 지금, '걷다'라는 단어는 너무나 다른 의미를 갖게 되었다. 엄마가 두 손에 얼굴을 묻고 흐느껴 울기 시작했는데도 그는 웃음을 멈출 수 없었다. 세상 멍청한 놈이었네, 그는 지금 거울 앞에 앉아 생각했다. 휠체어 바퀴를 굴려 거울 가까이 다가가 들여다보니 지난봄에 비해 너무 여윈 것 같았다.

'걷다'라는 단어에 아버지 에드 스티븐슨의 살찌고 화난 얼굴이 떠올라 그는 웃음을 터뜨렸다.

"네 게으른 엉덩이를 끌고 졸업식 날 복도를 걷는 게 네가 할 수 있는 최소한의 빌어먹을 일이다"라고 에드는 말했었다. "열여덟 살이 되기만 하면 포크랑 나이프만 쥐여주고 집에서 쫓아내버릴 거다. 네 빌어먹을 길로 가라고."

제이크가 음대 장학금을 놓친데다 정말이지 낙제할 지경이라 성적 따위는 더이상 중요하지 않게 된 것을 알게 된 마지막 학년 겨울방학에 들은 말이었다.

"내 걱정은 마시죠, 에드." 제이크는 답했다.

고등학교에 들어간 이후부터 그는 아버지를 이름으로 부르기 시작했다. 아버지가 들으면 짜증낼 것을 알았기 때문이다.

"없어진 줄도 모를 만큼 빠르게 사라져드릴 테니까."

음대 진학이 작년부로 불가능해지면서 제이크는 포틀랜드로 떠나겠다고 마음먹었었다. 음반 가게나 동쪽 클럽들 근처의 카페에서 일할 거라고 생각했다. 구체적으로 고민하지는 않았지만, 그렇게나 큰 도시에서 일자리를 얻는 게 뭐가 어렵겠어?

그러나 척수를 다친 뒤 제이크의 게으른 엉덩이는 부모님 집에 완전히 갇혀버렸다. 그는 당분간 어디로도 가지 못할 것이었고, 에드나 다른 누구도 그 점에 대해 할 수 있는 건 아무것도 없었다.

제이크는 오른쪽 머리를 매만지고 수건으로 닦은 뒤 머리뼈의 곡선을 따라 면도기로 왼쪽을 밀기 시작했다. 머리카락을 미는 소리는 반쯤은 짜릿했고 반쯤은 역겨웠다.

아버지는 클레어 건설회사의 현장 인부 여섯 명 중 한 명이었다. 그건 그가 오늘 같은 평일에 오랜 시간 일한다는 뜻인데, 설령 그 시간이 늘어지게 길고 공허하더라도 제이크에게는 위안이 되었다. 에드가 PBR 맥주 반 상자와 땅콩 봉지를 들고 TV 앞에 붙박여 있는 주말이 더 힘들었다. 그럴 때면 제이크는 방안에 처박혀 음악을 듣거나 웹 서핑을 했다. 이어폰은 아버지의 걸걸한 기침소리, 땅콩 껍데기가 그릇 안으로 탱 하며 떨어지는 소리, 아버지가 보는 운동경기에서 종목과 시즌을 불문하고 하나같이 똑같은 비명을 지르는 팬들의 백색소음을 줄여주었다.

제이크는 낮아진 세면대와 거울 쪽에서 욕실의 샤워용 의자와 안전 손잡이, 넓어진 출입구를 둘러보았다. 아버지는 경험 많은 목수였기에 외아들인 제이크가 퇴원한 후 들어간 재활센터에서 돌아올 때를 대비해 이틀 만에 이렇게 수리해둘 수 있었을 테다. 하지만 에드는 손가락 하나 까딱하지 않았다. 이 모든 일을 해낸 건 엄마가 다니는 교회 사람들로, 사고를 당한 아들과 함께 힘든 시기를 겪고 있는 목사의 행정비서 탠시 스티븐슨을 돕기 위해서였다. 그들은 제이크가 집으로 돌아오기 전에 모금을 진행해 수리 비용을 댔고 자원봉사자들을 모았다.

엄마는 재활센터에 와서 제이크에게 이 이야기를 해주었다. 꽃무늬 원피스를 입고 실용적인 신발을 신은 채 치료 테이블 옆에 앉아 있었는데, 주로 교회에 갈 때나 휴일에 하는 옷차림이었다. 엄마가 아들의 자존심이 상할까 염려되어 너무 대대적으로 수리하는 건 원치 않았음을 제이크는 알 수 있었다. 하지만 아들을 도움으로써 팬시 스티븐슨에게 힘이 되겠다며 그 모든 사람이 형편없는 트레일러 주택으로 와주었다는 사실을 엄마가 하느님의 사랑의 징표로 해석했다는 것도 알고 있었다. 제이크는 테이블 위에 누워 있었고, 재활훈련사는 근육이 영원히 수축돼 제이크가 더욱더 괴물이 되는 것을 막기 위해 운동할 때 엄마가 어떻게 도와야 하는지 시연해 보였다. 제이크는 재활훈련사의 손안에 놓인 자신의 발이 얼굴을 향해 다가왔다 멀어지는 모습을 지켜보았다. 열성적인 신자들이 욕실을 리모델링하는 동안 에드가 16온스짜리 맥주를 홀짝이며 TV 앞에 앉아 있었는지는 물어보지 않았다. 에드는 자신이 했어야 할 일을 그들이 대신하고 있는데도 집에서 나가 있을 품위조차 없는 인간임을 알고 있었기에 물어볼 필요도 없었다. 엄마도 힘들었을 것이다. 어쨌든, 제이크는 혼자서도 빌어먹을 욕실을 사용할 수 있다는 데 감사했다.

제이크는 욕실 창문을 열고, 부릉대며 지나가는 자동차의 라디오에서 요란하게 흘러나오는 멈퍼드 앤드 선즈의 〈I Will Wait〉를 들었다. 저 노래. 가슴이 철렁 내려앉았다. 그는 휠체어를 홱 돌려 헤어스프레이를 향해 손을 뻗었다. 거울 속에 비친 자신의 맨가슴과 어깨를 들여다본 뒤, 팔뚝을 구부려보고는 암울한 미소를 지었다. 긴 하루하루 시간을 때우기 위해 웨이트 운동을 시작한 이후로 그의 상체는 어느 때보다 튼튼해졌다.

지난가을 재활센터에서 집으로 돌아왔을 때, 엄마는 포틀랜드의 지원단체에 그를 데리고 가려 했다. 그에게 배정된 지역 멘토—모지어 근처에 사는 패럴림픽 스키 선수—에게 연락하라고 들볶기도 했다. 엄마는 교회에 갈 채비를 마치고 지갑을 든 채 그의 방문 앞에 서 있었다.

"집밖으로 나가야지, 제이컵," 엄마는 말했다. "사람들도 만나고, 견뎌내야 하지 않겠니."

견뎌내라니. 제이크는 온몸이 즉각 분노에 휩싸였지만, 아무 말도 하지 않았다. 그저 이어폰을 꽂고 컴퓨터 쪽으로 몸을 돌렸다. 툼레이더 게임에서 이기는 중이었다—자기 자신과의 대결이라 공허한 승리였다. 적어도 그는 엄마에게 끔찍한 말을 하진 않았다. 예수님을 사랑하는 상냥한 엄마. 원체 엉망이던 외아들이 자기 인생을 심각하게 망친 건 엄마 잘못이 아니었다.

이상하리만치 따스했던 작년 4월의 그날, 그들은 전혀, 알딸딸한 정도로도 취하지 않았다. 누군가 톰 포머로이네 집 마당에 물미끄럼틀을 설치했고, 그들은 번갈아가며 엎드린 채 매끄러운 노란색 플라스틱을 타고 내려갔다. 신입생과 고학년 스무 명 정도가 있었다. 남자애들은 함성을 질렀고 여자애들은 잔디밭을 내달리며 꺅꺅 소리를 냈다. 물줄기에 몸을 내던졌을 때 제이크는 찰나의 기쁨을 느꼈다. 졸업 이후의 삶이 주는 압박이나 낙제할 게 뻔한 기말고사로 인한 스트레스를 잊었다. 처음엔 마음이 찢어졌지만 마침내 이따금 무시할 수 있는 둔한 통증이 된, 그가 따내지 못한 음대 장학금에 대한 생각도 떨쳐버렸다. 따스한 햇살 아래 친구들과 함께 잔디밭을 가로질러 걸으면서 다시 한번 아이가 된 것 같다고 느꼈다. 그는 현관으로 들어섰고 그때 누군가 스테레오를 틀었다. 멈퍼드. 그 노래였다. 그의 삶에 돌이킬 수 없는 영향을 미치고 만 평범한 몇 초의 순간.

제이크는 아이스박스에서 맥주를 집어들고 아메리칸스피릿 담뱃갑을 뜯었다. 그는 담배를 피우지 않았지만, 여긴 파티인걸. 피우면 뭐 어때? 그는 2층 계단을 올라가 메건 샤인이 봄방학에 멕시코 마사틀란으로 여행 갔던 이야기를 듣고 있었다. 부자인 부모님이 메건과 자매들을 데리고 간 여행이었다. 메건은 이미 너무 멋졌기에 굳이 친절하게 굴 필요가 없었는데도 정말 친절했다. 치어리더다운 매력이 있었다. 금발이고 뭐 그런 것들. 그의 타입은 아니었지만, 그래도. 제이크가 무슨 말을 하자 메건이 웃었고, 그에게서 맥주를 빼앗아가 머리를 뒤로 젖힌 채 마셨고, 제이크는 메건의 아름다운 가슴을 슬쩍 쳐다보았다. 장담컨대, 그의 눈길이 그녀의 비키니 상의, 사랑스러운 납작한 배, 짧은 분홍색 반바지까지 내려가는 것을 눈치챘더라도 메건은 개의치 않았을 것이다. 그때 누군가 그를 뒤에서 붙잡았다. 포머로이는 한 팔로 제이크를 움켜쥐고는 면도한 머리 옆쪽을 짓궂게 한 대 때렸다.

포머로이는 착한 애였다. 사람보다는 유인원에 가깝긴 했지만. 끊임없이 몸을 움직여야 직성이 풀리는 애였고―팔굽혀펴기 대회에 나가거나 철교에서 강으로 뛰어내리기, 한밤중 모지어 터널에서 스케이트보드 타기―다른 애들도 따라 하게 만들었다. 무엇도 그를 막을 수 없었다. 언제나 다칠 만한 짓거리를 했지만, 언제나 고양이처럼 안전하게 착지하는 애였다.

그애는 제이크보다 덩치가 더 컸고 힘도 더 셌다. 포머로이는 축구를 했기에 보통 때라면 제이크는 이런 식의 레슬링 결투를 피했을 것이다. 그런데 무슨 이유에서인지 제이크는 담배를 떨구곤 몸을 휙 돌려 포머로이의 두툼한 몸을 잡아챘다. 어쩌면 메건이 보며 웃고 있었기 때문일 테다. 제이크는 포머로이의 허리에 팔을 두르면서 자신보다 큰 그 남자애한테 덤볐다. 녀석은 제이크의 몸무게를 견디지 못하고 비틀거렸다.

"젠장, 스티븐슨!" 포머로이가 미끄러지면서 소리를 질렀다.

그들이 파티오 위의 2층 지붕에 서 있었다는 것만 빼면 별일 아니었을 것이다. 제이크의 몸은 공중에서 뒤틀렸고, 포머로이 부인의 장미 정원과 차도를 가르는 낮은 벽에 끔찍한 퍽 소리를 내며 떨어졌다. 그는 고개를 들어, 지붕 가장자리에서 아래를 내려다보고 있는 메건과 포머로이를 쳐다보았다. 괜찮다고 그들에게 웃어 보이고 싶었지만, 그는 괜찮지 않았다. 그리고 모든 건 이전과 달라질 것이었다.

운이 나빴네요. 의사들은 이후에 이렇게 말했다. 외상성 척수 손상이라고 불리는 것이었다. T11과 T12라는 허리 부위의 골절. 제이크는 그 기억에 속이 울렁거렸다. 숨을 깊이 들이쉬고는 복도를 따라 방으로 휠체어 바퀴를 굴렸다. 머릿속에서 그 장면이 반복되기 시작했다.

다시는 걸을 수 없을 거라고, 외과의사는 말했다. 그래도 손상이 부분적이라 적어도 상체는 통제할 수 있을 거라고. "그 점에 감사하셔야 합니다."

제이크는 남자를 노려보았다. 감사하라고? 당시 그의 마음은 감사함과는 거리가 아주, 아주 멀었다.

제이크는 가장 좋아하는 회색 디키즈 셔츠를 입고 단추를 채운 뒤 백팩을 집어 휠체어에 휙 던져 걸었다.

손과 팔을 사용할 수 있으니 운이 좋네요, 빨간 머리 간호사가 말했었다. 양쪽에 들어가는 힘이 비대칭적이긴 하지만.

그는 선글라스를 셔츠 주머니에 넣었다.

젊으니까 손상 부위 외에는 건강합니다, 재활훈련사는 몇 번이고 말했다. 정말 멋진 인생을 살 수 있어요.

제이크는 양손으로 다리를 한쪽씩 잡아 발판 위에 차례로 올렸다. 닥터마틴을 신고 신발끈을 묶은 뒤 집안을 통과해 문밖으로 나가서 경사로를 따라 내려갔다.

"성공적인 커리어를 쌓을 수 있을 거예요." 상담사는 말했다.

그는 선글라스를 끼고 이어폰을 귀에 꽂았다. 아이폰 볼륨을 높였더니, 익숙한 스카-펑크 음악이 머릿속 가득 울려퍼졌다.

"컴퓨터 프로그래밍 같은 것도 좋겠네." 엄마가 턱짓으로 사회복지사를 가리킨 뒤 제이크를 돌아보며 말했다. "너도 게임 같은 거 무척 좋아하잖아, 안 그러니?"

그는 자갈로 된 진입로 쪽으로 휠체어를 움직여 벨몬트 전역에 깔린 자전거 도로로 들어섰다. 휠체어 바퀴가 먼지와 자갈 조각들을 차냈다. 자신이 내는 속도에 웃음이 났다. 휠체어는 꽤 멋졌다. 이 휠체어를 마련하기 위해 반 친구들이 돈을 모아줬다. 그들이 아니었다면 아버지의 의료보험이 보장하는 범위 내에서 쓰레기 같은 휠체어를 장만해야 했을 것이다. 반 친구들이 졸업식 날 모금 소식을 알렸다고 노아가 말해줬다. 제이크는 고마웠지만, 그들에게 고마움을 표해야 할 자리에 있지 않았다는 사실이 다행스러웠다. 그랬다면 너무 쪽팔렸을 거다. 그는 봄비가 점점 잦아드는 요즘에는 과수원 근처에서 오후를 보냈다. 그곳에선 친구들과 절대 마주치지 않을 테니까. 대학에 가지 않은 애들은—예를 들면 여행 가려고 돈을 모으고 있는 노아 같은 애들은—직장에서 일하고 있거나 스케이트 공원에서 놀고 있을 것이다.

공기에서 청량하고 상쾌한 냄새가 배어났다. 그 냄새가 마음속 무언가를 건드렸다. 예상치 못한 소나기가 계곡 바닥을 휩쓸고, 바람이 불고 간 뒤 과수원이 꽃밭이 되는 이런 계절은 항상 그를 희망으로 가득 채웠다. 합창단 같은 개구리들은 관개 수로에서 노래를 불렀고, 날은 서서히 길어졌다. 마을 도로의 울타리 선을 따라 매가 앉아 있었고, 조그만 되새들이 공중을 휙휙 날아다녔다. 숲의 그림자 안에서는 딱따구리 울음소리가 났다. 제이크는 누구에게도 이런 것들을 발견했다고 말하지 않았다. 그러나 봄은 항상 그에게 내밀한 기쁨을, 새로운 약속을 전해줬다. 이제는 그 희망을 붙잡으려 마음이 부풀다가 실패하고 가라앉는 것이 느껴졌다.

음악 볼륨을 높였다. 스프링힐드 잭의 〈Connecticut Ska〉. 스프링힐드 잭은 1990년대 초, 그러니까 제이크가 태어나기 직전 미국의 펑크 음악 신에 나타난 밴드였다. 제이크는 패트 징그러스의 트럼펫 연주를 집중해서 들으면서, 징그러스가 타일러 존스로 교체되기 전에 밴드의 사운드가 어떻게 바뀌고 있었는지 분석하곤 했다. 머릿속으로 논쟁을 벌였다. 오늘은 존스의 음악 스타일 덕에 이 밴드의 고전적인 스카–펑크 사운드가 가능했다는 주장을 떠올렸다. 하지만 정말이지, 누가 그걸 믿어줄까? 누구든 귀가 있다면, 스프링힐드 잭이 마이티 마이티 보스턴스의 주류적인 사운드를 지향해 작업해왔음을 들을 수 있을 테고, 결국 밴드의 멤버 몇몇도 그 사실을 완전히 인정하게 되었다. 예전에 제이크는 징그러스의 사운드가 진짜이고, 그가 진정으로 믿는 음악의 사명에 충실하다고 추측했다. 다른 모든 진정한 스카 팬들도 마찬가지였다. 아무래도 상관없었다. 마치 툼레이더 게임 같은 기였다. 감옥 같은 곳에서 시간을 죽이는 것만이 그의 삶이었다. 이 삶은 그가 살았어야 하는 삶—음악이 있고 가능성이 있는 삶—을 대체해버렸고, 이전의 삶은 이제 그저 상상의 산물로만 느껴졌다.

어릴 때부터 두각을 드러낸 제이크의 음악적 역량은 음악가가 아니던 부모님에게는 이상한 일이었다. 운좋게도 선생님들이 그의 재능을 알아채고는 학교 밴드에 들어가라고 권유했다. 그는 중학생 때부터 트럼펫을 연주해왔다. 음악 없는 삶은 기억나지도 않았다. 마음속에 생생히 살아 숨쉬는 무언가를 설명할 수가 없었다.

졸업반이던 해 가을, 제이크는 음악적 역량과 추천서 덕분에 시애틀 코니시예술대학에서 75퍼센트 장학금을 받을 수 있게 됐다. 성적이 더 괜찮았다면 전액 장학금을 받았을지도 모르지만 75퍼센트면 충분했다. 트럼펫을 주요 악기로 삼아 음악 이론과 역사, 공연에 관해 공부할 계획이었다. 그는 입학 허가서를 트럼펫 케이스에 몇 달이나 넣어 보관했고, 거의 다 외웠음에도 혼자 있을 때면 다시 꺼내 읽곤 했다.

"친애하는 스티븐슨 씨, 코니시예술대학에 입학하시게 된 것을 환영합니다……" 이 말은 제이크를 아찔하게 만들었다. 하지만 학교에 입학금을 보낼 때가 되자 아버지는 그에게 돈을 빌려주지 않았다. 아내가 아무리 애원해도 듣지 않았고, 대답하면서도 TV에서 거의 눈을 떼지 않았다.

"음대? 참나." 그가 비웃었다. "나는 쟤 나이 때 풀타임으로 일했다고."

그걸로 끝이었다. 제이크는 그 엄청난 상실감을 떠올리고 싶지 않았다. 하지만 징그러스가 연주하는 트럼펫소리를 들으며, 그는 답 없는 질문의 무한 굴레에 빠졌다. 만약 아버지가 돈을 빌려주었다면 어땠을까? 만약 내신 성적 2.3점 이상을 받아 전액 장학금을 받았다면? 만약 주말에 아르바이트를 해서 돈을 좀 저축해두었더라면? 조금 더 이른 시기에 더 열심히 노력하지 않았다는 이유로 그렇게나 원했던 일이 사라져버리다니, 얼마나 한심한가.

언제나 그랬듯, 그 지점에서 질문들이 솟아나 점점 더 불가능을 향해 나아갔다. 만약 그날 포머로이네 집에 가지 않았다면, 엄마가 부탁한 대로 마당을 청소했다면? 그러는 대신 그는 갈퀴와 나뭇잎 봉투 주변을 어슬렁대며 이렇게 생각했다. 한 시간 동안 파티에 갔다가 엄마가 귀가하기 전에 돌아와서 마당 청소를 마무리하겠다고. 만약 그가 메건 샤인에게 잘 보이려고 과시하지 않았다면? 만약 그가 그 모든 순간을 다시 살 수 있다면, 어떨까?

제이크는 생각을 떨쳐버리기 위해 음악을 틀었다. 인디언 크리크 골프장 옆쪽의 언덕 밑에 다다른 그는 오르막을 오르기 시작했다. 구름은 어느새 걷혔고, 능선 위의 하늘은 주황빛에서 노란빛으로 변하고 있었다. 사과나무와 배나무는 수줍은 아름다움을 펼쳐내기 시작했다. 나무에서 피어난 꽃들이 계곡 바닥을 따라 눈 덮인 후드산 기슭까지 물결을 이루고 있었다. 공기가 약간 선선해졌고, 제이크는 물을 머금은 과수원의 습한 나무 향기를 들이마셨다. 나무들에 뿌려진 농약의 희미하고도 매캐한 맛이 느껴졌다. 살충제 때문에 눈가가 따가운 거라고 그는 혼잣말했다.

제이크는 옆 언덕을 향해 내려갔다. 골프 카트를 멈춰 세우곤, 모호크 스타일을 한 소년이 휠체어를 타고 사거리 교차로를 향해 달려가는 모습을 얼빠진 듯 보고 있는 노인을 무시한 채. 내 걱정은 마시죠, 늙은 양반, 제이크는 생각했다. 이미 최악의 일은 일어났으니까.

진짜일까? 어쩌면 최악은, 이 비참한 삶에서 어떤 일도 더는 일어나지 않으리라는 점인지도 모른다. 지금으로부터 한 달 뒤, 후드 리버 밸리 고등학교에선 또 한번의 졸업식이 열린다. 2014년도 졸업반. 하나, 둘, 셋, 야호! 젊은이 이백 명이 대학이나 직장에서, 아니면 적어도 이 촌구석이 아닌 다른 곳에서 삶을 살아나갈 것이다. 그는 일주일 내내 그것에 대해 생각했다. 그날, 자신의 삶이 멈춘 그날로부터 1주년이 되는 날이 코앞에 다가와 있었다. 잘했다, 제이크. 넌 망했어. 아버지가 일평생 너한테 말해온 것처럼. 아주 잘했다, 젠장맞을 놈아.

땅거미가 내려앉고 있었고, 제이크는 휠체어를 빠르게 몰아 오래된 오크 그로브 학교 건물을 지나쳤다. 건물은 사과 과수원에 기다란 그림자를 드리우고 있었다. 그는 나무들 너머로 과수원 일꾼의 판잣집에 불이 들어오는 것을 지켜보았다. 사다리 위에 올라가 있는 사람들의 그림자가 줄지어 선 나무들 사이로 길어지고 있었다. 제이크는 남쪽으로, 후드산이 저녁노을의 녹황색 수평선과 만나는 지점까지 휠체어를 굴렸다.

"포크랑 나이프만 쥐여주고 집에서 쫓아내버릴 거다. 네 빌어먹을 길로 가라고."

그 말이 머릿속을 가득 채웠다. 그는 음악 볼륨을 최대한 높였다. 이전과는 달라진 땀냄새를 맡았다. 늙은 사람, 어딘가 아픈 사람, 낯선 사람의 냄새. 그는 도로 위에 그어진 흰 선에 집중하려고 노력했다. 마을에서 멀리 떨어진 이 과수원에서 저 선은 더이상 자전거 도로가 아니라 갓길을 표시한 것에 불과했다.

제이크는 몰려오는 이미지들과 싸웠다. 메건 샤인의 미소, 그녀의 비키니 상의에 비치던 밝은 태양빛. 주립 재즈밴드 경연대회에 나간 그가 숨을 몰아쉬며 트럼펫 솔로를 펼칠 때 밸브를 현란하게 오가던 손가락. 스케이트 공원에서 하프파이프*를 능숙하게 타는 노아를 바라보던 일. 밴드 버스 뒷자리에서 잎담배 캔을 돌리던 일. 모래톱에서 그가 키우던 얼룩무늬 개를 뒤쫓던 일. 모두 사라졌다. 그것들은 그가 살던 삶의 일부였고, 이제는 모두 잃어버렸다. 마음이 아팠다. 스스로가 싫었다. 뺨을 타고 흐르는, 더는 땀인 척할 수도 없는 눈물이 싫었다. 자신의 멍청한 삶에 스스로 한 짓거리가 싫었고, 그에 대해 비난할 사람이 아무도 없다는 게 싫었다. 그 순간, 돌이킬 수 없이 망가졌다는 기분이 들었다.

안쪽으로 너무 휙 도는 바람에 제이크는 픽업트럭이 뒤에서 다가오는 소리를 듣지 못했다. 그는 반대쪽을 바라보고 있었고, 휠체어 바퀴 하나가 갓길의 흰 선 안쪽으로 구르고 있는 것을 못 봤을

---

* 스케이트보드나 롤러블레이드, 스노보드 점프용으로 만든 U자형 구조물이나 홈.

것이다. 황혼녘, 헤드라이트가 휠체어 뒤편에 닿을 때까지 트럭 운전자는 소년을 보지 못했다. 제이크가 음악소리 너머로 브레이크의 끼이익 소리를 들은 순간, 모든 것이 멈췄다.

2
여왕벌 열두 마리

여왕벌은 벌집에서 유일하게 온전한 암컷으로, 모든 알을 낳는다.
_L. L. 랭스트로스

앨리스 홀츠먼은 84번 주간州間고속도로를 따라 후드리버로 향하는 길목에서 교통 체증을 겪기도 전에 이미 평소보다 울적한 상태였다. 포틀랜드에 있는 서니베일 비 컴퍼니의 젊은 얼간이들 때문이었다. 그들이 그녀의 주문을 뒤섞어버리는 바람에 출발이 늦어졌고, 늦은 오후 자동차와 트럭의 물결 속에 놓이게 된 것이다. 더 정확하게 말하자면, 그들은 그녀의 주문을 누락했는데, 서니베일의 단골고객일 뿐만 아니라 개인적인 자부심으로 성실하게 행동하려 부단히 노력한 앨리스에게는 짜증나는 일이었다.

4월의 연례행사인 꿀벌의 날에는 항상 정신이 없었고, 그건 앨리스도 인정했다. 어쨌든 서니베일 비 컴퍼니에서는 그날 하루에만 수억 마리 벌들이 마당을 날아다니니까. 그곳에 도착했을 때,

앨리스는 픽업을 기다리는 수백 개의 벌집 꾸러미를 보았다. 보호막이 쳐진 작은 상자마다 들어 있던 벌 만 마리는 남부 오리건주의 꿀벌 농장에서 이쪽으로 배송돼왔다는 사실에 혼란스러워하며 윙윙대고 있었다. 동트기 전 트럭에 실려온 이 귀중한 화물은 이십사시간 이내에 픽업, 운송, 하역돼야 했다. 매년 꿀벌의 날이면 양봉가 수백 명이 서니베일로 내려와 자신들이 주문한 꿀벌을 데려가느라 정신이 없었다.

앨리스의 차 앞으로 어느 차가 기어들어와 급브레이크를 밟았다. 앨리스는 조급한 마음에 콧김을 내뿜었고 시계를 보곤 한숨을 쉬었다. 그래, 앨리스도 꿀벌의 날이 정신없다는 건 알고 있었다. 그럴 줄 알고 하루를 빼둔 거였다. 목요일이었다. 주말 안에 딱 맞춰 벌들이 도착할 리는 없었다. 벌들은 마치 아기처럼 예측할 수 없게, 또 곤란한 시간에 왔다. 앨리스와 다른 미래 양봉가들은 남부의 벌집에서 어린 꿀벌들이 튼튼하게 자라나고 이른봄 소나기가 잦아들 때까지 기다려야 했다. 픽업 일정은 항상 변동되었다. 꿀벌의 날에는 변수가 많았기에 도박꾼들도 돈을 걸지 않을 터였다. 앨리스도 알고 있었다. 그랬기에 늘 그래왔듯 이틀이나 일찍 전화를 걸어서 쾌활한 매장 매니저이자 그녀가 알기로 이십 년 넘게 근무해온 팀에게 주문을 재확인했던 거였다. 팀이 몇 살인지는 결코 알 수 없었다. 아마 고등학교 졸업 이후부터 머리가 빠지기 시작해 스무 살 무렵에 이미 노안이었을, 더는 나이들지 않는 부류의 남자였다. 침착한 팀. 앨리스는 그의 성조차 몰랐지만, 지난 몇 년 동안 팀은 그녀 일상의 일부였다. 딱히 친구는 아니었다. 그보다는 봄을 알리는, 그러니까 오리건의 겨울이 마침내 끝났고 이제는 양봉장에 생생한 삶이 시작되는 시기임을 알리는 친근한 푯말이자 기쁜 표식 같은 존재였다. 불편한 것투성이였지만 앨리스는 대체로 꿀벌의 날을 좋아했다.

하지만 올해 앨리스가 전화했을 때 전화를 받은 건 팀이 아니었다. 대신에 한 젊은 여성이 전화를 받더니 자신을 조이풀이라고 소개했다.

"당신의 하루를 근사하게 만들어드리기 위해 제가 무엇을 도와드리면 될까요?" 그녀가 물었다.

조이풀이 진짜 이름일지 미심쩍어하며 앨리스는 이름과 주문 번호를 댔다. 조이풀은 모든 주문 건이 평소처럼 처리될 거라고 장담하며 이틀 후에 그녀를 만나게 되어 너무나 설렌다고 말했다. 그러면서 앨리스의 주문을 실제로 확인해보길 거부하진 않았지만 어쨌든 찾아보지는 않았다.

"잘 지내시고요!" 앨리스가 다른 말을 하기도 전에 그녀는 이렇게 말하며 전화를 끊어버렸다.

그래서 조이풀이 금발 레게머리를 얼굴 앞으로 늘어뜨리고선 주문 상자들을 헤집다가 앨리스의 주문 건은 찾지 못했을 때, 선 채로 그 모습을 보고 있던 앨리스는 이렇게 말하고 싶었다. 내 그럴 줄 알았지. 어머니를 실망시킬 만한 다른 험한 말도 내뱉고 싶었다. 앨리스는 팔짱을 끼고 심호흡을 한 뒤 카운터에 기댔다.

"이봐요, 제가 이틀 전에 전화드렸잖아요. 제 이름은 홀츠먼이에요. 앨리스 홀츠먼. 후드리버 지역 사람이고요. 러시안 꿀벌 누크 열두 개를 주문했어요. 핵 벌통* 열두 개요."

앨리스는 침착하게 말하려 노력했고, 자신이 카운터를 뭉툭한 손가락으로 탁탁 두드리고 있다는 걸 깨닫고는 약간 뒤로 물러났다.

"추가 여왕벌 없이, 별도 포장 없이 주문했다고요. 다른 상자로 마당이 넘쳐나니 팀은 제 주문 건을 보통 옆쪽에 따로 두곤 합니다." 앨리스는 울타리가 쳐진 마당 왼편을 가리켰다. 지난 몇 년 내내 팀은 그녀 같은 숙련된 양봉가들의 주문 건을 초보자들의 것과 별도로 분류해주었다. 초보자들은 질문한답시고 시간을 끌기 마련이었고, 그럼으로써 꿀벌의 날을 더욱 혼란스럽게 만들곤 했다.

"그냥 제가 저쪽을 살펴보게 해주시면 안 될까요? 분명 제가 직접 찾을 수 있을 겁니다."

하지만 근사한 하루를 보내고 있지 않았던 조이풀은 눈썹을 찡그리고 레게머리를 앞으로 늘어뜨린 채 꿈쩍도 하지 않았다. 그녀는 엉망진창인 서류에서 고개를 들어 단호하게 앨리스를 노려봤다.

"손님, 손님께서 이곳의 오랜 고객이라는 말씀을 하시는 것 같은데, 그건 존중해요. 하지만 여긴 체계가 있다고요. 다른 분들처럼 차례가 올 때까지 기다리시는 수밖에 없어요."

앨리스는 입술을 꾹 다물고 벌받는 아이가 된 듯 당혹감에 휩싸여 얼굴을 붉힌 채 물러섰다. 숨이 막힌다고 느끼다가 지면서 박사를 떠올렸다. 박사는 이런 순간들을 기록해두라고 말했다. 앨리스

---

* nuclear hive. 줄여서 '누크'라고도 부른다. 실제 벌통의 미니어처로, 완전히 자립해 기능할 수 있는 벌통으로 성장하기 위한 요소를 모두 갖추고 있다. 핵 벌통에는 활발히 알을 낳을 수 있는 여왕벌, 다 지어진 벌집, 성년 꿀벌 약 만 마리, 새 양봉가의 마당까지 이동하는 시간 동안 가용할 수 있는 충분한 꿀, 그리고 이후 몇 주 동안 부화할 많은 알이 들어 있다. 핵 벌통은 초보 양봉가가 뒷마당에서 처음 양봉을 시작하는 데 가장 인기 있는 수단으로 꼽는다.

는 멜빵바지를 휙 치켜올린 뒤, 각자의 주문 건을 기다리는 동안 서성거리며 수다를 떠는 다른 양봉가들 무리에 합류했다. 물론 앨리스는 수다를 떨진 않았다.

봄의 태양이 머리 위를 따스하게 비추었다. 앨리스는 햇빛 차단용 모자를 벗고 땀에 흠뻑 젖은 목에 붙은 머리카락을 떼어냈다. 손톱을 바싹 물어뜯은 두 손을 흘끗 쳐다본 뒤 뒷주머니에 집어넣었다. 체중을 한 발에서 다른 발로 옮겼다. 작업 부츠 안에서 두 발이 부어올랐다. 문득 위를 쳐다보았다가 보안 모니터에 비친 자신의 모습을 보곤 멜빵바지의 끈을 잡아당기며 시선을 돌렸다. 가만히 있으니 미칠 것 같았다. 삼십 분 뒤, 앨리스의 주문 건은 버켄스탁을 신은 조이풀의 발 아래 바닥에서 발견됐다.

'앨리스 홀츠먼, 후드리버. 러시안 꿀벌 누크 열두 개. 추가 여왕벌 없음. 옆 마당. ***VIP!!!'라고 빨간색 글씨가 종이에 큼지막하게 적혀 있었다.

조이풀은 발끈한 것 같았지만 사과하지는 않았다. 그녀는 앨리스에게 구겨진 종이를 건네고는 상자로 가득한 쪽을 가리켰다.

앨리스에게 이런 상황은 새로울 게 없었다. 어쨌든 그녀는 홀츠먼이었으니까. 합리적인 독일계 미국인으로서 언제나 미리 계획을 세웠고, 부모님이 가르쳐준 대로 심사숙고했다. 계획이 틀어질 수 있는 상황을 예상하고, 변수가 발생하지 않도록 미리 조치를 취했다. 대부분의 다른 사람들이 그렇게 성실하지는 않다는 것을 그녀는 알고 있었다. 생각을 제대로 시작하기도 전에 이미 기대에 못 미치는 사람들이 그녀의 생각을 따라잡기를 종종 기다려야 했다. 그렇다면 지금 이 느낌, 이 조급함, 카운터를 넘어가서 조이풀의 레게머리를 잡아당기고 싶은 유치한 충동은 어떻게 설명해야 하지? 앨리스는 종이를 집어들고는 옆 마당으로 걸어갔다.

정규 직원인 닉과 스티브는 앨리스가 판지 상자의 상단에 강력 테이프를 붙이고 한 상자씩 조심스럽게 픽업트럭 뒤쪽에 싣는 것을 도와주었다. 그녀는 미끄러지지 않도록 상자들이 놓인 바닥 주변을 끈으로 고정했다.

"미안해요, 앨리스." 조이풀 쪽으로 눈을 굴리며 닉이 말했다. 팔자 콧수염을 기른 닉은 그녀 또래의 친절한 사람이었다.

"팀이 애리조나에 있는 동안 관리직을 맡은 사람이에요. 아마 가족 경영일걸요."

앨리스는 어깨를 으쓱하며 미소 지으려 했지만 실패했다. 트럭 문을 평소보다 더 세게 닫았다. 고작 십오 분 정차했으면 될 일에 한 시간 넘게 낭비하게 된 건 닉의 잘못은 아니었지만, 그녀는 우두커니 서서 잡담이나 나누진 않을 것이었다.

"고맙습니다, 닉." 앨리스가 말했다. "팀이 돌아오면 단물 쪽쪽 빨아먹는 저 인간한테 제가 소리 한번 지르게 해달라고 전해주세요."

이제 꽉 막힌 고속도로 위에서 짜증이 난 앨리스는 씩씩거렸다. 옆좌석으로 손을 뻗어, 그날 아침 코스트코에서 사지 말았어야 한다는 걸 알면서도 사게 된 '미니 칩스 어호이!' 쿠키 봉지를 움켜쥐었다. 쿠키 몇 개를 꺼내 입안에 털어넣었다.

인정하긴 싫었지만, 서니베일에 도착하기 전부터 앨리스는 계획한 것보다 늦은 상황이었다. 틸리컴 적재장에 들른 뒤, 조그만 후드리버에는 없는 거대한 도매업체인 코스트코에 갔었다. 사람들은 그녀를 밀치면서 지나갔고, 학대당한 것처럼 보이는 두 아이의 엄마는 앨리스의 발꿈치를 카트로 쾅 치고 나선 사과도 안 했다. 계산대 앞에 줄 서서 억겁의 시간을 기다리면서는 신경이 곤두섰다. 그런 뒤엔 꿀벌을 기다리느라 한 시간을 허비했고, 이제는 너무나 피하고 싶었던 오후 교통 체증의 한가운데에 갇혀 있었다. 이럴 줄 알고 이틀 전에 미리 전화한 거였다고. 이럴 줄 알고 하루 휴가를 내고, 일찍 일어난 거였다고. 그녀는 모든 것을 계획대로 시행하기 위해 너무나 열심히 노력했다. 일을 그르치는 건 다른 사람들이었다. 그 순간 불안감이 엄습하는 걸 느꼈다. 차들은 기어가듯 움직였고, 가슴이 꽉 막히는 것 같았다. 창문을 열었다가 뜨거운 아스팔트 냄새가 콧구멍을 찌르는 바람에 얼른 닫았다. 그녀는 양쪽에 늘어선 차들을 쳐다보았다. 여기에 꼼짝없이 멈춰 있다는 걸 아무도 신경쓰지 않는 것 같았다. 모두가 휴대폰을 들여다보고 있었다. 목이 꽉 조인다고 느끼면서 그녀는 핸들을 붙잡았다. 귓가에 지머먼 박사의 차분한 목소리가 들려왔다. "앨리스, 그런 느낌이 어디서 오는 것 같나요? 실마리를 따라가볼 수 있나요?"

앨리스는 깊이 숨을 들이쉰 뒤 손가락을 구부렸다. 요즘은 가만히 있는 게 너무나 힘들었다. 집중력을 유지하면서 일을 계속하면 머릿속 생각들은 그녀를 방해하지 않았다. 아뇨, 지머먼 박사님, 그녀는 생각했다. 저는 실마리를 따라갈 수가 없어요. 픽업트럭 뒤편에는 러시안 꿀벌 십이만 마리가 놓여 있으니까.

그녀는 바스러지는 쿠키를 또 한줌 집어먹은 뒤 백미러를 통해 트럭 뒤쪽에 고정된 채 쌓여 있는 누크들을 바라보았다. 봄 햇살이 온화했기에 집으로 돌아가는 길에 벌통이 과열될 걱정은 없었다.

비록 늦게 도착하긴 하겠지만. 집에 가면 해가 지기 전에 벌통을 정리할 생각이었다. 혼자서도 열두 통을 모두 빠르게 정리할 수 있다고 확신했다. 그녀는 효율적으로 일했고, 전날 깨끗하게 닦고 광낸 도구들을 작업장에 펼쳐놓아둔 터였다. 그 기억이 떠오르자 다시 불안감이 솟구쳤다. 일찍 퇴근해서 어둠이 내려앉기 전에 벌통을 설치할 수 있도록 어젯밤 늦게까지 준비했던 건데. 그녀는 쿵쿵대는 심장을 가라앉히려 깊이 심호흡했다. 손을 뻗을 수 없도록 쿠키 봉지를 뒷좌석에 던져두었다.

후드리버로 가는 중간 지점인 멀트노마폭포 부근의 출구에서 앨리스는 차 두 대가 갓길에 세워져 있는 광경을 보았다. 외관상으로는 가벼운 사고 같았다. 그녀가 그쪽에 이르렀을 때쯤 도로는 정리됐지만, 모두가 여전히 웅성거리고 있었다. 두 남자가 찌그러진 차들 옆에 서서 휴대폰으로 통화하고 있었다. 아마 관광객이 주차하기 귀찮아서 주행중에 사진을 찍으려 했을 것이다. 이런 일은 늘 있었다. 611피트 높이의 폭포 사진을 찍겠다고 창밖으로 몸을 내미는 인간들.

사고 현장 이후로 고속도로는 곧 뚫렸고, 앨리스는 시속 80마일까지 속도를 낼 수 있었다. 동쪽으로 향하는 그녀 뒤로 해가 지고 있었다. 자유롭게 움직이게 되자 마음이 차분해졌다. 앨리스는 모자와 선글라스를 벗었다. 멜빵바지의 끈도 하나 풀었다. 바지가 더이상 맞지 않는다는 것을 인정한 행동이었지만, 그녀는 개의치 않았다. 볼륨을 높였다. 브루스 스프링스틴의 〈Born to Run〉이 흘러나왔다.

앨리스는 포틀랜드가 싫었다. 혼란스러운 교량 체계, 교통 체증,

공격적인 걸인들까지. 하지만 그로부터 멀어지는 길은 좋았다. 현무암 절벽이 컬럼비아강을 따라 길게 늘어서 있었다. 수탉 바위, 바람 부는 산, 봉화 바위 등 독특한 바위 몇 개는 외워서 알고 있었다. 일몰이 시작될 무렵이면 초록빛 언덕과 험준한 바위들이 분홍빛 베일에 휩싸인 듯했다. 그림 같기도 하고 꿈같기도 한 풍경이었다. 앨리스는 이 풍경 속에서 사십사 년을 살아왔지만 이 아득한 아름다움에 결코 질리지 않았다. 세미트레일러 옆을 지나며 그녀는 왼쪽의 너른 강을 힐끗 바라보았다. 짙은 녹색을 띤 강물은 바람에 찰랑거렸고, 흰 물보라가 솟아올라 강의 흐름에 맞서고 있었다. 흰 펠리컨 무리가 반짝이는 모래톱 위에 앉아 쉬고 있는 모습, 미송美松들이 물위로 드리운 모습이 보였다. 물수리가 강물 위를 맴돌며 울었다. 오른편으로는 이쪽으로 달려오는 기차의 전조등이 보였다. 기차가 그녀 옆을 지나며 경적을 울렸고, 그 소리는 점차 희미해졌다. 석양이 물위를 비추자 앨리스는 몸에 긴장이 풀리는 것을 느꼈다.

62번 도로의 출구로 빠져나와 속도를 줄인 뒤 경사로 꼭대기에서 멈추었다. 창문을 내리자 컬럼비아강에서 불어오는 시원한 바람이 트럭 안으로 들어와 얼굴과 머리카락을 간질였다. 강물냄새, 도로를 따라 늘어선 소나무들의 냄새, 은은한 나무 타는 냄새가 났다. 봄의 명징한 녹색 숨결을 맡을 수 있을 것만 같았다. 애석하게도 지붕이 덜렁거리는 레드카펫 선술집을 지나칠 때, 평소처럼 퇴근길에 맥주 한잔하러 들른 남자들이 몰고 온 픽업트럭으로 주차장이 만원인 광경이 보였다. 그들을 보니 아버지가 곧장 떠올라서 앨리스는 빙긋 웃었다. 날렵하고 과묵한, 그러나 세련된 유머감각으로 사람들에게 친밀감을 주던 사람. 선술집을 지나 남쪽으로 가다보면 리드 로드의 끝에, 마을 외곽의 작은 골짜기에 위치한 그녀의 작은 집이 나왔다. 한쪽에는 과수원이, 다른 한쪽에는 숲이 자리했다. 꿀벌을 위한 최적의 장소였다. 바람을 피할 수 있고, 수전크리크 시냇물이 산비탈을 따라 흘러내리며 아이들(그녀는 벌들을 이렇게 부르길 좋아했다)에게 물을 제공해주었다. 관개 수로 옆으로는 클로버, 블랙베리, 민들레가 지천이었다. 꿀벌을 위한 천국.

골짜기는 앨리스에게도 완벽한 곳이었다. 인적이 드물기 때문이었다. 집 서쪽으로 근사하게 펼쳐진 커다란 과수원을 운영하는 더그 랜섬을 제외하면, 그녀에겐 이웃이랄 사람이 없었다. 앤슨 로드 끄트머리의 산만한 트레일러 마을인 스트로베리 할로에 사는 이들을 빼면 말이다. 앨리스는 거기 사는 사람을 아무도 몰랐고, 그들과 거리를 유지했다. 필로폰에 절어 있고 핏불테리어처럼 공격적인 인간들이겠지 싶었다. 강간범이나, 어떤 식으로든 소름 끼치는 부류일 거라고. 이런 신문 헤드라인을 상상해보기도 했다.

'트레일러 파크에서 마약 단속에 걸린 10명, 체포되다.'

'스트로베리 할로에서 얇은 무덤들이 발견되다.'

그러다가 스스로 멈추었다. 불안감과 마찬가지로, 이런 생각은 최근에 들기 시작했다. 모르는 사람들에 대해 추악한 이야기를 만들어내는 생각.

"그냥 생각일 뿐이에요, 앨리스. 그리고 이 패턴은 부정적인 방향으로 향하고 있고요." 지머먼 박사는 이렇게 말했었다. "하지만 이러한 패턴을 바꾸고 사고방식을 변화할 수 있어요. 연습이 필요할 뿐입니다."

지머먼 박사는 확실히 매우 똑똑한 사람이었다. 그녀는 하버드 대학과 스탠퍼드대학에서 받은 학위를 벽에 걸어두었다. 반쯤은 은퇴한다는 의미로 후드리버에 이사오기 전까지 그녀는 팰로앨토 에서 기술에 미쳐버린 사람들을 명목상으로 치료했다. 이런 시골 벽지의 소도시에서는 보기 드문 학위와 세련된 외모를 지녔음에도 그녀는 오만하게 굴지 않았다. 자신감이 있었을 뿐. 게다가 친절하고. 그래도 앨리스 홀츠먼이 심리치료를 받고 있다는 사실은 말도 안 되는 일이었다. 웃음이 날 일이지, 그녀는 생각했다. 다만 진짜 로 웃기지 않을 뿐.

앨리스는 후드산이 있는 남쪽을 향해, 부모님의 도움으로 매매 한 집을 향해 트럭을 몰았다. 부모님 두 분 다 3대째 과수원 주인 이었다. 일은 고되었지만 두 분은 과수원 일을 사랑했다.

"열심히 일하는 걸 두려워하지 마라, 앨리스." 어머니는 이렇게 말 하곤 했다.

"열심히 일하지 않으면 내가 무덤에서 살아 돌아와 엉덩이를 걷어 차줄 테다, 우리 딸." 아버지는 짓궂은 미소를 띤 채 말하곤 했다.

바깥에서 일하며 살아가는 삶이 좋은 삶이라고 그들은 언제나 말했다.

"좋은 삶." 백미러를 통해 열두 개의 누크를 흘끗 바라보며 앨리 스는 소리 내어 말했다. 벌통에는 여왕벌이 한 마리씩, 그리고 일 벌들이 담겨 있었다. 미래에 대한 약속도.

"얘들아, 이제 집에 거의 다 왔다. 너희는 좋은 삶을 살 거야. 내 가 약속할게."

후드리버는 앨리스가 태어났을 때만큼 조용한 시골은 더이상 아니었지만, 여전히 살기 좋은 곳이었다. 1980년대에는 밴을 몰고 다니는 긴 머리의 윈드서퍼들이 몰려들었다. 그들과 지역 벌목꾼들, 농부들 사이에 약간의 갈등이 있었다. 레드카펫 선술집에 드나드는 이들처럼 말이다. 하지만 문제를 일으킨 히피족은 결국 떠났다. 남은 이들이 가정을 꾸리고, 마을의 낡은 집들을 고치고, 카페나 피자 가게, 윈드서핑 상점 같은 사업을 시작했다. 마을은 점점 커져갔다. 지난 십 년 동안 와이너리, 고급 부티크, 브루어리, 레스토랑이 폭발적으로 늘어났다. 더는 예전 같은 마을은 아니었지만, 홀츠먼 가족 같은 토박이들은 그 모든 것에서 벗어난 삶을 살았으므로 상관없었다. 토박이들의 삶은 기차처럼 늘 같은 행로를 따라 나아갔다. 햇볕에 피부를 태운 채 아이스커피를 들고 시내를 누비던 관광객들은 이 지역의 핵심이 오크 스트리트 번화가에서 멀리 떨어진 계곡 위쪽에, 그리고 과수원에 있다는 사실을 알 턱이 없었다. 줄지어 늘어선 나무들은 경치 좋은 곳을 드라이브하는 그들이 구매한 엽서의 배경보다 훨씬 더 아름다웠다. 그 나무들은 백 년도 넘은 이곳 전통의 일부이자 역사였다.

앨리스의 가족은 그 역사의 일부였다. 홀츠먼 과수원은 규모는 작았지만 1900년대부터 전해내려온 가보였다. 그라벤슈타인 사과, 피핀 사과, 와인샙 사과는 평범한 학교 급식에 나오는 물컹물컹한 레드 딜리셔스표 사과와는 차원이 달랐다. 질 좋고 풍미 좋은 과실. 앨과 마리나 홀츠먼은 앨의 부모로부터, 앨의 부모는 그들의 조부모(1차대전이 일어나기도 전에 이 계곡에 터전을 마련한 독일계 이민자들)로부터 과수원을 물려받았다. 앨과 마리나는 자신들과 외동딸인 앨리스를 위해 생계를 꾸렸다. 그곳에서 그들은 행복했다.

앨리스는 컨트리클럽 로드에 정차해 우회전 신호를 켜고 왼쪽을 흘끗 보았다. 이런 봄날 저녁이면 흔히 볼 수 있는 트랙터가 탈탈거리며 오는지 확인하기 위해서였다. 조용한 도로는 텅 비어 있었다. 그녀는 오른쪽으로 틀어 집 쪽으로 운전을 계속했다.

앨리스는 열 살 때부터 부모님에게서 과수원을 물려받겠다고 마음먹었었다. 때가 되었을 때 생계를 꾸리기 위해서는 그곳에서 열심히 일해야 한다고 생각했다. 그러나 놀랍게도 앨과 마리나는 그로부터 팔 년 전에 이미 과수원을 매각하려고 내놓았다. 아버지가 업계에 닥쳐온 변화에 낙심했던 것이다. 대규모 생산자들은 소규모 농민들이 감당할 수 없는 농약법spray law을 카운티에 강요했다. 홀츠먼의 사업체가 완전한 유기농업을 했던 건 아니었다. 앨 홀츠먼은 굉장한 자유의지론자였기에 그런 단어를 입에 올리기도 싫어했다. 하지만 그는 어쨌든 독일인이었다. 합리적인 독일인. 그는 농약을 직접 손으로, 최소한으로 쳤다. 카운티 규제가 너무 심하고 극단적이라고 그는 말했다.

"규제는 해로운 거다, 앨리스." 아버지가 고개를 저으며 말했다. "바보들이 제 얼굴에 침 뱉고 있는 셈이지."

다른 선택을 하기엔 너무 고집스럽거나, 바쁘거나, 아니면 그저 잘못된 길을 택한 대규모 과수원 주인들의 요구 때문에 주변으로 밀려난 부모님을 바라보는 건 속상한 일이었다. 카운티에 관해선, 글쎄, 앨리스가 일하는 곳이 바로 카운티 개발 부서였다. 거기서 사회가 얼마나 퇴보하고 있는지 알게 되었다. 간단한 우편함 관련 규정을 변경하는 데에만 몇 년이 걸릴 수도 있었다. 이후에 앨리스는 아버지와 과수원에 관해 논쟁을 벌였다면 좋았겠다고 생각했다. 얼마나 과수원을 물려받고 싶었는지 아버지에게 말하고 싶었다. 하지만 아버지의 마음을 더 상하게 하고 싶지 않았다. 그때의 기억이 떠오르자 눈물이 차올랐다. 그녀는 손목 바깥쪽으로 눈물을 훔쳤다.

앨과 마리나는 과수원을 매각해 앨리스에게 약간의 돈을 물려주었다. 앨리스는 그 돈으로 조용한 골짜기에 자신의 집을 마련했다. 2에이커 정도 규모의 목장에 있는 단층집이었다. 그녀는 부모님이 결국엔 자신과 함께 살게 될 거라고 생각했다. 하지만 그들은 따로 살고 싶어했고, 도심의 주택으로 이사했다. 부모님은 육 개월 간격으로 세상을 떠났다. 아버지가 먼저였다. 앨리스는 부모님이 그리웠다.

지머먼 박사에게 부모님 얘기도 했다. 그들의 목소리가 머릿속에서 들려오는 것 같다고, 가끔은 그 목소리에 맞장구를 친다고 앨리스는 말했다. 제정신이 아닌 것처럼 들리겠지만요. 지머먼 박사는 안경 위로 앨리스를 바라보았다. 앨리스는 얼굴을 붉혔다. "제정신이 아닌"이라는 표현이 무례했을지도 모른다고 생각했다.

하지만 지머먼 박사는 그저 고개를 끄덕이고는 이렇게 말했다. "그게 당신에게 위안이 되겠군요."

그럼에도 두 사람 모두 앨리스가 이 상냥한 의사를 찾아간 이유가 그저 부모님이 그리워서는 아니라는 걸 알고 있었다.

킹슬리 저수지로 가는 길 부근의 교차로에서 커다란 과일 포장 트럭이 달려와 앨리스는 속도를 줄였다. 남쪽으로 시선을 돌리자

지평선 끝자락에 일몰과 맞닿은 후드산이 보였다. 가장 좋아하는 스프링스틴의 노래 중 하나인 〈Thunder Road〉가 흘러나오자 그녀는 스테레오의 볼륨을 높였다.

앨리스는 삼 개월 전에 리틀빗 식료품점 농산물 코너 한복판에서, 그리고 랜치 서플라이에서 심장마비 같은 것을 겪은 후 지머먼 박사를 찾아가기 시작했다. 그때 앨리스는 친절하고 잘생긴 점원 칼로스 옆에 서 있었다. 그녀를 늘 '손님'이나 '앨리스 씨'라고 부르며 언제나 자신의 자녀들 얘기나 새로운 소식을 전해주던 사람이었다. 난생처음으로 보이지 않는 띠가 가슴을 가로지르며 짓누르는 느낌이 들었고, 숨을 쉴 수가 없었다. 바닥으로 넘어지면서 들고 있던 케일 꾸러미를 떨어뜨렸다. 칼로스가 요상한 모양의, 잘리지 않은 콜리플라워 줄기에 그녀를 기대어 편하게 앉을 수 있도록 도와주었다. 그의 입술이 움직이는 게 보였지만 아무것도 들리지 않았다. 그의 귀 뒤쪽, 부드러운 구릿빛 피부에 면도크림이 살짝 묻어 있는 것을 볼 수 있을 만큼 가까운 거리였다. 앨리스는 칼로스에게 그 사실을 말해줘야 할 것 같았고, 그런 충동이 들다니 어이가 없어서 웃고 싶어졌다. 구급대원들이 왔고, 다음 순간 후드 리버 카운티 주민의 절반이 붉은 얼굴로 가슴을 들썩이며 바닥에 앉아 있는 그녀를 내려다보면서 서 있는 것처럼 느껴졌다. 그 기억에 얼굴이 달아올랐다.

작은 응급실에서 일하는 사람 거의 모두가 아는 얼굴들이었다. 초등학교 2학년 때부터 알고 지낸 짐 버크가 그날 밤 당직을 서고 있었고, 공황 발작이 왔던 거라고 그녀에게 말해주었다. 지머먼 박사를 찾아가게 된 것은 그의 추천 덕분이었다. 홀츠먼 집안 대대로 심리치료사에게 상담을 받은 사람은 단 한 명도 없었지만, 리틀빗에서 겪은 일은 너무나 당혹스러웠기에 똑같은 일이 반복되지 않도록 무엇이든 할 용의가 있었다.

앨리스는 도로를 쳐다보다가 문득 자신이 그 기억을 떠올리며 핸들을 꽉 붙잡고 있다는 것을 깨달았다. 긴장을 풀고 싶었다. 오크 그로브 학교 건물에 도착했을 때쯤에는 이미 해가 지고 주위는 이둑해져 있었다. 그녀는 키 큰 미송들이 그림자를 드리운 숲의 경계를 따라 언덕 위로 속도를 높였다. 차창을 통해 산중턱의 서늘한 공기를 느끼면서, 다시금 백미러로 뒤쪽의 벌들을 바라보았다. 새로운 누크들이 불안의 근원임을 그 순간 깨달았다. 신중하게 계획한 하루의 모든 과정은 성공적인 벌통 설치를 위한 것이었다. 앨리스는 이 벌들을 책임져야 했다. 하지만 이 시간대에 그녀가 사는 그늘진 계곡은 더욱 추울 것이었고, 앨리스는 자신의 아이들이 춥고 어두운 공기에, 그리고 상점에서 사온 인공조명에 노출돼 스트레스 받는 걸 바라지 않았다. 아이들이 내일까지 기다려줘야겠네, 그녀는 혼잣말했다. 벌통에는 그들이 먹을 꿀이 있으니 하룻밤 정도는 벌통 상자에 담겨 있어도 버틸 수 있을 것이다. 명청한 실수를 피하기 위해선 그녀 역시 말짱한 정신으로 이사시켜주는 게 좋으리라.

"이제 합리적으로 생각해라, 마음 단단히 먹고." 어머니의 목소리가 들렸다.

앨리스는 한숨을 쉰 뒤 오늘의 과업을 포기했다.

"그럼 내일 아침, 일하러 가기 전에 할게요." 그녀가 소리 내어 말했다.

리드 로드의 익숙한 곡선주로를 따라 달리면서, 앨리스는 긴장을 풀고 운전대를 잡은 채 운전석에 몸을 기댔다. 생각들이 둥둥 떠다니도록 놔두었다. 불안한 기억들이 마치 양치기견 콜리에게 복종하는 온순한 양들처럼 습관적인 자제력을 발휘해 한데 모여들기를 바라면서. 그런데 그 순간 지머먼 박사와의 최근 상담이 떠올랐다. 박사는 한동안 앨리스를 금지된 주제 쪽으로 이끌어가려 했지만 아직은 그 주제에 대해 명확하게 이야기를 나누지 않았다. 앨리스는 굳게 닫힌 마음의 문 뒤에 어떤 생각들을 감추고 있었고, 지머먼 박사가 부드럽게 재촉했음에도 굴하지 않았다. 지금, 예고도 없이 그 문에 금이 갔다. 이후 앨리스는 자신의 부주의함을 두고 피로를 탓하게 될 터였다. 그냥 그의 얼굴만 떠올릴 거야, 그녀는 생각했다. 그냥 얼굴만. 바로 그 순간 내면의 문이 활짝 열렸고 기억들이 밀어닥쳤다.

존 디어* 상점 카운터 뒤에 서서 웃고 있는 버드. 〈후드리버 뉴스〉 1면에 실린, 공원 부서 유니폼을 입은 버드의 사진. 너무 진지해 보여서 헤어지자고 말하지 않을까 생각했던 날에 본 버드의 얼굴. 그러나 그러는 대신 앨리스에게 결혼해달라고 말하던 버드. 혼인신고를 하던 날, 살림을 합친 날, 리틀빗에서 병아리들을 집으로 데려와 적외선등 아래서 삐약대며 폴짝폴짝 뛰어다니는 모습을 함께 바닥에 앉아 바라보던 날. 일요일 저녁식사를 마친 뒤 프랭크 시내트라의 〈Fly Me to the Moon〉에 맞춰 거실에서 미소 띤 어머니와 왈츠를 추던 버디. 낚시하러 가려고 어린 조카들을 트럭에 태

---

* 세계적으로 유명한 미국의 중장비·농기계 제조회사.

우고는 다시 집안으로 달려들어와 앨리스에게 잘 다녀오겠다고 키스하던 버디.

언덕 꼭대기에서 커브를 돌았을 때 앨리스는 과속하고 있다는 사실을 몰랐다. 그녀는 남편 로버트 라이언에 대해, 모두가 '버디'라고 부르던 그에 대해 생각하고 있었다. 그녀의 고요하던 삶에 그토록 갑작스레 들어와 그토록 예상치 못한 기쁨을 선사해준 버디. 이제는 세상에 없는 버디.

가슴이 점점 짓눌리는 기분이 들면서 목이 멨다. 숨소리가 점차 거칠어지고 얕아지다가 이윽고 뜨거운 흐느낌이 터져나왔다. 두 눈에 눈물이 차올라 시야가 흐려졌다. 방아쇠가 당겨지자, 그녀의 슬픔은 아까 고속도로에서 지나쳐온 벌목 트럭들 중 하나에 실려 있던 커다란 목재 더미처럼 헐거워졌다.

도로 가장자리로 향하며 앨리스는 눈물이 흐르는 눈가를 팔로 닦았다. 바로 그때, 헤드라이트의 두 줄기 불빛 사이로 누군가의 어깨가 보였다. 그녀는 급하게 브레이크를 밟았고, 트럭은 방향을 홱 틀어 울타리 기둥에 부딪히면서 멈췄다.

앨리스는 트럭 뒤쪽에서 러시안 꿀벌 십이만 마리가 서로 부딪치는 것을 느꼈다. 안전벨트가 잡아채는 바람에 머리를 쿵 찧었다. 시간이 느리게 흐르는 것 같았다. 머리가 띵했다. 시야 주변에 흰색과 푸른색 반점들이 어지러이 보였다. 백미러를 들여다보자 트럭 옆쪽으로 바퀴 하나가 고장난 대관람차처럼 회전하고 있는 휠체어가 보였다.

앨리스는 트럭에서 뛰쳐나와 도로를 가로질러 뛰어갔다. 평소처럼 빠르게 달릴 수가 없었고 서늘한 공기 속을 헤엄치는 것처럼 느꺼졌다. 희미해지는 빛 속에서 웃자란 풀숲을 바라보며, 그녀는 기도하기 시작했다. 휠체어 옆에 누군가 쓰러져 있는 것을 발견했다. 다친 걸까? 앨리스는 쭈그려앉아 무릎 위에 두 손을 얹고는 아래를 내려다보았다. 그는 등을 보이며 엎드려 있다가 돌아누웠다. 앨리스가 예상한 것은 길 위쪽에 자리한 리버데일 은퇴자센터에서 목욕가운과 슬리퍼 차림으로 달려나 나온 작은 체구의 치매 노인이었다. 하지만 그녀가 본 건 소년이었다. 요상한 머리 모양을 하고, 얼굴 위로는 이어폰과 선글라스가 한데 얽힌 십대 소년. 이런 젠장! 빌어먹을 애를 치다니!

소년은 선글라스를 얼굴 위에서 치우곤 그녀를 올려다보았다. 그리고 웃었다. 앨리스는 안도감이 밀려들었고, 문득 울고 싶어졌다. 대신 그녀는 소리를 질렀다.

"제기랄, 이 녀석아! 너 대체 무슨 짓을 하려고 한 거야? 너 죽고 싶어?"

3
먹이 찾기

수벌은 4월 또는 5월에 모습을 드러내기 시작한다. 계절이 얼마나 빠르게 변화하는지에 따라, 그리고 식량 비축량에 따라 출몰 시기는 조금 더 빨라지거나 느려진다. 군집을 이루기엔 너무 약한 벌집에서는 대체로 양육이 이루어지지 않는다. 그런 벌집에서는 젊은 여왕벌이 길러지지 않기에 수벌들은 무의미한 소비자들이 될 뿐이다.

_L. L. 랭스트로스

콕 집어 오늘 아침의 기분을 설명하기 위한 단어 하나를 선택해야 했다면 해리 스토크스는 분명 '배고픔'이라고 말했을 것이다. 그러나 배고픔의 수준은 중간 정도였고 심각진 않았다. '아사할 지경'이라거나 '굶주림'까지는 아니었다. 그래도 '출출함'보다는 훨씬 강했다. 신경쓰일 정도의 배고픔, 현재 상태를 견딜 수 없다고 기민하게 인식하게 할 정도의 배고픔.

그는 삼촌의 트레일러 계단에 걸터앉아 지프 땅콩버터 통의 바닥을 손가락으로 쓸었다. 손가락 끝을 쪽쪽 빨면서, 예전에 담겨 있던 땅콩버터의 희미한 흔적 외에는 그 플라스틱 용기에 아무것도 없음을 확인했다. 아쉬운 마음에 통의 바닥을 흘끗 들여다본 다음, 쓰레깃더미를 향해 던졌다. 퉁 소리를 내며 떨어진 통이 다시 그를 향해 굴러왔다. 산들바람이 불어와 시원한 스카프처럼 그의 가느다란 목 주변을 맴돌았다. 해리는 몸을 떨면서 후드를 덮어썼다. 아침나절이었지만 트레일러가 놓인 공터 주변에 우뚝 솟은 미송들 사이로 햇빛은 아직 스며들지 않았다. 배에서는 꾸르륵 소리가 났다. 만화책 스프링이 풀리듯이.

식욕이 불러일으키는 공허한 하품을 하다 해리는 주의를 돌리기 위해 공책을 꺼내 현재 상황의 장단점을 반 장 정도 나열해둔 페이지를 펼쳤다. 그러고는 펜을 들고 주위를 둘러보았다. 그가 생각하기에 이곳에서 제일 마음에 드는 것은 주변 환경이었다. 클리키타트강이 트레일러 뒤쪽을 세차게 흐르고 있었다. 다른 모든 소리가 파묻힐 만큼 큰 소리를 내뿜는, 새하얀 물의 고속도로 같았다. 심지어 트레일러가 깊숙이 자리한 이곳 숲속에는 카운티 도로에서나는 소리조차 들리지 않았다. 또하나 마음에 드는 건 애덤스산의 풍광이었다. 저 휴화산은 두껍게 쌓인 봄눈에 덮인 채 북쪽을 향해 흰 괴물처럼 웅크리고 있었다.

해리는 공책 왼쪽 열에 '목가적인 아름다움'이라고 적었다. '목가적'이라는 단어의 정확한 뜻은 기억나지 않았는데(뭔가 야외생활을 선호하는 것 같은 의미였다) 발음이 좋았다. 어쨌든, 나열용 단어로는 좋았다. 짧고 간결하니까.

목록을 만드는 일은 해리가 지난 이십 년 넘게 활용해온 전략이었다. 네 살 때, 엄마의 링컨 타운카 어린이용 시트에 앉아 주황색 크레용을 움켜쥐고 있던 날 떠올려낸 습관이었다. 그날 엄마는 아빠가 있는 무더운 남부의 미시시피를 떠나 뉴욕으로 차를 몰았다. 아빠에 대한 기억은 거의 없었다. 하지만 그 여름날의 습한 더위,

그리고 해티즈버그 도시의 끄트머리에 이르렀을 때 엄마의 얼굴에 떠오른 기쁜 표정은 기억났다. 엄마는 담배에 불을 붙이고는 창문을 내렸다.

"엄마, 뉴욕에는 뭐가 있어요?" 그는 물었다.

엄마는 연기를 차창 밖으로 뿜어내곤 백미러로 그를 쳐다봤다.

"자유의 여신상이 있단다, 아들. 엠파이어스테이트빌딩도 있지. 유명한 배우들이 죄다 모여드는 브로드웨이도 있고. 센트럴파크에는 연못도 있고 동물원도 있단다. 뉴욕에선 경찰관들이 말을 타고 다녀. 넌 분명 좋아할 거야, 해리."

엄마는 담배 연기를 내뿜으며 미소 지었고, 해리는 엄마를 믿고 싶었다. 엄마가 미소 짓는 게 좋았으니까.

"아빠는요?" 그가 물었다.

잠시 침묵하다가 엄마는 이렇게 말했다. "아니. 아빠는 말고. 아빠는 뉴욕에 없을 거야."

해리가 기억하는 건 그나마 이런 것들이었다. 담배 연기의 냄새, 라디오에서 흘러나오던 패치 클라인의 노래, 그걸 따라 부르던 엄마. 마음속에서 해리는 주황색 크레용과 종이를 떠올렸다. 말과 경찰관, 우리에 갇힌 호랑이를 페이지의 한쪽에, 그리고 막대기처럼 생긴 아빠를 다른 쪽에 그렸다. 이것이 그가 생애 최초로 만든 장단점 목록이었다. 해리는 어린 시절 내내 이 전략을 사용했다. 목록을 만들면 좀 나았다. 아니, 적어도 좀 낫다고 믿고 싶었다. 현재와 미래 사이에 꼼짝없이 끼여 있다는 생각이 너무 자주 들었으니까.

"분석 마비*에 걸렸네." 샐은 그를 놀렸다. "얘는 종이봉투에서 빠져나오는 법도 모른대요."

엄마는 새아빠더러 조용히 하라면서, 해리는 잘하고 있다고, 목록을 만들면서 자신의 선택지를 적극적으로 고민하고 있는 거라고 말했다. 하지만 해리가 141번 고속도로 옆, BZ 코너 근처 숲속에 있는 삼촌의 트레일러에 살고 있다는 점에 대해서는 엄마조차도 적극적으로 행동하고 있다고 말하지 못할 것이다. 최근까지도 해리는 자신의 상황에 만족했다. 평화로움과 고요함이 좋았다. 그 두 단어는 왼쪽 열에 적혔다. 사생활 보호라는 단어도. 해리는 삼촌이 떠난 이후로 사람을 단 한 명도 보지 못했다. 쩍쩍대는 새들과 덤불 속을 스쳐지나가는 작은 생물들뿐.

'야생.' 그는 '사생활 보호' 밑에 이렇게 적었다. 물론 야생이 시골생활에서 긍정적인 요소이기만 한 건 아니었지만. 햇빛이 내리쬐는 도로 위에 내려앉는 황금색 고지새들의 모습은 아름다웠다. 하지만 쓰레깃더미를 뒤지는 난폭한 너구리는 그렇지 않았다. 해리는 어느 날 코요테를 보았다고 거의 확신했다. 땅에 납작 엎드려 트레일러 주변을 어슬렁거리던 홀쭉하고 기다란 갈색 동물.

"내 재산이야!" 에이치H 삼촌은 늘 이렇게 말했다. 서부에서 수십 년을 살았는데도 삼촌은 여전히 미시시피 억양이 강했다. "내 사유재산이라고! 저것들이 내 집에 무단 침입할 이유는 없지 않냐!"

해리가 이곳에서 지낸 두 달 동안 삼촌을 찾아온 사람은 한 명도 없었기 때문에 '저것들'이 누구인지는 확실히 알지 못했다. 까칠한 에이치 삼촌—에이치는 그의 이름 해럴드를 줄인 단어였다. 성은

---

* 생각이 너무 많아서 전혀 행동하지 못하게 되는 것을 가리키는 말.

굿윈이었다—은 손님을 반기지 않았다. 해리는 철물점에서 '무단 침입 금지' 표지판을 대폭 할인하는 행사가 있었을 거라고 추측했다. 트레일러에서 우체통에 이르기까지, 풀이 웃자란 도로 양옆에 이 표지판 수십 개가 꽂혀 있었으니까. 에이치 삼촌은 못과 압정, 강력 접착테이프로 표지판을 단단히 고정했다. 이제는 너덜너덜해지고 바람에 휘어진 그것들 때문에 황폐한 트레일러 주변을 감도는, 버려진 듯한 전반적인 분위기가 더욱 짙어졌다.

해리는 삼촌이 BZ 코너 근처의 이 어둑한 숲속에서 정말로 '재산'을 소유한 건지 궁금했다. 어쩌면 삼촌은 주인 있는 땅을 무단으로 점유했고, 땅주인이 누구든 그저 귀찮아서 삼촌을 쫓아내지 않거나 혹은 삼촌이 거기에 있는 줄도 모를 것 같았다. BZ 지역은 사실 후드리버 북쪽 도로 근처에 놓인 넓은 지대에 불과했다. 여기 머무는 짧은 기간 동안 해리는 BZ에 사는 사람들이 다음과 같은 세 가지 유형으로 나뉘는 듯하다고 결론을 내렸다. 1) 사냥하고 낚시하는 걸 즐기며 혼자 사는, 신을 두려워하는 은퇴한 벌목꾼들. 2) 누구든 제대로 된 방향으로 인도해주고 싶게 만들 만큼 변덕스러운, 은둔하는 실업자들. 3) 소박한 별장을 지어두곤 거의 사용하지도 않는, 포틀랜드의 다주택자들.

대놓고 말한 적은 없지만 에이치 삼촌은 확실히 두번째 부류 같았다. 이 노인이 어쩌다 여기 살게 됐는지, 왜 여기에서 지내는 건지 이유는 불분명했다. 미시시피에는 삼촌의 딸과 손자들이 있다고 엄마는 말해주었다. 액수가 적긴 할 테지만 삼촌이 어디에서 돈을 얻는 건지도 전혀 알 수 없었다. 해리를 가게로 심부름 보냈을 때, 삼촌은 구겨진 1달러와 5달러 몇 장을 주머니에서 꺼내 식료품값으로 지불하라며 건네주곤 했다. 스스로가 손님처럼 여겨지지 않았기에 해리는 아무것도 물어보지 않았다. 삼촌이 그의 '재산'에 쳐들어오는 다른 무단 침입자들과 해리를 동일시하지 않은 유일한 이유는 에이치 삼촌이 항상 엄마를, 그러니까 그의 여동생의 딸을 아껴서라고 해리는 생각했다.

"너희 엄마 말이다, 좋은 여자야. 진짜 황금 같은 존재지." 대화 도중 엄마 얘기가 나올 때마다 삼촌은 이렇게 말하곤 했다. "아주 진실한 사람이야."

그럼에도 해리가 이 숲속의 형편없이 작은 트레일러에서 삼촌과 함께 지내는 이유의 일부는 '재산' 문제였다. 그러니까, 해리에겐 재산이랄 게 아무것도 없었다.

트레일러. 그 단어는 확실히 오른쪽 열에 적힐 것이다.

"죄송하지만, 에이치 삼촌." 그가 소리 내어 말했다. "이 트레일러는 진짜로, 진정한 쓰레기예요."

트레일러의 상태가 더 나았던 시절도 있었다. 바람을 하도 맞아 헐거워진 벽면, 값싼 패널 사이로 삐져나온 형편없는 단열재는 트레일러의 단점이었다. 수돗물도 없었고, 전기는 자주 끊겼고, 바닥에는 커다란 구멍이 여러 개 나 있었다. 밤이면 해리는 쥐들이 벽 뒤에서 잽싸게 뛰어다니는 소리를 듣곤 했다. 언젠가 계단이 무너져내렸기에 해리가 지난 2월 이곳에 왔을 때 아흔이 가까운 삼촌은 집에서 만든 사다리를 사용해 트레일러를 오르내리고 있었다. 삼촌은 조카손주가 예고도 없이 진흙투성이 도로를 걸어오는 것을 본 순간, 매일 두 번씩 집밖으로 나와 별채로 가는 외출을 위해 사다리를 오르내려야 한다는 사실을 말할 때만큼이나 무덤덤했다.

에이치 삼촌은 서부를 보고 싶어서 왔다는 조카손주의 말에 토를 달지 않았다. 만약 삼촌이 엄마 리디아와 해리의 '문제'(엄마는 이렇게 부르길 좋아했다)에 대해 얘기했더라도 삼촌은 아무 말 없었을 것이다.

해리는 몇 시간 동안이나 대화를 계속 나누는 데 만족하는 듯했던 삼촌을 좋아했다. 삼촌은 동부와 서부를 횡단하는 BNSF*의 철도 엔지니어로 일하던 시절 이야기를 들려주었다. 어떻게 캐나다의 모든 주, 심지어 거친 래브라도해와 맞닿은 뉴펀들랜드의 외딴 지역까지도 히치하이크하며 쏘다녔는지 말이다. 삼촌이 여행에서 만난 근사한 여성들에 대해 이야기할 때 해리는 즐거웠다. 해리는 좋은 청자였다. 어쩌면 그렇기 때문에 삼촌은 해리가 그곳에 머문 지 일주일 되던 날, 언제 떠날 거냐고 묻지 않았던 것일지도 모른다. 그 대신 삼촌은 식료품이나, 냉장고가 고장난 뒤로 사용하고 있던 아이스박스에 채워넣을 얼음을 사오라며 해리를 BZ로 심부름 보냈다. 해리는 에이치 삼촌이 기본 식료품으로 여긴 것들―지프 땅콩버터, 맥앤치즈, 스팸, 감자, 도수 낮은 맥주, 화장실 휴지, 치즈잇 크래커―을 조금씩 사왔다. 그런 뒤에는 사흘이나 나흘에 한 번씩 쇼핑을 했다.

두 사람은 원만한 루틴을 만들어갔다. 에이치 삼촌은 해리가 자신의 이야기를 집중해서 들어주고 끝이 안 나는 크리비지 게임을 함께한다는 사실에 기뻐했다. 해리는 가까운 과거에 겪은 대실패

---

* 벌링턴 노던 산타페(Burlington Northern Santa Fe) 철도회사. 미국 텍사스주 포트워스에 본부를 둔, 북아메리카에서 두번째로 큰 대륙 횡단 철도회사다.

와 미래의 불확실성 사이에 갇혀 있다가 이곳에서 잠시 멈추게 되어서, 자신이 한 일들과 앞으로 할지도 모를 일들 사이에서 스스로를 유예할 수 있어서 기뻤다. 봄비가 울창한 숲을 휩쓰는 동안, 두 사람은 흰 곰팡이가 핀 트레일러 안에서 식탁에 마주앉아 카드게임을 하거나 삼촌의 서재에서 야생동물 안내책자, 태평양 북서부 역사책, 너덜거리는 미스터리 책들을 꺼내 읽곤 했다. 에이치 삼촌은 카드게임에서 조카손주를 이길 때마다(그가 대부분 이겼다) 기뻐하며 흰 머리카락을 홱 잡아당겼다. 오후가 되면 에이치 삼촌은 몸을 웅크리고 낮잠을 잤다. 빗줄기가 약해지면 해리는 강 위쪽의 숲속 이곳저곳을 천천히 거닐었다. 한번은 해리가 트레일러 주변을 정리하고 쓰레기를 분류하면서 사용하거나 재활용할 만한 것들을 살펴보려 했는데, 삼촌이 네 빌어먹을 일이나 잘하라며 자기 물건에서 손 떼라고 소리를 질렀다. 삼촌은 자신의 나이와 사다리의 안전성을 감안할 때 해리가 경악할 정도로 사납게 사다리를 밟고 올라가곤 했고, 조잡한 문을 쾅쾅 닫곤 했다. 그날 해리는 남은 시간을 강가에서 보냈다. 그가 돌아왔을 때, 에이치 삼촌은 저녁식사로 먹을 스팸과 감자를 굽고 있었다. 삼촌은 크리비지 게임에서 해리를 백번째로 이겼고, 쓰레기 사건에 대해선 언급하지 않았다.

그뒤로 해리는 삼촌에게 허락받은 집안일만 했다. 트레일러의 외벽을 수리하고 사다리를 튼튼하게 만드는 일 같은 것들. 해리는 그런 일을 잘해냈고, 삼촌은 그것을 고맙게 여기는 것 같았다. 또 해리는 작은 식료품점까지 걸어가거나 히치하이크를 했다. 삼촌의 기름때 긴 바지와 니트 모자 차림으로 안전하고 친근하게 보이기 위해 엄지를 쳐든 채 서 있었다. 141번 고속도로의 갓길을 비틀거리며 걷는 노인에게는 차들이 더 빨리 멈춰줄지도 모르겠다고 생각했다. 이틀 전에 사회복지사가 방문한 이유도 반바지 아래에 긴 내복을 입고 튜브양말을 신은 에이치 삼촌의 모습 때문이었을 것이다. 아니면 오히려, 해리가 쇼핑을 맡은 이후로 삼촌이 시내에 모습을 보이지 않았기 때문일지도.

BZ는 작은 공동체였다. 에이치 삼촌이 한동안 시내에 들르지 않았다는 걸 누군가는 분명 알아차렸을 것이다. 그의 조카손주가 그를 위해 쇼핑하고 있다는 것을 깨달은 사람은 아무도 없을 것이다. 해리는 식료품점에서 누구와도 대화를 나누지 않았다. 에이치 삼촌에게는 휴대폰이 없었기에 그의 안부를 확인하기 위해 전화할 수 있는 사람은 아무도 없었다. 의사가 휴대폰을 장만하라고 잔소리했다며 삼촌이 투덜거리는 소리를 해리는 들은 적이 있다. 그러니 그날, 카운티 사람들을 마주했을 때 삼촌은 몰라도 해리는 깜짝 놀랐다.

이틀 전, 흰색 세단과 구급차가 도로를 따라 천천히 올라오고 있을 때, 삼촌은 잠들어 있었다. 삼촌은 점점 더 잠이 많아졌고, 비 오는 날이 아니어도 오래 잤다. 해리는 숲이 시작되는 공터 가장자리에 서서 오줌을 누고 있었다. '후드리버 카운티 공무용'이라는 문구가 새겨진 자동차가 앞장서 오고 있었다. 두 여성이 차에서 내렸는데, 분홍색 병원 수술복을 입은 사람은 보호자석에서, 카고 바지와 군청색 카디건 차림의 사람은 운전자석에서 나왔다. 해리 또래의 남자가 구급차에서 내리는 것이 보였다. 세단 운전자가 그 남자에게 뭔가를 속삭이자 그는 구급차 문에 기댄 채 고개를 끄덕이더니 휴대폰에 엄지손가락으로 뭔가를 입력하기 시작했다. 여성

두 명은 트레일러를 향해 걸어왔다.

"안녕하세요! 굿윈 씨?"

운전자가 트레일러 문으로 다가가며 안경을 벗었다.

"굿윈 씨? 집에 계세요?"

환대해야 한다는 마음과 방어하려는 마음이 순간적으로 뒤얽혔다. 해리는 햇빛 속으로 걸어가 해럴드 굿윈 씨의 이름을 딴 조카손주라고 자신을 소개하려 했다. 그 사람들에게 누구시냐고, 무엇이 필요하시냐고 물으려 했다. 트레일러로 올라가 삼촌이 사다리를 타고 내려오는 것을 도우려 했다. 에이치 삼촌은 해리가 도와드리려 할 때마다 화를 냈지만.

그러나 해리는 어느 것도 하지 않았다. 그러는 대신 뒤돌아 달리기 시작했다. 강 위의 좁은 길을 따라 얼마나 오래 달렸는지 알 수 없었다. 마침내 멈춰 섰을 때, 땀흘리고 헐떡이는 채로 해리는 여느 날보다 더 깊은 숲속에 다다랐다는 것을 깨달았다. 비옥한 흙 위에 쓰러져 누워 두근대는 심장을 가라앉히려 했다. 그는 엄마를 떠올렸다. "정말 짜증나는구나!" 엄마는 이렇게 말할 것이다. 초등학교 1학년이었던 해리가 새로운 청바지에 달린 딱딱한 단추를 끄를 수 없었던 탓에 학교에서 오줌을 쌌을 때처럼. 그를 데리러 온 엄마는 이렇게 물었다. "해리, 왜 선생님께 도움을 청하지 않았니?" 해리는 그저 어깨를 으쓱하곤 옷소매에 코를 닦았다. "정말 짜증나는구나." 엄마는 이후로 백 번 천 번 하게 될 그 말을 그때 처음으로 중얼댔다.

통나무에 등을 기대고 앉은 해리는 변명할 게 없었다. 이렇게 달음질쳐온 것에 대해 합리적으로 설명할 수가 없었다. 이런 어린애 같은 공포를 어른의 행동에 걸맞은 말로 표현할 수 없었다. 확실히 그는 이것보다 더 잘할 수 있다. 적어도 그를 본 사람은 아무도 없지 않은가. 그는 일어나서 트레일러 쪽으로 돌아가기 시작했다. 심호흡하며 말할 것을 머릿속으로 연습했다.

"안녕하세요. 제 이름은 해리 스토크스입니다. 저는 굿윈 씨의 조카손주고, 롱아일랜드에서 왔어요. 무엇을 도와드릴까요?"

이렇게 말할 것이었다. 그러나 해리가 트레일러로 돌아왔을 때 차도는 텅 비어 있었다. 해리는 안도의 한숨을 쉬었다. 결국 아무 말도 안 해도 되었지만, 다음번에는 준비가 되어 있을 것이다. 한 끗 차이로 찾아온 행운에 들뜬 채 그는 트레일러로 올라갔다.

"에이치 삼촌," 그가 불렀다. "깨셨어요?" 삼촌은 답하지 않았다. 삼촌은 거기 없었으니까. 해리는 바깥으로 나가서 옥외변소 쪽을 살펴보고 무겁게 가라앉는 진실을 확인했다. 그 사람들이 삼촌을 데려간 것이다.

그것이 이틀 전의 일이었다. 해리는 그들이 구급차에 에이치 삼촌을 태워 병원으로 갔다고 생각했고, 그러자 마음 한구석에 안도감이 차올랐다. 에이치 삼촌은 요즘 잠이 많아졌고 이상하게 행동했다. 지난주만 해도 그는 크리비지 게임을 하는 도중에 문득 고개를 들어 해리를 노려보았다.

"누가 여기에 들어오랬소?" 그가 으르렁댔다.

"삼촌이 그러셨잖아요." 해리가 불안해하며 말했다. 노인은 찡그린 얼굴을 거두고 웃음을 터뜨렸다.

만약 에이치 삼촌이 자신의 조카손주에 대해 언급했더라도, 카운티 사람들은 이 괴짜 노인을 믿지 않았을 것이다. 해리는 히치하이크로 병원에 가서 삼촌을 만나볼 계획이었다. 하지만 그는 첫날에도, 그다음날인 어제도 가지 않았다. 오늘은 셋째 날이었다. 적어도 BZ 코너에 있는 공중전화로 병원에 전화를 걸 수는 있었다. 왜 그렇게 하지 않았는지에 대해서는 생각하고 싶지 않았다. 해리는 스스로가 부끄러웠고, 그로 인해 배고픔은 잠시 사라졌다. 이내 생각하기를 관두고 풀이 웃자란 차도를 바라보았다.

'안전.' 해리는 이제 단어로 가득찬 왼쪽 열에 이렇게 썼다. 그럼에도 이 장점들은 다른 현실로 인해 확실히 점점 덜 매력적으로 보였다. 그는 더러웠고, 배고팠고, 아이스박스에서 음식을 꺼내 먹다 식중독에 걸릴까봐 조금 걱정됐다. 또 어두운 숲속에서 혼자 깨어나는 게 약간은 비참했다. 삼촌에게 친밀감을 느꼈다고는 할 수 없었지만, 에이치 삼촌은 함께 이야기를 나누거나 최소한 해리에게 이야기를 들려주는 사람이었다. 그러나 삼촌 집에서 보낸 몇 주 동안, 해리는 자신이 겪는 숱한 문제를 해결하는 일에는 전혀 가까워지지 못했다. 그는 빼곡해진 목록을 다시 펼쳐보았다.

'2014년 봄 현황 보고서'라는 제목 밑에 그는 이렇게 적어두었다. '문제들: 집이 없다는 것(트레일러 제외), 직업이 없다는 것, 예금 계좌 잔액: 318.57달러, 엄마와 셸에게 1,468.25달러 빚짐.'

그는 한숨을 내쉬었다. 해리에겐 돈이 필요했다. 그가 요청하면 엄마가 어느 정도 보내줄 것임을 알고는 있었다. 엄마는 언제나 그랬으니까. 그가 자립하는 데 도움을 주기 위해서일 뿐이라고 말하면서. 하지만 이건 위기 상황이 아니었다. 그는 막다른 골목에 다다를 때마다 항상 그래왔듯이 돈을 다 써버리곤 했다. 계획이 없었으니까. 아니, 그는 엄마에게 연락할 수 없다. 더군다나 엄마는 에이치 삼촌의 안부를 물어볼 것이다. 병원에 혼자 있을 노인을 떠올리자 뱃속에 납덩이가 든 것처럼 마음이 무거워졌다.

해리는 페이지를 넘겨 새로운 목록을 작성했다.

'2014년 4월의 과제: 이력서 갱신하기, 구직 활동, 에이치 삼촌 보러 가기, 엄마한테 연락.' 그는 화살표를 그려 '에이치 삼촌 보러 가기'를 목록의 제일 위로 옮겼고, 그러자 기분이 좀 나아졌다.

구직을 생각하자 뱃속이 조여왔다. 일 자체는 문제가 아니었다. 해리는 성실한 노동자였다. 문제는 면접, 사람들과 대화하는 일, 계약을 성사시키는 일이었다.

"넌 도무지 마무리를 못 지어, 이 녀석아!" 샐은 이렇게 소리지를 것이다. "마지막 회사에선 너한테 일자리를 주겠다고 했는데 네가 답을 안 했잖아! 대체 뭐가 잘못된 거냐?"

짜증나.

해리는 합리적으로 설명할 수 없었다. 새로운 상황에 맞닥뜨렸을 때 마주할 질문들에 온몸이 마비될 지경이라는 걸 어떻게 설명할 수 있단 말인가? 아침에 차로 출근하기 제일 좋은 경로는 무엇인가, 무슨 옷을 입어야 하는가, 사람들이 점심 도시락을 싸왔나, 아니면 나가서 식사하나? 만약 화장실을 써야 한다면, 정말이지 화장실이 급해지면 어떡하지? 그는 누구에게도 이런 질문을 할 수 없을 것이고, 그렇기에 선의의 거짓말을 하는 게 더 쉬웠다. 급여가 적다, 근무 시간이 형편없다, 상사가 멍청하다.

해리는 윗입술에 펜을 톡톡 두드렸다. 이번에는 일자리를 구하기가 더욱 어려웠다. 숲속에 자동차도 없이 살고 있기 때문만은 아니었다. 그가 범죄자라는 불편한 진실도 있었다. 범죄자였다는. 과거시제로. 하지만 해리는 그에 합당한 형을 살았다. 이제 다 끝난 일이라고 그는 스스로에게 말했다. 제일 중요한 것부터 먼저 하자. 그는 삼촌을 찾아야 했다.

해리는 수건과 비누, 갈아입을 옷을 들고 숲속을 지나 강가로 향했다. '목가적인 아름다움'이라는 모호한 표현을 썼지만, 해리는 에이치 삼촌 집 주변의 거대하고 어두운 숲에 진심으로 매료되었다. 강 위쪽의 나무들 사이를 거닐던 나날 동안, 그는 가장 단순한 것들이 자아내는 아름다움에 충격을 받았다. 나무둥치에서 자라는 쨍한 녹색의 이끼, 죽은 나무의 그림자들 사이로 불현듯 비치는 햇살. 한번은 그가 터벅터벅 걷고 있는데 짹짹대는 작은 새 몇 마리가 나무에서 날아오르더니 곧장 그의 앞을 가로질러 날아갔다. 새들은 서로 옥신각신하느라 그의 존재를 알아채지도 못했다. '참새들의 싸움.' 조류 도감에서는 그것을 이렇게 일컬었다. 또다른 밤, 잠자리에 들기 직전에 해리는 바깥에 나가 어둠 속에 서서 밤하늘의 별을 올려다보았다. 별들은 다른 어느 도시에서와도 다르게, 그가 살면서 본 모든 별보다 더욱 밝게 빛났다. 그 순간, 해리를 둘러싼 숲속에서 깊이 진동하는 부엉이 울음소리가 들려왔다. 그 커다란 새가 어느 나무에 앉아 있는지는 알 수 없었다. 울음소리가 모든 방향에서 동시에 들려오는 것 같았기 때문이다. 소리가 다시 들려왔고, 해리는 그 소리가 가슴속을 파고들어 마음을 가득 채우는 것을 느꼈다. 도시의 외곽 지역에서 자라난 그는 야생에 이렇게까지 가까워진 적이 없었고, 그것이 자신에게 이런 감정을 불러일으킬 것임을 알지도 못했다. 누군가 물었다면 해리는 그것을 행복이라고 불렀을 것이다. 그러나 그곳엔 질문할 사람이 아무도 없었다.

해리는 오솔길을 걸어 강가의 작은 모래톱으로 향했다. 그곳에
선 성난 물살이 원을 그리며 차분한 소용돌이를 만들어냈다. 그는
옷을 벗고 온몸에 닭살이 돋아나는 걸 느끼며 깊이 숨을 쉬고는 얼
음장 같은 물속으로 뛰어들었다. 너무 차가워서 숨이 턱 막혔다.
모랫바닥에 발을 디디고 재빨리 물 밖으로 나와 약한 햇볕 아래서
머리카락과 몸에 비누칠을 했다. 그런 뒤 다시 강물로 뛰어들어 몸
을 깨끗이 닦았다.

묻으로 돌아와서는 몸을 말리고 두 벌의 바지 중 그나마 깨끗한
것을 입은 뒤 삼촌의 셔츠 중 하나인, 여전히 태그가 붙어 있는 타
탄무늬 모직 셔츠를 걸쳤다. 트레일러로 돌아가는 길에 몸이 내내
따끔거렸다. 그는 삼촌이 나무에 걸어놓은 작은 거울을 보며 면도
를 했다. 스물네 살에 대머리라니, 혹은 탈모라니, 뭐가 됐든. 그는
한숨을 내쉬었다. 머리카락을 다 밀어버릴까 싶기도 했었지만, 고
등학교 시절 모험을 감행했을 때 네안데르탈인처럼 울퉁불퉁한 두
개골이 드러났던 일이 기억났다.

그럼에도 해리는 변화와 새로운 시작을 알리는 무언가를 하고
싶었다. 처음 서부에 왔을 때는 타투를 하겠다고 결심했었지만 적
당한 이미지를 결정하지 못했다. 그는 시애틀의 타투숍에서 한 시
간 동안 타투 책을 뒤적였지만 결국 멋쩍게 손을 흔들며 나왔다.
덩치 큰 남자가 손님에게 타투를 해주다가 고개를 들어 해리에게
턱짓을 했다.

"때로는 결정하는 데 시간이 걸리는 법이지, 친구." 그가 말했다.

비웃은 걸까? 만약 비웃은 거라면 어쩌지? 해리는 스스로가 엄
청난 괴짜처럼 여겨졌다. 그 남자가 뭐라고 생각하든 왜 신경을 썼

던 걸까? 어쨌거나 남일 뿐인데?

해리는 마른 턱선을 따라 수염을 깎았지만 윗입술 위쪽의 짧은 수염은 남겨두었다. 그는 콧수염을 기르곤 했다. 최근에 강가에서 카약을 타는 사람들 가운데 콧수염을 기른 이들을 봤다. 그의 또래 남자들이었다. 해리 역시 멋있어 보일지도 모른다.

그는 축축한 머리카락 위에 비니를 뒤집어쓰고는 공책과 펜, 물병, 약간 쪼그라든 오렌지가 담긴 배낭을 집어들었다. 너덜너덜한 '무단 침입 금지' 표지판들을 지나 고속도로로 향하는 자갈길을 걸어내려가 남쪽으로 방향을 틀었다. 몸이 조금씩 데워지는 것을 느끼면서, 어두운색을 띤 커다란 나무들을 올려다보면서.

"어디를 가는 거니, 작은 꼬마 해리 스토크스?"

엄마 목소리가 들리는 것 같았다. 그가 어렸을 때, 집을 나서려고 준비할 때마다 엄마는 언제나 이렇게 묻곤 했다.

해리. 해럴드의 줄임말이다. 해럴드 스토크스. 가운데 이름은 코틀랜드. 이 모든 게 정말이지 우스웠다. 해럴드 코틀랜드 스토크스 3세. 〈타임〉지에 나올 법한 컨트리클럽 회원 이름처럼 들렸다. 부모의 가족은 가난했지만, 이렇게 허세 가득한 이름은 남부에선 흔했다. 해럴드 코틀랜드 스토크스 2세에 관해서라면, 어느 키 큰 남자에 대한 희미한 기억이 남아 있었다. 어린 해리의 혀에 새끼손가락으로 위스키 몇 방울을 바르며 껄껄 웃던, 커다란 손 주변에 담배 연기가 맴돌던 남자.

고등학생이던 어느 날 오후, 해리는 트럭에 가득한 퇴비를 내려놓는 엄마를 도우면서 아빠에 대해 물어볼 용기를 내는 실수를 저질렀다. 두 사람이 어떻게 만났는지, 엄마가 왜 떠났는지, 아빠가

한 번이라도 해리에 대해 물어봤는지.

"네 아빠는 멍청한 놈이야." 부츠 뒷굽으로 담배꽁초를 비벼 끄고 장갑을 끼면서 엄마가 말했다. 해리는 그뒤로 다시는 아빠에 대해 묻지 않았다.

해리를 북쪽의 뉴욕으로 데려갔을 때, 리디아는 배우가 되고 싶었다. 대신 그녀는 롱아일랜드 골프장에서 웨이트리스로 일했고, 그곳에서 샐 로마노라는 멋진 남자를 만나 결혼했다. 샐은 조경 사업체를 운영했고, 해리가 아는 유일한 아빠였다. 전형적인 백인 남자 같던 샐.

해리는 다가오는 차 소리를 듣고 엄지손가락을 내밀며 돌아섰다. 젊은 가족이 탄 스바루 왜건이었다. 아버지로 보이는 사람은 도로에서 눈을 떼지 않았다. 어머니는 해리를 쳐다본 뒤 고개를 돌렸다. 죄책감. 두려움. 뒷좌석에 놓인 두 개의 카시트. 해리는 그들을 비난할 수 없었다. 계속 걸었다.

지난 1월, 샐과 리디아는 롱아일랜드의 집을 팔고 플로리다로 영영 이사한다는 소식을 알렸다. 겨울을 보내곤 하던 새러소타에 정착하기로 한 것이었다. 샐은 특히 허리케인 샌디 이후로 조경 사업에 지쳤다. 리디아는 눈 내리는 북부에 지쳤다. 새러소타에서 그녀는 피클볼*을 쳤고, 샐은 수영장 옆에 앉아 자기가 좋아하는 두꺼운 전쟁사 책을 읽곤 했다. 해리는 실망감을 숨기려 애썼다.

"멋지네요!" 그는 애써 이렇게 말했다. "축하해요, 두 분!" 그는

---

* 테니스와 비슷한 운동으로, 비교적 짧은 채를 사용해 플라스틱 공을 쳐서 네트 위로 넘기는 게임.

그들의 와인잔과 건배하기 위해 맥주를 들어올렸다. 사실 전혀 신나지 않았고, 그게 티 난다는 걸 스스로도 알았다. 두 사람이 이 소식을 알린 시기가 그로부터 이 주 전, 가석방 담당관이 해리를 내보내주면서 원한다면 주를 떠날 수 있다고 자유를 준 시기와 일치한다는 것을 그는 알고 있었다. 두 사람의 집 지하실에서 사는 건 항상 임시방편이긴 했지만, 혼자 살 길을 찾아 나아가야 한다는 생각에 마음이 무거웠다. 엄마는 와인잔을 내려놓고는 식탁 너머로 손을 뻗었다. 눈가가 촉촉했다.

"넌 괜찮을 거야, 해리. 새로운 시작이야, 아들. 만약 머물 곳이 필요하다면, 언제든……"

"삑삑삑!" 샐은 그만하라는 신호로 커다란 손을 들어올렸다. "감정적이 되지 마, 리디아, 자기."

그는 다시 잔을 들었다.

"해리의 미래를 위해." 그가 말했다. "해리의 미래가 어머니의 눈동자만큼 밝기를."

리디아는 훌쩍이고는 잔을 들어올렸다. 해리는 애써 미소를 지으며 맥주를 꿀꺽꿀꺽 들이켰다.

바람이 불어와 목덜미가 서늘해졌다. 삼촌의 모직 셔츠에 달린 단추를 잠갔다. 해가 구름 뒤로 숨었고, 앞에 놓인 포장도로에 빗방울이 드문드문 떨어지기 시작했다. 해리는 모자를 푹 눌러쓰곤 어깨를 움츠렸다.

다가오는 차의 끽끽대는 엔진소리가 들려오자 그는 엄지손가락을 내밀었다. 포드 이코노라인 밴이 속도를 늦추더니 저만치 앞에 멈췄다. 창문가로 달려갔을 때 해리는 운전석에 앉은 젊은 여자를 보았다. 빨간색 트럭 운전사용 모자 아래로 보이는 밝은 푸른색 눈동자, 땋은 갈색 머리카락, 격자무늬 플란넬 셔츠. 그녀가 미소를 지으며 창문을 내렸다.

"안녕하세요! 제가, 음, 완전 길을 잃은 것 같아서요! 클리키타트강 상류로 가는 출구가 어딘지 아시나요? 웨트 플래닛 회사의 래프팅 여행을 위한 점심을 배달하고 있거든요."

해리는 출구가 바로 길 아래에 있다는 것을 알고 있었다. 종종 밝은 노란색 뗏목들이 에이치 삼촌 집의 뒤쪽 급류를 떠다니고, 모래 강변에서 소용돌이치는 모습이 보이곤 했다. 그는 남쪽을 가리키곤 어디에서 방향을 틀어야 하는지 설명했다.

젊은 여자는 키득거리곤 눈을 굴렸다. "제가 방향치라서요. 혹시 같이 가면서 알려주실 수 있나요?"

그렇게 해서 해리는 따뜻하고 건조한 밴 안에서 아름다운 모이라와 함께 후드리버의 리버데이즈 카페에서 만든 거대한 파스트라미 샌드위치를 우적거리게 되었다. 점심식사를 배달한 모이라는 차로 돌아와 운전석에 앉고는 해리에게 어디로 가는지 물었다.

"저는 후드리버로 가요. 태워다드릴 수 있어요." 그녀가 말했다.

그는 망설였다. 삼촌에 대해 설명하고 싶지 않았고, 그래서 그냥 일자리를 찾고 있다고 말했다.

"어떤 일자리를 구하시는지는 몰라도, BZ보다는 후드리버에 일자리가 더 많아요." 그녀는 말했다.

해리는 고개를 끄덕이며, 후드리버에서 집으로 가는 길에 에이치 삼촌을 만나러 가겠다고 결심했다.

모이라가 음악을 틀었다. 해리는 미소를 지으며 샌드위치를 베

어물고는, 청반바지를 입은 그녀의 길고 그을린 다리를 훔쳐보았
다. 그녀는 무릎을 까닥이며 밴을 몰았고, 마리화나 담배를 피워
물면서 머리를 뒤로 젖히고는 그레이트풀 데드의 노래를 따라 불
렀다.

"정말 기이이일고 이상한 여행이었지!"

그녀는 숨을 들이마시고 기침을 하고는 해리를 향해 미소를 지
어 보인 뒤, 그에게 담배를 건넸다. 아주 오랜만에, 왠지 일이 잘
풀릴 것 같다는 느낌이 들었다.

4
어린 벌

벌집을 다룰 땐 모든 동작을 부드럽고 느리게 하라. 꿀벌들이 당신
의 존재에 익숙해지도록 하라. 절대로 뭔가를 부수거나 벌들을 다
치게 하지 말라. 어떤 작업중에도 벌들을 향해 숨을 내뿜지 말라.

_L. L. 랭스트로스

마침내 시간이 흘러 오리건의 황량한 겨울이 끝나고 여름이 다
가오고 있었다. 오늘 같은 밤, 해가 진 뒤 하늘은 어두워지고 검은
산허리에는 비현실적인 녹색과 노란색 빛이 드리웠다. 제이크는
능선에 드리운, 마치 그림자에 저항하는 듯한 푸른빛을 언제나 좋
아했다. 지금 그 광경을 바라보며, 이렇게 늦은 저녁에도 밖에 있
을 수 있는 나이가 되었던 첫날을 떠올렸다. 학부모 모임 날 밤, 학
교 운동장에서였다. 그는 타이어로 만든 그네에서 원을 그리며 돌
았다. 엄마를 기다리면서, 스스로 다 큰 아이 같다고 느끼면서, 하
늘이 어두워지는 것을 바라보았다.
  어깨 옆, 리드 로드를 따라 이어진 관개 수로에서 봄비가 흘러가
는 소리가 들려왔다. 3월 말이 되면 후드산의 눈이 녹아 계곡 배수

로에 넘쳐흘렀고, 밤공기는 깨끗한 나무 향기로 가득했다. 이른봄만의 특별한 냄새였다. 사고를 당하기 전부터도 황혼 무렵이면 과수원에 나가 있는 것을 좋아했던 이유 중 하나였다.

그는 등을 돌려 수로에서 들려오는 개구리들의 시끄러운 합창에 귀를 기울였다. 엄지손가락만한 저 생물이 겨울에 어디로 가는지를 두고 노아와 벌였던 끝없는 논쟁이 떠올랐다. 겨울잠을 자는 걸까? 아니면 죽는 걸까? 다시 나타나 찬 공기 속에서 저토록 희망차게 노래하기 시작할 때가 왔다는 것을 개구리들은 대체 어떻게 알까? 그는 지금 왜 수로 옆에 누워 있는 걸까? 시간은 느리게 흘렀고, 작은 개구리들은 이 애매한 장소에서 힘없는 메트로놈처럼 울었다. 박자를 맞추면서. 체니의 거대하고 퉁퉁대는 꼬리처럼.

노아의 여동생인 앤절라가 오빠의 3학년 가을학기 중 어느 날 하굣길에 체니가 돌아다니는 것을 발견했다. 엉덩이가 비쩍 여위고 얼룩진데다 목걸이도 없는 것으로 보아 떠돌이 개 같았다. 웃기게 생긴 헬리콥터 모양의 두 귀는 서 있어야 할지 늘어져야 할지 갈피를 못 잡고 있었다. 기뻐하며 커다란 발로 날뛸 때마다 꼬리가 박자에 맞춰 퉁퉁 바닥을 쳤다. 다리 세 개는 흰색이었다. 두껍고 짧은 코는 튀어나와 있었고, 커다란 입은 영원히 미소 짓는 것처럼 양옆으로 쭉 찢어져 있었다. 한쪽 눈은 파란색이고 다른 쪽 눈은 갈색이었다. 그 개가 전 부통령 딕 체니를 닮았다고(그가 한 번이라도 미소 지었다는 전제하에) 말한 건 노아였다. 그렇게 해서 이름이 정해졌다.

그날 앤절라는 체니를 데리고 집으로 왔고, 체니는 제이크에게, 그다음 노아에게 점프해 커다란 발로 그들의 팔과 다리를 긁었다.

"으악! 세상에! 앉아, 개야. 앉아! 떨어져! 이 짐승아!"제이크
가 소리질렀다.

개는 그에게서 떨어지더니 행복하게 원을 그리면서 종종걸음으
로 거실을 돌았다.

커다란 똥개를 지키려는 노아와 앤절라의 희망은 그들의 어머니
가 문안으로 들어서자마자 사라졌다.

"질대 안 돼." 캐츠 아줌마가 말했다. "카운티 보호소로 데려가.
당장."

캐츠 아줌마와 논쟁을 벌이려는 사람은 아무도 없었다. 제이크
는 자신의 엄마도 이따금 화를 내거나, 하다못해 아버지에게 말대
꾸라도 해주길 바랐다. 어쩌면 그가 개를 집으로 데려가겠다고 마
음먹은 것은 에드에게 앙갚음하기 위해서였을지도 모른다.

"이 개는 멋져요. 이 작은 펑크 로커 녀석!"제이크가 개의 커다
란 귀를 잡아당기며 말했다. "애한테 뾰족한 징이 박힌 개목걸이
를 걸어주겠어요. 야, 나랑 같이 집에 갈래?"

개는 제이크의 어깨 쪽으로 달려들었다.

캐츠 아줌마는 양파를 썰다가 멈추고는 칼을 들어 제이크를 가
리켰다. "제이컵 스티븐슨. 네 불쌍한 어머니한테 내가 이 개를 너
희 집으로 데려가라고 부추겼다고는 말하지 말거라."

"이 개는 여기 온 적도 없는 걸로 할게요, 아줌마." 제이크는 알
겠다는 표시로 두 손가락을 들어 보이며 이렇게 말했다. "스카우
트의 명예를 걸고요. 저는 학교에서 애를 찾은 거예요."

캐츠 아줌마는 소리 내어 웃고는 고개를 저었다. "행운을 빈다,
제이컵."

체니가 삶에 들어선 뒤로, 제이크는 체니 없는 삶을 상상할 수 없었다. 아침이면 배를 긁어달라며 등을 바닥에 대고 누워 있는 체니. 스케이트보드를 타고 하교하는 제이크를 침실 창문 너머로 바라보는 체니의 신난 얼굴. 가죽끈 끝에서 즐거움이 느껴지는 체니의 달리기 시간. 그때 체니는 탈출한 반려동물인 게 분명한 거북이를 발견하고는 걱정과 놀라움이 몹시도 웃기게 뒤섞인 표정으로 냄새를 맡았었다. 자신이 수영할 수 있다는 사실을 깨닫기 전까지 강물 속으로 점점 가라앉던 체니. 제이크와 노아가 노아의 아버지와 함께 사슴 사냥에 나섰던 어느 날, 체니는 야생 칠면조 열두 마리를 동쪽 언덕 위로 몰았다. 체니는 두려워하기보다는 짜증난 것처럼 보이던 이상한 새들을 쫓아 뛰어다녔고 이따금 제이크에게 쿵쿵 뛰어와 짖었는데, 마치 이렇게 말하는 것 같았다. "세상에! 굉장하지 않니! 칠면조들이야!"

제이크는 자신이 외동이라는 것에 별생각이 없었지만, 체니가 온 뒤로는 그의 삶에 구멍이, 슬픔으로 빚어진 작은 벽장이 있었다고, 이제는 끝없이 즐거워하는 이 동물의 존재로 그것이 채워졌다고 느꼈다. 그 개는 매년 점점 더 조용해지고 서글퍼지던 스티븐슨 가족의 집에 쾌활함을 선사하는 존재였다. 아버지가 집을 비울 때면, 제이크는 자신과 엄마, 그리고 체니가 새로운 가족이 된 것 같다고 생각했다. 80파운드나 되는 주제에 엄마의 무릎에 오르려는 체니의 터무니없는 행동에 엄마가 웃는 모습을 보는 게 좋았다. 제이크에게 체니는 단순하게도, 그리고 완전하게도 진정한 첫사랑이었다.

제이크가 체니를 집에 데려왔을 때 에드는 세일럼에서 일하고 있었다. 엄마도 이미 체니에게 홀딱 반하긴 했지만, 제이크는 경비견을 두겠다고 주장하면 에드를 설득할 수 있을 거라고 확신했다. 에드는 이웃들을 좋아하지 않았고, 그들이 진입로를 사용하는 방식이나 쓰레기통을 두는 위치나 뒷마당 파티에서 내는 소음에 대해 끊임없이 불평했다. 언제나 에드를 화나게 하는 게 있었다. 체니가 사람들을 두렵게 만들 수 있다는 주장에 그는 마음을 놓았다.

"저 개를 보는 것도 소리를 듣는 것도 냄새 맡는 것도 다 싫다." 에드는 담배를 비벼 끄며 개를 노려보았다. "제대로 돌보지 않으면 저 짐승 내다버릴 거다."

"저 짐승." 물론 아버지가 한 말이다. 아버지는 개가 어떤 친구가 되어주는지, 체니가 얼마나 노력했는지 알려고도 하지 않을 것이다. 뭔가 잘못했을 때면 체니는 너무나 미안해했다. 가령 조리대 위에 놓인 치즈 덩어리를 훔쳤을 때. 또는 격하게 인사하다가 방충망을 망가뜨렸을 때. 체니는 착한 개가 되고 싶어했다. 확실히 그랬다. 엄마를 몇 번 세게 치고 나서는 그녀 곁에선 차분해져야 한다는 것을 이해했다. 엄마가 귀와 가슴팍의 하얀 별 모양 털을 긁어줄 때 체니는 떨면서 그녀의 발치에 앉아 있었다.

아버지는 제이크가 개를 돌볼 수 없으리라고 확신했고 아들이 실수하기를 기다리고 있었다. 하지만 제이크는 모든 걸 해냈다. 산책하기, 먹이기, 털 빗어주기. 마당에 함께 있을 때는 물그릇을 채워주고 개를 잘 묶어두었다. 중성화도 시켰는데, 불쌍한 체니는 커다란 플라스틱 원뿔형 통을 쓴 채로 집안을 쿵쿵대며 돌아다녔다. 엄마가 수술과 개 소유 면허증 비용 지불을 도와주었지만, 엄마와 제이크는 이 사실을 에드에게 말하지 않았다. 어쨌든 엄마에게 그

비용을 갚겠다고 약속했다.

노아네 어머니가 그날 뭐라고 말했더라?

"행운을 빈다, 제이컵."

딘도 똑같은 말을 했다. "행운을 빈다, 꼬마야."

딘은 재활센터의 덩치 크고 운동광인 재활훈련사였다.

"넌 잘해낼 거야."

잠깐. 그건 나중의 일이었다. 이후의 일이었다. 체니는 사고 전에 제이크에게로 왔다.

기억이 죄다 뒤섞였다. 그는 지금 어디에 있는 걸까? 수로.

제이크는 다시 눈을 뜨고 어두워지는 하늘을 올려다보았다.

동쪽 언덕의 경사를 따라 자리한 오크 그로브 학교 건물의 형체가 보였다. 그는 리드 로드에서 스프링힐드 잭의 음악을 듣고 있었다. 그런데 어쩌다 휠체어에서 굴러떨어져 관개 수로 옆에 누워 있게 된 거지?

그리고 체니. 그의 다부진 개, 영원한 동반자인 체니는 어디에 있는 걸까?

포머로이네 집에서 파티가 있던 날, 제이크는 체니를 방안에 가둬두었다. 한 시간 안에 돌아올 거였으니까. 제이크가 마당을 청소할 동안 체니는 마당에서 뛰어놀 거였다. 닥터마틴 신발끈을 묶는 제이크를 바라보던 체니는 슬퍼 보였다. 제이크는 땅콩버터가 든 콩KONG사의 강아지 장난감을 냉동실에서 꺼내 개에게 던져주었다. 마지막으로 본 체니는 빨간색 콩 장난감을 입에 문 채 거대한 얼룩무늬 토끼처럼 그의 주변을 맴돌고 있었다.

제이크는 손으로 얼굴을 가렸다. 일어나 앉으려 했지만 모든 게 소용돌이치고 있었다. 차가운 바닥에 누운 채, 재활센터에서 돌아오던 날을 떠올렸다. 그가 가장 먼저 알아챈 것은 커다란 개가 사라졌다는 사실이었다. 휠체어를 탄 채 집으로 들어갔는데 문 옆 고리에 목줄이 없었다. 그는 리놀륨 바닥에 박힌 못에서 나는 딸각대는 스타카토 소리를 망연하게 들었다. 방에서 행복하게 짖는 소리가 들려오지 않았다. 차오르는 우울을 막아주던 유일한 작은 불꽃 하나가 꺼져버렸다.

체니에게 무슨 일이 일어난 건지 결코 정확히 알 수는 없었다. 아버지가 TV에서 눈을 돌려 그를 슬쩍 쳐다보았다. 입원해 있던 병원에 딱 한 번 와서는 이를 악물고 아들을 노려보던 에드는 그날도 같은 표정을 짓고 있었다. 그러고는 TV로 다시 고개를 돌리더니 맥주를 홀짝였다.

"내가 말했잖나. 제대로 돌보지 않으면 그 짐승 내다버릴 거라고."

"아들, 너무 미안해." 제이크의 등뒤에서 엄마가 속삭였다. "난 몰랐어."

제이크는 침실로 휠체어 바퀴를 굴렸다. 휠체어가 지나다닐 수 있도록 출입구가 넓혀져 있었다. 스타워즈 시트가 깔려 있던 낡은 트윈베드는 사라졌고, 휠체어에서 곧장 오를 수 있는 침대가 그 자리를 대신했다. 침대 위쪽 벽에는 몸을 일으킬 수 있도록 봉이 달려 있었다. 포스터들과 게임들은 그대로였다. 책상과 컴퓨터도. 모두 깨끗하고 깔끔했다. 과하게 깔끔했다. 등뒤에서 엄마의 낮은 목소리가 에드의 고함소리에 파묻히는 것을 들으며 문을 닫았다.

지쳤지만 잠이 오지 않았다. 주변이 온통 어두워질 때까지, 달이 하늘을 가로질러 움직이는 모습을 누운 채 바라보았다. 여기가 아닌 그 어디에든 있고 싶었다. 하지만 도대체 어디로 갈 수 있을까? 마침내 잠이 들었다. 꿈에 황금빛 강이 나왔다. 강둑 너머로 강물이 넘쳐흘러 휠체어를 휩쓸어갔고, 그는 멀리 헤엄쳐갔다. 가볍고 행복하게. 아침에 눈을 떴을 때, 암담한 미래가 그를 짓눌렀다.

그 이후로 제이크는 어두운 우울 속으로 빠져들었다. 2013년 겨울에는 새로운 강수 기록이 세워졌다. 삼 개월 동안 124인치의 비가 내린 것이다. 그는 자신이 미쳐버릴지도 모른다고 생각했다. 어둠 속에 깨어나 부모님이 출근하는 소리를 들었고 오후 세시 무렵 어둠이 내려앉는 것도 보았다.

매일매일 제이크는 텅 빈 시간을 마주해야 했다. 또다른 기다림의 하루. 정체된 것처럼 느껴지는 또다른 재활 운동의 하루. 새롭게 뭔가를 시작한 친구들의 인스타그램 포스팅. 차마 열어볼 수 없던 이메일들. 제이크는 시간을 죽이기 위해 최대한 늦게까지 잤다. 그는 열여덟 살이었지만 시간을 죽이고 있었다. 삶이 감옥 같았다. 울 수도 있었지만, 이미 몇 달 동안 많이 울기도 했을뿐더러 우는 건 도움이 되지 않았다.

그때쯤 제이크는 자살에 대해 잠시 생각했다. 어느 날 오후 에드의 소총 상자 앞에 앉아 스스로 자살을 감당할 수 있을지 고민했다. 그를 단념하게 한 것은 엄마에 대한 생각이었다. 지금보다도 엉망이 되어버려서 더 나쁜 상태로 끝장나면 엄마는 어떻게 될까. 그리고 어쨌든 제이크는 여전히 제이크였다. 안 그래?

음악을 들었다. 클래시, 라몬스, 데드 케네디스, 그리고 미국의 모든 스카 밴드들. 볼륨이 더 높을수록 더 나았다. 하지만 트럼펫을 건드릴 순 없었다. 트럼펫은 그의 마음에 너무나 가까웠다. 연주하는 것을 떠올리기만 해도 스스로가 갈기갈기 찢기는 것 같았다. 트럼펫 케이스는 과하게 깔끔한 방의 구석에 놓여 있었는데, 어느 날 더는 참을 수 없어져서 그것을 벽장 뒤로 밀어놓았다.

몸의 한계를 절감한 것은 그때였다. 그래, 물론 샤워할 수 있다는 것에, 혼자 볼일을 보고 혼자 힘으로 휠체어를 타고 드나들 수 있다는 것에 몹시 감사했다. 카테터*를 사용해 하루에도 여러 번 방광을 비워내는 법을 배운 것에도. '똥 폭풍'이라는 단어에 새로운 의미를 더해버린 상황을 피하기 위해 배변 활동을 추적하는 일에도. 죄다 너무 급하게 배워야 했지만, 다행스럽게도 모든 것을 해냈다. 간호사들과 엄마가 도와줄 때 느낀 굴욕이 마음속에 여전히 선명하게 자리했다.

그럼에도 불구하고 제이크가 더이상 할 수 없게 된 일들의 목록은 어마어마했다. 절대 가질 수 없을 것 같은 장애인용 자동차 같은 것을 타지 않는 한 운전을 할 수 없었다. 심지어 별생각 없이 노아 캐츠의 트럭에 훌쩍 올라탈 수도 없었다. 스케이트보드를 더는 탈 수 없었고, 그러니 스케이트보드 공원에도 놀러갈 수 없었다. 그가 뭘 하겠는가? 엄마더러 휠체어에 탄 자신을 하프파이프에서 밀어달라고 할까? 공공장소에서 자유롭게 움직이는 건 과거의 일이 되었다. 이를테면 언젠가 그는 병원에 갔다가 엄마와 함께 약국에 들렀었다. 그때를 떠올리자 속이 거북해졌다. 머리 위쪽에 달린 조명들이 눈을 찔렀고, 조악한 핼러윈 물품들이 복도를 꽉 막고 있

---

* 체내에 삽입해 소변 등을 뽑아내는 도관.

었다. 그는 단지 망할 첵스믹스를 집어들려고 했을 뿐이었는데, 복도에 튀어나온 싱글벙글한 잭오랜턴의 등신대 입간판 모서리에 빌어먹을 휠체어 바퀴가 걸렸다. 어느 자그마한 노부인이 도와주려 했는데 그것 때문에 상황이 훨씬 더 나빠졌다. '굴욕적'이라는 표현으론 절대로 설명할 수 없었다. 표현할 수 있는 말이 없었다. 그는 고작 열여덟 살인데, 표현할 말 따위는 필요 없는 나이 아닌가.

그날 이후로 제이크는 외출하지 않았다. 툼레이더 게임을 하고, 이메일들을 무시하고, 문자 메시지에 답장하지 않았다. 그때쯤이면 연락해오는 건 노아뿐이긴 했지만. 노아는 여전히 이틀에 한 번씩 문자를 보내왔고 심지어 가끔은 전화도 걸어왔다. 그애는 다른 사람이 된 것처럼 행세하는 웃긴 문자를 남겨놓았다. 가장 최근에 노아는 헤데이키 맥드링커스타인이라는 이름의 스코틀랜드산 위스키 판매원이 됐다. 둘은 지난 크리스마스이브 이후 얼굴을 마주하고 대화한 적이 없었다. 노아가 실리아 마티네스와 함께 집에 들렀던 날, 제이크는 방밖으로 나가지 못했다. 엄마와 이야기하면서 높아졌다 낮아지는 그들의 목소리를, 문이 닫히는 소리를, 노아의 트럭이 멀어지는 소리를 들었다. 혼자 있는 게 더 편했다. 오랜 친구와 함께 있는 건, 특히 그의 새로운 여자친구와 함께 있는 건 너무 고통스러웠다. 제이크는 실리아가 좋았지만, 실리아는 그 둘의 삶이 변화하고 있으며 제이크의 삶은 멈춰버렸다는 것을 알려주는 지표 같은 존재였다. 이제 어떡하지? 영원히 답 없는 질문이었다. 잠들기 전에 마지막으로 생각하는, 그리고 잠에서 깨자마자 생각하는 질문. 나 이제 대체 뭘 어떡해야 하지?

제이크는 스케치북을 한두 번 꺼냈지만, 이전의 삶에서 그렸던 것들을 보자니 우울해지기만 했다. 앉은 채로 여전히 그림을 그릴 수 있으니 다행이라고 스스로를 위로하려 했다. 하지만 그 생각에 화가 치밀어 스케치북을 방 저쪽으로 던져버렸다.

어떻게든 시간을 보내기 위해 역기를 들어올리기 시작했고, 놀랍게도 기분이 나아졌다. 날씨가 좋은 날에는 부모님이 출근하기를 기다렸다가 혼자서 외출하기 시작했다. 집을 나설 때마다 더 멀리 다녀오게 되었다. 그는 조금씩 튼튼해졌고, 마침내 일주일에 최소한 두 번씩은 이렇게 과수원까지 갔다 오게 되었다. 몸을 움직인다는 게 몹시 위안이 되었다.

가장 최근에 포틀랜드 병원에서 정기검진을 받았을 때, 신경과 의사는 감격했다.

"엄청나게 건강해졌구나, 친구." 컴퓨터 앞에 앉아 있던 건하임 박사가 치노 바지의 허리 밴드를 잡아당기며 말했다.

내 빌어먹을 다리를 쓸 수 없다는 걸 빼면요. 제이크는 이렇게 말하고 싶었다.

"질문 있니?"

엄마더러 검사실에 같이 들어오지 말라고 해둔 게 다행이었다. 질문을 할 때 그는 부끄럽지 않았고, 건하임 박사도 놀라지 않은 것 같았다. 자신의 성기에 관해 궁금하지 않은 열여덟 살짜리 소년이 어디 있겠어? 불행하게도 건하임 박사는 확실한 답을 갖고 있지는 않았다.

"성 기능에는 문제가 없을 가능성이 몹시 높지만, 좀더 시간을 두고 지켜봐야 한단다. 몇 달 후에 비뇨기과 검진을 받도록 예약해둘게. 아직 낫는 중이잖니, 제이크. 인내심을 가지렴."

인내심? 그는 건하임 박사를 좋아했지만, 이런 순간에는 의사의 머리통을 한 대 쳐주고 싶었다.

지금 욱신거리는 건 그의 머리통이었다. 그는 과수원을 가로질러 숲이 시작되는 지점의 나무들을 바라보았다. 황혼의 초록빛이 어느새 태양을 집어삼켰다. 이른 저녁 별들 사이에 금성이 밝게 빛나고 있었다. 산에서 불어온 저녁 바람에 소나무 냄새가 실려왔다. 주변을 둘러보았다. 옆에 놓여 있던 휠체어에 눈길이 닿았다.

그 옆에는 사람이 있었다. 엄마보다 더 나이가 많아 보이는, 멜빵바지 차림의 키 작은 여성. 그녀가 몸을 기울여 제이크를 내려다보고 있었다. 표정에는 걱정과 안도감이 함께 담겨 있었다. 그 표정을 보니 체니가 떠올랐다. 언젠가 입에 거북이를 물고 온 날, 체니의 눈썹은 미지의 존재를 향한 호기심과 걱정으로 팔자주름 모양이 되었었다. 그 기억이 떠오르자 제이크는 웃고 싶어졌다. 그때 그녀가 얼굴을 찌푸렸다.

"제기랄, 이 녀석아! 너 대체 무슨 짓을 하려고 한 거야? 너 죽고 싶어?" 그녀가 소리질렀다.

5
냄새 날갯짓

서로 다른 벌집의 벌들은 후각만으로 동료를 알아보는 듯하다.
양봉장에 수천 종의 벌이 있더라도, 모든 벌은 낯선 벌을 즉각 알
아본다. 큰 양떼 무리에서 모든 어미양이 후각만으로, 아무리 어
두운 밤에라도 자기 새끼를 구별해내는 것과 같은 이치다.

_L. L. 랭스트로스

　꿀벌 군락에 소란이 발생할 때마다, 하다못해 꿀 저장고나 꽃가
루 공급원을 알아내기 위해 양봉가가 벌통을 여는 것처럼 작은 일
이라도, 꿀벌은 우선 본능적으로 서로 소통한다. 경비벌 몇 마리가
밖으로 날아가 코앞에 닥친 위협이 무엇인지 살펴보지만, 대부분
의 꿀벌들은 즉시 나소노프샘*을 드러내곤 웅크린 뒤 날갯짓을 시
작하며, 이를 통해 벌집 전체에 경고 페로몬을 퍼뜨린다. 냄새 날
갯짓이라고 불리는 이 행동은 모든 구성원에게 다 괜찮다고 알려
주는 위로의 언어다.

---

　* 일벌의 배 부분 끝에 있는 샘. 여기서 방출되는 페로몬은 다른 꿀벌들에게 위치
를 알리는 작용을 한다.

벌들과는 달리 앨리스는 이 위급한 상황에서 혼자였고, 기댈 만한 사람이나 위로해줄 이는 아무도 없었다. 그녀는 고등학교 시절 이후로는 가벼운 차량 접촉사고도 낸 적이 없었는데, 소리를 지르고 나서 곧장 부적절했구나 싶었다. 더군다나 휠체어를 탄 미성년자를 다치게 했을지도 모르는 이 상황에서는. 앨리스는 소년을 내려다보며 목소리를 낮췄다.

"꼬마야, 괜찮니? 앉을 수…… 앉을 수 있겠어?"

소년은 아무 말도 하지 않았지만, 여전히 빙긋 웃고 있었다. 이상했다. 혹시 지적장애가 있는 걸까? 아니면…… 뇌성마비? 제기랄! 앨리스는 휴대폰을 찾아 주머니를 뒤적였다.

"911에 전화해야지." 그녀는 혼자 중얼거렸다.

그때 소년이 미소를 지우며 한 손을 들어올렸다. "아뇨. 그러지 마세요. 저…… 저는 괜찮아요. 잠시 시간이 필요할 뿐이에요. 숨 좀 돌리려고요."

목소리는 차분했지만 어쩐지 평범하게 들렸고, 그 순간 앨리스는 자신이 소년에게 너무 가까이 다가가 웅크리고 있었다는 것을 깨닫고는 흠칫 뒤로 물러났다. 해가 다 졌는데 여기서 얘는 대체 뭘 하고 있었던 거야? 그녀는 땅거미가 내려앉는 주위를 둘러보았다. 아무도 없었다.

"너 혼자니?" 그녀가 물었다.

소년은 고개를 끄덕였다.

앨리스는 죄책감과 수치심이 마약처럼 온몸을 뒤덮는 것을 느꼈다. 몸에서 땀냄새가 났다. 그녀는 어둡고 고요한 길 이쪽저쪽을 살펴보았다. 그러고는 트럭으로 달려가 엔진을 끄고 비상등을 켰다. 돌아왔을 때도 소년은 그 자리에 그대로 있었다.

앨리스는 털썩 주저앉아 책상다리를 하고는 소년의 얼굴을 바라보았다. 그녀를 향해 눈을 깜빡이는 그의 가슴팍이 오르락내리락하는 게 보였다.

"좋아. 깊이 심호흡해. 여기 잠시 앉아 있자." 그녀가 말했다.

땅거미가 짙어지고 공기는 무겁게 내려앉았다. 트럭 전조등의 삐딱한 두 갈래 빛이 과수원을 향해 뻗쳤다. 빛줄기 안에서 벌들이 어지러이 날고 있었다. 그들이 내보내는 위험 신호가 미친 부엌 타이머처럼 째깍거렸고, 앨리스의 심장도 그만큼이나 빨리 뛰었다. 소년은 하늘을 올려다보고 있었다.

"금방 돌아올게." 그녀가 말했다. 그리고 트럭으로 되돌아가 물병을 움켜쥐고는 트럭 베드와 수로에 흩어진 벌통들의 잔해를 바라보았다. 꿀벌 수백 마리가 트럭을 빠져나와 미친듯이 냄새 날갯짓을 하고 있었다. 배를 들어올리고 나소노프샘을 노출한 채, 여왕벌을 찾기 위해 페로몬을 퍼뜨리고 있는 것이다. 엉망이구만. 이 처리는 좀 있다 하자.

앨리스는 소년에게로 돌아와 물병을 들어 보였다. "목마르니?"

소년은 고개를 저었고, 앨리스는 다시 그 옆에 주저앉았다.

"다쳤어?" 이렇게 묻고 나선 곧장 부끄러워졌다. 정신 차려. 얘는 휠체어를 타고 있었잖아. "아파?"

소년은 다시 고개를 저었다. 저 머리카락! 창백한 얼굴에 새 부리 같은 코가 날카롭게 튀어나와 있었다. 스키니진에 전투화 차림이라니, 하늘에서 뚝 떨어지기라도 한 것처럼 후드리버 카운티에선 보기 힘든 외형이었다.

"머리 부딪쳤어?"

그가 고개를 끄덕였다. "세게는 아니고요. 그냥…… 넘어질 때 찧었어요."

앨리스는 자신이 숨을 참고 있다는 걸 깨닫고는 숨을 내쉬었다. "이름이 뭐야?"

"제이크요."

"제이크. 나는 앨리스야. 앨리스 홀츠먼."

그 순간 제이크는 앨리스를 정면으로 바라보며 고개를 끄덕였다. 한시름 놓았다. 그들 아래 놓인 관개 수로의 차가운 물 냄새를 맡으니 저애가 수로에 빠지지 않은 것이 다행스러웠다. 자갈이 작업복 안으로 들어와 쿡쿡 찔러서 그녀는 몸을 꿈틀거렸다. 흔들리는 빛 속에서 소년의 창백한 얼굴이 괴상한 모양의 머리카락과 함께 빛났다. 앨리스는 시계를 흘끗 보았다.

"잘 들어, 제이크. 나는 너희 가족한테 네가 어디 있는지 알려야 해. 연락처를 말해주겠니?"

그는 움찔하더니 고개를 저었다. "아뇨. 괜찮아요. 금방 일어날 거예요. 어차피 집에 안 계세요."

마지막 부분은 거짓말처럼 들렸고, 가족들도 아마 각자 휴대폰을 가지고 있을 테니 말도 안 되는 소리였다.

"그렇구나." 그녀는 천천히 말했다. 달리 뭐라고 말해야 할지 알 수 없었다. 스스로가 십대이던 시절 이후로 십대 소년들을 접한 적이 없었다.

"일어나서 앉을 수 있을 것 같아요." 그가 말했다.

소년은 팔꿈치로 상체를 들어올리고 목에 뒤얽힌 이어폰과 선글라스를 빼냈다. 그러고 나서 눈을 깜빡이며 주위를 둘러보았다.

"저게 무슨 소리예요?" 그가 물었다.

주변 공기가 요동치며 진동하는 중이었다. 전조등의 희미한 빛 사이로 커다란 벌떼가 일렁이는 구름처럼 무리 지어 트럭 위에서 붕붕대고 있었다. 불안에 찬 질문들이 허공을 퉁겼다. 여왕벌은 어디 있어? 알들은 무사한 거야? 경비벌들이 순찰중인 거야? 모두들 어디 간 거지? 집은 어디야? 휠체어를 탄 소년이 더 긴급한 상황에 처했음에도, 자신이 벌들에게 한 짓이 떠올라 앨리스의 두 눈에 뜨거운 눈물이 차올랐다. 그녀는 목청을 가다듬었다.

"벌들이야. 꿀벌들." 앨리스가 말했다. "트럭 뒤쪽에 벌통을 싣고 있었거든. 지금 벌들이 좀 혼란스러워하고 있어. 이렇게 돼서 정말 미안해. 네가 있는 걸 못 봤어. 아마 내가 과속하고 있었겠지만, 여긴 내가 잘 다니는 길인데 보통은 아무도 없거든. 당연히 나는 예상을……"

앨리스는 허겁지겁 말을 멈췄다. 소년이 자신을 바라보고 있었고, 그의 입가에 경련이 이는 게 보인 듯했다.

"휠체어가 리드 로드를 달려내려가는 광경을 보게 될 줄은 몰랐던 거죠?" 그가 물었다.

그 말에 뭐라고 대꾸해야 할지 알 수 없었다.

소년은 자세를 바꾸어 그녀의 어깨 너머에 있는 트럭을 바라보았다.

"꿀벌이라고 하셨나요? 트럭에 벌을 싣는 이유가 뭐예요?"

"나는 양봉가야." 이야깃거리가 생긴 것을 다행스러워하며 앨리스가 말했다. "실은 그냥 취미로 하는 거야." 그녀는 도로 저편에 자리한 집을 향해 손짓해 보였다. "벌집 몇 개를 키워."

"벌집이라니. 우와."

그는 꿀벌들이 전조등 앞뒤로 날아다니는 모습을 바라보았다.

"벌들이 화난 것 같네요." 그가 말했다.

앨리스는 고개를 저었다. "아니야. 화난 건 아니고, 혼란스러워하는 소리에 가까워."

얘 이름이 뭐라고 했지? 세상에, 내 기억력 좀 봐! 앨리스는 목소리를 차분하게 유지하려 노력했다.

"지금 그냥 서로 대화를 나누고 있는 거야. 모두들 다 괜찮은 건지 확인하는 거지. 상자 안에 들어 있어야 했는데, 울타리에 부딪혔을 때 벌들이 트럭에서 좀 떨어졌거든."

그녀는 소년의 날렵한 옆얼굴을 바라보았다. 사람이 머리를 다쳤을 때는 뭘 해야 하는 걸까? 질문하기? 제이크! 저애 이름은 제이크였다.

"머리는 어때, 제이크? 좀 나아?"

제이크는 빡빡 민 옆머리 쪽에 손을 대곤 고개를 끄덕였다.

"여기가 어딘지 알겠어? 여기서 네가 뭘 하고 있었는지도?"

그 말에 그가 웃었다.

"걱정하지 마세요. 뇌진탕이 온 건 아니에요. 여기는 리드 로드이고, 오늘은 2014년 4월 10일이죠. 저는 오리건주 후드리버에 살고, 미국 대통령은 버락 오바마예요."

미소가 희미해지더니, 그가 눈살을 찌푸렸다.

"그런데 아줌마 이름이 기억이 안 나요." 그가 말했다.

"앨리스 홀츠먼이야." 그녀가 말했다.

"저는 괜찮아요. 홀츠먼 부인."

그래, 저애는 괜찮아 보였다. 그녀는 트럭을 힐끗 바라보았다. 소년을 집에 데려다주려면 엉망인 사태부터 처리해야 했다.

"잘 들어, 제이크, 내가 벌들을 좀 살펴보고 와도 될까?"

"오, 그럼요. 문제없어요."

"진짜로?"

"진짜로요."

"그 자리에 가만히 있어." 그녀가 일어서며 말했다.

"알겠어요. 도망가지 않을게요." 그가 말했다.

그녀는 멈칫했다. 저건 농담이겠지?

제이크가 긴 팔을 흔들었다. "정말로 저는 괜찮아요. 가서 벌들을 살펴보세요, 홀츠먼 부인."

"앨리스라고 불러." 그녀가 말했다. "홀츠먼 부인은 우리 어머니야."

"알겠어요, 앨리스." 제이크가 말했다.

혹시라도 다치지 않도록 앨리스는 장갑을 끼고 망이 쳐진 양봉 모자를 쓴 뒤 빨간 손전등을 켰다. 트럭 베드에는 벌통 일곱 개가 남아 있었다. 그 통들을 똑바로 놓고 뚜껑을 꼭 덮었다. 나머지 다섯 개는 도로 옆에 흩어져 있었다. 이미 죽은 벌들이 많을 것임을 알고 있었지만, 지금 구해낼 수 있는 것들에 집중해야 했다.

"공포영화 속 한 장면 같아요." 소년이 외쳤다.

"아냐, 괜찮아." 앨리스는 소리쳤다. "정리하는 데 몇 분이면 돼. 너는 괜찮니?"

"그럼요." 그가 말했다.

벌통 틀을 전부 줍고 나름대로 벌통을 정돈하는 데는 이십 분 정도 걸렸다. 팔뚝에 두 번 정도 벌침을 쏘였다. 어쩔 수 없었다. 구해낼 수 있는 것에 집중해야 했다. 앨리스는 바위에 등을 기대고 앉아 있는 제이크에게로 돌아갔다. 저놈의 머리카락 모양새와 긴 다리 때문에 그는 무슨 이국의 새처럼 보였다.

앨리스가 손을 뻗어 휠체어 한쪽을 붙잡았을 때, 소년은 그녀를 노려보았다. 그녀는 움찔하곤 당황해하며 무엇이 저애를 화나게 한 걸까 생각했다.

"네 휠체어를 한번 살펴보려고 하는데 괜찮니?" 그녀가 말했다.

그가 굳은 얼굴을 풀고 고개를 끄덕였다. 앨리스는 휠체어를 바로 세운 뒤 오른쪽 부분을 따라 손전등 불빛을 비춰보았다. 아마 넘어지면서 생겼을 흠집이 몇 군데 있었다. 하지만 바퀴를 굴렸을 때는 잘 돌아갔다. 다행이었다. 그나마 아까보다는 잦아들었지만 여전히 벌들이 윙윙대는 소리가 들렸다. 지금도 수백 마리가 날아다니고 있는 게 틀림없었다.

소년은 바위 쪽으로 몸을 돌려 그녀를 쳐다보았다. "그러면 저 벌들은 저 상자 안에서 사는 거예요?"

"잠깐은." 앨리스가 말했다. "내 집에 벌들을 위한 좋은 벌통이 있어. 상자는 이동중에만 필요한 거야. 소들을 운반하는 트럭처럼." 손상되지 않은 듯 보이는 휠체어의 왼쪽 부분을 찬찬히 살펴보며 그녀가 말했다.

"벌들을 어떻게 다시 집어넣어요?" 제이크가 물었다. "아주 작은 목축견 같은 걸 쓰나요? 아니면 작은 올가미로?"

앨리스가 제이크를 쳐다보았을 때 그는 다시 빙긋 웃고 있었다.

웃기는 애군, 그녀는 생각했다.

"음, 여기가 충분히 어두워지고 추워지면 안으로 들어갈 거야." 그녀가 말했다. "몇 분 더 기다려야 해. 그런 다음에 널 집으로 데려다줄게."

"급할 거 없어요." 그가 말했다.

"저기, 네 가족들에게 연락하면 내 마음이 좀더 편해질 것 같아, 제이크. 진짜로."

그는 한숨을 쉬고는 주머니에서 휴대폰을 꺼냈다.

"괜찮아요." 그가 말했다. "제가 할게요."

그는 엄지손가락으로 휴대폰 메시지를 입력했다.

"됐어요." 그가 말하며 미소 지었다.

"고맙다." 그녀가 말했다. "너희 부모님이 걱정하시는 건 바라지 않아. 이 모든 일에 이미 마음이 안 좋은데……"

앨리스는 휠체어를 오른쪽으로 기울이곤 왼쪽 바퀴를 돌려보았는데, 잘 구르는 것으로 보아 고장나진 않은 것 같았다. 그녀는 기계를 잘 다루진 못했지만, 휠체어 상태는 괜찮아 보였다. 수리비가 얼마나 나오든 다 지불하겠다고 말할 생각이었다. 휠체어를 자전거처럼 튜닝한 건가?

"글쎄요, 솔직히 따져보면 잘못하신 게 하나도 없어요. 차를 보고 피하려다가 제가 넘어진 거죠. 그러니 부모님께는 아주머니가 저를 도로에서 벗어나게 해준 거라고 말씀드릴게요."

계속 휠체어를 살펴보던 앨리스는 이 말에 얼굴을 찌푸렸고, 대답하지 않았다. 애가 지금 웃기려는 건가?

"저 진짜 괜찮아요. 저는 그냥……"

제이크가 말끝을 흐리곤 앨리스 너머로 트럭을 바라보았다. 그러더니 약간 자세를 틀어 그녀를 보았다.

"벌들 말인데요, 앨리스. 상자 안에 들어갈 때까지 마냥 기다리는 거예요?"

그녀가 고개를 끄덕였다. "그렇지. 벌들은 스스로 돌아갈 길을 찾을 거야. 집에 가고 싶어하거든."

"통금시간 이후로도 밖에 나와 있으면 어떻게 되나요? 엄마벌이 문을 잠그나요?"

앨리스는 휠체어를 옆으로 치워두었지만 그를 쳐다보지는 않았다. "기온이 떨어지기 전까지 집으로 돌아오지 못하면, 영영 돌아오지 못해."

"그게 무슨 뜻이에요?"

"그러니까," 그녀가 말했다. "밤에 벌집까지 되돌아오지 못하면, 밖에서 죽게 된다는 거야. 너무 춥거든."

앨리스는 제이크의 얼굴에 걱정의 기색이 드리우는 것을 보고 흠칫 놀랐다. 손전등을 껐다.

"대부분은 괜찮을 거야. 벌들은 튼튼하거든." 제이크를 안심시키고 싶어 이렇게 말했다. 십대 소년이 작은 생명체들의 운명에 관심을 가진다는 사실에 그녀는 어쩐지 뭉클해졌다.

"우리 아버지는 벌들을 조그맣고 강인한 계집애들이라고 불렀어." 그녀가 말했다.

그 말에 제이크는 빙긋 웃더니 그녀 너머를 바라보았다.

"그러면 저 상자들 중 아무데나 들어가도 되는 거예요?" 그가 물었다.

"정말 궁금해?"

그가 고개를 끄덕였다.

앨리스는 트럭 위쪽의 땅거미 지는 하늘에서 윙윙대는 작은 벌 떼를 올려다보았다. 그녀는 벌 이야기를 좋아했다. 동화 같은 이야기. 과학자든 종교인이든, 벌들이 진정한 마법을 갖고 있다는 점은 누구도 부인할 수 없으리라.

꿀벌 육만 마리가 사는 벌집에는 여왕벌이 한 마리씩 있다고 그녀는 설명했다. 여왕벌은 리더이자 모두의 어머니다. 또 그 안에서 윙윙대는 다른 97퍼센트의 자그마한 금색 벌들은 여왕벌의 딸들이다. 나머지 한줌은 수컷들로, '수벌'이라고 불린다. 딸들과 아들들은 냄새로 여왕벌을 알아보는데, 그 냄새는 '여왕 페로몬'이라고 불린다. 여왕 페로몬은 "다 괜찮다"고, "우리는 모두 함께야"라고 말해준다. 또 "너희는 여기에 속해"라고도.

껍질에 싸인 알에서 빠져나온 순간부터, 금색 생명체들은 무엇을 해야 하는지 정확히 알고 있다. 딸들은 '일벌'이라고 불린다고 앨리스는 제이크에게 설명해주었고, 그러는 동안 주변은 점점 어둑해지고 있었다. 부화한 직후, 즉 어린 벌 시기에 이들이 가장 처음으로 하는 일은 자신이 나온 알을 치우는 것이다. 그런 다음 다른 아기벌들을 돌보고, 먹이를 주고, 애벌레 방을 덮어주고, 막 태어난 다른 어린 벌들이 벌집에 어떻게 기여할지 배우는 일을 돕기 시작한다. 앨리스는 일벌들이 나이가 들면서 어떻게 계층구조의 상위 단계로 올라가는지 제이크에게 말해주었다. 들판으로 나가 꿀과 꽃가루를 가져오는 벌들('수색벌'이라고 불린다)에게 식량을 가장 먼저 받을 수 있는 입구 자리로 조금씩 이동해가는 것이다.

몇몇 일벌은 결국에는 수색벌로 성장하거나 경비벌이 된다고 그녀는 설명했다. 경비벌들은 입구를 지키며 벌집에 속하는 벌들만 들여보낸다고도 했다.

"어떻게 알아요?" 제이크가 물었다. "누가 누군지, 그런 거요."

냄새로 알아본다고, 앨리스는 말했다. 여왕벌이 건강하고 알을 낳고 있는 상태라면, 그녀의 페로몬이 모두를 하나의 공동체로 유지해준다. 누군가 고민이 있으면 하던 일을 즉시 멈추고 복부에 있는 나소노프샘을 노출시키며, 이를 통해 한 벌에게서 다른 벌에게로 독특한 레몬 향이 옮겨간다. 수색벌들은 바깥에서부터 그 냄새를 가지고 벌집으로 돌아온다. 경비벌들은 그 냄새를 통해 그들이 도둑이 아니라 구성원임을 알아본다.

"무슨 뜻이에요? 벌들이 서로 도둑질도 해요?"

앨리스가 고개를 끄덕였다. "식량이 많지 않은 벌집에 사는 벌들은 꿀을 훔치려 하거든. 그래서 모두가 입구에서 확인 절차를 거쳐. 말벌들도 벌집에 들어가려 하곤 해. 애벌레들과 알들을 먹어치우지. 조그만 육식성 후레자식들 같으니."

이런! 그녀가 생각했다. 또 욕했잖아! 그녀는 시계를 흘끔 보았다. 얼마나 오래 여기 앉아 있었던 거야? 소년을 집에 데려다줘야 한다는 생각에 불안해졌다.

윙윙대던 소리는 잦아들었고, 이제는 몇 마리만 공중을 날아다니고 있었다.

"거의 끝났어. 어쨌든 얘네를 위한 최선의 끝이지."

앨리스는 자리에서 일어나 작업복의 엉덩이 부분을 털고 트럭 쪽을 향해 돌아섰다. 그녀는 소년이 자신의 표정을 보지 않기를 바랐다. 단 한 마리의 벌이라도 잃게 될까봐 마음이 아렸다.

오늘 같은 4월의 밤이면 으레 느낄 수 있는 급격한 기온 하강으로 인해 몸이 떨렸다. 제이크를 향해 돌아선 그녀는 소년을 일으켜 세우는 문제에 대해 평소처럼 정면돌파를 택했다.

"자, 그러면," 그녀가 말했다. "네가 일어서는 걸 어떻게 도우면 되는지 말해주렴. 집까지 태워다줄게."

제이크는 브레이크를 건 상태로 휠체어의 위치를 잡는 법을 설명하고 몸을 스스로 끌어올려 휠체어에 탔다. 앨리스는 제이크를 도우려 다가갔지만 그가 혼자서도 충분히 할 수 있다는 게 명확해 보였기에 동작을 멈췄다. 그는 엉덩이를 들어올려 의자에 앉은 뒤 양손을 활용해 다리를 한 쪽씩 들어올렸고, 그런 다음 발걸이 위에 발을 올려놓았다. 그는 어둑해진, 울퉁불퉁한 땅바닥을 바라보곤 멈칫했다. 앨리스는 그가 당혹스러워하는 것을 눈치챘다.

"얘," 그녀가 말했다. "트럭까지 너를 밀어줄게. 내가 불안해서 그래."

제이크는 알겠다는 표시로 어깨를 으쓱해 보였지만 그녀와 눈을 마주치진 않았다.

앨리스는 트럭 옆까지 휠체어를 밀고 가서 문을 열었다. 보조석은 언제나 그렇듯 엉망이었다. 자리를 만들기 위해 허겁지겁 종이 묶음과 책들을 뒷좌석으로 던져두었다. 그런 다음 옆으로 비켜서서 소년이 좌석을 살펴보는 모습을 지켜봤다. 도움이 필요한지 묻자 소년은 고개를 저었다. 제이크는 먼저 트럭 문 안으로 무릎을 넣더니 한 발씩 들어올려 보조석 바닥에 내려놓았다. 그런 다음 암벽 등반가처럼 정확하게, 안으로 손을 뻗어 좌석과 문의 양옆 손잡이를 쥐고 몸을 일으켜 차에 올랐다.

제이크는 등을 대고 앉았고, 앨리스는 그가 그 고생을 하느라 땀을 흘린 것을 보았다. 그녀가 배낭을 건네주자 그는 휠체어를 어떻게 접는지 설명해주었다. 휠체어는 생각보다 가벼웠다. 앨리스는 휠체어를 트럭 뒤쪽에 끈으로 묶어 안전하게 고정했다. 운전대를 잡고 흘끗 옆을 바라보니, 제이크는 어두운 하늘을 올려다보고 있었다.

"앨리스 말이 맞는 것 같아요. 온통 어두워서 뭘 볼 수가 없네요."

앨리스는 고개를 끄덕였지만 아무 말도 하지 않았다. 길가에 흩어져 있는, 죽은 금색 벌들을 떠올렸다.

"잘됐네, 그러면. 어디로 갈까?"

"그린우드 코트요. NAPA 자동차 판매점 뒤쪽이에요." 그가 말했다.

"장난치니? 맙소사! 10마일이나 나왔단 말이야?" 그녀는 감탄하며 고개를 절레절레 저었다. 그가 미소를 숨기는 것이 보였다.

시동을 켜자, 브루스 스프링스틴의 목소리가 트럭 안에 쩌렁쩌렁 울려퍼졌다. "오, 오, 오, 오! 선더 로드!"

"세상에!" 그녀가 소리지르며 스테레오를 껐다. 얼굴과 손에 식은땀이 차오르는 게 느껴졌다. 소년은 고개를 뒤로 젖히며 웃음을 터뜨렸다. "저를 못 보신 게 당연하네요, 앨리스." 그가 말했다. "보사노바를 귀청 떨어지게 듣고 있었잖아요! 게다가 카세트테이프로! 엄청 멋있어요!"

그는 박수를 쳤고, 앨리스는 숨을 고르며 간신히 웃어 보였다.

그는 가운데에 놓인 콘솔에서 그녀의 테이프들을 발견했다.

"봐도 돼요?" 그가 물었다.

"샅샅이 들여다보렴." 그녀가 말했고, 그가 테이프 더미를 들춰볼 동안 시내 쪽으로 차를 몰았다. 스테레오 볼륨을 낮춘 상태로 다시 음악을 틀었다.

"어디 보자…… 밥 딜런. 고전이죠. 더 픽스. 뭐 그럭저럭. 물론 그들의 앨범 중 좋은 건 〈Reach the Beach〉뿐이지만요. 그리고 또…… 대박이다, 앨리스. 필 콜린스요? 완전 미쳤다. 너무 비참해! 저 그냥 여기서 내릴래요."

트럭이 빨간 신호등 앞에 멈춰 서자 그는 문을 열고 내리는 시늉을 했다.

"제네시스는 인정해줘야지!" 그녀가 따졌다. "솔로 앨범이 어쩌다 거기 들어가 있는지 나도 모른다고!"

"진짜로, 제가 다 부끄럽네요. 앨리스."

이 똑똑한 녀석 같으니! 그녀는 핸들에 몸을 기대어 웃음을 터뜨렸다. 마지막으로 웃어본 게 언제였더라?

그린우드 코트로 들어설 때 제이크는 마돈나 앨범을 은밀하게 숨겨두었다며 그녀를 비난하고 있었는데, 다음 순간 그의 미소가 싹 가셨다. 앨리스는 울퉁불퉁한 진입로에서 속도를 늦추고, 다리가 부서진 도자기 당나귀와 너덜너덜해진 플라스틱 꽃들이 담긴 바구니를 지나쳤다. 망가진 당나귀를 보자 어쩐지 울적해졌다.

"여기서 내려주시면 돼요." 제이크는 낮은 목소리로 말했다.

파란색 집 앞, 앨리스의 헤드라이트가 한 여성의 다리를, 그다음엔 팔짱 낀 팔을, 그리고 불안해하는 얼굴을 차례로 비추었다. 앨리스는 시동을 껐다.

"저분이 어머니시니?"

"네."

"내가 가서 설명할게." 그녀가 말하며 트럭에서 뛰어내렸다.

"아니에요, 앨리스. 잠시만요!"

소년의 어머니는 자갈길을 가로질러 행군하듯 그들 쪽으로 걸어오며 회색 카디건을 단단히 여몄다. 무슨 일이 있었던 건지 앨리스가 채 설명하기도 전에, 그녀는 트럭 쪽으로 재빨리 걸어왔다.

"제이컵, 우리 아들! 괜찮은 거니?"

"진짜 괜찮아요, 엄마." 소년이 말했다. "그리고 앨리스 잘못이 아니에요. 제가 조심하지 않아서 그런 거예요."

"잠시만. 뭐라고?" 그의 어머니가 앨리스에게로 휙 몸을 돌렸다. "당신은 내 아들을 찾았다고 했잖아요. 내 아들을 쳤나요?"

그녀가 앨리스의 얼굴에 대고 손가락질을 했다. "당신 술 마셨어? 대체 어떤 무책임한……"

"아니요. 그게 아니라……"

그때부터 제이크의 어머니는 소리를 지르기 시작했고, 앨리스는 목소리를 높여야 했다.

"부인! 조금만 진정해주시겠어요. 제가……"

집 문이 쾅 소리를 내며 열리더니 한 남자가 그들에게로 성큼성큼 걸어왔다. 햇볕에 그을린 그의 얼굴은 분노로 일그러져 있었다.

"염병할, 여기서 뭐하는 거야?!" 그가 소리질렀다.

제이크의 어머니는 이제 트럭 뒷문을 열려고 애쓰며 소리 내어 흐느끼고 있었다.

제이크는 창밖으로 몸을 기울이고 엄마를 불렀다. "엄마! 제발 진정해요!"

앨리스는 당신 아들이 괜찮다고 말하기 위해 아버지에게로 돌아섰지만, 그가 단지 자신의 저녁시간을 방해받아서 화가 났다는 것을 곧장 깨달았다. 그는 몸을 숙여 손가락으로 앨리스의 얼굴을 쿡쿡 찌르며 차마 입에 담을 수 없는 말을 몇 마디 했다. 어느 순간 소년은 그녀의 바로 옆에 와 있었다.

"에드! 닥쳐!" 제이크가 소리쳤다. 남자는 소년을 보며 비웃었고, 앨리스의 발밑 차도 쪽에 침을 뱉고는 집안으로 들어갔다.

"앨리스……" 제이크가 말했다.

앨리스는 그를 바라보고 아무 말도 하지 않았다. 발뒤꿈치를 획 틀어 트럭을 향해 성큼성큼 걸어갔다.

"잠시만요!" 소년이 소리쳤다.

앨리스가 트럭에 올라타서 운전대를 잡았을 때, 어머니를 밀치고 자기 쪽으로 오는 제이크가 보였다. 내가 제이크를 버리고 있다. 그 느낌이 앨리스를 압도했다. 어리석기도 하지. 저애를 알지도 못하는데. 운전하면서 그런 생각을 떨쳐버렸다. 안전한 벌집으로 돌아오려 애쓰는, 행로에서 벗어난 일벌처럼 그녀는 집을 향해 빠르게 차를 몰았고, 계곡에는 어둠이 완전히 내려앉고 있었다.

6
벌집 찾기

가장 단순한 구조의 벌통은 자연 상태의 벌집을 최대한 모방한 것이다. 벌들은 날씨로부터 보호받는 단순한 빈 공간에 저장물을 비축한다.

_L. L. 랭스트로스

잃어버린 무언가를 찾아 헤매는 것처럼 바람이 밤새도록 집을 두드렸다. 바람은 창턱 아래로 슬며시 움직이고 구석으로 기어들어갔으며, 문손잡이를 덜컹거렸고 복도를 따라 휘파람소리를 냈다. 앨리스는 침대에 누워 그 소리를 들었다. 오래된 화산과 강의 골짜기 사이에 놓인 계곡에 산다는 건 바람과 더불어 사는 일이다. 그녀는 여름내 강에 물거품을 일으키고 겨울에는 눈보라로 숲을 뒤흔드는, 거의 끊임없이 부는 편서풍과 함께 자랐다. 소녀 시절, 그녀는 바람이 마치 계곡을 가로지르며 질주하는 거대한 날개 달린 생물체처럼 살아 있는 존재라고 생각했다. 바람은 어느 날에는 넓은 치마폭을 휘날리며 과수원 위에서 춤을 추었다. 다른 날에는 화살처럼 얇아져 시내의 가게들과 좁다란 골목길 사이를 휘젓고

다녔다. 오늘밤의 바람은 작고 초조했으며 방구석에서 잡힌 길 잃은 꿀벌처럼 윙윙댔다. 기억 같기도, 소원 같기도, 잊힌 꿈 같기도 했다.

앨리스는 부엉이의 웅웅대는 울음소리를 들었다. 새벽이 오려면 아직 멀었고 밤이 여전히 깊다는 신호. 새벽 다섯시경, 닭들이 마시는 물통 쪽으로 내려오는 회색 산비둘기들의 구구거리는 소리에 깨어날 때까지 그녀는 깜빡 잠이 들었다. 이윽고 붉은 머리 네드, 그녀의 충실한 수탉이 새벽을 알리며 울기 시작했다. 나를 지탱하는 건 바람과 새들, 그리고 닭들이야. 완전히 깨어났을 때 그녀는 스스로에게 말했다. 그 소년은 아니고. 그 생각이 비집고 들어와, 꼼짝도 하지 않으려는 고집스러운 고양이처럼 마음속에 단단히 자리잡았을 때, 앨리스는 잠에서 깼다는 사실에 굴복했다. 그 소년. 그녀는 두 발로 침대를 박차고 일어나 한숨을 쉬었다. 또 그 소년이었다. 그녀는 어제 일하면서도 내내 그애를 생각했다.

앨리스는 커피를 내려 자리에 앉아, 포마이카 테이블 위에 팔꿈치를 올린 채 마당을 내다보았다. 그애는 분명 다치지 않았다. 휠체어도 아마 괜찮을 것이다. 하지만 이틀 전, 소년의 부모가 고함을 질러대는 바람에 휠체어에 대해 말을 못했다. 소년의 어머니는 단지 아들을 염려한 것뿐이라고 그녀는 받아들였다. 그애의 멍청한 아버지가 그녀에게 뱉은 말도 신경쓰이지 않았다. 다만 그애가 무사한지 궁금했다. 제이크는 하루종일 뭘 할까? 직업이 있을까? 학교에 가려나? 고등학교를 졸업했다는 말을 들은 것 같았다. 하지만 삶을 채울 무언가가 그에게 있을까? 그런 아버지와 함께 사는 건 대체 어떤 삶일까?

"앨리스, 우리 딸. 어쨌든 네가 그 소년에게 해줄 수 있는 게 뭐가 있겠어?"

아버지가 이렇게 말하는 목소리가 들리는 것 같았다. 빠른 어조로, 독일어의 흔적이 남은 억양으로 말하는 목소리.

"그애는 네 책임이 아니야. 그애에게는 가족이 있잖아."

앨은 이렇게 말할 것이다. 그래도 아버지는 대화를 나눌 만한 사람이었다. 사람들이 자기 일은 스스로 해야 한다고 늘 주장하면서도, 앨 홀츠먼은 계속해서 사람들을 도왔다. 그는 사람들의 문제에 관여하지 않았다. 그가 관여한 것은 그들의 해결책이었다. 그는 그렇게 말했다. 앨리스는 언제나 아버지가 그 질문—어쨌든 네가 해줄 수 있는 게 뭐가 있겠어?—을 한다는 것을 이해하기 시작했다. 그는 도울 수 있는 구체적인 방법을 알게 되면 돕는 사람이었으니까. 다른 이들 눈에 띄지 않도록, 자신만의 조용한 방식으로 돕는 사람. 리틀빗에서 흰 곱슬머리 트레비스 부인보다 한참 앞에 줄 서 있어서 그녀가 그의 목소리를 듣지 못할 텐데도 아버지는 부인의 식료품 비용을 대신 냈다. 그녀가 유족연금을 받으며 살고 있다는 걸 알았으니까. 어느 추운 가을날, 아버지는 톰 코널리의 외풍 심한 집 앞에 목재 1코드를 내려놓으면서, 겨울이 다 가도록 모두 태우지도 못할 거라고 투덜댔다. 그는 후안 가르시아네 자동차 수리점의 담보권을 사기도 했다. 마리나는 이 일을 두고 길길이 화를 냈지만, 앨은 가르시아가 좋은 사람이며 어린 자녀가 넷이나 있다고 말할 뿐이었다. 가르시아는 그때 허리 디스크로 입원중이었다. 어떻게 앨이 이런 일들을 하게 되었는지는 알 수 없었다. 앨리스의 겸손한 아버지는 삶의 다채로운 복잡성을 알고 있었다.

"어쨌든 네가 그 소년에게 해줄 수 있는 게 뭐가 있겠어, 우리 딸?"

명확한 답이 없다면 이 질문에 관해 더 숙고할 이유는 없었다. 그것이 무덤에서조차도 아버지가 건넬 분명한 조언이었다.

앨리스는 한숨을 쉬었다. "제가 생각할 수 있는 선에서는 없네요, 아빠."

그녀는 레이즌 브랜을 그릇에 털어넣고는 싱크대 앞에 서서 먹었다. 두번째 커피를 내려 설탕을 한 스푼 넣었다. 식습관이 엉망이라는 걸 알고 있었지만 개의치 않았다. 어젯밤에도 과업을 수행하듯 '칩스 어호이!'를 한 봉지씩 다 먹어치우지 않았던가. 항상 느껴지는 공허감이 배고픔이 아님을 알고 있었지만, 설탕은 단기 해결책이 되어주었다.

앨리스는 하루 계획을 세우기 위해 공책을 가지고 양봉장으로 갔다. 다행스럽게도 그날은 토요일이었고 직장에 출근할 필요가 없었다. 어느새 바람은 그쳤고 아침이 반짝였다. 개울 옆의 미루나무 가지 사이로 빛이 스며들었다. 햇빛이 벌통의 흰색 면을 따뜻하게 데워주어 일벌들은 힘차게 일을 나섰다. 그 금빛 생명체들은 클로버 풀밭 위를 지나 더그 랜섬의 과수원을 향해, 그런 다음 그 너머 미지의 곳으로 날아갔다. 벌들은 먹이를 찾으러 3마일 이상을 날아갈 수 있었다. 앨리스는 벌들을 따라가 그들의 비밀을 배울 방법이 있기를 바랐다. 작은 웹캠을 떠올리자 제이크가 아주 작은 목축견과 올가미에 대해 했던 농담이 기억났다.

앨리스는 나무 그루터기에 앉아 어제 작성한 메모를 들여다보았다. 어제 작업을 시작하기 전에 아침 일찍 벌통을 설치해둔 참이었다.

2014년 4월 11일, 금요일. 일출: 아침 6시 27분. 기온: 최고 화씨 63도, 최저 화씨 43도. 풍속 10~18MPH. 강수량: 0인치. 일몰: 저녁 7시 47분. 현재까지 벌통 총계: 24개. 비고: 양봉장 북동쪽에 러시안 누크 12개 설치. 각 벌통에 번식 틀, 꽃가루 틀, 꿀 틀 각 5개씩. 날짜 기입 후 13~24번 표기. 사고 없이 옮김.

그녀는 마지막 부분을 읽다 피식 웃었다. 벌통 옮기기는 잘 진행됐지만, 벌통을 설치하기 전날 밤 도로에서 휠체어에 탄 십대를 친 이례적인 경험을 써둘 필요가 있다고 느꼈다. 그녀는 '사고'라는 단어 뒤에 별표를 치고 페이지 하단에 '(제이크 스티븐슨*)'이라는 각주를 달아둔 뒤 페이지를 넘겨 오늘 할일을 적기 시작했다.

'2014년 4월 12일, 토요일'이라고 쓰고는 일출 시간, 일기예보에 나온 최고 기온과 최저 기온, 풍속을 휘갈겨썼다. 그런 다음에는 '작업: 1~12번 벌통 정기 검사 완료할 것'이라고 썼다. 이 작업을 하느라 몇 시간 동안은 바쁠 것이다.

앨리스는 양봉 모자를 쓰고 장갑을 낀 뒤, 기존에 있던 2단짜리 번식 상자 열두 개를 꼼꼼히 살펴보기 시작했다. 벌통 도구를 사용해 첫번째 상자의 윗부분을 연 뒤 도구를 치우고 내부 덮개를 뺐다. 틀도 느슨하게 만든 다음 빼냈다. 틀을 손에 든 채로 그녀는 알, 애벌레, 봉개한 어린 벌*들을 살펴보았다. 꽃가루와 꿀 저장소

---

* '봉개'란 밀랍과 꽃가루를 섞어 애벌레의 호흡을 용이하게 만든 작은 방의 덮개로, 어린 벌이 방에서 나가기 쉽도록 잘 부서진다. '봉개한 어린 벌'은 덮개로 덮여 있는 유충을 뜻한다.

도 확인했다. 틀을 옆으로 치워둔 뒤에는 다음 상자를 꺼냈다. 해가 중천에 떴을 무렵, 그녀는 위아래로 열두 개 중에서 열 개 벌통에 대해 이 작업을 끝냈다. 벌통 두 개 빼고는 모두 무사했다. 아마 여왕벌들이 겨울을 버티지 못하고 죽은 것이리라. 두 벌통 안에는 어린 수벌이 많이 보였는데, 그건 알을 낳는 일벌이 많다는 뜻이었지만 여왕벌 알은 없었다. 앨리스는 건강한 벌통의 틀을 옮겨와서 알 생산을 촉진해보기로 했다.

그녀는 공책을 살펴보면서 가장 강건한 벌통 두 개를 알아냈다. 첫번째 통에는 봉개 꿀*이 든 틀이 있었는데, 그 밑에는 황금색과 주황색 꽃가루가 있었고, 건강한 부화의 방들이 줄지어 놓여 있었다. 앨리스는 밀랍과 꿀의 달콤한 향기를 들이마셨다. 이거면 되겠다. 만약 허약한 벌통 속 여왕벌들이 죽었다면, 이만큼 강력한 일벌들이 새로운 여왕벌을 삼 주 안에 부화시킬 수 있을 것이다. 그녀는 오 일 안에 여왕벌 알이 있는지 확인하겠다는 메모를 쓰고 콧노래를 흥얼거리며 건강한 벌통 속 틀을 허약한 두 벌통 쪽으로 옮기는 작업을 시작했다.

앨리스는 양봉을 하면서 문제 해결 과정을 언제나 좋아했다. 모든 벌통은 제각기 다른 것을 필요로 하는 살아 있는 유기체였다. 모두를 위해 지칠 줄 모르고 일하는 외골수 같은 벌들은 그녀를 매료시켰다. 또한 벌들은 아름다움을 만들어냈다. 꿀 저장소는 물론이고, 밀랍의 재료, 그리고 레몬과 호박, 루비에 이르기까지 다양

---

* 왁스 층 안에 밀봉된 꿀. 꽃에서 가져온 꽃꿀은 물꿀이라고 불리며, 수분이 많은 단물에 가깝다. 꿀벌들은 꽃꿀을 숙성시켜 일 년 내내 꿀을 먹기 위해 밀랍으로 덮어 저장해둔다.

한 색을 띠는 꽃가루 저장소도 아름다웠다. 단순한 취미생활이 벌통 한 개에서 스물네 개로까지 성장했다는 게 경이로웠다. 앨리스는 햇볕 아래 서 있었고, 작업해야 할 벌통 개수가 줄어드는 동안 벌들은 양봉 모자를 쓴 그녀 주변에서 웡윙댔다. 스물네 개는 쉰 개의 거의 절반이었다. 그 숫자가 일종의 전환점처럼 여겨졌다. 그녀는 모자를 벗고, 정오의 그늘에 앉아 연필을 씹으며 양봉장을 바라보았다. 양봉장을 넓힐 공간은 충분했다. 체계적으로 벌통을 분할하고 벌떼를 생포한다면 여름이 끝날 때까지 벌통 쉰 개를 거둘 수도 있을 것이다.

이 생각이 떠오르자, 언제 마지막으로 느꼈는지도 모를 까마득한 흥분이 마음속에서 솟아났다. 본디 실용적인 사람으로서 장애물을 먼저 고려하곤 하는 앨리스는 방금 이런 생각을 했다. 안 될 건 또 뭐야? 지난여름의 기록을 뒤져보려 공책을 앞으로 넘겼다. 당시 그녀는 벌통 열두 개에서 각각 7~10갤런의 꿀을 얻었다고 써두었다. 시장에 나가 꿀 1쿼트당 20달러에 팔았고, 들인 비용을 제하고 나면 6천 달러의 순수익을 얻었다. 액수가 깔끔하기도 하지. 그녀는 점점 더 신이 났다. 더 많은 벌통, 더 많은 꿀로는 무엇을 할 수 있을까? 이런 생각이 곧장 들었다. 과수원을 꾸릴 여력이 생길 것이다. 그녀는 평평하고 해가 잘 드는 자신의 땅을 찬찬히 살펴보았다. 유서 깊은 홀츠먼 집안의 것과는 다르게 아담한 규모의 과수원, 그러나 다른 누구도 아닌 그녀가 소유한 과수원. 그래, 안 될 게 뭐야?

앨리스는 도움이 필요했다. 그건 당연한 일이었다. 8월의 수확만으로도 버거울 텐데, 가을에는 나무를 심는 데에도 일손이 필요할 것이다. 그러나 그녀는, 특히 꿀 판매가 잘될 것이고 심지어 여왕벌을 기를 수도 있다고 예상했기에 사람을 고용할 여유가 있었다. 벌통이 몇 개 필요한지 결정하기 위해 양봉장을 서성거렸고, 점점 더 열의가 불타올랐다.

앨리스는 집으로 돌아와 컴퓨터로 파머스마켓 페이지에 접속한 뒤 분야별로 분류된 광고를 샅샅이 살펴보았다. 사람들은 시급을 그리 많이 쳐주지 않았다. 시간당 10~15달러이거나, 우퍼*의 경우에는 더 적었다. 앨리스는 코웃음을 쳤다.

"우퍼는 당신들이나 쓰세요." 그녀가 소리 내어 말했다.

우프에서 온 자원봉사자들. 그녀는 호주에서 온 젊은이들이 파머스마켓에서 부스를 운영하는 모습을 최근에 본 적이 있었다. 더러운 머리카락에 히피 같은 옷차림. 조이풀처럼. 그들은 방과 숙식을 얻는 대가로 일했다. 사양하겠어, 그녀는 생각했다. 여행 가이드가 되고 싶지는 않았고, 자신의 집에 타인이 사는 것을 원치도 않았다. 앨리스는 여기 작은 골짜기에 홀로 있는 게 좋았다. '공동생활'이라는 표현은 소름이 끼쳤다. 아주 어렸을 때부터 그녀는 고독을 즐겼다. '앨리스 섬'이라며 어머니는 딸을 놀리곤 했다. 철저히 혼자인 앨리스. 그녀의 아버지는 고독을 이해했다. 부모님도 고독한 사람들이었으니까. 혼자인 게 잘 맞았다. 어쨌거나 대부분의 날들에는.

그녀는 광고 게시글 양식을 열어 이렇게 타이핑했다. '도움 구

---

* 우프(WWOOF)는 World Wide Opportunities on Organic Farms의 약자로, 1971년 영국에서 시작되었다. 우퍼는 유기농가 및 친환경적인 삶을 추구하는 곳에서 하루에 반나절 일손을 돕고 숙식을 제공받는 사람들을 일컫는다.

함: 양봉장의 여름 파트타임 인력. 경험 없어도 됨. 100파운드 무게까지 들어올릴 수 있어야 함. 간단한 건설 경험 우대. 시급 13~15달러. 협의 가능. 더 많은 정보를 원한다면 541-555-2337로 전화하거나 al.holtzman@gorge.net으로 이메일 바람.'

고등학생에게는 그 정도 액수를 지급하면 충분하다고, 개학 전까지는 작업이 대부분 완료될 거라고 그녀는 생각했다.

그날 오후 앨리스는 시내에서 볼일을 봤다. 에이스 철물점을 방문해 사포와 붓을 샀고, 몹시 두려웠지만 빌어먹을 식료품점에 가서 시리얼이 아닌 먹을거리를 샀다. 리틀빗 식료품점에 가는 건 무서운 일이었다. 단지 공황 발작 사건 때문만은 아니었다. 후드리버에 있는 이 유일한 식료품점은 마을 광장 같은 역할을 했고, 앨리스는 스몰토크가 끔찍이도 싫었다. 노인들은 아침에, 젊은 가족들은 오후에 장을 봤다. 두 시간대 중 언제든 어머니의 친구나 고등학교 때 알던 사람을 마주치기 일쑤였다. 앨리스는 밤에 쇼핑했고, 주말에는 절대로 하지 않았다. 주중 밤에는 젊은 남성들과 라틴계 가족들만 장을 봤다. 그들 역시 멈춰서 잡담하고 싶어하지 않았다. 적어도 그녀에게는 말이다. 하지만 냉장고가 텅 비었기에 장을 봐야만 했다.

에이스 철물점을 나온 앨리스는 트럭에 올라타 종이봉투에 담긴 물품들을 차내 바닥에 던졌다. 공간을 마련하기 위해 방풍막을 옆으로 치웠다. 그때 작은 배낭이 보였다. 제이크의 것임을 이미 알고 있는 그녀는 배낭을 열어 지갑을 꺼냈다. 꼬마의 커다란 미소가 보였고 괴상한 머리카락은 사진 프레임 윗부분까지 뻗쳤다. 제이컵 토드 스티븐슨, 1996년 2월 2일 출생. 녹갈색 눈동자, 검은색 머리카락. 신장: 5피트 10, 몸무게: 145파운드. 그렇겠지, 꼬마야. 네가 웨이트벨트를 차고 있었다면 말이야. 확실히 남자애들과 여자들은 각각 반대 방향으로 체중에 대해 거짓말을 했다. 이걸 가져다주고 와야겠군. 그렇게 생각하자 왠지 마음이 좋아졌다.

앨리스는 식료품점에서 고통을 겪었다. 메리 콘던을 마주쳤기 때문이다. 앨리스의 어머니와 가까웠던 메리는 앨리스에게 최근 자신이 받은 고관절 수술에 대해 이야기했다. 앨리스는 듣는 건 꽤 넘치 않았다. 슬픈 표정을 지으면서 팔에 손을 대는 자신의 옛 친구들과 이야기 나누는 것보다는 쉬웠으니까. "어떻게 지내니, 앨리스?" 그들은 묻곤 했다. 그게 할 소린가?

시리얼 코너의 통로를 향해 가고 있을 때, 카운티 개발 부서의 사무실 관리자인 데비 제프리스의 뒷모습이 보였다. 데비의 카트는 물건으로 수북했고, 작은 소년 세 명이 양옆에 매달려 해적처럼 소리를 지르고 있었다. 앨리스는 어차피 시리얼은 필요 없다고 판단하고는 계산대로 향했다.

12번가를 따라 운전해 그린우드 코트로 들어섰다. 11번지 앞에 주차된 노란색 포드 포커스 차량에 '주님은 나의 부조종사'라고 적힌 범퍼 스티커가 붙어 있었다. 이곳에서 이틀 전 밤에 있었던 일을 떠올리자 맥박이 빨라졌고, 그녀는 깊이 심호흡했다. 엔진을 끄고 앉아서 시계 초침 소리를 들었다. 초대받은 경우가 아니라면, 누군가의 집을 방문했을 때 차도에서 기다리는 것은 이 작은 마을의 예의였다. 몇 분쯤 지나자, 문이 열리더니 꼬마의 어머니가 손차양으로 눈을 가린 채 밖으로 나왔다. 그녀는 손을 흔들며 앨리스를 향해 계단을 내려왔고, 미소를 띠고 있었다. 앨리스는 트럭 밖으로 나가 투항 깃발처럼 배낭을 들어올렸다.

"안녕하세요!" 그녀가 말했다. "방해하려는 건 아니고요. 그냥 이 가방을 드리러 왔습니다."

제이크의 어머니는 여전히 미소 짓고 있었다. 앨리스에게로 가까이 다가와서는 손을 내밀었다.

"저는 탠시라고 해요. 탠시 스티븐슨." 그녀가 말했다. "앨리스 맞죠?"

앨리스는 고개를 끄덕이고는 미소 지었다. 탠시는 앨리스의 손을 잡고 악수했다. 탠시가 손을 너무 오래 붙잡고 있어서 앨리스는 당황했다. 지나치게 친밀하게 느껴졌기 때문이다. 앨리스는 손을 슬쩍 뺐는데 탠시는 눈치채지 못한 것 같았다.

"그날 밤 일은 너무 죄송해요. 제이컵한테 무슨 일이 있었던 건지 설명을 들으니 죄송스럽더라고요. 에드워드와 저는 당신이 우리 아들을 집까지 안전하게 데려다주어서 정말 감사하게 여기고 있어요. 당신이 우리 애를 도와주기 위해 그곳에 있어준 건 주님의 은총 같아요."

앨리스는 탠시의 남편도 만사를 주님의 은총이라고 여길지 의구심이 들었지만, 곱슬거리는 앞머리 아래, 분홍색 안경테 뒤에서 솟아오르는 눈물을 보자 탠시가 안쓰러워졌다. 탠시는 앨리스보다 나이가 적었고 폴리에스테르 재질의 A라인 치마, 굽이 낮은 구두에 스타킹 차림이었다. 앨리스는 문득 자신의 더러운 작업복과 머리카락을 짓누른 햇빛 차단용 모자가 신경쓰였다.

"아무것도 아닙니다." 앨리스가 말했다. "제가 할 수 있는 최소한이었는걸요. 그 모든 일에 마음이 안 좋네요. 어두워서 그애를 미처 못 봤어요."

탠시는 한숨을 쉬더니 관자놀이에 손가락을 갖다대고는 고개를 저었다. "혼자서 그렇게 나돌아다니지 않겠다는 약속을 받아내려 애를 썼는데, 아들은 귓등으로도 안 들어요."

탠시는 웃어 보이려 했지만, 앨리스는 그녀의 두 눈에 여전히 어려 있는 눈물을 보았다.

"제이컵은 요즘 어느 것에도 흥미를 느끼지 못해요……" 그녀는 말끝을 흐렸다.

앨리스는 무슨 말을 해야 할지 몰랐다. 탠시의 목소리에 담긴 슬픔은 아들의 젊은 시절이, 갇혀버린 삶이 어떠한지에 대해 많은 것을 말해주었다.

"음," 앨리스가 말했다. "휠체어 수리비를 지불하고 싶습니다."

탠시는 미소 짓더니 소맷동에서 크리넥스를 꺼내 눈가를 닦았다. "휠체어는 괜찮아 보여요. 그래도 제안해주셔서 감사드려요."

만일을 대비해 전화번호를 교환했으면 한다고 앨리스가 요청했다. 그녀는 펜을 가져오려고 트럭으로 걸어갔다. 에이스 철물점의 영수증 종이에 이메일 주소와 전화번호를 휘갈겨적으면서, 앨리스는 자신이 소년을 보고 싶어서 꾸물거리고 있다는 것을 깨달았다. 그때 방충망이 삐걱대며 열렸고, 모호크 머리와 기타 등등을 한 소년이 나왔다. 눈 밑 다크서클과 창백한 얼굴이 눈에 띄었다. 그의 입가에 미소가 조심스레 피어났다.

"와, 앨리스!" 그가 이렇게 부르더니 휠체어 경사로를 따라 바퀴를 굴려 그녀의 발치 앞에서 멈췄다. 그가 휠체어를 부드럽게, 심지어 우아하게 작동하는 모습에 눈길이 갔다. 대낮의 명료한 햇살

아래서 보니 그는 훨씬 더 어려 보였다. 이틀 전 밤에 급작스럽게 떠난 것이 후회되었다. 그의 멍청한 아버지가 뭐라고 말했건 간에.

제이크가 어머니의 발치에 놓인 배낭을 발견했다.

"고마워요. 제가 깜빡했어요." 그가 말했다.

"뭘 이런 걸 가지고." 앨리스가 말하며 그를 향해 미소 지었다.

"벌들은 잘 있나요?" 그가 물었다. "굉장한 모험 이후에 모두들 괜찮은 건가요?"

앨리스가 빙긋 웃었다. "응, 잘 적응하고 있어."

"맞아요. 아주머니 말대로 조그맣고 강인한 계집애들이에요. 모두 새끼들을 열심히 키우고 있는 거죠?"

앨리스는 그가 자신의 말을 기억하고 있다는 게 기뻤다.

"물론이지." 그녀가 말했다.

탠시는 앨리스에서 제이크로, 다시 앨리스에게로 시선을 옮겼다.

"벌들이요, 엄마! 내가 말했잖아요. 이분은 양봉가예요." 제이크가 말했다.

그는 눈을 크게 뜬 채 허공에 손을 흔들어 보였다. "이분 집에는 벌이 수천 마리나 있어요. 수천 마리요!"

"음, 정확히는 수만 마리야." 앨리스가 말했다. "그날 내 트럭에 실었던 상자마다 벌이 만 마리씩 들어 있었어."

"대박! 멋져요!"

"제이컵, 예의바르게 말하렴. 제발."

"죄송해요, 엄마." 그가 말했다. "그런데 진짜로요."

그는 고개를 숙이고는 목소리를 낮췄다. "엄마도 앨리스가 울타리에 부딪힌 후 벌들이 막 날아다니는 광경을 보셨어야 해요. 상자들이 여기저기 떨어졌다고요. 그런데 앨리스는 아무렇지도 않게 그 한가운데로 걸어들어갔어요. 상자들을 주워서 트럭에 다시 실었죠."

탠시는 몸서리를 쳤다. "벌들이 당신을 쏘기도 하나요?"

앨리스는 어깨를 으쓱했다. 모두가 하는 첫번째 질문이었다. "가끔은요. 하지만 제가 제이크에게 말한 대로, 벌들은 위협을 느낄 때만 침을 쏴요."

앨리스는 한담을 나누는 걸 싫어했지만, 벌에 관한 대화는 좋았다. 만약 탠시가 정말 관심 있다면 경비벌들에 대해서 말해줄 참이었다. 하지만 제이크가 이미 그 얘기를 하고 있었다. 그가 앨리스를 힐끔 바라봤다.

"맞아요, 저 어제 찾아봤어요. 진짜 멋지던데요. 〈반지의 제왕〉에 나오는 간달프 같아요. '넌 여길 지나갈 수 없다!' 말벌의 도둑질에 대해서도 읽었어요. 그럴 땐 어떻게 하시나요? 미끼 덫을 놓나요? 아니면 알아서 싸우게 놔두나요?"

앨리스가 막 답하려는 순간, 뒤쪽 차도에서 디젤엔진이 낮게 으르렁대는 소리가 들려왔다. 뒤를 돌아보자 제이크의 아버지가 은색 포드 F−250 차창 밖으로 그들을 노려보고 있었다. 그가 후진해서 길가에 주차할 때 엔진이 끽끽 소리를 냈다. 그들을 향해 걸어오는 그의 얼굴은 분노로 일그러졌고, 그가 자아내는 불편함이라는 비극이 발걸음 하나마다 무게를 더했다.

"……빌어먹을 당신 도로에 주차하라고!" 그가 다가오면서 중얼거렸다. 제이크의 얼굴에서 미소가 가셨고, 탠시는 불안해 보였다. 제이크의 아버지가 그들을 쏘아봤다. 앨리스는 이런 일이 평생 있어왔다는 것을 직감했다.

"당신 여기서 뭐하는 거야? 내 빌어먹을 도로를 막고서?"

그는 주름진 랭글러 청바지와 함께, 유쾌하고 여성스러운 손글씨로 '안녕하세요! 나는 에드워드예요!'라고 적힌, 업무 관련 행사에서 받았을 게 분명한 격자무늬 셔츠를 입고 있었다. 그 문구와 괴팍한 얼굴의 대조가 극명해서 앨리스는 본의 아니게 웃음이 났다.

"당신은 지금 이게 웃긴가보지, 어?"

"에드워드, 여보." 탠시가 말했다. "앨리스가 제이컵의 배낭을 가져왔……"

"내가 당신한테 내 도로에서 꺼지라고 말한 것 같은데." 그가 아내를 무시하며 말했다. "꺼지라고. 그게 그렇게 이해하기 어렵나, 아줌마?"

그는 짜증스레 목소리를 높였는데, 심술 난 어린애 같았다.

앨리스는 아무 말도 하지 않았다. 그녀는 화려한 언변은 없을지라도 너무나 상냥한 아버지 밑에서 자랐다. 하지만 전에도 이런 남자를 만난 적이 있다. 미국의 모든 여성은 스물다섯 살 무렵까지 이런 남자를 만난다. 앨리스는 약자를 향한 집단 괴롭힘이 업무 방식의 표준이던 남자들과 함께 일했었다. 그녀와 동창 낸시는 그 꼴을 두고 테스토스테론 중독이라며 농담하곤 했다. 그런데도 정작 히스테릭하다고 여겨지는 쪽은 여자들이었다. 화난 남자들은 어린애들 같다고 그녀는 생각했다. 늘상 성질을 부리는 애들.

그때 문득 앨리스의 머릿속에 떠오른 게 있었다. 어린 소년들. 에드워드 스티븐슨. 에디.

"에디 스티븐슨." 그녀가 큰 소리로 말했다. "해치 스트리트의 에디 스티븐슨."

에드워드의 인상 쓴 얼굴에 경악이 번졌다.

"나 앨리스 홀츠먼이야." 그녀가 그를 찬찬히 들여다보며 말했다. 그래, 그는 삼십대 후반이니 그녀보다 일곱 살쯤 어릴 것이다.

"나, 네 베이비시터의 이웃이었어. 지닌 샤프. 기억나?"

앨리스가 손가락을 퉁기고는 웃음을 터뜨렸다. "네가 세 살 때 널 목욕시키는 지닌을 내가 도왔지."

그 기억이 머릿속에서 깜빡거렸다. 웃긴 지닌. 어린애들을 언제나 인내심으로 대했지. 앨리스가 화장실 바닥에 앉아 아이가 욕조 안에서 물 튀기는 걸 바라보는 동안, 지닌은 아이 여동생의 기저귀를 갈았다.

에드는 불편하게 몸을 움직였고 얼굴은 창백해졌다. 제이크는 자신의 아버지가 한때 조그맣고 발가벗은 아기였다는 것을 믿지 못하겠다는 듯 의심스러운 표정이었다. 앨리스는 에드의 얼굴에서 수치심 같은 것을 보았다. 그리고 두려움을.

무슨 일이었지? 추악한 이야기가 시큼한 냄새를 풍기며 기억 속에 되살아났다. 축구 경기장에서 그 이야기를 들었을 때 그녀는 고등학교 2학년이었다. 어린 소년들 한 무리가 방과후 놀이터에서 길고양이를 잡아 죽을 때까지 고문했다는 이야기. 앨리스는 에드를 보며 이 성인 남자의 얼굴에서 어린 소년을 발견했다. 코의 더러운 얼룩들, 햇볕에 그을린 목, 아주 짧게 깎은 머리카락, 찢어진 반바지를 상상했다. 당시 그는 아홉 살이 될까 말까 했을 것이다. 그의 가족들은 그를 스포캔에 있는 친척집에 보냈다.

"그래." 앨리스가 천천히 말했다. "넌 메이 스트리트 초등학교에서 퇴학당했지. 너랑 크레이그 스톤이랑."

그 정도로 잔인한 아이들은 작은 마을에 거의 없었으므로, 사람들은 그 일을 잊지 못했다. 불쌍하고 무력한 그 생명체는 그런 죽음을 맞이해선 안 됐다. 그리고 제이크가 있었다, 그런 아버지와 함께 사는.

앨리스는 갑자기 목이 메고 숨이 옅어지는 느낌이 들었다. 시간이 느리게 흘렀다. 숨이, 가슴이 조여드는 느낌이 사라지길 기다리며 아주 가만히 있었다. 하지만 느낌은 가시지 않았다. 이번에는 달랐다. 시야가 흐려지는 대신 명료해졌으며, 청각도 마찬가지였다. 어디선가 까마귀의 경멸하는 듯한 날카로운 울음소리가 들렸고, 목덜미에선 부드러운 치누크 바람*의 숨결이 끼쳐왔다. 온몸이 산산조각나며 부서질 것 같은 느낌 대신, 그녀는 뜨겁고 투명한 정신을 느꼈다. 그 감각이 축복처럼 그녀의 머리 위를 맴돌았다.

에드는 여전히 아무 말도 없었고, 얼굴은 창백하고 날카로웠다. 사람이 움츠러든 것처럼 보였다. 앨리스는 탠시를 흘끗 바라보았다. 그녀는 휠체어 경사로 난간을 한 손으로 붙잡은 채 눈을 감고 있었다. 마스카라가 두 뺨을 따라 흘러내리고 있었다. 자신이 결혼한 사람이 누구인지 그녀는 알고 있었던 것이다. "어쨌든 네가 그 소년에게 해줄 수 있는 게 뭐가 있겠어, 앨리스?" 아버지의 목소리가 귓가에 속삭였다. 앨리스는 뒤로 물러서 숨을 내쉬었다.

---

* 겨울이 끝날 무렵에 북아메리카 서부의 로키산맥 동쪽에서 부는 건조하고 따뜻한 바람.

"가야겠다." 에드에게서 고개를 돌려 소년을 바라보며 그녀가 말했다. "그런데 너한테 제안할 게 있어."

그녀는 휴대폰 번호와 이메일 주소가 적힌 에이스 철물점 영수증을 제이크에게 건넸다.

"이게 뭐냐면, 나는 구인중이야. 양봉장에서 날 도와줄 사람이 필요해. 경험은 없어도 되고, 파트타임이야. 좀전에 공고를 올려놨어. gorge.net에서 구인구직 게시판을 확인해봐. 지원하고 싶으면 나한테 연락 줘."

앨리스는 자기도 모르게 소년에게 임금의 일부로 숙식을 협의할 수 있다고 이야기하고 있었다. 바로 그날 아침에 우퍼를 비웃었지만 상관없었다. 말들이 입에서 계속 흘러나왔다.

소년은 그 제안에 대해 앨리스만큼이나 놀란 게 분명한, 어안이 벙벙한 얼굴로 종이를 들여다보았다.

바로 그때 에드가 다시 현실로 돌아왔다. "아줌마, 당신 일은 당신이 알아서 하쇼! 내 도로에서 나가지 않으면 여기서 당신 엉덩이를 걷어차서 오델까지 가게 해주겠어!"

"에드워드, 제발!" 탠시가 남편의 팔을 붙잡았다.

앨리스는 투명한 열기가 다시 온몸에 끼쳐오는 것을 느꼈고 이 남자를 해하는 기쁜 상상을 즐겼다. 이웃들이 창문과 문을 열고 엿듣고 있었다. 내면의 이성은 그녀가 누구도 해하지 않을 것임을 알았다. 당연하다. 그녀는 홀츠먼이니까. 그럼에도 기묘한 감각이, 어쩐지 자신을 극도로 침착하게 만드는 광포함이 몸속을 훑고 지나가는 느낌이었다. 그녀는 에드의 눈을 똑바로 바라보았다.

"어디 한번 그렇게 해봐." 그녀가 차분하게 말했다. "그러면 내가 당장 경찰을 부를 테니까. 내 시숙이 경찰이거든."

"아줌마, 당신한테 뭐가 좋은지 안다면……" 에드가 씩씩댔다.

"저는 좋은데요, 앨리스!" 제이크가 그녀의 팔꿈치 쪽에서 소리쳤다. "사실, 지금 당장 함께 가고 싶어요. 구경해보려고요."

소년의 어머니는 이제 팔짱을 낀 채 현관 쪽으로 물러나 있었다. "제이컵." 그녀가 흐느꼈다.

에드는 아들을 비웃었다. "일하겠다 이거냐? 네가 할 수나 있을 것 같아?" 그가 말을 내뱉었다.

아버지를 올려다보는 제이크의 눈동자가 이글댔다. "그건 두고 봐야겠죠, 안 그래요? 에디."

제이크가 아버지를 에디라고 부르자, 남자가 다시 쪼그라드는 것을 앨리스는 보았다.

남자는 입을 벌렸지만 그 입에선 아무 말도 나오지 않았다.

소년은 휠체어에서 몸을 꼿꼿이 세웠다. 마치 앨리스의 분노가 그에게로 옮겨간 것처럼. 이글대는 불꽃이 눈동자 안에서 밝게 타올랐고, 휠체어는 앞으로 나아갔다. 다음 순간, 앨리스는 먼지투성이인 앞마당을 빠져나가 패잔병 같은 당나귀를 지나 환한 4월 햇살 아래로 들어섰다. 열여덟 살짜리 제이크 스티븐슨은 그녀 옆자리에 앉아 있었다. 그의 눈동자는 이글거렸고 브루스 스프링스틴의 노래가 스피커를 뚫고 요란하게 울려퍼지고 있었다.

내가 대체 방금 뭘 한 거지? 앨리스는 생각했다.

7
윙윙거리기

꿀벌은 같은 냄새를 풍기더라도 행동을 통해 낯선 존재를 알아본
다는 것을 발견했다. 겁에 질린 벌은 주눅든 얼굴로 몸을 웅크리
는데, 이는 자신이 침입자임을 인지하고 있다는 틀림없는 신호이
기 때문이다.

_L. L. 랭스트로스

　지구상에서 보낸 이십오 년에 가까운 시간 동안 해리가 배운 게
있다면, 대부분의 사람들은 그를 처음 보았을 때 멍청하다는 첫인
상을 받는다는 것이다. 그들을 비난할 수는 없었다. 그는 추종자
부류였고, 때때로 '잘못된 길'이라는 표지판이 모퉁이마다 놓여 있
음에도 다른 이들이 이끄는 곳으로 갔다.
　"사람들을 기쁘게 해주려고 하지 마." 엄마는 말하곤 했다. 고학
년 남자애들이 그에게서 점심 먹을 돈을 '빌려 가서' 쫄쫄 굶은 채
집으로 돌아왔던 4학년 때부터 엄마는 그렇게 말했다. 엄마가 아
들을 도와주려 노력한다는 것은 알았지만, 그 말은 그가 멍청하다
는 사실을 예쁘게 포장한 말에 불과했다.
　"그 남자애들은 네 친구가 되고 싶은 게 아니야, 아들." 엄마는

말했다. "그걸 어떻게 알 수 있게?"

해리는 고개를 저으며 엄마가 만들어준 땅콩버터 샌드위치를 베어물었다.

"너에게서 뭔가를 빼앗아가려 하거든. 친구는 그저 서로 좋아하기 때문에 친구가 되는 거야."

해리는 고개를 끄덕였지만 그 말이 잘 이해되진 않았다. 그는 다음번 점심 먹을 돈을 빼앗겼을 때 엄마의 말을 떠올렸다. 공터에서 동네 애들에게 자신의 자전거를 타고 장애물을 타넘게 해준 뒤, 바퀴가 휘어진 자전거를 끌고 귀가한 날에도. 그리고 친구들이 훔친 평면 TV로 가득찬 트럭을 옮기는 일을 도운 혐의로 그가 체포된 날에도.

"무슨 생각이었던 거니!" 보석금을 내고 해리를 빼낸 엄마는 차에서 버럭 소리를 질렀다. 답할 수 있는 질문이 아니었다. 해리는 수치심과 피로감에 휩싸인 채 좌석에 털썩 앉았다. 유치장에서 그는 오줌냄새가 나는 술 취한 늙은 남자 옆에서 전날 밤을 보냈고, 냄새를 더이상 견딜 수 없어졌을 때 엄마에게 전화를 걸 용기를 냈다.

"해리! 네가 한 짓을 설명해봐, 이 녀석아!"

엄마가 소리지르는 일은 드물었다. 소리지르는 건 품위 없다고 말했으니까. 그러니 지금 엄마가 소리지르는 건 그만큼 상황이 심각하다는 뜻이었다. 하지만 해리는 그 상황에 대해 어떠한 설명도 할 수 없었다. 잠복 경찰로 판명난 구매자에게 훔친 TV들을 넘기는 트럭을 운전하라는 친구들의 꼬임에 넘어간 자신의 멍청함을 인정할 수밖에 없었다.

그는 무슨 생각이었던 걸까? 마티가 말한 이유가 타당하다고 생각하는 건 전혀 아니었다.

"야, 오큐파이 운동* 이후로 변한 건 아무것도 없어." 어느 날 오후, 스리오원 술집 밖에 서서 마티는 이렇게 말했다. "상위 1퍼센트의 인간들이 여전히 모든 권력을 쥐고 있잖아. 시스템은 조작됐어. 그들이 우리한테 빚지고 있다고."

마티는 담배를 한 모금 빨아들이더니 도로 위에 던졌고, 꽁초에서 연기가 피어올랐다. 샘은 고개를 끄덕였고, 해리 역시 끄덕였지만 진심으로 동의한 건 아니었다. 그저 친구들이 그를 겁쟁이라고 여기지 않기만을 바랐다. 그는 마티 역시 상위 1퍼센트에 속한다고 생각하고 있었다. 대서양 연안을 따라 자리잡은 요양원 체인을 소유한 마티의 아버지만큼은 상위 1퍼센트가 맞았다. 마티는 종종 아버지가 의료보험료를 탈세한 방법과 플로리다 키스에 있는 별장으로 다녀온 가족 여행에 대해 떠벌리곤 했다. 아버지는 마티를 고용해주기도 했다. 마티는 아버지 밑에서 일하는 게 싫다고 주장했지만, 가업을 물려받긴 할 거였다. 그러니 로빈후드 같은 근거는 그다지 말이 되지 않았다. 해리는 마티의 제안(그의 사촌이 일하는 상점에 배송되는 전자제품을 가로채는 것)이 혁명이 아니라는 사실을 알고 있었다. 그건 그냥 부업이었다.

결국 해리는 운전수를 맡게 되었는데, 마티와 샘이 사전에 협의했던 건지 후일 궁금해졌다. 경찰이 배지를 꺼내자 둘은 도망갔다.

---

* 2011년 9월부터 시작된 미국 뉴욕 월가 점령 시위로, 금융자본의 비도덕성과 그로 인한 빈부 격차를 규탄하는 구호를 외쳤다.

해리는 트럭 안에 앉아서 페이스북 피드를 보느라 상황을 알아채지 못했다. 경찰은 그의 주의를 끌기 위해 차창을 똑똑 두드렸다. 그렇게 해리만 체포됐다.

판사는 해리에게 중죄절도 미수죄로 경비가 삼엄하지 않은 교도소에서 이십사 개월 복역하라는 형을 선고했다. 판사가 실망한 것처럼 보여서 해리는 마음이 더욱 안 좋았다.

"스토크스 씨," 판사가 말했다. "스스로를 돌아볼 수 있는 좋은 시간이 될 겁니다. 나쁜 길로 너무 깊이 빠져들기 전에 방향을 트십시오."

엄마는 코를 풀고 흐느낌을 참았다. 샐은 커다란 팔로 팔짱을 끼고 콧구멍을 벌렁대며 그녀 옆에 앉아 있었다.

해리는 서부로 이주하면서 의사결정을 못하는 자기 자신을 떠나버리고 싶었다. 그것이 변화로 느껴졌었다. 부모님은 그게 일종의 새로운 방향성을 의미한다고 믿고 싶어했다. 해리가 마침내 자신의 삶을 스스로 살게 되었다는 생각을 받아들이면 엄마와 샐은 죄책감 없이 플로리다로 이주할 수 있을 것이었다. 해리는 더이상 그들이 자신을 걱정하지 않기를 바랐다. 하지만 시애틀은 너무 크고 혼란스러웠다. 언제든 보러 오라던 고등학교 친구는 그가 나타났을 때 기뻐하지 않는 것 같았다. 먼저 전화를 했어야 하는데. 해리는 그때 그렇게 생각했다.

그래도 제프가 일주일 동안 머물게 해준 건 좋았다. 제프의 여자친구인 실비아는 해리가 얹혀 지내는 것을 원치 않는다는 의사를 분명히 했다. 퇴근하고 돌아온 그녀는 침실에만 머물렀고, 제프와 해리가 고등학교 시절을 회상하며 앉아 있는 거실을 성큼성큼 걸어 부엌으로 가면서 그들에게는 한마디도 하지 않았다. 실비아가 화를 내며 지킨 침묵은 해리를 불편하게 했고, 그래서 그는 자신만의 공간을 찾기 시작했다. 심지어 제프의 집 건물 관리인과 이야기를 나누기까지 했고 입주 신청서를 작성하기도 했다. 하지만 그때 신원 조사에 관한 부분을 읽게 되었다. 해리는 가방에 서류를 넣고는 신분증을 잊어버렸다는 말을 중얼거렸다. 누가 중범죄자에게 집을 임대해주겠어?

해리는 거대한 컨테이너선이 커다란 부두에 정박해 있는 음산한 시애틀 해안가를 걸었다. 공기에서 크레오소트*와 바닷물 냄새가 났다. 갈매기들이 보도를 종종거리며 쓰레기를 놓고 서로 싸우며 울었다. 폭풍이 몰아치는 퓨젓사운드만 위로 2월의 혹독한 바람이 불어왔고, 어두운 구름이 올림픽산맥을 가렸다. 굵은 빗방울들이 흩뿌리더니 눈앞이 안 보일 만큼 본격적으로 비가 내리기 시작했다. 해리는 파이크 플레이스 마켓의 처마 밑으로 몸을 수그렸는데, 바로 옆에 윤기 나는 사과가 높이 쌓인 매대를 발견했다. 안내판에는 이렇게 적혀 있었다. '가보를 선보입니다: 후드리버 밸리의 피핀, 브래번, 그라벤슈타인종!' 해리는 샘플 사과를 하나 베어물었는데, 달콤한 과육이 식도를 따라 내려갈 때 엄마의 삼촌이 후드리버 근처 어딘가에 살고 있다는 것이 기억났다. 그는 제프에게 작별 인사를 하고 후드리버로 향하는 그레이하운드 버스에 올라탄 뒤, BZ 코너까지 히치하이크했다. 실비아를 겪은 마당에 에이치 삼촌의 환대는 꽤나 따스하게 느껴졌다. 사실 그것이 환대인지 노망인

---

* 콜타르로 만든 진한 갈색 액체. 자극적인 냄새가 나며 목재 보존제로 쓰인다.

지 알 수 없었고, 알고 싶지도 않았다. 그럼에도 불구하고, 해리가 얻은 추진력은 그 숲속에서 멈췄다.

리버데이즈 카페에서 모이라는 해리가 자신의 노트북을 쓰도록 허락해줬고, 동네 구인구직 공고 게시판을 보여주었다. 수년간 엄마와 샐을 도와서 일했던 조경 일자리 목록을 먼저 살펴보았지만 급여가 형편없었다. 멕시코에서 온 이주 노동자들이 그 분야에 고용되었다고, 그래서 급여가 낮아졌다고 모이라가 말해주었다.

"레스토랑 분야를 봐봐." 커다란 오븐에 빵 반죽들이 놓인 틀을 넣으며 모이라가 말했다. 해리는 탱크톱 아래로 보이는, 햇볕에 아름다운 갈색으로 그을린 등 근육의 평활근을 바라보았다. 그는 한숨을 내쉬고 노트북으로 고개를 돌렸다.

해리는 공책을 꺼내 취업 전망에 관한 목록을 작성하기 시작했다. 웨이터 일은 급여가 나왔지만 해본 적이 없었고 깨끗한 옷도 없었다. 고등학교 때 롱아일랜드 피자 가게에서 접시 닦는 일은 한 적 있었다. 하지만 뜨겁고 습기 찬 부엌은 여름을 보내기엔 지옥 같은 장소일 듯했다. 그는 농업 분야를 살펴보았다. 어느 양봉가가 올린 흥미로운 공고가 하나 있었다. 급여는 별로였지만 간단한 건설 경험을 우대한다고 쓰여 있었다. 야외에서 일하는 게 더 낫겠다는 판단이 섰다. 뉴욕에 살 때는 전혀 해보지 못한 생각이었다.

에이치 삼촌네 집에서는 트레일러의 상태 때문에 실내에 있는데도 거의 야외에 있는 것이나 다름없었다. 해리는 거친 강물의 소리와 커다란 나무에 항상 존재하는 바람을 사랑하게 되었다. 사람 없는 숲은 자유로이 돌아다니는 새들과 작은 동물들로 가득했다. 식료품점으로 가는 길에, 때때로 카약 타는 사람이 론치*로 돌아가는 모습을 보았을 따름이다. 또 에이치 삼촌은 종종 혼자 중얼거리는 것 외에는 몇 시간 동안이나 말이 없었다. 해리는 바깥 세계의 중얼거림을 듣는 데 점차 익숙해졌다.

목록들 중 세 군데, 그러니까 피자 가게, 농산물 직판점, 양봉가에게 이메일을 보냈다. 신원을 보증해줄 사람으로는 제프의 이름을 적으면 될 것이었다. 제프는 해리가 감옥에 갔었던 것을 몰랐고, 해리도 그 사실을 말하지 않았다. 또 누가 있지? 가석방 담당관? 멍청한 생각이었다. 부모님? 아니다. 그는 의자를 돌려, 선 채로 밀가루 반죽을 펴고 있는 모이라를 바라보았다.

"저기, 모이라. 내 신원을 보증해줄 사람으로 널 적어도 될까?"

그녀는 웃음을 터뜨리더니 얼굴을 가린 머리카락을 뒤로 넘겼다. "갑작스럽네, 해리! 그러니까, 난 너를 막 만난 거잖아."

그의 얼굴이 발개졌다. "아, 맞아. 미안해. 난 그냥……"

"농담이야, 이 녀석아! 당연히 내 이름을 적어도 되지. 너 도끼 살인범 같은 건 아니지?"

아니, 그냥 시시한 범죄자지, 그는 생각했다. 심지어 유능하지도 않은.

모이라는 자신의 성과 이메일 주소를 건네주었다. 자기 집에서 열리는 파티에 그를 초대하기도 했다. 카페에 오후 다섯시까지 오면 그녀의 차를 타고 갈 수 있다고 했다.

"내 친구들은 멋진 애들이야. 너도 좋아하게 될걸."

---

* 모터가 달린 대형 보트.

해리의 심장이 두근거렸다. 그녀는 너무 예뻤고, 시나몬 향과 녹은 버터 향이 났다. 좋은 일들이 다가오고 있다. 그는 갈 곳이 있는 척하며 손을 흔들고 카페를 나섰다. 오후 다섯시까지 시간을 죽여야 했기에, 후드리버의 작은 시내를 따라 강가로 걸어갔다.

강가에 이르자 바람이 불어와 귓가에 휘파람을 불었다. 초록빛 물에 이는 흰 물결, 물길 한가운데에서 물고기가 번쩍 튀어오르는 모습이 보였다. 저지 해안에서 윈드서핑하는 사람들을 본 적이 있었고, 여기에도 몇 명이 맹렬한 플라스틱 상어들처럼 어지럽게 돌아다니고 있었다. 하지만 다른 것도 있었다. 커다란 패러글라이더처럼 생긴 물체들이 물위를 날아가는 중이었다. 해리는 좀더 다가가 안내판을 읽었다. '카이트보딩 개시. 행인분들 주의하세요.'

잠수복을 입은 사람들이 커다란 연에 공기를 주입하고 있었다. 해리는 막대기를 든 남자가 다른 쪽 끝에서 연을 움켜잡고 있는 여자에게 신호를 보내는 것을 보았다. 여자가 연을 놓았고, 남자는 그것을 머리 위로 날리며 움직였다. 해리는 머리 위로 연을 날리며 강가로 걸어가는 남자를 지켜보았다. 그런 다음 남자는 웨이크보드에 올라 물을 가로지르며 속도를 냈다. 매혹적인 광경이었다. 사람들이 강을 휙 가로질렀다 돌아왔다. 그들은 공중으로 높이 날아올라 비현실적일 정도로 긴 시간을 머물렀다. 몸을 뒤집기도 하고 복잡한 묘기도 펼쳤다. 강에 면한 커다란 모래톱에서 잠수복을 입은 수십 명이 커다랗고 알록달록한 연을 날리고 또 내리는 모습이 보였다. 해리는 모이라가 준, 오븐에서 갓 나와 아직 따끈따끈한 시나몬롤 하나를 베어물었다. 꿀이 뿌려져 있어서 이가 아렸다. 한쪽 팔에는 밝은 분홍색 연을, 다른 쪽 팔에는 보드를 든 덩치 큰 남자가 해리의 시야에 들어왔다. 남자는 해리 옆에 장비를 내려놓았다.

"제길! 오늘 고생 진탕 하는 날이구만." 남자가 호탕하게 웃으며 말하고는 젖은 긴 머리카락을 뒤로 넘겼다. "그냥 집에 틀어박혀 양말 서랍이나 정리할 걸 그랬네."

남자는 해리에게 말하고 있는 것 같았다. 그래서 해리는 이렇게 물었다. "운이 나쁜 날인가요?"

덩치 큰 남자가 목청을 가다듬었다. "아니. 그렇게 나쁘진 않다오. 바람이 가시고 있어서. 변덕스럽지." 그는 허공에 손을 휘휘 저으며 말했다. "이랬다가 저랬다가. 하지만 이봐요. 사무실에서 보내는 하루보다는 여기 바깥에 나와 있는 날이 언제나 더 낫잖아요, 안 그래?"

남자는 연을 뒤집어 밸브를 열었다. 공기가 요란하게 빠져나왔고, 연은 축 처진 분홍색 시트로 쪼그라들었다.

해리는 남자가 연을 접기 시작하는 모습을 바라보았다. "그거 배우기 어렵나요?" 그가 물었다.

남자가 웃으며 물가 근처에 놓인 트레일러들을 엄지손가락으로 가리켰다.

"카이트보드 강습에선 쉽다고 말할 거요. 하지만 나는 합리적인 사람이라 사람들에게 진실을 말해주죠. 이건 도전이라고. 저기 가서 머물면서 스스로 배워야 한다고. 강습하는 데선 제트스키나 워키토키 같은 걸 지원해주지만, 가장 중요한 건 바람이 뭘 하고자 하는지 스스로 알아내야 한다는 거요. 또 빌어먹을 연이 기울어지면 꽉 붙잡아야 한다는 거!"

그가 시나몬롤을 쳐다보았다. "리버데이즈? 이야, 거기 꿀빵 너무 좋아하는데."

"하나 드세요." 해리가 빵 상자를 남자 쪽으로 밀면서 말했다. "혼자 두 개 다는 못 먹어요."

덩치 큰 남자가 사양하자 해리는 재차 권했고, 그러자 남자는 빵 하나를 집었는데 커다란 손에 비해 빵이 너무 작아 보였다.

"값이 비쌀 것 같아요." 해리가 조심스럽게 말했다.

연을 든 남자는 시나몬롤을 돌돌 풀어 입속에 한 조각을 넣고는 씹으면서 고개를 끄덕였다. "음, 새 장비, 연 풀세트, 줄들, 몸에 매는 벨트, 보드까지 하면 한 4, 5천 달러 정도 들지."

해리는 그를 면밀히 살펴보았다. 연을 든 남자는 4, 5천 달러가 수중에 남아도는 것처럼 보이지 않았다.

"하지만 어느 정도는 중고로 얻을 수 있다오. 여름이 끝날 무렵이면 사람들이 그냥 여기저기에 막 버리기도 하거든."

해리가 못 믿겠다는 얼굴을 하자 남자가 씩 웃었다.

"진짜라니까, 친구. 어떤 사람들은 돈이 너무 많아서 아무데나 펑펑 쓴다고. 우리가 혁명을 일으켜야 하는 이유지!"

그는 허공에 대고 주먹질을 했다. 해리는 마티를 떠올리곤 얼굴이 새파래졌지만, 덩치 큰 남자는 껄껄 웃었다.

"장난이지! 혁명 따위를 하기엔 나는 너무 게으르다니까. 사실 나한테 필요한 건 바람뿐이라오."

그는 젖은 머리카락을 얼굴에서 털어냈다. "맥주도." 그가 말했다. "지금은 맥주가 진짜로 필요하구먼."

그는 잔디에 손을 문질러 닦고는 일어서서, 접힌 연을 향해 한 손을 뻗었다. 다른 쪽 손은 주먹으로 하이파이브를 하려고 내밀었다.

"고맙소, 친구. 내 이름은 요기라네." 남자가 말했다.

"저는 해리예요." 해리가 말했다.

"또 봐요, 해리."

해리는 강가의 모래톱 쪽을 다시 바라보았다. 스무여 개의 연이 땅 위에 내려앉아 있었고 사람들은 조정봉 주변으로 줄을 감고 있었다. 만약 내가 카이트보드 타는 사람이 되면 모이라가 멋있다고 생각하겠지, 해리는 생각하며 윗입술을 매만졌다.

모이라가 그를 멋있다고 생각할지 말지는 저녁에 그녀의 집에서 열린 파티에서 명백해졌다. 해리는 여남은 명의 손님 중 하나였다. 뚱한 표정으로 휴대폰만 보며 누구와도 이야기 나누지 않는 여자애 한 명을 빼고는 전부 다 남자였다. 모이라가 자기 친구들을 좋아하게 될 거라고 그에게 말한 건, 그가 카약 타는 사람들(목소리가 쩌렁쩌렁하고 수염을 기른, 떡대가 엄청난 남자들)을 좋아할 거라는 뜻이었다. 해리는 그들을 보며 자신이 더욱 초라하고 멍청하게 느껴졌다.

모이라는 해리에게 몹시 친절했지만, 이제 그는 모이라가 많은 남자에게 친절하다는 것을 깨달았다. 그녀는 한 명과 진득하게 대화를 나누지 않고 모든 사람에게 추파를 던지며 부산히 돌아다녔다. 그녀는 포틀랜드 어딘가에서 푸드트럭을 운영하는, 덩치가 가장 큰 후티라는 남자에게 바비큐를 맡겼다. 한 손으로는 모이라를 번쩍 들고 다른 손으로는 버거 패티를 뒤집을 수 있을 것처럼 생긴, 누가 봐도 명백한 상남자. 다른 사람들은 그를 둘러싸고 강가에서 보낸 오후에 대해 떠들어댔다.

축구팀 선수들이 아니라 카약 타는 사람들이라는 점만 빼고는 마치 고등학교로 돌아간 것 같았다. 해리는 함께 어울리기 위해 필요한, 사나이들 특유의 동지애를 견딜 수 없었다. 대신 그는 학교를 마치고 빈집으로 돌아가기 싫을 때면 상점에 가곤 했다. 오래된 상점의 신경질적인 주인장인 오브라이언 씨는 테이블 톱, 절단용 톱, 대패, 전동 대패, 라우터 등 모든 도구의 사용법을 알려주었다. 하지만 30세 미만 청년 중에서 라우터가 무엇인지 아는 사람은 아무도 없었다. 열장이음*을 만드는 건 래프팅 보드를 깎는 것만큼 멋있진 않으니까.

삼촌의 울 셔츠와 더러운 바지 차림의 해리는 자신이 마치 트롤들이 먹어치우려던 순간의 빌보 배긴스** 같다고 느꼈다. 그는 모닥불 옆에 침울하게 앉아 맥주를 조금씩 마시며 141번 고속도로에서 BZ까지 가는 긴 여정을 생각했다. 모이라 같은 사람이 정말 그를 좋아할 거라고 생각했다니, 멍청하긴. 적어도 그녀는 해리에게 자전거를 빌려주겠다고 제안했었다. 최근 그녀의 룸메이트가 남기고 간 낡은 슈윈 자전거였다.

모이라는 후티가 한 말에 키득거리고 있었다. 아까 그녀는 자기 집 소파에서 자도 된다고 했지만 해리는 그러지 않을 거였다. 경쟁자가 많을 게 분명했다. 해리는 자리에서 일어나 모닥불의 빛에서 멀어져 그림자 속으로 들어갔다. 그는 옆문으로 나가서 낡은 슈윈 자전거를 타고 떠났다.

---

* dovetail joint. 나무판을 비둘기 꼬리 모양으로 만들어 끼우는 것.
** 〈반지의 제왕〉의 등장인물이자 〈호빗〉의 주인공.

에이치 삼촌의 트레일러로 향하는 고속도로에 접어들자, 어둠 속에서 바람이 불어와 축복처럼 몸을 휩쓸고 갔다. 기분이 나아졌고, 혼자 있는 게 항상 나쁜 건 아니라는 깨달음이 찾아왔다. 잘 안 맞는 사람들과 함께 있는 것보다, 때로는 혼자 있는 게 나았다. 그는 스스로 고독을 택했다는 게 기뻤다. 아직은 명확한 계획도, 직업도, 친구도 이곳에 없었다. 하지만 괜찮았다. 어쩐지 괜찮을 거리는 직감이 들었다. 내일은 병원에 있는 삼촌을 보러 가야지.

세찬 바람이 불어와 자전거를 흔들었다. 좋은 선택을 하는 데에는 영 자신이 없었던 해리는 잠시 이유 모를 커다란 기쁨을 느꼈다. 그는 고속도로 위쪽 하늘을 올려다보았다. 나무가 울창한 기다란 도로 위로 한 무리의 별들이 반짝였다. 바람이 숲을 통과해 불어오면서 나뭇가지가 삐걱대며 우는 소리가 들려왔고, 깊은 강의 협곡을 통과하면서 소리는 점점 커졌다. 해리는 넓고 푸른 강가에 떠 있던 연들과 하얀 물거품을 떠올렸다. 오르막길을 12마일이나 올랐는데도 피곤하지 않았다.

에이치 삼촌의 우편함 앞에 도달하자 해리는 자전거에서 내려 바큇자국이 난 길을 따라 트레일러로 갔다. 모이라와 함께한 달콤하고 쌉싸름한 오늘을 상징하는 리버데이즈 카페의 쿠키를 먹으면서 걸었다. 그는 지금까지 일어난 좋은 일들과 나쁜 일들에 대한 목록을 머릿속에 만들고는 그것들을 공책에 어떻게 적을지 생각했다. 나무에 자전거를 기대어 세워두고, 사다리를 타고 올라가 문 앞에 서서 별들을 올려다본 뒤, 침대로 기어들어갔다. 바로 앞 숲에서 굶주린 채 그를 바라보는 어둠 속 눈동자들을, 그는 느끼지 못했다.

8
벌-공간*

온전한 벌통의 필요조건은…

5. 벌 한 마리에게 불필요한 동작을 단 한 개라도 요구해서는 안
된다는 것.

_L. L. 랭스트로스

목에 담이 온 채, 불길함을 느끼며 앨리스는 눈을 떴다. 손님방
에 있는 소년이 도와달라고 요청하는 소리를 낼까봐 귀를 기울이
다가 잠을 설친 것이다. 아무 소리도 듣지 못했지만, 걱정 때문에
바짝 긴장되었다. 어머니가 호스피스 간호를 받을 때 부모님의 타
운하우스에 있던 소파에서 잠을 청하던 그 마지막 몇 주 같았다.
야간 간호사가 근무중이었지만, 앨리스는 어머니 방을 향해 바짝
귀를 열어둔 채 한 번에 몇 시간씩만 졸았다. 어느 날 밤 앨리스는
깊은 잠에 빠졌는데, 간호사가 그녀를 흔들어 깨우며 어머니가 세

---

* bee space. 랭스트로스가 제안한 혁신적인 개념으로, 벌들이 방을 짓지도, 프로
폴리스를 함유한 반죽으로 틀어막지도 않는 사이 공간을 뜻한다.

상을 떠나셨다고 말했다.

　지난밤에 그녀는 귀를 기울였고, 아무 소리도 듣지 못했으며, 대체 무슨 생각으로 저애를 집으로 데려온 건지 스스로에게 다시 물었다. 너무나도 그녀답지 않은, 너무나도 충동적인 행동이었다. 그리고 에드 스티븐슨한테 시비를 걸다니! 그건 전혀 앨리스의 방식이 아니었다. 그녀는 다른 사람들의 상황에 관여하지 않았다. 음, 이번에는 명백히 관여하고 말았다. 행동하기 전에 생각하지 않았으니까. 마른 강둑에서 뛰어내려 깊이도 모르는 급류 속으로 뛰어드는 짓이나 다를 바 없었다.

　스티븐슨의 집 도로에서 1마일도 채 가지 않았을 때, 달뜬 열기는 사라졌고 깡패에게 대항했다는 승리의 기쁨도 생일파티 풍선에서 바람이 빠지듯 사그라들었다. 우선, 시숙을 부르겠다는 협박은 허세였다. 론 라이언은 후드리버 카운티의 경찰관이긴 했지만, 앨리스와 연락하지 않은 지 몇 달이나 됐고 설령 전화하더라도 받지 않을 거였다. 또 누군가를 고용하려 한 건 사실이었지만, 제이크가 할 만한 일은 없었다. 그녀에게 필요한 건 양봉장에서 그녀를 도울, 무거운 것을 들어올리고 구멍을 파낼 수 있는 비장애인이었다.

　더욱이 숙식을 제공하겠다는 생각은 대체 어디에서 나온 건가?

　머릿속에서 부모님의 목소리가 들려왔다.

　"굉장히 적극적인 연민인걸!" 아버지가 웃음을 터뜨렸다. "역시 내 딸이야."

　"그 아버지에 그 딸이라니까." 어머니가 말했다.

　앨리스는 고개를 뒤로 젖힌 채 눈을 감고 앉아서 미소 짓고 있는 제이크를 흘끗 바라보고는, 스스로에게 화가 나서 뺨 안쪽을 깨물었다.

양봉장에 도착했을 때, 아이를 하룻밤 정도 묵게 하는 건 옳은 일처럼 보였다. 앨리스가 저녁식사를 만들었고, 그녀 쪽에선 일과 관련한 구체적인 설명을, 그쪽에선 아버지의 행동에 대한 언급을 분명하게 피하는 어색한 대화를 나누었다.

이제 앨리스는 침대에 누워, 잠이 부족해 침침해진 눈으로 천장을 올려다보고 있었다. 소년이 신체적으로 무엇을 필요로 할지 그녀는 전혀 알 수 없었다. 그를 초대한 것은 그녀였지만, 이제 그녀가 그를 돌봐야 하는 건가?

"그 소년은 강아지가 아니야, 앨리스." 어머니의 목소리가 불현듯 머릿속에서 들려왔다. "그애에게 아침식사를 만들어주고, 어려운 질문들은 나중으로 미뤄두렴."

돌아가신 이후에도 지혜로운 마리나 홀츠먼이었다. 앨리스는 침대에서 일어나 옷을 입었다. 문이 열리는 소리, 손님방 쪽 화장실에서 물 내리는 소리가 들렸다. 드디어 기척이 있군. 불안감이 한 단계 가라앉은 그녀는 부엌으로 들어갔다.

커피를 내리면서 앨리스는 자신의 집이 어쨌거나 접근성은 나쁘지 않은 셈이라고 씁쓸하게 생각했다. 언젠가 부모님이 와서 살 거라고 생각하면서 단층집을 개조해둔 터였다. 경사로를 만들고, 출입구를 넓히고, 손님방과 그에 딸린 화장실에 완전히 접근할 수 있도록 했다. 하지만 어젯밤 전까지 집안의 복도를 지나간 사람은 아무도 없었다. 제이크는 현관 앞을 지나 복도를 따라 휠체어를 밀었다. 그러곤 휠체어를 잠시 돌려 웃어 보였다.

"완전 잘해두셨네요, 앨리스." 그가 말했다.

그는 미소 짓고 있었지만 노곤해 보였다. 앨리스도 피곤하긴 마찬가지였고, 저녁식사를 마치고 나서 그가 필요한 것이 아무것도 없다고 말해준 덕에 일찍 잠자리에 들 수 있어서 기뻤다.

앨리스는 햇살이 하얀 벌통을 비추고 있는 들판을 내다보았다. 미루나무와 미송의 나뭇가지들이 흔들리는 모습으로 보아 이미 바람이 많이 불고 있음을 알 수 있었다. 계획한 대로 새로운 벌통을 확인하기에 이상적인 날씨는 아니었다.

"우리 딸, 커피 먼저 마시렴. 항상 커피가 먼저란다." 아버지의 목소리가 들려왔다.

앨리스는 테이블에 앉아 노트북으로 일기예보를 검색했다. 이른 아침에는 바람이 불다가 오전 늦게 잦아들 거라고 나와 있었다. 벌통 확인은 나중에 하면 될 것이다. 지금은 일단 제이크를 데리고 양봉장을 돌아보며 벌들에게 인사시켜줄 것이다. 실제 업무에 관한 이야기를 꺼낼 방법을 찾아내, 그녀가 필요로 하는 일을 그는 할 수 없다는 점을 찬찬히 이해시킬 것이다. 부피가 큰 번식 상자들과 100파운드짜리 허니 슈퍼*를 드는 일이라거나, 울타리를 치기 위해 구멍을 파는 일 같은 것들 말이다. 그녀가 볼 때, 제이크가 앉은 자세로 그런 일들을 할 방도는 없었다. 하지만 제이크의 아버지가 분노를 가라앉힐 때까지 며칠 더 머무르게 해줄 수는 있을 것이다. 그건 일리가 있었고, 당연히 그도 이해하겠지.

리놀륨 재질의 바닥에 바퀴 구르는 소리가 등뒤에서 들려와 그

---

* 상업적 용도로 쓰이거나 벌집 애호가들의 수집에 사용되는 꿀이 든 8~10개들이 꿀 생산용 상자.

녀는 고개를 돌리며 미소 지었다. 혼자 보내는 아침에 익숙해졌고 그것을 좋아하지만, 예의를 갖추어야 한다는 교육을 받은 사람으로서 쾌활함을 꾸며내면서.

"좋은 아침." 그녀가 말하곤, 펑크족 언어처럼 소년의 한쪽 어깨 너머로 드리운 축축한 긴 머리카락을 보고는 그 자리에 우뚝 멈춰 섰다.

소년은 수줍어 보였고, 긴 머리카락 뭉텅이를 한 손으로 당겼다. "꽤 멋있지 않아요?" 그는 웃어 보이려고 노력하면서 어깨를 으쓱했다. "샤워를 너무 하고 싶었어요."

야성적인 헤어스타일을 하지 않은 그는 너무 어리고 약해 보였고, 앨리스의 마음은 조금 부드러워졌다.

"여기선 격식 차리지 않아도 돼." 그녀가 자신의 구겨진 셔츠와 칼하트 작업복을 가리키며 말했다. "이게 일반적인 커피 타임 복장인걸."

제이크는 한층 밝아진 얼굴로 앨리스의 어깨 너머 부엌 쪽을 바라보았다. "커피 있어요?"

앨리스는 일어서려고 몸을 움직였지만, 제이크가 휠체어에 탄 채로 조리대로 가서 컵에 커피를 따랐다. 그리고 테이블 쪽으로 와서 그녀 옆에 앉고는 창문 밖을 내다보았다.

"와! 과수원까지 이렇게 멀리 나온 건 처음이에요. 집이 너무 근사해요. 저 바깥의 모든 게 앨리스 거예요?"

앨리스는 햇볕이 잘 드는 초원과 그에 맞닿은 산림지대의 정취를 사랑했지만, 십대 소년이 그 아름다움을 알아차렸다는 사실에 놀랐다. 그녀는 고개를 끄덕이며 남쪽으로 손짓해 보였다. "저기

울타리 선까지가 내 땅이야. 그리고 이쪽으로는 헛간 지나서까지. 북쪽으로는 도로까지. 아침 먹고 나서 보여줄게. 배고프니?"

그는 고개를 끄덕이고는 앨리스가 일어서서 부엌으로 가자 따라왔다.

"제가 도울게요." 그가 말했다. "저 토스트 완전 잘 만들어요."

앨리스는 몸을 돌리고 망설이는 집주인다운 예의바른 미소를 띠었다. "오늘은 내가 아침식사를 만들 테니까, 그런 다음에 생각을……" 그녀는 말을 멈췄다.

앨리스의 주저하는 목소리에 제이크의 미소가 흐려졌다. 그가 해낼 수 없다는 사실을 이해한 것이 틀림없었다.

그는 눈을 내리깔았다가, 마음을 단단히 먹은 듯 다시 그녀를 바라보았다. "있잖아요, 앨리스. 어젯밤에 저한테 호의를 베풀어주셨잖아요. 여기선 짐이 되지 않을게요. 앞가림 잘할게요. 저는……"

앨리스는 별것 아니라는 듯이 손사래를 쳤다. 어머니라면 이런 상황에서 뭐라고 말할지 생각했다. 물론 마리나 홀츠먼은 다른 가족의 불화에 끼어드는 것 같은 경솔한 행동은 절대로 하지 않을 사람이었지만. 게다가 휠체어까지 있지 않은가. 그녀는 저 소년에게 대체 뭘 해줘야 할지 알 수가 없었다.

"그건 걱정하지 마, 제이크. 방법을 찾아보자."

앨리스는 스스로 느끼지 못한 편안함과 자신감으로 그렇게 말했는데, 통했다. 제이크는 싱긋 웃더니 바퀴를 돌려 테이블로 돌아갔다. 앨리스가 아침식사를 만드는 동안 그는 어제자 〈후드리버 뉴스〉 신문을 꼼꼼히 훑어보았다.

스크램블드에그와 토스트를 먹으면서, 그녀는 양봉장에 대해 설명했다. 현재 벌통이 스물네 개 있고, 여름 동안 쉰 개 이상으로 늘리고 싶다고. 봄에 시작돼 가을에 접어들 때까지를 일컫는 '벌의 주기'에 대해서도 설명했다. 그녀의 벌통은 모두 1800년대 중반에 로렌조 랭스트로스가 디자인해 미국 양봉업에 혁신을 일으킨 랭스트로스 벌통이었다. 탈부착 가능한 틀이 있었기에 초보 양봉가들이 다루기 가장 쉬운 통이라고 앨리스는 설명했다.

제이크는 벌통이 스물네 개나 있는데 초보자는 아닌 것 같다고 말했지만, 앨리스는 그저 어깨를 으쓱했다. 여전히 자신이 초보자 같았기 때문이다. 아침식사 후 양봉장으로 나갔을 때, 앨리스는 평소보다 천천히 걸으면서도 천천히 걷지 않는 척하려 노력했다. 집과는 다르게 마당은 휠체어용으로 개조되지 않았기에, 제이크가 움직이는 모습을 보자 갑자기 길이 온통 울퉁불퉁하고 험하게 느껴졌다. 닭들은 가까이 다가가자 경계하는 꼬꼬댁 소리를 내며 흩어졌다. 붉은 머리 네드는 앨리스 앞으로 성큼성큼 걸어와 그들을 빤히 바라보았는데, 앨리스는 그가 보초를 서고 있음을 상기했다. 그녀는 네드를 가리키며 미소 지었다.

"저 수탉을 조심해. 성질이 아주 급하거든."

헛간은 작업 구역과 2층 침실로 나뉘었다. 작업 구역에서 앨리스는 제이크에게 텅 빈 벌통을 보여주었고, 벌들이 벌집을 만들기 전의 토대가 어떻게 생겼는지 보여주기 위해 틀들을 꺼냈다. 오래된 밀랍 조각들이 틀에 들러붙어 있었고, 제이크는 그중 하나를 가져가더니 코에 대고 꿀의 흔적을 들이마셨다.

앨리스는 번식 상자와 허니 슈퍼 사이의 차이점을 설명해주었다. 사실상 상자가 놓이는 위치에 따른 차이였다. 허니 슈퍼는 번식 상자들의 위쪽에 놓이는데, 번식 상자란 아기벌들을 돌보는 곳이자 알의 부화를 돕는 둥지였다. 그녀는 꿀벌들이 어떻게 벌집을 만드는지, 새끼들이 자라는 구역을 중앙에 두고 꿀과 꽃가루를 가장자리에 식량 보관용으로 가져다놓으면서 벌집이 어떻게 확장되는지에 대해 이야기했다. 그녀가 수확할 수 있는 건 바로 허니 슈퍼에 남아 있는 꿀이었는데, 그건 너무 추워서 날 수 없는 벌들이 옹기종기 모여들어 겨울을 날 수 있을 만큼 충분히 꿀이 저장되어 있다는 뜻이었기 때문이다.

제이크는 끈적끈적한 갈색 잔여물에 손가락을 댔다. "이게 꿀이에요?"

앨리스는 고개를 저었다. "아니야. 그건 프로폴리스라고 해. 벌들은 주변 나무들에 가서 프로폴리스를 모아와서는 균열이나 구멍을 막는 데 사용해. 자연산 접착제 같은 거지."

"벌들이 이걸 벌집으로 가져오는 거예요?"

그녀는 고개를 끄덕였다. 벌집의 모든 틈새를 막는 데 사용하는 프로폴리스는 벌들이 일으키는 수많은 눈부신 기적들 중 하나에 불과했다.

소년이 정말로 관심이 있는 것처럼 보였기에, 앨리스는 휴대폰으로 바람 세기를 확인해보고는 마침내 그다지 바람이 세지 않다고 판단했다. 그러고는 모자와 장갑을 손에 들고 제이크를 똑바로 바라보았다.

"네가 원한다면, 벌통을 열어서 일벌들이 일하는 모습을 보게 해줄 수 있어. 양봉용 복장을 전부 갖추고 있으니 입고 싶으면 입어도 돼. 재킷이랑 다른 모자, 그리고 망도 있어. 그걸 쓰면 좀더 낫겠지만, 다리는 보호할 수 없을 거야. 벌들은 공격적이진 않지만, 방어해야 한다고 느끼면 너를 쏠지도 몰라. 네가 얼마나 편안해질 수 있는지에 달려 있다고 보면 돼."

"재킷이면 돼요, 앨리스." 그가 미소 지으면서 말했다.

"확실해?"

그가 고개를 끄덕였다. "어차피 다리는 감각을 느낄 수 없으니 벌들이 다리를 아프게 쏘기 시작하더라도 저는 알아채지 못할 거예요." 그가 말했다.

앨리스는 그를 찬찬히 들여다보았는데, 소년의 눈동자가 반짝이고 있었다. 장난스러운 건가, 아니면 씁쓸해하는 건가? 뭐라고 말할 수 없었고, 뭐라고 말해야 할지도 알 수 없었다.

제이크는 그녀를 향해 한쪽 손을 흔들어 보였다. "알레르기 없어요. 약속할게요."

앨리스는 그에게 모자와 재킷을 건네주었다.

"적어도 오늘은 제 머리카락이 양봉에 걸맞네요." 제이크가 키득거리면서 모자를 머리에 눌러쓰고, 재킷의 지퍼를 능숙하게 잠그며 말했다.

앨리스는 공구 가방을 들고 마당으로 앞장서 걸어갔다. 그쪽 땅이 더 평평해서, 제이크의 휠체어 바퀴도 한결 수월하게 구르는 것 같았다.

양봉장은 사방에 있는 너구리들과, 그보다는 드물지만 이따금 찾아오는 곰들을 막기 위해 울타리로 둘러싸여 있었다. 앨리스는 흰색 목재 벌통이 질서 있게 늘어선 안쪽으로 향하는 문을 열었다. 그중 열두 개(오래된 벌통들)는 상자 두 개 높이였다. 앨리스가 서니베일에서 데려온 새로운 이주자들이 사는 새로운 벌통 열두 개는 상자 한 개 높이였다. 윙윙대는 벌들이 공중을 가득 메우고 있었지만, 너무 바쁜지 인간 두 명이 들어온 것을 눈치채지 못했다.

앨리스는 상자 두 개 높이의 벌통들 중 하나 옆에 멈춰 섰다. '이탈리아산, 2013년, 11번'이라는 문구가 상자 측면에 검은색 유성 마커로 휘갈겨쓰여 있었다. 낮게 윙윙대는 소리, 심장박동소리나 작은 엔진소리처럼 꾸준한 소리가 중앙에서 들려왔다. 황금색 꿀벌들이 한 번에 몇 마리씩 입구 구멍을 기면서 드나들었다. 앨리스는 벌들이 어떻게 잠시 멈췄다가 거의 같은 방향으로 함께 날아가는지 가리키며 알려주었다. 소년은 벌들이 바람을 타고 사라지는 모습을 바라보았다.

앨리스는 가방에서 작은 금속 캔을 꺼내고는 그 안에 종잇조각과 마대포를 집어넣었다.

"이건 훈연기라고 해." 종이에 불을 붙이고 캔의 작은 가죽 부분을 풀무질하며 그녀가 말했다. "꿀벌들을 진정시키기 위해 이걸 아주 조금만 사용하지."

그녀는 금속 도구를 사용해 벌통의 상단을 느슨하게 한 뒤, 안쪽 덮개와 함께 한쪽으로 떼어냈다. 윙윙대는 소리가 한층 더 커졌다. 벌집 앞부분에서 벌 두어 마리가 날아와 양봉 모자를 쓴 앨리스의 얼굴 주위를 맴돌았다.

"좋은 아침이다, 얘들아." 그녀는 거의 속삭이다시피 말했다. "그냥 한번 들여다보러 왔어. 걱정할 필요 없어."

앨리스는 시원한 연기를 세 번 짧게 벌통 안으로 펌핑해 넣었다. 벌들은 안쪽으로 들어가 시야에서 사라졌다. 앨리스는 훈연기를 옆으로 치워두고는 도구를 이용해 목재 틀의 한쪽 끝을, 이어서 다른 쪽 끝을 풀었다. 그리고 틀을 상자에서 꺼내 제이크가 볼 수 있도록 장갑 낀 손가락 끝으로 잡았다. 나직한 목소리로, 그녀는 지금 그가 보고 있는 게 무엇인지 설명했다. 봉개 꿀, 미숙성 꿀, 꽃가루, 일벌의 애벌레들이 들어 있는 방, 드문드문 보이는 수벌 방. 자세히 들여다보면 막이 덮이지 않은 방의 바닥에서 쌀알처럼 생긴 작은 꿀벌 알들을 볼 수 있다고, 그녀는 말했다. 검은색과 황금색을 띤 꿀벌들이 낮은 소리로 웅웅거리며 그 모든 것 주위로 기어오르고 있었다. 자신의 할일을 부지런히 수행하면서, 꿀벌들은 목적을 지니고 틀 주위를 움직이며 다녔다.

소년의 침묵을 불안함의 표현이라고 여긴 앨리스는 틀을 다시 상자에 끼우려고 움직였다.

제이크가 장갑 낀 손을 뻗었다. "제가 들고 있어도 돼요?" 그가 물었다. "완전 조심할게요."

흠칫 놀란 앨리스는 고개를 끄덕이고는 장갑 낀 손에 든 틀을 제이크에게 건넸다. 제이크는 얼굴 앞에 틀을 들고 일벌들을 바라보았다. 어떤 벌들은 제이크를 인식하고 냄새 날갯짓을 했고, 어떤 벌들은 알아차리지 못했다.

애는 어쨌든 겁쟁이는 아니구나, 앨리스는 생각했다.

모든 번식 상자의 틀을 전부 살펴본 뒤, 앨리스가 수벌과 일벌의 차이를 보여준 뒤, 그리고 상자 중앙에 있는 여왕벌의 길고 가느다란 몸을 확인한 뒤, 제이크는 백 가지 질문을 쏟아냈다.

왜 여왕벌은 중앙에 있어요? 어째서 여왕벌이 다른 벌보다 더 오래 살아요? 왜 여왕벌에겐 녹색 점이 있나요? 일벌들은 할일이 뭔지 어떻게 알아요? 겨울에는 벌들에게 무슨 일이 일어나요? 수 벌들은요? 벌들은 꽃가루와 꿀을 어디서 얻는 거예요? 그리고 꽃 가루와 꿀의 차이는 뭔가요? 벌들은 어디로 날아가야 할지 어떻게 알아요? 밀랍은 어떻게 만들어져요? 왜 여왕벌만 알을 낳아요?

대개 사람들은 벌의 침과 꿀에 대해서만 묻곤 했다. 겨울에 대해 물어보는 사람들은 몇 명밖에 없었다. 제이크가 관심을 보이자 앨 리스는 기뻤다. 그녀는 답해주었고, 소년은 들었다. 정말로 귀기울 여 들었다. 커다란 미루나무 아래에 놓인 피크닉 테이블에 앉아 벌 들의 춤을 바라보는 동안, 해는 들판 위로 높이 떠올랐다. 앨리스 는 로열젤리, 산란 기간, 벌-공간, 수벌이 모이는 구역 등에 대해 말해주었다. 그들은 오랫동안 이야기를 나누었다.

앨리스는 집으로 돌아가 아이스티를 가져왔다. 꿀벌들이 벌집에 서 숲과 들판으로 흩어지는 것을 바라보면서, 그들은 다정한 침묵 속에 앉아 있었다. 소년과 함께 앉아 있는 시간이 편안하게 느껴져 서 놀랐다. 자녀가 없는 여성으로서, 앨리스는 대체로 그녀를 불편 하게 만드는 십대들에게 익숙하지 않았다. 그녀가 정기적으로 만 나는 십대는 동료들의 뚱한 자녀들뿐이었는데, 부모님이 그녀에게 인사하라고 다그칠 때에나 겨우 휴대폰에서 눈을 떼고 고개를 드 는 애들이었다.

"그럼 벌통 하나로 시작하신 거예요?" 제이크가 물었다.

앨리스는 고개를 끄덕이고 빙긋 웃었다. 목 주변 머리카락을 들 어올려 고무줄로 묶고는 서쪽 울타리 근처의 1번 벌통을 가리켰 다. "저게 내 첫 벌통이야. 스물네 통이나 꾸리게 될 줄은 전혀 몰 랐지."

"여름이 끝날 무렵까지는 쉰 개로 늘리고 싶으시다고요?"

"응. 꿀을 많이 가져가지 않고, 튼튼한 벌집을 몇 개로 분할해두면 가능할 거라고 봐. 그간 봄 날씨가 좋아서 대부분의 벌들은 정말 잘 지내고 있거든. 새 벌집을 만들기 위해 야생벌떼를 잡을 수도 있고."

계절에 걸맞지 않게 더운 봄날이 지속돼 연약한 꽃봉오리들이 시들지 않는다면 말이지, 라고 앨리스는 생각하는 중이었다. 혹은 큰 폭풍이 과수원을 휩쓸어 꽃들을 죄다 죽이지 않는다면. 그녀는 소년이 다음 질문으로 야생벌떼를 어떻게 잡느냐고 물어볼 거라 생각했다. 대신에 제이크는 그녀가 예상치 못한 질문, 누구든 가장 뻔하게 물어볼 법한 질문을 했다.

"어쩌다가 첫 벌통을 꾸리게 된 거예요?"

긴 침묵이 흘렀고, 앨리스는 무심결에 쿵 소리를 내며 잔을 내려놓았다. 말이 나오지 않았다. 시간을 끌기 위해 들판을 뒤돌아보고 그다음엔 집을 올려다보았다. 제이크는 답을 기다리고 있었다. 답 없는 침묵의 무게가 둘 사이에 젖은 빨랫줄처럼 축 처졌다. 앨리스는 숨이 얕아지고 가슴이 조여오는 것을 느꼈다. 여기선 안 돼. 지금은 안 돼. 이 아이 앞에서 자제력을 잃어선 안 됐고, 자제력을 잃지 않고서는 아이의 질문에 답할 수 없었다. 그녀는 불쑥 말을 뱉었다.

"제길!" 그녀가 벌떡 일어서며 말했다. "할일이 있었는데 깜빡했네…… 자, 한 시간 안에 돌아올게. 시내에 빨리 갔다 와야겠어. 미안!"

뒤를 돌아보지도 않고, 앨리스는 트럭으로 서둘러 달려가 좌석

위에 놓인 열쇠를 꺼내 꽂고는 기나긴 도로 위로 사라졌다.

집이 더는 시야에서 보이지 않게 되자, 그녀는 차를 세우고 엔진을 껐다. 고개를 뒤로 젖히고 숨을 천천히 쉬려고 했다. 심장이 미친듯이 뛰고 있었고, 귓가에는 높은 음조의 소리가 울렸다.

실마리를 따라가세요. 지머먼 박사는 말했었다. 그녀는 웃음을 터뜨리듯 소리 내어 엉엉 울었다. 여기선 괜찮았다. 순진한 질문 하나가 기억의 부비트랩이었다. 사람들과 이야기하는 것을 피하는 게 더 쉬웠던 이유다. 언제나 누군가는, 좀전의 제이크처럼 간단한 질문으로 그녀에게 기습 공격을 가하곤 했다.

앨리스가 생애 첫 벌통을 본 것은 십 년 전, 후드리버 카운티 농업박람회 날 버드 라이언과 데이트하면서였다. 버드가 그날 처음 데이트를 청한 것은 아니었고, 이미 몇 달 전부터 존 디어 상점에서 그녀에게 치근거리고 있었다. 당시 그는 유지보수 부서에서 일했는데, 벨트를 교체하려고 트랙터를 끌고 온 앨리스의 아버지와 친해졌다. 키 크고 잘생긴 버드 라이언. 그가 왜 그녀를 좋아하는 건지, 그녀는 도통 알 수 없었다. 아버지는 왜 딸이 버드와 데이트하지 않는지 이해하지 못했다.

"그냥 점심 먹는 거잖아, 앨리스!" 아버지는 그녀에게 핀잔을 줬다. "그냥 제발 좀 그 남자랑 점심을 먹으라고!"

그녀는 싫다고 했다. 점심시간에도 일한다고 말했다. 부모님과 약속이 있다고 했다. 일이 있다고 했다. 아버지의 가지치기 작업을 도울 거라고 했다. 마침내, 버드는 그녀를 농업박람회에 초대했다.

"4-H* 상 시상식이 내일이에요. 모든 미래의 농부에게 중요한 날이죠. 아이들을 위해 참여해주시지 않겠어요?"

앨리스는 이 말에 기쁘게 패배했다는 의미로 웃음을 터뜨렸고, 알겠다고 했다. 뭐가 그리 대수겠는가? 그녀는 그날 아침, 버드가 자기를 데리러 오기를 기다리는 동안 다시금 불안해졌다. 오늘은 아버지를 도와 과수원에서 일해야 할 텐데, 하고 생각했다. 할일이 무척 많았다. 앨리스는 전화기를 들어 약속을 취소하려다 말았다. 그가 트럭에서 내리며 미소를 지었을 때, 그녀는 다행스러웠다. 버드는 상냥했고 상대방을 편하게 하는 사람이었다. 그가 솔직하면서도 편안한 사람이었기에 그녀도 그렇게 느꼈다.

앨리스는 농업박람회를 언제나 좋아했고, 버드가 그녀를 동물 경진대회 쪽으로 이끌었을 때 내심 기뻤다. 어린 양들을 심사하는 자리에서, 그들은 작은 양을 완벽하게 훈련시켜 블루리본상을 받은 루즈 퀸토라는 이름의 어린 소녀에게 박수를 보냈다. 소녀는 느슨한 밧줄 위로 양이 원을 그리며 돌게 했는데, 양이 소녀를 아주 좋아한다는 것을 누구라도 알 수 있었다. 입찰이 시작되자, 앨리스의 마음은 가라앉았다. 입찰은 행사의 일부였지만, 저 어린 소녀가 반려동물과 헤어지는 걸 보는 게 싫었다. 앨리스 자신도 다른 양을 사기 위해 돈을 지불할 것임에도 말이다. 그녀는 버드가 손을 드는 모습을 실망한 채 지켜보았다. 어린 소녀의 슬픔에 관여하고 싶지 않았다. 그 양을 두고 버드는 보통 가축이나 육류에 지불하는 것보다 훨씬 더 많은 금액을 불렀다. 입찰이 끝나자, 루즈 퀸토는 검은 눈동자에 눈물을 그렁그렁 머금고 그에게 가축 양도 통지서를 건

---

* 미국 농무부가 운영하는, 청년 양성을 위한 조직. 머리(Head), 마음(Heart), 손(Hands), 건강(Health)의 머리글자를 따서 지은 이름이다.

냈다. 버드는 몸을 숙여 소녀의 귓가에 무언가를 속삭이며 통지서를 돌려주었다. 소녀의 얼굴이 기쁨으로 빛났다. 소녀는 자신의 부모님에게 달려갔다. 작은 발굽을 차며 그녀 뒤를 따라 달려가는 어린 양과 함께.

"아주 덩치만 큰 바보군요." 앨리스가 말했다.

"저는 그냥 비건이 되어볼까 고민하는 중인데요." 버드가 자신의 커다란 배를 두드리며 말했고, 두 사람은 웃음을 터뜨렸다.

둘은 그날 소, 염소, 돼지 들이 있는 울타리 사이를 걸으며 오후 시간을 보냈다. 그들은 파이, 잼, 처트니, 그리고 신선한 사과와 배를 시식했다. 박람회장 중심부의 소음과 조명들은 말없이 피해 갔다. 앨리스가 놀이기구들, 낮술에 취한 어른들과 돌아다니는 아이들 무리를 좋아하지 않는다는 것을 버드는 아는 것 같았다. 그들은 헛간들 사이를 거닐며 관상용 닭, 암퇘지와 수퇘지, 이후 로데오에서 사용될 거대한 황소 들을 보았다. 벌통을 발견한 것은 가축 구역의 외딴 구석 자리에서였다.

나중에 앨리스는 그날 보았던 서로 다른 벌통들의 이름을 알게 되었다. 랭스트로스형, 상단 막대형, 나뭇잎형 벌통. 구식 스켑* 스타일의 벌통에는 짜인 갈대와 진흙도 있었다. 모두 지역 양봉협회에서 가져다 놓은 샘플이었다. 한쪽에 플렉시 유리가 달린 랭스트로스형 벌통을 제외하고는 전부 비어 있었다.

앨리스는 눈앞의 광경에 매료된 채 그 벌통 앞 벤치에 앉았다. 수천 마리 벌들이 여유롭게 벌통을 기어올랐고, 각자의 임무를 부

---

* 짚으로 만든 꿀벌 집.

지런히 해내고 있었다. 꽃가루를 날라온 벌들은 밝은 주황색 분말을 방에 채워 자신들의 다리로 밀봉했다. 그녀는 벌 한 마리가 행동이 굼뜬 흰색 애벌레에게 먹이를 주는 모습을 구경했다. 성체가 된 벌 한 마리가 완벽한 모습으로 방에서 나오는 모습도 보았다. 이토록 작고 놀라운 질서 정연한 세계라니.

버드는 벌통 앞에 놓인 표지판 문구를 읽었다. '이 벌통은 미국 양봉가 로렌조 랭스트로스의 스타일로 지어졌으며, 완전히 기능할 경우 오만 마리가량의 꿀벌을 보유합니다. 건강한 벌통은 매년 5~10갤런의 꿀을 생산합니다. 지역 내 벌통은 과수원과 농장에 큰 도움을 줍니다. 랭스트로스형 벌통은 후드리버 카운티 양봉협회에서 할인된 가격으로 구매할 수 있습니다.'

버드는 앨리스 옆에 앉았고, 둘은 잠시 말없이 벌통을 지켜보았다. 앨리스는 남자 곁에서 이토록 편안했던 적이 단 한 번도 없었다. 그게 가능할 거라고 생각하지 않았다. 버드는 그녀의 고요한 세계 안으로 아무렇지 않게 스며들었다.

"벌통 하나 사셔야겠는데요." 얼마 뒤 그가 말했다. "벌들은 당신 집 주변 과수원을 좋아할 거예요."

앨리스는 고개를 저었다. "저는 기초적인 것도 모르는데요." 그녀가 말했다.

버드는 생각이 달랐고, 당장 그 주 토요일이 되자 자신의 트럭 뒤에 조립되지 않은 랭스트로스 벌통을 싣고 앨리스 부모님 집 헛간에 나타났다.

"이걸 조립하는 걸 도와주실 수 있을 듯해서요." 그가 커다란 두 손을 들고 활짝 웃으며 말했다. "이런 작은 못 같은 걸 다루는 데는 영 젬병이거든요."

앨리스는 그의 계략에 따랐다. 안 될 게 뭐 있겠어? 그들은 나무 틀 마흔 개, 번식 상자 두 개, 허니 슈퍼 두 개를 조립했다. 상자에 밑칠을 하고 페인트를 바른 다음 벌통 지지대를 세웠다. 그 과정은 토요일마다 몇 주 동안 이뤄졌고, 마리나는 매주 저녁식사에 버드를 초대했다. 벌통이 다 조립되었을 때는 버드 라이언의 요청을 거절하기에 너무 늦었다. 이 커다랗고 잘 웃는 남자는 그녀의 침묵을 신경쓰지 않았다. 그는 많은 이들과 달리 그 침묵을 불친절로 해석하지 않았다. 버드는 대부분의 사람들과 다른 방식으로 그녀를 이해했다. 앨리스는 그의 곁에서 자기 자신으로 있을 수 있었다. 사랑이나 결혼 같은 것들에 대해서는 생각조차 하지 않았다. 결정할 것이 없었다. 그들은 그저 그렇게 존재할 따름이었으니까.

"훌륭하구나." 마리나는 삼 개월 뒤 이렇게 말했다. 물론 외동딸이 금요일 오후 법원에 가서 누구에게도 말하지 않고 혼인신고를 했다는 데 여전히 짜증이 나 있었지만 말이다.

하지만 전부 먼 과거의 일들이다. 지금, 앨리스는 핸들을 잡고서 온몸을 덜덜 떨었다. 마음속 구멍이 커다랗게 벌어지고 있었다. 지머먼 박사는 그 구멍이 작아지려면 시간과 노력이 필요하다고 말했다. 평생 완전히 치유될 수는 없을 것이라고도 했다. 앨리스의 슬픔은 이제 삶의 일부였다. 공포를 느끼거나 통제력을 잃지 않도록 그것에 이름을 붙이고 조절하는 법을 배워야 했다.

앨리스는 주먹을 꽉 쥐고 숨을 고르려 애썼다. 농장에 있는 그애를 생각하자 상태가 더 나빠졌다. 그녀는 집에 다른 사람을 들이는 것을 감당할 수 없다. 이렇게 무너져내릴 수도 있을 때는 더더욱 안 된다. 제이크는 조만간 집으로 돌아가야 할 것이다. 그 정도는 확실히 알 수 있었다. 그런 생각을 하며 그녀는 진정했다. 적어도 자신의 집과 농장은 통제할 수 있었다. 외부 세계와는 단절된 채 앨리스 섬에 있으면 된다. 가빴던 숨이 조금씩 느려지기 시작했다. 그녀는 눈물을 닦고 마음이 차분히 가라앉는 것을 느꼈다.

앨리스는 다시 시동을 걸고 리틀빗으로 차를 몰아 건초 더미 몇 개를 샀다. 어쨌든 새로운 방풍막을 만들 필요가 있었고, 저 뭉치들은 그녀가 급하게 떠난 데 대한 그럴듯한 변명이 되어줄 것이었다. 앨리스는 그애가 너무 많이 기죽지 않도록 해줄 말을 떠올리려 애썼다. 앨리스의 부모님도 그 계획에 당연히 동의해줄 것이다.

"괜찮겠죠, 그렇죠?" 그녀가 큰 소리로 물었다. "그애가 그게 옳은 일이라는 걸 이해해주겠죠?"

하지만 무덤 속 부모님은 아무 말이 없었다.

9
일벌

일벌, 또는 일반 벌은 벌집 구성원의 대다수를 이룬다… 일벌은
모두 암컷이지만, 난소가 불완전하게 발달하여 알을 낳을 수 없
다는 것은 이미 잘 알려져 있다.

_L. L. 랭스트로스

앨리스 홀츠먼은 열 살 때 4학년 교실 앞쪽에 서서 홀츠먼 집안
이 어떻게 3대에 걸쳐 과수원을 꾸려왔는지 발표했다. 증조부모님
이 독일에서 어떻게 후드리버 밸리로 와서 최초의 나무들을 심었
는지 이야기했다. 그들이 조부모님께 과수원을 물려주었고, 다시
그분들이 앨과 마리나에게 물려준 것에 대해 설명했다. 앨리스는
가지치기, 관개, 수확의 계절들을 설명하는 발표에 다채로운 그림
을 함께 곁들였다. 연간 작물의 톤수와 피핀, 그라벤슈타인, 브래
번을 비롯한 홀츠먼 집안의 가보와도 같은 과일 품종에 대해 상세
히 설명했다. 발표의 마지막 그림으로, 앨리스는 줄지어 선 사과나
무들 사이에서 녹색 트랙터를 모는 작업복 차림의 자신을 그려넣
었다. 그것이 부모님에게서 과수원을 물려받아 홀츠먼 집안의 4대

째 농부가 된, 그녀가 상상하는 어른이 된 스스로의 모습이었다.

발표를 마쳤을 때, 담임인 툭스버리 선생님은 어여쁜 손으로 박수를 치며 반 친구들에게도 박수를 치라고 했다. 앨리스가 그림들을 돌돌 말고 있을 때 데이비드 핸슨이 교실 뒤쪽에서 소리쳤다.

"넌 농부가 될 수 없어! 농부의 아내가 되겠지!"

그는 짓궂게 책상 위로 엎어졌고, 교실에서는 웃음이 터져나왔다. 앨리스는 교실 앞쪽에 선 채로 얼어붙었다. 툭스버리 선생님은 데이비드를 혼내면서, 앨리스는 자신이 원하는 무엇이든 될 수 있다고 말했다.

"그럼, 심지어는 우주비행사도 될 수 있단다, 데이비드." 그녀가 인상을 찌푸리며 말했다.

하지만 툭스버리 선생님이 그녀를 흘끗 쳐다보곤 눈을 가늘게 뜬 채로 시선을 돌렸을 때, 선생님이 정말로 그녀가 우주비행사나 농부가 될 수 있다고 믿지는 않는다는 걸 앨리스는 깨달았다. 어른들이 때때로 거짓말을 한다는 사실을 처음으로 알게 된 순간이었다. 학교를 마치고 돌아온 그녀는 새로운 접목을 만들기 위해 나뭇가지를 자르고 사포질하는 아버지를 도우면서 그 얘기를 꺼냈다. 앨은 고개를 끄덕이며 들었지만 아무 말도 하지 않았다. 앨리스는 아버지가 할말이 있을 때만 말한다는 것을 알면서도 대답을 졸랐다.

"하지만 그분은 내 선생님이잖아요." 앨리스가 칭얼거리듯 말했다. "그런데도 데이비드가 옳다고 생각하셨다니까요!"

아버지가 사포질을 멈추고 그녀를 내려다보았다. 톱밥 티끌이 그들 사이에 둥둥 떠다니고 있었다. "툭스버리 선생님이 여기서 나뭇가지들을 자르고 있니?"

앨리스는 고개를 저었다.

"내일 우리가 새로운 묘목을 접붙이기 시작할 때 선생님이 여기에 올까?"

다시, 앨리스는 고개를 저었다.

"그렇다면, 툭스버리 선생님이 농부가 되는 법을 배우지 않는다는 걸 우리는 알고 있지. 하지만 누가 알겠어? 사람은 변한단다."

그것이 아버지가 그 일에 대해 말한 전부였다. 앨리스는 그날 밤 잠자리에 들기 전에 아버지를 평소보다 더 꽉 끌어안았다. 앨 홀츠먼은 말수가 적은 사람이었지만, 그는 앨리스가 훌륭한 농부가 되리라고 생각한다는 것을 그녀는 알고 있었다.

그러나 그로부터 삼십사 년이 흐른 뒤에도, 앨리스는 말뚝을 박거나 접목을 하고 있지 않았다. 앨은 죽었고, 과수원은 사라졌으며, 앨리스는 여전히 카운티 개발 부서에서 일하고 있었다. 그녀는 농부도, 농부의 아내도 아니었다.

그녀는 월요일에 차를 몰고 출근하면서 초등학교 4학년생이 마흔네 살이 되기까지 그사이에 무슨 일이 있었는지 곰곰이 생각했다. 그녀의 상황은 그리 특이하지 않았다. 사람들은 유년 시절에 꾼 꿈을 포기하고, 더 실용적이고 예측 가능한 상자들로 자신의 삶을 다시 포장하기 마련이니까. 그렇지 않은가? 이 생각에 앨리스는 우울해졌고, 제이크에 대해서도 더욱 마음이 안 좋아졌다.

앨리스가 리틀빗에서 돌아와 트럭에서 건초 더미를 내린 때는 늦은 오후였다. 그녀가 돌아왔을 때 제이크는 양봉장에 있었고, 그래서 그녀는 손을 흔들며 자신이 무엇을 하고 있는지 소리쳐 말했다. 제이크는 트랙터를 사용해 방풍막에 건초 더미를 배치하는 앨리스를 바라보았고, 그동안 서로 대화할 수 없었기 때문에 그녀가 아까 급하게 떠나느라 생긴 묘한 기류는 가라앉았다. 앨리스가 일을 마치고 양봉장으로 걸어가자, 제이크는 환하게 웃으며 말없이 기쁨의 몸짓을 해 보였다. 그녀의 마음은 철렁 내려앉았다. 그 순간에는 그 이야기를 꺼낼 수 없었다. 어쨌든 저녁식사를 할 시간이 다 되었다. 하룻밤 더 머무는 것 정도는 괜찮겠지, 그녀는 생각했다.

아이가 손님방으로 들어간 뒤, 앨리스는 제이크가 집으로 돌아가야 하는 이유를 간략히 적었다. 그녀는 양봉 일의 육체적인 부분에 관해서 사실만을 사무적으로 설명할 것이다. 그애가 동의할 수밖에 없도록, 그리하여 자기 어머니에게 전화할 수밖에 없도록 그녀는 설명을 연습했다. 이 모든 일은 다음날 아침식사 이후에 이루어질 것이며, 앨리스가 퇴근하고 집에 오면 제이크는 이미 떠났을 것이다. 집이 얼마나 조용할지 떠올리니 기분이 좋아졌다. 그녀는 잘 잤고, 그날 아침 일어났을 때 그렇게 하는 것이 옳은 일임을 알았다. 그녀는 혼자가 되어야만 했다.

앨리스는 매우 진한 커피가 담긴 포트를 들고 부엌에서 기다리고 있는 제이크를 발견했다. 첫 모금을 마시자마자 그녀는 경악했지만, 제이크는 벌들에 대해 재잘대고 있었기 때문에 알아차리지 못했다. 새벽 두시까지 앨리스의 책 『뒷마당 양봉』을 읽었다며, 수벌들과 그들이 모이는 장소, 수벌 개체수가 벌집의 강건함을 측정하는 기준이 될 수 있는가 하는 점에 대한 온갖 질문을 했다. 바로 아웅애*를 처치해야 할지 말지에 대한 논쟁 등등. 질문들이 몹시 흥미로웠기에 앨리스는 본의 아니게 대화에 빠져들었다. 얼마 뒤 직장에 늦었다는 것을 깨닫고, 퇴근하고 와서 아이에게 떠나달라고 말해야겠다고 마음먹었다. 시내로 빠르게 차를 몰며 그녀는 속으로 숨죽여 맹세했다.

카운티 부지에 주차한 그녀는 보도에 서서 언덕 아래 강 쪽을 내려다보았다. 이미 바람이 많이 불고 있었다. 밝은색 옷을 입은 카이트보더들과 윈드서퍼들이 하얗게 물보라가 이는 강에 여러 무리를 지어 있었는데 아마도 출근하기 전에 물가에서 잠시 시간을 보내는 주민들 같았다. 6월이 되면 강가는 관광객으로 가득찰 것이다. 바람을 타는 사람들과 그들을 지켜보는 이들이 모여드는 너르고 푸른 풀밭이 보였다.

앨리스는 평생 이 풍경을 보아왔는데도 결코 질리지 않았다. 에메랄드빛 풀밭, 강 옆을 뒤덮은 모래톱, 물위로 솟아오른 골짜기의 험준한 절벽들. 지나간 여름의 기억들이 마음의 표면 위로 올라왔다. 지금은 안 돼, 그녀는 중얼거리며 머릿속에서 힘껏 떨쳐냈다.

"좋은 아침이에요, 앨리스!"

어깨 너머로 들려온 목소리에 그녀는 깜짝 놀라 펄쩍 뛰었다. 카운티의 인사 및 재무 관리를 맡고 있는 리치 칼슨이었다. 다른 모든 사람은 앨리스가 '농부스러운 캐주얼'이라고 부르는 드레스 코드를 고수했으나, 여느 때와 마찬가지로 리치는 정장을 입고 있었다. 지난 십이 년간 앨리스는 넥타이를 매지 않은 리치를 본 적이 없었다. 심지어는 여름 소풍을 갈 때도 말이다. 그는 보도 위에 서

---

* 대표적인 꿀벌 진드기로, 꿀벌 체내에 침투해 기생하거나 바이러스를 옮긴다.

서 돌돌 만 신문을 허벅지에 두드리고 있었다. 리치는 두 발 달린, 시간의 블랙홀 같은 존재였다. 바람 좀 쐬겠다는 핑계로 다른 사람 책상으로 가서 족히 한 시간은 빨아들일 수 있었다. 리치가 전나무 가지 아래서 과하게 다가왔던 육 년 전 사무실 크리스마스 파티 이전부터도 앨리스는 이미 리치가 불편했다. 그날 앨리스는 움찔하며 뒤로 물러섰고, 리치의 마른 입술이 그녀의 목덜미를 스쳤다. 리치와 단둘이 있을 때마다 폴리에스테르의 긁히는 느낌, 자동차 방향제 냄새를 풍기는 그의 애프터셰이브가 떠올랐다.

"좋은 아침이에요, 리치." 앨리스가 가짜 미소를 지으며 말했다.

"오늘은 중요한 날이네요." 그가 치아를 드러내는 웃음을 번뜩이며 말했다. "CP와의 회의를 준비하고 계시는 거죠?"

앨리스는 얼굴에 미소를 머금은 채 속으로 끙하고 신음했다. 다른 많은 서부 도시와 마찬가지로 후드리버도 19세기에 철도가 깔리면서 성장했다. CP, 즉 캐스케디아 퍼시픽은 철도회사에서 시작해, 이제는 광섬유 제품 및 기술 회사와의 접근권 계약을 비롯, 딱히 관련 없어 보이는 다른 21세기적인 분야의 다각화를 꾀하는 거대한 대기업이 되었다. 앨리스는 그날 캐스케디아 퍼시픽 담당자들이 유관 기관 연례회의에 참석하러 온다는 사실을 까맣게 잊고 있었다. 산림청, 농민연합, 유역 단체 대표들도 올 것이었다. 앨리스는 CP 주주들에게 카운티 개발 부서가 소도시 관계자들과 좋은 관계를 맺고 있음을 보여주는 것이 공허한 제스처라는 사실을 알고 있었지만, 그것이 의무였다.

"완벽히 준비돼 있죠, 리치." 그녀가 말했다.

리치는 회의를 좋아했다. 그는 노트북에 방대한 메모를 입력한 뒤 누구도 알 수 없을 용도로 보관해두곤 했다. 앨리스는 그의 부서 직원들이 안타까웠다. 리치의 끝없는 이메일 타래를 살펴보는 것만으로도 상당한 시간이 필요할 것이다. 앨리스는 손목시계를 슬쩍 보았다. 기운을 차릴 수 있는 시간이 한 시간 조금 넘게 남아 있다.

"……보고서 형식을 새로 짜느라 주말이 다 갔다니까요." 리치는 말하고 있었다. "모든 사람이 들어가서 볼 수 있도록 말이죠. 저는 서버에 원본을 보관하거든요. 그라운드 카페로 가서 커피 사 오려고 하는데 같이 갈래요?" 그는 거리 쪽으로 손짓을 해 보였다.

앨리스에게 그건 세상 무엇보다도 하기 싫은 일이었다. 그녀는 머그를 집어들었다. "제 커피는 가져왔어요. 어쨌든 고마워요."

리치는 물러날 기색이 없었다.

"그럼, 이제 가볼게요." 앨리스는 이렇게 말하며 그의 옆을 지나쳐 갔다.

"파이팅!" 옆을 지나갈 때 리치가 신문으로 그녀의 어깨를 두드렸다. 앨리스는 몸을 움찔했고, 분노가 덮쳐왔다.

평소와 다름없이 오늘도 그녀가 개발 부서에서 제일 먼저 출근한 직원이었다. 낸시의 의자는 비어 있었고 빌의 사무실 쪽 문도 닫혀 있었다. 그녀는 컴퓨터를 켜고 CP와의 회의에 제출해야 할 부서 프로필을 찾았다. 작년 보고서를 복사해 업데이트하기 시작했다. 오래 걸리지 않을 거였다. 재정 부문이 가장 중요했다. 그녀는 사무실 관리자인 데비 제프리스에게 메일을 쓰고는, 땀을 뻘뻘 흘리며 제목란에 '긴급'이라고 표시해 전송했다. 데비는 그런 요청을 받을 때 종종 괴팍하게 굴었다. 앨리스는 회계 부서에서 직접 관련 서류를 받는 쪽을 선호했지만, 데비는 매우 수동 공격적인 사람이기도 해서 모든 요청사항이 자신을 통해 전달돼야 한다고 주장했다. 앨리스는 이메일에 너무 오래 기다리게 해서 미안하다고 적었다. 데비는 파일들을 첨부해 즉각 답장했다.

"당신만 잊어버린 건 아니에요." 그녀는 이렇게 적었다. "그래도 오늘 아침까지 기다리게 한 데 사과한 유일한 분이네요! ;)"

앨리스는 데비의 기분이 좋을 때 연락했다는 점에 대해 안도의 한숨을 내쉬었다. 스프레드시트를 열고 관련 정보를 스캔한 다음, 오려내어 보고서 파일에 붙여넣었다. 초반 세 장까지는 작업이 빨랐다. 건축 허가, 운송 신고, 세금 등의 수치들은 전반적으로 확실했다. 자면서도 할 수 있을 업무.

후드리버 카운티 개발 부서는 앨리스에게 발판이 되었어야 했다. 하지만 되돌아보면, 어쩌다 거기 눌러앉게 되었는지 쉽게 추적할 수 있었다. 고등학교를 졸업한 그녀는 오리건주립대학에 진학해 농업학과 경영학을 복수전공했다. 집에는 수목 전문가인 앨과 회계를 도와주는 마리나가 있었다. 앨리스는 두 분야 모두에 통달하고 싶었다. 우등생으로 졸업한 뒤에는 소 몇 마리를 함께 키우는 월래밋 밸리 지역의 밀 농장에서 운영 관리자로 몇 년간 일했다. 오리건주립대학에 돌아가 석사과정을 밟기 시작했을 때, 그 작은 농장은 급속히 발전하는 와인 산업에 집어삼켜져버렸다. 앨리스는 어차피 과수원으로 돌아갈 생각이었기에 크게 개의치 않았다.

1996년 집으로 돌아온 앨리스는 평일 저녁과 주말에 아버지와 함께 일했다. 개발 부서는 앨과 마리나가 딸에게 농장을 물려줄 준비가 될 때까지 임시로 일할 곳이었다. 그러나 그런 일은 일어나지 않았다. 앨리스는 각종 규제, 수수료, 그리고 소규모 농부들에겐 터무니없이 낮은 가격 등 부모님이 처한 상황이 점점 나빠지는 것을 지켜보았다. 바로 그 시점에 시작된 게 농약 규제였다. 부모님이 과수원을 매각하기로 결정했을 때, 그녀는 속상했지만 이해했다.

그렇게 해서 여기에 집중하게 된 것이다. 상사인 빌 체노위스는 자신이 은퇴하면 그녀가 책임자 자리에 올 첫번째 후보라고 명확히 말했다. 개발 부서 책임자라는 직책은 빌이 늘상 흔들던 유일한 당근이었다.

지난 3월에 있었던 연례 인사고과에서 그는 마지막 일격을 가하듯 그 제안을 던졌다.

"나 곧 은퇴할 생각인 거 알지, 앨리스?" 그가 말했다. "난 항상 자네가 이 자리를 이어받을 적임자라고 말했었잖아."

앨리스는 그 도전에 임할 준비가 되어 있었다. 작년에는 일에 집중하면서 자신의 상황을 잊을 수 있었다. 지루하고 예측 가능한 일이었지만, 깔끔하고 안전하게 수행할 수 있는 업무이기도 했다. 커피를 한 모금 마시고 다시 스프레드시트에 집중했다. 머리를 쓸 필요 없는 기계적인 작업은 위안이 되었다.

회의실에서 앨리스는 시애틀 출신의 단정한 금발 남자인 캐스케디아 퍼시픽 회사 담당자가 리치 외에 양복을 입은 유일한 사람이라는 것을 알아차렸다. '공동체 구축' '공동 번영' '창의적 브레인스토밍' 같은 무의미한 기업용 언어를 남발했지만 그는 좋은 사람 같아 보였다. 이 회의는 지역 보조금을 지원하고, 학교와 공원 등에 거액을 기부한 대기업을 향한 작은 마을의 충성심을 보여주는 자리일 뿐이었다. 그 대가로 캐스케디아 퍼시픽은 이쪽으로 이전하는 기술 기업들을 지원하기 위해 카운티의 지역 권역을 따라, 그리고 컬럼비아강 협곡의 중심부 저변에 광섬유 케이블을 연결할 권리를 얻었다. 좋게 말하면 경제적 교환 혹은 중매결혼이었다. 하지만 누구도 그렇게 부르지 않을 것이다.

앨리스의 동료 대부분이 노트북을 열어두었다. 리치는 키보드를 두들기며 세세한 메모를 적고 있었다. 다른 사람들은 이메일을 읽고 있다는 것을 그녀는 알 수 있었다. 낸시는 페이스북에서 자녀들 사진을 들여다보고 있었다. 바보 같은 환한 미소가 입가에 걸려 있었다. 앨리스는 벌들을 생각했다. 공책에 건축 자재, 새 벌통에 칠할 페인트 등의 메모를 몇 개 적었다. 폐자재 목재소에 들러 벌통 스탠드를 만드는 데 필요한 것들을 찾아볼 작정이었다. 그녀는 다시금 제이크에 대해, 그의 순수한 열정에 대해 생각했다. 그애는 벌통 세 개를 하나씩 확인하는 그녀를 따라다니며 질문했고, 벌통의 열鎖을 따라 살펴보는 동안 도구를 들고 있기도 했는데 그건 도움이 되었다.

앨리스는 불현듯 스스로에게 내리꽂히는 듯한 분노를 느꼈다. 앞으로 어떻게 할 건데? 그렇게 그애가 계속 따라다니며 도구를 들어주게 할 거야?

"……기관 간 파트너십 이십 주년을 축하합니다!"

CP 담당자가 발표를 막 마쳤고, 모두가 박수를 치고 있었다.

"또한, 다각화 사명의 일환으로 우리는 농업 및 목축업 부문을 위한 부가가치 제품을 생산하는 수프라그로SupraGro의 지역 유통 업체 역할을 맡기로 했습니다. 우리는 수프라그로와 지역 농장, 목장과 과수원을 잇는 다리가 되기를 희망합니다. 여기 올해의 카탈로그가 있는데요. 하단에 제 연락처가 기재돼 있습니다. 질문이 있으시면 언제든 연락 주세요. 다시 한번 감사드립니다!"

반짝이는 카탈로그들이 회의실 테이블 여기저기에 놓였다. 빌은 캐스케디아 퍼시픽 담당자를 향해 발표에 대한 감사인사를 했다. 박수 소리가 더 이어지더니, 사람들이 하나둘 회의실을 떠나기 시작했다. 앨리스는 앉아 있던 의자를 뒤로 밀었지만 그녀 옆으로, 후드강 유역 연합에서 나온 스탠 히나쓰가 자리를 뜨지 않고 있는 것을 발견했다. 스탠은 앨리스 나이 또래의 머리가 희끗희끗한 일본계 미국인이었다. 잘생긴 남자라고 앨리스는 늘 생각했지만, 지금 알록달록한 카탈로그 종이들을 쥐고 휘두르는 그는 단단히 화가 나 보였다.

"수프라그로!" 그가 중얼거렸다. "장난합니까? 시에라 북부 트러키강의 연어 유역을 파괴한 게 바로 그 회사잖아요. 대규모 소송이 있었다고요."

앨리스는 캘리포니아의 작은 마을 이름을 어렴풋이 떠올려냈다.

"우리가 못 알아채게 그냥 넘어가려고 하는 겁니까?" 그가 의자에서 일어나 회의실 끝을 향해 소리쳤다. "저기요! 빌? 빌! 이 마지막 부분에 대해 얘기 좀 나눠도 됩니까?"

빌은 CP 담당자와 이야기하고 있었다. 카고 바지춤을 치켜올린 빌은 스탠 쪽을 향해 공허한 미소를 던졌다.

스탠은 자신의 물건을 챙기며 중얼거렸다. "……절대 받아들일 수 없어요. 믿을 수가 없는……"

그는 문을 향해 성큼성큼 걸어가서 소리쳤다. "빌! 전화 걸겠습니다. 회의합시다!"

빌은 싱겁게 웃으며 손을 흔들었다. 스탠은 어깨를 으쓱하며 방을 나갔다.

"방금 무슨 일이 일어난 거예요?"

낸시가 손에 스티로폼 컵을 든 채 앨리스의 의자 옆에 서서 분홍색 꽃무늬 치마를 팔랑이며 통통한 몸을 좌우로 움직이고 있었다. "지금 스탠-오가 화난 이유가 뭐예요?"

낸시는 새롭게 파마하고 보라색 안경테에 어울리는 귀걸이를 하고 있었다. 앨리스처럼 낸시도 카운티 부서의 오랜 직원이었다. 그들은 고등학교를 함께 다녔는데, 낸시가 앨리스보다 이 년 먼저 졸업했다. 낸시는 웃음이 많았고, 후드리버 밸리 고등학교의 치어리더였던 옛날과 다름없는 열정을 지니고 있었다. 둘 다 빌의 부하직원이었지만, 실제로 대부분의 일을 한 건 앨리스라는 사실을 낸시도 암묵적으로 인정하고 있었다. 빌은 늦게 출근해 일찍 퇴근했고, 서류 작업에 신경쓰지 않았다. 하지만 서류 작업이 이 부서의 핵심이었다.

"수프라그로와 캘리포니아주 사이에 있었던 소송에 대한 것 같아요." 앨리스가 말했다.

"진짜 호들갑이야." 낸시가 눈을 굴리며 말했다. "환경운동가들은 늘 뭔가에 화나 있다니까요."

앨리스는 그 말을 듣자 변호하고 싶어졌다. 스탠은 좋은 사람이다. "글쎄요, 낸시. 캐스케디아사의 열차가 모지어에서 탈선했던 때 기억나요? 스탠네 단체가 그 뒤처리를 도맡았다고요."

낸시는 얼굴을 찡그리곤 웃음을 터뜨렸다. "세상에! 너무 진지해지지 말아요, 앨리스. 월요일 아침이잖아요. 그건 그렇고, 지난

주에 하이츠 사람들과 연락해봤어요? 예측치를 작성하려고 당신이 주택 수를 알려주길 기다리고 있었거든요."

그들은 함께 사무실로 돌아갔다.

앨리스는 온종일 불안했다. 점심시간이 되자 그녀는 카이트보드용 모래톱을 지나 강가를 따라 걸었다. 동쪽으로는 강변 호텔들, 박물관, 작은 선착장이 바람을 피해 자리하고 있었다. 돛단배들은 산들바람에 살짝 흔들렸고, 삭구*들은 서로 가볍게 부딪쳤다. 배들 사이에 빌의 보트가 있었다. 결혼한 지 사십 년이 된 아내 이름을 따서 '캐시 수'라고 부르는 보트였다. 앨리스는 오크 스트리트 위쪽 언덕을 따라 늘어선 오래된 벽돌 건물들을 올려다보았다. 후드리버는 여전히 근사한 작은 마을이었다. 모두가 7월 4일의 독립기념일 퍼레이드와 고등학교 동창회에 참석했다. 자동차들은 경적을 울리지 않았고, 가을이면 마을 여기저기를 돌아다니는 칠면조들을 위해 멈춰 섰다.

앨리스는 다리 한가운데로 걸어가 강물을 내려다보았다. 제물낚시꾼 두 명이 엉덩이까지 잠기는 깊이의 물속에 서서 낚싯줄을 공중에서 앞뒤로 흔들고 있었는데, 줄이 햇빛을 받아 반짝거렸다. 봄눈을 소복이 쓴 후드산은 남쪽에 평온히 솟아 있었다.

그녀는 이곳을 사랑했지만, 경력을 쌓는 내내 카운티 개발 부서에 눌러앉게 될 거라고는 전혀 예상하지 못했다. 야외에서 사는 삶이 좋은 삶이라고 부모님은 항상 말씀하시곤 했다. 양봉하며 집에 딸린 작은 과수원을 둘 만큼 돈을 충분히 벌 계획을 떠올리자 가슴

---

* 배에서 쓰는 밧줄이나 쇠사슬 따위를 통틀어 이르는 말.

이 뛰었다. 이를 도와줄 사람을 고용해야 했다. 바로 그 이유 때문에라도 제이크를 집으로 돌려보내야 한다고 앨리스는 생각했다. 그애는 이해하겠지. 만약 이해하지 못하더라도 그녀의 문제는 아니었다. 그애에겐 부모가 있지 않은가? 그애는 그녀의 책임이 아니었다.

그녀는 마을의 상업 용도 건물을 평가하는 일정을 잡는 방대한 작업에 몰두하면서 나머지 하루를 보냈다. 어느새 동료들이 하나둘 퇴근하고 그녀와 낸시, 그리고 빨간 머리 대학생 인턴 케이시만 남았다. 낸시는 멕시코 식당의 해피아워에 함께 가자고 그를 꼬드기고 있었고, 불쌍한 남자애에게 수작 거는 것처럼 보이지 않으려고 앨리스에게도 함께 가자고 설득하려 했다.

"월요일이라 마르가리타를 준대요, 앨리스!" 낸시가 콧노래를 부르듯 말하며 앨리스의 책상 곁으로 살사 스텝을 추면서 다가와 손가락을 튕겼다.

앨리스는 집에서 해야 할 일이 있다며 거절했다.

"좋을 대로 하세요, 친구." 낸시가 말했다. "그럼 당신과 나 둘뿐이네요, 케이시."

그들이 사무실을 나설 때 낸시의 웃음소리가 로비에 울려퍼졌다.

앨리스는 자신이 지금 머뭇거리고 있다는 것을 알았다. 남쪽으로 차를 몰아 집으로 향하면서 집 근처 노비네 가게에서 타코를 사갈까 생각했다. 불현듯 조바심이 났다. 그애를 위해 또 저녁식사를 만들어주지는 않을 것이다. 나는 짜증을 내고 싶은 거군, 그녀는 깨달았다. 그애를 집으로 돌려보내는 행동을 정당화하고 싶었다. 하지만 그녀는 그애를 좋아했고, 그 사실은 사소하지 않았다. 원래 앨리스는 만나는 사람들을 좋아하는 법이 거의 없었다. 하지만 이 소년은 뭔가 특별했다. 그리고 그애를 초대한 사람은 바로 그녀 자신이다. 그 거창한 제안은 대체 무엇을 위한 거였을까? 앨리스는 집으로 향하는 내내 스스로에게 물었다.

진입로의 긴 커브를 돌았을 때, 집 앞에 웬 트럭이 주차돼 있는 것이 보였다. 언성이 높아지다 기어이 고함을 지르는 목소리를 듣자 가슴이 철렁 내려앉았다. 스티븐슨 가족이 와서 또 싸우고 있는 건가? 에드 스티븐슨이라면 아들을 찾으러 오고도 남았다. 왜 그 생각을 못했을까? 심장이 빠르게 뛰었다. 대면하기가 몹시 두려웠지만, 에드 스티븐슨이 그녀의 집에서 누구에게든 소리지를 수 있을 거라 생각한다면 절대 용납하지 않을 것이다. 그녀는 싸울 태세를 갖추고 보도 위를 달려가 문을 홱 열어젖혔다.

10
벌집 관리

온전한 벌통의 필요조건은…

1. 좋은 벌통은 양봉가가 모든 벌집을 완벽히 통제할 수 있도록
해준다. 벌집을 자르지 않고도, 또 벌들을 화나게 하지 않고도 쉽
게 꺼낼 수 있도록 말이다.

_L. L. 랭스트로스

제이크는 앨리스가 첫날 아침 벌통에서 틀을 건네주었을 때 느
꼈던 감정을 말로 표현할 수 없었다. 그저 그 아름다움에 압도되었
다. 직사각형 나무틀을 무겁게 쥔 채 자신의 얼굴 쪽으로 끌어당겼
다. 다채로운 빛깔의 꽃가루, 봉개 꿀, 반짝이는 화밀花蜜의 태피스
트리가 보였다. 신선한 밀랍과 발효된 꿀의 달콤한 향기를 들이마
시자, 작은 벌들 천 마리가 일제히 진동하는 것이 느껴졌다. 그 감
각이 마약처럼 내면을 강타했다. 그 반향이 손을 거쳐 팔까지 이어
졌다. 가슴이 약간 아려왔고, 심장이 터질 것 같았다. 그것은 마음
을 차분하게 가라앉히는 무게감이자 보이지 않는 척도, 그리고 '너
는 여기에 존재한다'는 표식이었다.

꽃가루가 뿌려진 틀은 섬세한 흰색 밀랍으로 덮여 있었다. 이 표

면을 가로질러 보송보송한 황금색 벌들이 목적을 지닌 채 움직였다. 그들은 제이크에게 관심을 기울이지 않았다. 몇몇은 꽃가루를 감싸느라 바빴고, 다른 몇몇은 꿀로 가득찬 방안의 깊은 곳으로 꿈틀거리며 들어갔다. 벌들은 어린 벌에게 먹이를 주기도 하고, 죽은 벌들의 사체를 옮기기도 했다. 수색벌, 육아벌, 장의사 벌. 제이크가 황금색, 황토색, 주홍색을 띤, 살아 숨쉬는 태피스트리를 지켜보는 동안 앨리스는 하나씩 이름을 불러주었다. 그는 솜사탕보다 더 달콤한 향을 들이마시며, 벌집에 얼굴을 파묻고 싶은 충동을 느꼈다. 그러나 무엇보다도 그가 기억하는 것은 윙윙거리는 그 덩어리가 그의 몸속에 들어와 둥지를 튼 듯한 느낌이었다. 마치 트럼펫을 연주할 때처럼, 가슴속 깊은 울림을 느낄 수 있었다. 그 감각은 명치에서부터 갈비뼈를 거쳐, 쿵쿵 뛰는 열여덟 살 소년의 심장에 행복과 평화를 건네주는 진동이 되었다. 노래하고 싶다는 생각이 들었다. 앨리스에게는 아무 말도 하지 않았다. 이상하게 들릴 것 같았으니까. 그러나 이 경험을 통해 그는 자신이 이 일을 원한다고 확신했다. 늦은 밤까지 앨리스의 책들을 샅샅이 살펴보았는데, 읽으면 읽을수록 마치 어떤 문이 열리는 것 같다고, 정말이지 운명 같다고 느꼈다.

앨리스가 일하러 떠난 후, 제이크는 포치에 앉아서 해가 떠오르며 능선 위로 부는 서풍을 가만히 느꼈다. 숲 가장자리의 나무들 사이로 바람이 움직이는 게 보였고, 숲속 깊은 곳에서는 딱따구리 소리가 들려왔다. 닭들은 소란스러웠고 개는 짖었다. 그는 습관적으로 이어폰을 꽂고 아이폰의 액정화면을 켰다가 곧장 다시 껐다. 바람소리, 새소리, 멀리서 들려오는 개구리들의 합창소리에 다시 귀를 기울였다. 그것은 그들만의 특별한 음악이었고, 그가 듣고 싶은 건 그 음악이었다.

제이크는 경사로를 내려와 마당에서 어디까지 갈 수 있는지 살펴보았다. 휠체어를 타고 갈 수 없는 지점이 어디인지 알아보기 위해 천천히 둘레를 따라 움직였다. 마당 주변의 울퉁불퉁한 땅 위에서 분투하는 그를 지켜보는 이가 아무도 없어서 다행이었다. 조심스럽게 바퀴를 밀어 최적의 경로를 찾으며 양봉장을 지나 헛간으로 향했다.

며칠 전 부모님 집에서 있었던 일을 떠올렸다. 교회에서 일하며 온종일 사람들을 돕는 친절한 엄마가 앨리스를 향해 성질을 부렸지. 낸시 스티븐슨은 이웃을 돕고 원수를 사랑해야 한다고 믿는, 신을 두려워하는 상냥한 여자였다. 보닛을 두른 오리와 거위 그림으로 부엌을 장식했고, 인터넷에서 웃긴 고양이 영상을 보는 걸 좋아하는. 그러나 하나뿐인 아들에게 위협이 되는 게 있으면 그녀 안의 핏불테리어가 튀어나왔다. 성난 치와와에 가까운 작은 핏불테리어이긴 했지만 그래도 얕잡아 볼 순 없었다.

그리고 에드에 관한 그 망할 이야기! 앨리스는 그를 트럭에 휙 태웠다. 제이크는 그날 일이 믿기긴 했지만 그래도 토할 것 같았다. 그가 어렸을 때 에드는 아들을 벨트로 때렸다. 열두 살이던 어느 날 제이크를 마구 때리는 것을 목격한 이웃 사람이 신고하겠다고 위협했을 때에야 에드의 채찍질이 멈췄다. 에드는 그날 이후 다시는 폭력을 쓰지 않았지만, 제이크는 그가 항상 그러고 싶어한다는 것을 알았다. 아버지가 어렸을 때도 폭력적이었다니, 놀라운 일은 아니다.

바로 그때, 예기치 않은 슬픔의 파도가 밀려왔다. 아버지가 항상 나쁜 사람이었던 건 아니었다. 제이크는 첫 수영 강습을 받기 위해 수영장 끄트머리로 걸어가던 어릴 적 어느 날 아버지의 커다란 손이 자신을 감싸주던 느낌을 떠올렸다. 겨우 다섯 살이던 그는 깊은 물이 무서워서 스폰지밥이 그려진 수영복을 입은 채 덜덜 떨고 있었다. 강사에게 아들을 데려다주고 아버지가 돌아섰을 때 제이크는 울기 시작했다. 아버지는 그가 울면 대체로 성을 냈다. 하지만 이번에는 쪼그려앉아 제이크의 어깨에 커다란 손을 얹었다.

"아빠는 바로 저쪽에 있을게." 에드가 말했다. "넌 괜찮을 거다."

아버지가 어깨를 꽉 쥔 뒤 관람석에 앉으러 가자, 제이크의 두려움은 사라졌다. 그는 울음을 그치고 수영장 난간을 타고 내려가 물이 얕은 가장자리 구역에서 강습을 받기 시작했다. 발차기를 하고, 물장구를 치고, 물거품을 만들어냈다. 점점 자신감이 생긴 그는 물속에 머리를 넣고 잠수하는, 이전까지는 상상도 못한 일을 해냈다. 눈에 들어간 물을 털어내려고 머리를 흔들던 그는 다른 부모들 틈에서 아버지가 어디 있나 찾아보았다. 그러다 아버지를 발견했는데, 그의 얼굴에는 제이크가 당시 이해하지 못했던 어떤 감정이 가득했다. 그때는 수영 강습이 너무 길어져서 에드가 화난 거라고 생각했다. 하지만 이제는 그 감정이 두려움이라는 것을 알았다. 제이크가 물속에서 안전하게 나오지 못할까봐 에드는 두려웠던 것이다.

제이크는 마당 일주를 잠시 멈췄다. 의지와 무관하게 떠올랐지만, 그 기억이 사실임은 알고 있었다. 다른 기억도 있었다. 제이크가 탄 자전거 뒤에서 균형을 잡아주려 안장을 붙잡고 달리던, 마침내 제이크가 혼자서 자전거를 탈 수 있게 되자 미친듯이 박수 치던 아버지에게서 끼쳐오던 담배 냄새. 여덟 살이 되었을 때, 아버지는 그에게 원격 조종이 가능한 조그만 자동차를 사주었고, 둘은 그날 오후 내내 울퉁불퉁한 차도를 왔다갔다하면서 그 장난감을 몰았다. 웃고 있는 아버지는 어린아이 같았다. 일요일마다 가족이 함께 교회에 갔다가, 예배가 끝난 뒤 교구회관으로 아버지와 제이크가 같이 걸어가서 도넛과 핫초코를 사오기도 했다. 그 모든 일은 에드가 교회에 더이상 나가지 않게 되기 전, 그가 관리감독을 맡고 있던 미들 마운틴 측량회사에서 해고된 뒤 클레어 건설회사에 취직하기 전에 있었던 일이다. 제이크는 아버지가 왜 해고되었는지 이해하기엔 너무 어렸다. 그저 그 사건 이후엔 모든 게 달라졌다는 것을 알았을 뿐.

제이크는 능선을 바라보며 아랫입술을 깨물고는 고개를 저었다. 손에 꼽는 몇몇 좋은 기억들 이후에는 나쁜 기억이 너무 많았다. 엄마가 아침에 함께 예배에 가자고 제안했다는 이유로 에드가 크리스마스 칠면조 접시를 던져버리던 날을 제이크는 기억했다. 일요일 오후에 바비큐 파티를 하며 란체로 음악을 연주했다는 이유로 좋은 이웃인 차베즈 씨에게 고함을 지르던 날도. 그후에 집 앞 화단에서 통통한 다리를 들어올리고 오줌을 쌌다는 이유로 차베즈 씨네 작은 개를 발로 찼던 날도. 제이크가 모호크를 기르기 시작했을 때, 에드는 머리카락 모양새가 괴짜 같다며 한두 번 비웃더니 그에게 더이상 말을 걸지 않았다. 에드가 앨리스에게 소리지르던 날 들었던 것과 같은 추악한 말을 듣느니, 차라리 무거운 침묵이 나았다.

집으로 돌아간다는 생각만 해도 뼛속까지 차가워지는 기분이었다. 물리적으론 에드가 두렵지 않았지만, 그 남자가 있는 집으로 돌아간다는 생각만으로도 어딘가에 갇히는 듯한 느낌이 들었다. 마당 둘레를 따라 휠체어를 밀면서, 제이크는 감정이 끓어오르는 것을 느꼈다. 냄새를 맡을 수 있을 정도로 너무도 팽팽한 긴장이 감도는 그 비좁은 집으로 돌아갈 순 없었다. 혼자 있기만을 기다리는 시간들은 부모와 함께 있는 시간보다 조금 덜 끔찍할 뿐이었다. 그럼 이제 어떡하지? 여기에 살면서 일할 수 있을까? 앨리스의 마음이 바뀌었다면 어떡하지? 사실 앨리스는 거의 남이나 마찬가지이고 내게 빚진 것도 없는데.

휠체어의 오른쪽 앞바퀴가 잔디 뭉치에 걸렸다. 제이크는 빠져나오려고 휠체어를 앞뒤로 흔들었다. 그렇게 고군분투하면서, 점점 더 확신하게 되었다. 그는 부모님 집으로 돌아가지 않을 것이다. 절대로. 성인 위탁 보호시설에 들어가든지, 사회복지사가 데려갔었던 댈레스의 지저분한 수용시설로 가든지. 그곳에 있는 사람들은 모두 제이크의 나이 두 배 정도를 먹었고, 일부는 발달장애인이었다. '지적 장애가 있는 사람들'이 올바른 용어라고, 사회복지사는 그들이 차로 돌아왔을 때 말해주었다. 용어가 중요한 게 아니었다. 제이크는 그곳에서 결코 살 수 없었다. 자신은 그들과 다르다고, 그는 사회복지사에게 말했다. 하지만 이제는 수용시설조차도 에드와 함께 사는 것보다는 나아 보였다. 득의양양한 아버지를 마주하며 경사로 위로 바퀴를 굴릴 생각을 하니 구역질이 났다. 안 돼. 절대로 안 돼!

바퀴를 세게 민 순간, 휠체어가 넘어졌다. 제이크의 어깨가 쿵 소리를 내며 흙바닥에 부딪혔다. 얼굴 한쪽에 자갈들이 놓여 있다는 게 느껴졌다. 익숙한 절망이 마음에 무겁게 내려앉기 시작했다. 지금 이것이 그의 인생, 그의 빌어먹을 몸뚱이였다. 그때 나직한 꼴꼴 소리가 들려서 고개를 들어보니, 웬 당돌한 수탉이 한쪽 다리로 서서 그를 노려보고 있었다. 과하게 자신감 넘치는 작은 새의 모습에 그는 웃음을 터뜨렸고, 수탉 네드는 놀라서 달아났다. 제이크는 헛간을 바라보며 누워서 천천히 숨을 고르려고 했다. 누구도 근처를 지나가지 않을 거라는 생각에 다행스러웠다. 그는 뺨 위에 놓인 자갈을 하나 집어들곤 몸을 일으켰다.

하나씩 하나씩 해보자. 여기에 있기 위해서는 어떻게든 상체를 끌어올려야 했다. 우선, 빌어먹을 흙바닥에서 빠져나와야 했다. 천천히, 한쪽 팔로 휠체어를 잡아당기며 울타리 쪽으로 기어갔다. 지루함을 못 이기고 역기를 들어올리던 숱한 시간이 감사하게 느껴졌다. 시간이 좀 걸렸지만 결국 몸을 일으켜 휠체어를 똑바로 세울 수 있었다. 그는 브레이크를 걸고 휠체어에 앉았다. 햇볕이 내리쬐었고, 그는 땀을 흘리며 승리감과 피로감을 동시에 느끼면서 잠시 앉아 있었다. 그러곤 집으로 바퀴를 굴려 돌아갔다.

그는 부엌에서부터 시작해 앨리스의 작고 깔끔한 방들을 하나씩 살펴보았다. 기본적으로는 모든 방을 휠체어로 편하게 다닐 수 있었다. 하지만 거실이 문제였다. 복도에는 커다란 책꽂이가 튀어나와 있고 작은 테이블들이 거실 안 여기저기에 뒤섞여 놓여 있었다. 헛간으로 향하는 길과 양봉장 주변도 문제였다. 도움이 필요하다는 생각이 들었다.

제이크는 머뭇거리다 휴대폰을 꺼내 전화를 걸었다. 연결음 두

번 만에 노아 캐츠가 전화를 받고는 마치 바로 어제 대화를 나눈 것처럼 짓궂게 굴었다. 진정한 친구라면 그러하듯, 노아는 제이크가 그의 방문을 피하고 문자 메시지나 이메일, 전화에도 답하지 않았던 지난 몇 달에 대해 아무 말도 꺼내지 않았다. 오랜 친구 캐츠.

몇 분 동안 서로를 조롱하고 나서, 제이크는 본론으로 들어갔다. "야, 있잖아. 부탁이 있어." 그가 말했다. "오늘 한 시간 정도 잠깐 와줄 수 있어? 그리고 물건 들어줄 사람 한 명 더 데려와줄래? 알았어. 좋아. 응, 지금 출발하면 엄청 좋지! 아, 주소 알려줄게. 나이사했어."

제이크는 전화를 끊었다. 곧장 올 수 있다고, 무슨 심부름을 하느라 이미 이쪽 방향으로 오고 있다고 말하는 게 참 노아다웠다. 노아는 항상 제이크를 받아주었다. 제이크가 환대받을 자격이 없을 때조차도. 예컨대 축구 경기 때문에 댈레스에 가던 길에 섀퍼 선생님이 제이크가 깝죽댄다는 이유로 밴드가 탄 버스에서 그를 내리게 했을 때도. 그때 뭘 하고 있었더라? 아, 맞다. 성냥에 불을 붙여 뒷자리에 앉은 맷 스웬슨에게 던졌었지. 월마트 주차장에 서서 제이크더러 버스에서 내리라고, 부모님에게 전화해서 집까지 태워달라고 하라며 길길이 화를 낼 때 밴드 담당 교사의 야윈 얼굴은 붉으락푸르락했다. 제이크는 후드리버 밸리 고등학교 3학년의 마지막 경기가 될 댈레스와의 경기를 기념하는 재즈 공연에서 연주하지 못하게 됐다. 섀퍼 선생님은 제이크더러 네 책임이라고 했다.

"불쌍한 나!" 제이크가 자리에서 일어나 떠나며 말했다. "더는 축구를 못 본다니. 와! 와! 와!"

주변 소녀들은 킥킥댔고, 섀퍼 선생님의 얼굴은 더욱 붉어졌다. 제이크는 트럼펫 케이스를 들고 몸을 구부려 버스에서 내렸다.

"반항아들아, 곧 보자!" 그가 어깨 너머로 소리쳤다. 버스에서 내리자마자, 연대하는 마음으로 함께 버스에서 내린 노아가 보였다. 섀퍼 선생님이 노아더러 버스에 다시 타라며 소리질렀지만, 노아는 그저 고개를 젓고는 손을 흔들며 빙긋 웃었다. 그러자 밴드 선생님은 버스 문을 쾅 닫고 출발해버렸다. 제이크는 엄마한테 전화해서 데리러 와달라고 했다. 두 사람은 기다리면서 월마트 앞에서 버스킹을 했다.

제이크는 자신이 개자식일 때도 노아가 옆에 있어주는 게 얼마나 기뻤는지 기억했다. 엄마가 실망한 얼굴로 나타났을 때가 되어서야, 제이크는 3학년의 마지막 경기를 놓쳤다는 사실에 깊이, 허무한 마음으로 후회했다. 엄마의 제안으로 제이크는 사과했고, 섀퍼 선생님은 봄 공연에서는 연주할 수 있게 해주었다. 봄 공연은 그가 병원에 입원한 지 일주일 뒤에 하는 것으로 일정이 잡혀 있었다. 노아와 함께 월마트 앞에서 버스킹했던 때가 청중을 앞에 두고 트럼펫을 연주한 그의 마지막 순간이었다.

두 소년은 어린 시절 밴드 활동을 하면서부터 늘 음악을 함께 들었다. 고등학생이 된 후 노아는 전통적인 재즈에 더 빠져들었고 제이크는 미스피츠, 블랙 플래그, 데드 케네디스 같은 하드코어 펑크 음악에 더 흥미가 생겼다. 스케이트보드를 탈 때나 집에 있을 때는 아버지의 목소리나 TV의 웅웅대는 소리가 들리지 않도록 볼륨을 높이곤 했다.

펑크와 스카를 융합한 90년대의 시카고 밴드 슬랩스틱을 제이크에게 처음 알려준 것도 노아였다. 그는 그 밴드가 자신들의 정체성을 스스로 유쾌하게 비웃는 〈Almost Punk Enough〉 같은 노래에서 트럼펫이 연주되는 방식을 좋아했다. 제이크에게 중요한 건 그거였다. 그에게 음악, 헤어스타일, 옷은 모두 일종의 폼 잡기였고, 스스로도 그 사실을 알고 있었다. 하지만 트럼펫만큼은 정말 사랑했다. 그날 월마트 앞에 주저앉아 있을 때, 노아가 〈Almost Punk Enough〉의 멜로디를 연주했고, 제이크도 장난스럽게 트럼펫을 불었다.

"진중하게 좀 굴어라, 스티븐슨!" 섀퍼 선생님이 제이크의 등에 대고 소리쳤다.

제이크는 비웃었지만, 섀퍼 선생님이 옳다는 것을 알고 있었다. 코니시예술대학에 원서를 내보면 어떻겠느냐고 처음 제안한 것도 섀퍼 선생님이었다. 입학하는 데 도움이 된 것도 섀퍼 선생님의 추천서였다. 선생님은 병원에 있는 그를 한 번 보러 왔는데, 그때 제이크는 자는 척했다. 대체 선생님께 무슨 말을 할 수 있었겠는가?

제이크는 노아의 트럭이 앨리스 집 앞에 난 긴 진입로를 따라 달려오는 것을 보았고, 덩치 큰 친구가 운전석에서 내리며 구부렸던 몸을 펴는 익숙한 모습에 피식 웃음이 났다. 덥수룩한 머리를 하고 이를 다 드러내며 미소 짓는 바보 같은 노아. 제이크는 조수석에 앉은 실리아를 보곤 속으로 구시렁거렸다. 노아가 실리아를 데려오리라곤 생각지 못했다. 남자애들 중 한 명을 데려올 거라고 생각했는데.

"친구!"

노아는 제이크에게 하이파이브를 하고는 어깨를 부딪치는 인사를 하기 위해 몸을 숙였다. 노아가 물러서더니 품평을 시작했다. "머리카락이 엄청 슬퍼 보이는데. 말총머리는 어쩌다 한 거냐? 그리고 여긴 뭐야! 대체 무슨 일이냐? 깡시골이잖아!"

"농부가 되는 게 내 평생의 목표였다는 거 알잖냐." 제이크는 이렇게 말하며 몸을 뒤로 기대고 무릎 위에 두 손을 얹었다. "4-H의 꿈을 탐구하고 있을 뿐."

"야, 완전 멋진데!" 노아가 제이크의 스키니진과 닥터마틴을 가리키며 말했다. "거의 못 알아볼 뻔했네."

조수석 문이 끼익 열리며 모두가 '세시'라고 부르는 실리아가 나왔다. 제이크는 제발 그녀가 오지 않기를 바랐지만 그래도 그녀를 향해 미소 지어야 했다. 실리아가 포옹하기 위해 몸을 기울이자 민트 껌과 향수 냄새가 끼쳐왔다.

"안녕, 제이크! 얼굴 보니까 좋다!"

실리아가 제이크를 내려다보곤 기다랗게 땋은 검은 머리를 한 손으로 잡아당겼다. 갈색 눈이 빛났는데 꼭 금방이라도 울 것처럼 보였다. 제이크는 울컥 치미는 분노를 느꼈다. 사람들은 대체 왜 그의 삶을 슬퍼하는 게 그의 기분을 나아지게 해준다고 생각하는 걸까? 그는 조롱하듯 화를 내며 손을 내저었다.

"맙소사, 캐츠! 근육 있는 사람을 데려오라고 했잖아. 이런 깡마른 여자애 말고. 라 플라카, 웨이? 세시 라 플라카.* 할머니를 모셔 오는 게 차라리 낫겠네."

노아는 웃음을 터뜨렸고, 실리아는 울분을 터뜨렸다.

---

* '마른 녀석이잖아? 세시는 말라깽이야'라는 뜻의 스페인어.

"노 소이 라 플라카, 웨이! 오랄레!"*

실리아가 근육을 과시하며 이를 악물었다. 제이크는 웃었다. 그러자 마음이 좀 나아졌다. 어쨌든 실리아는 노아와 함께 제이크에게 필요한 일을 도울 수 있을 만큼 튼튼하긴 했다. 제이크는 도움을 청하는 입장이 된 것에 거북함을 느끼지 않기 위해 쉼없이 움직였다. 둘을 집안으로 데리고 들어온 다음 그들이 옮겨주었으면 하는 가구들을 보여주었다. 노아는 제이크의 뜬금없는 농부 정체성을 두고 계속해서 농담을 던졌고, 그래서 분위기가 괜찮았다.

"이 여성분은 어쩌다 만난 거야?" 노아와 함께 커피 테이블의 위치를 옮기던 실리아가 물었다. "어머니 친구분이셔?"

노아는 제이크를 향해 눈을 굴렸다. 여자애들은 늘 질문을 한다니까.

"얘기가 좀 길어." 제이크가 말했다. 더 덧붙이진 않았다.

부엌에는 가구가 적었지만 일은 더 복잡했는데, 여기선 실리아의 도움이 컸다. 대가족의 장녀로서 요리에 관해선 속속들이 알았던 것이다. 냄비와 프라이팬을 분류하고, 그가 매일 먹을 음식에 손을 뻗기 쉽도록 저장실에 놓인 식료품들의 위치를 정돈했다. 조리도구와 베이킹 용품의 차이를 설명해주기도 했다. 전자레인지가 가스레인지보다 너무 위쪽에 놓여 있는 것 아니냐며 제이크와 노아가 걱정하자 그녀는 비웃었다.

"전자레인지는 필요 없을 거야. 냄새나고, 어쨌든 엉망이 되기 쉬우니까."

---

* '나 안 말랐어! 진짜거든!'이라는 뜻의 스페인어.

제이크는 그들을 밖으로 데려가 헛간, 닭장, 양봉장을 보여주었다. 그들의 시선을 피하면서 길에 울퉁불퉁한 부분이 있다고 얼른 말을 꺼냈다. 넘어졌다고는 말하지 않았다. 노아는 헛간에서 삽과 갈퀴 여러 개를 찾아왔고, 실리아가 그를 도와 흙을 파내 길을 평평하게 만들었다. 제이크는 시험삼아 한 바퀴 돌아보고는, 이전보다 다니기 쉬워졌다고 말했다. 노아는 한번 더 와서 다른 곳도 평평하게 만들어주겠다고 했지만, 호들갑 떨지는 않았다.

제이크는 그들에게 벌통을 보여주겠다고 제안했는데, 그들은 흥미로워하면서도 양봉장 울타리 안쪽으로는 들어가보려 하지 않았다. 제이크가 배운 것 중 일부를 알려주는 내내 마치 꿀벌들이 그에게 노래를 불러주는 것 같았다. 공중에 황금빛 몸체들이 가득했다. 몇몇은 먹이를 찾아 떠나고, 다른 몇몇은 집으로 돌아오고 있었다. 가까이 놓인 벌통들 중 하나에는―서니베일에서 가져온 새로운 벌통 중 하나였는데―꿀벌 수십 마리가 짧은 주기로 격렬하게 앞뒤로 날아다니고 있었다. 정위비행을 하는 거라고, 앨리스는 말해주었었다.

"좀더 자란 애들이 어린애들한테 집으로 돌아오는 방법을 가르쳐주는 거야. 멋지지 않아?" 제이크가 말했다.

실리아는 제이크 뒤에, 노아는 실리아 뒤에 서 있었다. 진짜 멋지네, 라고 그들은 말했다.

"꿀을 얻을 때가 되면, 아부엘라*의 토르타 데 미엘 레시피를 알려줄게. 진짜 맛있거든. 네가 분명 좋아할걸." 실리아가 말했다.

---

* '할머니'라는 뜻의 스페인어.

제이크는 몸을 돌려 그녀에게 미소 지었다. "세시, 넌 천재야. 네가 도와줄 게 하나 더 있어."

가정 수업은 출석 여부에 따라 합격/불합격으로 나뉘었기에 제이크와 노아는 트레이노어 선생님의 수업시간마다 교실 뒤에서 빈둥대며 아무것도 배우지 않았다. 반면 실리아는 이미 여러 식구가 먹을 음식을 요리할 줄 알았다. 그녀가 식재료 목록을 적어 노아를 가게로 보냈고, 제이크는 거기에 헤어 용품을 추가했다. 노아를 기다리는 동안, 그녀는 제이크에게 스크램블드에그, 팬케이크, 그릴드 치즈 샌드위치, 부리토 같은 기본적인 레시피들을 알려주었다. 노아가 돌아오자 실리아는 첫 저녁식사를 차리는 제이크를 도와주었다. 메뉴는 칠리 베르데 소스를 곁들인 치킨 엔칠라다였다.

"그리고 샐러드. 야채를 꼭 먹어야 해. 아니, 진지하게 말이야, 이 녀석들아!" 그들이 '야채 나치'라고 부르며 조롱하자 그녀가 단호하게 말했다.

오후 다섯시 삼십분이 넘었는데 앨리스는 아직 집에 오지 않았다. 제이크는 초조한 마음에 조리대를 닦고 휴대폰을 확인했다.

"좀더 있다 갈래?" 그가 말했다.

노아는 네 명 분의 식탁을 차렸다. 제이크는 오븐에서 엔칠라다를 꺼낸 뒤 따뜻하게 유지하기 위해 뚜껑을 덮어놓았다. 그리고 실리아가 알려준 대로 밥을 안치기 시작했다. 노아는 휴대폰을 꺼내더니 또다른 친구 마이키가 스케이트보드 공원에서 임파서블 기술*로 착지하는 영상을 보여주었다. 이미 그 영상을 여러 번 본

---

* 공중에서 360도 회전하는 고난이도 스케이트보드 기술.

실리아는 액정화면을 들여다보는 두 사람을 향해 눈을 굴리고는 신문을 들춰보았다. 제이크는 피곤하면서도 행복했다. 노아가 그리웠었다. 실리아도 좋은 애였다. 시끄럽거나 집착하지도 않았고. 모두 함께 로스트 레이크에 마지막으로 갔던 때가 떠올랐다. 노아와 실리아는 그 당시엔 공식적으로 연애하고 있지는 않았다. 실리아가 체니를 무릎에 걸쳐 올려둔 채 뒷좌석에 탔다. 체니. 강아지를 생각하는 것만으로도 제이크는 마음이 짓이겨지는 것 같았다. 그래도 친구들과 함께여서 좋았다.

연기를 제일 먼저 눈치챈 건 실리아였다.

"밥! 밥!" 그녀는 부엌을 가로질러 달려가 행주로 손잡이를 감싸고 연기 나는 냄비를 움켜쥐었다. 화재경보가 짧고 높은 경보음을 울려댔다.

"창문 열어!" 제이크가 소리질렀다.

노아는 부엌 창문을 활짝 열어젖혔고, 실리아는 의자 위로 올라가 연기 탐지기 앞에서 행주를 펄럭였다.

"안전 훈련도 아닌데!" 그녀가 웃으면서 소리쳤다. "가장 가까운 출구로 나가시면 선생님들이 여러분을 안내할 겁니다!"

"젠장! 네 요리 수업은 항상 이렇게 위기 상황으로 끝나냐?" 제이크가 소리쳤다.

"나는 타오르는 불의 고리 안에 빠졌다네!"* 노아가 노래했다.

부엌은 연기와 웃음과 고함으로 가득했다.

"노아, 그 빌어먹을 냄비를 밖으로 갖고 나가!" 제이크가 소리

---

* 조니 캐시의 노래 〈Ring of Fire〉의 가사.

쳤다. 노아가 냄비를 붙잡고 문을 홱 열고 뛰쳐나가려다 앨리스와
거의 부딪칠 뻔했다.

"대체 뭐하는 거야?" 앨리스가 고함을 질렀다.

11
정찰하기

벌들이 적당한 집을 찾기 위해 정찰벌을 보낸다는 사실에는 논쟁의 여지가 없다. 이전 거처에서, 혹은 거처를 떠난 뒤 한데 모인 곳에서부터 일직선으로 비행해 새로운 집으로 향하는 벌떼의 모습을 관찰할 수 있다.

_L. L. 랭스트로스

작은 부엌 위에서 춤추는 메기 시계가 꿈틀거리다가 반점 있는 머리와 꼬리를 맞부딪치며 아침 일곱시를 알렸다. 해리는 새벽녘 쓰레깃더미에서 너구리들이 으르렁대는 소리에 몇 시간 일찍 눈을 뜬 터였다. 너구리들은 희미한 달빛 아래에서 허둥지둥 움직이는 작은 곰들처럼 보였고, 날뛰는 인간 아기 같은 소리를 냈다. 해리가 창문을 열어젖히고 소리를 지르자, 그들은 겁먹었다기보다는 짜증난 듯했지만 결국 숲속으로 슬그머니 도망쳤다.

해리는 삼촌이 평소에 잠을 자던 벤치 아래 숨겨둔 음식들을 찾아내 배를 채웠다. 눈에 불을 켜고 더 남은 음식이 없나 트레일러를 샅샅이 뒤졌다. 찾았다! 땅콩버터 한 병, 허쉬 초콜릿 바 세 개, 안타깝게도 곰팡이가 핀 빵 두 덩어리, 짭짤한 크래커 한 상자, 위스키 1쿼트. 춥고 습기 찬 트레일러에서 몸을 떨다 밖으로 나간 해리는 땅콩버터 크래커 한 접시를 들고 아침햇살이 내리쬐는 계단 위에 앉았다. 위스키를 집어들어 뚜껑을 연 다음 금색 액체를 한 모금 마셨다. 목구멍이 타들어가는 것 같았다. 메일 확인을 위해 도서관이 문을 열 때까지 기다리는 동안 술에 취하는 건 터무니없는 짓임을 깨닫고는, 기침을 하며 뚜껑을 닫았다. 그는 이를 닦으며 부서진 거울에 비친 얼굴을 살폈다.

여러모로 스물네 살 먹은 해리의 얼굴은 어렸을 때와 똑같았다. 유치원 시절 사진 속 그는 적갈색 머리에 석고 조각처럼 매끄러운 피부 위로 흩뿌려진 주근깨, 걱정이 서려 있는 듯한 이마를 지닌 작은 소년이었다. 연한 파란색 눈동자는 프레임 바깥을 애매하게 응시하고 있었다. 분명 웃으라는 말을 들었을 테지만, 입술은 일직선으로 꽉 다물려 있었다. 얼굴에 표정이 없어서 다게레오타이프*로 찍은 사진 속 작은 남자처럼 옛날 사람으로 보였다. 어머니는 그 사진을 보더니 웃음을 터뜨렸다.

"너 우리 아빠랑 똑같이 생겼다!" 어머니가 외쳤다.

모든 이에게 본성이랄 게 있다면, 해리의 본성은 다섯 살 때 형성됐다. 깡마르고, 소심하지만, 고자질쟁이는 아닌 아이. 그는 타인을 귀찮게 하고 싶지 않아서 도움을 요청하지 않고 혼자 골머리를 앓곤 했다. 사람들이 눈치채지 못하기를 바라며, 그저 소속감을 느끼고 싶어서 그들 곁에 조용히 다가갔다. 학창시절 내내 해리는 주류의 바깥 언저리에 있던 소년으로, 사람들과 어울리고자 노력

---

* 사진술 초기에 은판 사진법으로 찍은 사진.

했지만 눈에 띄지는 않았다.

그럼에도, TV 절도 사건에서 알 수 있듯이 해리는 친구 문제에 있어서는 사람을 판단하는 안목이 없었다. 샘은 교정시설에 있던 해리를 딱 한 번 방문했다. 밀고하지 않아줘서 고맙다며, 자주 방문하겠다고 약속했다. 그 이후로 샘의 소식을 더는 듣지 못했다. 마티는 한 번도 오지 않았다. 마티와 샘이 결코 자신과 한패가 아니었다는 사실을 해리가 충분히 이해하기까지, 소위 친구라 불리던 이들은 반 년 더 침묵했다. 고등학교 때부터 그들을 알고 지냈지만 그들 모두 해리에게 친절을 베푼 적은 한 번도 없었다. 밤에 잠자리에 누울 때마다 수치심으로 얼굴이 화끈거렸다. 그들은 해리를 좋아하지도 않았다. 멍청이 같으니라고.

그 무렵 해리는 변호사를 만나 그들의 이름을 말했고, 그로 인해 형량이 상당히 줄어들었다. 그는 구 개월 후 스토니브룩 교정시설을 나왔다. 여전히 깡마르고, 여전히 소심하고, 이제는 고자질쟁이가 된 채로.

변호사는 다른 방식으로 상황을 바라볼 수 있도록 도와주려 했다. "만약 샘과 마티가 네 입장이었다면 어떻게 했겠니, 해리?"

해리는 그들이 자신을 배신했을 거라는 사실을 알고 있었다. 그 깨달음은 충격으로 다가왔다. 그들이 믿을 만하지 않다는 것 때문이 아니라, 그가 평생 해온 일 때문이었다. 그는 언제나 희생양이었다. 아니, 해리의 인생에서 문제는 해리였다. 그 사실은 이미 알고 있었다. 변화해야 했다. 어떻게 변화해야 하는지를 모를 뿐.

"너희 마음이 이끄는 곳으로 가렴!"

6학년 때부터 선생님들은 항상 그렇게 말해왔다.

그게 대체 무슨 뜻이었을까? 다른 사람들은 정말로 오프라 윈프리의 목소리처럼 삶의 방향을 정해주는 나침반을 지니고 살아가는 걸까?

"일해야 한다, 해리. 열심히 일해야 해. 그게 내가 지닌 열정이야." 자신이 품은 열정의 힘에 대해 써오라는 학교 과제를 받았을 때, 어머니는 이렇게 말했다. 장갑을 낀 채 손목으로 머리카락을 쓸어넘긴 어머니는 트럭 뒷문을 열었다.

"그리고 분홍빛 적포도주도. 자, 이제 나무들 내리는 것 좀 도와주렴."

샐도 도움이 되지 않았다.

"내 열정은 금발 머리 여자란다, 꼬마야. 네 엄마처럼 말이지." 그는 이렇게 말하며 윙크했다.

해리는 긴 줄로 하는 낚시에 열정이 있다는 글을 써서 제출했지만, 사실은 그것에 전혀 관심이 없었다. 그는 C+를 받았다.

열정 따위는 개나 주라지. 해리의 문제는 훨씬 더 간단하고 또 중대한 것이었다. 앞으로 나아가는 방법은 무엇인가? 형을 살고, 버스로 횡단 여행을 하고, 두 달 동안 숲속에 살면서 그가 알게 된 것은 자신의 삶을 어떻게 이끌어나가야 할지 여전히 모른다는 사실이었다. 해리는 한숨을 쉬곤 손가락 끝으로 윗입술을 쓸었다. 뭐라도 좀 해야 해.

에이치 삼촌을 떠올리자 죄책감이 몰려왔다. 삼촌을 보러 병원에 가겠다는 어제의 계획을 지키지 않았다. 전화를 걸기까지는 용기를 냈지만, 간호사는 가족이 아닌 사람에게는 환자 정보를 줄 수 없다고 했다. 해리는 자신이 가족이라는 말, 이 지역에 있는 유일

한 가족이라는 말을 하지 않은 채 전화를 끊었다. 그때 곧장 병원
에 갔어야 했는데, 그러지 못했다. 왜 가지 못했느냐는 질문은 그
가 답할 수 없는 또다른 질문이자, 일생 내내 그를 따라다니며 괴
롭힌 질문이기도 했다. 점심 식대처럼, 자전거처럼, 도둑질처럼,
그가 잘살지 못하고 계속해서 실패하고 있는 이유였으니까. 왜 해
리는 자기 인생이라는 자동차의 보조석에 앉아 있는 건가?

트레일러 뒤의 매서운 회오리바람 속에서 몸을 씻고, 곧 부서질
것 같은 상태지만 히치하이크로 가는 것보다는 빠른 낡은 슈윈 자
전거에 올라탔다. 시원한 바람이 얼굴에 스치자 기운이 났다. 그는
차선 사이를 왔다갔다하며 2차선 고속도로를 타고 달렸다. 뒤에서
커다란 엔진소리가 들리자 오른쪽으로 방향을 틀었다. 벌목 트럭
이 지나갈 때, 그는 빨간색과 갈색이 뒤섞인 덩어리를 피하기 위해
방향을 홱 틀었는데, 죽은 개나 코요테겠구나 싶었다. 짓이겨진 몸
으로도 머리와 얼굴이 온전한 상태로 마치 웃고 있는 듯한 모습이
보였다. 그는 입을 꾹 다문 채 지나가면서 그 덩어리를 보지 않으
려 애썼다.

BZ의 작은 도서관에는 해리에게 고개를 까닥이며 "좋은 아침입
니다"라고 인사하는 사서 외에는 아무도 없었다. 사서는 그에게
컴퓨터 로그인 코드를 줬고, 그가 온 이래로 두 달 동안 코드는 한
번도 바뀐 적 없었지만 두 사람 다 알아채지 못했다. 이메일을 열
었을 때, 어머니로부터 메일이 다섯 통이나 와 있는 것을 보고 가
슴이 철렁 내려앉았다. 모든 메일의 제목은 똑같았다. '전화해!'

그는 한숨을 내쉬곤 그 메일들을 열지 않았다.

아래로 스크롤하며 메일을 하나씩 삭제했다. 스팸, 한 번도 읽지

않은 정치 뉴스레터들, 해리가 애석하게도 이메일 주소를 알려주는 바람에 감옥에서 알게 된 남자가 보낸 메일. 그리고 gorge.net 구인구직 게시판측에서 보내온 메일이 있었다. 벌 관련 일에 지원한 데 대한 답변이었다. 그는 공책에 그가 지원한 모든 일의 장점과 단점을 나열했다. 양봉장 일 아래엔 이렇게 적었다. '장점: 밖에서 일하기, 배울 기회, 농장, 목공.' 마지막 항목이자 가장 중요한 항목은 '신원 조사 없음'이었다. 단점 항목에는 그냥 '벌'이라고만 적었다. 해리는 몸서리를 쳤다. 모든 종류의 곤충이 싫었다. 하지만 목공 일을 할 수 있다는 게 마음이 놓였다. 그는 농부에게 빠르게 답신을 보냈다. 네, 다음날 오후 한시까지 거기로 가서 면접 볼 수 있습니다. 그는 이메일을 인쇄하고 사서에게 돈을 지불한 뒤 도서관을 떠났다.

해리는 자전거를 타고 주유소로 가서 공중전화부스 옆 낡은 울타리에 자전거를 기대어 세웠다. 어린 시절 이후로 공중전화를 본 적이 없었지만, 가난하고 휴대폰이 잘 안 터지는 BZ 지역에선 꽤 쏠쏠하게 쓰이는 게 분명했다. 그는 어머니에게 수신자부담으로 전화를 걸었고, 통화료를 부담하겠다는 안내음을 듣자 마음이 쿵 내려앉았다. 감옥에서 전화 걸던 때가 떠올랐기 때문이다. 스물네 살이나 됐는데 아직도 어머니한테 전화 걸 돈도 없다니.

"아들! 너무 걱정했잖아. 저기, 아들, 새로운 일자리 얘기 너무 듣고 싶지만 우선, 삼촌은 좀 어떠시니? 여전히 의식이 없으셔? 오늘도 병원에서 산소호흡기를 달아놓았던?"

수치심의 무게가 해리를 짓눌렀다. 병원에선 당연히 어머니한테 연락을 했으리라.

"저, 음. 제가 전화했을 때는 아무 정보도 알려주지 않더라고요. 그래서 지금 상태가 어떠신지는 잘 모르겠어요." 그가 말했다.

"그게 무슨 소리니? 너 지금 병원에 있는 거 아니야?"

해리는 그에 대한 답을 구할 수 있기라도 하듯 고속도로에 늘어선 커다란 전나무들을 올려다보았다.

"저…… 저 일이 너무 바빠서요." 그가 말했다. "면회 시간에 맞춰서 빠져나오기가 어려웠어요."

병원에 요즘도 면회 시간이라는 게 있기는 한가? 어머니한테 거짓말하는 게 너무도 싫었지만, 삼촌이 사회복지사에게 잡혀간 지 나흘이 지나도록 스카이라인병원에 발을 들이지 않은 이유를 설명하고 싶지는 않았다.

어머니가 아들을 언제나 믿겠다고 결심한 이유는 알 수 없었지만, 그는 지금 감사함을 느꼈다.

"잘 들어, 아들. 상사한테 중요한 가족 문제라고 말씀드려. 우리는 에이치 삼촌의 유일한 가족이야. 뭐, 어쨌든 좋은 가족이라는 점에서 유일하지. 제니한테 전화했더니 '내가 알기론 몇 년 전에 돌아가셨는데'라고 하더라. 뭐 그런 인간이 다 있니? 걔는 삼촌이 파우더 리버에서 있었던 폰지 사기로 돈을 다 잃었던 일에 화가 난 거야. 글쎄, 걔도 삼촌을 찾아볼 생각을 했어야 맞아. 다 걔 탓이지 뭐."

어머니가 잠시 말을 멈췄고, 해리는 그녀가 담배에 불을 붙인 뒤 숨을 내쉬는 소리를 들었다.

"해리, 잘 들어. 나도 거기 가고 싶지만 지금 당장은 못 가. 샐도 상태가 안 좋아. 심각한 건 아니지만 눈 수술을 받아야 하고, 앞으로 몇 주 동안은 내가 안과까지 태워다줘야 해. 거기로 최대한 빨리 갈게. 그동안에는 상황을 계속 업데이트해줄 사람이 너뿐이야. 휴대폰 살 때까진 수신자부담으로 전화해. 요즘 좀 어떻게 지내니? 잘 먹고 있어? 친구도 사귀고? 일은 어때?"

해리는 얼마나 잘 지내고 있는지 어머니한테 거짓말을 몇 마디 더 했고, 다음날 전화하겠다고 약속했다. 스스로가 완전히 패배자처럼 느껴졌다.

언덕 아래 작은 병원에서 그는 간신히 문을 통과했다. 에이치 삼촌의 조카라고 자신을 소개하자, 안내데스크에 앉아 있던 여성이 그를 복도로 안내했다. 해리는 천천히 걸어가며 지나치는 병실들 안쪽을 들여다보았다. TV가 요란한 소리를 냈고, 노인들은 드러누운 채 대부분 잠들어 있었다.

에이치 삼촌의 병실은 복도 끝에 있었다. 담요 아래에 몸을 웅크리고 누운 그는 해리의 기억 속에서보다 더 작고 연약해 보였다. 흰 머리카락은 평소처럼 까치집 모양으로 붕 떠 있었다. 눈은 감겨 있었고, 숨소리는 얕고 거칠었다. 몸은 삐 소리를 내며 번쩍이는 기계 다발에 연결되어 있었다. 플라스틱 튜브들이 콧구멍에 꽂혀 있고, 누군가 틀니를 빼버린 것처럼 입술이 잇몸 주위로 빨려들어 간 모습이었다. 얼굴은 회색빛을 띠었고 종잇장처럼 창백했다.

"에이치 삼촌?" 해리가 속삭였다. 그 나이든 남자가 눈을 뜨고 거침없이 말해주길 바라면서. 하지만 그런 일은 없었다. 들고 나는 숨소리가 힘겨워 보였다. 기계는 계속 삐 소리를 내며 깜빡거렸다. 병실에서는 방부제 냄새가 났고, 테이블 위에 놓인 꽃병이 방을 밝히는 유일한 사물이었다. 해리는 카드를 읽어보기 전부터도 그 꽃이 어머니가 보낸 것임을 알았다.

'빨리 나으세요, 에이치 삼촌! 사랑을 가득 담아, 리디아와 셸.' 카드엔 이렇게 적혀 있었다.

해리는 숨을 삼켰다. 그러고는 자리에 앉아 창밖을 내다보았다. 여기에선 강이 보였지만, 삼촌도 이 전망을 좋아했을지는 모를 일이었다. 벽에 걸린 달력을 바라보았다. 4월. 어쩌다 벌써 4월이 된 거지? 삼촌과 벌써 두 달이나 같이 살았다니.

의사가 문을 열고 들어와서는 손에 든 태블릿을 내려다보았다. 키가 크고 말랐으며 해리를 발견하기 직전까지 짜증난 것처럼 보이던 의사는 미소를 지으며 손을 내밀었다.

"안녕하세요. 저는 치모스키 박사입니다."

해리는 선 채로 그와 악수했다. "저는 해리 스토크스입니다, 선생님. 이분 조카예요."

의사는 고개를 끄덕이곤 태블릿으로 다시 고개를 돌렸다. "저희가 당신 어머니랑 연락이 닿은 것 같던데, 맞나요?"

해리는 고개를 끄덕이며 의사가 지난 나흘 동안 어디에 있었냐고 묻지 않기를 바랐다.

"음, 삼촌은 힘든 밤을 보내셨습니다. 최초의 뇌졸중에서는 잘 회복하고 계셨는데 몸이 꽤 약해서 심장에 잠시 부정맥이 왔다가 다시 뛰기 시작했죠. 입원하신 뒤로는 계속 산소호흡기를 달고 계십니다. 지금은 안정되셨지만, 저희가 해드릴 수 있는 일이 많진 않습니다. 법적으론 이분의 사전의료지시를 따라야 합니다."

해리는 엄청나게 밀려드는 정보를 이해하려고 애썼다. "뇌졸중이요? 사전의료지시라는 건 뭔가요?"

의사는 조급해 보였다. "저희가 아는 바에 따르면, 스토크스 씨의 삼촌께선 사회복지사가 이 병원으로 데려오기 전에 최소 한 번 뇌졸중을 앓으셨습니다. 사전의료지시란 이분이 입원시 어떤 종류의 치료를 받기를 원하는지에 대한 대략적인 설명을 뜻합니다. 작년 가을에 서명하셨더군요. 그에 따르면 삼촌께선 중환자실에 입원하거나 인공호흡기를 달거나, 혹은 영양관을 삽입하는 것을 원치 않으십니다. 저희로선 환자분께 정맥주사나 임종 돌봄 같은 제한된 개입만 제공해드릴 수 있습니다."

해리는 고개를 저었다. "저는 몰랐어요."

의사는 전혀 놀랍지 않다는 듯 어깨를 으쓱했다. "지금 삼촌과 함께 살고 계신가요?"

해리가 고개를 끄덕였다.

의사는 태블릿을 들여다보며 인상을 찌푸렸다.

"두 분이 사시던 트레일러 상태가 상당히 나쁘더군요. 회복되시면 한동안 재활시설에 옮겨가 계실 가능성이 높지만, 그 이후에는 더 안정적인 생활환경이 필요합니다. 스토크스 씨가 삼촌과 함께 머무르실 건가요? 목욕이나 식사, 후속 검진 등을 하려면 도움이 필요하실 겁니다."

297.75달러, 땅콩버터 반병, 크래커 두 줄, 허쉬 초콜릿 바 하나, 위스키 1쿼트까지 떠올린 해리는 "네, 선생님. 그럼요"라고 답했다.

의사가 미소를 지었다. "정말 좋네요. 가족분들이 도와주시면 훨씬 수월합니다."

그는 태블릿을 한쪽 겨드랑이에 끼고는 손을 뻗어 해리와 다시 악수를 나눴다. "나중에 다시 와서 상태 확인하겠습니다. 질문이 있으시면 간호사에게 알려주십시오."

의사는 성큼성큼 병실을 나갔다.

해리는 자리에 앉아 삼촌을 바라보았다. 이제 삼촌은 간신히 숨을 쉬고 있고, 해리는 어떻게 느껴야 할지 알 수 없었다. 에이치 삼촌을 좋아했지만, 어머니처럼 그를 잘 아는 건 아니었다. 슬픔이나 염려 같은 뭔가 더 깊은 감정을 느끼지 못하는 자신에게 죄책감이 들었다. 하지만 어머니 대신 그가 여기에 있을 수 있었다. 그것만으로도 큰일이었다.

오후 다섯시경, 간호사 한 명이 저녁식사 쟁반을 들고 왔다.

"아, 삼촌은 못 드실 것 같아요." 해리가 말했다.

"여기 배고프신 분 또 없나요?" 그녀가 말하며 윙크했다.

크림소스 치킨과 쌀밥, 옥수수, 샐러드, 쿠키까지. 해리는 식사를 싹싹 비우며 수치스러우면서도 감사했다. 그러고는 의자에서 잠들었다가 다음날 아침 다른 간호사가 왔을 때 깨어났다. 그동안 에이치 삼촌은 눈을 뜨지도 않았고, 입 밖으로는 거친 숨소리 외엔 어떤 소리도 내지 않았다. 안경과 틀니를 끼지 않은 삼촌은 아기처럼 보였다. 가느다란 팔은 정맥주사가 꽂힌 부분 주위로 멍들어 있었다. 해리는 차갑고 건조하게 느껴지는 그의 손을 잡았다.

"오늘 오후에 다시 올게요, 에이치 삼촌." 그가 말했다. "카드 몇 장 가져올게요. 우리 러미 게임 해요."

해리는 자전거로 언덕을 내려와 후드리버의 다리를 건넜다. 리버데이즈 카페를 지날 때 창문에 모이라의 얼굴이 어른거렸다. 심장이 두근대고 속이 울렁거렸다. 병실 문을 지나갈 때 보았던 병원 아침식사 쟁반이 그리웠다. 아침에 근무하는 간호사는 그에게 식사를 제안하지 않았고, 친절해 보이지도 않았기에 해리는 쟁반을 달라고 하지 않았다.

그는 시내 외곽의 푸드트럭에서 아침식사용 부리토를 하나 샀다. 부모님의 조경 사업체 직원들과 함께 일하면서 약간의 스페인어를 알고 있던 터였다. 그래서 그는 "좋은 아침"이라고 말한 뒤 스페인어로 주문했다. 푸드트럭 사내가 환하게 웃으며 못 알아듣는 말을 몇 마디 했다. 그러더니 해리에게 무료로 오렌지주스를 주고는 음식 카트 옆에 놓여 있는 플라스틱 의자를 가리켰다. 해리는 거기 앉아 부리토를 남김없이 먹어치우곤 손가락을 핥고, 주스도 말끔히 비웠다. 과수원을 이루는, 체계적으로 심긴 나무들이 내려다보였다. 하얀 꽃들이 바람에 흩날렸다. 그곳에서 계곡이 시작되었고, 남쪽으로는 후드산이, 지평선을 가로질러 더 많은 과수원이 보였다. 디젤엔진의 덜덜거리는 소음이 들려왔고, 줄지어 선 나무들 사이로 빨간 트랙터를 운전하는 남자가 보였다. 엔진소리에 놀란 새떼가 길을 가로질러 날아가며 허공에 날갯짓을 하면서 경계하는 울음소리를 냈다. 메추라기였다. 조류 도감 덕에 그 새들이 놀라 내지르는 소리를 기억하고 있었다. 해리는 바지춤에 손을 닦고 자전거 핸들을 붙잡았다.

"그라시아스, 세뇨르! 부엔 디아!"* 푸드트럭 남자가 말했다.

"그라시아스!" 해리는 페달을 밟으며 손을 흔들면서 말했다.

오후 한시가 가까워올 때까지 기다리면서, 해리는 개울가의 그

* '감사합니다! 좋은 하루 보내세요!'라는 뜻의 스페인어.

늘에 자전거를 세웠다. 농부에게 뭐라고 말할지 생각해내려 했다. 이력서 사본을 가져왔어야 했나? 그 생각이 불안을 부추겼다. 교 정시설에서 코칭을 받은 이후 구직 면접에 대해선 생각해본 적도 없었다.

그의 카운슬러는 앤서니 바로네라는 이름의 깡마른 이탈리아계 남자였다. 앤서니는 빳빳한 파란색 셔츠와 넥타이 차림에, 한쪽 귀 에는 조그만 금귀걸이를 하고 있었다. 그의 사무실에서는 삼나무 향 애프터셰이브 냄새가 강하게 났는데, 꽤 괜찮은 향이었다. 해리 는 그가 가리키는 의자에 앉았다. 바퀴 하나가 헐거워졌는지 해리 가 체중을 옮길 때마다 의자 전체가 뒤로 기울었다. 그는 똑바로 앉아 마치 교장실에 있었던 때처럼 앤서니가 서류를 넘기는 것을 지켜보았다.

"스토크스 씨. 그래요. 자, 고등학교를 졸업했군요. 좋아요. 오, 대학생! 여기선 흔치 않죠. 대학 교육까지 받았는데 어쩌다 여기 온 거죠?" 그가 해리의 서류에서 눈을 떼더니 짙은 눈썹을 치켜올 렸다.

해리는 고개를 푹 숙였다. "그냥 전문대예요." 그가 중얼거렸다.

앤서니는 두 손을 모으고는 해리를 노려보았다. "스토크스 씨, 여기 있는 남자들 대부분은 8학년을 넘기지 못한 이들이에요. 졸 업장 없이 구직하는 게 어떤 건지 압니까? 거기에 범죄 기록까지 있다면요? 또 유색인종이라면?"

해리는 얼굴을 붉히며 고개를 저었다.

"그래요, 당신은 모릅니다. 맞아요. 기억하세요. 당신이 지닌 특 권을 당연하게 여기지 마십시오. 그 교육을 받은 것에 감사하란 겁니다. 알았죠, 해리?"

해리는 고개를 끄덕였다.

"그럼, 무슨 기술을 갖고 계십니까? 어디 보자. 조경 일을 좀 하셨네요. 아마 가족 사업이었던 것 같고요. 또 뭐가 있죠? 잠시 식당에서 일하기도 했네요. 거기서 뭘 하셨죠?"

해리는 어깨를 으쓱했고, 그러자 의자가 기울었다. 앤서니가 얼굴을 찌푸리는 것을 보고는 다시 똑바로 앉았다.

"음, 모든 걸 조금씩 했던 것 같아요. 웨이터 보조, 설거지, 재료 손질, 재고 창고 일, 배달 일. 그런 것들이요." 해리가 말했다. "식당이 작아서요."

그게 해리의 문제였다. 특출나게 잘하는 게 없다는 것.

앤서니는 해리가 목표 부분을 공란으로 남겨둔 것을 보고 실망한 듯했다. 그는 한 손으로 책상에 놓인 그 종이를 슥 밀었다.

"다시 가져가세요, 해리. 시간을 들여 작성해보세요. 이 서류가 얼마나 큰 도움이 될지 알면 깜짝 놀랄 겁니다. 목표에 대해선 다음 시간에 얘기해보죠."

그는 빙긋 미소를 지었고, 해리는 용기를 얻어 자리를 떴다. 다음 시간은 안타깝게도 찾아오지 않았다. 해리의 두번째이자 마지막이 된 코칭 시간의 카운슬러는 어머니보다 나이가 많고 자기소개도 하지 않는 성급한 여자였다. 해리가 앤서니에 대해 묻자 그녀는 짜증난 표정을 지었고, 다른 직원의 거취를 계속 확인하는 건 자기 일이 아니라고 딱 잘라 말했다. 여자는 해리의 목표에 대해서도 묻지 않았다. 해리가 서명해야 할 서류 더미를 책상 위로 밀어두고는 그가 빈칸을 채울 동안 십자말풀이 퍼즐을 풀었다. 그가 작성을 마치자 아무 말 없이 서류를 받아들고는, 감옥 바깥에서 일자리의 세계로 나아갈 준비가 되었다는 신호로 문을 가리켰다.

해리는 이메일을 참고해 농장으로 가는 길을 찾아보고는 다시 페달을 밟았다. 길가에 빼곡하게 늘어선 키 큰 전나무들이 구부러져 머리 위로 녹색 터널이 만들어졌다. 해리는 자신이 맞는 길로 가고 있기를 바라며, 그래서 되돌아올 필요가 없기를 바라며 빠르게 언덕을 내려갔다. 차도 끝에 놓인 우체통에서 '홀츠먼'이라는 이름을 본 그는 자전거에서 내려 셔츠를 바지 안쪽에 집어넣고는 깔끔한 파란 집으로 걷기 시작했다.

커다란 헛간에서 목소리들이 들려왔고, 모퉁이를 돌자 키 큰 소나무 아래 사다리에 올라선 키 작은 사람이 한 명 보였다. 여자는 헐렁한 흰색 모자를 썼고, 엉덩이와 사다리 사이에 골판지 상자를 균형 있게 끼워놓고 있었다. 한 손에는 슬리퍼 한 켤레를 들고 있었다.

휠체어를 탄 소년이 그 사다리의 발치에 보였다. 소년이 몸을 뒤로 젖히고 여자에게 뭐라고 말하자, 여자가 대답을 하듯 중얼거렸다. 그들이 무슨 얘기를 나누는지는 들리지 않았다.

사다리 위에 있는 사람을 절대 놀라게 해선 안 된다고 셸에게 배웠기에, 해리는 뒤로 물러나 여자가 슬리퍼를 떨어뜨리고는 상자를 들고 나뭇가지를 부러뜨리는 모습을 지켜보았다. 커다란 검은색 덩어리가 상자 안으로 떨어졌다. 해리는 그녀가 상자를 닫은 뒤 균형을 잃어 잠시 주춤거리다 상자를 떨어뜨리는 것을 보았다. 그녀가 상자를 잡으려다 놓치는 찰나에 상자는 오랫동안 공중에 매달린 것처럼 보였다. 그런 뒤 그 상자는 사다리에 부딪히며 휠체어

탄 소년의 무릎 위에 떨어졌다.

그후 해리는 여자가 하는 모든 말을 들을 수 있었다. 크고 분명하게 꽂혀드는 연이은 욕설은 스토니브룩 교정시설의 감방 동료를 다 이기고도 남았다. 해리는 그녀가 사다리를 내려와 휠체어 탄 소년에게 다가가는 것을 지켜보았다. 소년은 고개를 젖히고 큰 소리로 웃고 있었는데, 소년을 둘러싸고 윙윙대는 구름은 알고 보니 벌들이었다.

12
혼란

벌침의 끝에는 마치 화살처럼 가시가 나 있으므로, 벌은 자신이
쏘려는 대상이 완강하게 버티면 좀처럼 침을 빼낼 수 없다. 침을
잃으면 내장의 일부가 함께 잘려나가므로, 벌은 필연적으로 곧
죽게 된다.

_L. L. 랭스트로스

무리 지어 날아가는 꿀벌떼는 양봉가에겐 마음 아픈 광경일지
몰라도 실제로는 건강하고 생산적인 벌집의 표식이다. 벌집이 포
화상태라고 판단한 나이든 딸들은 자매들의 절반과 건강한 여왕벌
세포를 남겨두고 어머니와 함께 더 푸른 목초지로 떠난다. 그 푸른
목초지를 우연하게도 다른 양봉가가 소유하게 된다면, 그 상실은
시의적절한 선물로 탈바꿈한다. 그것이 바로 앨리스가 전나무 위
에 자리한 벌떼를 완전히 엉망진창으로 만들기 전까지 했던 생각
이었다.

그녀는 핀셋으로 마지막 갈고리를 잡고는 돼지 족발처럼 부풀어
오른 얼얼한 팔뚝에서 침을 뽑아냈다. 침을 뽑는 순간 청년의 짧은
콧수염이 씰룩거리는 것이 보였다.

"다 됐다." 그녀가 말하며 두 손으로 양팔을 문질렀다.

"아파요?" 해리가 물었다.

"아뇨. 그냥 좀 가려울 뿐이에요."

앨리스는 부끄러운 벌떼 소동 전체를 별것 아니라고 여기고 싶었다. 서두르지만 않았더라면 일어나지 않았을 일이었다. 벌과 관련해서 그녀가 범한 모든 실수는 서둘렀기 때문에 발생했다. 오늘 그녀는 점심시간에 해리의 면접을 보려고 집에 돌아왔는데, 기다리는 동안 거대한 벌떼를 발견했다. 그 벌떼가 자신의 것이 아니라고 확신한 그녀는 야생벌떼를 잡을 기회를 놓칠 수 없었다. 나중에 돌이켜보니 다른 사람의 도움 없이 한데 모여 있는 벌들을 뒤쫓는다는 것은 끔찍한 생각이었다. 제이크에게 상자를 떨어뜨린 일은 말할 것도 없고.

벌들이 그애를 쏘지 않은 게 얼마나 놀라운 일인가. 앨리스가 다가가 무릎에서 상자를 치울 때까지도 제이크는 계속 푸하하 웃고 있었다.

"빌어 처먹을." 그녀는 낮은 소리로 욕설을 뱉었다. "아, 정말 어리석은 생각이었어."

벌들이 온순하게 구는 데에도 한계가 있었고, 앨리스가 휠체어를 밀어내자마자 벌떼는 여왕벌을 지키기 위해 들고일어났다. 앨리스는 세 방이나 쏘였는데 제이크는 멀쩡했다.

제이크는 배를 움켜쥐고는 숨을 헐떡였다. "헉, 앨리스! 얼굴 좀 봐요! 너무 놀라셨죠, 방금 무슨 일이 일어난 거예요?"

앨리스는 침을 쏘며 죽은 일벌 세 마리에 마음이 쓰였지만, 제이크의 놀림에 결국 웃음이 터졌다. 그애가 다치지 않았다는 것을 알게 되자 더욱이. 제이크는 이 사건을 앞으로 '벌 세례'라 부르겠다고 선포했다. 무릎에 그렇게 많은 벌떼가 떨어진 경험은 귀한 거라고도 말했다. 너무 웃어 눈물이 나는 눈가를 닦다가 제이크는 들판 끝에 얼어붙은 채 서 있는 해리를 발견했다.

"면접자가 온 것 같습니다, 사장님." 제이크가 말했다.

청년은 다른 방향으로 달려갈까 고민하는 듯 어깨 뒤를 잠시 바라보고는, 머뭇거리며 손을 들어 인사하곤 그들에게 다가왔다.

앨리스는 자신을 소개한 다음 제이크를 소개했다. 자신의 이름이 해리라고 말한 그 청년은 다른 사람을 기다리는 것처럼 그녀 뒤쪽을 바라봤다.

"음, 홀츠먼 씨, 부인? 앨 홀츠먼이신가요?" 해리가 물었다.

앨리스가 싱긋 웃었다. "아, 제 이메일 주소요? 제가 앨 홀츠먼입니다. '앨리스'의 '앨'이죠. 홀츠먼 씨는 없어요. 괜찮은가요?"

해리가 얼굴을 붉히곤 더듬거리며 말했다. "아뇨, 부인, 제 말은, 네, 부인." 그리고 간신히 이렇게 말했다. "면접을 보게 해주셔서 감사합니다."

앨리스는 해리가 고군분투하는 모습을 즐겁게 지켜보았다. 그는 잠시 망설이더니 사다리에 올라가는 게 일상적인 업무인지 물었다.

"아니, 아니에요. 저건 잘못된 결정이라고 부를 수 있는 일이죠." 그녀가 건조하게 말했다. "일상보다는 비일상에 가깝겠네요."

이 말에 제이크가 다시 웃음을 터트리더니 눈물이 두 볼을 타고 흘러내릴 때까지 웃었다. 제이크가 집을 향해 휠체어를 움직이기 시작하자 해리는 걱정스럽게 바라보았다.

해리와 앨리스는 피크닉 테이블에 앉았다. 벌침을 처치한 앨리스는 노트북을 열어 해리의 이력서를 다시 훑어보았다. 그에게 어디에 살고 있는지 물었고, 그는 BZ에, 거의 아무것도 없는 숲 위쪽 마을에 살고 있다고 답했다. 그녀는 뉴욕에 비하면 거기서 지내는 게 지루하겠다고 조심스럽게 말했다. 해리는 어깨를 으쓱하면서 괜찮다고 중얼거렸다.

말이 많은 애는 아니군, 앨리스는 생각했다. 그녀는 눈가에 흘러내린 머리카락을 치운 뒤 양봉장을 가리켰다. "저는 지금 벌통을 스물네 개 갖고 있고요, 여름이 끝날 무렵엔 쉰 개까지 늘리고 싶어요. 제 목표는 내년 여름까지 백 개를 만드는 겁니다."

일은 상당히 간단하다고 그녀는 설명했다. 지시를 따를 사람, 최대 100파운드까지 들어올릴 수 있는 사람, 무슨 일을 해야 할지 주체적으로 찾아서 할 수 있는 사람을 찾고 있다고 했다. 그녀는 양봉장 확장 과정의 일환으로 새로운 벌통들을 제작해야 했다. 벌을 길러 꿀을 얻을 뿐만 아니라 밭을 일구고, 울타리를 수리하고, 사과나무와 배나무들을 돌봐야 했다. 작은 프로젝트엔 끝이 없다는 것을 그녀는 주위를 둘러보며 깨달았다. 지난 일 년 동안 그녀는 잃은 게 많았다.

"정리하면, 약간의 목공 일과 무거운 물건 들기, 이곳을 질서 있게 유지하는 일을 하시면 됩니다." 그녀가 요약했다.

해리가 고개를 끄덕였다.

앨리스는 그가 뭔가 할말이 있을까 싶어 기다렸지만 없다는 것을 알아차리고는, 컴퓨터 화면을 다시 내려다보면서 질문할 거리를 찾기 시작했다.

그때 뒷문이 쾅 소리를 내며 열렸고, 아이스티와 유리잔들을 무릎 위에 올려놓은 제이크가 휘파람을 불며 그들 쪽으로 바퀴를 굴리면서 다가왔다.

해리는 제이크를 힐끗 바라보고는 앨리스에게로 고개를 돌렸다. "사장님 아들 말이에요, 제 말은, 음…… 어디 아픈가요?" 해리는 목소리를 낮춰 이렇게 물었다.

앨리스는 제이크를 대신해 불쑥 화가 치미는 느낌을 받았다.

"저애는 아픈 게 아니에요. 하반신 마비입니다." 그녀는 단호하게 말했다. "그리고 제 아들이 아니고요. 그게……"

앨리스는 말을 멈췄다. 제이크를 뭐라고 설명해야 할지 몰라 당황스러워하다 이렇게 말을 마쳤다. "가족의 친구예요." 해리는 얼굴을 붉히더니 우물거리며 사과했다.

제이크는 테이블 위로 쟁반을 올리며 물었다. "앉아도 될까요, 사장님?" 앨리스는 고개를 끄덕이고는 컴퓨터 화면으로 고개를 돌렸다. "그러면…… 간단한 건설 기술. 여기에 대해선 말해줄 게 있나요?"

그녀는 해리가 깊이 심호흡하고 똑바로 앉는 것을 보았다.

"저는 테이블 톱, 전동 대패, 접합기, 전기 사포 같은 기본적인 공구를 잘 다룹니다. 엄마와 새아빠를 도와 일하면서 사용법을 익혔어요. 로마노 조경에서요." 그가 컴퓨터 화면 속 이력서를 가리키며 말했다. "저희는 롱아일랜드에서 소규모 상업시설 및 주거시설 관련 작업을 했어요. 모든 부문을 조금씩 다 다뤘습니다."

조경, 관개 시스템, 가지치기. 앨리스는 이 단어들을 읽었다. 미래의 과수원을 위해선 다 유용하겠군, 그녀는 생각했다.

앨리스는 알겠다는 뜻으로 고개를 끄덕였다. "어머니 일을 도왔다고 했죠. 그럼 믿을 만하다는 뜻이겠네요?" 그녀가 말했다.

해리는 아무 말도 하지 않았다. 긴 침묵이 이어졌다. 앨리스는 노트북을 닫고 두 사람에게 꿀벌을 보러 가자고 제안했다.

양봉장 바깥에서 앨리스는 벌통 설치의 기본사항과 마당의 방향을 설명했다. 휙휙 날아다니는 황금빛 벌들이 허공을 가득 메우고 있었다. 문외한의 눈에는 무작위적인 움직임만 보이지만, 앨리스의 말에 따라 비행 패턴을 관찰해보면 각 집단이 특정 목적지로 갔다가 되돌아오는 것을 볼 수 있었다. 마당은 윙윙대는 소리로 가득했다. 산들바람이 잔디에 이어 커다란 전나무 가지를 뒤흔들었다. 그늘진 숲에서 딱따구리가 "치어!" 하고 울었다. 앨리스는 울타리 문을 열고 가장 가까이 놓인 벌통을 바라보았다. 그런 뒤 도구 상자에서 가위 한 쌍을 집어들고 몇 번에 걸쳐 재빨리 잔디를 잘라냈다. 잔디 깎는 기계를 가지고는 이렇게 벌집 가까이 다가갈 수 없었고, 벌들은 그 시끄러운 기계를 좋아하지 않았다. 이것도 도움이 필요한 작업들 중 하나라고 그녀는 설명했다. 적절한 환기는 벌통의 생존에 핵심적이었다. 그건 여름에는 풀밭 정돈하기, 겨울에는 눈 치우기를 뜻했다. 앨리스는 이렇게 말하며 다른 벌통 입구에 나 있는 잔디를 다듬기 위해 몸을 숙였다.

세 사람은 양봉장 주변을 따라 이동했고, 앨리스는 번식 상자와 허니 슈퍼의 차이점을 설명했다. 나중에 여름이 되면 꿀과 새끼들로 상자가 얼마나 무거워지는지에 대해서도 설명했다. 그래서 튼튼한 허리가 필요한 거라고. 꿀로 가득찬 상자의 무게는 최대 100파운드가 나간다고.

분할과 분봉을 통해 벌집 수를 늘리는 방법도 간략하게 얘기했는데, 너무 자세히 설명하고 싶지는 않았다. 앨리스는 쓰러진 사다리, 그리고 다시 윙윙대며 전나무에 모여든 벌떼를 가리켰다.

"아까 그 일은 벌떼 포획의 잘못된 예시였어요." 그녀는 말했다. "평소엔 꽤 쉬워요."

해리는 설득되진 않은 듯한 표정으로 고개를 끄덕였고, 제이크는 픽 웃었다. 앨리스는 벌떼를 살펴보고, 청년에게 일종의 테스트로 벌떼 잡는 걸 도와달라고 말해볼까 생각했다. 여전히 욱신거리는 팔에 찬 시계를 흘끗 보니 이제 슬슬 사무실로 돌아가야 한다는 생각이 들었다. 그래서 앨리스는 해리를 헛간으로 데려가 빈 벌통을 보여주고, 틀을 꺼내어 꿀벌들이 밀랍을 만들고 알을 낳으며 꿀을 저장하는 공간을 보여주었다. 제이크는 휠체어에 앉아 집중하는 표정으로 경청하고 있었다.

"당신이 알아야 할 모든 것을 가르쳐줄게요. 아마 마당 관리와 잔디 깎기부터 시작할 것 같은데요. 아까 말한 대로, 날이 점점 더워지는 만큼 환기가 상당히 중요하기 때문에 잔디 깎기는 매일 해야 합니다."

앨리스는 지금 해리에게 일을 제안하고 있는 걸까? 더 많은 사람과 면접 볼 것을 생각하니 피곤해졌고, 저 청년은 괜찮은 사람 같았다. 그래도 그가 뭐라도 좀 말해주길 바랐다. 해리는 조용히 빈 벌통을 떼어내고 틀 사이를 들여다보았다. 덮개를 들었다 덮었다 하고 손안에서 돌려보기도 했다. 시간이 똑딱이며 흘러가고 있었다. 일터로 돌아가야 해서 조급해진 앨리스는 해리가 제대로 듣고 있지 않은 것 같아 짜증이 났다. 그녀는 목을 가다듬었다.

"그러면, 일에 대해 질문이 있나요, 해리? 저로서는 꽤나……"

"왜 입구를 위쪽에 만들지 않나요?" 그가 말을 끊었다. "벌들에겐 정문 같은 거잖아요, 그렇죠? 만약 웃자란 잔디나 눈이 입구를 막는 게 큰 문제라면, 입구를 위쪽으로 옮기면 될 것 같아서요. 저쪽에 있는 벌통은 위쪽에 입구가 있네요. 나머지 벌통들은 왜 위쪽에 입구가 있지 않은 거죠?"

앨리스는 그의 시선을 따라 자신이 최근에 분할한 벌통들 중 하나를 바라본 뒤 양봉장으로 돌아갔다. 그 벌통의 입구가 바랭이풀로 막혀 있는 걸 보고 앨리스는 격분했다. 금이 가고 덮개가 제대로 덮이지 않은 번식 상자 위쪽의 틈으로 벌들이 들락날락하며 날아다니고 있었다.

"대체 이게……" 그녀가 중얼거렸다.

앨리스는 모자와 베일을 집어들고는 장갑을 낀 다음 벌통을 열어 중앙의 틀을 꺼냈다. 새끼들이 자라는 구역과 꿀과 꽃가루가 겹겹이 쌓여 있는 것으로 보아 제대로 운영중인 듯했다. 그녀는 틀을 다시 넣고, 입구가 계속 열려 있도록 조심스럽게 위쪽 덮개를 기울여 덮어두었다. 마음이 혼란스러워졌다. 랭스트로스 벌통에 상단 입구를 만든다는 이야기를 들어본 적은 없었지만, 그러지 않을 이유는 떠오르지 않았다. 그리고 그렇게 해서 효과를 거둔다면, 저애 덕에 수많은 유지 관리 시간을 줄일 수 있었다.

벌써 마음속으론 하나로 엮어 생각하게 된 남자애들에게로 다가가며 그녀는 빙긋 웃었다.

"일 언제 시작할 수 있나요?" 그녀가 물었다.

그날 저녁 일을 마치고 돌아온 앨리스는 가려운 팔뚝을 긁지 않으려 애쓰면서 식탁 앞에 앉아 벌집 달력을 들여다보고는 은행 계좌의 입출금 내역을 살펴보았다. 예산은 빼듯했지만, 해리에게는 주당 이십 시간에 대한 급여만 지불하면 되었다. 그녀는 고개를 절레절레 저었다. 별난 애였다. 침묵에 잠겨 있거나, 갑자기 주절거리며 길게 말하거나. 스스로의 행동에 웃을 수밖에 없었다. 앨리스 홀츠먼이 이상한 아르바이트생과 십대 룸메이트를 얻게 되다니. 누가 상상이나 했겠나?

앨리스는 '너터 버터' 봉지를 뜯은 뒤 창밖을 내다보았다. 마당 주위를 따라 천천히 바퀴를 굴리는 제이크가 보였다. 검은 머리를 다시금 미친 스파이크 모양으로 만든 그애는 로마 보초병 같았다. 그녀는 한숨을 쉬고는 쿠키를 우적거리며 먹었다. 함께 사는 십대가 생겼다니. 내성적인 앨리스. 앨리스 섬. 제이크와 그 친구들은 제이크를 잠시라도 머물게 해달라고 그녀를 설득했다. 에드 스티븐슨과 싸울 태세로 문으로 돌진해 들어갔을 때, 정작 십대 세 명과 탄 밥이 든 냄비를 발견했던 순간이 떠오르자 빙긋 웃음이 났다.

연기가 걷히고 앨리스가 고함 지르기를 멈췄을 때, 그녀는 제이크의 두 친구, 노아와 실리아를 마주했다. 두 사람은 어질러진 가구를 다시 제자리에 돌려놓았다. 하지만 그녀를 위해 저녁식사를 만들어준 것도 그들이었다. 호의를 거절하는 게 무례한 행동임을 앨리스는 알고 있었다. 마지못해 그들과 함께 식사하기 위해 앉아서, 제이크에게 저녁을 먹고 나서 논의할 게 있다고 말했다. 앨리스의 우울한 기분이 저녁 식탁 위를 감돌았다. 침묵을 깨는 건 접시에 포크가 부딪는 소리와 음식을 씹는 소리뿐이었다.

"이 젊은이들은 네 집의 손님이야, 앨리스!" 귓가에 속삭이는 듯한 아버지의 목소리가 들려왔다. 그녀는 한숨을 쉬며 포크를 내려놓았다.

"정말 맛있다." 그녀가 억지로 미소를 지으며 말했다. "고마워, 실리아."

실리아는 물꼬를 터주길 기다린 것처럼 팔짝 뛰었다.

"사실은요, 홀츠먼 아주머니, 저녁식사를 준비한 건 제이크예요. 저는 그냥 레시피만 알려줬고요. 제이크가 다 했어요."

그녀는 식탁 위로 고개를 숙인 제이크를 바라보았다.

"제 손에 조리도구들이 닿을 수 있도록 부엌 정리를 도와달라고 친구들에게 부탁했거든요." 제이크가 말했다. "다 제자리에 돌려놓을게요. 걱정 마세요."

앨리스는 가구들이 옮겨진 거실을 힐끗 쳐다보곤 사태를 이해했다. 치킨 엔칠라다를 한입 더 먹었다. 꽤 맛있었다. 콩도 마찬가지였다. 저애가 샐러드를 만들었다니, 하느님 맙소사. 앨리스는 집에서 마지막으로 요리해 먹은 게 언제였는지, 아니 선 채로 싱크대 위에서 대충 먹지 않은 식사가 언제였는지 기억나지 않았다. 말을 마치자마자 냅킨으로 입가를 닦고는 자리에서 일어났다.

"나한테 보여줘." 그녀가 말했다.

제이크는 실리아가 요리 및 제빵 도구들을 얼마나 사려 깊게 재배치했는지 설명해주었다. 처음엔 머뭇거리던 그는 앨리스가 흥미를 느끼는 것을 보자 자신감이 생겼다. 친구들은 조리대 뒤에 서서 치어리더들처럼 끼어들었다.

"식료품 저장실 물건들도 보여드려." 노아가 말했다. "네가 손뻗을 수 있게 우리가 프라이팬들 달아놓은 모습도 보여드리고."

"아이스크림 메이커는 통조림 재료들이 놓여 있는 높은 곳에 놔

됐어요." 실리아도 거들었다. 앨리스는 감탄하며 고개를 끄덕였다. 사실 홀츠먼 가족은 결단력과 체계화를 사랑했다. 그녀에겐 생경한 십대들의 열정에도 탄복했다. 거기엔 무시할 수 없는 어떤 힘이 있었다.

"음," 그녀가 말했다. "잘했어. 감동했다. 저녁식사도 고맙구나. 이젠 일을 좀 해야 하는데, 노아와 실리아가 집으로 돌아가기 전에 너희 셋이 설거지 좀 해주겠니?" 그녀가 제이크에게 물었다.

앨리스는 양해를 구하고 방으로 가면서 그들이 서로 하이파이브하며 자축하는 소리를 못 들은 척했다. 그게 벌써 이 주 전의 일이었고, 그녀는 제이크와 함께 사는 데 익숙해진 스스로에게 놀랐다.

해리를 고용함으로써 인력 문제도 해결됐다. 제이크는 당분간 손님으로 지낼 것이다. 앨리스는 식탁 앞에 앉아 그가 새로운 벌통들 중 하나 앞에 멈추는 모습을 내다보았다. 그날 밤 그의 친구들이 떠난 뒤, 그녀는 몸 쓰는 일을 꽤 많이 해야 하는 인력을 고용하려 했다는 점을 솔직하게 얘기했고, 그는 스스로 무리라고 인정했다. 그의 얼굴이 어두워졌고, 앨리스는 가슴이 철렁 내려앉는 것 같았다.

"미안해, 제이크." 그녀가 말했다. "내가 좀더 명확하게 말했어야 했는데."

그는 고개를 젓고 애써 미소 지으면서, 그녀가 단지 자신을 도우려 했을 뿐이라는 걸 알고 있다고 말했다. 앨리스는 식탁 옆에 앉아 앳된 얼굴을 들여다보며 쟤애를 집으로 돌려보낼 수 없겠다고 생각했다. 그래서 다음 계획이 설 때까지 여기 머물러도 된다고 제안했다. 그 말에 제이크는 얼굴이 환해졌고, 고맙다고 말했다. 스스로를 궁지에 몰아넣었다는 생각에 약간 마음이 무거워졌지만, 어차피 당분간일 것이다. 게다가 앨리스는 이 웃기고 똑똑한 애를 자신이 얼마나 좋아하는지를 깨닫고는 놀랐다. 그녀는 항상 혼자 있는 걸 좋아했으니까. 정말로 혼자 있는 게 나았다. 다른 사람들과 함께 있으면 피곤했고, 더욱 외로워지는 것 같았다. 하지만 버드가 많은 것을 바꿔놓았지, 그녀는 생각했다.

버디에 대한 생각에 이르자 눈앞이 캄캄해졌고, 외로움이 덮쳐와 목울대를 짓눌렀다. 앨리스는 쿠키 봉지에 손을 뻗고는, 점점 커지는 고통을 억누르려 하나씩 집어먹었다. 소용이 없었다. 차 열쇠를 쥐고 문을 박차고 나선 다음 소년을 향해 손을 흔들었다.

"뭐 좀 사올게!" 그녀가 소리쳐 말했다.

그애는 손을 흔들었다.

앨리스는 트럭에 올라타 저무는 해의 눈부신 빛 사이로 속도를 높였다. 어떻게든 움직이니 좀 진정이 되었다. 창문을 내리고, 귓가에 울리는 바람소리를 들으며 트럭을 모는 것은 왠지 슬픔을 몸 안으로 억누르는 데 도움이 되었다. 그러지 않았다면 몸이 둘로 쪼개졌을지도 모른다. 언젠가, 시애틀까지 가는 도로의 절반 정도까지를 처음으로 장거리 운전한 적이 있었다. 1마일을 달릴 때마다 이젠 마음 다잡고 나아가야지, 앨리스, 스스로에게 말했다. 지난 일은 지난 일로 덮어둬. 일주일에 오 일, 오전 여덟시 삼십분까지 카운티 개발 부서에 출근하는 한, 앨리스 홀츠먼이라는 사람이 수백만 개의 작은 조각들로 부서져 있으며 쿠키와 고독한 운전, 그리고 남들 앞에서는 절대 무너지지 않겠다는 결심으로 간신히 버티는 중임을 아무도 모를 것이었다.

따스한 저녁 공기가 얼굴을 스치는 것을 느끼며, 앨리스는 호흡에 집중했다. 익숙한 장소들을 지나칠 때마다 하나씩 이름을 부르면서 그저 사물의 표면에만 집중하기 위해 애썼다. 매커디 농장, 트윈 픽스 드라이브인, 웨스턴 앤티크 비행기 및 자동차 박물관, 이글윈 중고품 할인점. 노브다데스 오티즈, 베티스 플레이스, 후드리버 카운티 도서관. 이 건물, 그다음 건물. 콘크리트와 벽돌에만 집중하면서 스스로의 감정은 생각할 필요가 없도록. 그녀는 시내로 진입할 때까지 내내 이렇게 하다가 강가에 도달했다. 산책하면서 머리를 맑게 해보자는 결심이 섰다.

강물은 석양을 받아 금빛으로 빛났다. 꽉 죄인 마음이 그 아름다움에 조금 풀어졌다. 카이트보더 몇몇이 저녁 바람을 타고 있었다. 성수기보다 일찍 나와 매 순간을 즐기는 이들. 공원 근처에는 피크닉 쉼터 아래쪽에 사람들이 몇 명 모여 있었다. 앨리스는 혼자 있기 위해 도로 쪽에 붙어서 가까이 다가가보았다. '수프라그로를 협곡에서 몰아내자!'라는 표지판이 서 있는 잔디밭 저쪽에 스탠 히나쓰가 서 있었다. 캐스케디아 퍼시픽과의 미팅이 끝날 무렵 그가 얼마나 화를 냈었는지 떠올랐다. 그녀는 좀더 가까이 다가가 뒤쪽에 섰다.

"……그들이 우리 지역사회를 통해, 또 강물을 통해 운송하는 석탄 말입니다. 모지어 지역에서 탈선한 캐스케디아 퍼시픽 열차가 모지어 지역사회 학교에서 단 100야드도 떨어지지 않은 곳에 바켄사의 원유를 유출했던 사건을 여러분께 상기해드릴 필요는 없을 겁니다. 이제는 열차만이 아닙니다. 캐스케디아사는 최근, 네브래스카와 북부 캘리포니아 지역사회 단체들이 유역 파괴를 이유로 소송을 제기한 살충제회사 수프라그로를 인수했습니다. 또한 그 파트너십의 일환으로 캐스케디아측은 이곳 컬럼비아강 협곡 지대에서 사용할 수 있도록 지역 농부들과 과수원업자들에게 대폭 할인된 가격에 자사 제품을 제공하고 있습니다. 이는 계곡의 모든 수원에 영향을 미칠 게 분명합니다. 파크데일과 파인그로브, 모지어와 댈레스에 이르는 광범위한 지역을 포괄하죠. 도그강과 후드강, 화이트새먼강과 클릭키탯강에 이르는 모든 수원 말입니다. 유출된 액체는 우리가 식수를 얻고, 우리 아이들이 수영하고, 연어가 산란하는 유역으로 곧장 흘러들어갈 겁니다."

스탠은 한시바삐 행동해야 한다고 했다. 카운티 위원에게 전화를 걸고, 다음주 시의회 회의에 참석하고, 지지자들을 모으는 데 자원해달라고 사람들에게 요청했다.

앨리스는 생각에 잠긴 채 귀를 기울였다. 휴대폰을 꺼내 수프라그로를 검색했을 때, 뭔가를 발견했다. 수프라그로는 캘리포니아와 네브래스카 지역의 마을에서 꿀벌을 대량 살상했다. 그녀 같은 취미 양봉가들과 상업 양봉업체가 모여 있는 지역이었다. 심지어 그곳에는 네브래스카대학과 제휴를 맺은 연구 목적의 농장도 있었다. 벌집 수천 개가 사라졌다. 수백만 마리의 꿀벌들이.

앨리스는 〈워싱턴 포스트〉에 실린 기사를 링크한 꿀벌 관련 블로그에서 그 내용을 접했었다. 소송은 음용수의 안전성에 초점을 맞췄기에 벌에 관한 내용은 기사 하단에 짧게만 나와 있었다. 기사에 따르면 꿀벌 서식지는 수질 오염이나 농약 스프레이 때문에 초토화되었다. 수년이 지나도록 피해는 복구되지 않았고, 살충제회사가 여전히 거점을 두고 있는 그 지역 마을들에선 해마다 피해가 지속되었다.

카메라가 찰칵대는 소리에 고개를 돌리자 스탠과 사람들의 사진을 찍는 피트 멀론이 보였다. 고등학교 졸업반 때 AP시험 영어수업을 같이 들었던 피트는 좋은 사람이었다. 그는 〈후드리버 뉴스〉라는 신문사에서 수십 년 동안 글을 써왔다. 피트는 항상 현장에 있으면서 질문을 던졌고 사진을 찍었다. 카운티 농업박람회에서도, 시의회에서도, 매년 열리는 강아지 경주 대회와 닥스훈트의 날 행사에서도. 피트는 그녀와 눈을 맞추곤 고개를 끄덕였다.

스탠은 발언을 마무리하고 있었다. 참석한 모두에게 감사를 전하고는 후드강 유역 연합 페이스북 페이지에 '좋아요'를 눌러달라고 요청했다. 그가 말을 마치자 사람들은 서로 이야기를 나누기 시작했다. 후드리버에서는 환경운동조차도 대화할 기회를 제공해주었기 때문이다. 스탠이 군중을 헤치고 걸어오는 것을 보던 앨리스는 그가 자기 앞에 멈춰 서자 깜짝 놀랐다.

"안녕하세요, 앨리스." 그가 말했다. "와줘서 고마워요. 카운티 부서에서도 누군가 관심을 갖고 있다는 걸 알게 되어 기쁩니다."

"네? 저는…… 아니에요, 죄송해요. 저는 그냥 이 근처를 지나가다가 당신이 말하고 있기에 뭐지 싶어 멈춰 섰을 뿐이에요. 카운티 부서를 대표해서 여기 온 게 아니라……"

스탠은 그녀를 보고 미소 지으며 뒤로 물러서더니 클립보드를 끼운 채 팔짱을 끼고 섰다. "그럼요, 알아요. 제시간에 오시지 않았으니까요. 지금은 카운티 부서 업무중인 것도 아니고요. 당신은 그저 염려하는 시민인 거죠. 그렇죠?" 그녀는 카메라가 찰칵하는 소리를 들었고 곁눈질로 피트를 보았다.

"아뇨. 그러니까, 네. 저는 염려하는 시민이죠. 저는 우리 지역 사회와 우리의 거래처들에 관심을 가지고 있어요. 당연히."

찰칵, 찰칵, 찰칵, 카메라 소리.

"그래요. 제가 말하려는 게 그거예요." 스탠이 말했다.

찰칵, 찰칵, 찰칵.

"하지만 저는…… 그게 아니라…… 젠장, 피트. 그만 좀 찍어요."

앨리스의 목소리가 높아졌다. 그녀는 별로 당황하지 않은 것 같은 피트를 노려보았다.

"이건 공적인 집회거든요, 앨리스." 피트가 이렇게 말하고는 어깨를 으쓱하며 다른 사람들을 향해 카메라를 돌렸다.

앨리스는 스탠을 향해 돌아섰다. 그는 여전히 미소 짓고 있었다.

"저기요. 저는 염려하는 시민이 맞지만, 제 말을 인용하면서 카운티측 대리인으로 만들 생각은 마세요. 저는 아직 상황을 제대로 파악하지도 못했다고요."

하지만 그녀는 충분히 파악하고 있었다. 그저 그 상황에서 대체 무엇을 해야 하는지 몰랐을 뿐. 스탠은 그녀의 얼굴에서 그런 생각을 읽은 게 분명했다. 그는 클립보드를 내밀었다.

"이메일 주소를 적어주세요, 앨리스. 계속 소식 전해드릴게요."

그녀는 숨을 내쉬곤 그의 펜을 집어들어 이메일 주소를 휘갈겨 썼다.

찰칵, 찰칵, 찰칵.

앨리스가 고개를 들었을 때, 피트는 군중 속으로 사라진 뒤였다. 스탠이 미소 지을 때 더 잘생겼다는 사실을 알아채자 그녀는 짜증이 났다.

"고마워요, 앨리스. 소식 전할게요. 괜찮죠?"

"그래요, 스탠. 나중에 봐요."

앨리스는 이제 태양이 완전히 자취를 감춘 강을 따라 걸었다. 나무들 위로 보이는 하늘은 연한 녹색으로 변했다. 서풍이 그녀의 얼굴을 어루만지고 지나갔다.

지머먼 박사가 뭐라고 했더라? 오래된 습관들을 버리세요. 기존의 방식에서 벗어나 새로운 방식을 찾아내세요. 불편하게 느껴지겠지만, 극복하기 위해서는 통과해야 하는 법입니다. 모든 건 다르게 느껴야만 비로소 달라지거든요. 글쎄, '다르다'고 말할 수도 있겠네. 앨리스는 생각했다. 그녀는 물가에서 산책로가 끝날 때까지 걷다가, 더이상 선택의 여지가 없었기에 뒤돌아서 왔던 길을 되돌아가기 시작했다.

13
배음*

꿀벌의 습성을 주의깊게 관찰하는 사람이라면 종종 자신이 사랑
하는 이 작은 존재들에게 이성의 수준은 아닐지라도 분명하게 지
능이 있다고 말하고 싶을 것이다.

_L. L. 랭스트로스

제이크는 오후 햇살을 받으며 벌통들 앞에 앉아 눈을 감고, 가슴
에서 울리는 따뜻한 윙윙 소리를 느꼈다. 지금 들리는 이 소리, 일
하는 꿀벌들이 만들어내는 일상적인 소리에 감탄했다. 왜 양봉 관
련 책에선 이 음악적인 웅웅거리는 소리, 이 황금빛 찬가, 이 노래
를 언급하지 않는 건지 의아했다. 제이크에겐 그 소리가 너무나 중
요했다. 벌들이 무슨 말을 하는 건지 물어봤지만, 앨리스도 몰랐
다. 그녀는 그 소리가 날고 있는 벌에게서 쉽게 들을 수 있는, 섬세
한 날개의 진동과 관련이 있다고 말해주었다. 하지만 벌통 안에서
벌들이 어떻게 소통하고 있는지는 모른다고 했다. 여왕벌과 일벌

---

* overtones. 진동체가 내는 여러 소리 가운데 원래 소리보다 큰 진동수를 가진 소리.

들 대다수는 진동 속에서, 빛이 없는 실내에서 평생을 살 테니 소리는 아마도 일종의 도구일 것이다. 어쩌면 그들은 제이크가 그랬듯이 어조를 알아챌 것이다. 그에게 그 소리는 "우린 여기 있어, 다 괜찮아"라고 들렸다. "우린 집에 왔어"라고도.

제이크는 아주 어렸을 때부터 집의 안락함을 느끼지 못했지만, 지금은 그것에 가까운 뭔가를 느낄 수 있었다. 새로운 감각이 가슴속에 깃들었다. 그는 흉골에 손을 대고 오르락내리락하는 호흡을 느꼈다. 이 감각은 대체 뭘까? 느껴지는 것에 이름을 붙이기까지 얼마간의 시간이 걸렸다. 평온함. 벌들과 함께 보내는 시간, 그 모든 순간이 그의 내면에 서서히, 하지만 확실히 평온함을 선사하고 있었다. 마치 꿀벌이 꿀 저장소를 쌓는 것처럼.

앨리스와 함께 지낸 지 어느덧 이 주가 넘었지만, 제이크는 여전히 아침에 눈을 뜰 때마다 이곳이 부모님의 이동식 트레일러 주택이 아니라는 사실에 솟아나는 안도감을 느꼈다. 오늘 아침에는 침대에 누워 메추라기 울음소리를, 그리고 앨리스가 "애도하는 비둘기"라고 한 새들이 지저귀는 소리를 들었다. 수탉이 몇 분간 꼬끼오 하고 울자 그는 침대에서 몸을 일으켰다. 먼저 일어난 앨리스가 부엌에서 커피 만드는 소리가 들렸다. 그 소리에 잠깐 엄마가 그리워졌지만, 그 집으로 돌아가고 싶은 마음이 들 정도는 아니었다.

며칠 전 여기에 들른 엄마는 별다른 말을 하지 않았다. 그가 이미 전화로 괜찮다고, 노아가 물건들을 가져다줄 거라고 안심시켰는데도 엄마는 그를 보러 오겠다고 고집했다. 엄마는 그의 옷이 든 원통형 가방, 일회용 카테터 상자, 노트북, 그리고 옷장 뒤에 처박혀 있던 트럼펫을 가져왔다. 마지막으로 엄마는 차 뒷좌석에서 그의 롱보드를 꺼냈다. 엄마의 그런 모습에 제이크는 웃음이 났다. 사람 좋은 우리 엄마. 엄마도 그렇게 생각할 것이다.

두 사람은 커다란 미루나무 그늘 아래 피크닉 테이블 앞에 앉았다. 제이크는 엄마에게 여왕벌과 일벌들, 수벌들에 대해 이야기했다. 한밤중 숲에서 올빼미 두 마리가 서로를 부르는 소리를 들었던 일, 해질녘 연못 가장자리에서 코요테를 보았던 일에 대해서도 이야기했다. 코요테를 볼 때마다 체니가 떠올라서 마음이 미어진다고는 말하지 않았다.

엄마는 무릎 위에 두 손을 모은 채 앉아 있었는데, 제이크는 엄마가 벌에 별로 관심이 없다는 것을 알아차렸다. 그녀의 눈에 눈물이 고이더니 볼을 타고 흘러내렸다. 엄마는 안경을 벗고 스웨터 소맷단에서 티슈를 꺼내 눈가를 톡톡 두드렸다.

"엄마, 괜찮아요, 진짜로요. 저 여기서 잘 지내요. 걱정 안 하셔도 돼요."

엄마는 고개를 젓고 테이블 위로 손을 뻗어 그의 손을 꼭 잡았다. "난 네 엄마야, 제이컵. 널 걱정하는 건 내 일이란다."

두 사람이 꺼내지 않은 질문들이 주변을 맴돌며 공기를 무겁게 누르고 있었다. 제이크는 이제 어떻게 되는 걸까? 어떤 삶을 살 수 있을까? 스스로를 돌볼 수 있을까? 일자리를 얻을 순 있을까? 언젠가 대학에 갈 수 있을까? 이런 질문들은 일 년 전, 그의 인생이 산산조각났을 때부터 제기되었는데, 아직 명확한 답은 나오지 않았다. 제이크는 자신의 상황에 대해 엄마에게 구체적으로 이야기하기를 피했지만, 엄마 역시 그와 마찬가지로 그 질문들을 떠올리고 있음을 알고 있었다.

"있잖아요, 엄마. 너무 감사하지만, 저는 아직도…… 이 마을에 처박혀 있잖아요. 이것저것 고민해봐야 해요. 그리고 아버지랑 함께 사는 건 정말이지 고민에 도움이 안 돼요. 조금도요."

엄마는 눈가를 닦은 뒤 고개를 끄덕였다. 그녀가 에드를 변호하려는 시늉조차 하지 않아서 다행이었다. 아버지가 나쁜 뜻으로 그런 말을 한 건 아니라고, 아버지는 그를 정말로 사랑한다고 엄마가 말할 때마다 제이크는 끔찍하게 싫었다. 개소리, 개소리, 개소리. 그를 비웃는 아버지의 벌건 얼굴을 떠올리자 속에서 분노가 끓어올랐다. 그는 테이블 위에 올려놓은 두 주먹을 꽉 쥐었다.

"그놈은 진짜 개자식이에요, 엄마!"

탠시는 고개를 저으며 지갑에서 목캔디를 꺼냈다. 제이크는 그녀가 봉지를 뜯고, 목캔디를 입에 넣고, 봉지를 네모나게 접어 지갑에 집어넣는 모습을 지켜보았다. 이런 식으로 그녀는 마음을 가라앉히곤 했고, 기도할 때나 얼뜨기 남편이 TV를 향해 고함지르는 모습을 지켜볼 때나 그보다 더 나쁜 광경을 보았을 때 짓는 특유의 고요한 표정을 짓곤 했다. 제이크가 그 표정을 처음 본 것은 에드가 저녁식사를 하던 도중에 접시를 벽에 집어던지고 집을 박차고 나갔을 때였다. 엄마는 그 난장판을 치우고는, 당시 열 살이었던 제이크에게 맥앤치즈를 만들어주며 성 프란체스코 성가 〈주여, 나를 평화의 도구로 써주소서〉를 흥얼거렸다.

이제 그녀는 미소를 지으려 노력하고 있다.

"너는 똑똑한 아이야, 제이컵. 너 스스로를 위한 좋은 삶을 살게 될 거야. 지금 홀츠먼 부인과 함께 지내고 싶으면 그렇게 하렴. 그분도 좋은 기독교인 같아 보이고, 우리도 그분이 보여주신 친절에 감사하고 있어."

제이크는 바로 전날 앨리스가 트랙터 엔진에 기름이 넘쳤을 때 전광석화처럼 빠르게 욕을 뇌까리던 모습을 떠올리며 웃음을 간신히 참았다.

엄마가 그의 손을 다시 꽉 쥐었다. "난 언제나 널 도울 거야, 아들. 그리고 널 위해 매일 기도할 거란다."

그녀는 아들을 껴안고, 적어도 일주일에 한 번은 전화 걸겠다는 약속을 받아냈다. 엄마의 차가 진입로를 떠나는 것을 바라보며 그는 약간 슬퍼졌다. 친절한 우리 엄마.

이후에 원통형 가방을 뒤지다가 제이크는 깔끔하게 접힌 청바지와 셔츠, 양말, 속옷 사이에서 자신이 쓰던 스케치북을 발견했다. 사고 직전부터 아무것도 그리지 않았다는 사실을 깨닫고는 깜짝 놀랐다. 스케치북을 펼치자 마치 다른 사람의 인생 속 장면들처럼 그림들이 튀어나왔다. 스케이트보드장에서 올리*를 하는 노아. 트롬본을 든 노아. 축구 경기에 공연하러 간 재즈밴드 멤버들 뒤로 치어리더들의 얼굴이 흐릿하게 그려진 그림도 있었다. 외야석에는 한 무리의 아이들이 있었다. 머리색이 파랗고 교정기를 한 소녀가 다른 사람들을 웃게 하고 있었다.

페이지를 넘겼을 때, 제이크의 가슴이 요동쳤다. 로스트 레이크의 부둣가에서 물속으로 뛰어내리는 체니의 날렵한 몸. 차창 밖으로 얼굴을 내밀고 바람을 맞으며 미소 짓고 있는 체니. 제이크의 침대 끄트머리에서 잠든 체니. 커다란 머리통을 앞발 위에 올린 모

---

* 보드 뒷부분을 한 발로 세게 눌러서 하는 점프.

습이 왠지 얌전해 보였던. 이 기억들을 떠올리자 아픔이 밀려왔다. 제이크는 스케치북을 닫았다.

앞면에 '제이컵'이라고 적힌 편지 봉투를 집어들었다. 그 안에는 20달러 지폐 열 장과 기도 상본 두 장이 들어 있었다. 뒷면에는 각각 성모마리아와 성 에지디오가 그려져 있었다. 엄마는 그 상본의 뒷면에 이렇게 적었다. '아테네인이자 은둔자였던 성 에지디오는 장애인의 수호성인이야.' 제이크는 웃음을 터뜨렸다. 누가 엄마 아니랄까봐. 상본 아래에는 또다른 종이가 있었다. 오리건주에서 발송한 공식 서류였다. 엄마가 그녀 자신과 에드를 보호자 목록에서 뺀 채로 서류를 작성한 것이었다. 서류에 따르면, 온전한 성인으로서 제이크는 장애인 보조금을 직접 수령할 수 있게 되었다. 엄마는 앨리스의 집으로 주소를 변경했고, 제이크를 위해 봉투에 우표를 붙여두었다. 매달 수령할 장애인 보조금 수표가 엄마의 완벽한 글씨로 서명된 채 서류에 클립으로 끼워져 있었다.

제이크는 고개를 저었다. "와! 엄마 완전 최고다."

그는 엄마를 과소평가했었다. 꽃무늬 원피스, 조심스레 곱슬곱슬하게 만 머리, 예의바른 기독교인의 태도로 인해 진취적인 여성의 면모가 가려졌다. 대개 그녀는 평정심을 유지하며 음울한 남편 주변을 맴돌았다. 그런 그녀도 못 견디는 순간이 찾아오긴 했다. 엄마가 에드더러 거실에서 빈 맥주 캔들을 치우라고 말하는 데 지쳐버렸던 저녁을 기억했다. 어느 날 에드가 일하러 갔을 때, 엄마는 빈 캔들을 쓰레기봉투에 모아 베개와 담요와 함께 소파 옆 바닥에 놓고는 일찍 잠자리에 들었다. 에드는 저녁식사도 차려져 있지 않은 어두운 집으로 돌아왔다. 침실 문도 잠겨 있었다. 두 사람은 그날 일을 두고 아무 말도 하지 않았지만, 그날 이후로 에드는 캔을 알아서 분리 배출하기 시작했다.

공동 은행 계좌에서 수표가 사라진 것을 아빠가 발견하면 무슨 일이 일어날지 떠올리자 속이 울렁거렸다. 포틀랜드의 재활센터에서 집으로 돌아오고 몇 주 뒤, 부모님이 돈 문제로 싸우는 소리를 들은 적이 있었다.

"제이컵은 미래를 위해 저축을 해야 해요, 에드워드." 엄마 목소리가 그의 방의 얇은 벽을 타고 들려왔다. 에드가 뭐라고 말했는데 들리지 않았다.

"그건 사실이 아니에요, 에드워드." 엄마가 말했다.

제이크는 방문을 살며시 열었다.

"저놈은 아무데도 못 가. 게을러빠졌다고. 이미 넘치게 받고 있는 저놈이 무임승차하는 꼴 더는 못 봐."

제이크는 이를 꽉 악물고 그 순간을 기억했다. 그래, 에드. 내가 휠체어 위의 폭주족이라 이거지. 그래도 엄마가 고통받는 건 바라지 않았다.

이제 제이크는 자기 앞에 놓인 벌통에서 흘러나오는 황금빛 진동에 다시 귀를 기울였다. 더 가까이 다가가 안쪽에서 복잡다단한 생활이 이루어지는 모습을 보고 싶어 몸이 근질거렸다. 그는 해리를 떠올렸고, 그러자 질투심이 끓어올랐다. 그 남자는 벌에 관심조차 없어 보였는데. 제이크는 지금까지 읽은 내용을 통해 많은 것을 이미 알고 있었다. 하지만 빌어먹을 벌통들은 너무 높은 곳에 있었고, 제이크는 앨리스가 필요로 하는 일을 자신이 할 수는 없음을 잘 알았다.

그는 6번 벌통을 바라보았다. 번식 상자 두 개와 허니 슈퍼 상자 하나가 벌집용 판 위에 쌓여 있었다. 덮개는 그의 머리 높이보다 한참 위에 놓여 있었다. 틀을 들여다보는 건 고사하고, 앨리스가 하듯이 뚜껑을 열어볼 수도 없었다. 너무나도 답답한 일이었다. 재활센터에서 집으로 돌아온 이후로 줄곧 그는 어떤 것에도 관심을 두지 않았다. 미래에 대한 모든 기대를 포기하면서 그를 둘러싸게 된 우울의 거품을 뚫고 들어올 수 있는 건 아무것도 없었다. 그런데 지금은 이 빛나는 생명체들이, 마술 같은 벌집의 생태계가 그에게 손을 내밀고 있었다. 그는 일하고 싶다는 마음으로 손을 풀었다. 벌통이 코앞에 있었지만, 그는 닿을 수 없었다.

제이크는 앨리스가 포틀랜드에서 가져온 새 벌통들 옆으로 바퀴를 굴리다 불현듯 멈춰 섰다. 13번부터 24번까지 검은 유성펜으로 표시된 흰색 상자들은 번식 상자 한 개 정도 높이였다. 제이크는 13번 벌통 옆으로 갔다. 이 벌통의 틀에는 손이 쉽게 닿을 거라고, 그는 솟아나는 기쁨을 느끼며 생각했다. 기다렸다가 앨리스한테 물어봐야겠다 싶었다. 그녀는 두어 시간 뒤에 집으로 올 것이다. 그런데 그때 이런 생각이 들었다. 뭐 어때? 무슨 문제가 있겠어?

제이크는 눈을 질끈 감고 앨리스가 그토록 여러 번 행했던 단계를 하나하나 떠올려보았다. 훈연기에 불을 붙이고, 위쪽 덮개를 살며시 열고, 연기를 한 번 내뿜으면서 윗면을 부드럽게 만들기. 그도 할 수 있을 것이다. 윙윙대는 소리에 귀를 기울였다. 마치 그의 몸속에 황금빛 벌집이 있는 것처럼, 가슴께에서 윙윙거리는 소리를 느꼈다. 그때 뭔가 다른 소리가 들려왔다. 새로운 소리는 완전히 다른 톤이었다. 그는 주의깊게 듣고 또 들었다. 배음처럼 다른 소리보다 더 높은 톤의 소리였다. 이건 뭐지? 알아봐야겠다.

제이크는 벌집용 도구와 장갑 한 켤레를 움켜쥐었다. 모자와 베일을 머리 위로 쓰려 했는데, 비죽 솟은 머리카락 때문에 머리에 잘 맞지 않았다. 그는 모자를 떨어뜨리곤 훈연기를 쳐다보았다. 그가 읽은 바로는, 어쨌든 모든 양봉가가 다 훈연기를 사용하는 건 아니었다. 오리건주립대학 계정의 영상에 나오는 양봉가는 베일을 쓰지도, 장갑을 끼지도 않았다. 제이크는 장갑도 바닥에 떨궜다. 이런 식으로 가볍고 신속하게 접근해볼 생각이었다. 그는 13번 벌통이 자신의 오른쪽에 놓이도록 바퀴를 조금 더 굴렸다. 오른팔이 좀더 튼튼하니까. 눈을 감고 귀를 기울였다. 윙윙거리는 소리가 가슴속으로 들어왔다. 호흡이 느려졌다. 다시 그 소리, 다른 어떤 소리보다 더 높은 황금빛 소리가 들려왔다. 제이크는 그 음에 맞추기 위해 함께 흥얼거렸다. 숨을 들이마시고, 내쉬고, 그런 다음 위쪽 덮개를 살며시 열었다. 새 벌통인데다 아직 프로폴리스로 잘 밀봉되지 않았기에 덮개는 쉽게 열렸다. 다음으로 그는 내부 덮개를 떼어내 옆으로 치워두었다. 꿀벌 세 마리가 제이크의 얼굴 주위를 날아다니며 윙윙거렸다. 그는 무릎 위에 두 손을 얹고 눈을 감은 채 미동도 하지 않았다.

"안녕, 숙녀분들." 그는 앨리스를 따라 하며 이렇게 중얼거렸다. "그냥 한번 확인하러 온 거야. 걱정할 필요 없어."

경비벌들이 일 분 정도 제이크의 얼굴과 목 주변을 수색했다. 그들이 감은 눈, 양쪽 귀, 입가 근처를 빠르게 오가는 동안 제이크는 꼼짝 않고 가만히 있었다. 그가 위협적이지 않다고 판단한 벌들은 다시 벌통으로 들어갔다. 제이크는 스스로의 침착함에 놀랐고, 그 느낌은 자부심으로 변했다. 그는 벌집 도구를 사용해 번식 상자의 틀을 풀어서 빼내고, 두 손가락으로 얼굴 앞까지 천천히 들어올렸다. 이 벌집엔 별일 없어 보였다. 꿀벌 몇 마리와, 막 생겨나기 시작한 한 겹의 밀랍 층이 있을 뿐. 제이크는 그 틀을 벌집 옆에 기대어놓은 채 다른 틀을 느슨하게 풀어 빼냈다. 그런 다음 틀 두 개를 더 빼내보았는데, 갈수록 벌집의 활동이 더 활발한 게 보였다. 네번째 틀은 빼내기가 더 어려웠다. 프로폴리스가 묻어 끈적끈적한 한쪽 면을 들어올리자 그 틀은 다시 아래로 미끄러져내려갔다. 벌들은 불평하듯 윙윙거렸다. 경비벌들이 위로 날아오르고 맴돌다가 다시금 흩어지는 동안 제이크는 움직임을 멈추고 기다렸다. 조금씩 느슨하게 만든 뒤에야 틀을 빼낼 수 있었다. 틀은 제이크의 손끝에 무겁게 매달려 있었다. 책에 수록된 사진에서처럼, 틀 바깥쪽에는 꿀 덩어리들이 있었고 중앙에는 꽃가루 띠가 둘려 있었으며 어린 벌들이 담긴 방은 아래쪽에 놓여 있었다. 그 틀이 손가락 사이로 미끄러지기 시작하자, 제이크는 전력을 다해 들고 있는 데에만 집중했다. 숨을 한 번 내쉬고는 틀을 제자리로 밀어넣고, 그렇게 계속 진행했다.

다섯번째 틀도 꽉 차 있었는데, 들어올릴 때 뭔가 느낌이 달랐다. 소리가 변화한 것이다. 종소리 같은 음색이 들려왔다. 제이크는 G샤프 음이라고 확신했다. 틀을 눈높이까지 들어올리자 밀랍으로 덮인 표면의 한가운데에 일벌들이 한 중심점을 둘러싸고 천천히 움직이고 있는 게 보였다. 그때 놀라운 광경이 눈에 들어왔다. 황금빛 몸체들이 기어다니는 곳의 중심에, 여왕벌이 있었다. 녹색 점들이 나 있는 길고 가느다란 몸체. 앨리스가 말한 대로였다. 여왕벌은 일벌보다 눈에 띄게 몸집이 컸다. 날개가 몸통 아래까지 내려올 만큼 길었다. 움직임은 다른 벌들보다 느리고 더 우아했다. 제이크는 몸을 기울였다. 그래, 이제 그는 확신할 수 있었다. 이 새로운 소리, 이 음은 여왕벌이 내는 소리다.

제이크는 눈을 감고 꿀과 밀랍 냄새를 들이마셨다. 심장이 쿵쾅거렸다. 온몸이 진동을 느끼고 있었다. 이 벌집의 모든 생명이 제이크의 손안에 있었다. 여왕벌에게 무슨 일이 생기면 다른 벌들도 살아남지 못할 것이다. 마음이 이상하리만치 차분해지고 든든해졌다. 여왕벌에게 절대로 나쁜 일이 일어나지 않게 할 거야. 그는 눈을 뜨고 여왕벌을 다시 한번 바라본 다음, 다섯번째 틀을 번식 상자 안으로 넣고, 다른 틀들도 제자리에 놓고는 덮개를 덮었다.

태양이 목초지 위를 가로지르는 동안, 제이크는 새로운 벌통 열두 개 중 여섯 개를 모자 없이, 장갑도 없이, 훈연기도 없이 느리고도 꼼꼼하게 살펴보았다. 단 한 방도 쏘이지 않았다. 두번째 벌통 덮개를 닫았을 때, 앨리스가 기록하는 공책을 떠올리고는 메모해두기 위해 헛간에서 그 공책을 가져왔다. 그는 앨리스처럼 할 수 있는 한 최선을 다해 날짜, 시간, 온도, 벌통 번호, 벌통 내부에서 본 것에 대한 설명을 적었다. 스케치를 몇 개 하기도 했다. 메모 끝에 새로운 톤의 진동음을 별표로 강조해두기도 했다. 벌통 여섯 개 모두에서 그 소리를 듣고 여왕벌—녹색 점들이 박힌 아름다운 여섯 마리 생명체—이 어디에 있는지 알아냈다. 기뻤다. 그는 내일 저녁 처음으로 출근해서 업무 지시를 받을 해리를 떠올렸다. 제이크는 해리와 꿀벌을 공유하고 싶지도, 앨리스의 공간을 공유하고 싶지도 않았다. 앨리스가 일하러 갔을 때 다시 노아를 초대해볼까 생각했었는데, 이제는 해리라는 놈이 하루의 거의 절반을 주위에서 돌아다니겠네.

바람이 불었고, 제이크는 작업 구역 안으로 바퀴를 굴려 들어갔다. 광물성 용매로 벌집 도구를 닦고 나서 도구 상자에 다시 넣었다. 몇 달 동안 느끼지 못했던 육체적인 피로가 몰려왔다. 기분좋은 노곤함이었다. 그는 그늘로 돌아가 물병을 비운 뒤 깜빡 잠이 들었다.

꿈의 구체적인 부분들이 기억나진 않았다. 하지만 다시 스케이트보드를 타고 강가 산책로를 따라 날아갔던 것만은 기억났다. 그리고 곁에는 체니가 있었다. 충만하게 행복했다. 잠에서 깨어났을 때, 그는 마음을 날카롭게 찌르는 상실감을 느꼈다. 이따금 그런 느낌이 찾아오곤 했다. 자는 동안에는 다 잊어버렸다가, 깨어나면 자신이 더이상 예전의 평범하게 망한 제이크가 아니라는 것을 깨달았다. 그는 이제 특이하게 망한 제이크였다. 열여덟 살에 직업도 없고 음악학교에 다니지도 않고 휠체어를 타는 제이크. 목에 뭔가 걸린 것처럼 갑갑했다. 자기 삶이 처한 상태를 생각하면 마음이 한없이 무거워졌다. 하지만 그때 그는 양봉장을 내다보았다. 피로한 두 손에 힘을 풀었다. 그리고 자신이 들은 소리와 목격한 아름다움을 떠올렸다. 앨리스에게 말해줄 모든 것을 생각했다. 마음이 가벼워지고, 기쁨의 불꽃이 피어나는 게 느껴졌다. 너무나 새로운 일이었다. 놀라운 일.

14
수벌의 생

벌들은 상상할 수 있는 가장 평화로운 방식으로 벌집에서 나온다. 그리고 학대를 당하지 않는 한 굉장히 친근한 태도를 보인다.
_L. L. 랭스트로스

앨리스 홀츠먼의 농장을 떠나는 해리의 어깨 위로 햇빛이 쏟아져내렸다. 배가 꼬르륵거렸다. 아침으로 부리토를 먹은 이후 먹은 게 아무것도 없었다. 일자리를 얻어서 기분은 좋았지만 돈이 거의 없다는 사실에는 변함이 없었다. 해리와 앨리스는 시급으로 협의했고, 그녀는 다음날 저녁에 다시 와서 업무 일정을 짜자고 제안했다. 그런 뒤 더 논의하고 싶은 게 없냐고 물어봤다. 그는 순간적으로 점심식사를 요청할 뻔했지만 이상한 요구 같아서 그만뒀다.

시내 쪽을 향해 긴 언덕길을 오르면서 허기는 더 심해졌다. 식료품점에 들러 화장실을 사용하고 먹거리 시식 코너를 둘러봤다. 치즈를 야금야금 먹고 냅킨에 살라미 조각을 쌓는 그를 먹거리 코너 여직원이 노려보았다. 작은 고깃조각들을 입에 쑤셔넣고는, 한입

거리 음식이 식욕을 돋웠는지 더욱 배고파진 채 나왔다. 슈윈 자전거 안장에 다시 올라타 북쪽의 다리 쪽으로, 점점 더 두려워지는 마음을 안고 병원으로, 삼촌에게로 향했다.

강가에 이르렀을 때 자전거 체인이 고장나서 해리는 꼬인 부분을 풀기 위해 안장에서 내렸다. 강가의 공중화장실에서 기름기 묻은 손을 씻고 나오자 음향기기에서 한 남자의 목소리가 들렸다. "하나. 둘. 셋. 아, 아, 아. 안녕하세요, 후드리버 주민분들! 네, 좋은 것 같아요, 더그."

베이스와 드럼, 기타를 든 남자 세 명이 풀밭 위에 모여 있었다. 고기 굽는 냄새가 났고, 물기가 흘러내리는 맥주 통 옆에 빨간 플라스틱 컵 다발을 풀어놓는 여자가 보였다. 좀더 가까이 다가가니 알루미늄 서빙 쟁반이 여러 개 놓인 기다란 테이블이 보였다. 감자 샐러드, 구운 콩, 그린 샐러드, 파이가 잔뜩 쌓여 있었다. 햄버거와 핫도그를 먹기 위해 사람들이 그릴 앞에 줄을 서고 있었다. 해리는 허기 때문에 현기증이 났다.

"이봐, 친구. 줄 선 거요?"

해리가 고개를 돌리자 연 날리는 강변에서 온 덩치 큰 남자가 있었다. 긴 머리가 얼굴을 뒤덮었고, 탱크톱 사이로 햇볕에 그을린 근육질 팔이 드러나 보였다.

"오, 이게 누구야! 꿀빵 청년! 무슨 일이야?" 남자는 마치 그들이 오랜 친구인 양 하이파이브를 했다. "해리, 맞죠?"

해리는 놀라서 고개를 끄덕였다. 누군가 자신을 기억해주는 일은 익숙하지 않았다.

"요기라네," 덩치 큰 남자는 두꺼운 엄지손가락으로 가슴을 두드리며 말했다. "반가워요, 친구. 접시 좀 줄래요?"

해리는 그에게 종이 접시를 건네주었고, 요기는 그 위에 음식을 높이 쌓기 시작했다.

"이리 와요, 친구." 요기가 말했다. "새치기하려던 건 아니니까."

"오, 아녜요. 저는 돈을 안 내서, 먹기가……" 해리가 운을 뗐지만 요기는 얼굴 주변으로 긴 머리를 휘날리며 고개를 저었다.

"아뇨. 무료예요! 항구에선 매년 봄 시즌이 시작될 때 이걸 한단 말이죠. 카이트보드 타는 사람들을 위한 감사 바비큐예요. 이게 주민들을 고분고분하게 만들어주죠."

요기는 껄껄 웃고는 얼굴에 드리운 머리카락을 쓸어냈다. 엄청난 행운에 어안이 벙벙해진 해리는 접시를 가득 채우고 요기를 따라 그릴 쪽으로 갔다. 두 사람은 버거 두 개와 시원한 맥주를 각각 들고 나무 그늘 아래 잔디밭에 앉았다. 우적우적 먹으면서 요기는 아침에 있었던 카이트보딩 수업과 '다크 스타'라고 불리는, 그가 마스터하려 했던 새로운 연날리기 기술에 대해 흥미롭고도 혼란스러운 독백을 시작했다.

해리는 이야기를 들으며 고개를 끄덕였지만 도통 아무것도 이해할 수 없었고, 음식을 베어물고 나서 삼키기 전까지 꼭꼭 씹으려고 애썼다.

요기는 맥주를 홀짝이며 손목으로 입가를 닦았다. "아직 안 해 봤어요? 바디 드레깅*도, 연습용 카이트도?"

---

* 카이트보딩을 위해 보드를 타고 출발하기 전에 보드 없이 연을 이용해 몸을 끌고 가는 것.

해리는 고개를 저었다. 자신에 관해 말하는 게 어색해서 잠시 주저하다, 그간 일자리 구하느라 바빴고 이제 일을 구했다고 했다.

"아주 훌륭하군요!" 요기가 말하며 다시 손바닥을 내밀었고, 해리는 그의 커다란 손에 하이파이브했다. 대개 해리는 남자들이 하이파이브하는 게 너무 싫었지만, 요기는 진심 같아 보였다. 요기에게 양봉장 얘기를 꺼낼 수 있을지 잠시 생각했지만, 요기는 다시 카이트보딩 이야기를 시작했다.

"이봐요. 다음에 쉬는 날 있으면 여기 와요. 내가 기초 수업 해줄게. 여분의 장비가 있으니 연결해줄 수 있어. 진짜로, 배우는 거 하나도 안 어렵다니까. 저거 사는 데 몇백만 달러 쓸 필요 없다고." 그는 이렇게 말하며 카이트보딩 수업용 트레일러의 무리를 향해 엄지손가락으로 휙 가리켰다.

"내 말은, 돈 있는 사람들한테는 상관없겠지. 하지만 우리 서민들은 똘똘 뭉쳐야 한다고요."

해리는 고개를 끄덕였지만 불편했다. 마지막으로 누군가 그더러 함께 뭉쳐야 한다고 했을 때 그는 감옥에 갇히고 말았으니까.

요기는 풀밭에 맥주를 내려놓은 뒤 고무줄을 감아서 헝클어진 포니테일로 머리를 묶었다.

"비밀 하나 말해줄게요, 카이트보딩 수업에서 안 가르쳐주는 게 뭔지. 알고 싶다면 말이지. 알아들을 만한 사람 같아 보여서."

해리는 고개를 끄덕였다.

요기는 해리의 앞에 손바닥을 위쪽으로 해서 손을 내밀더니, 목소리를 낮춰 속삭이기 시작했다. "좋아. 비밀은 이거요. 느껴야 한다는 거. 바람을."

그는 눈을 감고 뒤로 고개를 젖히고는 넓은 어깨를 돌렸다.

해리는 웃음이 나기 시작했지만 요기가 진지하다는 것을 깨달았다. 요기는 여전히 눈을 감고서 손바닥을 위로 한 채 앉아 있었다. 목소리는 더더욱 작아져 중얼거리듯 말했다.

"스스로에게 물어봐야 하는 거요. 바람이 뭘 하고 있나, 나는 어떻게 바람을 붙잡을 수 있을까? 그 안에서 난 어떻게 움직일 수 있을까? 이 아름다운 분위기 속에서 내 자리는 어디일까? 바로 이곳. 딱 여기. 바로 지금. 우주가 뭐라고 말하는지 들으려면 우주의 소리를 들어야 하는 거요."

덩치 큰 남자가 코로 숨을 들이쉬더니 입으로 후 내쉬었다.

해리는 무슨 말을 해야 할지 몰랐다. 요기는 눈을 뜨더니 웃음을 터뜨렸다. 목소리는 다시 원래대로 돌아왔다.

"마법 같다고요, 친구. 진짜로. 완전 선불교죠. 나는 그렇게 살려고 노력한다오. 매 순간."

요기가 해리의 어깨를 주먹으로 쳤다. "그리고 당신은 완전 잘해낼 거라고! 내 장담하지!"

그는 두꺼운 손가락으로 접시를 닦아서 핥았다. "좋아. 이제 시동 걸어야겠소. 비엔토 주립공원에서 다운와인더* 좀 해보려고 친구들을 만나기로 했거든. 하지만 진짜로, 친구, 다음번 쉬는 날에 와서 날 찾아요. 난 매일 여기 있으니까. 또 봐요, 해리."

요기는 다시 주먹을 내밀었고, 해리는 어색하게 주먹을 부딪쳤다. 해리는 요기가 성큼성큼 걸어가며 손을 흔들고 사람들에게 인

---

* 바람이 부는 방향으로 내려가는 카이트보딩 기술. '풍하타기'라고도 불린다.

사를 건네는 모습을 바라보았다.

일자리가 생겼어, 해리는 생각했다. 친구도 생긴 건지도 몰라. 그는 배부르다는 생각을 하며 빙긋 웃고 나무 그늘에 누웠다. 잠시만 눈 감고 있어야지, 생각했다. 그런 뒤 깜빡 잠이 들었다.

잠에서 깨어났을 때, 사람들은 사라졌고 태양은 수평선 위에 걸려 있었다. 삼촌이, 그리고 엄마에게 전화하겠다는 약속이 기억났다. 해리는 자전거에 뛰어올라 바퀴를 굴려 다리를 건넜다. 병원으로 향하는 언덕을 오를 때쯤 되자, 능선을 따라 황혼이 저물기 시작했고 강 아래에는 어둠이 깔렸다. 병원 문은 쉭쉭대며 열렸고, 소독약냄새가 코를 찔렀다. 해리는 에이치 삼촌의 병실로 허겁지겁 달려가 문간에 멈춰 섰다. 딸깍대고 삐삐거리던 기계들이 사라졌다. 어머니가 보낸 꽃들도, 삼촌도. 누군가 머리 위로 찬물을 부은 것처럼 두피가 따끔거렸다. 그는 안내데스크로 빠르게 걸어갔다.

"음, 저 해럴드 굿윈을 찾고 있는데요. 9번 병실에 계셨거든요?"

그에게 저녁식사를 가져다주었던 친절한 간호사가 거기 있었다. 그녀가 자리에서 일어나 데스크를 돌아나왔다. 표정은 심각했고 팔짱을 낀 채였다.

"너무 안되셨어요. 삼촌분 오늘 오후에 돌아가셨어요. 호흡 정지가 왔는데, 뇌졸중 이후엔 드문 일은 아니에요."

그녀는 해리가 받아들일 시간을 주며 잠시 기다렸다. 그러고는 에이치 삼촌의 뇌가 부어올라서 호흡이 멈췄다고 설명했다. 또 사전의료지시를 다시 언급하면서, 삼촌은 통증 없이 돌아가셨다고도 말해주었다.

해리의 머릿속이 빙빙 돌았다. 두 손은 축축했다. 귓가가 멍했고, 이마에는 땀이 맺혔다. 간호사는 직계가족에게 이미 연락했다고 말하고 있었다. 그러면 엄마는 이미 알고 있을 것이다. 시신은 안치소로 옮겨졌다. 간호사가 해리의 팔꿈치를 붙잡고 의자에 앉혔다. 조악한 분홍색 덮개를 보자 감옥 면회실이 떠올랐다. 간호사가 옆에 앉더니 셔츠 주머니에서 펜과 메모지를 꺼냈다.

"종이에 번호 적어드릴 테니 내일 전화를 걸어 준비하시면 돼요." 그녀는 종이에 휘갈겨적으며 이렇게 말했다. "치모스키 박사의 휴대폰 번호를 여기에도 적어둘게요. 궁금한 게 있으면 전화하라고 하더라고요."

간호사가 종이를 건넸다. 해리는 그 종이를 접었다 펼쳤다 했다. 무슨 말을 해야 할지 알 수 없었다. 무엇을 느껴야 하는 걸까? 간호사가 고개를 갸웃거리며 그를 바라보았다.

"삼촌이 많이 아프셨어요, 아시죠? 세상에, 정말 작고 강인한 분이셨어요." 그녀가 말했다.

그녀는 에이치 삼촌이 크리스마스 이후로 세 번 입원했다고 말했다. 마지막 입원 때에는 상태가 너무 안 좋아서 병원에선 그를 요양원으로 옮기기로 결정했단다. 하지만 에이치 삼촌은 그들이 나누는 얘기를 들었고, 그 결정을 거부했다. 아무도 안 볼 때 삼촌은 병원을 탈출했고, 병원 직원들은 141번 고속도로에서 병원 가운에 양말 차림으로 히치하이크를 시도하는 그를 발견했다.

해리는 미소를 지으려고 노력했다. 정말이지 에이치 삼촌다운 행동이었다.

대신 연락을 돌려줄 곳이 있느냐고 간호사가 물었다. 해리는 고개를 저었다.

"저기요, 여기 앉아 있고 싶은 만큼 앉아 계세요. 저는 저쪽에 있을 테니 제가 도울 수 있는 일이 있으면 불러주시고요."

해리는 고맙다고 중얼거리며 바닥을 바라보았다. 울지 않는 스스로가 이상하다는 자각이 들었다. 이것이 상실일까? 해리는 지난 두 달 동안 몸집 작은 미치광이 삼촌을 좋아하게 되긴 했지만, 누구도 두 사람을 가깝다고 말할 순 없을 것이다. 하지만 가엾은 에이치 삼촌은 고독하게 죽었다. 더 나쁜 건, 해리가 그 자리에 없었다는 걸 엄마가 알 거라는 사실이었다. 두 사람이 가깝든 가깝지 않든, 에이치 삼촌은 해리를 도와준 사람이었다. 노인은 함께 카드 놀이를 하고 스팸 샌드위치를 나눠 먹을 사람으로 그를 받아들여 주었다. 해리에겐 그 이상이 필요 없었다. 엄마는 늘 그에게 사람을 좀 만나야 한다고 했지만, 그는 단 한 번도 친구가 많았던 적이 없었다.

"사람들을 많이 좋아하지 않아도 돼, 해리. 그냥 만나서 시간을 보내는 거야. 그게 정상이란다, 아들."

하지만 해리는 사람들에게 뭐라고 말해야 할지 몰랐다. 마티와 샘이 고등학교 때부터 유일한 친구였던 단 하나의 이유는 같은 반이었기 때문이었는데, 그 끝은 어떠했던가. 수년 전에는 셰인이라는 친구도 있었다. 해리와 마찬가지로, 같은 공동주택 건물에 엄마와 단둘이 사는 애였다.

셰인과 놀아, 엄마는 말하곤 했다. 해리는 셰인을 좋아하지 않았다. 어느 날 셰인은 그의 핫휠 미니카 컬렉션을 때려부쉈다. 작은 장난감 자동차들 위에 무거운 돌을 계속해서 올려놓는 식으로 말이다. 그래서 해리는 셰인의 코를 갈겼다. 셰인은 자기 어머니한테로 달려갔고, 해리는 엉덩이를 맞았다. 그 이후로 해리의 교우 관계는 그다지 발전하지 못했다. 하지만 엄마 말이 옳다는 건 알고 있었다. 친구를 만들어야 했다. 다만 방법을 모를 뿐.

엄마와 대화할 생각에 두려움에 떨면서 해리는 BZ에 있는 공중전화부스를 향해 천천히 자전거 바퀴를 굴렸다. 에이치 삼촌이 세상을 떠나던 순간에 왜 그가 함께 있지 않았는지 어떻게 설명해야 할까? 진짜 일자리를 얻기 전 가상의 일자리에 대해서 엄마한테 뭐라고 말했었지? 악의 없는 거짓말에 그는 거의 항상 걸려 넘어지곤 했다.

"제발! 그냥 사실대로 말해, 해리!" 샐은 고함지를 것이다. "그게 더 기억하기 쉽다고, 꼬마야!"

하지만 해리는 그 무엇도 설명할 필요가 없었다. 엄마가 수신자 요금 부담을 수락하면서부터 울고 있는 소리가 들려왔다. 그가 거기 있어주어서 너무 기뻤다고 엄마는 말했다. 에이치 삼촌이 홀로 세상을 떠났다면 절망적이었을 거라고 했다. 가족은 가족이고, 해리는 삼촌에게도 소중한 사람들이 있다는 것을 상기해주는 훌륭한 일을 해냈다고.

엄마의 말들을 들으니 마음이 나아졌다. 따지고 보면 다 맞는 말이었다. 어쨌든 해리도 삼촌을 보러 갔으니까. 비록 그가 도착했을 때 에이치 삼촌은 의식이 없었지만, 어쩌면 해리가 함께 있다는 것을 삼촌은 알았을지도 모른다. 어쩌면 그게 도움이 되었는지도 모른다. 해리는 엄마에게 시신안치소 얘기를 꺼냈다. 그리고 자신이 삼촌의 시신을 수습하겠다고 말했다. 엄마가 코를 풀었다.

"정말 친절한 분이셨어. 해리, 네가 삼촌 젊은 시절에 그분을 만났더라면 얼마나 좋았을까. 아들, 내가 최대한 빨리 그쪽으로 갈게. 에이치 삼촌의 유골을 함께 뿌려드리자. 그러면 좋겠지, 그렇지?"

해리는 전화를 끊고 똑바로 섰다. 고개를 뒤로 젖히고는 별이 점점이 박히고 찬란한, 검은 돔 같은 하늘을 올려다보았다. 그는 삼촌을 위해 거기 있었다, 어쨌든. 새로운 일을 시작할 테고, 다 괜찮을 것이다. 열심히 일할 것이다. 신뢰할 만한 사람이 될 것이다. 상황은 달라질 것이다. 그는 느낄 수 있었다.

고속도로를 탄 해리가 키 큰 나무들이 늘어선 길에 들어서자 어둠이 밀어닥쳤다. 밤의 도로 위에서 낡아빠진 자전거를 타고 달리며 바로 앞에 도로가 이어질 것이라고 믿으려 애썼다. 갓길에서 보았던 죽은 동물을 떠올리고는 몸서리를 쳤다. 목뒤의 머리카락이 쭈뼛 서는 것 같았다. 정신을 가다듬기 위해 그는 첫 급여를 받으면 뭘 살지 생각했다. 피자, 맥앤치즈, 에이치 삼촌 때문에 좋아하게 된 스팸 몇 개. 어쩌면 여섯 캔들이 맥주도. 울퉁불퉁한 진입로에 들어섰을 때 해리는 자전거에서 내려 트레일러로 걸어갔다. 누군가 자신을 따라오고 있다는 느낌을 무시하려 애쓰면서. 그는 어둠 속에 서서 그 느낌을 떨쳐버리려 했지만, 사다리를 오를 때 누군가 그를 지켜보고 있다는 생각이 들었다. 해리는 문가에서 숲속을 들여다보며 그곳에 무언가 있는지 살펴보았다. 아무것도 없었다. 바로 그때 나뭇가지가 부러졌고, 새 한 마리가 깜짝 놀라 어둠 속으로 날아올랐다. 해리는 등줄기가 오싹해졌다. 그는 얇은 문을 닫은 뒤 잠그고 나서 머리 위에 베개를 놓았다. 잠들기까지는 오랜 시간이 걸렸고, 트레일러 바깥에서 뭔가 부스럭거리는 소리를 들었다고 생각하며 한 시간쯤마다 깨느라 제대로 자지 못했다. 새벽녘에 일어나 물 한 잔을 마신 뒤에야 마침내 깊은 잠에 빠졌다.

잠에서 깨어났을 때 숲은 고요했다. 수납장 문들이 갑자기 열리듯 전날 벌어진 일들이 두서없이 떠올랐다. 시식 코너 여직원이 인상을 찌푸렸던 것, 공중을 날아다니던 벌들, 눈을 감은 요기, 모호크 머리를 한 소년, 부리토 아저씨, 힘겹게 호흡하던 삼촌, 텅 빈 병실 침대까지. 그는 몸을 일으키곤 다리를 휙 들어 침대에서 내려왔다. 메기 시계가 오후 한시가 넘었다고 알렸다.

해리는 거울에 비친 자신을 바라보았다. 다 늘어진 내복 하의 위로 셔츠를 걸치지 않은 마른 몸통이 보였다. 그는 자세를 똑바로 고쳐 서고는 깊이 숨을 들이마셨다. 오늘은 새로운 삶의 첫날이라고, 스스로에게 다짐했다. 이곳을 고칠 것이다. 다시 물이 나오게 하고 전기도 다시 배선할 것이다. 여기서 시작할 수 있을 것이다. 저축해서 차를 살 것이다. 사람들을 만날 것이다. 그는 요기와 카이트 강변을 떠올렸다. 못할 게 뭐 있겠어? 어쩌면 친구 만드는 일은 생각보다 어렵지 않을지도 모른다. 그는 소변을 보기 위해 문을 열고 사다리를 타고 내려왔다.

그때 뭔가가 쓰레깃더미에서 움직였고, 동물처럼 재빠른 속도로 어떤 형체가 그를 향해 움직였다. 쿠거*인가? 코요테? 미친 너구리? 몸집이 크고 흰색과 갈색이 섞여 있었다. 어젯밤 숲속에 숨어 있던 그 짐승이다. 그는 확신했다.

---

* 아메리카대륙에 서식하는 고양잇과의 동물.

해리는 꽥 비명을 지르며 황급히 사다리를 오르다가 발을 헛디뎠다. 기묘한 낑낑대는 소리가 들려왔다. 그가 고개를 돌리자 가만히 서 있는 생물체가 시야에 들어왔다. 널따랗고 얼룩덜룩한 몸에 커다란 발, 길고 두꺼운 꼬리. 머리가 있어야 할 자리에는 '프리미엄 닭 사료'라고 적힌 커다란 플라스틱 양동이가 있었다. 개 짖는 소리가 플라스틱 양동이 안에 묻혔다. 해리는 일어서서 천천히 다가와 양동이를 붙잡고 끌어당겼다. 개가 풀려나자, 한 쌍의 거대한 귀, 커다란 눈, 그리고 엄청나게 큰 입이 보였다. 그 입이 벌어지자 거대한 이빨이 드러났다. 해리가 뒤로 물러나자 개는 그에게 달려들었다.

커다란 주둥이가 먼저 그를 때렸고, 그다음에는 두 발이 가슴을 계속 치다가 갑자기 멈췄다. 해리는 눈을 떴을 때, 개가 넓은 원을 그리며 공터를 깡충거리며 뛰고 있는 모습이 보였다. 개는 갑자기 방향을 돌리더니 다시 해리에게로 달려와 그의 가슴팍을 두 발로 쳤고, 얼굴을 마구 핥더니 다시 달아났다. 해리는 커다란 동물이 넓은 원을 그리며 행복하게 뛰는 모습을 바라보았다. 개는 강가 쪽 숲을 향해 뛰어갔다가 물에 흠뻑 젖은 채로 다시 천천히 다가왔다. 그러더니 질척질척한 쿵 소리를 내며 해리의 발 앞에 드러누웠다.

해리는 개를 접해본 적이 거의 없었지만, 이 개는 늘 웃고 있는 것처럼 보였다. 그는 개의 머리를 쓰다듬기 위해 조심스럽게 몸을 숙여 손을 내밀었다. 개는 해리의 손을 향해 주둥이를 대고 코를 킁킁대더니 등을 바닥에 대고 누웠고, 그러자 물기에 엉긴 털과 분홍색 배가 드러났다. 해리가 배를 쓰다듬자 개는 등을 꿈틀거렸다. 그때 다람쥐 한 마리가 소리를 내자, 개는 벌떡 일어나 도망쳤다.

해리는 안도하며 웃음을 터뜨렸고, 아직 소변을 보지 못했다는 사실을 깨달았다. 이제 진흙투성이가 된 내복의 바지춤에 손을 뻗는 순간, 엔진소리가 들려와서 뒤를 돌아보았다. 지프차가 덜컹거리며 차도를 따라오더니 멈춰 섰다. 차의 문에는 '후드리버 카운티 치안 담당 부서'라고 쓰여 있었다.

지프차의 문을 열고 나온 남자는 키가 작고 흑갈색 머리에 단정하게 다림질한 갈색 제복을 입고 있었다. 그는 여전히 바지춤에 손을 올리고 있는 해리를 흘끗 쳐다봤다. 해리는 서둘러 손을 뗐지만 어디에 둘지 몰라서 맨살뿐인 등뒤에 두고 깍지를 꼈다. 남자는 차 안쪽으로 손을 뻗더니 모자를 꺼냈고, 그것을 머리에 쓰고는 두 손으로 바르게 정돈했다. 어쩐지 너무 큰 모자 때문에 남자는 보이스카우트처럼 보였다. 그가 지프차의 문을 닫고 반짝이는 신발로 먼지를 일으키며 차도를 행군하듯 걸어올라왔다. 해리 정도의 나이로 보이는 라틴계 남자였다. 잘생긴 얼굴은 아주 깨끗하게 면도를 했다. 해리는 괜히 아쉬워서 윗입술 쪽을 손가락으로 쓸었다.

"좋은 아침입니다, 선생님." 남자가 말했다. "저는 후드리버 카운티 치안 담당 부서의 보안관보입니다."

그는 두 손가락으로 명함을 내밀었고, 해리는 그것을 받아서 흘끗 쳐다본 뒤 주머니가 없는 관계로 손에 꼭 쥐었다. 경찰관은 이곳이 해럴드 굿윈의 거주지인지 물었다.

"네." 해리가 간신히 입을 열어 말했다. "제 삼촌이세요. 삼촌이셨죠."

남자는 무표정한 얼굴로 고개를 끄덕였다. "조의를 표합니다, 선생님. 굿윈 씨가 세상을 떠나셨다는 소식을 들었습니다."

해리는 고개를 끄덕였다. "감사합니다." 그가 말했다. "한동안 아프셨거든요, 그래서……"

지저분한 마당과 별채, 쓰레깃더미, 괴상한 사다리를 차례차례 향하는 경찰관의 시선을 따라가던 해리의 목소리가 작아졌다.

"저희는 선생님의 삼촌과 연락을 취하기 위해 오랫동안 노력했습니다." 남자가 말했다. "그분이 마지막으로 입원하셨을 때 저는 그분을 뵈러 스카이라인병원에 방문했습니다. 카운티측에서는 지난 1월 이 트레일러를 처분하라고 했지만, 삼촌분은 저와 얘기하는 걸 거부하셨습니다."

그는 공식적인 것으로 보이는 도장이 찍힌 종이를 들어 보였다. "이곳을 비워달라고 선생님께 요청드려야겠습니다. 처분할 인력이 올 겁니다."

그들이 트레일러를 매립지로 운반할 거라고 남자가 말했다. 해리가 보관하고 싶은 것이 무엇이든 당장 챙겨서 나와야 한다고.

해리의 가슴이 내려앉았다. 트레일러를 수리하려는 계획은 끝장나버렸다. 새로운 시작도 끝장났다.

"하지만 저…… 저는 살 곳이 없는데요." 그가 이렇게 말하고는 이 주의 시간이 필요하다고 설명했다. 이제 막 새로운 일을 시작한 참이고, 급여를 받으면 새로운 거처를 구할 돈이 생긴다고.

경찰은 꿈쩍도 하지 않았고, 자신이 해줄 수 있는 게 없다고 말했다. 어깨를 으쓱하더니 재킷 안에 종이를 집어넣었다.

으쓱거리는 어깨. 기억 속 장면이 깜빡거렸다. 처음이자 마지막이 된 면회에서 해리와 마주앉은 샘의 모습.

"네가 운전하겠다고 자원했잖아." 샘은 이렇게 말하며 어깨를 으쓱했었다.

해리가 윗입술까지 콧물을 흘리며 앉아, 중학교의 작은 매점에서 돈을 훔친 건 자기가 아니라고 주장하고 있을 때 엄마에게로 전화를 거는 교장 선생님의 모습.

"그렇게 남들 하는 짓 따라 하지 마라, 해리." 교장 선생님은 이렇게 말했었다.

바비큐 파티에서 그와 눈을 마주치고 손을 흔들면서도 그에게 다가와 말을 걸지는 않는 모이라의 모습.

해리는 가슴속에서 작은 불꽃이 타오르는 것을 느꼈다. 그 불꽃은 단어를 만들어냈다. 안 돼요, 라는 단어를. 해리는 좋은 사람이 되는 일에, 쉴 틈 없이 휘몰아치는 사건들에 지쳤다. 잠깐 쉴 틈이 필요했을 뿐이다. 그에게 필요한 건 이 주가 다였다.

그때 쿵쿵대는 소리가 들렸고, 강물에 몸을 적셔 매끄럽고 축축해진 개가 우레와 같은 소리를 내며 경찰 뒤의 숲속에서 뛰쳐나왔다. 개는 두 남자 사이를 갈라놓고는 다시 물러서더니 그들의 무릎을 스치며 돌아다녔다. 경찰이 악 소리를 질렀고, 해리는 소리 내어 웃기 시작했다. 그런데 바로 그때 총이 해리의 눈에 들어왔다. 다람쥐가 소리를 냈고, 개는 사라졌으며, 총이 햇빛에 번쩍였다. 총신이 하늘을 향해 치솟다가 그의 얼굴 곁을 스쳐지나가는 것을 해리의 눈길이 따라갔다. 그는 눈을 질끈 감았다.

총소리는 귀가 먹먹할 정도로 컸고, 해리는 시간이 느리게 흐르고 있다고 느끼며 두 손으로 양쪽 귀를 막았다. 다시 눈을 떴을 때, 키 작은 그 남자는 얼굴이 백지장처럼 하얘진 채 모자를 벗고 무릎을 꿇고 있었다.

"아, 제길! 아, 제길!" 그가 말했다. "제가 선생님을 쏜 거 아니죠, 그렇죠? 맞죠?"

해리는 개가 남기고 간 진흙으로 얼룩진 팔과 가슴팍을 내려다보며 고개를 저었다.

경찰은 욕을 하며 모자를 움켜쥐고 일어서서 서성거렸다. 시말서를 또 써야 한다고, 이번에는 부서에서 연봉을 동결하거나 아예 젠장맞게 자신을 해고할 거라고 그는 말했다. 진짜 멍청해, 남자는 명백히 해리가 아닌 스스로를 향해 말하고 있었다.

"빌어먹을 늑대나 코요테 같은 건 줄 알았는데!" 그가 언성을 높였다. "그러니까, 부서에서 이 빌어먹을 숲으로 저를 혼자 보냈는데 이놈의 이호 데 푸타*가 달려들어서……!"

그러더니 경찰은 스페인어로 무슨 말을 빠르게 지껄이기 시작했는데 해리는 알아들을 수 없었다.

안타까운 마음이 든 해리는 남자를 안심시키기 위해 다 괜찮다고, 아무 일도 일어나지 않았다고 말하려 했다. 평소라면 그렇게 했을 것이었다. 그런데 그때 해리의 가슴속 불꽃이 다시 타오르기 시작했다. 아니다, 괜찮지 않았다. 그가 총에 맞았을 수도 있지 않은가! 그에겐 단지 이 주의 시간이 필요할 뿐이다. 그리고 아직도 소변을 못 봤잖아. 해리는 총이 안전한지 다시 살펴보려고 걸음을 멈추는 경찰을 지켜보았다. 그때 마음속에 어떤 결의가 차오르는 것을 느꼈다. 해리는 어깨를 쭉 펴고 남자의 눈을 똑바로 바라보며 자신의 상황을 다시 말했다. 제발요, 그가 말했다. 경찰관은 고개

* '개자식'이라는 뜻의 스페인어.

를 저었다. "정말 죄송합니다, 선생님. 도와드리고 싶지만, 철거 일정이 이미 예정되어 있어요. 게다가 전 신참이란 말이에요. 아무도 제 말은 안 들어요. 저를 얼간이라고 생각한단 말입니다. 그리고 누가 그 총에 대해 알게 된다면……"

그는 울 것 같은 표정이 되더니 시선을 돌렸다. 정말로 미안해하는 것처럼 보였다. 해리는 소변 좀 보고 와야겠다며 그에게 잠시 기다려달라고 말했다. 오줌을 싸면서 마당과 트레일러, 슈윈 자전거를 돌아보며 계획을 세웠다. 그러고는 지프차에 기대선 채, 두 손으로 끊임없이 모자를 돌리고 있는 경찰관에게 다가갔다.

"시내까지 태워다주실 수 있나요?" 해리가 물었다.

남자는 한숨을 쉬고 141번 고속도로 쪽을 내다보았다.

"지금은 못 모셔다드려요. 애덤스산 관리소에서 회의가 있거든요. 하지만 다시 언덕을 돌아 내려가는 두어 시간 뒤에는 여기에 들를 수 있습니다."

해리는 고개를 끄덕였다.

"감사합니다."

경찰관은 떠났고, 해리는 물건을 챙기기 시작했다. 그리 오래 걸리지는 않았다.

남자가 돌아오기를 기다리는 동안, 그는 트레일러 계단 위에 앉아 공책을 펼치고 새로운 일을 위한 목표들의 목록을 적었다. 숲속에서 전력질주를 하고 돌아온 개가 그의 발치에 웅크리고 있었다. 둘은 오후 햇살을 받으며 함께 졸았다.

경찰관이 다시 나타났을 때, 해리는 지프차의 조수석에 올라타 배낭을 발치에 아무렇게나 내려놓았다. 에이치 삼촌의 트레일러에서 챙긴 것은 삼촌의 울 셔츠 두 장, 조류 도감, 크리비지 보드뿐이었다. 차를 돌릴 때 해리는 마지막으로 트레일러를 돌아보았다. 조금 뒤면 트레일러는 매립지에 묻힐 것이다. 쓰레깃더미는 말끔하게 치워질 것이다. 어둠 속에서 기어나온 성난 너구리들은 여기 도착했을 때 아무것도 발견하지 못할 것이다.

개는 어딘가로 이동하고 있다는 기쁨에 신이 났는지 뒷좌석에서 행복하게 서성거렸다. 자기 이름을 '로니'라고 밝힌 그 경찰관은 해리를 내려주고 동물보호소에 개를 데려가는 데 동의했다.

지프차가 고속도로를 질주하는 동안 해리는 창밖을 내다보았다. 그는 일하러 갈 것이다. 그런 뒤 머물 곳을 찾아낼 것이다. 그는 요기를 떠올렸다. 좌석에 등을 기대고 얼굴에 불어오는 산들바람을 느꼈다. 이 아름다운 분위기 속에서, 바로 이 순간 안에서 그의 자리가 어디인지 스스로에게 물었다. 바로 여기. 바로 지금. 그는 우주의 소리에 귀를 기울이며, 우주의 답을 열심히 기다렸다. 그러나 아무런 답도 들려오지 않았다.

15
건재한 여왕벌의 힘

꿀벌의 행태 가운데 깊이 주의를 기울일 만한 가치가 있는 것이
있다. 그것은 다름 아닌 불굴의 에너지와 인내로, 명백히 희망이
없어 보이는 상황에서도 손실을 복구하고 멸망해가는 군락을 살
리기 위해 최선을 다하는 태도다.

_L. L. 랭스트로스

꿀벌은 시속 20마일로 날 수 있다. 무게가 0.1그램이 나가는 곤
충으로서는 꽤나 빠른 속도다. 하지만 작은 마을에서 소문이 퍼져
나가는 속도에 비하면 아무것도 아니다. 앨리스는 아침에 자신의
책상 위에 놓인 〈후드리버 뉴스〉를 발견했다. 피트가 찍은 1면 사
진에는 마치 웨딩케이크를 자르는 커플처럼 클립보드를 사이에 두
고 있는 앨리스와 스탠이 담겨 있었다. 스탠은 웃고 있었고 앨리스
는 웃지 않고 있었다. 헤드라인은 이러했다. '캐스캐디아 계약에
반대하는 유역 연합의 집회.' 앨리스는 카운티 주민 앨리스 홀츠먼
으로 호명되어 있었다. 누군가, 아마 낸시일 텐데, 그들의 머리 위
에 볼펜으로 웃는 얼굴을 그려놓았다.
　앨리스는 이미 알고 있는 내용으로 가득한 뉴스를 찬찬히 훑어

보았다. 피트는 수프라그로와 카운티의 계약에 대한 유역 단체들의 문제 제기를 상세히 서술했고, 과거에 다른 지역사회들이 해당 회사에 제기한 소송들도 간략히 언급했다. 앨리스의 발언은 인용되지 않았지만, 사진 캡션에는 그녀가 집회에 참여한 '염려하는 시민들' 중 한 명이라고 쓰여 있었다. 고마워 죽겠네요, 피트. 카운티 측에선 어떤 공식 발언도 내놓지 않았다고 기사에 쓰여 있었다.

앨리스는 신문지를 분리수거함에 버린 뒤, 자리에 앉아 컴퓨터를 켰다. 그때 빌의 사무실 문이 열리고 낸시가 킥킥대며 나오더니 문을 닫았다. 그녀는 앨리스를 향해 활짝 웃어 보였다. 낸시는 마흔여섯 살이었지만 저 짓궂은 소녀의 얼굴을 무덤까지 가져갈 거라고 앨리스는 생각했다.

"좋은 아침이에요, 미스 1면!" 낸시가 손가락을 앨리스에게 까닥거리며 말했다. "요즘은 죄다 파파라치 아니면 덩치 크고 가무잡잡한 이주자들뿐이죠, 안 그래요?"

"일찍 출근하셨네요, 낸시." 앨리스가 말했다. 낸시는 앨리스보다 일찍 출근하는 법이 없었다.

낸시는 어깨 너머로 빌의 사무실 문을 가리켰다. "빌이 아침에 나오는 날이잖아요."

앨리스는 이메일을 열어 메시지를 확인했다. 전 직원 회의, 수요일 오전 아홉시 삼십분. 이메일이 발송된 시각은 어제 저녁 일곱시 삼십육분이었다. 대체 언제부터 업무시간 이후에도 이메일을 확인하도록 되어 있었단 말인가?

메시지를 읽는 동안 속이 울렁거렸다. 모든 카운티 부서 직원들더러 비상장 주주들과의 규정 준수 계약을 의무적으로 검토하라는 내용이었다. 유역 연합 시위 때문이군, 앨리스는 생각했다. 이와 비슷한 일을 캐스케디아 석유 열차 사건 때도 경험했었다. 모지어에서 탈선한 열차로 인해 카운티의 식수와 과수원 관개, 강줄기를 따라 흐르는 유역 전체가 위협받았었다. 평소엔 예의바르던 시민들은 분노했고 시내에서 시위를 벌였다. 그때 카운티 변호사들은 카운티 직원들에게 지역의 계약을 지키고 침묵해야 할 의무가 있음을 상기시키기 위해 비슷한 회의를 소집했었다. 달리 말하면 이런 의도였다. 기름 유출 사건을 언급하지 마시오.

당시 앨리스는 카운티의 방어적인 태도에 별생각이 없었다. 부모님의 이사를 돕느라 바빴고, 기름 유출 사건은 속상하긴 했지만 카운티가 옳은 일을 할 거라고, 즉 캐스케디아 회사를 압박해 강가쪽으로 다시금 기차가 다니도록 탈선한 열차들과 미끈대는 기름을 치우게 할 거라고 진심으로 믿었다. 또한 카운티는 훗날 일어날지도 모를 탈선 가능성을 줄이기 위해 캐스케디아 회사가 속도 제한 규정을 도입하도록 만들 것이었다. 하지만 당시 카운티에선 캐스케디아측에 어떠한 요구도 하지 않았다. 그때도 유역 단체들이 제기한 소송에 휘말리지 않았던가?

앨리스는 나머지 이메일을 훑어보면서 화가 났다. 당사자들끼리 대화를 나누도록 하는 게 맞지 않나? 직원들은 카운티 부서의 로봇이 아니라 엄연히 이 지역사회의 구성원이다. 그렇다면 카운티는 이곳 주민들을 돌봐야 할 의무가 있지 않은가?

업무시간 이후에 발송된 이메일을 확인하지 못한 이가 앨리스만이 아니었던 게 분명했다. 회의실 의자를 두고 쟁탈전이 벌어졌다. 빌은 상석에 앉아 콧김을 뿜으며 손가락으로 테이블을 두드렸다.

사람들이 자리에 앉기를 기다리면서 그는 스웨터를 배 위로 잡아당겼다.

낸시는 새로운 인턴 케이시의 휴대폰에 있는 여자친구 사진을 두고 그를 놀리고 있었다. 인턴은 빨간색 머리카락이 닿은 목뒤부터 온 얼굴을 붉혔다. 낸시가 늘 사용하는 커피잔에서 올라오는 뜨거운 플라스틱 스틱 냄새가 앨리스에게 끼쳐왔다. 사람들이 다닥다닥 붙어앉자 의자들이 삐걱댔다.

빌이 목을 가다듬었다. "좋은 아침입니다. 모두들 참석해주어서 고맙습니다. 다들 우리가 왜 모였는지 알 것 같으니 곧장 본론으로 들어가겠습니다."

그러고선 곧장 골프 치러 가겠지, 앨리스는 생각했다.

빌은 안경을 쓰고 종이에 쓰인 글자를 읽기 시작했다. "후드리버 카운티의 전 직원은 입사시 서명한 기밀 유지 계약에 구속되며, 이 계약은 매년 자동 갱신됩니다. 해당 계약에는 모든 카운티 사업뿐만 아니라 개별 계약자 및 민간 기업 간의 업무도 포함됩니다."

빌은 테이블 위에 종이를 내려놓은 뒤 주머니에서 손수건을 꺼내더니 기침을 하고 입을 닦았다. "자세한 사항은 지금부터 법무팀에서 설명해주실 겁니다."

회의실 앞쪽에 앉아 있던 카운티의 수석 변호사인 짐 머피가 모두를 향해 손을 흔들었다. 마른 체격에 성격이 원만한 짐은 빛바랜 버튼다운 셔츠와 주름진 카고 바지 차림이었다. 그는 노트북을 열고 기밀 유지 계약서에 쓰인 세세한 항목들을 설명하기 시작했다. 앨리스는 머피의 말을 듣고 있지 않았다. 모지어에서 있었던 캐스케디아 기름 유출 사건을 떠올리고 있었다. 네브래스카주와 다른 몇몇 주에서 수많은 벌들을 죽인 수프라그로 살충제에 들어 있는 네오니코티노이드* 성분에 대해 생각하고 있었다. 빌이 의자에 등을 기댄 채 자신을 쳐다보고 있는 것 같다고 느꼈지만, 곁눈질해서 확인해보니 그는 여전히 케이시에게 속삭이고 있는 낸시를 보고 있을 따름이었다.

난해한 법률 문서를 읽던 짐이 문득 말을 멈췄다. "네, 리치. 질문하시죠."

모두의 시선이 손을 들고 있는 리치 칼슨에게로 향했다. 리치는 폴리에스테르 소매로 덮인 팔을 내린 뒤 신부를 모시는 복사服事처럼 두 손을 모았다.

"방금 말씀하신 조항이 카운티 직원들에게 어떤 영향을 미칠까요? 언론과의 소통에 있어서 말이죠."

짐은 노트북 화면을 내려다보고 다시 리치를 바라보았다. "글쎄요, 조건은 꽤 명확하다고 봅니다, 리치. 기관 지도부가 지시하지 않는 한 어떤 카운티 직원도 카운티 정책에 관해 언론에 말할 권한이 없음을 의미합니다. 즉, 인터뷰를 해선 안 된다는 거죠."

"고맙습니다, 짐." 리치가 말했다. 그는 앨리스를 흘끗 쳐다보더니 몸을 앞으로 기울이고는 노트북에 타이핑하기 시작했다. 얇은 입술에 얄궂은 웃음이 번졌다.

---

* 니코틴계의 신경 자극성 살충제의 원료. 이 성분을 넣은 살충제가 기존에 사용되던 살충제보다 독성이 덜하다는 이유로 1980년대부터 대량 생산되어 지금까지도 사용되고 있다. 2006년, 미국에서 벌들이 떼죽음을 당하는 일이 벌어졌는데, 당시 미국환경보호청은 벌에 대한 농약의 위험성 관련 정보 공개를 미룬 혐의로 양봉업자 및 지속적 농업자 연합에 고소당했다.

피트의 사진을 떠올린 앨리스의 얼굴이 뜨거워졌다.

"다른 질문 없으신가요, 리치? 네, 알겠습니다. 그럼 계속할게요." 짐이 말했다.

회의가 끝난 뒤, 앨리스는 동료들이 줄 지어 회의실을 나갈 때까지 기다렸다. 복도에서 누군가와 이야기하면서 직원들이 지나가는 길을 막고 있는 리치가 보였다. 그는 말하면서 손가락 끝으로 머리가 벗어진 부분을 톡톡 건드렸다. 크리스마스트리 밑에서 있었던 일이, 리치의 바짝 마른 입술이 기억났다. 앨리스는 몸서리를 쳤다. 가장 늦게 회의실을 나서는 짐이 그녀와 눈을 맞추고는 윙크를 해 보였다.

앨리스는 빌을 찾고 싶다고 생각하며 사무실로 돌아왔다. 빌과 함께 건설 현장에서 있을 오후 회의를 위해 강가 건설 규정의 초안을 검토하고 싶었다. 하지만 빌의 사무실은 어두웠다. 앨리스는 한숨을 내쉬었다. 빌은 이미 집으로 향하는 중일 것이다. 낸시의 의자도 비어 있었다. 앨리스는 주간 규정 준수 보고서를 작성해야지 싶어 자리에 앉았다. 하지만 그러는 대신 구글에 '수프라그로 꿀벌 떼죽음'이라고 타이핑했다.

그러자 관련 이야기가 끝도 없이 이어졌다. 이야기는 양봉 포럼에만 있지 않았다. 〈샌프란시스코 크로니클〉〈오클라호마 옵서버〉〈허핑턴 포스트〉 등의 기사들이 나왔다. 가장 최근의 소송은 새크라멘토에서 있었는데, 그곳에선 상업 양봉가들이 전년도와 비교해 75퍼센트의 꿀벌을 잃었다고 발표했다. 과학자들은 캘리포니아 센트럴밸리 지역과 그 인근 아몬드 과수원에서 사용된 수프라그로 살충제가 꿀벌들이 한꺼번에 죽은 원인일 거라고 밝혔다. 그 소송이 중요한 이유는 아몬드 산업이 상업 양봉가들에 크게 의존했기 때문이었다. 캘리포니아에는 꿀벌 개체수가 거의 남아 있지 않아 곡물을 수분하기 위해 서부 전역에서 벌집들을 트럭으로 옮겨와야 했다. 그건 죽은 벌들이 오리건주, 워싱턴주, 몬태나주와 캐나다에서 온 벌들이라는 의미였다. 오 일 동안 약 칠백만 마리의 꿀벌이 죽었다.

앨리스는 계속 읽으면서, 수프라그로가 서부 전역의 여러 카운티에서 제기한 불만사항 이면의 과학적 문제를 고려하는 것조차 거부했다는 점을 곰곰이 생각해보았다. 낸시가 자리로 돌아왔을 때 앨리스는 보고서 파일을 다시 열었고, 짐 머피와 그보다 훨씬 젊은 아내에 대해 험담하고 싶어하는 동료를 무시했다. 그라운드 카페에서 스무디 마시자는 제안을 앨리스가 거절하자 낸시는 뿌루퉁해져서 자리를 떴다. 오전은 길었다. 앨리스는 일에 집중하려고 했지만, 벌에 대한 뉴스 기사와 수프라그로를 향해 여러 주에서 제기한 소송이 자꾸만 떠올랐다. 스탠이라면 분명 그 일에 대해 알 것이다. 유역 연합도 이 싸움을 함께하고 있었을까? 앨리스는 업무로는 할 수 없는 전화를 스탠에게, 지역 양봉협회의 척 사위에게, 농업청에서 나왔다던 그 남자에게 걸고 싶어서 몸이 근질거렸다. 그 사람 이름이 뭐였더라? 마이클스?

그때 문이 딸깍 열렸고, 휘핑크림을 얹은 스무디를 든 채 어슬렁대는 낸시가 있겠거니 하며 앨리스는 고개를 들었다. 그런데 문가에 서 있는 것은 다리에 잡지를 탁탁 치며 사나운 미소를 띤 리치 칼슨이었다. 두 눈이 몰려 있고 치아가 좁다란 그는 족제비를 닮았다. 그녀는 그의 오른쪽 앞니가 약간 누레진 것을 발견했다.

"앨리스. 마주쳐서 다행이네요! 의논할 게 조금 있어서요."

리치는 의자를 잡아채 앉더니 앨리스의 책상에 팔꿈치를 기댔다. 그녀는 순간적으로 몸을 뒤로 뺐다.

"빌은 오늘 복귀할 것 같지 않네요." 그가 빌을 보러 온 게 아니라는 걸 알면서도 앨리스가 말했다.

리치는 딱딱한 미소를 지어 보이고는 자기가 대화하고 싶은 사람은 바로 그녀라고 말했다. 앨리스는 마음을 다잡았다.

"이봐요, 리치," 그녀가 말했다. "강가를 걷다가 우연히 스탠을 마주쳐서 인사한 것뿐이에요. 피트가 어떤 사람인지 알잖아요."

앨리스는 말을 내뱉으면서도 스스로가 멍청하게 느껴졌다. 나쁜 짓을 하다 선생님에게 걸린 소녀 같았다.

리치는 혼란스러운 척했다.

앨리스는 분리수거함에서 신문지를 꺼내 들어 보였다.

리치는 몸을 앞으로 기울이더니 눈을 가늘게 뜨고 바라보았다. "아! 저는 이거 못 봤는데요. 당신의 연금 계획에 대해 이야기하고 싶었을 뿐이에요."

"제 연금 계획이요?"

리치는 고개를 끄덕이더니 머리 뒤로 두 손을 얹고 의자에 등을 기댄 채, 앨리스가 늘 외설적이라고 생각하는 방식으로 팔꿈치와 무릎을 넓게 벌렸다. 대체 남자들은 왜 저러는 거야?

"······거의 이십 년 동안 카운티에서 일했잖아요." 리치가 이렇게 말하고 있었다. "당신이 은퇴하고 싶다면 오는 7월 1일로부터 이 년 뒤에 연금 지급이 시작돼요."

이십 년. 당연히 그녀도 알고 있었지만, 엄혹한 현실감이 불현듯 덮쳐왔다. 거의 이십 년 전 그녀는 젊고 활기 넘치는 대학원생이었고, 카운티 업무는 과수원을 물려받을 때까지 하게 될 일시적인 일이었다.

리치는 연례 인사고과 기준과 벌칙 조항이 어떻게 연금 지급 일자에 영향을 미치는지 말하는 중이었다. 만약 인사고과 결과가 안 좋으면 위원회 결정에 따라 이 년에서 사 년까지 연금 지급 기간이 줄어들 수 있었다. 여러 차례 나쁜 평가를 받으면 연금 계약이 완전히 무효화될 수도 있다고 그는 말했다.

"물론 그런 일은 한 번도 없었어요." 그가 말했다. "최소한 제가 근무할 동안에는요. 그냥 공식적인 카운티 정책일 뿐이에요. 아시죠? 그리고 위원회는 직원이 임무 규정을 어길 경우 법무팀을 통해 공식적으로 불만사항을 접수해야 해요. 짐 머피는 지금으로선 크게 걱정할 게 없다고 하더군요."

그는 여전히 가짜 미소를 지으면서 다시 앞으로 몸을 당겨 앉고는, 재킷 주머니에서 껌 한 통을 꺼냈다. 입안에 밝은 녹색을 띤 껌을 넣고 격렬하게 씹어대자 치아에 껌이 붙는 쩍쩍 소리가 났다.

"계속 이렇게 가보자고요, 앨리스?" 그는 일어서서 손바닥에 잡지를 탁탁 쳤다. "그럼! 오늘 회의 참 좋았다고 빌에게 전해주세요. 좋은 하루 보내세요, 앨리스."

리치는 문을 열어둔 채 나갔고, 그가 복도를 걸어가며 휘파람 부는 소리가 들려왔다. 앨리스는 역겨움을 느꼈고, 그가 한 말을 곱씹자 귓가가 뎅뎅 울렸다. 리치는 분명 그녀가 스탠과 함께 찍은 하등 의미도 없는 사진을 가지고 연금 계획을 망쳐놓으려 협박하고 있다. 그녀는 의자를 뒤로 밀고 자리에서 일어나 리치 칼슨의 길쭉한 얼굴이 있었던 허공을 바라봤다. 기괴한 기류가 흘렀던 공기가 끈적끈적했다. 그대로 가방을 잡아채 들고 정문으로 향했다. 낸시가 복사기 옆에 서서 케이시를 놀리며 스무디를 홀짝이고 있었다. 엉덩이에 착 달라붙는 꽃무늬 니트 치마를 입은 낸시는 인턴 쪽으로 몸을 기울인 채 커다란 치아를 내보이며 웃고 있었고, 인턴은 잔뜩 움츠러들어 있었다. 그녀가 앨리스에게 웃음을 흘렸다.

"급한 볼일이라도 있어요?" 그녀가 물었다.

"강가 건설 현장에서 회의가 있어요. 점심 먹고 돌아올게요." 앨리스가 걸음을 늦추지 않은 채 말했다.

"예, 알겠습니다, 선생님. 굉장히 중요한 일을 하러 가시는군요." 낸시가 낄낄대고는 동조를 바라는 듯 인턴을 쳐다보았다.

앨리스는 멈춰 서서 돌아보았다. "나는 그냥 내 일을 하려는 것뿐이에요, 낸시. 뭐하자는 겁니까?"

낸시의 얼떨떨한 얼굴을 뒤로한 채, 앨리스는 정문을 밀고 빠르게 보도를 따라 걸어갔다. 어디로 가는 줄도 몰랐지만 어느새 오크 스트리트를 성큼성큼 걷고 있는 자신을 발견했다. 옷이 꽉 조이는 느낌이 들어서 숨을 쉬려고 노력했다. 공허한 감정이 내면에서 고개를 들었고, 가슴속에 뻥 뚫린 구멍이 활짝 열렸다. 젠장. 빌어먹을 리치 칼슨.

앨리스는 베티스 플레이스를 지나쳤다. 유리문을 밀고 카운터로 달려가지 않은 게 그녀가 할 수 있는 최선이었다. 그녀는 혼자서 파이 한 판을 다 해치우는 상상을 했다. 바나나 크림 파이나 딸기 루바브 파이 따위를, 앨리스가 태어났을 때부터 그녀를 알아온, 그곳에서 삼십 년을 일한 베티와 그레이스 앞에서 말이다. 우스꽝스러운 분홍색 앞치마를 두른 흰머리 베티가 사람들로 가득한 가게에서 주문 받는 모습이 창 너머로 보였다. 베티가 손을 흔들었다. 앨리스도 손을 흔들었다. 이래선 안 됐다. 그 행동만으로도 평일 오전의 후드리버 시내에선 과한 사건이었다. 대중 앞에 모습을 드러내고, 그녀 안의 슬픔을 마치 자그마한 괴물 같은 어린아이처럼 붙든 채 모든 사람이 보는 앞에서 행진하는 셈이었으니까.

그녀는 강가로 몸을 돌려 계속 걸으면서 불안을 잠재우려고 노력했다. 심장은 빠르게 뛰었고 숨이 가빠졌다.

"그 감정이 언제부터 시작된 것 같으세요?" 지머먼 박사는 몇 달 전에 그녀에게 물었다. 세번째 면담에서였다.

상담실은 높은 절벽에서 강이 내려다보이는 우아한 2층짜리 크래프츠맨* 주택 뒤에 세워진 심리치료사의 시어머니 아파트에 있었다. 그곳에서 앨리스는 편안함을 느꼈다. 병원에서와는 달리 임상실험을 당하는 느낌이 들지 않았다. 사생활이 보장된다는 점도 귀했다. 이렇게 작은 마을에선 프라이버시가 보호되기가 어려우니까. 지머먼 박사가 후드리버에 대해 잘 모른다는 점도 마음에 들었다. 그녀는 앨리스를 어릴 적부터 알던 사람이 아니었다. 앨과 마리나도 만난 적 없었다. 과수원 집안 출신도 아니었을뿐더러 주민들 간에 보이지 않는 울타리를 만드는 오래된 동맹, 원한, 가십의 복잡한 연결망을 알 턱도 없었다. 그러나 한편으론 작은 도시 특유의 습관적인 축약법에 기댈 수 없었기에 앨리스로서는 여러 가지

---

* 미국에서 인기 있는 건축 스타일로, 넓은 지붕 돌출부와 커다란 박공지붕, 비대칭적인 디자인으로 유명하다.

를 설명하는 게 더 어렵기도 했다.

앨리스가 기다란 장밋빛 안락의자에 등을 기대고 앉아 있었을 때 10월의 빗방울이 창문과 천장 채광창을 톡톡 때렸다. 학교를 땡땡이치고 나온 듯한 느낌이 들었다. 이 면담을 위해 퇴근하면서 낸시에게는 그냥 병원에 가야 한다고만 말했다. 꼬치꼬치 캐묻는 낸시 같으니라고. 그곳은 개인 상담실이었음에도 앨리스는 작은 마을의 주민들이 몸을 한껏 기울여 자신의 가장 내밀한 이야기를 들으려고 귀를 쫑긋 기울이고 있다는 느낌을 받았다.

"그게 어떻게 시작되었는지 생각해보실 수 있나요? 처음 불안 증세가 나타났을 때 무슨 생각을 하고 계셨나요?"

식료품점 주차장에 서 있을 때, 그곳이 붐빈다는 사실을 알아차렸던 순간이라고 앨리스는 설명했다. 일요일 아침, 스페인어로 진행되는 미사가 성당에서 막 끝난 참이었다. 나중에 다시 올까 생각했지만, 사람들을 피하는 건 어리석은 짓이라고 스스로에게 되뇌이면서 어떻게든 문을 밀고 안으로 들어갔다.

지머먼 박사는 고개를 끄덕이며 메모했다. 앨리스는 이 여자의 캐주얼한 우아함에 주의를 빼앗겼다. 청회색 캐시미어 스웨터와 짙은 색 울 슬랙스. 저 여자는 자신이 비 오는 화요일에 입는 옷이 이곳 마을 사람들 대부분이 특별한 날에 입으려고 사는 옷보다 더 비싸다는 사실을 모를 것이다. 그게 중요한 건 아니지만. 지머먼 박사는 자신이 선택한 곳이라면 어디든 소속될 수 있다는 자신감을 지닌 사람처럼 보였다.

앨리스는 다리를 꼬았다 풀었다 했다. 엄지손가락을 허리 밴드에 찔러넣기도 했다. 그날 파란색 플라스틱 장바구니를 움켜잡고 우유, 시리얼, 타이레놀 같은 것들을 담았다고 설명했다. 그러는 내내 사람들 사이로 걸었다. 대부분 미사를 마치고 나온, 잘 차려입은 라틴계 가족들이었다. 계산대 줄에서는 화려한 분홍색 드레스에 에나멜가죽 구두, 흰색 발목 양말 차림을 한 작은 소녀를 보았다. 그애는 엄마의 손을 잡은 채 나이든 여성을 올려다보며 스페인어로 뭔가를 물어보고 있었다. 앨리스가 지나갈 때 소녀의 시선이 앨리스를 향했고, 그때 앨리스는 버디와 첫 데이트를 했을 때 후드리버 카운티 농업박람회에서 만났던 루즈 퀸토를 떠올렸다. 루즈와 어린 양. 버디가 양을 돌려주자 기쁨으로 피어나던 루즈의 자그마한 얼굴.

앨리스는 그 이야기를 지머먼 박사에게 들려주면서 숨이 가빠오는 것을 느꼈다. 당연히 식료품점에 루즈 퀸토가 있을 리 없었다. 그즈음이면 그애는 고등학생이 되었을 테니. 하지만 하트 모양 얼굴, 부드러운 갈색 눈동자, 밝은 미소에 모든 기억이 밀려닥쳤다. 앨리스는 그 소녀, 그리고 마음 가득 차오르는 기억들로부터 도망치기 위해 홱 몸을 틀어 농산물 코너로 향했다. 박람회에서의 버디. 부엌에 있는 버디. 마지막으로 일하러 가느라 집을 나서던 날의 버디.

지머먼 박사가 고개를 끄덕였다. "그러니까 그 작은 소녀, 그리고 그날의 기억 때문이었던 거네요?"

앨리스는 고개를 젓고 마른세수를 하며 말을 떠올리려 애썼다. 아니에요, 단지 기억 때문은 아니고요. 그녀는 이렇게 말했다. 시간이 흘렀다는 깨달음이었어요. 앨리스는 더이상 선택할 여지를 가진 젊은 여자가 아니었다. 버디를 처음 만났을 때, 앨리스의 삶은 스스로 상상도 못했던 방식으로 활짝 열렸다. 그때까지만 해도 그녀는 평생 혼자 살 거라고 예상했고, 그에 만족했었다. 하지만 그때 너무도 특별한 인생의 동반자를 얻었다. 심지어 버디와 아이를 가질 수도 있을 거라고 생각했다. 이전에는 한 번도 가능할 거라고 생각하지 않았던 일이었다. 그녀가, 앨리스가, 누군가의 엄마가 된다니! 앨과 마리나는 할아버지와 할머니가 될 수도 있을 거였다. 버디는 앨리스를 도와 부모님의 과수원을 운영할 것이고, 그녀는 카운티 일을 관두고 가족 농장에 전념할 수 있을 터였다. 앨과 마리나가 앨리스에게 가르쳐준 과수원 일, 세상을 살아가는 법에 대한 모든 지혜를 자녀들에게 가르쳐줄 것이었다. 그녀도 무언가를 물려줄 것이었다. 하지만 이제는 아니다. 그 모든 가능성은 사라졌다. 앨리스는 남편을 잃고 자녀도 없는 중년 여성이자 집안의 마지막 자손이었다. 이전까지 스스로 원하는 줄도 몰랐던 보물들이 한순간에 사라져버렸다. 앨리스는…… 이 감정을 뜻하는 적절한 말을 찾아 한참 고민했다. 도둑맞은 기분. 그녀의 가장 큰 꿈들이, 그 존재를 알아차리자마자 물거품이 되었다.

지머먼 박사의 아늑한 사무실에서 이런 것들을 이야기하는 건 안전하게 느껴졌다. 의사는 앨리스가 버겁다고 느낄 때나 숨을 쉬기 어려울 때 도움이 되는 전략 하나를 알려주었다. 실마리를 따라가보세요. 통제 불능의 상태로 만든 건 무엇일까요? 무엇이 숨쉬기 어렵게 만들었나요?

앨리스는 강 쪽으로 걸었다. 리치 칼슨의 각진 얼굴과 비열한 미소를 떠올렸다. 오래전의 크리스마스 파티 날을, 그의 얼굴이 그녀를 향해 지나치게 가까이 다가왔던 순간을 기억했다. 평소에는 그 기억에 수치심과 불편함이 들었을 텐데, 지금 느껴지는 건 번득이는 분노였다. 감히 그녀를 만지다니. 그리고 지금, 그녀가 그토록 열심히 일해서 번 돈을, 그 연금을 망치려는 위협까지. 병가 한 번 내본 적도 없는 그녀에게. 언제나 일찍 출근해 늦게까지 일한 앨리스, 충성스러운 앨리스에게. 그가 이럴 이유가 뭐가 있나? 더 중요한 건, 왜 이 일로 그녀는 이렇게 공황 상태에 빠진 건가? 앨리스가 빌의 업무를 하고 있다는 사실은 모두가 알았다. 그녀를 해고한다면 어떤 일도 처리되지 못할 것이다. 카운티가 몇 년 동안 시행해온 가장 큰 개발 사업인 부둣가 프로젝트는 그 노인네를 골프장 밖으로 끌어내느라 몇 달이고 중단될 것이다. 빌을 다시 일하게 만든다 해도 앨리스가 그의 일을 너무도 오랫동안 해왔기에 사람들은 그가 일이 어떻게 돌아가는지 더는 모른다는 사실을 알게 될 것이다. 아니면 그녀를 대체할 새로운 인력을 고용할 수도 있겠지. 어느 쪽이든 시간을 낭비할 수밖에 없을 것이다.

그럼 이건 해고당할지도 모른다는 두려움에 관한 게 아니다. 스탠과 엮이는 일이 부끄러운 것도 아니었다. 낸시에게 말했듯, 그녀의 부모님 같은 농부들과 과수원업자들을 위해 스탠의 단체가 해준 일들을 그녀는 존중했다. 뭔가 다른 것 때문이다. 대체 뭐지?

"당신은 너무 친절해, 앨리스."

갑자기, 정말로 느닷없이, 버디의 목소리가 들려왔다.

"당신도 알잖아, 내 사랑."

마치 커튼을 걷어젖히자 숨겨진 방이 드러나듯, 갑작스러운 깨달음이 찾아왔다. 앨리스 자신조차 잘못 판단했거나 가려져 있던 내면의 작용들, 꿈틀대는 마음이 드러났다.

낸시가 떠넘긴 일을 끝마치느라 얼마나 자주 금요일 늦게까지 야근을 했던가? 어차피 다른 계획도 없었긴 했지만.

"저한테 너무 잘해주시네요, 앨리스!" 낸시는 퇴근하면서 이렇게 말했다. "고마워요!"

너무 친절하다.

왜 승진을 요구하지도 않고 빌의 일을 대신 해줬던 걸까? 노동절 회식을 마친 뒤 자리를 치우기 위해 남기. 자녀가 없는 유일한 직원임에도 매년 고등학교 축구팀 기금 마련을 위해 자원봉사하기. 온종일 비를 맞으며 부스에 앉아 있기. 심지어 축구를 끔찍하게 싫어했는데도.

너무 친절해. 너무 친절해서 거절도 못해.

얼굴이 수치심으로 붉어졌다. 아니, 거절도 못하는 건 너무 두려워서다. 자신의 입장을 말하는 것도, 솔직하게 표현하는 것도 두려워서. 자기 자신이 되는 게 두려워서.

이전에는 이것을 명확하게 이해한 적이 없었다. 하지만 이제 보이는 건 그것뿐이었다. 에드 스티븐슨과 대면했던 그날 밤에도 그것을 느꼈다. 마음속 어딘가 깊숙한 곳에 파묻혀 있었던 그것. 그 투명한 열기, 어디로부터 온 건지 알 수 없는 분노. 앨리스는 오랫동안 자기 자신이 아닌 누군가로 가장하며 살아왔다는 사실에 몹시 화가 났다. 왜 그랬던 걸까? 리치 칼슨 같은 사람들이 불편해지는 일을 피하기 위해서? 그 족제비 같은 얼굴, 올려 빗은 머리가 떠올랐다. 불길의 장벽처럼 내면에서 분노가 치밀어올랐다. 어떻게 감히 부모님을 이렇게 실망시켰을까. 어떻게 감히 나 자신을 실망시켰을까.

앨리스는 강가를 따라 계속 걸었다. 바위가 많은 둑을 내려가 후드강과 컬럼비아강이 합류하는 넓은 모래톱 위로 걸었다. 매년 일어나는 홍수로 인해 무너져 후드산에서 굴러내려온 커다란 통나무들과 바위들 주변을 오르내렸다. 엄청나게 강한 물살로 인해 산 아래로 한 번에 1마일씩 떠내려온 것들. 서쪽에서 돌풍이 불어와 얼굴을 때렸다. 모래톱 끝에 다다랐을 때, 그녀는 후두둑 떨어지는 빗속에 서 있었다. 모든 것이 쏟아지도록 내버려두었다. 분노, 슬픔, 상실, 절망. 실마리가 저를 데려온 곳은 여기네요, 지머먼 박사님.

그녀는 모든 것에 하나씩 이름을 붙였다. 버디, 부모님, 과수원, 있었을지도 모르는 그녀의 아이들, 돌이킬 수 없는 시간의 흐름까지. 그 모든 것, 그녀가 잃어버렸고 결코 되찾을 수 없는 그 모든 것이 통과하도록 가만히 내버려두었다. 세상 혼자라는 깨달음에 온몸이 묵직하게 아파왔다. 버디와 만나기 전에도 혼자였지만 이제부터 죽을 때까지 그녀는 혼자일 것이다. 앨리스 섬이여, 도개교를 올려라. 외톨이 앨리스.

하지만 이전에도 이 사실에 개의치 않았었잖아, 안 그래? 그것이 그녀의 본질이었다. 그냥 앨리스. 그러니 괜찮을 것이다. 그래. 호흡이 조금씩 느려지고 있었다. 스스로가 진정으로 누구인지에 대해 그녀는 만족할 수 있다. 자기 자신으로 존재할 수 있다. 그녀는 오직 그녀 자신에게만 속할 것이다. 그러자 물이 흐르던 수도꼭지를 잠근 것처럼 불안이 뚝 멎었다. 슬픔의 말끔한 가장자리를 느낄 수 있었지만, 그것은 침착해진 감정, 통제할 수 있는 감정이었다. 앨리스는 남들에게 어떻게 보일지 신경쓰지 않은 채 강변에 서 있었다. 봄 소나기를 흠뻑 맞으며 엉엉 우는 통통한 중년 여자가 거기 있었다.

가슴속에 자리한 매듭이, 목구멍을 가로막은 매듭이 스르르 풀렸다. 마음속에 한 명씩 나타났다. 버디, 마리나, 앨. 그들은 모두 그녀를 사랑했다. 그건 여전히 중요했다. 또 그들은 앨리스가 그녀 자신이길 바랐다. 그러자 마지막 한 조각의 두려움마저 끈이 잘린 풍선처럼 날아갔다. 빙긋 미소를 짓고, 눈가를 닦고, 소리 내어 웃었다. 그녀는 온전히 앨리스 홀츠먼이라고 느꼈다. 앨과 마리나의 딸, 버디 라이언의 아내, 그리고 꿀벌을 지키는 사람. 이제 그녀는 자기 자신이며, 몹시 화가 난 상태다.

앨리스는 주머니에 손을 넣어 휴대폰을 꺼낸 다음 전화를 걸었다.

"안녕하세요, 스탠." 그녀가 말했다. "앨리스 홀츠먼인데요. 커피 한잔하실 시간 있으세요?"

16
벌집 군집 붕괴

양봉가가 개체수를 철저하게 관리한다면 대개 벌들은 자신들을 무사히 지켜낼 것이다. 그리고 공동체를 방어하기 위해 죽을 각오를 한 수천 마리가 지켜주지 않는 한, 벌들은 수많은 적들의 포로가 될 것이다.

_L. L. 랭스트로스

제이크가 이해한 바에 따르면 벌집의 기본 원칙은 질서였다. 그리고 질서를 갖춰야 할 첫번째 요소는 식량이었다. 여왕벌은 알을 매일 이천 개 이상 낳지만, 수확자가 충분한 꿀과 꽃가루를 찾지 못하면 알들은 생존할 수 없다. 질서를 위한 두번째 요소는 협동이다. 가장 숙련된 벌인 수색벌들은 공동체를 위한 식량 자원을 모으려고 하루에도 꽃 수천 송이를 방문하곤 했다. 집일벌들은 육아벌들에게 먹이를 전달하는 일을 맡았고, 육아벌들은 알과 애벌레, 어린 벌들에게 먹이를 주었다. 여왕벌을 수행하는 벌들은 여왕벌이 해야 할 일을 계속할 수 있도록 먹이를 주고 깨끗이 씻겨주었다. 상호 의존의 완벽한 구조이자, 수준 높게 기능하는 상호 연결된 가정이었다.

인간과는 다르구나, 제이크는 화이트 빈 치킨 칠리 요리를 만들기 위해 케일을 썰면서 생각했다. 부모님 집에서는 협동의 감각을 느껴본 적이 한 번도 없었다. 셋이 같은 공간에 있지만 거의 따로 살고 있는 것 같았다. 하지만 앨리스의 집에서는, 요리를 시작한 뒤로는 자신이 뭔가 기여하고 있다고 느꼈다. 제이크가 이사온 이후로 그들은 매일 밤 식탁에서 함께 식사했다. 하루를 마무리하며 앨리스와 마주앉아 벌에 대해 이야기 나누는 게 좋았다. 요리에 꽤나 소질이 있다는 사실을 알게 되어 스스로 놀라기도 했다. 노아가 이제 그를 '라 두에냐 데 라 카사'*라고 부르든 말든 상관없었다.

"이제 아주 꽃무늬 앞치마만 있으면 완벽하겠어!" 제이크가 실리아네 가족 레시피 중 하나로 만든 플랜** 접시를 내밀자 노아가 놀렸다.

실리아는 노아를 팔꿈치로 쿡 찌르며 정중하게 접시를 받아들었고, 제이크에게 포장지로 싸인 작은 꾸러미를 건넸다. 안에는 양철통에 그려진 파스칼 성인의 레타블로***가 들어 있었다. 부엌의 수호성인이라고 실리아가 알려주었다.

"엄마가 주셨어." 그녀가 눈을 굴리며 말했다. "카다 코시나 로 네세시타, 미하."**** 자부심 넘치는 엄마의 말투를 흉내내느라 톤을 높여 그녀가 말했다. "가스레인지 가까이에 걸어둬야 한대."

---

* '안주인'이라는 뜻의 스페인어.
** 달걀, 치즈, 과일 등을 넣은 파이.
*** 천주교에서 쓰이는, 돌이나 나무, 상아 등으로 만든 조각으로, 벽에 붙이지 않고 선반에 올려놓는 형태를 가리키는 스페인어.
**** '모든 부엌에 필요한 거야, 우리 딸'이라는 뜻.

그 밑에는 두번째 레타블로가 있었다. 그건 실리아가 준 거였다. 드보라 성인의 형상이었다.

"벌들의 수호성인이야." 그녀가 수줍게 웃으며 말했다.

한편, 노아는 플랜을 게걸스럽게 먹어치우고 있었다.

"야, 이거 완전 맛있다. 진짜, 뻥 안 치고!" 제이크가 비웃자 그가 말했다.

실리아는 제이크가 쓰는 새로운 요리 앱을 함께 살펴보았다. 앱은 식료품점 판매 목록과 연결돼 있어서 노아와 실리아에게 문자 메시지를 보내면 그들이 대신 식재료를 사다줄 수 있었다. 도움을 요청하는 게 마음에 걸렸지만, 지금으로선 혼자 힘으로는 할 수 없다는 걸 알고 있었다. 리틀빗 식료품점과 랜치 서플라이에 일 년 만에 처음으로 휠체어 타고 들어선다는 것…… 차라리 알몸으로 들어서는 게 나을 거라는 생각이 들었다. 그를 쳐다보고, 멈춰 서서 말을 걸려고 하는 온갖 사람들. 절대 싫다. 아직은 아냐. 친구들의 도움에 기대는 게 앨리스의 집안일에 기여하고 그를 유용한 손님으로 만든다는 사실을 그는 어렵사리 받아들였다.

제이크와 함께 식재료를 정리한 실리아는 다시 벌들을 보러 가고 싶어했다. 이번에 그녀는 앨리스의 양봉용 복장을 갖춰 입고 제이크와 함께 벌통을 향해 곧장 걸어갔다. 언제나처럼 제이크는 머리에 아무것도 쓰지 않은 채로 벌들에게 다가갔다.

노아는 울타리 뒤에 있기로 했다. "세시, 너 거하게 쏘일 거야! 여자애처럼 나한테 울면서 달려오지 마라!"

"노 소이 네나!"* 실리아가 그를 향해 소리쳤다. "네가 더 여자애 같거든!"

"바로 지금 네 어깨 위에 한 마리 보인다. 그게 네 귀에 구멍을 뚫어버리고 뇌를 먹어치울걸!"

노아는 금세 지쳐서 야유하길 관두고 헛간 옆 벽에 테니스공을 튕기기 시작했다.

두 사람은 보다 오래된 벌통 앞에 자리를 잡았다. 제이크는 실리 아더러 입구 쪽을 향해 몸을 웅크리고 있으면 벌들이 들락날락하는 광경을 볼 수 있을 거라고 말해주었다. 제이크가 말해준 대로 그녀는 천천히 움직였고, 벌들은 동요하지 않고 계속 할일을 했다. 경비벌 한 마리가 제이크의 맨얼굴 주변에서 윙윙거렸다. 그는 눈을 감고 숨을 들이마신 뒤, 그가 위협이 되지 않는다고 판단한 벌이 다시 할일을 하러 갈 때까지 가만히 있었다. 실리아가 헉 소리를 냈다.

"세상에! 얘네 다리 좀 봐! 엄청 주황색이야! 그리고 노란색!"

제이크는 빙긋 웃었다. 벌들은 자그마한 비행기처럼 연이어 벌통 입구 앞에 내려앉고 있었다. 그들이 가져온 꽃가루 바구니에는 선연한 주황색, 노란색, 빨간색이 가득했다. 어떤 벌들은 머리부터 발끝까지 꽃가루를 뒤집어쓴 채 벌통 판자 위에 앉아 머리에서 다리 쪽으로 꽃가루를 빗질해 옮기고 있었다. 제이크는 밝은 노란색 뒷다리를 지닌 벌 한 마리를 가리켰다.

"저 부분은 꽃가루 바구니**라고 불러. 벌이 꽃가루를 넣어둘 수

---

* '난 여자애가 아니야'라는 뜻.
** 일벌의 뒷다리 마디 바깥쪽에는 긴 털들이 달려 있는데, 안으로 오목하게 굽어 있어서 바구니의 역할을 한다. 일벌은 이곳에 꽃가루 덩어리를 싣고 집으로 돌아온다.

있는 방 같은 거야. 벌통에 들어가서 이후에 아기들에게 먹일 수 있도록 잘 정리해 보관해둘 다른 벌에게 저 꽃가루를 건네줄 거야. 틀의 모든 면이 다 저걸로 채워진다. 거의 그림 같다고 보면 돼."

"그것도 보고 싶다!" 실리아가 말했다.

제이크는 좀더 최근에 들인 벌통 쪽으로 실리아를 데리고 가기 전에 잠시 망설였다. 어제 앨리스가 일하러 간 동안 벌통을 열어봤다고 말하지 못한 게 몹시 후회스러웠다. 그날 아침에도 그 벌통들에 가까이 가지 않을 도리가 없었다. 그는 앨리스가 서니베일 비 컴퍼니에서 집으로 가져온 새 벌통들 중 나머지 절반(19번부터 24번까지)에 대해 확인 작업을 마쳐놓긴 했다. 모두 아직 상자 하나 높이의 번식 상자들로, 양봉장 동쪽 가장자리에 놓여 있었다. 제이크는 벌들의 근면 성실함, 아름다움, 그리고 여왕벌의 신비로운 음악에 매혹되었다. 이제 그는 17번 벌통 상단부에 손을 얹고 눈을 감았다. 상자에선 차분하고 규칙적인 웅웅거리는 소리가 났다. 그는 틀들의 중앙에서 흘러나올 소리를 상상하며 오래 귀를 기울였다. 점점 숨소리가 느려졌고, 마침내 G샤프 음계의 희미한 소리가 들려왔다. 그 음은 여왕벌이 안에 있다는 것, 그리고 이 벌통은 '건재한 여왕벌의 것'임을 알려주었다.

제이크는 상단부 아래쪽에 놓인 쇠지렛대로 벌통을 열었다. 상단부를 열고 내부 덮개와 함께 옆으로 치워둔 뒤, 아직은 밀랍이 없고 벌도 없는 빈 틀을 꺼냈다. 그는 다른 틀들을 위쪽으로 밀고, 중앙 틀을 조심스레 꺼내 들어올려서 실리아에게 보여주었다. 그녀는 경탄의 숨을 들이마셨다.

"놀라워!" 그녀가 손을 모으며 속삭였다.

제이크는 틀을 휠체어 팔걸이에 얹었다. 벌들은 느긋하고 꾸준하게 자신들의 일을 했다. 그는 방들에 가득차 있는 찬란한 꽃가루 띠를 가리켰다. 그리고 꿀이 저장되는 곳, 애벌레들이 놓인 뚜껑 덮인 방, 뚜껑 덮이지 않은 알들이 놓인 방을 보여주었다. 움직이는 벌들의 무리 사이로 여왕벌의 우아한 몸통이 보였다. 여전히 번식 가능하다는 것을 뜻하는 녹색 점이 박혀 있었다.

"여기 있어, 세시." 그가 말했다. "이 모든 걸 관장하는 여왕님 말이야."

제이크는 초창기 양봉가들과 과학자들이 이 커다란 벌을 수컷이라 여기고 그녀를 왕이라고 불렀다는 내용을 책에서 읽었다. 17세기 중반이 되어서야 네덜란드의 한 박물학자가 여왕벌의 난소를 해부하고 오류를 발견했다. 실리아도 그게 웃기다고 생각했다.

"전형적인 남자들 생각이지. 하지만 저 광경은 나한테는 아주 잘 이해돼." 여왕벌을 둘러싸고 떨듯이 움직이는 벌들을 가리키며 그녀가 말했다. "우리집 크리스마스 때 같아. 집안 한가운데에 아부엘리타*가 있고, 우리 엄마랑 이모들이 아부엘리타가 시키는 대로 여기저기 뛰어다니거든. 이 광경을 보시면 엄청 좋아하시겠다! 그리고 수벌들이 아무 일도 안 하면서 어슬렁대는 것도…… 오랄레!**" 그녀가 손가락을 튕겼다.

개인적으로 제이크는 수벌의 운명이 좀 비참하다고 느꼈다. 수벌들은 평생 한 번만 짝짓기하고 그 직후에 죽는다. 짝짓기를 한

---

* '할머니'를 뜻하는 스페인어 애칭.
** 놀라움과 경탄 등을 나타내는 스페인어 감탄사.

번도 하지 못한 수벌들은 가을이 되면 벌집에서 쫓겨나는데, 새끼를 기르거나 정찰을 나서도록 길러지지 않았기에 초과 수화물 같은 존재라고 여겨지기 때문이다.

테니스공 소리가 잦아들었다.

"닐 암스트롱 님, 좋은 한때를 방해해서 죄송한데요." 노아가 소리쳤다. "나 일하러 가야 해!"

실리아가 안면 보호대 밖으로 숨을 쉬며 천천히 그를 향해 걸어갔다.

"루크. 내가 네 아빠다." 그녀가 거친 목소리로 말했다.

"색이 틀렸잖아, 세시! 다스베이더는 너처럼 흰색이 아니라 검은색이야." 노아가 말했다.

제이크는 실리아가 양봉 복장을 벗는 것을 도와주고는 두 사람을 따라 트럭 쪽으로 향했다. 그들이 가지 않았으면 싶었다. 저녁이면 앨리스의 새 직원인 해리가 온다는 게 두려웠다.

노아는 트럭 문에 기대어 휴대폰을 들여다보았다. "이번 주말에 포머로이네서 다 같이 모이기로 했는데, 너도 놀러와. 다들 널 보고 싶어한다고."

포머로이의 차고는 오래된 소파 두 개, 탁구대, 맥주 냉장고, 빵빵한 음향기기까지 갖춰진 완벽한 맨 케이브*였다. 포머로이의 엄마는 아빠와 이혼한 뒤 그곳을 그애가 쓰도록 허락해주었다. 거기에 있던 때를 떠올리자 제이크의 가슴이 벅차올랐다. 헛소리를 지껄이고, 맥주를 마시고, 트럼펫 연주를 진두지휘하던 나날들.

---

* 남자가 가족에게서 떨어져 휴식을 취하거나 취미활동을 하기 위한 집안의 공간.

"내가 탁구로 널 발라버릴걸, 스티븐슨."

노아의 말에 제이크는 어깨를 으쓱했다.

"너한테 핸디캡* 줘버릴 거다." 노아가 제이크의 휠체어를 무릎으로 치며 놀렸다. "그래야 공정하지."

제이크는 미소를 지으려고 노력했다. 친구는 무례하게 굴려는 의도가 없다는 걸 아니까.

하지만 입에선 이런 말이 튀어나왔다. "야, 그거 진짜 안 웃긴 거 알아?"

노아는 귀 끝까지 새빨개졌다. 한 대 세게 맞은 표정이었다. "젠장, 스티븐슨. 미안해. 나는 그냥……"

제이크는 노아의 옆구리를 쿡 찌르며 말을 잘랐다. "알아." 그가 말했다. "그냥 널 발라버릴 일이 없길 바랄 뿐이다."

친구의 얼굴이 안도감으로 차올랐다.

"포머로이네 가는 건 생각해볼게." 제이크가 말했다.

먼저 차에 탄 실리아가 창문 바깥쪽으로 몸을 기울여 노아의 옆구리를 찔렀다. "너 빨리 일하러 가야 한다면서, 웨이**!"

"걔네 집 가고 싶으면 태워줄 테니 문자 해, 친구." 노아가 말했다. 그는 제이크과 주먹을 맞부딪친 뒤 운전석에 커다란 몸을 구겨넣고 떠났다.

제이크는 부엌 창가에 앉아 황금색 몸체들이 이웃 과수원으로 날아가는 모습을 바라보았다. 그러면서 포머로이네 차고에 놀러가

---

* '불리한 조건'이라는 뜻의 핸디캡(handicap)에는 '장애'라는 의미도 있다.

** '이 녀석'이라는 뜻.

는 것에 대해 생각했다. 그를 쳐다보면서도 쳐다보지 않는 척하는 남자애들. 참을 수 없었다. 아주 오랫동안 트럼펫을 잡지 않은 게 뭐 대수인가.

그는 이어폰을 양쪽 귀에 꽂고 휴대폰에서 음악 목록을 스크롤했다. 듣고 싶은 음악이 하나도 없어서 이어폰을 도로 뺐다. 전에는 부모님이 집에서 돌아다니는 소리를 차단하기 위해 얼마나 자주 음악을 들었는지 문득 깨달았다. 앨리스의 집은 너무나 조용했고, 듣고 싶은 소리도 훨씬 더 많았다. 그곳에 앉아 있기만 해도 나무 사이로 부는 바람소리, 닭들의 울음소리를 들을 수 있었다. 방충망이 처진 문 너머로 벌 한 마리가 윙윙대며 날아갔다.

제이크는 휴대폰에서 레시피 앱을 열고 냉장고에서 케일을 꺼내 도마 위에 올려놓았다.

"여자애 같거든." 실리아는 어깨 너머로 노아에게 그렇게 말했었다.

"여자애 같거든." 마음속에서 에드가 야유하는 소리가 들려왔다.

아버지는 요리를 배우는 제이크를 좋아하지 않을 것이다. 에드는 극단적인 시골 사람 기준으로 볼 때 외적으로 남자답지 않아 보이는 모든 것을 싫어했다. 남자들은 트럭을 몰고, 맥주를 마시고, 집안을 다스리고, 가을에는 사냥에 나선다. 육체노동은 존경받아 마땅하지만, 그 노동은 집 바깥에서만 이루어져야 한다. 아내가 매일 요리, 청소, 집안일을 온종일 하는 것은 당연하게 받아들여졌다. 제이크는 아버지가 엄마더러 저녁식사를 만들어줘서 고맙다고 말하거나 청소하겠다고 제안하는 것을 한 번도 들어본 적 없었다.

"여자애 같거든." 열두 살 제이크가 진입로에서 새 스케이트보드로 올리를 연습하고 있을 때 집에 돌아온 아버지는 그렇게 말했다.

그러면서 담배에 불을 붙였다. "그 요상한 판때기 가지고 놀지 말고 축구를 해야지."

제이크는 7학년에는 축구팀이 없다고 아버지에게 말하지 않았다. 또 숀 화이트 같은 최고의 올림픽 스노보더들 중에는 스케이트보드로 처음 시작한 이들이 있다는 것도 말하지 않았다. 아마도 아버지는 스노보드 역시 요상한 짓이라고 여겼을 것이다.

고등학생이 되었을 무렵, 제이크는 엄마가 가져온 롱보드를 탔다. 그게 그가 누리는 자유였다. 롱보드는 그를 학교로, 스케이트보드 공원으로, 노아 캐츠의 집으로 데려가주었다. 비록 이제 더는 탈 수 없었지만 롱보드는 여전히 그에게 소중한 존재였다. 지금 롱보드는 앨리스네 집안, 그가 머무는 방 한구석에 놓여 있었다. 이제 에드는 기뻐할까?

그는 칠리가 끓도록 약한 불에 올려놨다. 남은 오후 동안 새 벌통들을 다시 한번 살펴보기로 했다. 그리고 저녁에 앨리스가 집에 돌아오면 잘못을 고백할 것이다.

벌통 검사를 하느라 오후가 빠르게 흘러갔다. 검사를 하면서 벌들과 함께하는 시간이 끝을 향해 간다는 게 느껴졌다. 벌들은 이미 첫번째 번식 상자를 거의 다 만들었다. 조만간 앨리스는 벌들이 번식을 위한 밀랍을 더 많이 만들 수 있도록 번식 상자 하나씩을 더 추가할 것이다. 그러면 벌통 높이가 높아져서 휠체어에 앉은 채로는 더이상 벌통을 열지 못할 것이다. 제이크는 알, 봉개한 애벌레, 봉개 안 한 애벌레, 수벌과 일벌을 찾아내는 데 익숙해졌다. 여왕벌이 어디 있는지 찾아내는 작업은 게임 같았다. 귀기울이기, G샤프 음 찾기, 벌통 열기, 여왕벌 발견하기. 여왕벌의 위치를 맞출 때마다 가슴속이 자긍심으로 부풀었다.

그 소리는 모든 벌통에서 똑같이 들려왔다. 어젯밤에는 인터넷에서 이것을 설명해줄 참고자료도 찾았다. 워싱턴주립대학의 한 연구원은 여왕벌들이 자신만의 톤을 지니고 있다는 사실을 확인했다. 모두 G샤프나 A플랫 음이었다. 왜 똑같은 음일까? 궁금했다. 아이들에게 혹은 자기 자신에게 노래를 불러주고 있는 걸까? 여왕벌은 무슨 말을 하고 있는 걸까?

제이크는 문제없이 벌통 하나하나를 확인해나갔다. 그러다 23번 벌통 앞에 이르렀을 때, 이상한 일이 일어났다. 여왕벌의 소리가 잘 들리지 않았다. 벌통을 열고 안을 들여다보았을 때, 가슴이 철렁 내려앉았다. 여왕벌은 다섯번째 틀 안에 있었지만, 움직임이 굼떠 보였다. 수행벌들이 그녀를 에워싸고 몸과 날개를 닦아주고 있었다. 여왕벌의 소리는 간간이 들려올 뿐이었고, 그마저도 미약했다. 제이크는 등골이 서늘해진 채 벌통을 닫았다. 24번 벌통의 상태는 더 나빴다. 여왕벌의 소리는 전혀 들려오지 않았고, 바쁘게 오가는 일벌들 틈에서 가늘고 긴 몸체도 보이지 않았다.

두피와 윗입술에 식은땀이 솟았다. 내가 무슨 짓을 한 거지? 벌들을 그냥 두었어야 했는데. 젠장. 앨리스는 엄청 화낼 것이다. 여왕벌이 없으면 새로운 벌통 두 개는 끝장이다.

제이크에게 새 벌통들을 보여준 첫날, 앨리스는 23번 벌통을 쓰다듬었다.

"너희가 미래야." 제이크는 앨리스가 하는 말을 들었다. "너희는 그저 너희의 할일을 하렴. 내가 너희를 안전하게 지켜줄게."

제이크는 그 이후 두어 시간 동안 온라인 꿀벌 포럼을 뒤져보았지만, 자료를 읽으면 읽을수록 절망감만 더 커졌다. 앨리스의 트럭이 진입로에 들어서는 소리를 들었을 때는 속이 뒤집힐 것 같았다. 상태가 좋지 않은 여왕벌에 대해 아무것도 말하지 말까 잠시 고민했다. 앨리스가 그 상황을 발견하기까지 시간이 얼마나 걸릴지 알수 없었다. 아마 며칠은 걸릴 것이다. 하지만 곧 그 생각은 떨쳐냈다. 시간을 오래 끌수록 벌통이 생존할 가능성은 희박해질 것이다.

앨리스가 문을 쿵 열고 들어와서 가방을 소파에 던졌다. "얘, 꼬마야." 그녀가 말했다. "냄새 무지 좋다. 내가 또 저녁을 미친듯이 먹겠는데, 그렇지?"

앨리스가 미소 지었고, 제이크는 자신이 그녀에게 하려는 말을 떠올리자 스스로가 미웠다. "안녕, 앨리스. 좋은 하루 보냈어요?"

그녀가 비뚤한 미소를 지어 보였다. "그렇게 말하다니. 평소 같지 않은데." 그녀가 말했다.

작업복으로 갈아입은 앨리스가 거실로 들어왔을 때, 제이크는 그녀의 벌통 일지를 꺼내 테이블 위에 올려놓았다.

"앨리스, 말씀드려야 할 게 있어요." 그가 말했다. "잠깐 앉아보실래요?"

그는 새로운 벌통을 보러 갔었다고 빠르고 간략하게 말했다.

"맙소사! 네가 뭘 했다고? 어떻게……" 목소리가 높아졌고, 그녀는 휠체어를 가리켰다.

"휠체어를 탄다고 해서 제가 무력해지는 건 아니에요, 앨리스." 그가 나직이 말했다. "이제 제 말을 끝까지 들어주시겠어요?"

앨리스는 얼굴이 붉어진 채 사과하고는 고개를 끄덕였다. 제이크는 새로운 벌통들에서 여왕벌의 소리를 들은 것에 대해 이야기했다. 그런 뒤 자신의 메모와 함께 벌통 일지를 건넸다. 그녀의 항목들을 참조해 최대한 자세하게 기록하려고 노력했다. 날짜, 기온, 시간, 여왕벌 관찰, 알 관찰 등등. 수벌들의 방, 꽃가루 패턴, 알에서 나오는 애벌레 등 자신이 본 것들을 그림으로 그리기도 했다.

앨리스는 일지를 살펴보며 고개를 끄덕였고, 천천히 한 장씩 넘겨보았다. 그녀가 공책을 내려놓았다.

"잘했어, 제이크. 그림들도 인상적이네." 이렇게 말하며 씁쓸하게 웃었다. "갑자기 욱해서 미안해. 너에게 모욕을 줄 생각은 아니었어. 이런 일을 예상하지 못했을 뿐이야. 사실, 무척 도움이 돼. 정말 멋진 기록이다."

제이크는 어깨에 들어갔던 힘이 조금씩 풀리는 것을 느꼈다. "화 안 났어요?"

그녀가 고개를 저었다. "응, 화 안 났어." 그녀가 말했다. "네가 날 대신해준 것 같은데."

앨리스는 테이블 너머로 그를 향해 공책을 밀었다. "이제부터는 네가 벌통 일지를 써줘."

제이크의 얼굴이 기쁨으로 환해졌다. 잠시 할말을 잃었다. 벌들이 그를 새롭고도 근사한 무언가로 이끌어주고 있다는 그 느낌을 어떻게 설명해야 할지 알 수 없었다. 벌들을 바라볼 때 마음속에서 일어나는 황금빛 떨림은 그가 전혀 예상할 수 없었던 느낌이었다.

"말할 게 더 있어요." 그가 말했다.

제이크는 벌통에서 들은, 나머지 음색과 구별되는 G샤프 음에 대해 말했다. 앨리스는 처음엔 당황한 듯하더니 깜짝 놀란 얼굴이 되었다. 그는 워싱턴주립대학 연구원에 대해서도 이야기하고, 벌통 일지에 있는 주제와 관련해서 그가 쓴 메모들도 보여주었다. 가장 소중한 비밀을, 이해할 수 있는 누군가와 나누고 있는 듯한 기분이 들었다.

"정말 특별하지?" 그녀가 페이지들을 흘끗 보고 그를 올려다보며 중얼거렸다. "벌들이 왜 그러는지 궁금해. 넌 매번 들었겠다, 그렇지?"

바로 그때 제이크의 얼굴에서 미소가 가셨다. 그는 창밖을 내다보고는 다시 앨리스를 바라보며 병든 여왕벌들 이야기를 꺼냈다.

앨리스의 안색이 어두워졌다. 그녀는 한숨을 쉬더니 의자에서 일어났다. "가서 확인해보자."

양봉장에서 앨리스는 모자와 베일, 장갑을 착용했다. 제이크가 훈연기를 포함해 그 어떤 것도 사용하지 않는다고 말하자 그녀는 놀란 것 같았다.

"알았어. 마음대로 해, 꼬마야."

앨리스가 제이크에게 23번 벌통을 열어보라고 손짓했다. 처음엔 손이 떨렸지만, 그는 평소처럼 눈을 감고, 규칙적으로 몇 번 숨을 쉬고는 최대한 조심스럽게 손을 넣었다. 제이크가 했던 말을 확인하는 데는 그리 오랜 시간이 걸리지 않았다. 23번 벌통의 여왕벌은 더이상 움직이지도 않았고, 24번 벌통에서는 여왕벌을 아예 찾을 수 없었다.

"젠장." 앨리스가 말했다.

그녀가 그에게 벌통 일지를 밀치듯 넘겼다. "여왕벌 실패. 딱 그렇게 적어놔." 그녀가 단호하게 말했다. "23번과 24번 벌통, 그리고 날짜도."

메모를 작성하면서 제이크는 토할 것 같은 기분이 되었다.

"두 벌통에는 새로운 여왕벌이 지금 당장 필요해, 그래도 살아
날 수 없을지도 모르지만. 벌들이 너무 어려서 새로운 여왕벌이 나
올 수 없으니 두 마리를 주문해야겠군." 앨리스가 말했다.

앨리스는 장갑을 벗고 방풍막 담 위에 앉아 그를 유심히 바라보
았다. "얘, 너무 심각하게 생각하지 마. 이런 일은 종종 일어나니
까. 내가 트럭을 때려 부순다고 해도 도움이 되진 않을 거야. 두 벌
통은 신생이고, 새로운 여왕벌이 와도 아마 괜찮을 거야."

제이크는 속이 울렁거린다고 느끼며 그녀를 바라보았다. "그러
면 제가…… 제가 그랬다고 생각하진 않으시는 거죠? 제가 여왕
벌들을 다치게 했다고 말이에요."

"아, 전혀. 그렇게 생각 안 해." 앨리스가 말하며 고개를 저었다.
"아냐. 넌 아무것도 다치게 하지 않았어. 네가 얼마나 조심스러운
지 보이거든. 양봉에 확실히 재능이 있구나. 그렇게 장비도 없이
다가간단 말이지? 그 음에 대한 얘기도 그렇고. 젠장, 난 수년 동
안이나 이걸 해왔는데 말이야. 솔직히 말하면 좀 부럽다."

걱정이 사라지자 제이크의 경직된 몸이 풀렸다. 뱃속에서 황금
빛 윙윙 소리가 들려오는 듯했다. 마치 그의 몸이 벌집으로 가득한
텅 빈 나무가 된 것처럼. 이런 감정은 그의 내면에서 자라왔고, 이
제야 그게 무엇인지 기억났다. 방에서 체니와 함께 눈을 떴던 첫날
꼭 이런 감정을 느꼈다. 엄마가 첫 스케이트보드를 사줬을 때, 그
리고 앨리스의 집에 있는 그를 도와주러 노아가 아무것도 묻지 않
고 와줬을 때. 그리고 지금 이렇게 벌들과 함께 있을 때. 그 느낌은

그저 사랑이었다. 그 느낌이 전부였다. 그는 가만히 그 깨달음을 마음에 품고 아무 말 없이 있었다.

앨리스가 손목시계를 흘끗 보았다. "해리가 곧 오겠네."

그들은 양봉장 서쪽으로, 번식 상자 두세 개 높이의 더 오래되고 잘 정착한 벌집들을 따라 걸었다. 제이크는 그 벌통들을 열어볼 순 없었지만, 여왕벌의 소리는 계속 모니터링하고 있었다. 그런데 지금은 그 소리가 들려오지 않았다. 제이크는 이동하길 멈추고는 가장 가까운 벌통에 손을 댔다.

"앨리스, 이 벌통들도 확인해봐야 할 것 같아요." 그가 말했다.

안쪽을 확인해보니 벌통은 충격적일 만큼 완전히 파괴되어 있었다. 앨리스의 가장 오래된 벌통 다섯 개에는 모든 벌이 죽어 있거나 죽어가고 있었다. 일벌들의 시체가 서로 겹쳐진 채 산더미처럼 쌓여 있었다. 한때 황금빛으로 빛났던 몸통들이 말라 죽어서 갈색으로 변해가고 있었다. 한 벌통에서는 벌들이 죽기 직전의 행태를 보였다. 죽은 자매들의 시체 위를 기어오르다가 마치 합선이라도 된 것처럼 원을 그리며 빙글빙글 돌고 웅웅거리는 중이었다.

"안 돼!" 앨리스가 말했다. "안 돼, 안 돼, 안 돼, 안 돼!"

벌통 안쪽을 더 깊이 들여다볼수록 앨리스는 더욱 이성을 잃었고, 숨을 헐떡이며 욕을 뇌까렸다. 6번 벌통은 여전히 강건했고 여왕벌도 건재했다. 그녀는 뚜껑을 닫고는 자리에 앉아 죽은 벌통들을 멍하니 바라보았다. 제이크는 아무 말도 하지 않았다. 일지를 쥐고서, 벌통 다섯 개가 어떻게 이처럼 단번에 죽을 수 있는지에 대해 그녀가 뭐라도 말해줄 때까지 기다렸다.

"……이해가 안 돼…… 정상적인 봄 주기에 관한 설명에서 이런 경우는 읽은 적이 없어……" 그녀는 혼잣말하고 있었다. 두 눈동자가 양봉장 서쪽 경계를 따라 벌판을 가로질러 이웃 과수원으로 빠르게 향했다. 이런 따스한 봄날이면 으레 그러하듯 서풍이 불어왔고, 이웃 과수원의 사과나무들은 꽃이 만발한 가지를 흔들었다. 앨리스는 숨을 깊이 들이마시며 공기의 내음을 맡았다.

"바람의 이동." 그녀가 말했다. "염병할."

그녀는 들판을 따라 서쪽 저 끄트머리로 성큼성큼 걸어갔고, 제이크는 따라갔다. 앨리스가 숨을 들이쉬자 제이크도 함께 들이쉬었다. 그러자 살충제의 매캐한 냄새가 느껴졌다. 제이크는 며칠 전 그곳에서 일꾼들을 보았던 게 기억났지만, 나무 가지치기를 하고 있다고만 생각했었다.

앨리스는 휴대폰을 꺼내 이웃인 더그 랜섬에게 전화를 걸었다. 그러곤 통화를 스피커 모드로 전환했다. 제이크는 이웃의 유쾌한 인사말을 헤치고 질문할 수 있을 때까지 참을성 있게 기다리는 그녀의 말에 귀기울였다. 과연 맞았다. 더그는 최근 봄맞이 농약 치기를 끝냈다며, 냄새 때문에 괴롭지 않기를 바란다고 말했다. 올해 농약 제품을 바꿨다고도 말했다. 농가 대표에게서 무료 샘플을 받았으며, 모두가 그 제품이 더 효과가 좋다고 여기는 것 같다고. 그리고 앨리스더러 한번 놀러오라고 했다. 그녀와 버디가 보고 싶다면서. 언제든지 와요, 하고 더그가 말했다.

앨리스는 통화를 마친 뒤 주머니에 휴대폰을 쑤셔넣고는 두 손에 얼굴을 묻었다. 그녀는 제이크에게서 멀어지는 방향으로, 더그의 과수원에 가장 가까이 놓인 황폐해진 벌통들이 있는 곳으로 걷기 시작했다. 그녀가 그를 향해 뒤돌아보았을 때, 제이크는 그 얼굴에서 날것 그대로의 슬픔을 보았다. 목구멍 가득 공감의 감각이 울컥 올라왔다. 그때 엔진소리가 들려왔고, 두 사람이 올려다보자 경찰서 치안 담당 부서의 지프차가 진입로에서 우르릉대는 모습이 보였다.

 "빌어먹을. 이건 또 뭐야?" 앨리스는 중얼거렸다. 두 사람은 함께 차 쪽으로 갔다.

17
벌들에게 영광을

꿀벌은 먹이를 찾아 3마일 넘게 날아갈 수 있긴 하지만, 양봉장을
기준으로 사방 약 2마일의 원 안에 먹이가 없다면 남는 꿀을 거의
저장할 수 없을 것이다.

_L. L. 랭스트로스

　　장점과 단점의 목록, 목표와 포부, 할일과 체크리스트, 그리고
신중하게 선택한 단어로 채워진 공책은 위안을 주었지만, 해리는
그 모든 게 지금 같은 순간에는 하등 쓸모없다는 걸 알고 있었다.
그러니까 정말로 중요한 순간에는 말이다. 삶이 그에게 닥쳐오고
있었고, 주의깊게 일지를 쓴다고 해서 그가 어떤 행동을 해야 할지
알아낼 수는 없었다. 지금 이 순간을 묘사할 수 있는 유일한 단어
는 '불편한' '피할 수 없는', 그리고 '필연적인'이었다. 지금에서야
그는 로니에게 태워다달라고 부탁한 일이 지닌 커다란 단점을 깨
달았다. 즉, 첫 근무일에 경찰서 치안 담당 부서 경찰관의 차를 타
고 온 이유를 새로운 상사에게 설명해야 한다는 것.
　　"사실대로 말해, 꼬마야! 그게 더 기억하기 쉬워." 샐의 목소리가

머릿속에서 메아리쳤다.

그 사실에 관한 어떤 것도 앨리스 홀츠먼과 나눌 가치가 있어 보이지 않았다. 실상 그는 집도 없는, 유죄판결을 받은 중범죄자였으므로. 그럼에도 해리는 지프차에서 내리며 최선을 다해 상황을 직면하자고 마음먹었다. 어쨌든 이건 새로운 시작이니까.

앨리스가 마당을 가로질러 올 때, 해리는 그 소년이 함께 오고 있는 것을 알아차렸다. 휠체어와 저 머리카락 모양은 여전히 놀라웠고 또 혼란스러웠다. 짐으로 꽉 찬 배낭을 발밑에 떨어뜨리고 땀에 젖은 손바닥을 바지에 닦으며 힘을 끌어모았다. 확실히, 그의 내면 어딘가에 작은 자신감이 자리해 있었다. 그는 용감한 기분이 들도록 턱을 들었다.

"안녕하세요, 홀츠먼 부인." 그가 말했다. "늦어서 죄송합니다."

앨리스는 얼굴을 찌푸리며 고개를 끄덕였다.

"그러니까, 웃긴 일이 있었는데요." 해리가 본격적으로 말하기 시작했다. "좀 긴 이야기예요. 저는 2월엔 시애틀에 있었고요, 비가 내리기 시작해서 파이크 플레이스 마켓에 갔는데……"

그는 말을 멈췄고 자책하기 시작했다. 본론을 말해, 해리. 그는 생각했다. 네 인생 이야기를 다 풀어놓지 마. 그는 다시 말을 시작했다.

"음, 그래서, 제 삼촌이 BZ 코너 지역에 살고 계시거든요. 아시죠, 141번 고속도로의 북쪽이요."

아니, 트레일러 이야기와 에이치 삼촌의 죽음 이야기에서 시작해선 안 됐다. 해리는 당황한 채, 내면의 추진력을 잃은 채 뭐라 말해야 할지 모르는 상태가 되었다. 앨리스 홀츠먼 특유의 사람을 위축시키는 시선이 경찰에게로 옮겨갔다.

"안녕, 로니. 치안 담당 부서에서 일하게 되었다고 들었다." 그
녀가 말했다.

경찰관이 모자를 벗고 마치 곤경에 빠진 것처럼 고개를 숙인 채
"안녕하세요, 앨리스 숙모"라고 말했다.

앨리스는 로니를 향해 눈살을 찌푸리곤 해리 쪽을 돌아보았다.
해리는 지금 당장 지프차에 타서 멀리멀리 도망가버리고 싶었다.
앨리스와 눈이 마주치자, 그나마 자리했던 마음속 용기마저 몽땅
사라졌다. 그는 정말이지 실망스러운 존재였다. 스스로를 설명하
기 위해 할 수 있는 말이 없었다. 가방을 움켜쥐고 길 저편으로 사
라지고 싶었다.

앨리스는 그의 마음을 읽은 것처럼 배낭을 내려다보았다.

"어딜 가시나요, 스토크스 씨?" 그녀가 물었다.

머릿속에서 엄마의 목소리가 들려왔다.

"어디를 가는 거니, 해리 스토크스?"

그는 현기증이 일어서 머리를 흔들고는 진입로에 박힌 자갈을
내려다보았다. 땅이 기울어지더니 청회색 자갈 하나하나가 각각
커졌다가 작아지는 것 같았다. 그는 찡그린 앨리스의 얼굴을 가까
스로 다시 올려다보곤 입을 열었다.

"그러니까…… 제가 머물던 곳이요. 카운티에서 트레일러를 처
분하라고 했대요. 그런 다음 로니가 와서…… 거기를 철거한다고
해서, 그래서 저는……"

더이상 단어가 생각나지 않은 동시에 숨도 잘 쉬어지지 않았다.
더는 무슨 말을 해야 할지 알 수 없었다. 앨리스의 얼굴은 그가 평

생 보아온 모든 사람의 얼굴과 같은 표정을 짓고 있었다. '멍청한 놈'이라고 말하고 있는 듯한 표정. 그는 이미 플로리다로 가는 버스 요금을 대주겠다는 말로 끝나는 엄마와의 대화를 상상하고 있었다. 2월에 서부로 올 때와 똑같은, 냄새나는 그레이하운드 버스를 타고 돌아가겠지. 샐은 화를 내겠지만 그가 들어와서 살게 해줄 것이다. 그때는 뭘 해야 할까?

그런데 지금은 로니가 말을 하고 있었다.

"지난달에 코니 이모네서 아부엘라와 아부엘로의 결혼 오십 주년 파티를 성대하게 벌였거든요." 그가 이렇게 말하고 있었다. "숙모가 보고 싶었어요. 진짜 멋있는 파티였거든요! 염소 한 마리를 통째로 구워서 먹었다고요. 비리아 등등 엄청 많은 것들도요. 다들 왔어요. 숙모만……"

그는 잠시 머뭇거린 뒤 말을 마쳤다. "숙모만 빼고요."

앨리스는 그를 바라볼 뿐 아무 말이 없었다. 이제 막 면도하는 나이가 된 것처럼 보이는 로니는 자신의 삼촌이 세상을 떠났을 때 스물한 살이었고, 그 이후로 앨리스는 로니를 한두 번밖에 못 봤다. 한 번은 물론 장례식에서, 다른 한 번은 지난겨울 우체국 근처에서였다. 그때 앨리스는 죽은 남편의 가족을 마주하고 싶지 않아 서둘러 길을 건넜다. 그들의 전화를 받지 않았고, 그들이 차를 몰고 집으로 찾아올 때마다 커튼을 다 쳐두었다. 그들은 그마저도 몇 달 전에 그만두었다. 앨리스는 무표정한 얼굴을 하고는, 로니가 한 발에서 다른 발로 무게중심을 바꿔 서는 모습을 바라보고 있었다. 그는 손으로 계속해서 경찰관 모자를 굴렸다.

그때 자갈 위로 제이크의 휠체어가 덜컹대는 소리가 들려왔다.

로니는 앨리스의 어깨 너머로 모호크 머리를 하고 휠체어를 탄 소년을 바라보았다. 잠시 혼란스러운 빛이 로니의 얼굴을 스쳐가자 모두에게 침묵이 내려앉았고, 곧이어 로니의 얼굴엔 당혹감이 드리웠다. 로니의 눈이 벌집을 향했고, 그제야 그는 미소를 지었다. 이야깃거리가 생겨서 기쁜 듯한 미소였다.

"오! 벌들! 요즘 벌들은 어떻게 지내요, 숙모?"

로니의 엄마인 에반젤리나는 이곳 계곡으로 이주한 다른 많은 멕시코 이민자들처럼 미초아칸 출신이었다. 따라서 로니 역시 작고 가무잡잡했지만, 그의 아빠는 버디의 형인 론이었다. 로니가 빙긋 웃을 때, 그 얼굴이 죽은 남편과 너무 닮아서 앨리스는 보고 있기가 힘들었다. 로니는 지금 환하게 미소 지으며 벌통을 가리키고 있었다. 그녀는 생애 첫 벌통을 떠올렸다. 이제는 죽어버린, 서쪽 울타리 쪽에 놓인 벌통을 버디가 그날, 박람회가 끝난 뒤 토요일에 그녀의 부모님 집으로 가지고 왔던 일을. 버디는 커다란 양봉복을 입은 채 자기 모습에 소리 내어 웃고 있었다. 그녀를 웃게 해주려고 마당을 가로질러 탭댄스를 추던 버디. 조카의 모습에 앨리스의 꽁꽁 닫혀 있던 마음속 둑이 터졌다.

앨리스는 무릎에 손을 얹고 숨을 쉬려 애썼다. 감정이 덮쳐왔고, 헤어나올 수가 없었다. 여기 진입로에서, 그녀 안에 나 있는 구멍이 열리는 것이 느껴졌다. 사랑하는 버디. 그의 죽음을 둘러싼 그토록 바보 같고 무의미했던 상황들. 앨리스는 자신이 두 갈래로 찢어지는 것 같았다. 비통함이 그 사이로 쏟아져나왔다. 원초적이고 동물적인 슬픔이.

로니는 얼어붙었고, 해리는 도망갈 준비를 하는 것 같았다. 앨리스의 입에서 흘러나온 소리는 영어 같지도, 심지어는 인간의 것 같지도 않았다. 두 청년은 완전히 난처해 보였다. 말문은 막혔고 겁에 질려 있었다.

하지만 제이크는 두렵지 않았다. 진입로에서 앨리스의 뒤쪽에 있던 그에게는 오직 그녀가 지독하게 슬퍼하는 소리만이 들려왔다. 그는 앨리스가 고통 속에 있다는 것을 똑똑히 알아차렸다. 다른 사람들은 아마 느끼지 못했을 것이다. 그는 휠체어를 앞으로 굴려 그녀의 바로 옆으로 다가갔다. 그러고는 손을 뻗어 자신의 가느다란 손으로 그녀의 손목을 잡았다.

"앨리스. 숨쉬어봐요."

제이크는 목소리를 높이지 않았고, 그럴 필요도 없었다.

앨리스가 차츰 고요해졌다. 제이크를 내려다보더니 다시 조카에게로 시선을 돌렸다.

"버디." 그녀가 말했다.

앨리스는 다리에 힘이 풀려 바닥에 주저앉았다. 얼굴을 두 손으로 가리고 아이처럼 흐느꼈다. 그날 이후, 그러니까 주 경찰이 현관 앞에 찾아와 그녀의 웃기고 상냥한 남편이 사고를 당해 현장에서 즉사했다고 말한 뒤로 처음 있는 일이었다. 그 기억이 또다시 그녀를 덮쳐왔고, 끔찍한 상실감이 더는 참을 수 없을 만큼 차오르고 또 차올라 결국 억누를 수 없이 터져버렸다. 마침내 그녀의 삶이 그 기억으로 홍수를 이루었다.

제이크는 그녀의 어깨에 손을 얹고 가볍게 토닥였다. 앨리스는 진입로에 앉아 계속 울었다. 내리쬐는 햇살을 받으며, 무심할 만큼 아름다운 봄 공기에 둘러싸인 채.

"괜찮아요, 앨리스." 그가 중얼거렸다. "괜찮아질 거예요."

제이크가 생각해낼 수 있는 말은 그것이 전부였지만, 그 순간에는 그것으로 충분했다. 엄마는 그에게 늘 그렇게 말해주었다. 작년에 병실 침대 옆에 앉아서 몇 번이고 계속해서 그렇게. 그때 제이크는 엄마의 말을 믿지 않았지만, 그 말을 듣는 건 어떻게든 도움이 되었다.

지금까지 누려왔던 삶이 모두 사라졌고 결코 되찾을 수 없다는 사실을 마침내 받아들였을 때 느꼈던 감정을 제이크는 알고 있었다. 그에게 있어 그 감정은 재활센터에 막 옮겨졌을 때, 치료용 매트에 누워 땀에 흠뻑 젖은 채 스스로 앉는 법을 다시 배우던 잔인한 순간에 찾아왔다. 그날 자신이 다 부서져버렸다고 느꼈다.

제이크는 그 상실감을 안고 일 년 넘게 살아왔다. 매일 아침 휠체어를 보면 그 모든 것이 되살아났다. 이전 삶은 송두리째 사라졌고, 다시는 괜찮을 수 없을 것이다. 하지만 그것은 절대로 진실이 아니었다. 이제 제이크는 자신의 삶이 몇 달 동안 눈에 띄지 않게 변화해왔다는 것을 알아차렸다. 그는 더이상 부서졌다고 느끼지 않았고, 그런 지는 꽤 되었다. 그는 또다른 무언가가 되어가고 있었다. 앨리스와 함께 거기 앉은 채, 자신이 긴 터널의 다른 편으로 빠져나왔다는 것을 깨달았다. 사고에 대한 기준점은 '이전'에 존재했었다. 하지만 이제는 '이후'가 있었다. 그의 '이후'는 양봉장이고, 벌들이다. 새로운 친구인 앨리스가 끔찍한 슬픔을 견뎌내도록 돕는 것도. 왜냐하면 그냥, 내가 할 수 있는 일이니까.

앨리스는 두 손에 얼굴을 묻고 어깨를 들썩이고 있었다. 세 청년은 서로 눈빛을 주고받으며 아무 말도 하지 않았다. 더이상 무엇을 해야 할지 몰라 그저 가만히 기다렸다.

그때 그 소리가 모두에게 들려왔다. 지프차 뒷좌석에서 흐느끼듯 짖는 소리, 개가 괴로워하며 외치는 소리, 그리고 함께 살던 소년을 일 년 넘도록 못 보고 살았던 개가 소년에게 달려가려고 창문을 긁어대는 소리.

수년이 흐른 뒤에도 제이크는 체니가 돌아온 이날의 선명한 기억을 하나도 잊지 않을 거라고 확신했다. 라일락의 달콤한 향기가 짙게 퍼진 앨리스의 마당. 초원 바로 너머의 숲에서 개똥지빠귀가 지저귀는 소리. 그는 가장 좋아하는 라몬스의 티셔츠를 입고 있었다. 영영 잃어버린 줄로만 알았던 사랑스럽고 친숙한 개가 짖는 소리를 듣자마자, 이루 말할 수 없는 기쁨이 터져나왔다.

해리는 지프차의 문을 여는 데 애를 먹었다. 너무 오래 걸린 나머지 앨리스 홀츠먼이 그들 모두를 거세해버릴 것 같다는 두려움이 일 정도였다. 그가 발견한 떠돌이 개까지 소란을 피우고 있었으니까.

체니는 지프차에서 뛰쳐나와 기다란 몸을 제이크에게 내던졌고, 그 바람에 휠체어가 뒤로 거의 젖혀질 뻔했다. 개는 소년의 얼굴을 맹렬히 핥았다. 그러고선 앨리스에게로 달려가 머리카락에 주둥이를 박더니 도로 제이크에게로 달려갔다. 그런 뒤 얼룩덜룩한 거대 산토끼처럼 들판을 가로질러 달음박질쳤다. 몸속에 너무도 큰 기쁨이 차오른 나머지 미처 다 담아내지 못해서 이 드넓은 세상과 나누어야만 한다는 듯 행복에 겨운 커다란 소리를 내고 있었다.

그때쯤 앨리스는 좀 진정이 된 것 같았다. 두건을 꺼내 얼굴을 닦고 코를 풀었다. 작은 신음소리를 내며 일어서고는 제이크를 바라보았다. 소년은 신난 개가 8자 모양으로 질주하는 광경을 바라보며 눈물을 흘리고 있었다. 웃고 또 웃으며, 소년은 말이 없었다.

이제 해리는 일을 시작하기도 전에 해고되었다고 확신했다. "정말 죄송해요. 저는 그냥…… 저 개를 숲속에서 발견했는데, 거기 두고 올 수가 없었어요. 로니가 저 대신 개를 보호소에 데려다주겠다고 했어요." 그가 말했다.

앨리스는 개가 소년에게로 달려와 무릎 위에 철퍼덕 기대는 모습을 바라보았다. 제이크는 체니의 목에 두 팔을 두르고, 그 커다란 귀에 얼굴을 묻었다.

앨리스는 목을 가다듬었다. "괜찮아요, 해리. 저 개는 제이크네 개 같아요. 음, 알겠어요." 그녀가 깊이 심호흡했다. "우리 모두 함께 잠시 앉아서 정리를 해보면 어떨까요? 이리 와, 로니. 음료 준비 좀 도와줘."

그리하여 마흔네 살 먹은 앨리스 홀츠먼, 카운티 개발 부서 책임자의 부하직원이자 양봉가, 부모도 남편도 잃은 사람, 누구의 엄마도 아닌 이 여성은 세 청년과 미루나무 아래에 앉아 레모네이드를 마시며 그들의 이야기를 듣게 되었다. 그곳에 모여, 돌아가면서 한 명씩 울고 또 웃는 이들은 정말이지 이상한 조합이었다. 하지만 그런 일은 이따금 일어나기 마련이다. 슬픔이 일상적인 제약들을 끊어내고 분출되는 일. 그 슬픔 안에서 그들은 진실하고도 진정한 자기 자신이 될 수 있다. 만약 다른 누군가가 그런 모습을, 진실로 타인을 바라보고자 한다면, 그 태도가 모든 것을 바꿔놓는다.

제이크는 체니에게서 결코 손을 뗄 수 없다는 듯, 한 손을 체니의 목에 내내 얹은 채 앉아 있었다. 그리고 그들에게 자신이 병원에 있는 동안 체니가 사라졌다는 이야기를 해주었다. 해리는 그 개를 야생동물로 착각한 일화를 설명해주었다. 로니는 삼촌이 너무 보고 싶다고 말하며 울음을 터뜨리는 바람에 모두를 놀라게 했다. 물론 보고 싶겠지, 앨리스는 생각했다. 로니는 버디와 함께 자랐으니까. 로니에게 버디는 제2의 아빠 같은 존재였으리라. 물론 모두가, 라이언 집안의 모든 사람이 그를 그리워했다. 그녀만큼이나, 혹은 심지어 그녀보다도 더. 버디는 그들 모두와 연결된 존재였으니까.

로니는 소매로 눈가를 닦고는 코를 킁킁댔다. "저는 숙모도 보고 싶었어요. 우리 모두 그래요." 그가 말했다.

앨리스는 테이블 너머로 손을 뻗어 조카의 손을 꼭 잡았다. "나도 네가 보고 싶었어, 로니. 다들 보러 가지 못해서 미안해. 정말 미안해."

로니는 미소를 짓고 고개를 저었다. "괜찮아요, 숙모. 우리는 다 이해해요. 엄마도 숙모에게 시간이 필요한 것뿐이라고 했어요."

앨리스도 미소 지었다. "그랬던 것 같아."

"그래도 지금부터 조심해요. 가족들이 소식을 듣고 나면 쫓아낼 수 없을걸요. 라이언 집안사람들이 여기를 장악해버릴 거예요. 살라사르 집안사람들도요. 우리가 어떤지 아시죠? 항상 누군가의 생일파티나 기념일이나 킨세아녜라*가 있잖아요. 아, 맞다. 앤지의 킨세아녜라가 다음 주말이에요. 코니 이모의 막내딸이요. 보세요,

---

* 스페인어권, 특히 라틴아메리카의 많은 국가에서 열다섯번째 생일을 맞은 여자 아이를 축하하는 파티.

제가 그랬죠! 이제 숙모는 공식적으로 초대받은 거예요. 여러분 모두요!" 그는 해리와 제이크가 포함된다는 손짓을 해 보였다.

앨리스는 소리 내어 웃으면서 좋은 생각이라고 말했다. 로니의 아빠는 다르게 생각하리라는 걸 알았지만 조카의 감정을 상하게 하고 싶지 않았으므로 다른 말은 삼켰다. 버디가 죽은 날 그녀와 론 사이에 무슨 일이 있었는지, 결코 주워담을 수 없는 어떤 말들이 오갔는지, 로니는 절대로 모를 것이다.

앨리스는 제이크더러 해리에게 농장을 안내해달라고 부탁했다. 헛간에서 제이크는 도구들이 놓인 작업대, 닭장용 용품, 양봉 장비를 알려주었다. 체니는 그들과 나란히 걸으며 여기저기 코를 킁킁대고 울타리 기둥에 오줌 표식을 남겼다. 제이크는 깡마른 체니의 엉덩이가 좌우로 흔들리는 모습, 더러운 털 사이로 갈비뼈가 드러난 몸통을 바라보았다. 둘은 양봉장 입구에서 멈췄다. 체니는 공중에 코를 킁킁거리며 윙윙대는 황금빛 벌들에게 이를 드러냈다.

"아마 앨리스가 벌통은 나중에 보여드릴 거예요." 제이크는 개의 어깨에서 옆구리까지 손으로 쓰다듬으며, 다시 개를 쓰다듬을 수 있어 한껏 신나서 이렇게 말했다. 그러고는 잠시 머뭇거리다 이렇게 덧붙였다. "앨리스가 벌들에 대한 안 좋은 소식을 아까 접했거든요. 그러니 너무 많은 질문은 하지 마세요. 아시겠죠?"

해리는 고개를 끄덕였다. 그는 일자리를 잃지 않았다는 것에 충격을 받았고, 누구에게도 그 무엇도 묻지 않을 작정이었다. 배에서 천둥처럼 꼬르륵 소리가 울렸다.

제이크가 씩 웃었다. "오세요. 제가 저녁식사를 준비하는 걸 도와주세요."

두 청년은 집안으로 들어갔고, 체니는 미닫이문이 나 있는 뒤쪽 베란다를 향해 뛰어갔다. 제이크는 치킨 칠리를 끓이고, 냉장고에서 개가 먹을 음식을 조금씩 주섬주섬 꺼냈다. 먹다 남은 팬케이크를 파이 굽는 접시에 담아 달걀 네 알과 섞었다. 그리고 무릎 위에 조심스레 올려놓은 다음 미닫이문을 열고 접시를 현관에 내려놓고는, 개가 열심히 먹어치우는 모습을 바라보았다. 제이크는 접시를 도로 가져와서 물을 채웠다. 커다란 개는 물을 세 접시 해치우곤 코를 발에 대고 드러누워 사랑이 가득 담긴 눈으로 소년을 올려다보았다.

제이크는 가슴이 벅차오르는 것을 느끼며 방충망 처진 문을 닫았다. "체니를 어떻게 발견하게 됐는지 다시 한번 말해줄래요?"

해리는 닭 사료 양동이 이야기를 다시 들려주었고, 제이크는 눈물이 볼을 타고 흘러내릴 때까지 웃었다. 두 사람은 제이크의 마음이 회복되고 있기 때문이 아니라 그 광경이 웃겨서 눈물이 난 것인 척했다.

제이크는 물병에 물을 가득 채워 해리에게 건넸다. 해리는 찬장에서 접시와 유리잔을 꺼내 함께 식탁을 차렸다.

"그럼, 홀츠먼 부인이 당신 가족의 친구인 건가요?" 해리가 은식기를 하나씩 펼쳐놓으며 물었다.

제이크가 웃었다. "아뇨, 아니에요. 그리고 홀츠먼 부인이라고 부르지 마세요. 혼날지도 몰라요. 앨리스예요. 그냥 앨리스." 그러고는 머뭇거리며 머리를 긁적였다. "앨리스가, 약간, 저를 구해줬다고 할까요? 그게 제일 쉬운 표현 같아요. 제 부모님이……"

그는 점점 작아지는 목소리로 말하더니 고개를 절레절레 저었다. "그냥 여기에 잠시 머무는 것뿐이에요."

해리는 고개를 끄덕였다. 그는 누구에게도 출신을 꼬치꼬치 캐묻지 않을 작정이었다.

"참, 벌 좋아하세요?" 제이크는 목소리에 질투심이 배어나지 않게 애쓰며 물었다.

해리는 어깨를 으쓱했다. "잘 모르겠어요. 공고에는 간단한 건설 일과 잔심부름이 있다고 쓰여 있더라고요. 저는 벌에 대해선 아무것도 몰라요."

제이크가 그를 향해 씩 웃었다. "이야, 벌들 되게 멋져요. 이렇게밖에는 말할 수 없어요. 완전 뿅가게 해준다고요."

그때 앨리스와 로니가 집으로 들어왔고, 넷은 식탁에 둘러앉아 제이크가 만든 칠리를 먹었다. 앨리스는 소리 내어 웃고 싶었지만 그래선 안 된다고 생각했다. 이 불쌍한 남자애들은 미친 여자를 하루에 한 번 본 것으로 족했다. 그래도 여전히 웃겼다. 앨리스 섬에 저녁식사 손님이 세 명이나 찾아오다니.

해리는 로니가 떠나기 전에 그와 악수했다. "고마워요." 해리가 말했다.

"내가 고맙죠, 친구." 로니가 낮은 목소리로 말했다. "빌어먹을 총 말이에요. 염병!"

"걱정 말아요." 해리가 말했다.

앨리스는 로니를 지프차까지 바래다주었다. 조카를 안아주고는 앤지의 파티와 관련해서 가족들에게 연락하겠다고 약속했다. 로니는 그녀의 뺨에 키스한 뒤 떠났다.

돌아서서 집으로 걸어가는 길에 앨리스는 체니를 발견했다. 체니는 머리를 수그린 채, 그에게서 눈을 떼지 않는 빨간 머리 네드와 눈을 맞추고 있었다. 앨리스는 닭장을 가리키며 개에게 말했다. "닭은 안 된다. 알겠니? 저기는 조심해야 해, 이 녀석아. 아니면 다시 떠돌이가 될 줄 알아."

체니는 그녀를 바라보며 눈을 끔뻑이더니 집으로 재빨리 돌아갔다. 그녀는 한숨을 내쉬었다. 처음엔 십대 소년이더니, 이제는 개 한 마리와 이십대 남자애까지. 그녀는 고개를 저었다. 그리고 해리더러 거처를 구할 때까지 헛간에 있는 침실에서 자도 된다고 했다.

앨리스는 주머니에 손을 찔러넣고 벌통들을 흘끗 쳐다보았다. 시선이 죽은 벌통들을 향했다. 멀리서 보아도 너무나 고요해 보였다. 해리와 저기서부터 시작해야겠다고 결심했다. 해리에게 벌통들을 분해하고, 모든 밀랍과 시체를 긁어내라고 할 것이다. 중요한 것부터 하나씩 해보자. 아직 해가 다 진 것은 아니니 해리에게 벌을 보여줄 수 있었다.

해리와 벌들의 조우는 빠르게 이뤄졌지만, 앨리스가 예상했던 방식은 아니었다. 해리는 앨리스와 제이크, 체니, 그리고 1마일 내에 사는 모든 이웃에게 십 초도 안 되어 곧장 의사 표현을 했다. 벌들 때문에 잔뜩 겁을 먹고는 소리를 꽥 지르고 말았던 것이다.

제이크를 보고 자극을 받은 해리는 모자며 베일을 쓰지 않겠다고 했다. 그렇게 해서 앨리스가 첫번째 벌통을 열었을 때 경비벌이 그의 얼굴 주위로 부드럽게 날아오르자, 해리는 소리를 지르며 벌들을 때리려 했다. 그러자 경비벌들이 스트레스 페로몬을 분출하며 대응했고, 바로 다음 순간 해리는 공격을 받았다. 그는 언덕을 향해 달음질쳤고, 체니가 그 뒤를 경중경중 따라갔다.

앨리스는 벌통 덮개를 조심스레 다시 올려놓고는 해리가 숲속으로 사라지는 모습을 바라보았다.

"흠," 그녀가 한숨을 내쉬며 말했다. "내 잘못이군. 초보자에 대한 내 인식이 네 덕에 왜곡됐어."

제이크는 씩 웃어 보였다.

"해리랑은 천천히 하나씩 해봐야겠어. 돌아온다는 전제하에 말이지." 그녀가 말했다.

앨리스는 방풍막 담 위에 앉아, 벌통 일지를 다시 꺼내 제이크의 메모를 살펴보았다.

"개체수 파악 말이야." 그녀가 제이크를 향해 고개를 들며 말했다. "자, 어떻게 그걸 알아냈지?"

제이크는 어깨를 으쓱했다. "그냥 인터넷에서 읽은 건데요. 중앙 틀의 양쪽에 있는 벌들을 센 다음, 10을 곱하면 일주일어치의 벌 개체수가 돼요."

그녀가 눈썹을 치켜올렸다.

"저는 시간이 남아돌잖아요." 그가 별것 아니라는 듯 말했다.

앨리스는 페이지를 넘기며 항목들을 훑어보고는 다시 그림 스케치를 살펴보았다. 벌의 몸통과 날개, 더듬이, 다리, 그리고 꽃가루 바구니. 자기 방에서 머리를 내미는 벌의 앞면, 벌들의 춤까지.

"와우, 꼬맹아! 완전 잘 그렸는걸."

그가 어깨를 으쓱하며 쑥스러워했다.

"아니, 정말로. 제이크. 굉장한 디테일이야. 진심이야. 자, 이제 그 음에 대해 다시 얘기해줘."

제이크에게 그것은 몇 번을 해도 질리지 않을 이야기였다. 눈을 감고, 건강한 벌통에서 울리는 소리와 G샤프 음으로 울리는 여왕벌의 신비로운 노래를 설명했다.

"보여줘." 앨리스가 말했다.

두 사람은 한 줄로 늘어선 벌통들 앞을 천천히 걸었다. 제이크는 모든 벌통 앞에 각각 멈춰서 휠체어에 앉은 채 두 눈을 감고 머리를 숙였다.

"여왕벌." 그 음을 들은 순간 그는 이렇게 말했다.

앨리스는 그를 믿었다. 확실히 애는 벌에 특별한 재능이 있다.

"이쪽으로 와봐." 그녀는 들판의 서쪽 가장자리에 놓인 죽은 벌통들을 향해 성큼성큼 걸어가다가 7번부터 12번 벌통이 놓인 곳 앞에 멈춰 섰다. 그런 뒤 나란히 놓인 벌통들을 가리켰다.

"이것들은 어때?" 그녀가 물었다.

제이크는 바퀴를 굴려 벌통들 앞으로 나아가며 귀를 기울였다.

7번, 그가 고개를 끄덕였다. 8번, 그가 다시 끄덕였다. 9번의 음은 희미했지만 소리가 들리긴 했다. 10번 앞에서는 고개를 저었다. 앨리스는 한숨을 내쉬고 더그 랜섬의 과수원을 내다보곤 다시 벌통을 향해 고개를 돌렸다. 그녀가 제이크를 바라보며 쓸쓸한 미소를 지었다.

"내일 밤에 일정이 있니?" 그녀가 물었다.

18
모여 있기

꿀벌은 군락을 이루어 많은 수가 모여 있을 때에만 번성할 수 있다. 고립된 상태에 있는 벌 한 마리는 서늘한 여름밤 공기에 몸을 움츠린 갓난아이만큼이나 무력하다.

_L. L. 랭스트로스

꿀벌 군락에서의 삶은 계절에 의해 지배된다. 여름에는 새벽녘 첫 햇살이 벌집을 따뜻하게 데우기 시작하자마자 부지런한 들벌들은 곧장 꽃가루를 찾으러 나서고, 기온이 서늘해질 황혼 무렵까지 지칠 줄 모르고 일한다. 가을의 수색벌들은 소나기와 거센 바람이 멎는 때를 노려 위험을 무릅쓰고 축축해진 숲과 초원으로 길을 떠난다. 겨울의 벌집은 눈에 덮인 채 봄까지 고요하다. 봄이 되면 벌들은 한데 뭉쳐 있던 무리에서 떨어져나와 벌집을 청소하고, 새로운 벌집을 만들고, 꿀과 꽃가루를 모아 다시 가족을 꾸리기 위해 일하기 시작한다.

인간의 삶, 특히 후드리버 같은 농촌 마을의 삶 역시 비슷한 질서를 이룬다. 매년 봄이 되면 주민들은 밖으로 나와 이웃들을 만난

292

다. 라일락이 필 무렵, 눈은 녹아 강물이 불어나고 낮은 알아차리지도 못하는 사이에 길어진다. 오직 봄만이 불러일으키는 묘한 기대감으로 사람들은 서로 모여든다. 심지어는 고독을 즐기던 앨리스조차 제이크와 함께 시내로 차를 몰면서 기대에 부풀었다.

도서관에 진입할 때 그들은 주차장이 꽉 찬 것을 보았다. 길가에 놓인 샌드위치 형태의 광고판에선 저녁에 있을 두 가지 행사를 알리고 있었다. 후드리버 밸리 양봉협회 모임, 그리고 〈뱀과 함께 사는 남자, 칼〉 상연회였다. 앨리스는 작게 욕을 뇌까리곤, 그 구역을 한 바퀴를 돌며 제이크를 힐끗 바라보았다. 주차가 어려울 거라는 생각은 못했던 터였다.

건물 주변을 세 바퀴째 돌았을 때, 제이크는 한숨을 내쉬곤 깡마른 한쪽 팔을 배낭에 찔러넣었다. 그는 세로로 긴 장애인 카드를 꺼내더니 백미러 위에 걸었다. 그러고는 무표정한 얼굴로 앨리스를 바라보았다.

"제가 도와드리겠습니다, 홀츠먼 부인." 그가 말했다. "이렇게 노쇠하신 몸으로 먼 거리를 걷게 할 순 없지요."

"아, 해리 그 녀석." 문 옆 장애인 주차 공간에 차를 세우면서 앨리스가 웃으며 말했다. "진짜 특이한 사람이야, 그렇지?"

제이크가 전날 저녁에 일어난 일을 두고 한 말이라는 것을 그녀는 알았다. 숲속으로 뛰어갔던 해리가 체니와 함께 돌아와서는 결연한 태도로, 마치 스스로를 구원하겠다는 뜻을 품은 것처럼 다시 벌들을 만나러 가겠다고 한 것이다.

앨리스는 그때 고개를 저으며 말했다. "내일 가지. 이제 어두워지고 있으니까. 잠자리를 마련해줄게."

청년이 너무나 안도하는 얼굴을 하자 그녀는 거의 소리 내어 웃을 뻔했다.

앨리스는 버디가 조카들을 위해 수년 전에 지어놓았던 헛간의 작은 침실로 해리를 안내했다. 단순한 공간이지만 깔끔했고 작은 욕실이 딸려 있었다. 로니와 그의 형제들, 사촌들이 그곳에서 보낸 여름밤들을 떠올리자 갑자기 마음이 저려왔다. 벽에는 버디 사진이 걸려 있었다. 낚싯대를 든 조카들을 팔로 두르고 있는 모습이었다. 앨리스가 그 사진을 찍은 건 그 소년들이 아직 앳된 얼굴이었을 때였다. 그때도 조카들과 남편은 묘하게 닮았었다. 숱한 기억들이 떠오르려 하자 그녀는 고개를 돌렸다.

다음날, 앨리스가 퇴근해서 집으로 돌아왔을 때 해리는 헛간에 있었다. 그가 헛간 바닥을 쓸고 통나무를 깔끔하게 쌓아두었다는 걸 알아차릴 수 있었다.

"자리를 잡고 있군." 그녀가 말했다. 정리해주어서 고맙다고 말하고 싶었지만, 말이 목구멍에 걸려서 나오지 않았다. 버디의 공간에 있는 다른 사람을 보는 게 너무 낯설었다.

"잠시만. 해줄 일이 있어." 그녀가 말했다.

앨리스는 양봉장으로 수레를 끌고 가서 이제 더는 아무 소리도 들려오지 않는 벌통들을 싣고 왔다. 벌통 일지에 메모를 쓰던 제이크가 그녀에게 손을 흔들어 인사하고는 헛간으로 따라왔다.

앨리스는 번식 상자 한 개를 작업대에 올려놓았다. 버디의 연장들이 걸려 있는 나무판에 눈길이 갔다. 먼지가 잔뜩 내려앉은 드라이버, 펜치, 망치 들 사이에 또다른 사진이 보였다. 함께 보낸 첫여름, 집의 정문 앞 계단에 앉아 있는 두 사람이 찍힌 희미한 스냅사진. 버디는 커다란 팔을 앨리스에게 두르고 있었다. 아, 그의 어깨에 기대는 느낌이 어떠했던가. 안전함. 사랑받는 느낌. 그녀는 애써 사진에서 시선을 거두고 해리를 위해 번식 상자를 열었다.

"이 끈적끈적한 걸 프로폴리스라고 불러." 그녀가 말했다. "벌들은 나무에서 이걸 모아와서 모든 틈을 막지."

해리가 고개를 끄덕였다.

"어떤 사람들은 이걸 천연 시멘트라고 부르기도 해."

그는 아무 말도 하지 않았다. 애는 참 말수가 없네, 그녀는 생각했다.

앨리스는 틀을 느슨하게 풀어 번식 상자에서 꺼냈다. 완전히 황폐해진 안쪽을 들여다보자 가슴이 철렁 내려앉았다. 벌방들 안에서 말라버린 알들, 역시 바싹 마른 애벌레들, 밀랍에 매달린 채 죽은 일벌들.

감상적이 되어봤자 소용없지, 그녀는 생각했다. "이걸 다 청소해줬으면 해."

앨리스는 벌 브러시를 사용해 성충 벌들을 커다란 플라스틱 통 안에 쓸어넣는 방법, 그런 뒤 벌집 도구를 사용해 밀랍을 다른 통에 긁어내는 방법을 시연했다.

"이 첫번째 통에는 죽은 벌들만 담고, 두번째 통에는 다른 걸 전부 담으면 돼. 밀랍이나 알, 애벌레들 말이야. 싹싹 끝까지 긁어내줘. 알겠지?"

앨리스는 해리의 눈을 바라보며 말했다. 그는 고개를 끄덕였다.

"알겠습니다, 홀츠먼 부인." 해리가 말했다.

"앨리스라고 불러줘, 해리." 그녀가 말했다. 홀츠먼 부인은 그녀의 어머니다. 이제는 안 계시지만.

해리는 얼굴을 붉히며 고개를 끄덕였다. 잔뜩 긴장한 작은 토끼 같군, 그녀는 생각했다. 앨리스가 틀을 건네주자, 해리는 조심스럽게 두 손가락으로 잡았다.

"걱정하지 마라, 꼬마야. 널 쏘지 않을 테니까. 다 죽은 벌들이거든." 그녀가 말했다.

분위기를 좀 풀어보려고 던진 말이었지만 그녀 자신도 웃긴 말이라고 생각하지 않았고, 목소리에서 조급함이 묻어났다는 것을 알고 있었다. 해리는 얼굴을 붉혔고, 그녀는 마음이 안 좋았다. 이 대화를 나누는 모습을 지켜보고 있던 제이크를 흘낏 바라보았다. 해리는 어려, 실제로 제이크보다 몇 살 많지도 않다고, 그녀는 생각했다. 더 참을성 있는 자세로 그를 대해야 했다. 그녀는 미소를 지어 보였다. "질문 있니, 해리?"

그는 고개를 저었다. 어색한 침묵이 잠시 흘렀고, 앨리스는 자리를 뜨려고 몸을 돌렸다.

"알겠어." 그녀가 말했다. "필요한 게 있으면 소리쳐 불러."

"여기서 꿀을 빼내면 항상 이렇게 생겼나요?" 해리가 등뒤에 대고 불쑥 외쳤다.

앨리스는 몸을 돌려 그를 바라보았다. "뭐라고?"

"벌들이요." 그가 말했다. "꿀을 가져가면 항상 벌들이 죽는 건가요? 그걸…… 수확이라고 부르나요?"

그녀는 잠시 침묵하다 한숨을 깊게 내쉬었다. "아냐, 해리." 그녀가 낮은 목소리로 말했다. "꿀을 수확한 게 아니야. 이 벌집은 죽었어."

해리가 마른침을 삼켰다. "죄송해요, 홀츠먼 부인. 저는……"
그가 말을 더듬었다.

"걱정할 것 없어." 앨리스가 말했다. 그러곤 작업대를 가리켰다.
"필요한 게 있으면 저기서 꺼내 쓰럼, 알겠지?"

해리는 고개를 끄덕이며 주변을 둘러보았다. 그러다 앨리스와
버디가 찍힌 스냅사진에 눈길이 멈췄다.

"오!" 그가 말했다. "여기가 아드님 작업실인가요?"

앨리스가 사진을 응시하는 동안, 침묵 속에 몇 초가 흘렀다. 입
을 떼기 두려웠지만, 자신을 믿고 무슨 말이라도 하자고 결심했다.
앨리스는 천천히 해리를 향해 시선을 돌렸다.

"아니. 저 사람은 내 아들이 아니야." 그녀는 천천히 말했다.
"내 죽은 남편이야."

해리의 얼굴이 창백해졌다가 불그스레해졌다가 다시 창백해졌
다. 그녀는 제이크에게로 고개를 돌렸다. 제이크도 마주보았다. 결
국 이것이 사실이었다. 버드 라이언은 그녀의 죽은 남편이다.

"좀 이따 진행 상황 확인하러 올게." 앨리스가 말했다.

그녀는 두 청년을 헛간에 남겨두고 울타리를 따라 긴 산책을 했
다. 가슴속 매듭이 꽉 조여오는 것이 느껴졌다. 힘껏 숨을 들이쉬
고 내쉬었다가, 다시 들이쉬고 내쉬었다. 멀리 더그 랜섬의 과수원
이 내다보였다. 나무들이 하늘하늘한 가지를 활짝 펼치고 있었다.
고통이 한풀 누그러져 다시 숨을 쉴 수 있게 되었다. 버디와 어린
소년들의 사진을 떠올렸다. 그토록 근사했던 과거의 나날들. 앨리
스는 조카와 나눈 대화를 생각했다. 순진한 로니, 분명히 그는 자
기 아버지가 앨리스를 어떻게 생각하는지 꿈에도 모를 것이다.

작년 봄, 버드가 세상을 떠난 날, 앨리스는 론의 지프차가 집 쪽을 향해 서둘러 달려와 진입로에 들어서는 것을 보았다. 버드의 부모님을 뵈러 가고 싶었지만, 주 경찰 두 명이 다녀간 직후부터 부엌바닥에 쓰러진 채 꼼짝도 할 수 없었다.

　그들은 사고가 보드먼 근처에서 발생했다고 했다. 동쪽을 향해 달리던 차가 중앙차선을 넘어와서 서쪽으로 달려 집으로 돌아오던 버드의 트럭과 거의 충돌할 뻔했다. 버드는 차를 피하기 위해 방향을 홱 틀었고, 가드레일을 부수며 구렁텅이로 굴러떨어졌다. 그는 현장에서 사망했다. 버드의 차와 충돌할 뻔한 차의 운전자는 술에 취해 있었고, 음주운전을 했던 전력이 있으며 곧 기소될 거라고 경찰들은 말했다. 그들의 말이 저만치 멀리서 들려오는 것 같았다. 다른 분들께 대신 연락을 취할까요? 경찰들의 물음에 그녀는 고개를 저었다.

　론의 지프차 소리를 듣고 앨리스는 바닥에서 몸을 일으켰다. 나를 버디네 가족들에게 데려가주려고 왔구나, 그녀는 생각했다. 다리를 휘청거리며 그를 맞이하러 나갔다. 이상하게도 두피에 닿는 햇살이 차가웠다. 론은 차에서 뛰어내려 그녀에게 달려왔다.

　"네 탓이야!" 그는 떨리는 손으로 그녀를 향해 손가락질하며 소리질렀다. "네가 버디한테 그 일을 하라고 했잖아. 너 아니었으면 버디는 살았을 거라고!"

　그 말은 물속에 잠긴 채 듣는 것처럼 아득하게 들려왔다. 앨리스는 아무 말도 할 수 없었다. 버디는 커다란 트럭을 모는 일을 하게 되었을 때 어린 소년처럼 기뻐했다. 그 일을 하기로 한 건 전적으로 그의 결정이었다.

론은 그녀를 해치려는 듯이 어깨를 붙들고는 끔찍한 말을 내뱉었다. 계속해봐, 앨리스는 그의 일그러진 얼굴을 올려다보며 이렇게 생각했다. 최악의 일은 이미 일어났으니까. 론은 그녀를 밀쳐내곤 바닥으로 무너져내렸다. 앨리스가 다독이기 위해 손을 뻗자, 그는 비틀거리며 지프차로 걸어가선 곧장 떠났다.

그 기억들이 되살아났다. 잠식당할까봐 두려웠지만, 그 순간 앨리스는 슬픔에도 한계가 있다는 것을 느꼈다. 론과의 기억을 비롯해 그날로 인한 고통을 다시금 온전히 느꼈다. 버디를 잃은 일과 별개이면서도 그 일부인 상실감을. 깊은 슬픔이 내면을 맴돌았고, 그녀는 자기 몸이 그 슬픔을 참아낼 수 있다고 느꼈다. 그녀는 괜찮았다. 괜찮을 거였다. 슬픔은 다른 사람들이 곁에 있을 때 자리해야 할 내면의 안전한 곳으로 어느새 가라앉았다.

앨리스는 방풍막 담에 걸터앉아 양봉장과 남은 벌통들을 바라보았다. 이곳이 나의 집, 내 공간이야. 바로 그때, 마음속에 맹렬한 무언가가 솟구쳤고, 꿀벌들을 보호하는 일이 시급하다는 인식이 들었다. 그녀는 벌통 일지를 꺼내 양봉협회 모임에 관한 메모를 빠르게 적었다.

앨리스가 헛간으로 돌아왔을 때, 제이크는 해리를 도와 죽은 벌통들을 모두 치운 참이었다. 그들이 모아둔 것들을 보고 그녀는 고개를 끄덕였고, 틀들도 살펴보았다.

"잘했어." 그녀가 말하고는 모아둔 내용물이 담긴 통들의 뚜껑을 쿵 닫았다.

"양봉협회 모임에 이것들을 가져갈 거야." 그녀가 말했다. "해리, 거기 있는 것 좀 들어줄래?"

"그럼요, 홀츠…… 어, 앨리스." 해리가 말했다. "그 통도 제가 들게요. 그게 무거워서, 들기가……"

그녀는 아무 말 없이 통을 들고 트럭으로 성큼성큼 걸어갔다. 해리가 다른 통을 들고 그녀의 뒤를 따랐고, 제이크는 킥킥 웃으며 따라왔다.

지금, 도서관 앞에서, 앨리스는 그 일을 떠올리며 소리 내어 웃을 수 있다는 사실이 놀라우면서도 감사했다. 제이크를 흘끔 보았고, 그가 긴장한 채 길가를 내다보고 있다는 걸 알아차렸다. 앨리스는 백미러에 걸어둔 카드를 바라보면서 저애가 큰맘 먹고 저걸 꺼낸 거겠구나 생각했다. 그가 함께 가겠다고 말해준 게 고마웠다. 놀랍게도 새로운 동료가 생긴 셈이었다. 그녀는 트럭에서 뛰어내려 휠체어를 뒤쪽에서 붙잡고는 옮겨서 문 옆에 세운 뒤, 그가 조심스럽게 내려와 휠체어에 앉을 때까지 기다렸다. 제이크가 앞에서 바퀴를 굴려 경사로를 올라 자동문 버튼을 누르는 동안 그녀는 뒤따라갔다.

대부분 남성으로 구성된 양봉협회 회원들이 복도를 따라 삼삼오오 모여 있었다. 일부는 앨리스를 알았고, 미소를 지으며 고개를 끄덕였다. 또 제이크를 향해서는 호기심어린 눈길을 던졌다. 그녀는 누구와도 이야기하느라 멈추지 않고 계속 걸었다. 대부분이 농부거나 과수원 운영자였고, 몇몇은 그녀처럼 취미 양봉가였다. 현 양봉협회 회장이자 늘 괴팍한 척 사워 같은 대규모 양봉가도 두어 명 있었다. 그는 이타심에서가 아니라 본인 표현에 따르면 "멍청한 주말 농부들"이 진드기를 퍼뜨려서 그의 상업용 벌통을 망치는 것을 막기 위한 노력의 일환으로 협회장 자리에 자원했다.

앨리스는 회의실 앞쪽으로 성큼성큼 걸어갔다. 그곳에 척이 클립보드를 들고 얼굴을 찡그린 채 서 있었다.

"안녕하세요, 척." 그녀가 말했다.

척이 끙하며 툴툴대는 소리를 냈다.

"새로운 사업을 위한 아이템이 있어요." 그녀가 말했다.

척은 굳은 얼굴로 그녀를 내려다보며 회의 안건은 이미 인쇄되었다고 말했다. 규칙에 명기된 대로 일주일 전에 이메일을 보냈어야 한다고.

"제가 할 말을 다른 회원들도 듣고 싶어할걸요. 그리고 어쨌든 안건에 대한 규칙은 당신이 만든 거죠. 우리 협회 조례에는 쓰여 있지 않습니다."

앨리스는 휴대폰을 척에게 흔들어 보이고는 액정화면에 나타난 글자를 읽었다. "어느 회원이든 회장에게 구두로 통보했다면 회의 말미에 중요한 신규 사업을 소개할 수 있다."

척이 얼굴을 더욱 찡그렸고, 앨리스는 독일계 할머니가 예전에 말린 사과로 만들어주신 인형의 쪼글쪼글한 얼굴을 떠올렸다. 그는 손을 내저었다.

"알겠어요, 홀츠먼 씨. 마지막 순서로 추가할게요. 발표 성실히 준비해주세요. 사람들 시간 낭비하지 않게." 그는 이렇게 말하며 '시간'이라는 단어를 강조해 발음했다.

"이제 다들 괜찮으시다면 회의를 시작할까 합니다." 그가 성큼성큼 걸어가며 말했다.

앨리스는 제이크를 향해 눈을 굴렸고, 두 사람은 회의실 앞쪽에 앉았다. 척은 연단을 주먹으로 쿵쿵 치며 회의를 시작했고, 흡사

군대와도 같은 정확성으로 안건을 하나씩 처리했다. 지난달 회의록 승인. 협회의 신조 관련 토론. 7월 4일 독립기념일 퍼레이드 때 사용할 장식 차량 관련 계획. 앨리스는 휴대폰을 확인하고는 문 쪽으로 고개를 돌렸다. 뒤쪽으로 들어와 조용히 앉는 스탠 히나쓰의 모습이 보였다. 그는 회의실을 두리번거리며 살펴보다 그녀와 눈이 마주치자 고개를 끄덕였다.

독립기념일 퍼레이드에 쓰일 장식 차량에 관한 논의를 척이 지지부진하게 이끌자 회의는 늘어졌다. 가장 인내심 있는 사람조차 견디지 못할 만큼 더뎠다. 사람들은 지루해 몸을 들썩였고, 몇몇 오래된 회원들은 의자를 뒤로 끄는 소리를 내곤 큰 소리로 대화하며 나가버렸다.

마침내 척이 이렇게 말했다. "알겠습니다. 이것으로 공식 안건 처리를 마무리하고요. 새로운 사업을 소개하게 해달라는 요청이 들어왔습니다."

그가 앨리스를 노려본 뒤 회의실 옆쪽으로 성큼성큼 걸어갔다.

앨리스는 자리에서 일어나 공책을 꺼내들고 연단으로 올라갔다. 그러고는 회의실을 향해 손을 흔들었다.

"음, 안녕하세요, 여러분. 대부분 저를 아시죠. 저는 앨리스 홀츠먼입니다. 빨리 마치겠지만, 제가 할 말을 여러분이 꼭 듣고 싶어하실 거라는 걸 압니다."

그녀는 떨리는 목소리로 말하며 공책을 내려다보았다. 손이 덜덜 떨려서 주먹을 쥐었다.

"저는 구 년간 이 양봉협회의 회원이었습니다. 지금 남쪽 계곡에서 스물네 개의 벌통을 키우고 있고요."

사람들은 떠날 채비를 하려고 하나둘 일어서서 이야기를 나누기 시작했다. 앨리스는 더 잘 들리도록 목소리를 높였다.

"어제 정기 검사를 하던 중에 저는 벌통 다섯 개가 전멸한 것을 발견했습니다. 스물네 개의 벌통 중에서 가장 오래된 다섯 개였습니다."

척은 공책을 가방에 넣으며 종이가 부스럭대는 소리를 크게 내고 있었다.

"가장 강건한 벌통 다섯 개이기도 했습니다." 앨리스가 이렇게 말하며 목소리를 낮추었다.

벌통 다섯 개. 대체 그녀는 무슨 말을 하고 있는 건가? 제이크가 회의실 안을 둘러보는 모습이 보였다. 대화 소리는 더욱 커졌다. 척은 옆에 있던 남자가 하는 말에 시끄럽게 웃었다. 저들은 앨리스의 말을 듣고 있지 않았다. 그게 무슨 상관인가? 그녀의 벌통 다섯 개가 죽었는데. 벌들은 어떻게 지내요, 숙모? 로니는 이렇게 물었었다. 네 탓이야. 론은 말했다. 버드 라이언은 그녀의 죽은 남편. 그녀는 앨리스 섬. 그때 머릿속에서 조급하고 퉁명스러운 어머니 목소리가 들려왔다.

"앨리스 마리나 홀츠먼! 똑바로 서! 웅얼거리지 말고!"

앨리스는 정신을 차렸다. 그 순간, 자신의 목소리가 귓가에 들려왔다.

"이봐요! 뒤쪽에 당신들! 내가 말하고 있잖아요. 그러니 지금 나가든지 아니면 자리에 앉아서 조용히 해주세요!"

방은 조용해졌다. 척 사위는 자리에 앉았다. 복도에 모여 서 있던 이들은 회의실 뒤쪽으로 가더니 팔짱을 낀 채 섰다.

"고맙습니다." 앨리스는 공책을 덮고 연단 앞쪽으로 나왔다. 목소리는 단단했다.

"하룻밤 사이에 제 벌통 다섯 개가 죽었습니다. 다른 두 개도 죽어갑니다. 아주 튼튼하고 건강한 벌통이었습니다. 저는 이 원인이 더그 랜섬의 과수원에서 사용된 살충제라고 거의 확신합니다."

여기저기서 웅성거렸고, 그녀는 손을 들었다.

"자, 자, 더그는 제 친구입니다. 저랑 협업도 무척 잘해줬고요. 더그는 바람이 약하거나 동풍이 부는 날에만 살충제를 뿌렸고, 다 괜찮았습니다. 그는 바람이 없던 월요일에 살충제를 뿌렸다고 했고, 이번에도 다 괜찮았어야 합니다. 하지만 올해 더그는 나무들에 새로운 살충제를 썼습니다. 그것은 무료로 써보라며 수프라그로에서 제공한 샘플이었습니다."

회의실 안은 이제 쥐죽은듯 조용했다. 과수원 운영자들이 의자에서 자세를 고쳐 앉고 서로를 바라보고 있었다.

"더그는 이 사실을 모를 거라고 저는 확신합니다만, 수프라그로 살충제는 네브래스카, 노스다코타, 북부 캘리포니아에서 발생한 대규모 벌집 파괴뿐만 아니라, 유역 및 하천 부지 생태계까지 이르는 광범위한 파괴와 관련이 있습니다. 제 죽은 벌통의 잔여물을 농촌지원국에 보내 검사를 받는 중인데 그 안에서 수프라그로 살충제의 네오니코티노이드 성분이 발견될 거라고 확신합니다."

"기죽지 마라, 우리 딸." 앨의 목소리가 들려왔다. "저들은 듣고 있어."

앨리스는 어깨를 펴고 고개를 들었다.

"검사가 진행될 동안, 저는 후드리버 밸리에서 수프라그로 살충제를 사용하는 것을 잠정적으로 중단하도록 요청할 것을 후드리버 카운티 양봉협회에 제안합니다. 그 살충제가 꿀벌 개체수에 해로운지 그렇지 않은지 여부가 결정될 때까지요. 동의하시는 분 계신가요?"

회의실 옆쪽에서 누군가 손을 들었다.

"저요!" 어떤 남자가 소리쳤다. "협회장님, 투표로 결정해도 될까요?"

모두가 동시에 말하기 시작했다. 척이 일어나 질서를 갖춰달라고 소리치려 했지만 사람들의 목소리는 계속해서 높아졌다.

"조용히 하세요!" 그가 클립보드로 테이블을 쾅쾅 치며 소리를 질렀다.

웅성거림이 잦아들었다.

"자," 척이 콧수염 사이로 으르렁대며 앨리스를 노려보았다. "발의자가 있고 재청자가 있으니, 우리 협회 조례에 따라 토론해야 할 의무가 있습니다. 여러분 중 일부는 집에 가고 싶어하신다는 걸 압니다. 지금 자리를 뜨실 분은 자유롭게 떠나시면 되지만, 해당 문제에 대한 투표권을 상실하게 된다는 점을 기억하십시오. 가야 한다면 지금 가십시오."

아무도 떠나지 않았다. 의자들이 삐걱거렸다. 척은 한숨을 쉬고는 자리에 앉아 손을 흔들었다.

"이 문제는 공식적으로 토의에 부쳐졌습니다. 한 번에 한 명씩 말씀하세요, 제발 좀. 그리고 이름 좀 얘기하세요."

여러 사람이 말하려고 일어섰다. 회의실은 남자 노인으로 가득했고, 남자 노인은 자기 의견을 강하게 피력하기 마련이다. 몇몇은 자신들이 분란을 일으키면 카운티에서 규제를 가할까봐 걱정된다고 했다. 몇몇은 이미 수프라그로의 무료 샘플을 받았다. 물론 그들은 벌을 해치고 싶지 않지만, 과수원을 통해 먹고사는 입장이라고 했다. 수프라그로 살충제는 값이 더 싸고, 기존에 쓰던 것보다 더 효과적이라는 게 과학적으로 입증됐다고도 했다. 그러니 어떻게 거절할 수 있었겠는가? 다른 이들은 살충제가 벌을 해친다는 의견이 거짓이라는 내용을 어디선가 읽었다고 했다. 또 몇몇은 소규모 농장이 아닌 대규모 과수원에 한해서만 살충제 사용을 금지해야 한다고 말했다. 양봉협회 회원들이 발언을 마친 뒤, 스탠이 자리에서 일어났다.

"제 이름은 스탠 히나쓰입니다. 저는 후드강 유역 연합의 대표……"

"협회 회원이 아닌 사람은 공식 토론에 참여할 수 없습니다." 척이 호통치듯 끼어들었다.

앨리스는 휴대폰을 흔들었다. "다른 회원이 전문가라고 호명한 경우에는 비회원의 발언도 허용됩니다. 제가 스탠더러 와달라고 했어요." 그녀가 말했다. "조례에 따르면……"

"알았어요!" 척이 씩씩댔다. "계속하세요."

"감사합니다." 스탠이 말했다.

"건방진 히피놈." 뒤쪽에 앉아 있던 누군가가 중얼거렸고, 스탠은 못 들은 척했다.

"이름과 소속을 알려주십시오, 제발 좀." 척이 한숨을 내쉬며 말했다.

"제 이름은 스탠 히나쓰입니다. 후드강 유역 연합의 대표고요.

지난 일주일 동안 서부 일대의 다른 유역 단체들, 농업 관련 단체들과 논의를 했는데요, 수프라그로가 미국 서부 전역에 걸친 꿀벌 개체수 파괴에 책임이 있다고 분명하게 말할 수 있습니다."

스탠은 그와 관련된 과학적 근거를 설명했다. 수프라그로 살충제의 효과가 더 강한 이유는 단지 네오니코티노이드 함유량이 두 배이기 때문이라고.

"나머지에 대해선 말씀드릴 필요도 없을 것 같습니다. 그 살충제가 유역과 연어들에게 끼치는 영향은," 스탠이 말했다.

"……다음에는 댐도 없애자고 하겠지, 뭐." 누군가 투덜거렸다.

스탠은 다시 조용해질 때까지 기다렸다.

"자, 저는 여러분 중에 대다수가 과수원을 운영하거나 이웃 중에 관련 업자가 있다는 것을 압니다. 과수 경제는 이 지역사회의 생명줄이죠. 이건 반反농업 이슈가 아닙니다."

그는 말을 멈췄다.

"캘리포니아대학에서 발표한 가장 최근 데이터에 따르면, 벌 개체수가 급감한 지역에서는 이듬해 봄에 과일 생산량이 45퍼센트 감소했습니다. 지역 내에 꽃가루 매개자가 없었기 때문이죠. 게다가 다른 연구에 따르면 병든 과일나무와 완전히 죽는 나무 수가 급격히 늘었습니다. 이건 무슨 좌파의 음모 같은 게 아닙니다. 미국 농무부 산하 과학자들이 발표한 사실입니다. 지금까지 저희가 얻은 모든 정보가 여기 있습니다."

스탠은 사람들에게 자료의 사본을 나눠주었다. 협회원들이 서로 대화하기 시작하자 목소리가 점차 높아졌다. 스탠은 데이터와 연구 출처에 대한 질문에 답했다. 질문은 대부분 정중했지만 한 남자는 비웃음을 흘리면서, 유역 연합 단체들이 스스로 중립적이라고 생각하느냐고 물었다.

"전혀 아닙니다." 스탠이 답했다. "저희는 100퍼센트 계곡에 사는 야생동물과 식물의 편에 섭니다. 그리고 수프라그로 같은 대기업을 떠받드는 데는 관심 없습니다. 물어봐주셔서 감사합니다."

남자가 씩씩대며 자리에 앉았다. 그들의 요구가 카운티 차원에서 얼마나 구속력이 있냐고 누군가 척에게 물었다.

"법적으론 구속력이 전혀 없어요." 척이 천천히 말하며 콧수염을 잡아당겼다. "하지만 과거에는 카운티측에서 호의를 베풀어 우리가 연구하고 싶은 주제를 위해 이 주의 기간을 주었죠. 농촌지원국에서 조사하는 동안 우리가 요청해볼 수 있다고 봅니다."

척에게선 이제 투덜대는 말투가 확실히 덜 느껴졌다. 그가 은퇴하기 전까지 오리건주립대학 연구실에서 생물학자로 일했었다는 것을 앨리스는 떠올렸다.

"나머지 분들의 생각은 잘 모르겠지만, 충분히 들은 것 같네요." 척이 말했다. "이 살충제와 홀츠먼 씨의 벌통에 관한 과학적 근거는 이 문제를 카운티 차원으로 가져갈 충분한 이유가 되는 것 같습니다. 투표에 부칠 것을 제안합니다."

"재청합니다!" 누군가 소리쳤다.

"다들 찬성하시나요?"

전체의 약 3분의 2쯤 되는 손이 올라갔다.

"반대하시는 분?"

이번에는 3분의 1에 좀 못 미치는 손이 올라갔고, 몇몇은 무릎 위에 손을 가만히 얹고 있었다.

"발의안이 통과되었습니다." 척이 말했다. 그는 협회 총무인 맷 가르시아에게로 몸을 돌리더니 시의회에 보낼 성명서 초안을 작성해달라고 요청했다.

"회의 마치겠습니다!" 척은 이렇게 소리치고 자리에서 일어나 물건을 챙기기 시작했다. 그리고 떠나면서 앨리스를 향해 고개를 끄덕였다.

"감사합니다, 홀츠먼 씨." 척이 말했다.

앨리스는 숨을 내쉬었다. 이제부터가 시작이었다.

제이크가 씩 웃었다. "멋졌어요, 앨리스. 노부인치고는 말이죠."

그녀는 웃음을 터뜨리다가, 스탠이 다가오는 것을 보곤 자리에서 일어났다.

"와줘서 정말 고마워요, 스탠. 해주신 말씀이 우리에게 딱 필요한 거였어요."

"여기 올 수 있어서 저도 기뻐요, 앨리스." 그가 말했다. 스탠은 제이크 옆에 앉았고, 앨리스는 그 행동이 얼마나 담백한 예의인지 깨달았다.

"우리는 처음 보는 것 같은데요. 저는 스탠이에요." 그가 제이크의 손을 잡으며 말했다.

"저는 제이크예요." 그가 말하곤 미소 지었다. "앨리스의 제자입니다."

앨리스는 웃음을 터뜨리곤 바지 뒷주머니에 손을 찔러넣었다. "제 생각엔 반대인 것 같은데요. 스탠, 저애가 뭘 할 수 있는지 알면 믿기지 않을걸요."

누군가 앨리스의 어깨를 톡톡 두드렸고, 고개를 돌려보니 그녀

와 인사를 나누고, 악수를 하고, 감사를 표하려는 양봉가들이 줄
서 있었다. 친숙한 얼굴들을 하나하나 바라보며, 뭐랄까, 그녀는
마치 고향에 돌아온 것 같은 기분이 들었다.

스탠은 벌통 폐기물을 농촌지원국으로 가져다주겠다고 했다.

"내일 어차피 마이클스를 만나야 해서요." 그가 말했다.

그렇게 통 두 개는 스탠의 차로 옮겨 실렸다. 스탠은 차를 몰고
떠나며 손을 흔들었다.

시내를 통과해 집으로 가는 길, 앨리스는 차를 몰고 제이크는 테
이프 컬렉션을 뒤적였다. 그가 카세트를 틀자 톰 페티의 목소리가
봄날 저녁 공기 속으로 흘러나왔다. "이젠 나아갈 시간. 시작할 시
간. 앞으로 무슨 일이 일어날지, 나는 알 길이 없네."

제이크는 창을 내리고 손을 뻗어 저녁나절의 산들바람을 느꼈다.

"문가에서 이야기 나눈 그 커다란 남자분은 누구예요?" 그가 물
었다.

"티니 카스타냐레스. 우리 아버지의 오랜 친구셔. 나랑도 가까
웠고." 그녀가 말했다.

제이크는 차창 밖으로 작은 마을이 휙휙 지나가는 것을 내다보
았다.

"좋은 친구들이 있으시네요, 앨리스."

그녀는 고개를 끄덕였다. 가슴이 벅차올랐다. 그녀에겐 좋은 친
구들이 있었고, 그걸 떠올리자 다시 살아나고 있다는 느낌이 들었
다. 마음속의 그릇이 느껴졌다. 슬픔이 담긴 그릇, 그리고 슬픔의
테두리를 두르는 삶의 나머지 부분들, 그 모든 것이 마치 정교한
밀랍으로 빚어진 벌집처럼 슬픔을 보호해주려 자라나는 것도 느낄

수 있었다. 강 너머로 해가 지고, 바람은 그쳤다. 그러는 동안 앨리스는 산을 향해 남쪽으로 차를 몰았다. 이제 벌들은 그들의 벌집으로 들어갔고, 골짜기의 사람들은 잠들었을 것이다.

19
벌통 속으로

벌통 앞에 자리를 잡고, 근면한 고참 벌들이 내뿜는 지칠 줄 모르는 에너지를 보라. 그들은 더 젊은 동료들과 나란히, 무거운 짐을 지고서 고군분투한다… 분주하게 움직이는 나이든 벌들의 유쾌한 허밍은 당신이 더 좋은 결심을 할 수 있도록 영감을 준다. 그리고 최선을 다해 삶의 의무를 수행하는 과정에서 맞이하는 죽음이 얼마나 고귀한 일인지 가르쳐준다.

_L. L. 랭스트로스

제이크는 누군가가 고함치는 소리에 화들짝 놀라 깼다. 천장을 바라보았지만 자신이 어디에 있는 건지 알 수 없었고 목이 조여오는 느낌이 들었다. 꿈속에서 그는 체니와 함께 강가를 따라 스케이트를 타고 있었는데, 차도로 달리던 체니가 차에 치였다. 그 순간, 안도감이 밀려왔다. 그는 앨리스의 집에 있고, 체니는 살아 있다. 바로 여기, 제이크의 손에 커다랗고 축축한 코를 들이밀면서.

그 꿈은 너무 현실 같아서, 보드를 탈 때의 속도와 움직임까지도 생생했다. 두 팔의 맨살에 닿는 따뜻한 봄 공기를, 곡선을 만들기 위해 획 방향을 트는 엉덩이의 움직임을 느낄 수 있을 것만 같았다. 너무도 자유롭다고 느꼈다. 꿈이 멀어지자, 이제 모든 게 다르다는 사실이 기억났다. 그는 더이상 롱보드를 탈 수 없다. 대신 휠체어를 탄다. 침대 옆에 놓인, 영원한 호위대처럼 그를 기다리는 휠체어에 시선이 오래 머물렀다. 이것이 지금의 그다. 무궁무진한 가능성을 지닌 소년이 아니라, 아주 구체적인 한계를 지닌 사람.

그러나 오늘 아침, 아마도 사고 이후로 처음으로, 완전히 새로운 세계가 그에게 열려 있다는 것이 분명히 느껴졌다. 앨리스의 집에 머무는 몇 주 동안, 그가 누구인지 그리고 그가 이 세상에서 어떻게 살아가는지에 대한 감각이 변화했다. 처음에는 눈에 보이지 않았지만 지금은 부인할 수 없을 정도로 확연했다. 그래, 더는 할 수 없는 것들이 분명 있었고 그는 다시는 걸을 수 없을 것이다. 하지만 이전에는 한 번도 상상하지 못했던 소중한 무언가를 발견했다. 꿀벌과 함께하는 삶. 제이크는 수십만 마리의 벌들과 함께 살고 있었다. 양봉가가 되기 위해 배우고 있었고, 평균 이상으로 재능이 있었다. 무엇보다도 놀라운 것은, 대부분의 양봉가가 할 수 없는 것을 그는 할 수 있다는 것이다. 어떤 이유에서인지 몰라도 제이크는 최고의 어머니들인 사랑스러운 여왕벌의 종소리 같은 음색을 구별하는 능력을 타고났다. 새로운 삶의 빛깔과 질감이 그에게 생생히 밀려왔다. 그는 머리 위로 팔을 뻗고 미소를 지었다.

체니가 앞발로 침대를 두들기더니, 아주 천천히 몸을 일으켰다. 그런 다음 귀를 젖히고 엉덩이를 흔들며 소년 옆에 놓인 매트리스를 바라보았다.

제이크는 몸을 일으켜 체니의 커다란 귀를 잡고 웃었다. "너무 욕심부리지 마, 이 친구야."

제이크는 큰 개를 침대에서 밀어내고는 휠체어로 몸을 옮겨 화장실로 바퀴를 굴렸다. 새로 산 일회용 카테터를 이용해 오줌을 누고, 물을 내려보낸 뒤 손과 얼굴을 씻었다. 그 꿈의 잔상이 여전히 남아 있었다―몸을 움직이는 기쁨과, 다시 체니를 잃는 절망감. 그는 떨쳐냈다. 그냥 꿈일 뿐이야.

제이크는 거울에 비친 자신을 바라보았다. 전날 밤에 샤워를 했기에 머리카락이 어깨 위로 늘어져 있었다. 염색했던 머리카락에서 검푸른 색이 점점 빠지며 타고난 갈색 머리카락이 자라났다. 그 모습을 보니 병원에 갓 입원했을 때가 떠올랐다. 간호사가 머리카락을 자르려고 하자 그는 성질을 부렸다. 온갖 약품에 취해 있었지만 저지할 만큼은 의식이 있었고, 엄마가 그에게 동조해주었다.

간호사는 한숨을 쉬며 눈을 가늘게 떴다. "정말로요, 스티븐슨 부인. 이분 돌보는 것 자체가 어렵거든요. 머리카락을 잘라내야 더 쉬워요."

하지만 엄마는 공손하지만 단호하게 안 된다고 하고는, 머리카락을 다시 하나로 땋아주었다. 죄다 엉켜서 엉망진창이었다. 마침내 몸을 일으킬 수 있을 정도가 되었을 때, 머리카락을 빗는 데에만 몇 시간이 걸렸는데, 그는 엄마도 간호사들도 돕지 못하게 했다. 한 번에 1인치씩, 뻣뻣한 머리카락 사이로 빗을 잡아당겼다. 몇 주가 지나서야 다시 염색할 수 있었고, 16인치하고도 반의 기록적인 높이로 세울 수 있기까지는 또다시 몇 달이 걸렸다.

지금, 그는 새로 산 '미드나이트블루 47호' 병을 움켜잡았다. 시계를 흘끔 보고 나서 수도꼭지를 틀었다. 아침식사 전까지는 염료가 스며들 시간이 충분했다. 물줄기 아래에 한쪽 손을 대고 따뜻해질 때까지 기다리면서 병에 쓰인 재료명을 읽었다. 이전까지는 한 번도 볼 생각을 안 해봤던 이름들. 암모니아, 아세트산납, 시트르

산비스무트, 중간성 파라페닐렌디아민. 병을 열고 냄새를 맡자 암모니아의 톡 쏘는 싸한 냄새가 코를 찔렀다. 그는 항상 헤어스타일 의례의 일부인 그 냄새를 좋아했었다. 하지만 이제 그 냄새는 공기 중에 금속맛 나는 화학물질이 과수원에 잔뜩 뿌려졌던 날들을 떠올리게 했다.

제이크는 벌에 관한 모든 것을 공부해 배웠다. 특히 독서를 통해 흥미롭고 고풍스러운 전통 풍습을 여럿 알게 되었다. 예컨대 양봉가는 결혼한 후 신부에게 벌통을 보여준다는 것. 또 양봉가가 세상을 떠나면 그의 친구들이 벌들에게 그 사실을 알려준다는 것. 가장 놀라운 것은 벌을 돌볼 때 '악덕 행위를 해선 안 된다'는 믿음이었다. 그가 읽은 책에 따르면 벌들은 양파나 마늘 냄새를 좋아하지 않았다. 양봉가들은 '무례하거나 술에 취해서는' 안 된다고도 했다. 제이크는 '청결하게, 그리고 맨정신으로 벌집을 대할 것'이라고 적었다. 그러고 보니 앨리스는 장갑과 베일을 착용하기 전에 항상 손을 씻곤 했다. 제이크는 그녀가 양치도 할 거라고 추측했다.

이에 대해 물어봤을 때 그녀는 명확하게 답해주진 않았다. "누구나 자신만의 의례가 있는 법이야, 꼬마야. 너는 너만의 의례를 갖게 될 거다."

그는 병 뒷면에 쓰인 재료명을 다시 살펴보았다. 중간성 파라페닐렌디아민이 뭐건 간에, 아마 유해한 무언가가 들어 있을 것이다. 제이크는 병의 뚜껑을 닫고 쓰레기통에 버렸다.

그리하여 제이크는 그의 헤어스타일을, 그의 기록적인 모호크 스타일을, 그의 괴짜 표식을, 그의 브랜드를 끝장냈다. 후드리버 밸리 고등학교 역사상 가장 높은 모호크를 소유했던 제이컵 스티븐슨은 이제 변화했다. 무엇보다도 이제 다른 할일이 많았기 때문에 머리 손질에 몇 시간씩 쓰는 건 바보 같은 일처럼 느껴졌다. 그는 거울에 비친 모습을 들여다보곤 가위를 향해 손을 뻗었다.

한 시간 후, 아침식사를 하러 쿵 하고 문에 부딪히듯 집에 들어선 해리는 달걀처럼 반질거리는 빡빡머리로 미소 지으며 팬케이크를 뒤집고 있는 제이크를 발견했다.

"와우! 와! 그…… 어쩌다가 그…… 왜…… 그러니까, 아니, 좋아 보이는데……"

제이크는 씩 웃고는 머리통을 손으로 문질렀다. "맞아. 이젠 암환자처럼 보이지. 하지만 때가 됐어. 한번 만져볼래?"

해리는 손바닥을 제이크의 머리통에 대고는 손을 떨다가 화들짝 뗐다.

"멋있다, 야." 그가 말했다.

그들은 아침식사를 하기 위해 자리에 앉았고, 체니가 망아지처럼 식탁 아래서 이리저리 부딪히며 돌아다니는 통에 제이크는 체니를 미닫이문 밖으로 내보냈다.

"가, 체니! 저기 다람쥐 있다!"

커다란 개는 넓은 호를 그리며 경중경중 뛰어갔는데, 그것이 개의 아침 의례였다. 제이크가 식탁으로 돌아왔을 때, 해리는 누가 접시를 빼앗아가기라도 할 것처럼 허겁지겁 먹고 있었다.

"아유, 진정해! 저기 많이 있어." 그가 깔깔 웃으며 말했고, 해리는 얼굴을 붉혔다.

해리는 어느샌가 제이크의 마음속에 정답게 자리잡았다. 제이크가 여섯 살 어렸지만 해리에게는 거의 보호본능에 가까운 감정이

들었다. 해리가 고용된 바로 다음날, 앨리스의 벌통들을 함께 치우면서 그는 해리를 향한 질투심이 눈 녹듯 사라지는 것을 느꼈다. 해리는 앨리스에게 말 한마디도 제대로 못하는 사람이었다. 남편 사진을 보고 아들이냐며 멍청한 질문이나 하더니, 앨리스가 헛간을 떠난 뒤로는 침묵 속으로 빠져들었다. 죽은 벌이 떨어지며 손등을 스치자, 그는 깩 소리를 지르며 틀을 떨어뜨렸다.

제이크는 픽 웃었다. "이봐요. 긴장 좀 풀어요." 그가 손바닥을 아래로 해서 손을 내밀었다. "진짜로요."

해리는 낮은 목소리로 욕을 중얼거리더니 틀을 집어들었다. 그러고는 앨리스가 요청한 대로 꿀벌들을 플라스틱 통에 긁어넣었다. 그중 몇 마리가 삐져나와 바닥에 떨어졌다. 해리는 얼굴을 찌푸리곤 장갑 낀 손으로 그것들을 다시 퍼담았다.

제이크는 플라스틱 통을 작업대 가까이로 살짝 밀었다.

"몇 살이에요, 해리?" 그가 물었다.

"스물넷이요." 해리가 중얼거렸다.

"음, 앨리스는 마흔넷이니까 엄밀히 따지면 엄마뻘이네요. 저 남자의 엄마는 아니고요." 그가 버드와 앨리스의 사진을 가리키며 말했다.

"이제 알았어요." 해리가 틀을 긁어내며 한숨을 내쉬었다.

제이크는 휠체어에 등을 기대고 해리가 일하는 모습을 지켜보았다. 모든 게 어색한 사람이다. 하지만 그가 체니를 다시 데려와주었지 않은가? 제이크는 늘어진 자세로 헛간 입구에서 코를 고는 개를 바라보았다. 그러자 마음이 홱 기울었다. 해리를 도와주겠다는 결심이 섰다.

"그 틀들은 저한테 주세요. 제가 벌들을 긁어낼 테니 당신이 밀랍을 맡아요." 제이크가 말했다.

함께 일하는 동안 제이크는 앨리스에 대해, 그녀의 직업과 가족에 대해 자신이 알고 있는 바를 해리에게 말해주었다. 그녀가 어쩌다 양봉 일을 하고 싶어하게 되었는지에 대해서도. 해리는 기민하게 경청했지만 아무 말도 하지 않았다. 어쩌다 두 사람이 만나게 되었는지에 대해 제이크가 묘사했을 때는 눈이 휘둥그레졌다. 트럭과 휠체어가 충돌할 뻔했다니. 에드 스티븐슨과 싸운 이야기는 얼버무리고, 그저 앨리스가 자신에게 잠시 농장에 머물도록 제안해주었다는 이야기만 했다. 언제까지일지는 자기도 모른다고.

"앨리스는 멋진 사람이야, 해리. 열심히 일하면 기회를 줄 거야. 그러니 헛소리는 그만하고 긴장 좀 풀려고 해봐. 알겠지?"

해리는 고개를 끄덕였다. 두 사람은 나란히 첫번째 번식 상자를 처리했다. 해리는 문간으로 가더니 앨리스가 수레에 담아둔 상자들 틈에서 두번째 일거리를 가져왔다.

"포치에 있는 롱보드, 네 거야?" 해리가 물었다.

제이크는 놀란 표정이 되었다. 해리가 보드에 관심 있는 줄 몰랐으니까. 제이크는 고개를 끄덕였다. "최근에는 많이 안 타봤네."

해리는 그 말이 농담인지 아닌지 헷갈린다는 듯 잠시 멈칫했다. 그러고는 이렇게 말했다. "난 고등학교 때 핀테일 크루저 탔어."

"진짜로?"

"응. 좀 구닥다리지, 나도 알아. 〈독타운의 제왕들〉 봤어?"

"미친, 당연하지!" 제이크는 이렇게 말하고는 영화 속 유명한 수영장 스케이팅 장면의 대사를 인용했다. "내 발에 감각이 없어!

하지만 지금 다시 생각해보니 난 영원히 발에 감각이 없군."

두 사람은 함께 웃었다. 그러다가 해리의 시선이 제이크의 휠체어를 향했고, 그의 웃음이 가셨다.

해리는 상자에서 틀 하나를 더 꺼내더니 이제는 덜 조심스러운 손길로 죽은 벌들을 빗질해 통에 넣었다.

"며칠 전에 강가에 갔었는데, 어떤 남자가 연을 들고 주차장에서 롱보드 타는 걸 봤거든. 카이트보딩의 연처럼, 뭔지 알지? 그런데 되게 작은 연이었어. 엄청 빠르더라고!" 해리가 말했다.

제이크는 강가와 인근 스케이트장에 마지막으로 가본 게 언제였는지 기억도 나지 않았다. 한때 질리도록 쏘다니던 곳인데. 강물과 하늘, 그리고 모래톱을 따라 질주하며 갈매기를 쫓고 파도와 잡기 놀이를 하던 체니의 모습이 그리웠다.

"그 남자가 나한테 카이트보딩을 무료로 가르쳐주겠다고 했어." 해리가 말했다. "장비랑 기타 등등 필요한 물건들을 다 빌려주겠다는 거야." 해리의 목소리가 기대감으로 높아졌다가 이내 잠잠해졌다. "근데 잘 모르겠어."

"나도 가도 돼?" 제이크가 물었다.

"뭐?"

"카이트 강변에. 나도 같이 가도 돼? 그리고 이 사람아, 누가 무료로 카이트 수업해준다고 하면 바보처럼 '아뇨'라고 하면 안 돼. 혹시나 해서 말하는 거다."

"응, 물론이지. 나랑 같이 가자. 그 남자도 언제든지 오라고 했어. 자기는 거기 매일 있다고."

제이크는 혼자 빙긋 웃었다. 강물, 바람, 그리고 모래톱. 얼마나 오래전에 봤더라?

두 사람은 친근한 침묵 속에서 함께 일했다. 그러다 제이크는 앨리스와 함께 양봉가 모임에 가려고 나섰던 것이다.

그뒤로는 시간이 흐름에 따라 반복되는 일상이 자리잡았다. 처음에는 울퉁불퉁했다. 해리는 앨리스에게 뭔가 잘못 말할까봐 매순간 긴장하고 어색해했다. 집안에 들어오라고 하기 전까지 그는 계속 헛간에 머물렀다. 그가 걱정하는 모습이 빤히 보여서 앨리스는 짜증을 냈다. 어느 날 밤, 앨리스는 저녁식사를 하자고 두 사람을 소리쳐 불렀는데, 그 바람에 해리는 쿵 소리와 함께 빗자루를 떨어뜨리고 말았다. 그녀는 문간에 서서 해리가 깔끔하게 정리해둔 헛간을 살폈다. 물건들의 위치를 옮겨놓아서 죄송하다고 해리가 말하기 시작하자, 앨리스는 한숨을 내쉬곤 팔짱을 꼈다.

"해리, 우리 기본적인 규칙을 좀 세워보자."

앨리스는 해리를 위해 명확하게 이야기했다. 헛간은 해리의 영역이니 그 안에서 배치를 비롯해 무엇이든 원하는 대로 바꿔도 좋다고, 어쨌든 깔끔하고 좋아 보인다고. 또 일하지 않을 때는 집안에 들어와도 된다고. 그가 식탁 차리기와 설거지를 맡아줬으면 하고, 컴퓨터도 사용해도 좋다고. 세탁기와 건조기도 사용하라고. 하지만 입을 열 때마다 사과하는 건 그만둬야 한다고. 만약 그러지 못하겠다면 일을 관두라고 할 수밖에 없다고. 제이크는 이 마지막 말은 농담이라는 것을 알았지만 해리는 몰랐다.

"알겠습니다. 홀츠…… 제 말은, 앨리스. 죄송해요. 그러니까……" 그가 더듬거리다 한 손으로 입을 막았다.

앨리스가 깔깔 웃었다. "걱정 마, 해리. 이번 한 번은 그냥 봐준다. 이제 저녁 먹으러 오렴."

지금, 해리와 함께하는 아침식사 자리에서 제이크는 벌통 일지를 꺼내 제일 최근에 데려온 벌통이 어떻게 성장하고 있는지 말해주었다. 해리는 앨리스를 위해 농장 주변의 각종 유지 보수를 하는 데만 며칠을 보낸 참이었다. 이제 앨리스는 최신 벌통들 중 절반에 대해 상단 입구가 있는 번식 상자를 만들어달라고 요청했다. 그렇게 하면 상단 입구를 통해 진행 상황을 추적할 수 있을 뿐만 아니라 전통적으로 하단에 입구가 있는 다른 벌통들과 어떻게 다른지 비교해볼 수 있으니까.

해리는 고개를 끄덕였다. "오늘 첫번째 것들을 만들려고 해요. 13번부터 18번까지요."

헛간으로 간 해리는 작업실 조명을 켰다. 제이크가 휠체어 바퀴를 굴려 작업대 앞으로 와서는, 텅 빈 번식 상자들 중 하나를 무릎 위에 내려놓고 뒤집었다.

"상단부 입구를 정확히 어떻게 만든다는 거야?"

해리는 새로운 번식 상자들을 기존 것들과 똑같이 만들 거라고, 단지 입구가 상단부에 놓인다는 점만 다르다고 설명했다. 그는 원하는 모양을 그려준 앨리스의 도안을 가리켰다.

"새로운 상자들의 상단 입구를 잘라낸 다음에 틀을 걸 수 있도록 선반을 달 거야."

"그걸 은촉이음이라고 해." 제이크가 으스대며 말했다. "그 선반 말이야."

"아, 은촉이음. 알겠어. 그럼 앨리스가 틀들을 새로운 상자들 안에 넣고 똑같은 덮개를 쓰거나 하겠지?"

"별로 확신이 없어 보이는데." 제이크가 말했다.

해리가 미간을 찌푸렸다. "앨리스가 그렇게 말한 줄 알았어."

"농담이야, 스토크스! 응, 틀을 옮길 거야. 그런 다음에 예전 상자들을 위쪽의 번식 상자들로 교체할 거고. 그러니까 오래된 상자의 입구를 막고 거기에 이음을 추가하면 되겠지?"

"맞아. 틀이 거기에 잘 들어맞게 해야 하는데 그게……" 해리가 말했다.

그는 번식 상자를 작업대 위에 내려놓고 쳐다보았다. 그러고는 벌통들을 보러 바깥으로 나갔다가 돌아와서 번식 상자를 보고는 혼자 뭔가 중얼거렸다.

제이크는 해리를 지켜보았다.

"그 덮개 좀 줄래, 제이크?"

제이크는 덮개를 해리에게 건네주었는데, 해리는 계속 뭔가를 중얼거리고 있었다. 그는 상자를 뒤집어서 뚜껑을 씌운 다음, 솟아 있는 부분의 아래쪽으로 손가락을 넣어서 남은 공간이 어느 정도 되는지 가늠했다. 그런 다음 작업대에서 줄자를 가져와 틈 사이에 집어넣었다.

"벌들의 공간이 어느 정도였지? 0.5인치?"

제이크는 고개를 저었다. "8분의 3인치."

해리는 몸을 곧게 펴고는 씩 웃었다. 그러더니 번식 상자를 가리켰다. "한 개 다 했고 다섯 개 남았다." 그는 싱글벙글한 얼굴로 말했다.

제이크는 어리둥절해져서 그를 바라보았다. 해리는 그에게 줄자를 보여주었다.

"여기 짧아지는 덮개 아래에 입구를 위한 충분한 공간이 있어. 은촉이음은 이 상자들 안에 이미 만들어져 있어. 뒤집으면 돼. 우리가 해야 할 일은 그냥 상자를 거꾸로 뒤집는 것뿐이야. 짜잔! 아래쪽 입구가 위쪽이 되었지!"

제이크는 상자를 다시 보았고, 그러자 이해가 되었다. "스토크스가 또 한번 해냅니다! 힘들이지 않고 똑똑하게 일하는 자!"

그는 해리와 하이파이브를 하고 휠체어 바퀴를 뒤로 굴려 번식 상자 쪽으로 다시 가보았다.

"그래도 틀을 바꿔넣긴 해야겠다." 제이크가 신이 나서 말했다. "13번 벌통 틀을 여기에 넣고, 번식 상자를 뒤집은 다음 14번 벌통의 틀을 다시 가져오고, 그렇게 하면 되겠다. 완전 쉬워." 그가 말했다.

신생 벌통들은 아직 번식 상자 하나 높이밖에 안 되었기 때문에 제이크의 손에도 닿았다. 제이크 혼자 힘으로도 할 수 있을 것이다. 할 수 있으리라고 확신했다.

"오늘 아침에 다 바꿔넣을 수 있을 것 같은데." 제이크는 해리를 향해서라기보다 자기 자신에게 혼잣말하듯 말했다. "이걸 이렇게 놓고, 그다음 다른 것을……"

그는 빈 틀을 가져다가 허공에서 움직여보며 휠체어에 앉아서도 옮길 수 있는지 작업 과정을 머릿속으로 그려보려고 했다. 하지만 가능할 것 같지가 않았다. 휠체어 오른쪽에 나란히 놓인 두 개의 벌통에 몸을 기울일 수 없었다. 그리고 왼쪽에 있는 벌통을 들어올리기에는 근력이 없었다. 제이크는 그 순간 자신의 신체적 한계를 씁쓸하게 확인했다.

그는 짧게, 슬픈 웃음을 터뜨렸다. "에이, 젠장. 난 못해."

"뭘?"

"두 상자 높이의 벌통에 손 뻗는 거. 내 무릎 위쪽에 있는 것들도. 너무 멀고……"

웃어넘기려고 애쓰면서 두 손에 쥔 틀을 계속 뒤집고 또 뒤집었다. 하지만 그게 다였다. 제이크는 알고 있었다. 벌통을 살펴보는게 가능했던 시간은 이제 끝났다. 다음주가 되면 새로운 벌통에는 두번째 번식 상자가 올라갈 것이고, 그러면 높이가 너무 높아져서 그의 손에는 닿지 않을 것이다. 이 빌어먹을 마지막 일조차도 할수 없게 된다. 좌절감이 목구멍 끝까지 차올라 목을 조르는 것 같았다.

"벌들의 공간이 있고, 제이크의 공간도 있는 거겠지. 괜찮아. 난그저…… 젠장!"

그는 쥐고 있던 틀을 던져버렸다. 틀은 헛간 바닥에 튕겨나가 코골던 개 근처에 떨어졌다. 체니는 놀라서 벌떡 일어나 상처받은 얼굴로 슬그머니 헛간을 나갔다.

해리는 당황한 얼굴로 그를 바라보고 있었다.

꼭 아빠 같은 짓을 해버렸잖아, 제이크가 생각했다. 난 진짜 재수 없는 놈이야. 그는 개를 따라나서려고 휠체어를 밀었지만, 체니는 보이지 않았다. 제이크는 한숨을 쉬고 휠체어를 돌려 해리와 마주보았다.

"미안해. 그냥…… 속상해서. 내가 할 수 있다고 생각했는데, 앨리스를 기다려봐야겠다. 그래도 네가 상자를 뒤집는 방법을 생각해내서 앨리스가 엄청 기뻐할 거야. 잘했어, 해리."

해리는 제이크 어깨 너머에 있는 어딘가를 바라보며 뭔가를 중얼거리고 있었다. 그러더니 양옆으로 팔을 뻗었다. "……그 아래로 미끄러지듯 움직일 수 있으려면. 14 곱하기 2, 그건 28밖에 안 되니 나쁘지 않네." 해리가 중얼댔다.

"손 내밀어봐." 그가 단호하게 말했다.

제이크는 순순히 응했고, 해리는 두 손 사이로 줄자를 늘린 다음에 번식 상자의 너비를 쟀다.

"……곱하기 2. 그래, 이 정도면 되겠다." 해리가 혼잣말하더니 몸을 일으키곤 제이크를 향해 미소 지었다. "널 위한 작업대만 있으면 돼."

해리는 팔걸이를 기준으로 휠체어의 높이를, 그런 다음 제이크가 자연스럽게 닿을 수 있는 높이를 쟀다. 그리고 삼십 분도 안 되어서 해리는 제이크의 무릎 위에 두 개의 번식 상자를 나란히 올려놓을 수 있는 휴대용 테이블을 만들어냈다. 제이크가 그 작업대 밑으로 휠체어를 굴리며 웃음을 터뜨렸다.

"완전 천재야, 스토크스!"

더 큰 소년의 얼굴이 기쁨으로 발그레해졌다. "별것 아닌데 뭐. 그냥 나무와 못만 있으면 돼."

"이봐요, 당신은 지금 기술 수업에서 낙제한 놈이랑 얘기하고 계십니다."

이제는 해리가 믿을 수 없다는 듯 웃음을 터뜨렸다. "정말? 기술 수업에서 낙제를 받는 사람이 있어?"

제이크는 빡빡머리를 뒤로 젖힌 뒤 천장을 올려다보며 손가락으로 수를 셌다. "어디 보자. 출석 안 하기. 잔뜩 약에 취해서 출석하기. 지각하기. 과제 안 내기. 아, 그리고 어떤 여자애 책을 초강력 접착제로 책상에 붙여버리기."

마지막 것은 노아의 아이디어였지만 어쨌든 실행한 건 제이크였다. 그날은 어쩐지 재밌게 느껴졌다. 제이크는 웃었지만 해리는 웃고 있지 않았다.

"와. 이상하네. 그러니까…… 네가 할 법한 행동이 아닌 것 같아서." 해리가 말했다.

제이크가 고개를 갸우뚱했다. "어떤 게?"

"글쎄, 전부 다." 해리가 말했다. "내 말은, 여기선 뭐든지 다 잘 해내잖아."

제이크는 그게 사실이라는 것을 깨달았다. 앨리스의 집에서 그는 예전처럼 깝죽거리거나 빈둥대지 않았다. 벌들을 대할 때도, 농장의 다른 무엇에 대해서도.

"옛날 일이지 뭐." 그가 나직이 말했다.

해리는 고개를 끄덕이며 휠체어를 곁눈질했다. "근데 졸업은 한 거지?"

제이크는 와르르 웃었다. "그러게, 나한테도 졸업장이 있지 뭐야! 반품 불가!"

제이크는 고개를 저으며 번식 상자들을 쳐다보고 나서 바깥 양봉장으로 눈을 돌렸다. 이것이 새로운 삶이다, 그는 스스로에게 상기시켰다. 그는 양봉가의 조수다. 자신이 무엇을 해야 하는지 알고 있었다.

"있잖아, 해리. 내 생각엔 이걸 아주 빠르게 할 수 있을 것 같아. 하지만 도움이 좀 필요하겠어."

제이크는 해리에게 손과 얼굴을 씻고 양치를 한 다음 깨끗한 옷으로 갈아입고 오라고 말했다.

"그냥 나를 믿어봐." 그가 말했다.

해리가 다시 나타났을 때, 제이크는 전신을 감싸는 양봉복을 가리켰고 해리는 그 옷을 묵묵히 입었다.

"바지를 부츠 안에 집어넣어. 여기." 제이크는 그에게 장갑 한 켤레를 건넸다. 해리는 손을 떨며 장갑을 꼈다.

"앉아봐, 친구."

해리는 앉아서 빠르고 얕은 숨을 몰아쉬었다.

"심호흡해봐, 해리."

더 큰 소년은 떨리는 숨을 들이쉬고 후 하고 내쉬었다.

"잘 들어. 해리가 침착하면 벌들도 침착할 거야. 지난번처럼 겁에 질려서 벌들을 때리려고 하면, 벌들도 스트레스 호르몬을 방출하면서 해리를 쫓을 거라고. 그리고 번식 상자를 떨어뜨리거나 빠르게 내려놓으면 안 돼. 알겠지?"

해리는 눈을 끔뻑이며 고개를 끄덕였다.

"좋아. 각 단계마다 수행할 작업을 알려줄게. 내 말을 잘 듣기만 하면 돼. 스스로 슬로모션 영상 속에 있다고 상상해. 물속에 있는 것처럼 말이야. 태극권처럼. 농담 아니야. 할 수 있겠어?"

"응. 할 수 있어."

제이크는 해리에게 열 번 더 천천히 숨을 들이쉬게 한 다음, 해리의 머리 위에 망 달린 후드를 씌웠다.

체니는 햇볕이 쏟아지는 풀밭 위에 누워서 숨을 헐떡이며 두 청년이 양봉장에 들어가는 모습을 지켜보았다. 한 명은 우주비행사

같은 복장을 했고 다른 한 명은 주황색 티셔츠에 청바지 차림으로, 햇빛에 빡빡머리가 밝게 빛났다. 제이크는 해리에게 양봉 도구를 이용해 첫번째 번식 상자를 들어올려 안쪽을 엿보도록 했다. 그러자 해리는 천천히 상자를 들어올려 텅 빈 번식 상자 옆, 제이크의 무릎 위에 놓인 임시 작업대 위로 상자를 내려놓았다. 그러고는 허겁지겁 안전한 곳으로 가서 후드의 지퍼를 내렸다. 제이크는 눈을 감고 앉은 채로 숨을 느리게 쉬면서 실행해나갈 단계들을 하나씩 생각했다. 눈을 떴을 때, 해리가 자신을 바라보고 있다는 걸 알아챘다. 그는 벌통의 상단부를 느슨하게 풀어 떼어내곤 부드럽게 들어올렸다. 벌 두세 마리가 윙윙거리며 날아올라 제이크의 얼굴 근처를 맴돌다가 셔츠 쪽을 빙빙 돌았다. 한 마리가 그의 빡빡머리 위에 앉자, 그는 미소를 지었다.

"안녕, 숙녀분들." 그가 중얼거렸다. "이삿짐센터가 왔어요. 다 괜찮을 거예요."

제이크는 하나씩 하나씩 풀어내어 꺼낸 틀들을 이제 입구가 위로 향해 있는, 뒤집힌 번식 상자 안으로 옮기고는 뚜껑을 옮겨 달았다. 그러고는 해리에게 손을 흔들어 보였다.

"좋아, 스토크스. 이건 끝났어. 다시 돌려놔줘!"

제이크가 벌들과 조용히 교류하는 모습을 지켜본 해리는 좀더 대담해진 것 같았다. 이제는 전보다 침착해진 모습이었다. 한 시간 동안 번식 상자 여섯 개가 새로운 보금자리로 옮겨졌다. 수색벌들이 새로운 벌통의 상단부 입구를 용케 찾아 날아가는 모습이 보였다. 제이크가 손바닥을 짝 하고 맞대며 말했다.

"와 씨, 오늘 할일 다 끝났다." 그가 말했다.

제이크는 풀밭 가장자리에 서 있는 커다란 소나무들을 흘끗 바라보았다. 서풍이 불어와 잎으로 뒤덮인 나뭇가지들이 한데 얽히고 있었다.

"바람 분다! 카이트 강변으로 가자!"

20
꿀벌의 춤

날고 있는 꿀벌은 놀라울 만큼 빠른 속도로 의사소통한다. 전신 신호의 속도에 거의 맞먹을 정도다.

_L. L. 랭스트로스

꿀벌 군락을 이루는 모든 구성원은 공통의 유대로 결속되어 있다. 그것은 다름 아닌 어머니 여왕벌의 페로몬으로, 소속감의 표시로서 벌집 전체에 퍼져나가는 향기다. 이 레몬 향 페로몬이 작은 소리를 내는 오만 마리의 벌들에게 여왕이 집에 있다는 사실을 지속해서 알려주어 위안이 되어준다. 인간은, 적어도 가족 외에는 그만큼 명확히 서로 연결되는 경우가 없다. 그리고 물론 제이크는 가족 내에서도 소속감을 느껴본 적이 없었다. 오히려 집은, 그리고 후드리버 마을 전체는 탈출하기를 열망하게 되는 공간이었다.

병원에서 보낸 초반 몇 주 동안, 그는 머릿속으로 후드리버의 지도를 그리고 또 그렸다. 주민들이 살고 쇼핑하는 하이츠 지역. 부티크와 바, 레스토랑이 늘어서 있고 관광객들이 커피를 들고 유유히 거닐며 횡단보도를 아무렇게나 건너는 바람에 교통 체증이 생기는 정사각형 모양의 시내 세 블록. 현지인과 관광객이 한데 모이는 강가. 그 강가가 바로 제이크의 놀이터였다. 카이트 강변 옆의 스케이트 공원과 컬럼비아 강가에 면해 있는 거대한 모래톱. 거기서 그는 맨살에 바람이 스치는 것을 느끼며 영원처럼 느껴지는 시간 동안 체니와 함께 달렸다. 그 경계선 안에서 좋은 것과 나쁜 것 모두를 발견하긴 했지만, 시애틀이 아니라면 포틀랜드까지라도 탈출하고 싶었다. 그러나 병실에 누워 있는 그에게 고향이라는 공간은 영구적인 오수 탱크 같은 느낌으로 임박해왔다. 엄마가 재활센터에서 집으로 제이크를 데리고 온 날, 거리는 진흙으로 어수선했고 회색 구름 가득한 하늘은 협곡 위로 빼곡했다. 집 앞 진입로를 들어설 때, 차디찬 무언가가 마음속에 무겁게 내려앉았다.

달이 갈수록 밀실공포증 특유의 짓누르는 감각도 심해졌다. 부모와 이웃들이 아침에 출근하는 소리, 그리고 온종일 터커 로드를 쏜살같이 달리는 트럭들의 소리가 들려왔다. 바로 그 이웃들과 그의 부모는 매일 저녁 같은 시간에 돌아왔다. 심지어 포틀랜드의 재활센터에 있었을 때도 그는 이 작은 마을에서의 삶은 변함없이 계속 흘러가고 있을 거라 확신했다. 버스가 와서 아이들을 태워 메이 스트리트 초등학교로 가는 모습을 마음속으로 그려볼 수 있었다. 여름이면 엘크스 클럽에서 열리는 여름 가족 축제를 알리는 현수막이 잭슨 공원 위에 펄럭였다. 수영장에선 아이들의 목소리가 울려퍼졌고, 주말이면 운동장에서 청소년 축구 경기가 벌어졌다. 소방서에서는 주민들에게 아침식사로 팬케이크를 제공했고, 독립기념일 퍼레이드에는 옛날 자동차들이 줄지어 행진했으며, 매년 닥스훈트의 날 행사와 강아지 경주 대회가 열렸다. 이곳에는 변하는 게 하나도 없었다.

하지만 지금, 해리가 운전하는 차를 타고 시내로 향하는 이 순간에는 무언가가 변화해 있었다. 제이크는 아주 오랫동안 자신이 다른 곳에 있었다는 이상한 느낌을 받았다. 익숙한 배경을 찬찬히 바라보며 그 반짝이는 아름다움을 누렸다.

헤리는 앨리스가 예전에 타던 픽업트럭을 몰았다. 앨리스가 쓰는 새 트럭보다 좀더 작고 지면에 더 가까운 높이의 트럭이었다. 제이크가 타고 내릴 때 더 나은 지지대를 만들어주기 위해 해리는 핸들 주변에 끈을 묶어두었다. 뒷좌석의 공간은 휠체어를 싣고 체니가 함께 타기에 충분했다. 체니는 훌쩍 뛰어올라 뒤쪽 창문에 몸을 기댄 채, 계곡을 빠져나온 차가 시내로 달리는 동안 불어오는 바람을 맞으며 미소 짓고 있었다.

제이크는 열린 창문에 팔을 기대고 고개를 뒤로 젖혔다. 트럭이 시내로 접어들자 새로운 풍경이 눈에 들어왔고, 가슴이 뻥 뚫리는 것만 같았다. 드넓은 컬럼비아강은 바람에 잔물결이 일었고, 북쪽으로는 현무암 절벽에 햇빛이 내리쬐었다. 솜사탕 같은 구름은 서쪽으로 적란운이 되어 몰려들고 있었다. 그는 눈을 감고 피프리엠 패밀리 브루어 가게에서 실려오는 효모 냄새와 도그 리버 커피 가게의 로스팅 원두 향을 맡았다. 바람이 거세게 불어와 작은 트럭이 덜컹거렸다.

강가에 도착했을 때, 제이크는 해리가 휠체어를 내려 옆에 가져다줄 때까지 앞쪽에 보이는 광경을 감상했다. 스케이트 공원에서는 한 아이가 하프파이프를 타고 덜거덕거리는 소리와 함께 반대

쪽에 안착했다. 기다랗게 펼쳐진 녹색 잔디밭은 연에 바람을 넣는 잠수복 입은 이들로 가득했다. 모래톱 쪽에선 널따란 초록빛 강이 모래사장에 찰싹찰싹 물결치며 흐르고 있었다. 제이크는 고등학교 시절 내내 여기서 살다시피 했다. 노아와 그는 방과후에 곧장 스케이트 공원에 가서 해질녘까지 풀밭에서 놀곤 했다. 여름에는 거의 밤 열시가 되어야 능선 너머로 해가 졌다. 여기 있었던 시간만 해도 수백 시간은 될 것이었다. 순간적으로 마음속에 이전 삶을 향한 깊은 슬픔이 밀려왔다. 하지만 그때 해리가 휠체어를 들고 나타났고, 제이크는 방금 느낀 감정을 치워두었다.

체니는 잔디밭을 향해 가면서 목줄을 마구 잡아당겼고, 제이크는 예전 같으면 살펴볼 필요도 없었기에 몰랐을, 장애인이 접근 가능한 보도에 감사함을 느끼는 자신을 발견했다. 휠체어를 밀고 나아가는데 그의 모습을 쳐다보는 사람들의 시선이 느껴졌다. 그와 눈이 마주치면 사람들은 당황스럽다는 듯 고개를 돌렸다. 모두가 그를 노려보는 것 같았다. 제이크는 갑자기 벌거벗은 기분이 되었다. 사고를 겪고 나서 처음으로 물가에 간다는 건 너무 많은 노출을 감당해야 하는 일이었을지도 모른다.

하지만 그때, 카이트보드 타는 사람들을 바라보는 해리가 눈에 들어왔다. 해리의 얼굴이 종잇장처럼 창백했다. 내리막길에서도 그는 별말이 없었다. 해리의 이마에 맺힌 땀방울이 보였고, 그제야 제이크는 카이트보더 남자를 찾아보자고 제안한 건 해리가 아니라 자신이었음을 떠올렸다.

"있잖아, 요기가 여기 없을 수도 있을 것 같아. 그러니까, 뭐랄까, 우리 나중에 다시 와도 돼. 아무때나." 해리가 말했다.

해리의 목소리가 불안감으로 덜덜 떨렸고, 공감의 마음이 밀려오며 제이크의 걱정은 스러져갔다. 불쌍한 스토크스. 그렇게 생각한 제이크는 뒤로 몸을 기울여 뒷바퀴로 균형을 잡으면서 해리를 향해 미소 지었다.

"좋아." 그가 말했다. "그냥 잠시만 돌아다니자."

그들은 카이트보더들 사이로 걸었다. 제이크가 목줄을 풀어주자 체니는 모래톱을 향해 뛰어갔다. 그 커다란 개는 해인가에서 배를 대고 철퍼덕 엎드렸다가 그를 돌아보았다. 개가 다시 이리로 뛰어와 강물을 튀기고 뽀뽀를 퍼부은 뒤 또 저만치 뛰어가는 모습에 제이크는 목이 메어왔다. 체니는 물가를 따라 마구 달리면서 갈매기들을 향해 컹컹 짖고 무는 시늉을 했다. 개의 즐거운 모습을 보면서 제이크의 슬픔도 조금 옅어졌다. 그는 눈을 감고 강물냄새를 들이마셨다. 맨살 위로 따스한 바람이 불어왔다.

"젠장!" 해리가 속삭였다.

해리의 눈은 물이 뚝뚝 떨어지는 잠수복 차림으로 풀밭을 성큼성큼 걸어오는, 긴 머리카락을 뒤로 넘긴 덩치 큰 남자에게 고정되어 있었다. 남자는 입이 귀에 걸리도록 웃으며 해리의 어깨를 주먹으로 툭 쳤다.

"내 친구! 오늘 기상 상황이 아주 완벽해, 이 사람아. 역대급일 거라고!"

그는 제이크를 내려다보았다. 그의 미소가 한층 더 밝아졌다.

"안녕하시오, 친구?" 그는 두툼한 주먹을 내밀었다. "나는 요기올시다."

제이크는 주먹을 맞부딪쳤다. "제이크예요."

"만나서 반갑네요, 친구. 해리는 이 빌어먹을 짓거리에 환장하게 될 거요, 안 그래요, 해리?"

제이크는 새 친구의 눈에서 말없는 공포를 알아차렸지만, 요기는 전혀 눈치채지 못한 것 같았다.

덩치 큰 남자가 손뼉을 쳤다. "미친듯이 좋을 거라고! 자, 우리가 오늘 할일이 있다오. 장비 소개, 그리고 카이트보딩의 기초. 이리 와요. 다 준비해놨으니까."

요기는 인도에서 벗어나, 한 무리의 사춘기 소년들과 소녀 한 명이 장비를 둘러싸고 어슬렁대는 잔디밭 위로 성큼성큼 걸어갔다. 그들은 서늘한 바람에 깡마른 두 팔을 가슴 위에 교차해 두르고 있었다. 잔디 위로 휠체어 바퀴를 굴려도 되는지 확인한 후, 제이크는 해리를 따라갔다. 아이들이 말없이 제이크의 휠체어와 빡빡 민 머리를 빤히 바라보았다. 그런 다음에는 요기를 보았다.

"좋아! 잘 들어요, 꼬마들! 규칙 1번. 이건 카이트 수업이 아니다. 나는 강사가 아니다. 나는 그냥 카이트보딩에 대해 이야기하고 있었을 뿐이고 당신네들은 우연히 근처에 있었을 뿐이에요. 여러분 중에 누구라도 부모님한테 가서 카이트 수업 받았다고 말한다면 엉덩이를 걷어차줄 거요. 그냥 공익광고 같은 거라고 생각해요. 알겠죠? 알겠죠, 토미?"

그는 가까이 있던 소년을 바라보았다. 창백한 얼굴의 빨간 머리 남자애는 체니보다도 가벼울 것 같았다.

"어, 네. 알겠어요, 요기. 이건 카이트 수업이 아니에요." 그는 부드러운 소프라노 톤으로 말했다.

"좋아요. 그래요. 규칙 2번. 장비를 알라."

요기가 장비를 하나씩 보여주자 아이들은 몸을 기울였다. 잠수복, 헬멧, 충격 완화 조끼, 하니스, 컨트롤 바, 밧줄, 보드, 그리고 바나나 모양의 연까지. 요기는 장비가 어떻게 함께 쓰이는지 설명하고, 안전 탈출 장치의 작동법을 보여주었으며, 장비를 잘 관리해야 한다고 말했다. 즉, 사용하지 않을 때는 안전한 곳에 집어넣어 적절히 보관해야 하고, 직사광선 아래 방치해선 안 된다는 것이다. 그는 돌돌 말려 있던, 펩토비스몰 소화제 병 같은 분홍색을 띤 연을 펼쳤고, 아이들은 교대로 펌프질을 했다. 모든 버팀대가 부풀 때까지 아이들의 깡마른 팔들이 위아래로 움직였다. 요기는 연을 뒤집어 바람을 향할 수 있도록 하고 보드 쪽으로 내려서 고정했다.

"잘했어요!" 그는 손바닥을 짝, 맞대며 말했다. "좋아요. 좋아. 규칙 3번. 해변가에선 똥멍청이 짓을 하지 말라!"

그는 윈드 윈도*, 연의 동력, 안전한 이착륙, 강변 에티켓에 대해 이야기했다. 모래톱에서 다른 보더들 사이 어디쯤에 서야 하는지, 그리고 주변 사람들을 어떻게 인지하는지에 대해서도 설명했다. 안전을 위해 다른 카이트보더들을 살펴보는 게 얼마나 중요한지도 강조했다. 아이들은 모든 말끝에 질문했다.

"뭐가 규칙 3번이었죠?"

"해변가에서 똥멍청이 짓 하지 않기!"

"알겠어요!"

한 소녀가 손을 들었다.

---

* 카이트보딩에서 연이 날 수 있는 영역. 연의 가장자리에서는 바람을 곧장 받아서 날 수 있는 힘이 약하다. 하지만 윈드 윈도라고 불리는 영역에서는 연이 이른바 '유도된 바람'을 생성할 수 있기에 연의 동력이 최대화된다.

"그래, 어텀?"

"연이 물에 빠지면 어떻게 돼요?"

"그 젠장맞을 연을 다시 날려야지." 요기가 말했다. "정해진 한 가지 방법은 없다오. 바람과 물살에 따라 다르지. 하지만 하나는 확실하다오. 태도가 전부라오. 저 친구가 하늘을 날게 해주려면, 그렇게 할 수 있다고 믿어야 해. 그렇죠?"

아이들은 고개를 끄덕였고, 요기는 씩 웃었다.

"좋아! 자, 조그만 여러분은 너무 말라서 아직 시도할 수 없어요. 하지만 여기 해리 스토크스는 할 수 있지!"

그는 해리의 어깨를 움켜쥐고 흔들었다. 제이크는 해리의 얼굴이 회색으로 변하는 것을 보았다.

"저기 모래톱에 가서 이륙과 착륙 연습을 할 겁니다. 와서 볼 순 있지만, 규칙 1번이 뭐다? 이건……"

"카이트 수업이 아니다!" 아이들이 소리쳤다.

"토미, 네가 연을 가져오렴. 어텀, 네가 바와 줄을 잡아. 나머지, 너희들은 따라와서 연을 달아보렴. 해리, 장비 착용하시게." 그가 말했다.

아이들의 무리는 달리기 시작했고, 요기는 카이트보드를 들고 그들 뒤를 따라갔다. 해리는 요기 몸에 맞춰져 있어 자신에겐 너무 커다란 잠수복을 입느라 애를 먹었다. 가랑이 쪽은 처졌고, 목 쪽이 한참 남아 덜렁거렸다. 헬멧을 쓰는 해리의 얼굴은 땀으로 범벅이 되어 있었다. 그는 제이크에게 트럭 열쇠를 건네며 중얼거렸다. "내 생각에 나는…… 아마 돌아오려면…… 내가 만약에……"

"이봐, 해리." 제이크가 말했다. "숨쉬어, 친구."

해리는 제이크와 눈을 마주치고 침을 꿀꺽 삼킨 뒤 고개를 끄덕였다.

물가에서 요기가 소리쳤다. "스토크*를 써, 스토크스!" 그러곤 자신의 농담에 푸하하 웃었다.

제이크는 친구가 모래톱을 향해 걸어가는 모습을 지켜보았다. 어깨는 축 처지고, 두 눈은 마치 감옥이라도 가는 것처럼 발끝만 향해 있었다. 바람소리 너머로 요기가 힘을 북돋는 목소리가 들려왔다. 요기에겐 두 사람어치의 열정이 있구나, 제이크는 생각했다. 그들은 수로를 건너 모래톱으로 향했고, 제이크는 더이상 요기의 목소리를 들을 수 없었다.

봄 햇살이 내리쬐자 강물을 내다보는 그의 머리와 어깨가 따뜻해졌다. 공원은 여름만큼 붐비진 않았다. 모래톱에는 스무여 개 정도의 카이트보드가 이륙을 기다리고 있었고, 몇몇 윈드서핑용 돛들이 하얀 물거품 위에서 반짝거렸다. 카이트보더들과 윈드서퍼들이 정해진 구역 바깥으로 나가자 바지선이 수로 중앙으로 이동하며 빽 하고 경고음을 울렸다.

예상치 못한 편안함이 제이크에게 찾아왔다. 누구도 그를 딱히 쳐다보지 않았다. 물론 사람들은 휠체어를 알아보았지만, 그래서 어쩌라고? 괜찮았다. 그는 눈을 감고 티셔츠 위로 내리쬐는 햇살을 느꼈다. 그때 친숙한 윙윙거리는 소리가 들려와 눈앞의 잔디밭을 내려다보았다. 꿀벌 한 마리가 민들레 위에 내려앉아 커다란 꽃

---

* stoke. '연료'나 '불길'을 뜻하는 단어로, 해리의 성과 유사한 발음에서 착안한 언어유희로 쓰였다.

가루 사이를 누비더니, 곧이어 여러 마리가 날아왔다. 한 마리는 제이크의 가슴에 내려앉아 주황색 티셔츠를 거대한 꽃으로 착각한 듯 이리저리 기어다니다가 민들레를 향해 날아갔다.

"안녕, 숙녀분들." 제이크가 중얼거렸다.

모래톱으로 눈을 돌렸을 때, 체니가 해리와 요기를 향해 돌진하더니 해리의 가슴팍에 앞발을 얹는 모습이 보였다. 그러고서 커다란 개는 코를 땅에 대고 수로를 건너 잔디밭으로 돌아왔다. 체니는 헐떡이면서 웃는 얼굴로 제이크의 발치에 앉았다.

제이크는 커다란 머리를 쓰다듬었다. "잘했어, 체니."

개는 턱을 앞발 쪽에 툭 대고는 잠들었다.

제이크는 스케이트보드가 덜그럭대는 소리, 아직 사춘기에 들어서지 않은 소년이 타잔처럼 외치는 목소리를 들었다. 그런 소리를 들어도 슬프지 않았다. 체니와 함께 가장 좋아하던 단골 장소에 앉아, 그는 평온함을 느꼈다. 햇빛, 바람, 꿀벌들, 그리고 코 고는 개. 그는 자신이 느끼는 감정이 무엇인지 표현해보려다 문득 놀랐다. 기쁨이 느껴졌던 것이다. 그래, 이렇게 바람 부는 평일에, 햇빛을 받으며 강가에서 개와 함께 앉아 있다는 것으로 그는 만족했다. 다 괜찮았다.

그는 꿀벌들이 민들레 위에서 일하는 모습을 지켜보았다. 그날 아침 꿀벌의 움직임에 대해 읽었던 내용이 문득 떠올랐다. 좋은 꿀이 숨겨진 장소와 그 우수함을 알리려고 수색벌들이 요상하게 회전하며 엉덩이를 흔드는 행위 말이다. 꿀 공급원이 좋을수록 더 열정적으로 춤을 춘다. 다른 벌들은 그 춤을 따라 춘다. 공급원이 얼마나 멀리 있는지, 그리고 태양으로부터 어떤 각도에 있는지, 어떤 방향에 있는지, 그리고 얼마나 풍족한지 전부 기억할 때까지. 그 모든 것이 정말이지 놀라웠다.

꿀벌의 흔들기 춤은 제이크가 3학년 때 주립 경진대회에서 연주했던 재즈 6중주곡 〈Wiggle Waggle〉을 떠올리게 했다. 그와 노아가 금관악기 파트를 맡아 오프닝 리프와 짧은 파트를 연주했었다. 그날의 연주는 흠잡을 데 없이 완벽했다. 박자도 딱딱 맞고 박력 있었다. 그들은 1등을 했다. 하지만 상보다도 제이크는 그때 느낀 감각을 전부 기억했다—손가락 밑의 밸브들, 입술에 닿는 마우스피스의 압력, 조리개의 능숙한 운용. 얼마 전에 그는 케이스에서 트럼펫을 꺼내 손에 들어보았다. 악기를 입으로 가져가보았지만 울컥하는 바람에 연주할 수 없어서 다시 치워두었다. 지금 그는 깊은 갈망을 느꼈다. 어쩌면 앨리스의 집으로 돌아갔을 때 다시 꺼내서 좀 불어볼 수도 있겠지. 어쩌면 그냥 음계만 쭉 오르내려도 될 거야. 벌들에게 〈Wiggle Waggle〉을 연주해주면 벌들이 무슨 생각을 할지 궁금해졌다.

제이크는 가져온 물병에서 물을 한 모금 마시고 모래톱을 다시 바라보았다. 해리와 아이들이 거대한 모래밭 북쪽 끝에, 분홍색 연 주위로 모여 있는 것이 보였다. 그때 한 소녀의 웃음소리가 들려왔고, 뒤를 돌아보자 십대 아이들 몇 명이 서 있었다. 몇 명은 학교에서 봤던 게 기억났다. 모두 여자애들이었고 한 명만 남자애였다. 여자애들 중 한 명은 메건 샤인의 동생이었다. 이름이 뭐였지? 미셸이었나? 금발 머리에 언니처럼 치어리더 같은 몸이었다. 소년은 목줄을 채운 허스키 암컷 한 마리를 데리고 있었다. 미셸이 몸을 기울여 개를 쓰다듬었는데, 그 개는 제이크 쪽을 바라보고 있었다.

체니가 똑바로 일어서서 으르렁대더니 허스키를 향해 돌진했다.

"아, 젠장!" 제이크가 중얼거렸다. 그는 휠체어 브레이크를 풀고 바퀴를 굴려 뒤따라갔다.

"체니!" 그가 소리쳤다. "이리 와, 이 녀석아!"

두 마리의 개는 코를 맞대고 서서 꼬리를 높이 세우고 다리를 뻣뻣하게 굳힌 채 몸을 흔들고 있었다. 체니가 놀자는 표시로 몸을 낮추더니 물 쪽으로 확 뛰어갔다. 허스키도 체니를 뒤따라 뛰어가는 바람에 소년은 목줄을 손에서 놓쳤다. 소년은 개를 뒤쫓으며 "유키, 이리 와! 유키! 이 못된 놈아!"라고 소리쳤다.

제이크는 한숨을 내쉬고 그들이 뛰어가는 모습을 바라보았다. 체니의 목줄을 어깨에 둘렀다.

"돌아올 거야." 그는 혼잣말하듯 중얼거렸다.

여자애들이 선글라스 너머로 그를 쳐다보고 있는 것이 느껴졌다. 제이크는 아무렇지 않다고 속으로 되뇌었다.

"랜던은 웃기는 애야." 미셸이 킥킥거리며 말했다. "유키는 오 분에 한 번씩 도망가잖아."

제이크는 자신이 있던 잔디밭 위쪽 자리로 돌아가기 시작했다.

"이봐요! 저기, 혹시 후드리버 밸리 고등학교 다녔어요?" 한 목소리가 물었다. 검은색 단발머리 소녀가 무리에서 떨어져나왔다. 그녀는 제이크에게 한 걸음 다가오며 선글라스를 머리 위로 올렸다. 까만색 티셔츠에 컷오프 청반바지, 빨간색 척 테일러 신발 차림이었다. 피부색은 밝았고 검은 머리카락 사이에 강렬한 녹색 눈동자가 보였다.

"응. 2013년도 졸업생이야." 제이크가 말했다.

소녀는 한 걸음 더 다가오더니 바지 뒷주머니에 손을 찔러넣었다. 몸을 구부리더니 한쪽 발목을 다른 쪽 발목 뒤로 두고 섰다. 치어리더처럼 보이진 않았다. 전혀. 하지만 제이크는 소녀에게서 눈을 뗄 수가 없었다. 벅스 버니처럼 호리호리한 팔다리, 부스스한 머리카락, 그리고 저 녹색 눈동자.

"밴드에서 내가 네 앞에 앉았던 것 같은데?" 그녀가 말했다. "난 클라리넷 파트였거든. 니랑 네 친구가 기억나. 덩치 크고 곱슬머리였던 애."

"캐츠야. 노아 캐츠." 제이크가 말했다. "맞아, 섀퍼 선생님 반."

"너희 말썽 많이 부렸지? 너희가 맷 스웬슨의 튜바에 우유 부은 날, 나도 그 자리에 있었어." 그녀가 말했다.

제이크의 얼굴에서 미소가 싹 가셨다. 그 당시엔 그런 게 재밌어 보였다. 그는 고개를 돌렸다. "응, 그러게. 진짜 바보 같았어. 젠장맞을 바보들."

그녀의 뺨이 붉어졌다. "미안해! 그러려던 게 아니라……"

"걱정 마." 제이크가 미소 지으며 말했다. "내가 바보지. 너 말고."

소녀는 다시 그에게 미소 지었고, 여전히 뺨은 붉었다. 눈동자의 녹색이 더욱 진해진 것 같았다. 밴드 수업에 있었던 그녀가 어렴풋이 기억날 것 같기도 했다. 당시에 그녀는 신입생이었다. 클라리넷. 그래, 확실해. 그때는 머리카락이 더 길었다.

그때 둘 사이에 번쩍, 하고 흐릿한 갈색 생물체가 끼어들었다. 체니가 커다란 귀부터 꼬리까지 온몸을 흔들면서 모래를 날렸다. 소녀가 꽥 비명을 질렀다.

"이 짐승아!" 제이크가 손을 내저으며 소리쳤다. "미안."

소녀는 웃으며 팔로 얼굴을 닦았다. "괜찮아. 어차피 이미 모래가 묻어 있었어. 개 귀엽다. 이름이 뭐야?"

그녀는 큰 개 옆에 무릎을 꿇었고, 체니는 누워서 모래가 잔뜩 묻은 배를 내보였다.

"체니. 싸우려는 게 아니라 좋아서 이러는 거야." 제이크가 말했다.

랜던이라고 불리는 남자애가 허스키에게 목줄을 채운 채 잔디밭을 따라 올라왔다. 체니가 벌떡 일어나 낑낑대자 제이크가 목걸이를 붙잡았다.

"야! 여기 목줄 규정 있는 거 알지?" 소년이 제이크를 노려보며 말했다.

"작작해, 랜던." 소녀들 중 한 명이 중얼댔다.

"체니, 앉아." 제이크가 말하자 체니는 앉았다. 그는 허스키를 향해 고개를 끄덕였다. "예쁜 개다." 그가 제안했다. "둘이 친구 되고 싶나 봐."

"얘는 혈통 있는 알래스카 허스키야." 남자애가 내뱉듯 말했다. "장차 썰매견 챔피언이 될 개를 낳을 거야. 빌어먹을 해변의 잡종 개랑 뒤섞여 놀지는 않을 거라고."

"어이, 친구." 제이크가 말하며 두 손을 들어올렸다. "말 좀 살살 하지?"

누군가 연에서 공기를 빼내기 시작하자 시끄러운 쉬이익 소리가 들려왔다. 유키는 그 소리에 펄쩍 뛰곤 목줄을 맨 채 물 쪽으로 다시 뛰어갔다. 랜던이 개를 뒤쫓아 내달리기 시작하자 여자애들이 웃었다. 제이크는 체니의 목걸이를 붙잡은 손을 풀고 체니가 뛰어 가도록 내버려두었다.

"앗, 잘못했네." 제이크가 말하자 녹색 눈동자를 가진 소녀가 웃음을 터뜨렸다.

"야, 암리!" 여자애들 중 한 명이 소리쳤다. "우리 갈 거야. 태워 다줘, 말아?"

"그래! 기다려!" 그녀가 말했다.

소녀가 제이크를 향해 돌아섰다. "그럼, 음. 다시 만나서 반갑 다. 제이크 맞지?"

그는 고개를 끄덕였다. "기억력 좋네." 그러고는 말했다. "암 리?"

"암리타를 줄여서 그렇게 불러." 그녀는 눈을 굴리곤 짧은 머리 카락을 손으로 쓸어넘겼다. "엄마랑 아빠가 나이든 히피족이거 든."

제이크는 휠체어에 몸을 기대고 그녀에게 미소를 지었다. "이름 멋진 것 같은데."

그녀의 뺨이 다시 붉어졌다.

"암리! 가자고!" 친구가 소리쳤다.

"그럼, 또 보자." 그녀가 말했다.

"또 봐." 제이크가 말했다.

소녀는 친구들을 따라잡기 위해 달려가면서 어깨 너머로 그에게 손을 흔들었고, 그러다가 사라졌다. 제이크는 물가로 몸을 돌렸다. 민들레 사이에 벌들이 보였다. 체니가 잔디밭을 따라 달려오고 있 었다. 요기의 분홍색 연은 물위로 하늘 높이 올라가 있었다. 그는

암리의 녹색 눈동자를 생각했다. 미소를 지을 때면 더욱 짙어지던
그 눈동자를.

21
여왕벌 교체

만약 〔여왕벌을〕 찾지 못하면, 벌들은 삭막한 집으로 돌아가 슬픈 어조로 재난에 대한 통탄스러운 심경을 표현한다. 그러한 시기에, 특히 그들이 처음 상실을 깨달은 순간에 그들이 내는 음조는 유독 애절하다. 마치 단조로 끝없이 통곡하는 것처럼 들린다.

_L. L. 랭스트로스

앨리스는 낸시가 외국어로 말하기라도 하는 것처럼 빤히 바라보았다. 보라색 테를 두른 안경 너머, 파란 아이섀도와 짙은 마스카라 아래로 커다란 갈색 눈이 깜빡거렸다. 낸시는 고등학교 때부터 지금처럼 화장을 했을까? 앨리스는 문득 궁금해졌다.

함께 회의실에서 카운티 전역에 유해한 잡초를 알리는 전단지를 봉투에 집어넣으면서 낸시가 테이블 건너편에서 수다 떠는 소리를 앨리스는 반쯤 흘려들었다.

"실컷 배워서 고작 이런 걸 하고 있다니." 앨리스는 이 작업을 하게 된 상황에 짜증이 일어 이렇게 농담했다.

인턴은 서버 문제를 해결하기 위해 작업중이었고, 사무실 관리자인 데비 제프리스는 자신의 비좁은 책상엔 우편물 발송 작업을 위한 공간이 없다고 주장했다. 작년에 그녀는 서류 캐비닛이 인체 공학적으로 잘못됐고 그래서 목에 통증이 생겼다며 근로 보상 청구를 제기했다. 그 이후로 데비는 하고 싶은 대로 행동한다는 무언의 규칙이 생겼다.

주 차원의 모든 연간 보조금을 담당하는 리치 칼슨은 자금을 지원받을 자격을 얻기 위해선 우편물이 자정까지 발송되어야 한다고 했다. 앨리스는 리치가 실제로는 조금도 도와주지 않으면서 우편물 발송과 관련해 사소한 것까지 관리하는 모습이 놀랍지 않았고, 마지막까지 미루다가 일을 시켰다는 것에 짜증이 났다.

"팀워크! 그거야말로 우리를 하나로 만들어주지요." 리치는 테이블 위에 커다란 상자를 쿵 내려놓으며 이렇게 말했었다.

앨리스는 그의 등을 노려보았다. 그녀의 은퇴 계획에 대해 리치와 나눴던 대화가 여전히 기억 속에 생생했다.

"글쎄요, 리치 아저씨는 팀원이 아닌 것 같네요." 전단지 뭉치를 향해 손을 뻗으며 앨리스는 이렇게 말하곤, 낸시를 바라보며 히죽거렸다.

"음, 앨리스, 저는 칼슨 씨가 오늘 아주 중요한 일이 있으신 거라고 확신해요."

앨리스는 코웃음을 쳤지만 낸시는 웃지 않았다.

"그러게요!" 앨리스가 말했다. "아마 지금 사무실에서 스프레드시트의 색상을 하나씩 표시하고 있겠죠."

리치가 실제로는 아무 일도 하지 않고 시간을 때운다는 사실을 알았기에 그들은 이렇게 농을 던졌다. 그는 사무실에서 소란스럽게 돌아다니며 다른 사람들이 일하고 있는지 확인했지만 그 자신이 명확하게 하는 일은 없었다. 모두 그가 매년 5퍼센트 인상되는 연봉과 함께 상여금을 포함하는 1급 공무원 급여를 받는다는 것을 알고 있었다. 앨리스는 사 년 동안 급여 인상을 받지 못했다.

"미안, 앨리스." 빌은 지난 3월 연례 인사고과 때, 커다란 머리통을 흔들며 인상을 찌푸리고는 이렇게 말했다. "경기 침체 때문에, 알잖아. 예산이 동결됐어. 나도 올려주고 싶지. 당신은 이 조직에 없어선 안 될 인재인걸."

"……관리자 직급이 어떤 압박을 받고 있는지 모르잖아요, 앨리스." 낸시가 말하고 있었다. "우리가 못 보는 많은 일을 한다고요. 중요한 일들을요."

앨리스는 낸시를 노려보았다. 지금 진지하게 하는 말인가?

"저기, 낸시. 저기요? 거기 있어요?" 앨리스는 테이블을 쿵쿵 두드렸다. "어디 갔어요? 납치당한 거예요?"

낸시는 입을 꾹 다물고는 봉투 안에 전단지를 집어넣고 스펀지로 살짝 적셔 부드럽게 봉했다. "존중 좀 해줬으면 좋겠어요." 그녀가 심드렁하게 말했다.

앨리스는 의자에 등을 기대곤 헛웃음을 짧게 뱉었다. "아첨꾼이 여기 있네요."

그 순간 리치가 다른 상자를 들고 회의실로 들어왔다.

"고맙습니다, 아가씨들!" 그가 노래 부르듯 말했다. "오, 열시 삼십분 되면 잠깐 멈춰요. 회의 있어서 공간이 필요하니까."

"무슨 회의요?" 앨리스가 물었다.

"분기별 전 직원 회의요. 이메일 안 읽나, 앨리스?" 그는 선생님처럼 꾸짖는 목소리로 앨리스를 향해 손가락을 흔들며 말했다.

그러고는 낸시를 향해 활짝 웃었다. "낸시는 회의 관련 메일을 읽었겠지요."

앨리스는 리치가 방을 나갈 때 낸시의 얼굴이 소녀 같은 미소로 일그러지는 모습을 보았다.

"와우. 천하제일 아첨꾼이네, 낸시."

낸시의 얼굴이 붉어졌다. "당신은 자기가 모든 걸 다 안다고 생각하지." 낸시가 으르렁대곤 의자를 박차고 일어나 나가버렸다.

앨리스는 몸을 뒤로 기대고 천장에 있는 갈색 얼룩을 바라보았다. 플로리다 모양으로 생긴 저 얼룩은 거의 이십 년 전 그녀가 이 직장에 면접을 보던 날에도 있었다. 그때 앨리스는 일자리를 구하게 되어 들떴었다. 하지만 이제는 그저 피곤했다. 다른 전단지를 집어들고는 이번에는 접으면서 내용을 읽어보았다.

'후드리버 카운티 연간 유해 잡초 프로그램!' 제목에는 이렇게 쓰여 있었고, 그 밑으로 잡초의 위험성에 대한 내용이 나와 있었다. 유해 잡초는 습지를 망가뜨리고, 토종 식물을 말라 죽게 하고, 야생동물을 해친다고. 절박해 보이는 메추라기가 그려진 만화는 육 년 전쯤 여름방학 동안 일했던 인턴이 그린 것이었다. 그 이후로 매년 같은 그림이 사용됐다.

페이지 하단에는 새로운 한 줄이 추가되어 있었다. '수프라그로는 후드리버 카운티 유해 잡초 프로그램의 자랑스러운 후원자입니다.' 숨이 콱 막혔다. 그녀는 사진을 찍어 스탠에게 전송했다.

"맨 아래를 보세요." 이렇게 메시지를 썼다.

앨리스의 죽은 벌통들에 관한 농촌지원국 검사에선 수프라그로의 살충제와 일치하는 화학물질이 명확하게 발견되었다. 하지만 유해 잡초 프로그램으로 인해 위험이 너무나 커졌다. 과수원에 살충제를 뿌리는 것도 나빴지만 이 프로그램은 그보다 훨씬 더 유해한 행위였다. 수백 제곱마일에 이르는 카운티 차원의 프로젝트로, 초여름부터 시작될 예정이었다. 수프라그로의 살충제가 카운티 전역의 모든 도로, 공원, 학교, 공터, 그리고 지하 배수로에 뿌려질 거라는 뜻이었다. 유해 잡초는 제거될지 모르지만, 그와 함께 야생 클로버, 민들레, 과꽃, 해바라기에게도 독이 될 것이다. 유출수는 도랑에서 개울로, 또 강으로 흘러들어가 컬럼비아강 협곡 전체 유역을 오염시킬 것이다.

회의에 참석하기 위해 사람들이 한둘씩 들어오기 시작했다.

앨리스의 휴대폰에서 진동이 울렸다. 스탠이 답신을 보내온 것이었다. "그게 핵심! PDX* 리버키퍼 단체와 공동으로 소송을 제기할 거예요. 또 소식 전할게요. 고마워요!"

다행이다. 가슴속 답답함이 조금 나아졌고, 한줄기 희망이 보이는 느낌이었다.

빌이 회의실로 느릿느릿 들어서더니 슬랙스를 추켜올리고 폴로셔츠를 집어넣은 뒤 의자에 앉았다. 낸시는 슬쩍 들어와 앞쪽에 자리잡았다. 빌이 목을 가다듬었다.

"오늘 일정을 위해 시간 내주셔서 감사합니다, 여러분. 빨리 끝날 겁니다. 이번 분기 사업 관련해 한두 가지만 설명하면 됩니다."

그는 돋보기안경을 꺼내 썼다.

"첫번째로, 신입 직원을 위한 건강 증진 프로그램이 6월 1일부

---

* 포틀랜드국제공항의 공항 코드.

터 시작됩니다. 관련 이메일을 곧 보내드릴 거예요. 따로 추가 비용을 내지 않아도 금연이나 식습관 상담, 심장 건강을 위한 팁 등이 추가로 포함되어 제공됩니다."

빌은 건강 증진 프로그램에 대해 문의할 사항이 있으면 이리로 연락하라며 고객 서비스 부서 이메일 주소와 전화번호를 줄줄 읊었다. 그런 다음 종이를 밀어놓고 몸을 뒤로 젖혔다. 빌이 앉은 의자가 삐걱댔고, 그는 짙은 눈썹 아래로 직원들을 바라보며 껄껄 웃었다.

"두번째 소식은 많은 분에겐 놀랍지 않을 것 같은데요." 그가 말했다. "아시다시피, 저는 근 삼십오 년간 카운티에서 일해왔습니다. 카운티가 성장하는 모습을 지켜보았고, 우리 부서가 후드리버의 미래를 만들어간다는 사실에 크나큰 자부심을 느껴왔습니다. 우리는 누구도 들어본 적 없는 작은 과수원 마을에서 국제 관광과 기술 기업의 거점으로 성장한 겁니다! 정말 자랑스럽습니다. 여러분이 자랑스럽습니다."

그는 통통한 손으로 회의실 안의 모두를 가리키고는 테이블 위에서 주먹을 쥐었다. 여기저기서 박수가 터져나왔다.

"감사합니다." 그가 말했다. "하지만 정말로 모든 게 여러분의 노고 덕분이에요. 저는 조종사였을 뿐이죠." 빌은 잠시 말을 멈췄다. "그렇지만, 모든 좋은 시절에도 다 끝이 있습니다."

앨리스의 심장이 뛰기 시작했다. 이게 그건가? 그 일이 마침내 일어나고 있다는 게 믿어지지 않았다. 왜 빌은 아무런 예고도 해주지 않았지? 내가 이메일을 놓친 건가?

"아내는 저더러 은퇴하라고 늘 성화였는데, 이제 그때가 왔네요. 저는 회계연도가 끝나는 이번달 말에 공식적으로 카운티를 떠나게 되었습니다."

앨리스는 자세를 똑바로 하고 앉았고, 이제는 모두가 박수를 치고 있었다.

"감사합니다! 여러분, 감사합니다." 빌이 말했다. "정말로요. 친절하신 분들. 자, 모든 변화에는 시간이 걸리기 마련입니다. 제가 든든한 분한테 맡기고 떠날 것임을 알아주셨으면 합니다."

빌은 앨리스를 흘끗 쳐다본 뒤 고개를 돌렸다.

그녀의 얼굴이 발그레해졌다. 숨이 가빠졌다. 오랜 시간이 걸렸지만, 드디어 확실해졌다. 그녀는 수년 동안, 만약 자신이 총책임자가 된다면 어떻게 부서를 이끌어갈지 상상해왔다. 지금으로서는 간단히 답하면 될 것이다. 품위 있게 감사하다고 말하면 된다.

"……앞으로 몇 년 동안 여러분과 함께 후드리버 카운티를 옳은 방향으로 이끌어줄 적임자가 있습니다." 빌이 말하고 있었다.

데비 제프리스가 앨리스를 살짝 찔렀고, 다른 사람들은 수군대기 시작했다.

"저는 그녀가 잘 자리잡을 수 있도록 열심히 도울 겁니다. 하지만 제 일을 맡아 하기에 전혀 부족함이 없다는 점을 알고 있습니다. 기쁜 마음으로 여러분께 새로운 임시 총책임자를 소개합니다. 낸시 게이츠!"

빌은 커다란 두 손을 맞부딪치며 낸시를 향해 활짝 미소 지었다. 잠시 정적이 흐르더니 다른 사람들이 박수를 치기 시작하면서 앨리스와 낸시를 번갈아가며 보았다. 낸시는 키득거리고는 손을 살짝 흔들어 보였다. 앨리스는 숨을 고르기 위해 애썼다. 귀가 먹먹

했다.

"말도 안 돼." 데비가 속삭였다. "앨리스, 진짜 속상하겠어요."

빌은 이제 자리 정리를 하고 있었다.

"……이번 인수인계 기간 동안 저는 여기서 여러분의 어떤 문의사항에든 답해드릴 겁니다. 제 문은 언제나 열려 있습니다!"

빌은 의자를 뒤로 쭉 빼고 자리에서 일어섰다. 박수 소리가 더이어졌다. 앨리스는 빌의 사무실에서 나오는 낸시의 모습을 마음속으로 그려보았다. 못 본 척하려 애써 잊었던 광경도 떠올랐다. 낸시의 엉덩이 위에 올라가 있던 빌의 손. 수프라그로 회의가 있었던 날 두 사람은 동시에 사라졌는데, 당연하게도 앨리스가 두 사람을 모두 찾을 수 없었던 때가 그날이 처음은 아니었다.

앨리스는 모두가 회의실을 나설 때까지 기다렸다. 짐 머피는 어깨를 으쓱하더니 회의실을 빠져나가며 그녀를 향해 고개를 흔들었다. 다른 사람들은 뭔가 말하고 싶다는 듯 그녀를 바라보았지만 아무도 말을 걸지 않았다. 마침내 혼자 남았을 때에야 앨리스도 일어서서 자신의 책상으로 돌아갔다. 낸시는 어깨를 곧게 편 채 모니터를 쳐다보며 앉아 있었다.

"칼슨 씨가 사무실에서 뵙자고 해요, 앨리스." 낸시가 돌아보지 않은 채 말했다.

앨리스는 그녀를 무시하고 빌의 사무실 문을 두드렸다.

"체노위스 씨는 이른 점심 드시러 가셨어요." 새침해진 입으로 낸시가 말했다. "원하시면 저한테 메시지 남겨주셔도 돼요."

앨리스는 그녀를 향해 돌아섰고, 허세 부리던 낸시는 앨리스의 시선에 잔뜩 움츠러들었다. 가장 황망한 건 낸시의 배신이 아니라

그 배신의 순간이 다가오고 있다는 것을 앨리스가 몰랐다는 사실이었다. 고등학교 스페인어 시험에서도 다른 사람 답안지를 베껴서 냈던 낸시가 아니던가. 그녀는 빌이 하지 않고 떠넘긴 일들을 앨리스가 점점 짊어지게 했다. 늦게 출근해서 일찍 퇴근하던 그녀는 커피 한 잔을 든 채 사무실을 빙빙 돌며 딸랑거리는 웃음소리를 여기저기 흘리고 가십거리를 주워담곤 했다. 그렇게 해서 모든 사람의 약점을 하나씩은 잡아냈다. 낸시는 허점이나 실수를 보물처럼 모아두곤 나중을 위해 숨겨두었다. 모든 퍼즐 조각이 맞춰지는 것 같았다. 앨리스는 머리를 저었다.

"정말 잘 어울려요, 낸시." 그녀가 말했다.

낸시는 얼굴을 파르르 떨다가 희미한 미소를 지었다. "고마워요, 앨리스. 내 말은, 물론 실망했겠지만……"

"아뇨. 당신이 딱이네요. 알랑거리고 아무것도 하지 않는 사람이니까."

앨리스는 이렇게 말하고는 가방을 집어들고 정문으로 향했다. 안내데스크를 지날 때 데비가 조심하라는 표정을 지으며 이렇게 말했다. "칼슨이 당신을 찾고 있어요."

앨리스는 출구를 향해 계속 걸었다. 지금 잘도 리치 칼슨과 이야기를 나누겠네.

그때 마치 소환된 것처럼 리치가 자기 사무실에서 고개를 내밀고는 그녀를 향해 씩 웃었다. 그 바람에 누런 치아가 얇은 윗입술 아래서 튀어나왔다.

"내가 찾던 바로 그분! 들어오세요."

앨리스는 한숨을 내쉬곤 리치의 사무실로 들어갔고, 문 닫는 소리에 어깨를 움찔했다.

"어서! 앉으시죠!" 그가 말했다.

리치는 입고 있던 정장 재킷을 잡아당기고 의자를 앞으로 끌더니 팔꿈치를 책상에 기댔다.

"자, 앨리스. 오늘 빌의 발표에 좀 놀랐을 거예요. 어쩌면 좀 실망했을지도?" 그는 마치 앨리스가 방금 아이스크림을 바닥에 떨어뜨린 아이라도 된 것처럼 울상인 표정을 지어 보였다.

"그래도, 너무 오래 미련 갖지 말아요. 때가 되면 당신 차례가 올 거예요. 빌은 자신의 선택을 한 거고, 낸시는 잘해낼 거라고 봐요. 특히 당신이 빌에게 그렇게 잘해준 것처럼 바로 곁에서 그녀를 도울 테니 든든하죠."

앨리스는 아무 말도 하지 않았다. 마치 리치의 목소리가 멀리서 들려온다는 듯 그를 바라볼 뿐.

리치는 책상 위에 놓인 파일 폴더를 뒤집어 열었다. "자, 한때 빌이 당신을 후임자로 여겼다는 건 비밀이 아니죠."

앨리스는 침묵했다.

"또한 우리는 당신의 노고에 감사하고 있어요. 그래서 승진을 시켜주려고 해요! 이건 다음달 초부터 적용될 새 계약서예요. 당신은 개발 부서의 고위 직원 관리자가 될 테고, 연봉은 15퍼센트나 오른다고요! 그냥 넘기긴 아까운 기회죠?"

리치는 앨리스 쪽으로 계약서를 밀었지만, 그녀는 서류에 눈길도 주지 않았다.

"고위 직원 관리자요?" 그녀가 말했다. "제가 누구를 관리하는 거죠? 누가 낸시 자리를 대체하는 겁니까?"

리치의 얼굴이 애써 미소를 짓느라 일그러졌다. 그는 깡마른 두 손을 비볐다. 건조한 피부가 마찰하는 소리에 앨리스는 흠칫했다.

"음, 그 자리는 곧장 채우진 않을 거예요. 조직 개편의 일환으로 당신에게 연봉 인상을 해줄 수 있게 되는 거죠."

"잘 알겠어요. 내 일도 하고 낸시의 일도 하면서 돈은 15퍼센트 더 받는다는 거죠? 제 말이 맞나요?"

리치는 화난 듯한 표정으로 의자에 기댔다. "이건 뭐랄까, 물컵에 물이 반이나 차 있는지, 반밖에 안 차 있는지를 바라보는 관점 같은 거예요, 앨리스. 여기서 얻을 리더십 기회를 생각해봐요."

앨리스는 웃음을 터뜨렸다. "무슨 기회요? 저 자신을 리드할 리더십인가요? 그건 이미 하고 있거든요, 리처드."

리치는 비웃음당하는 것을 좋아하지 않았다. 리처드라고 불리는 것도 좋아하지 않았고, 앨리스는 그것을 알고 있었다. 언젠가 그는 자신을 리처드라고 부른 건 어머니가 유일하다고 앨리스에게 말한 적이 있었다. 그는 다시 몸을 앞으로 기울이더니 까만 알처럼 박힌 눈동자를 그녀에게 고정했다.

"이봐요, 앨리스. 솔직히 말하면, 최근에 좀 협동하는 자세를 안 보여주지 않았습니까." 그가 말했다.

리치는 다른 파일을 열고는 안에 담긴 것들을 책상 위에 늘어놓았다. 신문기사, 그리고 스탠과 함께 찍은 앨리스의 사진도 있었다. 낸시가 보낸 이메일도 보였다. 얼핏 보기에도 낸시가 빌 같은 관리자며 다른 집행부 직원들에 대해 앨리스가 했던 말과 농담을 죄다 문서로 만들어두었음을 알 수 있었다.

리치는 의자에 등을 기대고 득의양양한 미소를 지으며 손가락을 텐트 모양으로 맞댔다.

"우리 입장에서 당신이 어떻게 보일지는 알 거라고 봐요." 그가 웅얼거렸다. "상냥하게 굴어야 당신한테도 이득이라고요, 앨리스. 좋든 싫든 낸시와 함께 일해야 하는 겁니다. 빌도 마찬가지고요."

"그게 무슨 소리예요?" 그녀가 물었다. "빌은 은퇴하잖아요."

리치는 입술을 깨물며 고개를 저었다. "카운티에서 은퇴할 뿐이죠." 그가 말했다. "빌은 외부 컨설턴트로서 우리와 계속 함께 일할 거예요. 수프라그로를 위해서요."

앨리스는 머리카락이 점점 벗어지는 리치의 머리에서 이미 훤히 드러난 두피의 가장자리를 바라보았다. 짙은 색 폴리에스테르 옷을 입은 그의 어깨 위로 비듬이 몇 개 떨어져 있었다. 그의 어깨 너머 창밖으로 물가가 보였다. 초등학교 4학년 때의 어느 날이 떠올랐다. 그녀가 장차 농부가 되고 싶다고 발표했던, 교실의 모두가 비웃었던 날. 툭스버리 선생님은 결혼한 뒤 앨리스가 6학년일 때 포틀랜드로 이사갔다. 앨리스는 선생님한테 그것은 사실이 아니라고 말하고 싶었다. 되고 싶다고 해서 무엇이든 될 수는 없다고. 삶은 그보다 훨씬 더 복잡하다고. 그러나 이제 그것만큼 확실히 알게 된 또다른 사실은, 다른 사람들이 원한다고 그대로 다 될 수도 없다는 것이다.

앨리스는 계약서를 리치 쪽으로 다시 밀었다.

"됐어요." 그녀는 가방을 어깨에 메고 일어서서 말했다.

리치는 짜증이 난 듯했다. "자, 자, 앨리스. 이건 아주 좋은 제안이에요. 당신이 이보다 더 많이 벌 수는 없다는 걸 나도 당신도 알잖아요."

"아뇨, 안 하겠습니다." 앨리스가 말했다. "당신 말이 맞아요."

"자, 그럼 이걸로 끝낼까요?" 그가 펜을 내밀었다.

"네, 끝내죠." 그녀가 말했다. "저 관둡니다."

그 순간 리치 칼슨은 처음으로 말문이 막혔다. 앨리스는 그의 사무실 문을 열어두고 후드리버 카운티 건물을 나와 5월의 햇살 속으로 걸어갔다.

앨리스 홀츠먼은 평생 단 한 번도 뭔가를 관두지 않았다. 믿음직스럽고 꾸준하며 충성스러운 앨리스. 유능한 앨리스. 하지만 이제 그녀는 이처럼 불현듯, 밖으로 나서고 있다. 오크 스트리트를 따라 걸어내려가며 마음속에 짜릿한 기쁨이 솟아났다. 앨리스는 버디를 처음 만났던 장소인 존 디어 상점을 지나쳤다. 첫 직장을 얻었을 때 아버지가 그녀에게 은행 계좌를 개설해주러 데려갔던 은행도 지나쳤다. 도서관이 나왔고, 길 건너편에는 와코마 서점이 있었다. 후드리버는 사십사 년 동안 그녀의 고향이었다. 앨리스는 이곳에 무언가를 빚지고 있다.

유역 연합 사무실로 걸어들어가는 모습이 어찌나 기대감에 넘쳐 보였던지, 안내데스크 직원은 앨리스가 회의에 참석하러 왔다고 여기곤 회의실로 그녀를 이끌었다.

스탠은 화이트보드 앞에 서서 지워지는 마커를 들고 손짓을 하고 있었다.

"……오늘 오후에 중단과 금지를 위한 동의서를 제출하는 겁니다." 스탠은 열 명 남짓한 사람들에게 말하고 있었다. 앨리스와 눈이 마주치자 그는 말을 멈추고 미소를 지었다.

"잠시만 실례하겠습니다." 스탠은 사람들에게 이렇게 말하고 방을 가로질러 그녀에게 다가왔다.

"안녕하세요!" 앨리스에게 다가왔을 때 그의 미소가 희미해졌다. 미간을 찌푸린 채 스탠이 물었다. "괜찮아요?"

"네. 그냥 제가 뭐 도울 수 있는 게 없나 싶어서 와봤어요."

스탠의 표정이 누그러졌다. "방금 말씀하신 마지막 부분이 아주 중요해요. 여기에 포틀랜드 리버키퍼 단체분들, 유기농 재배자 단체, 그리고 야외 학교 관계자분들이 오셨거든요."

그가 사람들을 향해 돌아섰다. "여러분, 이분은 카운티 개발 부서의 앨리스 홀츠먼이에요. 많이들 아시죠?" 스탠이 말했다.

앨리스는 테이블 주위에 옹기종기 모여 있는 사람들을 향해 고개를 끄덕였다.

"방해하려던 건 아닌데요. 하지만 제가 할 수 있는 일이 있으면 알려주세요." 그녀는 스탠에게 말하고는 문 쪽으로 걸어갔다.

"사실, 저희는 막 계곡 지도를 보던 중이었어요." 스탠이 말했다. "앨리스는 과수원업자분들을 거의 다 아시죠?"

그녀는 고개를 끄덕이고 지도 쪽으로 다가갔다.

"그들이 어디서부터 살충제를 뿌릴지를 알아내려 하고 있어요. 카운티에서 일정을 세운다는 것, 그리고 바람을 잘 살펴봐야 한다는 건 알아요. 결정을 어떤 방식으로 하는지 혹시 아시나요?" 스탠이 물었다.

앨리스는 고개를 끄덕이고는 그녀의 부서에서 그 허가를 내린다고 말했다.

"소규모 과수원에선 4월 15일 이후라면 언제든 자체적으로 뿌리기 시작할 거예요." 그녀는 더그 랜섬을 떠올리며 말했다. "하지만 규모가 더 큰 과수원을 운영하는 이들은 카운티에 허가증을 제출하고 선호하는 날을 알려줘야 하죠. 그럼 카운티측에선 바람 예보에 따라 일정을 잡습니다."

사람들이 웅성거리며 고개를 끄덕였다.

"주로 누구부터 시작하나요?" 스탠이 물었다.

"매년 달라요." 앨리스는 이렇게 말한 뒤 어깨에서 가방을 내려놓았다.

"한번 찾아볼까요?" 그녀가 가방에서 노트북을 꺼내며 말했다.

앨리스는 전산 시스템에 로그인하고 살충제 살포 일정을 클릭했다. 그러자 깔끔하게 색깔별로 구분되고 에이커 단위로 분류된 일정표가 나타났다. 이 일정표 작성은 낸시의 몇 안 되는 업무 중 하나였기에 앨리스는 파일을 캡처해 스탠을 참조자로 걸어 스스로에게 이메일을 보내면서 왠지 더욱 즐거웠다.

"여기 다 있어요." 앨리스가 시스템에서 로그아웃하며 말했다. "일자, 시간대, 그리고 주소도요."

스탠은 그것을 컴퓨터에 띄웠고, 가까이 앉은 이들이 잘 보려고 몸을 기울였다.

"내일부터 이 주 동안 시행되네요." 그가 말했다. "오델에 있는 랜디 오사카의 과수원이 첫 주자예요. 제일 큰 과수원 중 하나죠."

스탠이 의기양양한 얼굴로 올려다보았다. "그때쯤이면 우리도 준비될 거예요, 그렇죠?" 사람들이 동의한다는 의미로 웅성거리며 끄덕였다.

"그럼 착수해봅시다." 그가 말했다. "중요한 업무부터 시작하는 거예요. 법적인 부분, 지역사회 지원, 그리고 언론 활동이요."

앨리스는 일어나서 컴퓨터 가방을 어깨에 멨다. "다 할 수 있을 거예요." 그녀가 이렇게 말하고는 떠나려고 움직였다.

"다시 일터로 가는 건가요?" 문가로 데려다주며 스탠이 말했다.

"아뇨. 사실 방금 그만뒀어요!" 앨리스는 웃음을 터뜨렸다.

"우와! 나눌 이야기가 아주 많을 것 같네요?" 스탠은 고개를 젖히며 말했다. "그 결정을 해서 행복한가요?"

"그 어느 때보다도요." 앨리스가 말했다.

"그럼 서둘러 떠나지 말아요. 당신의 도움이 필요해요."

앨리스는 더 머물게 되어 기뻤다. 자신이 알고 있는 과수원업자 목록을 만들고, 단체의 요청을 받아들여줄 만한 사람 순서대로 나열했다. 그들의 목표는 카운티가 수프라그로와 맺은 계약을 철회하고, 후드강 유역 연합, 포틀랜드 리버키퍼, 야외 학교, 유기농 재배자 단체, 그리고 계곡 주변의 의사와 간호사를 비롯한 수많은 거주자들로 구성된 지역 연합에서 승인한 덜 유해한 제초제를 사용하게끔 하는 것이었다. 앨리스는 양봉협회의 청원서에 대해 그들에게 이야기했다. 이 싸움에 동참하도록 양봉협회측도 설득해볼 수 있겠다고 생각했다.

스탠은 그녀더러 몇몇 과수원업자를 방문할 의향이 있느냐고 물었다. 앨리스는 그렇게 하겠다고 답했다. 그들 중 적어도 세 명은 양봉도 병행했고, 그녀가 발표했던 양봉협회 회의에 참석했었다는 것을 떠올렸다. 그들이라면 수긍할 거라는 확신이 들었다. 다른 이들은 설득하기가 더 어렵겠지만, 내일부터 앨리스는 그들의 집을 방문해 얼굴을 맞대고 이야기 나누기 시작할 것이다. 도움이 필요할 때면 나섰던, 모든 사람이 아꼈던 관대한 아버지에 대한 기억을 불러일으킬 수 있다는 것을 그녀는 알고 있었다.

　앨리스는 그들이 고향이라고 부르는 이 아름다운 곳을 보호하기 위해 함께 나서서 일하는 스탠과 사람들을 바라보았다. 제이크와 해리가 자신이 돌아오길 기다리고 있을 골짜기의 작은 집을 떠올렸다. 그들은 앨리스의…… 그들은 누굴까? '직원'은 적합한 단어가 아니었다. 제이크는 자신을 그녀의 제자라고 불렀다. 친구. 앨리스가 찾은 건 이 단어였다. 그들은 그녀의 친구였다. 웃기고 엉뚱하고 영감을 주는 어린 친구들. 어쩌면 앨리스 섬에 도개교가 내려가면 단골 방문객들도 생겨날 수 있는 것 같았다. 앨리스는 차를 몰아 남쪽의 산으로, 골짜기로, 벌들에게로, 그리고 집으로 향하면서 내내 그들을 생각했다.

22
벌떼 경고

이를 고려하면, 벌이 무리를 짓는 것은 어떤 이들이 상상하는 것처럼 강제적이거나 부자연스러운 사건이 아니라 자연 상태에서 불가피하게 발생할 수밖에 없는 사건임이 분명하다.

_L. L. 랭스트로스

해리 스토크스는 완전히 변화했다. 저녁식사 자리에서 앨리스는 해리가 새롭게 발견한 종교인 카이트보딩을 전도하는 모습을 보고 습관적인 과묵함과 말더듬기가 사라진 것을 눈치챘다. 그는 주로—접시 위로 고개를 숙이고 몇 초 동안이나 눈을 떼지 않으며 퍼먹으면서—가장 먼저 식사를 마치는 사람이었다. 이제 그는 냅킨 위에 카이트보딩의 물리학을 그려가며 이야기하느라 음식이 식는 줄도 몰랐다. 윈드 윈도에 대해, 연의 구조에 대해, 밧줄의 힘에 대해, 물위를 가르는 보드의 움직임에 대해 설명했다. 해리에게 그 모든 것은 마법과도 같았다. 앨리스는 알 수 있었다.

광장히 의외의 장소에서 자신감을 찾은, 대체로 실수투성이인 청년을 그녀는 즐겁게 바라보았다. 제이크는 고개를 절레절레 저으며 미소를 지었다. 해리는 그들만큼이나 스스로에게 놀랐다. 제이크로부터 멀어져 요기 뒤쪽의 모래톱 위로 걸어가면서 자신의 손이 얼마나 떨렸는지를 생생히 회고했다.

"나 진짜 토하는 줄 알았어!"

제이크는 웃음을 터뜨리며 식탁을 주먹으로 내리쳤다. 앨리스가 인상을 찌푸렸고 해리는 고개를 숙였다.

"죄송해요, 앨리스! 하지만 세상에, 그 많은 애들 앞에서 부끄러운 짓은 안 하고 싶더라고. 요기는 내가 바람을 거슬러 날게 해줄 수 있다고 했어. 두 번 더 수업을 들으면 익숙해질 거라더라." 이렇게 이야기하는 해리의 얼굴이 기쁨으로 환하게 빛났다. "내가 빨리 배우는 편이래."

최근 몇 년간 카이트보딩 열풍이 부는 것을 지켜봐온 앨리스는 이렇게 말했다. "글쎄, 다들 미친 것 같던데. 공중에서 뒤엉켜버리지 않니? 아주 난장판이던데."

해리가 씩 웃었다. "맞아요. 약간 난장판 같긴 해요. 그래도 자기 줄만 꼭 붙잡고 있으면 돼요. 그리고 사람들은 초보자들을 위한 공간을 흔쾌히 내줘요. 관대한 사람들이에요."

앨리스는 해리의 입에서 그렇게 많은 말이 한꺼번에 쏟아져나오는 것을 들어본 적이 없었다는 사실을 깨달았다.

"내가 네 열정을 꺾지 않도록 해주렴, 해리. 다리 부러졌을 때 네 엄마한테 전화 걸고 싶진 않다." 그녀가 놀렸다.

해리의 미소가 희미해졌다.

"애! 그냥 장난친 거야. 난 초 치는 사람 아니야."

해리는 어깨를 으쓱했다. "아녜요. 그냥 제가 한동안 엄마한테 전화를 못 드려서요. 지난주에 엄마 생신도 있었는데 연락을 못 드렸어요. 마음이 안 좋네요. 그렇지만 휴대폰을 아직 못 샀고, 여기 계곡에는 공중전화도 없어서."

앨리스는 부아가 치밀어 한숨을 쉬고는 의자를 식탁 뒤로 쭉 뺐다. 그러곤 부엌 조리대 너머로 손을 뻗어 해리 앞에 무선전화기를 내려놓았다.

"엄마한테 전화 걸어, 스토크스 씨. 언제든지. 직원 복지라고 생각해. 저걸로는 헛간에서도 통화할 수 있어."

앨리스는 접시와 은식기를 들고 일어서서 제이크를 내려다보았다. "너도 엄마한테 전화 드리면 좋겠다, 제이크."

앨리스는 싱크대에 접시를 내려놓았다. "저녁 잘 먹었어, 얘들아. 할일이 있어서 먼저 좀 들어가볼게."

침실로 들어간 그녀는 신발을 벗고 침대에 누웠다. 오늘 하루 동안 느낀 긴장감이 어깨에 내려앉았고, 머리가 쿵쿵 울렸다. 제이크와 해리에게는 직장을 그만뒀다는 말을 하지 않았다. 황홀한 카이트보딩에 대해 조잘대는 해리, 그리고 벌통을 두고 잔뜩 신이 난 두 사람—특히 제이크가 그랬다. 그는 거의 혼자서 옮기기 작업을 마쳤다—을 두고 그 이야기를 꺼내기엔 타이밍이 적절하지 않았다. 제이크에게 벌들이 얼마나 큰 의미가 있는지 그녀는 느낄 수 있었다. 또한 해리는 번식 상자를 뒤집는 방법을 알아냈다고 자랑스러워했다.

두 사람의 존재가 앨리스의 마음속에서 점점 커졌다. 하지만 벌집 확장, 과수원 조성 계획은…… 지금으로서는 불가능해 보였다. 우선 새로운 일자리를 구해야 하는데, 이렇게나 작은 마을에선 결코 쉬운 일이 아닐 터였다. 리치 칼슨의 사무실에서 걸어나온 일은 후회되지 않았다. 전혀. 하지만 카운티에서의 일은 그녀의 꿈을 이루기 위한 가교가 되어주었었다. 이제 그 다리를 불살랐기에 새로운 무언가를 지어야 했다. 해리를 계속 머물게 할 수는 없을지도 모른다. 그건 아쉬운 일이었다. 어쩌면 제이크는 앞으로 얼마간은 머물게 할 수 있을지도 모르지.

앨리스는 자리에서 일어나 노트북을 열고 카운티 시스템에 로그인을 시도했다. 접근은 거부되었고 그녀는 씁쓸한 미소를 지었다. 리치는 결국 기술 지원 부서에 연락했을 것이다. 최소한 앨리스에겐 스탠네 단체를 위해 살충제 살포 일정을 다운로드할 시간은 있었다.

향후 십사 일 동안 자신이 방문하기로 한 농장 목록을 살펴보고, 주소별로 분류해보았다. 살포가 시작되기까지는 내일부터 이 주의 시간이 있었다. 갈 길이 멀었다. 하지만 그녀는 준비되어 있었다. 그 어느 때보다도. 빌을, 낸시를, 그리고 리치를 떠올리자 마음속에 불길이 일었다.

앨리스는 유역 연합 사무실에서의 회의 이후 아주 놀라운 전환점이 된 비밀 정보를 스크롤했다

아까 스탠은 앨리스를 건물 바깥까지 바래다주었다. 봄날의 햇살 아래 둘은 인도에 서 있었다. 스탠은 두 손을 등뒤로 꼭 쥔 채 그녀에게 미소를 지었다. 앨리스는 다시 한번 그의 눈동자가 참 근사하다고 생각했다.

"도와주셔서 정말 고마워요, 앨리스. 정말 강력한 논거가 생겼어요. 카운티 일정 정보가 아주 큰 도움이 됐어요. 너무나도요! 유

해 잡초 프로그램에 과수원업자 네트워크까지, 재앙이 겹쳤어요. 공원들, 학교들, 공공 도로까지. 마을의 모든 학부모가 이제 우리 말에 귀기울일 거예요. 어떻게 감사를 드려야 할지 모르겠어요."

앨리스는 어깨에 메고 있던 컴퓨터 가방을 목 쪽으로 바짝 당겨 고쳐 멨다. "이 일이 끝나면 피프리엠 가서 맥주 사주세요. 어때 요?" 그녀가 말했다.

"그럴게요." 스탠이 빙긋 웃으며 말했다.

길을 걸으며 앨리스는 행복했다. 그렇게 느꼈다. 지난 몇 달을 돌이켜봤을 때 가장 행복했다. 직장을 그만두면서 자유롭고, 무모 하고, 흥분된다는 느낌을 받았다. 곧장 나가버렸기에 연금 계획도 어그러졌고 증빙 서류 받기도 글렀다. 그래서 뭐, 어쩌라고? 그런 것들은 나중에 고민할 것이다. 앨리스는 항상 신중하고 듬직한 사 람, 일벌 같은 존재였다. 그렇게 살아왔는데 결국 어떻게 되었던 가? 이번만큼은 순간을 즐길 것이다.

앨리스는 동료들 중 누구와도 마주치지 않기를 바라면서 카운티 건물 주차장으로 걸어갔다. 오후 두시가 되기 조금 전이었고 주차 장은 아직 차로 가득했다. 그녀는 파란 픽업트럭으로 재빨리 걸어 가 문을 열고 가방을 조수석에 던졌다.

막 차에 타려는 순간, 누군가 팔꿈치를 톡톡 두드렸다. 피가 거 꾸로 솟는 것 같았다. 리치 칼슨을 향해, 이번에는 그가 피부을 독 설을 대면하려 앨리스는 휙 돌아섰다. 하지만 서 있는 사람은 리치 가 아니었다. 머리카락이 당근색인, 오리건주립대학에서 온 학생 인턴이었다. 놀란 그는 손을 들고 앨리스에게서 멀찍이 떨어졌다.

"앗! 죄…… 죄송해요, 홀츠먼 씨! 놀라게 할 의도는 없었어요." 그는 말을 더듬고는 얼굴을 붉혔다.

"세상에, 케이시!" 앨리스가 무릎에 손을 얹고 깊이 심호흡하며 고개를 숙인 채 말했다. "심장마비 왔잖아요."

"죄송해요! 제가 잘못했어요! 저는 그러니까…… 홀츠먼 씨를 기다리고 있었어요. 오늘 일 그만두신 거 알고 있어요. 사람들이 다 그 얘기를 했거든요. 다들 들었대요. 우리는 모두 당신 편이에요. 제 말은, 낸시가 당신 직책을 갖게 되고 그런 게……"

앨리스는 고개를 들고 돌처럼 굳은 얼굴로 케이시를 쳐다보았다. 그러자 그는 얼굴을 다시 붉혔다.

"그게 제가 신경쓸 일은 아니지만, 그냥…… 제가…… 항상 저한테 너무 잘해주셔서……"

앨리스는 손을 내저었다. "아냐, 됐어요. 오늘은 좀 힘든 하루였네요. 자, 제가 뭘 해드리면 되나요? 서류에 서명하거나 해야 하는 건가요? 이제 임시 총책임자가 됐으니 낸시가 해줄 수도 있을 텐데요. 낸시를 찾는 건 어려운 일은 아닐 테고요, 확신하건대."

케이시는 움찔했다. "아뇨. 제가 필요한 건 없어요. 저는 그냥…… 경고를 해드리려고요."

앨리스는 그를 보며 눈살을 찌푸렸다. "저한테 경고를 한다고요? 그게 무슨 소립니까?"

케이시는 숨을 깊이 들이마시더니 빠르게 말했다. "서버실에서 칼슨 씨가 당신에 대해 이야기하는 걸 우연히 듣게 됐거든요." 그는 바닥으로 고개를 떨구었다. "엿듣거나 하려던 건 아니었고요. 저는 서버실 뒤쪽에서 일하고 있었는데 그분이 들어오셨고 저를 못 보신 것 같았어요. 말씀하시는 걸 들어보니 그분이 나가실 때까지 그냥 조용히 있는 게 더 낫겠더라고요."

앨리스는 속이 뒤집히는 것 같았다. 눈을 깜빡, 감았다 뜨는 순간 리치가 책상 너머에서 그녀를 향해 오만상을 찡그린 모습이 보이는 것 같았다.

"계속 말해봐요." 그녀가 말했다.

"그분은 당신이……" 청년은 얼굴을 붉히며 말했다. "그분은 누군가한테 말하고 있었는데, 당신이 관둔 게 개인적인 사유 때문이라고 말하고 있었어요. 그 점을 명확히 해야 한다고 하더라고요. 그분은 또 당신이 뭐에 반응할지도 알고 있다고 했어요. 저한테는 전혀 이해가 안 됐지만, 당신이라면 알아들으실지도 모를 것 같아서요. 에반젤리나 라이언에 대한 거였어요."

에반젤리나의 이름을 들은 순간, 앨리스의 온몸이 차갑게 굳었다. 마치 누군가 그녀에게 얼음물을 부은 것처럼. 에반젤리나. 케이시가 리치에게서 들었다는, 버드의 사랑스러운 형수 에반젤리나에 대해서 지껄인 비열한 이야기들을 마저 꺼내는 동안 앨리스는 얼어붙은 채 가만히 서 있었다.

"고마워요, 케이시. 알려줘서 정말 고마워요. 당신한테 그 일에 관해서 설명하진 않을게요. 구체적인 건 모르는 편이 더 나을 것 같아서요."

케이시는 고개를 끄덕였다.

"하나만 더요." 그가 이렇게 말하며 주근깨가 나 있는 손가락으로 작고 검은 물건을 들었다. USB였다.

"수프라그로와 카운티 간의 계약과 관련된 모든 문서가 들어 있어요. 오늘 체노위스 씨의 컴퓨터에서 낸시의 컴퓨터로 모든 걸 옮기라는 지시를 받았는데, 음, 사본을 하나 만들었어요. 유역 단체 분들이랑 찍힌 홀츠먼 씨 사진이 신문에 실린 거 봤거든요. 그래서, 모르겠어요, 어쩌면 누군가 이걸 들여다봐야 하지 않을까 생각했어요."

앨리스가 쿡 웃었다. "이야! 후드리버의 에드워드 스노든이구만!"

그런 다음, 다시 침울해진 얼굴로 이렇게 말했다. "고마워요, 케이시. 제가 이걸 가지고 있다는 사실을 누군가 알게 되면, 저 스스로 가지고 나왔다고 말할게요. 하나 빚졌네요."

케이시는 고개를 끄덕이고 건물 안으로 사라졌다.

"후드리버 카운티 개발 부서는 참 지루할 틈이 없다니까." 앨리스는 트럭에 올라타며 중얼거렸다. 그리고 지금, 앨리스는 방에서 마스터 파일을 샅샅이 살펴보며 어떤 문서가 스탠네 단체에 유용하게 쓰일 수 있을지 살펴보는 중이었다. 수프라그로와의 상세한 계약서, 그리고 그들의 소위 '과학적인 연구'를 하는 저자들은 확실히 쓰임이 있을 것이다. 거기에 수집된 데이터를 왜곡시키려고 꽤나 쏠쏠한 비용을 치렀겠지. 빌의 퇴직금과 관련해 상세한 사항이 적힌 문서들도 있었다. 그가 받을 연금은 일곱 자리 숫자였다.* 빌의 연간 컨설팅 비용은 앨리스가 지난 오 년간 받은 연봉을 모두 합친 것보다 많았다. 젠장. 빌이 예산이 빠듯하다는 푸념을 끝도 없이 늘어놓던 순간들이 떠올랐다. 그녀는 노트북을 닫았다. 내일부터 과수원업자들을 설득하러 나설 것이다. 첫번째로 만날 이는

---

* 1백만 달러 이상 1천만 달러 미만의 금액을 뜻한다.

이웃 더그 랜섬이다. 사람 좋은 더그. 그는 들어줄 것이다.

하지만 우선, 에반젤리나와 관련된 일부터 처리해야 한다.

앨리스는 이 대화를 론이 아니라 버드의 부모님과 나눌 수 있기를 간절히 바랐다. 그들과 연락을 나누지 않은 지 일 년도 넘었지만, 그래도 그 편이 훨씬 더 수월할 텐데. 하지만 그럴 수 없었다. 그의 아내가 처한 위험에 대해선 론과 이야기를 나누어야 했다.

버드의 장례식 날 본 에반젤리나가 떠올랐다. 라이언 집안사람들은 가톨릭신자였기에, 버드의 장례식은 세이크리드허트성당에서 치러졌다. 앨리스는 앞줄에 버드의 부모님과 앉았다. 에반젤리나와 론, 그들의 아이들은 뒷줄에 앉았다. 묘지에서 에반젤리나는 앨리스에게 가까이 다가와 허리에 팔을 둘렀다. 아주 작은 몸짓이었지만, 앨리스는 친구의 팔에 기대어 깊은 위로를 받았다. 소란스럽고 붐비는 라이언 집안의 행사 때마다 앨리스가 마음 편히 어울릴 수 있도록 이끌어준 이는 언제나 에반젤리나였다. 그들은 서로를 아꼈다. 에반젤리나가 하는 영어와 앨리스가 하는 고등학교 수준의 스페인어 사이에는 간극이 꽤 컸음에도 말이다. 하지만 그 순간, 그러한 상실을 표현할 수 있는 어떤 언어도 없을 때, 삶의 반려자를 그토록 이르게 잃은 앨리스의 마음을 누구보다도 가장 잘 이해한 이는 에반젤리나였을 것이다. 그녀는 아마도 앨리스가 품은 것과 똑같은, 고문과도 같은 질문을 스스로에게 던졌을지도 모른다. 내가 마지막으로 그에게 한 말은 뭐였을까? 그가 마지막 여정을 떠나던 날 내가 그에게 작별의 키스를 했던가? 그에게 사랑한다고 말했던가? 그거면 충분했을까?

하지만 앨리스는 자신의 슬픔이 버드를 잃은 부모님의 슬픔에 의해 가려지고 있음을 느꼈다. 부모는 자식을 먼저 묻어선 안 되는 것이다. 어쩐지 앨리스는 그들의 상실감 앞에서 자신의 슬픔을 드러낼 권리가 없다고 느꼈다. 미사가 끝난 후 집에서 앨리스는 그들을 포옹했고, 할말을 찾지 못했다. 그녀 부모님의 장례식장에서 자신의 곁에 있어주었던 버드를 생각했다. 그 모든 생각이 너무도 버거웠다. 그녀는 트럭에서 스웨터를 꺼내 오겠다고 말한 뒤 밖으로 나왔다. 곧 집안으로 돌아갈 생각이었다. 차도에 서서 라이언 집안 사람들을 둘러싸고 대가족들, 오래된 친구들이 모이는 모습을 바라보았다. 그러고 있자니 그곳은 자신이 들어갈 수 없는 공간처럼 느껴졌다. 앨리스는 자신도 모르게 핸들을 잡고 시동을 걸고 집으로 향했다.

반쯤 떠나왔을 때 가족들이 전화했지만 앨리스는 받지 않았다. 그들은 어린 로니를 보냈지만 그가 아무리 오랫동안 문을 두드려도 앨리스는 열지 않았고, 결국 로니는 포기하고 돌아갔다. 그들은 몇 주 동안 계속 전화를 걸었다. 그들에게 다시 전화해야 한다는 것을 그녀는 알고 있었다. 하지만 자신을 책망하는 부모님의 망령이 따라다녀도 앨리스는 도무지 그럴 수가 없었다. 트럭에 몸을 싣고 운전해서 반려자의 부모님 댁으로 가는 물리적인 행위를 할 수가 없었다. 그녀를 짓누르던 무감각이 사라지자, 상상도 할 수 없었던 고통이 찾아왔다.

앨리스는 한 달 동안 일을 쉬었다. 복직했을 때, 일터는 이전 삶의 유일한 흔적을 지닌 곳이 되었다. 양봉협회 모임에도 더이상 나가지 않았다. 요트 클럽 회원권이 만료되도록 내버려두었다. 어느 전화도 받지 않았다. 더욱 내성적인 사람이 되어갔다. 밤 아홉시 이후에만 식료품점에 장을 보러 가기 시작한 것이 그때부터였다. 아는 사람을 마주치지 않을 거라고 생각한 시간이었으니까. 그 시간에 거기서 마주치는 것은 외로운 사람들이었다. 그들의 얼굴이 조금씩 눈에 익기 시작했다. 대부분은 맥주나 담배나 냉동식품을 가득 담은 장바구니를 들고 줄 서 있는 남자들이었다. 한번은 감기약들을 자세히 살펴보는 에반젤리나와 그녀의 딸을 마주친 적이 있었다. 그들을 보자마자 앨리스는 곧장 뒤돌았고, 그들이 떠났다고 여겨질 때까지 육류 코너에 숨어 있었다. 겁쟁이. 그녀는 이제 스스로를 그렇게 여겼다.

에반젤리나와 직접 이야기할 수 있기를 바랐지만, 이 정보는 최대한 명확하게 전달되어야 했다. 론에게 말해야 했다. 앨리스는 휴대폰을 들어 그에게 메시지를 보냈다.

"내일 트윈 픽스에서 만나요." 그녀는 이렇게 썼다. "시간은 당신이 정해요. 중요한 일이에요. 에반젤리나에 대한 거예요."

론이 메시지를 삭제하기 전에 한번 더 생각해주기를 바랐다. 머릿속이 줄곧 쿵쿵 울렸지만 어찌저찌 잠이 들었다.

다음날, 앨리스는 더그 랜섬과 마주앉아 있었다. 아버지가 살아 계셨다면 지금 그의 나이가 되었겠네, 잠시 생각했다. 더그는 앨과 같은 부류의 노신사였다. 두 사람은 앨리스가 더그의 과수원과 이웃한 집을 사들이기 한참 전부터 친구였다. 이 모든 요소들 덕에 더그는 수프라그로를 보이콧하기 위해 과수원업자들을 모으는 데 수월한 시작점이 되어주었다.

더그는 앨리스에게 차 한 잔 마시고 가라고 끈질기게 권유했다. 그의 아내 매릴린이 세상을 떠난 지도 오 년이 되었구나, 앨리스는 부엌에 서서 벽지를 바라보며 깨달았다. 카우보이모자를 쓴 돼지들과 그 뒤를 종종거리며 따르는 아기 돼지들이 그려진 벽지였다. 몇 년 전 더그와 매릴린이 앨리스와 버드를 처음 초대한 날이 기억났다. 시간이 눈 깜짝할 새 흘렀네. 더그가 컵과 스푼을 찾으려 느긋하게 움직이는 동안 그녀는 냉장고에 붙어 있는 사진들을 들여다보았다. 아이 세 명에 손주도 몇 명. 더그는 사진을 살펴보는 그녀를 보더니 빙긋 웃었다.

"마음만큼 애들을 자주 보진 못해. 알잖아." 그가 백발이 성성한 머리를 설레설레 젓고는 미소 지으며 말했다. "바쁘대."

둘은 포치에 앉아 더그의 사과나무와 배나무를 내다보았다. 매년 봄마다 꽃이 만개하는 나무들을 바라보며 앨리스는 협업의 기쁨 같은 것을 느껴왔다. 그녀의 벌들이 이리로 날아와 수분했다는 것을 알고 있었다.

더그가 앨리스에게 손짓했다. "나를 설득하려고 굳이 애쓰지 않아도 된다, 앨리스. 벌들이 날 도와주고 있다는 걸 잘 알아. 너와 버드가 벌들을 데려온 이후로 수확량이 더 늘었단다." 그가 말했다. "좋은 사람이었지, 버드 라이언. 나도 참 그가 그립네."

앨리스는 고개를 끄덕이고 미소 지었다. 마음이 일렁였지만, 산산조각날 것 같은 느낌은 아니었다. 버디 역시 더그를 좋아했다. 두 사람은 낡은 농기구에 대한 애착을 공유했다. 빈티지야. 버디는 이렇게 말하길 좋아했다. 폐품이지. 앨리스는 이렇게 답하곤 했다.

더그는 앨리스가 가져온 청원서를 가리켰다. "저기에 서명할게. 네가 원하는 거라면 무엇이든. 애초에 그 살충제를 써버려서 너무 미안하다. 내가 미리 찾아봤어야 하는 건데. 이전보다는 더 잘 알 수 있을 만큼 이 일 오래 했잖냐."

더그는 주름진 얼굴 위에 손을 얹었다. "사실, 난 거의 끝났어, 앨리스. 애들은 과수원 물려받고 싶지 않대. 다들 서부로 떠났어. 포틀랜드랑 시애틀에서 기술 관련 일을 얻었지. 내가 여길 팔고 그쪽으로 이사오길 바라더군."

더그는 울퉁불퉁한 눈썹을 치켜올렸다. "내가 도시에 산다니. 상상이나 할 수 있겠나?"

두 사람은 웃음을 터뜨렸다. 더그는 이따금 경운기를 몰고 식료품점에 갔는데, 갓길을 따라 털털대며 가는 경운기로 교통 체증을 발생시키곤 했다.

앨리스는 더그의 집을 나와 과수원 나무들 사이로 걸어서 집으로 갔다. 더그가 과수원을 판다고 생각하니 슬퍼졌다. 그는 옛 관습을 지켜온 사람이었고, 그녀의 아버지 세대로서 소규모 과수원을 운영해온 사람들 중 한 명이었다. 두 줄로 늘어선 배나무들 사이에 서서, 앨리스는 양옆으로 배꽃이 흰구름처럼 피어나는 광경을 가만히 바라보았다. 위쪽에서 윙윙거리는 소리가 들려왔다. 그 소리가 지붕처럼 대기를 뒤덮고 있었다. 위를 올려다보았을 때 머리 위에선 수백 마리의 벌들이 일하고 있었다.

더그가 이번 가을에 추수할 것인지, 아니면 그때쯤이면 이미 과수원을 팔았을지 궁금했다. 부동산은 이 카운티에서 빠르게 팔렸다. 이런 곳은 농부가 아닌 사람이 헐값에 잡아채갈 것이다. 앨리스네 부모님 집을 부순 농촌 개발 계획에 완벽히 들어맞는 마을. 그녀는 나무가 죄다 뽑히고, 똑같이 생긴 상자 같은 휴가용 별장으로 가득찬 집 주변 땅의 모습을 상상해보려 했다. 더그의 과수원은 부모님 것보다 더 넓어서 최소한 80에이커는 되었다. 앨리스는 한숨을 내쉬었다. 관광객을 위한 타운하우스, 자동차들로 꽉 막힌 시골길, 술 취한 싱글들 파티에서 흘러나오는 시끄러운 음악 때문에 깨지는 고요. 그런 것들을 막을 순 없어도 이 싸움은 끝낼 수 있다.

주머니에 넣은 손이 더그가 건네준 종이에 닿았다. 거기에는 더그가 마음을 나눈 가까운 이들, 동맹군의 전화번호와 주소가 우아한 거미줄 같은 글씨체로 빼곡히 적혀 있었다. 더그는 앨리스를 차도 끝까지 데려다준 뒤 종이를 건네주었다. 악수하기 위해 손을 내밀었을 때, 더그는 몸을 숙여 그녀의 볼에 키스한 다음, 가냘픈 손으로 그녀의 어깨를 두드렸다.

"나가서 무찌르렴, 앨리스 홀츠먼. 부모님이 자랑스러워하실 일을 하거라."

23
지키기

적들로부터 군락을 보호하고, 방들을 만들어 꿀과 식량을 저장하고, 새끼를 키우는 일, 간단히 말해 알을 낳는 일을 제외한 벌집의 모든 일은 근면한 작은 일벌들이 수행한다.

_L. L. 랭스트로스

해리는 카이트보딩의 물리학이 뉴턴의 운동 법칙과 관련이 있다는 것을 알게 되었다. 양력과 항력이 함께 작용해 연을 공중에 띄웠고, 연과 사람의 체중 사이의 팽팽한 장력은 공기역학의 섬세한 조정이 이룩한 결과였다. 이는 언제나 미약하고 불확실한 관계를 이루었다. 그럼에도 해리는 그러한 규칙의 발현을 마음 깊이 느낄 수 있는 감각의 가능성을 새로이 발견했다.

해리는 커다란 미루나무 아래에 놓인 피크닉 테이블에 제이크와 함께 앉았다. 나뭇가지에서 그들 머리 위로 솜털이 눈처럼 내렸다. 한줄기 구름이 담청색 하늘을 뒤덮었고, 아침 바람이 불어와 더그랜섬의 과수원에 늘어선 나무들의 가지를 흔들었다. 해리는 연을 다시 띄우는 과정에서 앞쪽 가장자리 선들의 공기역학과 그 역할을 그림으로 그렸다. 제이크는 분해된 트럼펫의 각 부분을 청소하면서 그 이야기를 들었고, 해리가 공책에 그린 도표를 보고 고개를 끄덕였다.

"진짜 훌륭하네." 제이크가 말했다. "이따가 거기 갈 거야?"

그 생각만으로도 해리의 심장이 쿵쾅쿵쾅 뛰었다. 그가 바람 예보를 다시 확인해보기 시작했을 때, 앨리스가 마당을 가로질러 걸어와 그들 곁에 앉았다. 그녀가 이제 꺼낼 것은 그 모든 것을 무너뜨릴 이야기였다.

해리는 그녀의 퇴사가 '이 주 전에 미리 고지하며 그간 고마웠다고 감사를 전한 것'이 아니었음을 알 수 있었다. '엿 먹어, 난 관둔다'였다. 또 앨리스가 말하지는 않았지만 일을 관둔 게 또다른 일과 관련되어 있음을 어렴풋이 깨달았다. 카운티 전체에 대한, 그리고 대규모 농기업에 대한 저항.

"너희 둘은 여기에 연루되면 안 돼." 앨리스가 손에 든 커피 컵을 빙빙 돌리며 말했다. "너희 가족들은 너희가 안전하길 바랄 테니까."

컵을 입에 댔다가 작업복 앞쪽에 커피를 쏟은 앨리스가 얼룩을 손으로 닦기 시작했고, 제이크는 그녀에게 행주를 건넸다. 해리는 앨리스가 좋았다. 엄마 또래 나이의, 약간은 심술궂은 이 양봉가는 그가 지금껏 알아온 다른 어떤 여자(선생님, 이모들, 다양한 이웃들)와도 달랐다. 누군가를 상냥하게 대하지도 않았고 엄격히 벌하는 성격도 아니었으며 친밀함을 가장하지도 않았다. 해리가 느끼기에는 엄마조차도 사람들에게 지나치리만큼 공손한 태도를 보이곤 했다. 앨리스는 달랐다. 앨리스는 그냥, 음, 앨리스였다.

"우리 엄마는 앨리스에 대해 의견이 있긴 해요." 제이크는 말하고 있었다.

앨리스가 눈썹을 치켜올렸다. "그래?" 그녀가 말했다.

"교회에서 앨리스를 위해 기도하고 있다고 전해달래요. 일요일만이 아니라 매일매일요. 함께 기도하시는 분들도 다 그렇대요."

앨리스가 쿡쿡 웃었다. 기도의 대상으로 호명되는 데 익숙하지 않다며, 부디 어머니께 감사하다고 전해달라고 말하면서. 그런 뒤 그녀의 표정이 다시 심각해졌다.

"잘 들어. 난 이곳에서 평생을 살아왔고, 이 마을을 잘 알아. 상황이 구려질 수 있어. 진짜로 이 일에서 거리를 둬야 해. 나한테서 말이야."

해리는 앨리스가 그들을, 그를 걱정하고 있다는 사실을 분명히 깨달았다. 부모님을 제외하면 누군가가 자신의 안위를 걱정해준 마지막 순간이 언제였는지 기억나지도 않았다. 앨리스는 제이크에게 지금으로선 함께 있어도 되지만, 앞으로는 어떻게 될지 모른다고 말했다.

앨리스는 해리에게 미소를 지어 보였다. 눈동자가 슬퍼 보였다. "해리, 이번달까지는 급여를 줄 수 있지만 그 이후엔…… 글쎄, 나부터도 무슨 일을 구해야 할지 잘 모르겠네. 추천서 잘 써줄게."

그 순간, 해리는 친숙한 쌍둥이 감정, 즉 염려와 자기 회의가 어깨 위에 내려앉는 것을 느꼈다.

"널 보내기가 참 싫다, 해리. 새로운 일을 찾는 동안 원하는 만큼 여기 머물러도 돼." 앨리스가 말했다.

해리는 숙식을 제공받는 만큼 일하겠다고 말하고 싶었다. 하지만 돈이 필요했다. 변호사 비용을 엄마에게 여전히 빚지고 있었다. 엄마를 생각하자 속으로 탄식이 흘러나왔다. 엄마한테 전화해야 했다. 하지만 화장된 에이치 삼촌의 유해를 받은 뒤에야 연락할 것이다.

앨리스는 무릎 위에 두 손을 얹었다. "난 오늘부터 유역 단체 청원서에 서명해달라고 농부들을 만나러 다닐 거야. 그동안 너희는 우리 벌통 프로젝트의 다음 단계를 밟고 있으면 어때? 제이크, 8번과 9번 벌통을 살펴보고 벌들이 떼를 짓기에 얼마나 거리가 가까운지 확인해봐. 해리, 네가 새로 마련한 벌통들을 위한 받침대가 필요해. 다른 것들과 같은 높이로. 알겠지?"

앨리스는 일어서서 바람막이의 지퍼를 올렸다. "나중에 와서 확인할게."

둘은 앨리스가 양봉장을 지나 더그 랜섬의 과수원으로 걸어가는 모습을 바라보았다.

해리는 제이크가 자신을 바라보고 있다는 것을 느낄 수 있었다. 소년은 휠체어 앞바퀴를 공중에 띄우고 한 바퀴 돌며 휘파람을 불었다.

"젠장! 앨리스가 개발 부서 문들을 때려부수는 광경을 내가 봤어야 하는데." 제이크가 말했다. "쾅! 그 일이 방금 일어났다고!"

해리는 간신히 미소를 지었다.

제이크가 그의 어깨를 가볍게 툭 쳤다. "이봐, 걱정 마. 다른 일 구할 수 있을 거야. 이 주변에선 할 수 있는 일이 엄청 많을걸."

해리는 왠지 모를 패배감을 느끼며 어깨를 으쓱했고, 제이크가 트럼펫을 조립하는 모습을 지켜보았다. 그는 악기를 입에 대고 입술을 오므렸다.

"내 경우는 말이지, 행진 악단을 만들 거야. 이 동네의 모든 결혼식과 킨세아녜라에서 연주하는 거지. 후드리버를 엄청 유명하게 만들어주겠다 이거야. 요!"

제이크는 다시 트럼펫을 입에 대고 〈라 쿠카라차〉를 잠시 연주하더니 해리를 향해 씩 웃었다. "너무 소름 돋나?"

해리는 이 친구가 자기 마음을 나아지게 해주려고 노력하고 있다는 걸 알 수 있었다. 곧이어 이런 생각이 들었다. 이런 미래의 불확실성 때문에 자신보다도 제이크가 더 힘겹겠다는 생각. 제이크는 해리와 같은 문제에 직면했지만 선택지가 더 적었다. 해리는 운전할 수 있었고, 다리를 쓸 수 있었다. 육체노동을 하는 다른 직업을 꽤 쉽게 얻을 수 있을 것이다. 해리에게 없는 장애물이 제이크에겐 있었는데도 부루퉁해진 스스로가 멍청하게 느껴졌다.

"잘 모르겠네. 빡빡머리 때문에 넌 이미 좀 무서운 사람처럼 보여." 해리가 말했다.

"에잇, 꺼져!" 제이크가 웃었다. "그런 의미에서, 일 시작하기 전에 두번째 아침식사를 만들어주겠어."

집으로 돌아간 제이크는 부엌으로 바퀴를 굴리며 가서는 혼자 노래를 부르면서 냉장고에서 음식을 꺼내기 시작했다.

"라 쿠카라차, 라 쿠카라차. 야 노 푸에데 카미나."*

해리는 전화번호부를 집어들었다. 제이크를 흘끗 쳐다보고는 설

---

* 〈라 쿠카라차〉의 노랫말을 변주한 것. 스페인어로 '바퀴벌레, 바퀴벌레. 그는 더 이상 걸을 수 없네'라는 뜻이다.

명을 하려다 그만두었다. 시신안치소로 전화를 걸었다.

"안녕하세요. 어, 제 이름은 해리 스토크스입니다. 네. 제가, 음, 삼촌 유해를 거두어야 하는데요. 해럴드 굿윈이요. 네, 맞아요. 그분 유해요."

제이크는 도마 위에서 치즈를 갈다가 고개를 휙 들었다.

"맞아요. 신분증이랑 500달러요. 좋아요. 알겠습니다. 감사합니다."

그는 전화를 끊고 두 손을 얼굴에 얹었다.

"저기요?" 제이크가 말했다.

"얘기가 길어." 해리가 말했다.

해리는 처음부터 이야기를 시작했다. 뭐랄까, 거의 처음부터 말이다. 제이크에게 시애틀, 트레일러, 노쇠한 삼촌, 그리고 병원에 대해 이야기했다. 감옥에 대해서는 아무 말도 하지 않았다.

"세상에, 삼촌이 돌아가셨다고 말했을 때 옛날 일처럼 얘기했잖아. 앨리스도 알아?"

"절대 모르지!" 해리가 말했다. "그러니까, 내가 무슨 말을 했어야 하는 거야? '일자리 주셔서 감사드려요! 트럭 좀 빌려서 돌아가신 삼촌 좀 싣고 와도 될까요?' 심부름하러 그쪽에 들를 일이 있을 거라고 생각했었는데, 완전 먼 빙엔 쪽이거든. 계속 미루기만 했는데……"

"잠시만." 제이크가 말했다. "그분 언제 돌아가신 거야?"

해리는 천장을 올려다보았다.

"4월 29일이었나? 아마 그럴 거야."

"면접 본 날?"

해리는 한숨을 쉬고 고개를 끄덕였다.

"젠장, 해리! 왜 아무 말도 안 했어?"

해리는 머리카락 속으로 두 손을 찔러넣으며 어깨를 으쓱했다. "너도 네 얘기 많이 안 했잖아." 그가 웅얼거렸다.

제이크는 헛웃음을 지었다. "별로 말할 게 없어, 해리. 그러니까, 내 이야기는 알잖아. 나는 고등학교 때 머저리였고, 빌어먹을 파티에서 다리를 못 쓰게 되었다고."

해리는 그를 바라보곤 아무 말도 하지 않았다. 제이크는 그를 가만히 바라보았다.

"난 누구 탓도 안 해. 그냥 멍청한 사고였는데, 지붕 위에서 난리친 건 나인걸. 내 책임이야."

제이크는 입을 꾹 다물고 마당 쪽을 바라보았다. 그러고는 고개를 절레절레 저은 뒤 해리를 다시 바라보았다.

"이봐, 해리. 다 망했다고 들릴 수도 있겠지만, 난 여기서 새로운 가능성을 찾았다고 느껴. 내 말은, 이 휠체어를 타는 것보다는 걷는 게 쉽지 않겠어? 그런데 이상한 게 뭐냐면, 내 삶에 있어서 이전보다 더 많은 것들이 좋아졌다는 거야."

제이크는 잠시 말을 멈췄다. "나 자신이 더 좋아졌어." 그가 말했다. "다른 사람들도 더 좋아졌고."

해리는 고개를 끄덕였다.

제이크는 머리카락이 까칠하게 돋아난 두피를 손으로 한번 쓸고는 창밖을 내다보았다. 해리는 그의 시선을 따라 황금색 몸체들이 공중을 가득 메우고 있는 양봉장을 바라보았다.

"벌들이 나를 구해준 것 같아. 그러니까, 내 삶의 많은 부분은 아직도 엉망진창이지만, 저기 양봉장에 나가 있을 때는…… 와아, 내가 거기에 속한다고 느껴. 내가 그 일부인 것처럼."

해리는 자기보다 어린 소년이 쑥스러워하지도 않고 이렇게 이야기하는 목소리를 듣고 있었다. 질투심은 하나도 일지 않았고 그저 뭉클했다.

제이크가 해리와 눈이 마주쳤다. "할 수만 있다면 여기 머물고 싶어. 나는 앨리스를 도울 거야. 그게 뭐가 됐든."

제이크의 용기에는 전염성이 있었다. 뭐가 됐든 잃을 게 뭐야?

"나도." 해리가 말했다.

그들은 함께였다. 그렇게 생각하자 흥분이 일었고 열정이 샘솟았다. 하나씩 중요한 것부터 해보자.

"앨리스가 오기 전에 시신안치소에 가야겠어. 같이 갈래?"

"당연하지! 시신안치소로 자동차 여행을 하는 거다!"

아침식사를 마친 그들은 작은 픽업트럭으로 가서 체니를 좌석에 태웠다. 커다란 개는 제이크의 무릎 위에 웅크리곤 창문에 코를 얹었다. 작은 엔진이 부르릉 소리를 냈고, 트럭은 긴 진입로를 지나 과수원을 통과해 시내 쪽으로 달렸다.

다리에 가까워졌을 때, 해리는 창밖으로 모래톱을 내다보았다.

"연들이 올라와 있다! 둘, 셋, 아닌가, 네 개나 보여. 세상에! 오늘은 바람 안 분다고 했는데. 요기한테는 내일 간다고 했거든."

제이크가 웃었다. "완전 미쳐버렸네, 친구."

해리는 씩 웃고는 핸들을 손바닥으로 쿵 쳤다. 다시 새로운 해리가 된 듯한 기분이었다. "무엇과도 비교할 수 없다고! 그러니까, 나는 물속에서 팔다리 휘젓던 엉망진창 상태였는데, 물에 들어가서 보드 위에 올라가잖아? 아마 역대급으로 이상한 롱보드 보딩이었을 텐데, 그래도 엄청나게 좋은 거야. 부드럽게 물살을 가르는 그 느낌 말이야. 그리고 다른 사람들이 커다란 연과 함께 나는 모습을 보잖아? 최고라니까."

벌목 트럭 뒤로 차들이 속도를 늦추고 천천히 달리기 시작했다. 해리는 커다란 분홍색 연을 찾아보려고 강물 쪽을 내려다보았다. 뒤차가 경적을 울리자 그는 화들짝 놀랐다.

시신안치소는 후드강 다리 건너편에 있는 작은 마을 빙엔에 위치한 낡은 건물에 있었다. 철로 바로 옆에 선 한 건물에 주요 시민청 부서들이 다 있었다. 시장 집무실, 경찰청, 세금 관련 부서, 의료보험 부서, 그리고 시신안치소까지. 기차가 요란한 소리를 내며 지나갈 때, 해리는 트럭을 주차했다. 귀가 먹먹해지는 소음 속에서 제이크는 밖에서 기다리겠다고 손짓했다.

어두컴컴한 복도에 지저분한 노란색 전등이 빛을 밝히고 있었고, 젖은 성냥 냄새가 났다. 해리는 층별 안내판을 들여다보곤 시신안치소가 지하에 있다는 것을 알아냈다. 그가 비좁은 엘리베이터에 타자 문이 닫히면서 덜컹거렸고 아래로 내려가면서는 삐걱댔다. 해리는 엘리베이터에 갇히지 않게 해달라고 숨죽여 기도했다. 기나긴 몇 초가 흐른 뒤 엘리베이터가 멈췄고, 다시 덜컹거리더니 끼익 소리를 내며 열렸다.

낮은 카운터 뒤에 나이를 가늠할 수 없는 여자가 앉아 있었다. 머리 위의 불빛 때문에 피부가 초록빛으로 보였다. 곱슬곱슬한 머리카락은 참치 샐러드 색깔이었다. 어깨가 넓어서인지 회색 의료복이 꽉 끼어 보였다.

그녀는 컴퓨터 화면을 노려보며 두 집게손가락으로 키보드를 세게 두드렸고, 해리가 다가가도 고개를 들지 않았다. 해리는 서서 기다렸다. 여자가 계속 타이핑하는 동안 영원 같은 몇 초가 흘러갔다. 해리는 앞으로 몸을 기울이고 목을 가다듬었다.

"실례합니다. 저는……"

그를 쳐다보지 않은 채, 여자가 손가락 하나를 들어 보이곤 계속 타이핑했다.

해리는 안내판 같은 게 있을까 싶어 주위를 둘러보았지만 아무것도 발견하지 못했다. 한쪽 발에서 다른 쪽 발로 무게중심을 옮겨서면서 키보드의 딸깍거리는 소리, 전등이 나직하게 지직대는 소리를 들었다. 몹시 길었던 몇 분이 지나자, 여자는 깊이 한숨을 내쉬고는 바퀴 달린 의자를 키보드가 놓인 책상에서 멀찍이 뒤로 밀더니 창백한 팔을 들어올려 가슴 위에서 팔짱을 꼈다. 그녀가 해리를 향해 눈을 가늘게 떴다. "말씀하세요."

"저는…… 음. 저는 삼촌을 찾으러 왔는데요. 그러니까 그분 유…… 유해요." 해리가 더듬거리며 말했다. "이름은 굿윈이에요. 해럴드 굿윈."

여자는 콧김을 내뿜고는 다시 컴퓨터 화면을 바라보았다. 그녀는 책상 쪽으로 말없이 의자 바퀴를 다시 굴려 다가가선 키보드를 두드렸다.

해리는 기다렸다.

"신분증이요." 그녀가 또렷하게 말했다.

그는 화들짝 놀랐다. "네?"

"신-분-증." 여자는 마치 아이에게 말하듯이 단어를 늘여서 발음했다. "신-분-증 있으시냐고요."

해리는 지갑을 꺼내려다가 바닥에 떨어뜨렸다. 더듬더듬 운전면허증을 꺼냈다. 여자는 흘끔 내려다보더니 그에게 도로 밀었다.

"안 돼요." 그녀가 말했다.

"네?" 해리가 말했다. "뉴욕 면허증이긴 하지만 기간이 남아 있어요. 여기요. 만기 일자가 여기 적혀 있어요."

여자는 고개를 저었다. "굿윈 씨의 유해를 인수할 권한이 없습니다."

"하지만 제가 전화드렸을 때는 신분증과 500달러만 있으면 된다고 했는데요."

"네, 그 전화를 받은 게 바로 전데요. 당신은 굿윈 씨의 유해를 인수할 권한이 없으세요."

"어…… 그러니까. 누가 그 권한을 주는 건가요?"

"굿윈 씨 본인이요." 그녀가 입술을 거의 움직이지도 않고 말했다.

"하지만…… 돌아가셨잖아요." 해리가 중얼거렸다.

"네. 저도 알아요. 여긴 시신안치소니까요." 여자가 말했다. "도와드릴 수 없어서 무척 죄송하네요."

전혀 미안해 보이지 않았다.

"왜 그런 거죠?"

"권한이 있으신 분들만 유해를 수거하실 수 있거든요."

그녀는 '분들'의 '들'을 길게 발음했다.

"그럼 누가 권한이 있나요? 말씀해주실 수 있나요?"

여자는 콧김을 뿜으며 화면을 힐끗 보았다. "리디아 로마노요."

해리의 표정이 밝아졌다. "오, 좋네요! 그분이 제 엄마예요. 하지만 플로리다에 살고 계셔서요. 그분께 전화해주시면 돼요. 아니면 제가 전화해도 되고요."

해리는 휴대폰도 없는 자신을 자책했지만 제이크의 휴대폰을 빌릴 수 있었다.

"휴대폰 가져올게요." 해리가 말했다.

여자가 고개를 좌우로 흔들었다. "권한이. 있으신. 분들만. 인수할 수 있다고요."

해리는 용기가 사그라드는 것을 느꼈다. 단지 엄마를 위해 이 간단한 일을 처리해내고 싶었던 것뿐인데. 그가 막다른 골목에 부딪힐 때는 늘 이런 식이었다. 계획한 대로 나아갈 수 없었고, 그게 다였다. 어깨가 움츠러든 채 그는 몸을 돌리기 시작했다. 그런데 그 순간, 어텀에게 연을 다시 띄우는 법을 알려주던 요기의 말이 떠올랐다. 태도가 전부라오. 그는 이렇게 말했었다. 네가 할 수 있다고 믿어야 해.

해리는 담당자를 향해 돌아서서 조심스레 빙긋 웃었다. "저기, 불편을 끼쳐드려 죄송합니다."

해리는 자신이 어머니의 삼촌인 굿윈 씨와 함께 살고 있었다고 설명했다. 어머니가 플로리다에 계셔서 어머니를 대신해 유해를 인수하는 거라고, 스카이라인병원의 치모스키 의사 선생님께 전화해서 확인을 받을 수도 있다고 말했다. 그래도 될까요? 아니면 저에게 유해 인수 권한을 위임한다는 내용을 담을, 어머니한테 이메일로 보낼 수 있는 서식이 있나요?

얼마간의 과정이 필요하겠지, 그는 생각했다. 인내심을 가지고 끝까지 따라가면 될 터였다.

해리가 말하는 동안 여자의 표정이 풀어졌다. "치모스키 선생님이 그분 담당의셨죠? 네, 그렇게 하면 되겠네요."

해리는 지갑에 넣고 다니던 전화번호가 적힌 종이를 내밀었다. 그녀가 수화기를 들고 종이를 슬쩍 본 다음 번호를 눌렀다.

"고맙습니다." 여자가 거의 친근하게 느껴지는 어조로 말했다.

몇 분 뒤, 여자는 해리에게 작은 플라스틱 통을 건네주었다. 해리는 그녀가 건네준 서류에 서명하고 감사를 표했다. 그녀가 미소를 지었고, 해리는 그녀가 짜증나 있던 이유가 자신 때문이 아니라는 것을 깨달았다.

"고인의 명복을 빕니다." 그녀가 말했다. "당신과 가족분들께 삼가 조의를 표합니다."

해리는 고개를 끄덕이고는 다시 감사하다고 말했다. 스스로에게 커다란 자부심을 느끼며 그곳에서 나왔다. 그는 삼촌의 명예를 지켜주었다. 엄마에게 전화할 것이다. 해리 스토크스는 스스로 문제를 해결할 수 있는 사람이었다. 해리는 5월의 햇살이 내리쬐는 바깥으로 나섰고, 새로운 친구인 제이크가 그를 기다리고 있는 트럭으로 돌아갔다. 이다음에 무슨 일이 일어나든, 해리는 준비되어 있었다.

24
분봉

꽉 찬 벌통을 두 개로 나눠 각각의 벌통에 반절의 빈 공간을 마련
하고 군락을 확장하기 위해서는 보통의 양봉가에게 기대되는 바
를 훨씬 더 능가하는 기술과 지식이 필요할 것이다.

_L. L. 랭스트로스

슈밋 곤충 침 고통 지수는 곤충학자인 저스틴 슈밋이 다양한 곤
충의 침이 가하는 고통을 분류하고 비교하기 위해 1980년대에 처
음 발표한 것이다. 4등급 중에서 2등급 판정을 받은 서양벌의 벌
침 지속 시간은 평균 십 분으로 나타났다. 앨리스는 꿀벌의 침이
어디쯤 속하는지 정확히 말할 순 없었지만(아마도 열대불개미와
붉은종이말벌 사이의 어딘가), 평소에 온순한 개량종은 침을 쏘면
사망에 이르기 때문에 최후의 수단으로만 침을 쏜다는 사실만큼은
알고 있었다. 꿀벌이 자신을 공격한 생물의 피부 아래에 작은 침을
박고 나면, 자기 온몸을 찢지 않고서는 그 침을 도로 빼낼 수 없게
된다. 꿀벌은 침을 통해 아피톡신 독을 풀어내면서 동시에 자매들
에게 경각심을 심어주기 위해 페로몬을 내뿜는다. 그러면 더욱 많

은 벌이 전투에 참여하게 되고, 자살이나 다름없는 침 쏘는 행위를 통해 공동체가 공격받고 있다는 의사를 표하며 적에게 벌침 포격을 격렬히 가한다.

지원군을 부르는 역할을 하는 페로몬이 전형적인 바나나 향을 뿜는다는 것을 앨리스는 이후에야 알게 될 것이었다. 하지만 제이크의 말에 따르면 그가 발견한 것은 향이 아니라 소리였다. 군락에서 들려오던 평온한 윙윙거림이 방어 태세를 갖추는 순간 고조되는 소리를 들었다고 했다. 그리고 잠시 뒤, 제이크는 2등급 벌침을 처음 쏘였다.

앨리스는 제이크가 그 일 때문에 마음 상하지 않았다는 것을 알 수 있었다. 그녀가 양봉장의 가장 먼 가장자리로 달려갔을 때 벌들이 성난 무리를 이루고 있는 광경이 보였다. 그리고 제이크가 천천히 휠체어를 돌려 침착하게 양봉장을 빠져나오는 모습도. 집에 도착했을 때 그는 윙윙대는 벌의 소용돌이에 둘러싸여 있었지만, 한 번도 손짓으로 그들을 물리치지 않았다. 제이크는 그저 가만히 받아들였다. 그녀는 한 번도 그런 광경을 본 적이 없었다.

식탁에 앉아서 앨리스는 족집게로 제이크의 눈 밑 부드러운 피부를 조심스레 눌러 침을 빼냈다. 두피에서 분주하게 침을 뽑는 동안 눈 밑 부위는 꽤나 부어올랐다. 그녀는 작은 가시를 꼭 쥐고 나직이 욕을 뇌까린 뒤 마침내 뽑아냈다. "이게 마지막인 것 같다."

앨리스는 그에게 얼음팩을 건네주곤 옆에 앉았다. "젠장, 제이크. 정말 미안해. 어리석은 실수였어."

제이크는 집게손가락으로 눈 밑의 부어오른 부분을 눌렀다. "아 네요, 괜찮아요, 앨리스. 적어도 지금으로선 저한테 알레르기가 없잖아요."

그녀는 손목시계를 흘끗 바라보았다. "아직은 위험한 상태야. 너한테 박힌 침 스무 개 정도를 뽑아냈어. 그냥 가만히 앉아 있어야 해. 현기증이 나거나 호흡 곤란이 오면 나한테 꼭 말하고. 베나드릴* 먹었지?"

제이크가 고개를 끄덕였다.

앨리스는 에피네프린 주사제를 사용하고 싶었지만, 그는 얼음팩과 베나드릴이면 충분하다고 주장했다.

일이 이렇게 엉망이 되기 전에 그들은 벌통 두 개를 잘 분봉했다. 세번째 벌통을 작업하기 시작했을 때, 제이크는 평소처럼 아무런 장비를 쓰지 않고 양봉복도 입지 않은 채 휠체어에 앉아 앨리스가 포화상태의 틀을 건네주기를 기다리고 있었다. 그 틀은 봉개한 어린 벌들과 벌들로 부풀어오른 상태였다. 앨리스가 틀을 그에게 내밀다 손에서 놓쳤고, 틀은 휠체어 바로 옆에 떨어졌다. 그리고 틀이 땅에 부딪히자마자 벌들이 미친듯이 날아올랐다.

소년의 부은 얼굴을 바라보며 앨리스는 자신을 향한 분노가 파도처럼 덮쳐오는 것을 느꼈다. 벌들을 다치게 한 것, 제이크가 벌에 쏘이게 한 것이 몹시 후회스러웠다. 집중이 안 될 때 벌통 작업을 한 게 불찰이었다. 그녀는 프레드 패리스가 했던 말을 줄곧 생각하고 있었던 것이다. 불그스레한 얼굴의 오만한 프레드. 대체 뭘 기대했던 거지? 심지어 그녀의 아버지조차 프레드 패리스에 대해서는 좋은 얘기를 한 적이 없었다. 앨 홀츠먼은 거의 모든 사람을

---

* 항히스타민제의 일종.

좋게 생각했는데도.

벌통 작업을 하기 전, 더그 랜섬과 대화를 나눈 앨리스는 빅터 벨로와 데니스 야수이를 만나러 갔다. 둘 다 더그의 동맹군 목록에 있던 이들이었다. 그들은 소송에 대해 그녀가 하는 말을 주의깊게 들었고, 몇몇 좋은 질문을 했으며, 청원서에 서명도 했다. 마음속에서 희망이 점점 커졌다. 어쩌면 이 대의를 위해 남쪽 계곡 지역의 과수원업자들을 모으는 것이 그리 불가능한 일은 아닐 거라고 그녀는 생각했다. 패리스의 집에 들를 계획은 없었다. 그는 더그의 목록에 없었다. 하지만 그의 우편함이 빅터의 집 근처 길가 바로 옆에 놓여 있었다. 앨리스는 머뭇거리다 문 안쪽으로 들어섰다.

그녀는 프레드의 흰색 포드 뒤에 주차하고 뒷문으로 들어갔다. 부엌 라디오에서 〈닥터 로라 쇼〉가 큰 소리로 흘러나오고 있었다. 프레드의 아내인 엘런이 전혀 우호적이지 않은 얼굴로 나타나서는 앨리스에게 헛간을 가리키고는 방충망을 쾅 소리 나게 닫았다. 프레드는 해진 헝겊에 손을 닦으며 헛간에서 나왔다.

"여어, 앨리스 홀츠먼! 이것 봐라. 엄청나게 오랜만이구먼."

프레드는 앨리스보다 열 살 정도 나이가 많았다. 그 역시 그녀처럼 계곡에서 자랐지만 어떤 이유에선지 그에게선 남부 지역 억양이 묻어났다. 프레드는 항상 외모에 신경을 많이 썼다. 그의 랭글러 청바지는 항상 주름잡히게 다림질되었고, 부츠에선 광이 났다. 연한 적갈색 머리카락을 늘 짧게 깎았고 화려하게 장식된 벨트 버클을 좋아했다. "밴텀 닭." 어머니는 그를 이렇게 불렀다. "멍청한 놈이지." 앨은 이렇게 말하곤 앨리스더러 항상 모두를 좋아할 필요는 없다고, 무던하게 지내면 된다고 덧붙였다. 프레드는 3세대 과수원업자였다. 그는 조부모와 함께 농사를 지으며 자랐다. 확실히 이야기를 들어주긴 할 것이다.

앨리스는 미소를 지어 보였다. "정말 그렇죠, 프레드. 아버지 장례식 때 이후론 못 뵌 것 같네요."

프레드는 고개를 끄덕이고는 한쪽 다리를 뒤로 빼고서 빛나는 부츠의 앞코를 청바지에 문질러 닦은 다음 헝겊을 깔끔한 정사각형으로 접었다. "좋은 분이었지, 네 아버지. 그런 분은 이후에도 못 봤어."

"고마워요, 프레드."

"틀을 깨는 분이었지."

아버지는 프레드를 좋아하지 않았지만, 프레드는 앨을 좋아했다. 앨리스가 알기로 그런 남자들이 많았다. 아버지의 장례식이 끝난 뒤 식사하는 장소에 모인 이들을 보면 알 수 있었다. 그날 엘크스 클럽 장례식장에는 앨을 위해 카운티 인구 절반이 모인 것 같았다. 방을 가득 채운 사람들은 앨리스의 손을 붙잡고 조의를 표했다. 프레드를 비롯한 몇몇은 앨에 관해 이야기하며 눈물을 터뜨리기도 했다. 그것이 아버지의 사교성을 보여주는 증거라고 그녀는 생각했다. 그 순간 수프라그로에 대해 프레드에게 뭐라고 말할지 떠올랐다. 어쩌면 그녀 아버지에 대한 존경심이 일을 수월하게 해줄지도 모른다고 소망하면서.

앨리스는 겨드랑이에 껴둔 클립보드를 내밀었다. "저기, 프레드, 우리 부모님이 돌아가시기 전에 과수원 팔았던 거 아시죠. 저에겐 더는 과수원이 없어요."

프레드는 고개를 끄덕이고는 다시 헝겊을 네모나게 접어서 트럭 후드 위로 던졌다.

"그래도 저는 이 산업에 마음을 많이 두고 있어요. 나무들을 건강하게 가꾸는 것에 대해서도요."

앨리스는 자신의 말에서 풍기는 어조가 싫었다. 마치 광고 문구를 읽고 있는 것처럼 부자연스러웠다.

"그럼, 앨리스. 그렇다는 걸 알고 있어." 그가 손가락 관절에서 우두둑 소리를 내며 말했다. 그녀는 용기를 내어 말을 이어갔다.

"좀 이상하게 들릴지도 모르지만, 저는 몇 년 전부터 양봉을 하고 있거든요."

"정말?" 프레드가 눈썹을 치켜올리며 말했다.

앨리스는 의식적인 웃음을 지었다. "실제로 해보니 꽤 재밌더라고요. 그런데 더 흥미로운 건 지역 꿀벌 개체수와 과수원의 풍요 사이의 연관성이에요. 농무부에서 진행한 연구에 따르면 건강한 꿀벌 개체군 근처의 과수원에서 과일 생산량이 25퍼센트 증가한 것으로 나타났어요."

"설마."

앨리스는 고개를 끄덕였다. "사실이에요. 2012년 연구에 나온 수치예요. 확인해보고 싶으시면 여기에 그 연구 결과 사본을 가져왔으니 보세요."

앨리스는 클립보드에서 전단지를 빼내느라 애를 먹었다. 겨우 건넸지만 프레드는 흘끗 보기만 하고 받지 않았다.

"거참 흥미롭군." 그가 남부 억양으로 느릿하게 말했다. "웃긴 게, 나는 지금 상업적 지원을 받은 과수원의 수확량이 50퍼센트 늘어났다는 다른 연구를 읽고 있었거든. 사실 이 연구는 시간이 지

남에 따라 수확량이 60퍼센트까지도 증가할 수 있다고 하더라. 사과 양이 엄청 느는 거지. 앨리스." 그의 미소는 비웃음으로 변했다. 그녀는 클립보드를 움켜쥐었다.

"프레드, 그 연구를 수행한 연구원들은 수프라그로에서 돈을 받은 거예요. 그걸 객관적인 과학이라고 부를 수는 없죠. 안 그런가요?"

프레드는 셔츠 주머니에서 이쑤시개를 꺼내 치아를 쑤셨다. "객관적이라고? 모르겠다, 앨리스. 누구한테 질문하는지에 따라 다를 것 같군. 유역 단체에서 활동한다는 당신네 환경운동가 친구들이 객관적이라고 알려져 있진 않은 것 같은데? 내가 듣기론 비방과 명예 훼손을 한다더군."

앨리스는 고개를 저었다. "무슨 소리 하시는 거예요?"

"자네의 오랜 친구 스탠한테 물어봐. 작년에 댐 관련해서 진행한 소송 때문에 수많은 좋은 사람들이 화가 났다고. 당신네 사람들 말이야." 그가 코웃음을 쳤다. "오, 환경을 봐요! 기후가 변하고 있어요!"

그 말을 할 때 프레드는 가성으로 목소리를 내며 공중에서 손을 흔들어댔다.

"아주 드라마가 좋아 죽지? 이 문제에 관해서 난 내 동료들과 함께할 거야. 체노위스가 나더러 봄 살충제 살포와 관련해 지부 대표로 나서달라고 부탁했어. 그러겠다고 했지. 물론 의리로 그런 거야. 친구는 의리니까."

그는 뒷주머니에 손을 넣더니 캐스케디아 퍼시픽 회사와의 회의에서 보았던 그 카탈로그를 꺼냈다. 프레드는 그것을 앨리스의 클립보드 위에 던졌다. "그거 한번 읽어보고 질문 있으면 말해줘라, 앨리스."

그는 먼지 이는 차도에 그녀를 남겨두고 돌아서서 걸어갔다.

앨리스의 손은 떨리고 있었다. 얼굴은 화끈거렸다. 아버지라면 이럴 때 뭐라고 할까? 우선, 프레드는 아버지든 다른 어떤 남자에게든 그런 식으로 말하진 않았을 거라고 그녀는 생각했다. 앨리스는 차도 위에 수프라그로 카탈로그를 떨구곤 떠났다. 남쪽으로 차를 몰아 더그의 목록에 올라 있는 사람들 중 하나인 댄 매커디의 농장으로 향했다. 하지만 도중에 차를 세우고 엔진을 끈 뒤 숨을 골라야 했다. 어떻게 프레드 패리스 같은 인간을 논리적으로 설득할 생각을 했지? 그놈의 불알친구들은 빌 체노위스를, 그리고 살충제회사가 소위 과학이라고 주장하는 것을 믿을 것이다. 사람들은 스탠을 미친 히피라고 여겼다. 그가 환경과학 석사학위와 법학학위를 소지했음에도 말이다. 이 마을은 때로 몹시 편협하다.

매커디의 집에는 아무도 없었다. 낙심한 그녀는 집으로 돌아갔다. 제이크는 피크닉 테이블에 앉아 노트북을 들여다보고 있다가 그녀의 트럭을 보고 손을 흔들었다.

"안녕, 꼬마야." 앨리스가 말하곤 쿵 소리를 내며 앉았다. "둘째는 어딨어?"

제이크가 헛간을 가리켰다. "엄마랑 통화중이에요."

"아, 착한 아이구만."

제이크는 앨리스를 찬찬히 살폈다. "어땠어요? 랜섬 아저씨랑요."

그녀는 짜증스러운 한숨을 내쉬었다. "좋았어! 더그랑은 얘기가 잘됐어. 문제는 내가 설득해야 하는 다른 멍청한 놈들이야!"

그녀는 계곡 지도를 테이블 위로 내리쳤다.

"여기 사람들은 지구 온난화가 포틀랜드 여피족이 지어낸 거짓말이라고 생각해. 주간고속도로를 거대한 자전거 도로로 만들고, 자본주의를 해체해 사회주의 공동체를 만들고, 모든 밀 농장을 마리화나 농장으로 갈아엎으려는 작자들이라고."

제이크의 눈이 휘둥그레졌다.

"날 그렇게 쳐다보지 마. 난 그런 미친 사람 아니야!"

하지만 앨리스는 스스로 미쳤다고, 적어도 약간은 불안정한 상태라고 느꼈다. 직장을 그만두면서 잘못 살아왔다는 느낌을 받았던 것이다. 자신의 삶이 지난 수년 동안 억눌려왔다고. 그녀의 슬픔 뒤에 숨은 것은 단지 버드에 관한 마음만은 아니었다. 끝도 없이 늘어지는 회의 자리에 앉아 있으면서도 나쁜 정책에 목소리를 내지 못했던 것. 의견을 말하는 것보다 더 쉽다는 이유로 빌의 일을 대신 해주던 것. 과수원을 얼마나 원하는지 아버지한테 말하지 않은 것. 앨리스는 오랫동안 다른 사람들을 언짢게 하지 않으려고 애써왔다. 리치 칼슨의 사무실을 박차고 나오면서 맛본 기쁨은 절박함으로 바뀌었다. 잃어버린 시간을 만회해야 했다.

"그리고 좀 진정해야지, 얘야." 머릿속에서 어머니가 그녀에게 말했다.

앨리스는 몸을 떨었다.

"미안해. 별로인 아침이네." 그녀가 말했다. "우리 마당 반대편에서 분봉하던 거 마저 해볼까?"

제이크는 고개를 끄덕이고 미소를 지었다. 그는 언제나 벌 관련

일에 열심이었다. 앨리스가 틀을 떨어뜨리는 바람에 벌침에 제이크의 온몸이 잔뜩 쏘이기 전까지는 모든 게 괜찮았었다.

이제 앨리스는 벌침에 쏘여 울퉁불퉁해진 그의 빡빡머리를, 그의 부어오른 얼굴을 바라보았다. 그러곤 웃음을 터뜨렸다.

"세상에, 꼬마야. 네 꼴 좀 봐! 이웃들이 사회복지사를 부르겠어!"

제이크는 소리 내어 웃으며 두 손으로 머리를 문지르곤 퉁퉁 부은 볼을 조심스레 만졌다.

"진짜 가려운 데는 여기뿐이에요." 그가 말했다. "나머지는…… 글쎄요…… 약간 느낌 좋은데요."

"아이고, 알겠어. 나한테 뉴에이지 철학 전파하지는 마. 그러다 벌침이 병을 치유해준다고 하겠다."

제이크가 손을 들어 보였다. "스카우트의 영광입니다, 앨리스. 가서 마무리하자고요."

제이크가 정말로 괜찮다고 그녀를 설득한 이후, 두 사람은 오후 내내 작업했다. 그는 평소처럼 모자나 베일 없이 양봉장에 들어가겠다고 고집을 부렸다. 그사이에 해리는 헛간에서 나와 그들을 멀리서 관찰하다가 에이스 철물점으로 길을 나섰다. 앨리스와 제이크는 해리가 만들어둔 새 벌통에 여섯 개의 분봉을 마쳤다. 새 벌통들은 앨리스의 오래된 벌통처럼 랭스트로스 스타일이었지만 섬세하게 만들어졌다. 모든 가장자리가 열장이음 방식으로 처리되었고 매끄럽게 사포질되어 있었다.

"해리는 정말이지 문제 해결사예요, 그렇죠? 작업대도 꽤 근사하고요."

제이크는 간이 작업대 위를 손으로 쓸었다. "해리가 저한테 더 멋진 거 만들어준다고 했어요." 그가 말했다. "여전히 약간 어색하긴 하지만, 여기서 저는 틀을 전달할 수도 있고 새끼들을 확인해볼 수도 있어요. 아직은 다른 사람이 번식 상자를 저한테 내려줘야 하지만, 아무것도 못하는 것보다는 낫잖아요."

제이크의 목소리에서 쓸쓸한 좌절감이 묻어났다. 이례적인 일이었다. 그러고 보니 오늘 그는 평소보다 조용했다. 심지어는 벌에 쏘이는 사건이 일어나기 전부터도 그랬다. 앨리스는 제이크가 아침에 들은 소식을 두고 여태 고민하고 있는 걸까, 불확실한 미래를 떠올리고 있는 걸까 추측했다.

"넌 진짜 재능이 있어, 제이크. 스스로 자부심을 가져." 그녀가 말했다.

그는 어깨를 으쓱했다.

"야, 나 진심이야! 여왕벌소리에 관련된 모든 걸 떠올려봐. 그리고 넌 내가 아는 모든 양봉가 중에서 첫날부터 아무 장비 없이 작업한 유일한 사람이라고."

제이크는 양봉장을 힐끗 쳐다보았다. 앨리스와는 눈을 마주치지 않았다.

그녀는 손짓으로 주변을 가리켰다. "우리가 오늘 해낸 일을 봐. 새로운 벌통 여섯 개라니. 나 혼자서는 절대 못했을 거야. 네가 정말 큰 도움이 되었어."

제이크는 고개를 젓고는 다른 데를 보았다. "원숭이도 할 수 있을걸요."

앨리스는 콧방귀를 뀌었다. "원숭이라고? 참나. 이봐, 꼬마야.

내가 사람들한테 늘 칭찬 세례를 퍼붓는다고 생각할지도 모르겠는데, 나는 반항적인 십대들한테 피난처를 매번 제공하는 사람이 아니야. 네가 열심히 일하지 않았더라면 일 분 만에 널 내쫓았을걸. 내가 무슨 마더 테레사라도 되는 것처럼 보일지 몰라도……"

제이크는 고개를 뒤로 젖히며 웃음을 터뜨렸다. "마더 테레사라고요! 트위터 계정 만들어도 되겠어요, 앨리스. 맘 티MomT!"

앨리스도 웃었다. 그러다 문득 숨이 턱 막히는 것 같았다. 그녀는 장비 쪽으로 뒤돌아섰다. 눈물이 차올라 눈앞이 흐려졌다. 제이크가 떠나지 않았으면 싶었다. 이 웃기는 소년과 또다른 소년, 늘 긴장하는 해리를 돌보는 데 어느새 익숙해진 것이다. 앨리스 홀츠먼은 사람을 그다지 좋아하지 않았다. 하지만 이제 그녀는 자신이 그들을 사랑하고 있다는 것을 깨달았다. 약간은 인생에 실패한 듯한 이 두 소년이 길 잃은 조카들처럼 느껴졌다.

등뒤에서 제이크가 그녀의 감정을 못 알아챈 척하는 것을 알고 있었다. 그는 훈연기를 열고 바닥을 들여다보았다.

"앨리스가 일자리나 모든 일에 있어서 앞으로 어떻게 될지 모른다는 걸 알아요. 하지만 당분간 제가 머물 수 있게 해주셔서 감사해요. 소송을 돕고 싶어요. 저는 정말 최선을 다할 수 있어요. 앨리스." 제이크가 그녀를 올려다보며 말했다.

앨리스는 그와 눈을 맞추며 고개를 끄덕였다. "고마워, 제이크."

앨리스는 손목시계를 힐끗 보았다. 거의 다섯시가 다 되었다. 론은 적어도 그녀의 문자 메시지에 답은 해주었다. "트윈 픽스, 오후 다섯시 삼십분." 그는 이렇게 썼고 다른 말은 없었다. 앨리스는 속이 울렁거렸다. 하지만 에반젤리나를 떠올리며 결심을 굳혔다. 론은 자신의 적이 아니라고 스스로에게 되뇌었다. 어쩌면 그녀가 론에게는 적일지 몰라도.

"나 시내에서 약속이 있어." 그녀가 제이크에게 말했다.

"또다른 과수원업자 만나러 가요?"

앨리스는 고개를 저었다. "아니…… 그냥 좀 개인적인 일이야. 한두 시간 내로 돌아올게."

트윈 픽스에 도착한 앨리스는 그늘 쪽에 자리를 잡고 아이스티를 주문한 뒤 앉았다. 1950년대식 드라이브인 카페는 카운티 공항 쪽으로 난 길의 건너편에 있었다. 작은 비행기 몇 대가 새장에 갇힌 새떼처럼 바닥에 묶여 있었다. 한 대는 모터가 공회전중이었다. 화물 출입구가 열려 있었고 조종사가 날개 위에 서 있었다. 앨리스는 수년 전 여름날의 저녁을 떠올렸다. 버디의 친구 빈스가 포틀랜드까지 비행기를 태워줄 테니 함께 저녁식사하자고 했던 날. 함께 가든 혼자 가든 본인은 갈 거라고 버디는 말했었다. 앨리스가 멈칫거리자 그는 무엇이 두렵느냐고 그녀에게 물었다.

"음, 추락? 죽음? 어떻게 생각해? 덩치 큰 바보야."

버디는 웃으면서 앨리스에게 통계적으로 볼 때 비행기 사고보다 자동차 사고로 죽을 확률이 더 높다고 설명했다. 그래서 그녀는 함께 갔다. 그날 저녁 비행이 얼마나 아름다웠는지 생생히 기억났다. 이륙할 때는 날씨가 흐렸고, 서풍이 사정없이 불어와 작은 비행기가 뜨는 데 오래 걸렸다. 하지만 무사히 이륙하고 나서 비행기는 부드럽게 날았다. 앨리스는 하얀 바다 위로 솟아오른 오래된 화산을 보기 위해 구름 너머를 내다보았다. 그들은 분홍색으로 물든 산꼭대기의 노을—남쪽으로는 후드산과 제퍼슨산, 북쪽으로는 애덤스산과 세이트헬렌스산, 레이니어산이 자리했다―과 나란히 날고 있었다. 앨리스는 그 작은 비행기의 뒷좌석에 앉아 남편의 옆얼굴을 바라보았다. 빈스가 그에게 조종대를 넘겨주었을 때, 앨리스의 마음속에선 모든 걱정이 사라졌다. 협곡 위를 흘러가는 구름이 강물에 비친 풍광을 내려다보았다. 그녀는 버드 라이언을 따라 어디든 갈 것이었다.

자동차 문이 쾅 닫히는 소리가 들렸다. 경찰 제복을 입은 론이 그녀를 향해 걸어오는 모습이 보였다. 그녀는 그가 다가올 때까지 뻣뻣하게 서 있었다. 그는 미소를 짓고 있지 않았지만 얼굴을 구기고 있지도 않았다. 앨리스는 무슨 행동을 해야 할지 몰랐다. 악수를 할까? 마주보게 되었을 때, 론 역시도 그녀만큼이나 불편해하는 게 느껴졌다.

"안녕, 앨리스." 그가 말했다.

"안녕, 론. 만나줘서 고마워." 그녀가 말했다.

어색한 침묵이 흘렀다. 그녀는 그의 제복을 가리켰다.

"근무중이야?"

그는 고개를 저었다. "막 끝났어. 집에 가서 옷 갈아입고 나올 시간이 없어서."

그녀는 고개를 끄덕이고 그를 좀더 자세히 살펴보았다. 긴장한 걸까?

"잠시만, 주문하고……" 그는 엄지손가락으로 어깨 너머를 가리켰다. "뭐 좀 마실래?"

앨리스는 고개를 저었다. 론은 탄산음료 자판기로 걸어가 콜라를 가지고 돌아왔다. 그녀와 마주앉은 채 그는 물방울 맺힌 캔을 손안에서 이리저리 굴렸다.

"오랜만이네." 그가 말했다.

그녀가 고개를 끄덕였다.

"그러게. 오랜만이지." 그녀가 말했다. 일 년도 넘었구나, 그녀는 생각했다. 둘 다 알고 있는 사실이었지만.

앨리스는 론의 얼굴을 찬찬히 들여다보았다. 너무도 익숙한 얼굴. 론은 앨리스보다 여섯 살이 많았으니 아마 올해 쉰 살이 될 것이다. 금발 머리에는 이제 회색빛이 돌았다. 눈가의 잔주름은 더욱 깊어졌다. 하지만 여전히 예전의 그 론이었다. 그에게 우애를 느꼈던 때가 있었다. 론이 여전히 그녀를 미워하고, 버드의 죽음을 두고 그녀를 탓하더라도 괜찮았다. 그저 전해야 할 말을 전하고 나면 다시 작년처럼 침묵 속으로 돌아갈 수 있으리라. 하지만 어떤 이유에서인지 그녀는 계속 다른 이야기를 꺼냈다.

"로니를 봤어." 앨리스가 말했다. "걔도 부서에 들어갔다더라."

"맞아. 작년 가을부터." 론이 말하고는 한 손으로 목덜미를 문지르며 짧게 웃었다. "로니 알잖아. 자기 앞가림하기도 벅차."

앨리스는 고개를 끄덕였다. "잘할 거야. 착한 애잖아."

론은 공항 쪽으로 고개를 돌렸다가 다시 앨리스를 바라보았다.

"너랑 같이 일하는 애들 두어 명이 있다고 말하더라." 론이 말했다.

그는 의식적으로 눈썹을 치켜떴다. 당연히 로니는 아빠에게 BZ 코너에 있는 해리의 싸구려 트레일러와 제이크의 휠체어, 그리고 기괴한 머리카락에 대해서도 이야기했을 것이다.

"꽤 쓸모 있는 애들이야." 그녀가 말했다.

론이 끄덕였다. "도움을 좀 받을 수 있다니 다행이다."

그의 목소리는 부자연스러웠다.

"언제든지 우리를 불러도 돼." 그가 이렇게 말하더니 그녀를 한 번 바라보고 다시 공항 쪽으로 시선을 돌렸다. "나랑 우리 애들 말이야."

앨리스는 그 말에 뭐라고 대꾸해야 할지 몰랐다.

론은 목을 가다듬고는 테이블로 고개를 떨궜다. 침묵이 끝나지 않을 듯 이어졌다. 앨리스는 론이 입을 열 때까지 기다렸다. 마침내 눈이 마주쳤을 때, 그의 얼굴은 슬픔으로 굳어져 있었다.

"있잖아, 앨리스. 내가 끔찍한 말을 했었잖아. 그때……" 그는 말을 멈추고 숨을 들이쉬었다. "버드가 죽고 나서 말이야. 용서받지 못할 말들이었어. 나는…… 그를 잃는 게 너무 아팠어."

론이 주먹 쥔 자신의 손을 내려다보았다. 그의 눈에 가득 고인 눈물이 보였다. 말이 빠르게 흘러나왔다.

"난 아직도 그애를 매일 생각해. 내가 너에게 했던 말들도 생각해. 내가 얼마나 미안해하는지 말하려고 전화하고 싶었어. 네가 다시는 나를 만나주지 않을 거라고 생각했어. 그냥…… 너무 미안해. 난 다시는……"

론의 목소리가 갈라졌다.

앨리스는 다시금, 자신이 버디 가족의 슬픔을 얼마나 이해하지 못했는지 깨달았다. 자기만의 고통에 매몰돼 그들의 고통은 헤아리지 못했다. 어차피 그들에겐 서로가 있잖아, 그렇게 생각했고 왠지 그 사실이 그들의 괴로움을 덜어줄 수 있을 거라고 믿었다. 어쩜 그렇게 이기적이었을까? 앨리스는 손을 뻗어 론의 옷소매를 매만졌다.

"용서 구할 거 하나도 없어, 론. 이미 지난 일이야. 버디는 우리가 잘 지내길 바랄 거야."

덩치 큰 남자는 고개를 들고 끄덕이고는 눈가를 닦았다. "그럴 거야, 앨리스. 네 말이 맞아."

그는 웃으려고 노력했다. "날 탓하면 안 돼! 라이언 집안의 좌우명 알잖아. '먼저 쏘고 그다음에 질문하라.'"

앨리스는 미소를 지었다.

"그런데 버디는 안 그랬지." 론이 말했다. "준 할머니를 닮았어. 항상 기쁨이 가득했던 애였지."

앨리스는 고개를 끄덕였다. 마음속에서 감정이 차오르는 게 느껴졌다. 가슴속에서 심장이 세차게 뛰었다. 그의 얼굴을 떠올렸다. 버드의 근사한 장난꾸러기 미소. 눈가가 축축해졌지만 괜찮았다. 그녀는 사랑도, 슬픔도 함께 간직할 수 있다.

앨리스가 마음을 가라앉힐 때까지 론은 팔짱을 꼈다 풀었다 하며 그녀를 바라보았다.

"시어머니가 늘 그러셨어. 라이언 집안의 못된 성정이 당신 세대를 건너뛰었다고." 그녀는 눈가를 닦으며 말했다.

론은 웃었지만, 이내 얼굴이 심각해졌다. "그래서, 이비*에 대한 얘기는 뭐야?"

앨리스는 깊이 숨을 들이마신 뒤 최대한 간결하게 말을 꺼냈다. 카운티와 맺은 수프라그로의 계약, 빌의 은퇴, 리치 칼슨이 그녀를

---

* 에반젤리나의 애칭.

어떻게 위협했는지, 어쩌다 일을 관두게 되었는지를.

론의 얼굴이 일그러졌다. "그 두 놈들." 그가 이를 갈았다. "이 마을엔 도대체 견제와 균형이란 게 없어. 항상 이중 수령이야."

앨리스가 고개를 끄덕였다.

"그리고 이비에 대한 건? 어떤 거야?"

앨리스는 공들여 단어를 골랐다.

"누군가 나한테 이걸 넘겨줬어. 내가 직접 들은 건 아니고." 그 녀가 말했다.

에반젤리나가 운영하는 멕시코 식당에서 일하는 직원 중 일부가 노동 허가증이 없다며 리치가 말하는 것을 누군가 엿듣게 되었다 고 그에게 이야기했다. 리치는 그걸 구실로 삼아 이비의 식당 문을 닫게 할 것이고 그동안 안 낸 급여세를 부과할 거라고도 말했다.

앨리스는 에반젤리나가 식당을 잘 꾸리기 위해 몇 년을 노력해 왔는지 알고 있었다. 그 식당은 멕시코계뿐만 아니라 백인 가족들 에게도 인기가 많았다. 후드리버에서 두 인종 공동체가 한데 섞인 흔치 않은 곳이었다. 앨리스는 이 공격이 에반젤리나에게만 타격 을 입히지 않을 것임을 알고 있었다. 그녀의 오랜 직원들은 멕시코 에 있는 가족에게 돈을 부치기 위해 애쓰고 있었다.

론은 욕을 내뱉곤 얼굴에 손을 가져다 댔다.

"리치는 이민관세단속국ICE 제보 전화로 메시지를 남길 거라고 했대. 물론 너희를 통해 나한테 복수하려고 하는 거지. 이비한테 직접 전화 걸어볼까 싶기도 했지만 내가 스페인어를 너무 못하고, 또 이비가 잘 이해할 수 있는 방식을 찾고 싶었어. 정말 미안해, 론." 앨리스가 말했다.

론은 한숨을 내쉬었다. "네 탓이 아냐, 앨리스. 리치 칼슨이 족제비 같은 놈이지. 그중 어떤 것도 사실이 아니라는 걸 알아줘. 이비는 특히 요즘에 사람들을 잘 다독여 식당을 능숙하게 운영해가고 있어. 실제로 무료 법률 지원 회사를 만들어서 사람들이 노동허가증을 갱신하고, 영주권과 시민권을 신청할 수 있도록 돕고 있기도 해. 네가 해준 이야길 처음 듣는 것도 아니야. 칼슨, 이 개자식. 그 소문을 퍼뜨린 게 그놈이라니 놀랍지도 않네. 알려줘서 고맙다."

앨리스는 단단히 뭉쳤던 어깨가 풀어지는 것을 느꼈다. 많은 사람은 이민을 합법 아니면 불법으로 나뉘는 이분법적인 문제라고 생각했다. 실제 문제는 그보다 훨씬 더 복잡했다. 이 계곡에서 그들 모두는 회색지대에 살았다. 카운티 연간 거주자의 25퍼센트 이상은 멕시코계 미국인이었다. 많은 과수원 노동자들은 오리건에서 몇 계절 일한 뒤 겨울에 고향으로 돌아가는 멕시코인이었다. 계층이란 까다로운 질문이었다. 아버지는 늘 앨리스에게 계층이란 결코 일부만의 문제가 아니라고 가르쳤다.

"그 말만 많은 놈들이 영주권 없는 사람을 한 명도 남김없이 추방하려고 해." 앨은 화를 내곤 했다. "그 가족들은 수 세대에 걸쳐 여기 살아왔단 말이야. 세금도 낸다고. 여기 머물 자격이 있어. 우리는 그들이 더 수월하게 머물 수 있도록 도와야 한다."

론은 자세를 고쳐 앉았다. 얼굴에 미소가 번졌다.

"그래서, 리치 칼슨의 기대가 산산조각나도록 해주겠다는 거구나. 잘했어, 앨리스." 그가 말했다. "이제 어떻게 할 거야?"

그녀는 모르겠다고 답했다. 먼저 유역 연합이 관여한 소송을 도울 것이고, 다다음주 금요일에 시행될 살충제 살포를 막기 위한 계획을 짤 거라고 말했다. 그런 다음 지도를 펼쳐 앞으로 방문할 예정인 과수원들을 론에게 보여주었다. 더그 랜섬이 건네준 목록에 대해 이야기한 다음, 주머니에서 그 목록이 적힌 종이를 꺼내 손으로 반듯하게 펼쳤다. 더그의 품위 있는 손글씨를 보자 아버지 생각이 다시금 났고, 그러자 마음속에서 희망이 솟구쳤다.

론이 손을 내밀었다. "그 목록 보여주라. 나도 도울게."

25
도둑벌

꿀벌은 서로의 것을 훔치는 경향이 있기에 예방 조치를 철저하게
하지 않는다면 양봉가는 가장 질 좋은 비축품을 자주 잃게 될 것
이다.

_L. L. 랭스트로스

시위하기로 한 날 새벽은 꽤 추웠다. 꽃이 만발한 과수원과 농장
은 여름을 향해 가는데 봄은 계곡의 서늘함을 놓아주지 않으려는
것처럼. 밤새 불던 바람은 어느새 살랑대는 미풍이 되어 앨리스의
농장 구석구석 스며들었다. 벌들이 햇볕의 온기를 기다리고 있었
기에 벌통들은 고요했다.

앨리스는 침대 가장자리에 앉아 화장대 위에 올려진 사진들을
살펴보았다. 부모님 사진, 조카들 사진, 버디 사진. 가장 최근의 버
디 사진은 그가 죽기 불과 일주일 전쯤에 찍은 것이었다. 그는 몇
달간 임대하던 대형 장거리 주행 트럭의 운전석 옆에 서서 십대 소
년처럼 씩 웃고 있다.

"이 녀석을 모니까 아주 사나이가 된 것 같아." 버디는 그날 앨

리스에게 웃으며 이렇게 말했다.

그는 엉덩이에 손을 얹고 가슴을 쭉 내밀어 보였다. "자, 어서. 내 사나이다움을 구경하고 싶다고 말해줘."

"당신은 다 큰 소년이야, 버드 라이언." 그녀가 말했다. "조심해, 안 그러면 이 계곡에 사는 모든 남자애들이 다 당신의 새 장난감을 몰아보고 싶어할 테니까."

버드는 첫 근무를 떠나기 전에 그녀를 태우고 시내를 돌았다. 그는 홈디포의 계약직 트럭 운전사로, 솔트레이크시티로 갔다가 돌아오는 일을 했다. 앨리스는 높은 자리에서 보는 경치가 좋다는 것을 인정해야 했고, 운전을 사랑하는 버드가 탁 트인 도로에서 즐거운 시간을 보낼 거라는 사실을 알고 있었다. 첫 여정을 마치고 돌아왔을 때 그의 열정이 옮겨와 앨리스는 남서부로 가는 다음 여정에는 함께 가겠다고 약속했다. 한 번은 휴가를 내고 같이 가겠다고. 하지만 그럴 짬을 내지 못했다. 그녀는 바빴고, 그는 계속 운전했다. 그러다 버드가 라스베이거스로 마지막 여정을 떠났고, 돌아오지 못했다.

앨리스는 여전히 그가 자신에게, 혹은 자신이 그에게 마지막으로 했던 말이 무엇이었는지 기억나지 않았다. 확실히 뭔가 일상적이고 상냥한 말이었을 것이다. 그들은 결코 싸운 적이 없었다. 그에게 잘 다녀오라고 키스했었는지 기억나지 않았다. 꼭 그랬어야 했음에도. 그가 무엇을 입고 있었는지도 기억나지 않았다. 버드가 죽고 난 직후의 몇 주 동안에는 그런 구체적인 것들을 기억해내야 한다는 강박 때문에 줄곧 잠들지 못했다. 기억해내려 애쓰며 온종일 집안을 배회했다. 그러나 이제 그녀는 그 어떤 것도 중요하지 않다는 것을 알게 되었다. 버드는 떠났고, 무엇도 그 사실을 바꿀 수 없었다. 그들이 서로 사랑했다는 사실도.

앨리스는 머리카락에 빗질을 했다. 버드는 지금 그녀가 하는 일을 지지해줄 것이다. 그 생각에 힘이 났다. 지난 이 주 동안 벌어진 사건들은 흐릿했다. 스탠과 그의 동료들과의 만남, 계곡 주변 과수원들 방문, 론과 주고받은 문자 메시지들, 자신의 말에 충실하게도 그녀를 도와 계곡 일대의 농부들에게 직접 전화를 걸어준 론. 앨리스는 척 사위와 양봉협회 사람들도 이 일에 참여시키려고 모았다. 제이크의 또래 친구 실리아는 멕시코계 미국인 노동조합에 그들을 소개해주었다. 리버키퍼 사람들은 포틀랜드에서 대학생들을 데려왔다. 앨리스는 벨트를 조였다. 자신이 마치 전쟁터로 진격하고 있는 것처럼 느껴졌다.

체니를 트럭 뒤쪽에 태운 채 앨리스는 소년들을 행진이 시작될, 고등학교 근처에 있는 카운티 장터로 데려갔다. 사람들 백여 명이 삼삼오오 서서 행사가 시작되기를 기다리며 이야기를 나누고 있었다. 해리는 제이크의 휠체어를 꺼냈고, 앨리스는 그들더러 장터 한가운데에 놓인 흰색 텐트에서 기다리면 곧 가겠다고 말했다.

군중 속으로 걸어들어가면서, 앨리스는 이 분위기가 거의 축제처럼 느껴진다고 생각했다. 환경 문제 시위라기보다는 퍼레이드에 가까운 것 같았다. 그녀는 양봉협회에서 온 몇몇 남자들에게 손을 흔들었고, 다정한 더그 랜섬이 큰딸 빅토리아와 함께 와 있는 것을 보았다.

"잘했다, 앨리스." 그가 환하게 웃으며 말했다.

리버키퍼 단체에서 나온 젊은 여성들, 물고기 및 야생동물 관련 단체 사람들, 그리고 주립공원에서 일하는 남자도 보였다. 참여자 명단을 확인하는 젊은 여성에게 자신의 단체 이름을 이야기하던 앨리스는 빨간 머리 인턴, 케이시가 바로 뒤에 앉아 있는 것을 보고 깜짝 놀랐다. 그는 휴대폰에 뭔가를 맹렬히 입력하면서 동시에 노트북을 들여다보고 있었다. 그가 앨리스를 발견하고 수줍게 손을 흔들었다.

"시위에 참여하는 건가요, 젊은이?"

그는 어깨를 펴더니 팔짱을 끼고 몸을 앞으로 숙였다. "글쎄요, 인턴십이 다음주면 끝나는데 뭐 어때? 하고 생각했죠. 스탠을 위해 소셜미디어 쪽을 맡았어요. 이 행사 전체를 라이브로 트윗할 거예요."

앨리스가 고개를 끄덕였다. "그게 뭔지 전혀 모르겠지만, 도와줘서 고마워요."

케이시는 고개를 숙이고는 다시 화면을 바라보았다.

앨리스는 텐트 밖에 나와 있는 스탠을 마주쳤다. 그는 종이 한 장을 들여다보며 인상을 찌푸리고 있다가 그녀를 발견하자 환하게 웃었다.

"앨리스! 반란 일으키기 좋은 날이에요, 그렇죠?"

스탠은 과수원업자들과 양봉업자들의 행진에 선두로 서달라고 앨리스에게 부탁했다. 그러곤 포틀랜드에서 온 학생들이 만든, 각 단체를 대변하는 팻말들이 놓인 테이블을 가리켰다. 데니스 야수이, 빅터 벨로, 그리고 몇몇 다른 과수원업자들이 양봉협회 회원들과 함께 있는 게 보였다. 그녀는 소리쳐 그들을 불러모으고는 팻말을 나누어주었다. 팻말에는 '꿀벌을 위해 행진!' '미국 작물의 3분의 2는 꿀벌에 의해 수분된다!' '농장 없음=식량 없음' 등의 문구가 쓰여 있었다. 잠시 후, 스탠이 텐트 앞에 놓인 의자에 올라가 손을 흔들고 휘파람을 불었다. 목소리들이 잦아들었다.

"모두들 고맙습니다! 후드강 유역 연합과 PDX 리버키퍼, 그리고 깨끗한 공기 연합을 지지하기 위해 오늘 이렇게 나와주셔서 정말 감사드립니다. 따뜻한 봄을 위한 연합, 멕시코계 미국인 노동조합, 라 클리니카 델 카리뇨, 그리고 후드리버 카운티 양봉협회에서도 나와주셨습니다. 손을 보태러 와주신 포틀랜드주립대학 학생분들께도 감사드립니다. 여러분이 직장과 학교에서 일부러 시간을 내어 여기에 오셨다는 것을 알고 있습니다. 정말 감사합니다. 환경을 위해 목소리를 내는 여러분들 스스로에게 박수를 쳐주세요!"

사람들은 박수를 치고 환호성을 질렀다. 앨리스는 미소 짓는 얼굴들을 둘러보며 모두에게서 힘이 솟구치는 것을 느꼈다. 좋은 일을 함께하는 일원이 된 느낌이었다.

스탠은 행진 동선을 설명했다. 그들은 랜디 오사카의 과수원으로 가는 진입로가 나올 때까지 퍼 마운틴 로드를 따라 걸을 것이다. 도로를 무단점거하진 않을 테지만 살충제를 뿌리려는 트럭들이 지나갈 수 없도록 길을 막을 것이다. 스탠은 이 집회는 평화 시위이며 어떠한 욕설이나 폭력도 용납될 수 없다는 점을 모두에게 주지시켰다. 카운티 도로를 막았다는 이유로 체포될 수도 있다고 덧붙였다. 만약 행진 참가가 주저되는 분들이 있다면 떠나서도 좋다고, 물러선다고 해서 누구도 평가하지 않는다고도 말했다. 스탠은 앨리스를 바라보았다. 그녀도 그 사실을 알고 있었다. 론은 경찰로서가 아니라 민간인으로서 과수원업자들을 설득했지만, 그 이상 도와줄 순 없다고 명확히 했다. 그녀는 더욱 똑바로 섰다. 이 일에 확신이 있었다. 올해 일어난 그 어떤 일보다 더 의미 있었다.

"그러면, 좋습니다. 가봅시다!" 스탠이 소리쳤다.

그는 의자에서 뛰어내려 사람들을 주차장 바깥으로 이끌었다. 누군가 뒤에서 "이랴!" 하고 소리쳤고 사람들이 환호했다. 둥둥 울리는 북소리도 들렸다. 해리, 제이크, 그리고 노아가 뒤쪽에서 움직이는 모습이 보였다. 앨리스는 그들이 따라올 수 있게 기다렸다. 목줄 끝까지 뛰어온 체니는 앞발을 들고 서서 그녀를 핥았다. 사람들은 북소리에 맞춰 박수를 쳤고, 누군가가 〈Give Peace a Chance〉*를 부르기 시작했다. 다른 사람들도 따라 불렀다. 포틀랜드주립대학 학생들은 훌라후프와 무지개 깃발을 흔들며 걸었다.

5월의 햇살이 따사롭게 내리쬐자 공기 중에 남아 있던 서늘함이 가셨다. 시위대는 1교시 종이 울리기를 기다리며 주차장에 서 있는 아이들이 있는 고등학교를 지났다. 아이들 중 몇 명이 다가와 대열에 합류했다. 앨리스는 호리호리한 몸에 놀라울 정도로 짧은 머리칼을 지닌 한 소녀가 스케이트보드를 타고 언덕을 질주해 내려오는 모습을 보았다. 그 아이는 제이크 코앞에 멈춰 서더니 보드에서 내렸다. 제이크의 얼굴에서 마음이 훤히 읽혔다.

"안녕, 암리." 그가 말했다.

"너일 것 같았어." 그녀가 말했다.

"뭐 때문에 나일 것 같았는데?" 그가 물었다.

---

* 1969년 존 레넌이 쓰고 발표한 노래. 베트남전쟁을 반대하는 반전시위 등에서 많이 불렸다.

그녀가 그를 향해 미소를 지었다. "당연히 저 개지."

"내 문자 메시지 받았어?"

"응, 받았어." 그녀가 말했다.

"저기, 앨리스, 이쪽은 암리예요." 제이크가 말했다. "앨리스는 우리의 여성 지도자야."

앨리스는 코웃음을 치고는 소녀를 향해 고개를 끄덕여 보였다. 소년을 보호하고 싶은 마음이 문득 물밀듯이 차올랐다. 제이크 마음 아프게 하지 마라, 그녀는 생각했다.

"만나서 반가워요, 암리." 그녀가 말했다.

행진은 언덕 아래를 향해 계속되었고 골프장을 지났다. 멕시코계 미국인 노동조합 사람들은 "그래, 할 수 있다"*를 외치기 시작했고, 다른 단체 사람들도 동참했다. 그들이 카운티 도로에 도착할 때까지 길을 지나는 차와 트럭에 탄 사람들은 경적을 울리고 손을 흔들었다. 혼다 한 대가 멈춰 서더니 피트 멀론이 내리는 모습이 보였다. 그는 사람들 틈에 들어가서는 뒤로 걸으며 사진을 찍었다. 그때 앨리스의 얼굴 위로 그림자가 졌다. 그녀가 올려다보자 보드용 반바지에 후드티를 입은 거대한 긴 머리 남자가 해리와, 그다음에는 제이크와 하이파이브를 나누고 있었다.

"옴브레스**! 혁명이다!"

저 사람이 요기인가보다, 앨리스는 생각했다. 카이트보딩 강사

---

* Sí, se puede. 미국 농장 노동자 연합의 공식 모토로, 이후 다른 운동 단체들로 확산되었다.

** '남자들'이라는 뜻의 스페인어.

가 아닌 카이트보딩 강사. 그의 커다란 얼굴에 미소가 커다랗게 번졌다. 그는 앨리스와는 하이파이브를 하려고 하진 않았고 대신 정중하게 악수를 한 다음 해리와 나란히 걷기 시작했다.

우리 브레멘 음악대 같네, 앨리스는 생각했다.

오사카네 농장에 가까워졌을 때, 시위대는 속도를 늦추고 가까이 모였다. 스탠은 대열에서 빠져나와 사람들더러 앉으라고 말했다. 앨리스는 제이크가 행렬의 앞쪽으로 움직이는 모습을 보았다. 체니는 목줄을 팽팽히 당기며 함께 가고 싶어서 낑낑댔다. 제이크는 어깨 너머로 그 모습을 지켜봤다.

"저 앞쪽에 있고 싶어요." 그가 말했다. "저 대신 체니 좀 잠깐 봐주세요. 괜찮죠?"

그는 목줄을 해리에게 건네주곤 휠체어를 밀어 앞쪽 중앙으로 갔다. 앨리스는 따라갔고, 해리가 체니를 끌고 뒤따랐으며, 암리와 순한 거인 요기도 따라갔다. 피트 멀론이 그들의 사진을 찍는 모습이 보였고, 그녀는 그들 다섯이 양봉가, 과수원업자, 환경보호 운동가, 농장 노동자, 학생 들 틈에서 오합지졸 같은 시위대의 주동자처럼 보인다고 생각했다. 사람들은 '절대 안 돼, 수프라그로!'나 '우리의 유역을 보호하시오'라고 적힌 밝은색 팻말들을 들고 있었다. 누군가 헬륨 풍선 여러 개를 흔들었다. 북이 울리고, 사람들은 〈America the Beautiful〉이라는 노래를 불렀다. 주변을 둘러보며 앨리스는 웃었다. 정말 파티 같았다. 오전 아홉시에 살충제 살포를 시작하기로 예정되어 있는 오사카네 과수원으로 가기 위해 분기점으로 향하는 언덕을 오르던 쨍한 주황색 트럭 운전자에게는 이 광경이 아마 다르게 보였을 것이다.

노래를 부르는 동안 앨리스는 그 운전자가 속도를 늦추면서 트럭의 제이크 브레이크*가 털털대는 소리를 들었다. 현장을 둘러보는 그의 얼굴에 경악하는 표정이 스치는 것을 앨리스는 보았다. 그는 트럭을 공회전 상태로 놓아두고는 군중을 노려보듯 내려다보며 휴대폰을 꺼냈다. 환호성 소리가 커졌고, 스탠은 모두에게 자리에 앉아 있으라고 소리쳤다.

그 순간 이후로 이어진 혼돈 속에서, 앨리스는 운전자가 프레드 패리스에게 전화를 걸었을지도 모르겠다고 어렴풋이 생각했다. 정말 그랬을 리는 없었다. 미성년자도 있는 평화 시위대를 뚫고 트럭을 몰 수는 없으니 아마도 회사에 전화했을 것이다.

앨리스는 뒤에서 엔진이 가까워지는 소리를 들었다. 고개를 돌렸을 때는 다른 방향에서도 트럭 행렬이 다가오고 있었다. 카운티 도로의 갓길을 따라 모래바람을 일으키며 달려온 트럭들은 도로에 앉아 있는 시위대와 살포 트럭 사이에 멈춰 섰다. 트럭 문이 쾅 닫히는 소리와 함께 남자들이 뛰어내리더니 도로를 가로질러 한 줄로 섰다. 앨리스는 프레드 패리스가 자신의 흰색 포드 차량에서 나와 엉덩이 위에 손을 얹고 서는 광경을 보았다. 그는 군중을 노려본 뒤, 트럭으로 다가가 운전사에게 내리라고 손짓했다.

오리건주에는 총기 공개 휴대법이 있었다. 앨리스는 권총집에 든 권총을 두 정 이상 보았다. 몇몇 남자들은 야구방망이를 들고 있었다. 앉아 있던 사람들 중 몇몇이 일어서기 시작하자 다른 이들

---

* 디젤엔진을 탑재한 트럭 등의 차량에서 사용하는 일종의 엔진 브레이크. 압축 브레이크라고 불리기도 한다.

이 그들을 끌어 앉혔다. 목소리는 혼란 속에서 점점 커졌다. 이런 상황에선 어떻게 해야 하는지 스탠은 말해준 바가 없었다. 어쩌면 자경단 무리를 마주할 거라고는 예상하지 못했기 때문일 것이다. 점점 더 많은 트럭이 나타나 퍼 마운틴 로드의 한가운데에 앉아 연좌 농성을 끈질기게 이어나가려는 시위대를 에워쌌다. 앨리스는 허리를 꼿꼿이 세우고 어깨를 펴고 앉았다. 모두 침착하라고 권고하는 스탠의 목소리가 들렸지만 그의 모습은 보이지 않았다. 누군가가 〈Give Peace a Chance〉를 다시 부르기 시작했지만, 아무도 동참하지 않자 노랫소리는 차츰 사그라들었다.

프레드는 트럭 운전사에게서 멀어져 남자들이 줄지어 선 곳으로 다가갔다.

"길에서 당장 꺼져!" 프레드가 소리질렀다. "당신네들이 사유재산을 막고 있다고!"

그는 앞줄에 선 남자들에게 신호를 보냈다. 그러자 그들은 앉아 있던 군중 속으로 들어가 사람들을 밀치고 발로 차기 시작했다.

이건 평화 시위라고 외치는 누군가의 목소리가 들렸다. 앨리스는 요기가 일어서서 침입자들을 향해 돌진하는 모습을 보았다. 누군가 해리를 밀쳤고, 체니는 벌떡 일어나 짖기 시작했다. 거대한 몸집의 요기가 손을 뻗어 프레드 패리스의 얼굴에 주먹을 날리는 모습이 보였다. 그다음 순간, 앨리스는 모두를 놓쳤다. 사람들은 길을 벗어나려 서로를 밀쳐댔다. 그러나 프레드 쪽 남자들이 뒤에서 더 많이 몰려오고 있었다. 시간이 느리게 흐르는 듯했다. 앨리스는 일어서려 애썼지만, 누군가 그녀의 눈을 팔꿈치로 찔렀다. 사이렌소리가 들려오고 번쩍이는 불빛이 보이고, 그때 누군가 애써서 있으려는 그녀의 턱을 걷어찼다. 그녀는 숨을 쉬려고 노력하면서 몸부림치며 사람들 사이로 쓰러졌다. 서로를 밀쳐대는 사람들 틈에서 문득 암리가 눈에 들어왔다. 녹색 눈동자에 검은색 머리칼을 가진 그 여자애는 스케이트보드를 휘둘러 그녀보다 덩치가 두 배 정도 큰 남자의 어깨에 내려치고 있었다. 앨리스는 미친듯이 웃음을 터뜨렸다.

제이크는 옆으로 기운 채 휠체어에서 반쯤 내밀린 상태로 누워 있었다. 그는 고개를 들려고 노력했다. 시야에서 암리를 놓쳤다. 체니는 어디 있는 걸까? 커다란 두 손이 다가와 그를 일으켜 휠체어에 앉히고 바로 세웠다. 땀으로 헝클어진 긴 머리에, 눈썹에 난 상처에서는 피가 나는 요기가 그를 향해 씩 웃었다.

"친구! 여기서 나가야 해요. 이 멍청한 놈들이⋯⋯"

그의 입에 주먹이 날아들었다. 요기가 저만치 나가떨어졌다가, 즐거운 듯 으르렁대며 자기보다 작은 남자를 때려눕혔다. 그러고는 제이크의 휠체어를 움켜잡아 난장판 바깥으로 그를 옮겼다.

"곧 데리러 올게요!" 요기는 다시 싸움판으로 뛰어들어가며 외쳤다.

제이크는 노아를, 앨리스를, 누구라도 찾기를 바라며 두리번거렸다. 그들을 어디에서도 찾을 수 없었다. 사람들은 주먹을 휘두르고 밀치고 소리지르고 있었다. 아는 얼굴은 없었다.

어깨에 누군가의 손이 닿아 올려다보니 경찰관 제복을 입은 중년 남자가 그를 노려보고 있었다.

"이 사람은 두번째 밴에 태워!" 경찰관은 이렇게 소리지르더니 다른 데로 갔다.

로니가 당황한 표정을 지으며 휠체어 곁에 나타났다.

"미안해, 친구! 명령이라서 따라야 해. 저 사람이 내 상사야. 내 아빠이기도 하고." 그는 이렇게 말하곤 제이크가 탄 휠체어를 군중 바깥으로 밀었다.

경찰들이 도착하기 직전, 해리는 그 고약한 남자들이 랜디 오사카의 진입로로 향하는 길을 비워내고 있다는 사실을 깨달았다. 그 불공평함에 속이 타들어가는 것 같았다. 군중은 싸울 준비가 되어 있지 않았고, 그 싸움에 곧 패배할 것이다. 난장판 바깥에 놓인 제이크가 보였다. 요기가 짐짓 즐겁게 커다란 팔을 휘두르고 있는 모습도 보였다. 앨리스나 개는 보이지 않았다. 체니의 목줄은 난투극을 치르던 중에 느슨해졌다. 사이렌이 울렸고, 바로 다음 순간 경찰관들이 확성기를 통해 군중에게 고함을 지르고 있었다. 해리는 몸을 돌려 길가에 한가로이 놓인 커다란 주황색 트럭을 바라보았다.

해리가 뉴욕에서 체포된 후 몇 달이 지나도록, 그가 실패한 도둑질로 친구들을 돕겠다고 말한 이유를 아무도 묻지 않았다. 특히, 친구들이 훔치려 한 전자제품으로 가득찬 트럭의 운전석에 오르기로 결심한 이유를. 엄마는 이렇게 물었다. "무슨 생각이었니?" 그러나 그 질문은 동기가 무엇이었는지를 묻는 것과는 달랐다.

누구도 물어본 적 없지만, 해리는 자신이 왜 그렇게 행동했는지 정확히 알고 있었다. 마티와 샘이 함께 있던 그날 그 바에서 해리는 사실 뒤돌아 나가려고 했다. PBR 맥주를 비우고, 빈 캔을 카운터 위에 올려놓았다. 그러자 마티가 그를 돌아보며 말했다. "너한테 더 좋은 수가 있는 건 아니잖아, <u>스토크스</u>? 넌 평생 <u>스스로</u> 생각이란 걸 해본 적 없잖아. 네가 우리보다 더 낫다는 생각은 집어치워."

해리는 아무 말도 하지 않았지만, 머릿속으로는 마티의 말이 옳다고 생각했다. 그는 특별할 게 없었다. 2년제 대학을 졸업해 준학사 학위를 취득하고 부모와 함께 외곽 지역에서 살게 될 삶은 어떤 것인가? 경제는 시궁창으로 곤두박질쳤고, 해리는 수천 명의 또래 실업자들과 다를 바 없었다. 그러니 이런 짓을 못 할 게 뭐야?

감옥에서 수개월을 보내며 해리는 그 결정이 자기혐오에서 비롯된 것임을 깨달았다. 무모하고 유해한 일이었다. 부모에겐 당연히 그랬고, 자신에게도 마찬가지였다. 시도하는 것을 멈출 순 없었다. 무언가를 믿어야 했다. 자기 자신을 좋아하지 않는데, 어떻게 다른 사람들더러 자신을 좋아해달라고 할 수 있을까?

지금 해리는 퍼 마운틴 로드에 벌어진 난장판을 뒤돌아보았다. 만약 자신이 설명할 수만 있다면 제이크는 이해할 거라고 생각했다. 앨리스도 마찬가지일 것이다. 언젠가는 그들에게 말할 수 있을 것이다. 해리는 다음에 무슨 일이 일어날지 알고 있었고, 이번에는 그의 동기가 명확했다. 사랑이었다.

도로 쪽을 등지고 서서 휴대폰에 대고 고래고래 소리지르던 트럭 운전사는 해리가 운전석에 올라타는 것을 눈치채지 못했다. 시동을 거는 소리도 못 들었다. 운전사가 마침내 뒤를 돌아보았을 때, 해리는 이미 속도를 높여 긴 언덕을 올라 시내 쪽으로 향하고 있었다.

해리는 이 행동이 가석방 위반 행위임을 알고 있었다. 이번에 다시 수감되면 감옥에 최소한 이 년은 있어야 한다는 것도 알고 있었다. 앨리스와 제이크는 그가 거짓말쟁이이자 중범죄자라는 사실을 알게 될 것이다. 또다시 엄마의 마음을 아프게 할 것이다. 그러나 해리는 그렇게 했다. 인생에서 일어나는 일들 대부분에 대해 확신이 없고, 자신이 내린 모든 결정에 의문을 품었으며, 스스로를 A급 멍청이라고 생각하던 해리는 바로 그것이 그 순간에 해야 하는 옳은 일임을 똑똑히 알고 있었다. 살포는 기껏해야 하루이틀 정도 미뤄지겠지만, 이 행위는 하나의 선언이 될 것이다. 앨리스와 제이크는 해리가 그들을 위해, 벌들을 위해 그렇게 했음을 이해할 것이다. 왜냐하면 그가 할 수 있는 일이었으니까.

이윽고 후드강 다리를 건너 통행료를 지불했을 때, 수납원은 화면에서 고개를 들어 해리를 쳐다보지도 않았다. 그렇게 해럴드 코틀랜드 스토크스 3세는 살충제로 가득한 훔친 세미트럭을 몰고 강을 건너 기퍼드 핀쇼 국유림의 빽빽하고 어두운 숲으로 향했다.

141번 고속도로에서 해리는 한때 삼촌의 트레일러가 있었던 공터로 커다란 트럭을 몰았다. 덜컹대는 엔진을 끄고 창문을 내렸다. 부드러운 바람이 얼굴을 스쳤고, 그러자 몸의 긴장이 풀렸다. 작은 공터에는 이제 쓰레기와 깨진 유리들이 모두 사라져 있었다. 너덜너덜한 '무단 침입 금지' 표지판과 분홍색 단열재 조각들도 사라졌다. 헐거운 외벽 자재가 바람에 쿵쿵대던 소리도 들리지 않았다. 공터 뒤쪽을 휘몰아치는 새하얀 급류 소리가 들려왔다. 소용돌이

치는 강물 위에서 물고기를 사냥하는 물수리의 날카로운 울음소리
도 들려왔다. 그는 트럭 문에 머리를 기대고 커다랗고 어두운 나무
들을 올려다보았다. 이 숲이 품고 있는 모든 생물의 비밀스러운 삶
에 대해 생각했다. 트럭에서 내려 영원히 그 숲속으로 사라질 수
있다면 얼마나 좋을까.

얼마나 많은 시간이 흘렀을까? 알 수 없었다. 영원처럼 여겨지
기도, 몇 분처럼 느껴지기도 했던 그 시간이 지나자, 해리의 귓가
에 이쪽으로 다가오는 자동차 소리가 들려왔다. 그는 백미러를 들
여다보았다. 그가 기다리던 것이 보였다. 파란색과 빨간색 표시등
이 깜빡거리는 경찰관의 지프차. 그는 한숨을 쉬고 트럭에서 내렸
다. 마음이 무겁게 느껴졌다. 동시에 가벼웠다. 그는 항복의 의미
로 두 손을 들고 미래를 향해 걸어갔다.

후드리버 카운티 법원은 신고전주의 양식의 기둥들이 서 있고
외관이 화려한, 크고 인상적인 건물이었다. 벽에는 '오리건 트레
일'이라 불리는, 백인 정착민이 대초원의 화재와 범람하는 강, 눈
덮인 산길과 맞서 싸우며 마침내 오리건의 푸르고 너른 농지에 도
달하는 참혹한 여정을 그린 대형 벽화가 그려져 있었다. 처음 벽화
가 그려진 1950년대에는 적대적인 아메리카 원주민과 싸우는 정
착민의 모습이 묘사되어 있었다. 이는 1980년대에 이르러 와스코
부족과 위시람 부족이 새로운 백인 이웃을 환대하는 모습으로 수
정되었다. 그 또한 완전한 진실은 아니었지만, 옳은 방향을 향해
있었다. 최초에 백인들이 도착했을 때, 지역 부족들은 호기심을 보

였고 그들을 도와주었다. 그러나 그 대가로 지역 부족들은 제대로 존중받지 못하고 착취당했으며 결국에는 땅을 빼앗겼다.

법원 건축업자들은 서부의 치안이 더욱 나빠질 것을 정확히 예상하고 충분한 유치장 공간을 지하에 건설했다. 유치장이 꽉 찼던 유일한 때는 1942년, 카운티에서 현지 일본계 미국인 거주자들을 수감했다가 기차에 태워 전국의 강제 수용소로 보내던 시기였다. 지역 역사의 이 장 또한 벽화에 기록되지 못했다.

제이크는 퍼 마운틴 로드에서 일어난 사건 때문에 다른 남자들과 함께 법원 지하에서 대기중이었다. 아는 얼굴은 아무도 없었지만 누가 누구인지 쉽게 알 수 있었다. 싸움을 시작한 남자들은 나머지 사람들을 노려보며 한데 모여 앉아 있었다. 제이크는 그들로부터 최대한 멀리 떨어져 포틀랜드주립대학 학생들, 그리고 앨리스와 함께 일했다던 케이시라는 남자와 같이 앉았다. 케이시는 카고 바지를 더럽히지 않으려는 듯 자기 손을 깔고 앉아 있었다.

"대학생놈." 나이든 남자들 중 한 명이 비웃었다. 매부리코가 얼굴에 비뚤어지게 얹힌 그의 옷깃은 찢어져 있었다.

케이시는 창백해졌지만, 그 순간 제이크를 돌아보고는 표정이 밝아졌다.

"시위 현장을 라이브로 트윗하고 있었거든요." 그가 나직이 말했다. "트위터에선 완전 난리가 났어요! 로스앤젤레스 AP 통신과 뉴욕 로이터 통신의 기자가 우리 상황을 리트윗했어요."

시위대를 향한 공격을 담은 영상은 경찰이 와서 휴대폰과 노트북을 압수하기 전에 이미 전국에 있는 사람들에게 공유되었다고 케이시는 말했다.

제이크는 목을 쭉 빼고 방을 둘러보았다. 로니가 제이크를 다른 경찰에게 넘긴 뒤로 그는 노아도, 해리도, 요기도 보지 못했다. 경찰관은 제이크의 지문을 채취하거나 사진을 찍지 않았다. 그저 치안 방해를 이유로 카운티 유치장에 수감될 것을 언명한 종이에 서명하도록 요청했을 뿐이다.

제이크는 서명을 거부했다. 그가 느낀 화는 폭발할 듯한 분노에 가까웠다. 경찰관은 그를 휠체어에서 끌어내 밴의 앞좌석에 태우고 안전벨트를 채우더니 법원으로 데려갔고, 유치장에 도착해서는 그 과정을 역순으로 반복했다. 그들은 이송 과정에서 건물 계단 위로 그를 거칠게 밀치기도 했다. 그 모든 게 모욕처럼 느껴졌다.

"저는 서명 안 해요. 저는 절대 여기 있어선 안 되는 사람이라고요. 당신들은 제 휠체어를 밀쳤어요. 게다가 당신들은 제 강아지를 내버리고 왔다고요."

"맘대로 생각하든지." 경찰관은 이렇게 말하곤 그를 복도에서 유치장 안으로 밀어넣었다. 제이크는 미국 장애인차별금지법에 따라 고소하겠다고 소리질렀지만 경찰관은 그냥 가버렸다.

체니를 떠올리자 제이크는 마음이 미어졌다. 체니의 목걸이에는 이름표가 없었다. 어쩌면 해리가, 어디 있는지 모르겠지만 해리가 체니를 데리고 있을지도 몰랐다. 체니를 다시 잃는 것은 견딜 수 없었다. 암리 생각도 났다. 그가 초대했다는 이유만으로 그들과 함께했던 암리. 그애는 괜찮은 걸까?

케이시를 비웃던 남자는 이제 제이크를 노려보고 있었다. 그는 제이크를 위아래로 훑어보며 비열한 미소를 띠웠다. "불구 새끼." 그가 내뱉었다.

분노가 거친 파도처럼 밀려들었다. 제이크는 휠체어를 완전히 잊어버렸다. 다른 사람들이 쳐다볼까봐 걱정하는 것도 잊었다. 저 남자에게 그는 어떻게 보일까? 머리는 삭발하고 닥터마틴을 신고 무정부주의자 티셔츠를 입은, 휠체어 탄 남자애. 저 남자 같은 사람이 자기를 어떻게 생각할지 신경썼던 때가 있었을 것이다. 지금은 너무나도 터무니없게 느껴졌다. 이제 그는 전혀, 조금도 개의치 않았다. 그래, 이게 나야. 그는 이렇게 생각했다. 목구멍에서 그 목소리가 뭉쳐지는 듯하더니 입 밖으로 튀어나왔다. 그는 고개를 뒤로 젖히고는 자유로운 기쁨의 웃음을 터뜨렸다. 남자는 뒤로 움츠러들더니 그후로 다시는 제이크와 케이시 곁에 오지 않았다.

앨리스는 전화를 쓰게 해달라고 요구했다.

"변호사에게 전화하고 싶어." 그녀는 경찰관 비서에게 말했다. 데니즈는 모든 여성을 법원 직원 휴게실로 몰아넣었다. 스무 명 정도밖에 되지 않았는데, 그녀 말로는 남자들과 함께 지하 유치장에 가두는 건 실례되는 일인 것 같다고 했다. 앨리스는 데니즈와 몇 년 전에 4-H 활동에 참여했을 때부터 알고 지냈다. 딱히 친구는 아니었지만 꽤나 가까웠다.

"어서, 네시.* 여기에 우릴 하루종일 놔둘 셈이야?"

데니즈는 고개를 저었다. "미안해, 앨리스. 론이 올 때까지 기다려야 해. 어떤 조치가 내려질지 모르겠어."

---

* Neesie. 데니즈의 애칭.

앨리스는 케이트라는 리버키퍼 단체 여성 옆에 도로 앉아 턱에 얼음팩을 댔다. 대학생들은 모두 바닥에 책상다리를 하고 앉아 주말 계획을 이야기하고 있었는데, 마치 버스를 기다리는 것처럼 아무런 걱정이 없어 보였다. 아무래도 이런 일들을 이전에도 몇 번 겪었나보다 싶었다.

평화 시위라니, 참. 그녀는 커다란 주황색 트럭과 그 운전사를 생각했다. 벽에 걸린 시계를 힐끗 보니 정오가 넘었다. 트럭은 지금쯤 오사카네 과수원에 살충제 살포를 마쳤을 테고, 어쩌면 그 근처에 있는 다른 두 곳에서도 살포를 끝냈을지 모른다. 가슴이 내려앉았다. 그녀를 위해 나타나주었던 양봉협회 사람들이 떠올랐다. 딸과 함께 나온 상냥한 더그 랜섬도. 멕시코계 미국인 노동조합 사람들도. 과수원에서 과일 따는 일을 하다가 화학물질로 인해 막대한 피해를 입은 이들이었다. 그 모든 사람이 하찮게 치부되다니. 그녀는 생각했다. 이번에도 돈이 이기는구나.

앨리스는 남은 벌통들을 떠올렸다. 수프라그로 살충제를 대량으로 사용하면 수색벌들이 무엇을 벌집으로 가져오든 필연적으로 그녀의 벌들을 독살할 것이다. 직접 먹이를 주는 방법도 생각해보았지만, 여분의 설탕물로는 벌들의 채집 본능을 꺾을 수 없을 것이다. 어쩌면 몇 마리는 죽지 않고 여름을 날 수 있을지도 모른다. 그녀의 꿈이 그러했듯, 이제 벌들도 멸종 위기에 처했다. 그녀는 남은 것을 지킬 것이다. 그것이 그녀가 할 수 있는 전부였다.

제이크는 경찰이 그의 이름을 부르고 그를 지하에서 데리고 나왔을 때 아무것도 묻지 않았다.

등뒤에서 쾅하고 문이 닫혔고, 제이크는 앨리스가 있는지 살펴보았지만 그녀는 보이지 않았다. 로비에 있는 유일한 사람은 제이크가 한 번도 본 적 없는 남자였다. 그가 이쪽으로 다가왔다. 상냥한 얼굴에 머리카락이 어깨까지 내려오고, 흰 셔츠와 파란색 넥타이 차림을 한 단정한 남자였다. 그가 손을 내밀었다.

"안녕, 제이크. 난 켄 크리스텐슨이라고 한다." 그가 말했다. "암리의 아빠야."

그들은 악수했다.

"상황이 이렇긴 하지만 어쨌든 만나서 반갑다." 켄이 말했다. 그는 누런색 봉투를 내밀었다.

"여기, 네 휴대폰과 지갑." 그가 말했다. "정문에서 받았어."

"감사합니다." 제이크가 말했다. "암리도 여기 있나요?"

켄은 고개를 저었고, 제이크는 안도의 한숨을 내쉬었다.

켄은 벤치에 앉더니 노란색 리갈 패드를 꺼냈다. "내가 변호사라고 암리가 얘기했니?"

제이크는 고개를 저었다. "아버지가 나이든 히피라고만 했어요." 그는 무심결에 이렇게 말했다.

켄은 소리 내어 웃었는데, 그때 제이크는 그가 딸과 꼭 닮은 짙은 녹색 눈동자를 가졌다는 것을 알아차렸다.

"혼쭐을 내줘야겠군." 그가 미소 지으며 말했다. "어쨌든 암리가 전화했더라고. 친구가 체포됐고 변호가 필요할 수도 있다고 말이야. 접수원이 말해주기로는 너와 다른 사람들은 치안을 방해한 혐의를 받고 있다더라. 무슨 일이 있었는지 말해줄래?"

제이크는 유역 연합에 대해, 연좌 농성에 대해, 그리고 남자들 무리가 공격해온 일에 대해 설명했다.

켄의 얼굴이 점점 어두워졌다. 제이크가 말하는 동안 그는 종이에 뭔가를 적었다.

"듣다보니 공갈 폭행 혐의가 있어 보이네." 그가 말했다.

"정말로 얘기 나눠보셔야 할 사람은 앨리스예요." 제이크가 말했다. "그분도 아마 체포되었을 거예요. 안 그랬다면 아마 지금쯤 저를 구해주셨을 거거든요. 앨리스 홀츠먼이요. 저는 그분과 함께 살아요."

"금방 돌아오마." 켄이 말했다.

그는 안쪽으로 들어가더니 몇 분 후에 앨리스와 함께 돌아왔다. 앨리스는 기뻐 보였다.

"어린 암리가 우릴 구해준 거지? 내가 네 새로운 친구에게 좋은 인상을 남겼나보다."

제이크는 얼굴이 빨개지는 것을 느끼며 아무 말도 하지 않았다.

법원 밖으로 나섰을 때 그들은 분홍색 꽃이 만발한 벚나무 아래 벤치에 앉아 있는 암리를 발견했다. 그녀는 체니의 목줄을 느슨히 잡고 있었고, 커다란 개는 마치 그녀와 평생 살아온 것처럼 무릎에 폭 기대어 있었다. 제이크를 발견한 암리는 환하게 웃었고, 그 순간 그의 세상이 활짝 열리는 것 같았다.

"안녕." 암리가 일어서서 말했다.

"안녕." 제이크가 말했다.

체니가 하품을 하고 엉덩이를 털고는 마치 오 분 전에 본 것처럼 제이크의 무릎에 머리를 쿵 박았다.

"체니를 돌봐줘서 고마워. 아버지를 불러준 것도." 그가 말했다.

"아, 사실 그 난장판 속에서 체니가 날 발견한 쪽에 가까워." 그녀가 체니의 귀를 긁어주며 말했다. "어쨌든 친구란 그런 것 아니겠어?"

그녀의 녹색 눈동자가 반짝 빛났고, 제이크의 심장은 터질 것 같았다.

암리는 아버지의 스바루 차량 뒷좌석에 제이크와 함께 앉았다. 켄은 장터로 차를 모는 동안 보조석에 앉은 앨리스와 함께 시위에 대한 이야기를 나눴다. 제이크는 뒷좌석에 나란히 앉은 암리의 팔이 자신의 팔과 몹시 가깝다는 사실을 강렬하게 의식하고 있었다. 꿀벌에게 꽃가루를 끌어당기는 전하가 있듯이, 가까이에 있는 그녀에게서 자력을 느꼈다. 차가 과속방지턱을 넘을 때 제이크의 팔이 암리의 팔을 스쳤고, 그 순간 짜릿한 충격이 그의 몸을 훑고 지나갔다.

켄이 앨리스의 픽업트럭이 있는 곳에 그들을 내려줄 때쯤 시위 소식은 대대적인 뉴스가 되어 있었다. 후드리버 남쪽 계곡 지대에서 평화 시위대가 지역 과수원에 살충제를 사용하는 것을 반대하며 연좌 농성을 하던 중 자경단 무리의 공격을 받았다는 내용이었다. 밤이 되자 케이시의 라이브 트윗들 덕분에 이야기는 입소문을 타고 더욱 널리 퍼졌다. 그로부터 이틀이 채 지나지 않아, 스탠 히나쓰는 시애틀, 로스앤젤레스, 뉴욕, 런던, 파리, 베를린에서 쏟아지는 기자들의 전화를 받았다. 후드리버의 이야기 덕분에 전국의 다른 작은 마을들이 용기 내어 목소리를 냈고, 일주일 만에 수프라그로는 맹렬한 공격을 받게 되었다.

그다음주 유역 연합 사무실에서 열린 모임에서 제이크는 앨리스 옆에 앉아, 수프라그로가 프레드 패리스를 비롯한 폭력배들과는 어떤 공식적인 연관도 없다고 하면서, 퍼 마운틴 로드에서 벌어진 공격으로 부상당한 사람들에게 배상하겠다고 발표했다는 소식을 스탠에게서 들었다. 회사는 후드리버 카운티와의 계약을 재검토하고 있다고도 했다.

"우리가 일시정지 버튼을 누르게 만든 것 같아요. 여러분이 이 모든 것을 함께해주셨어요! 여러분 스스로를 너무나 자랑스럽게 여기셔야 해요." 스탠이 말했다.

그는 축하를 나누는 인파를 헤치고 앨리스와 제이크 쪽으로 다가왔다. 그리고 앨리스를 향해 빙긋 웃었다.

"자, 피프리엠에서 맥주 마시는 거 어때요?"

앨리스는 좋다고 답했다.

제이크는 그들을 지켜보았지만, 그의 마음은 먼 곳에 있었다. 얼마 전 그날, 앨리스가 켄과 연락처를 주고받고 있을 때 자기가 어떻게 트럭에 옮겨 탔었는지 생각하고 있었다. 켄의 차가 출발하자 암리는 창문을 내리고 몸을 밖으로 기울여 그에게 손을 흔들었다. 제이크도 손을 흔들었고, 차가 오르막길 위로 사라지자 마치 심장이 그 차에 실려 가버린 것 같았다. 그의 몸은 변덕스러운 벌떼가 떠난 벌집처럼 텅 비었다.

26
꿀벌의 날

꿀벌들은 봄에 일을 시작할 때, 일반적으로 모든 게 다 잘되고 있다거나 혹은 파멸의 징조가 도사리고 있다거나 하는 충분한 증거를 내보이지만, 그들의 첫 비행을 목격하지 못한다면 일반적인 벌통에서는 진실을 알아채기가 어렵다.

_L. L. 랭스트로스

제이컵 스티븐슨은 오리건주립대학 마스터 양봉가 견습생 프로그램 역사상 최고 점수를 받았다. 여왕벌 육성에 관한 추가 점수 질문에 대한 답안을 포함해 125퍼센트의 점수를 획득한 것이다. 4월에 프로그램 소식지가 발행되기 전부터도 그는 높은 점수를 받으리라고 확신했다. 가을과 겨울에 걸쳐 온라인으로 대부분의 과정을 수료했고 자격증 프로그램의 일부인 지역 양봉 모임에 참석했다. 시험 당일에는 포틀랜드에 있는 오리건주립대학 캠퍼스까지 엄마가 차로 태워다주었다. 3월 중순의 토요일이었다. 날은 험했다. 봄의 치누크 바람이 사방으로 불었고 협곡을 따라 소나기가 쏟아졌다. 그는 강 위로 돌풍이 몰아치는 광경을 보았고, 속이 울렁거렸다. 그럼에도 시험이 시작되자마자 굉장히 침착해졌다. 스스로에게 너무나 중요한 일이었기에 빠삭하게 공부했다. 그래서 만점 이상의 점수를 받았을 때도 기쁘긴 했지만 크게 놀라진 않았다.

물론 이 시험은 마스터 양봉가 자격증 프로그램의 절반에 불과했다. 나머지 절반에는 사십 시간의 사회봉사활동이 포함되었다. 이를 위해 제이크는 메이 스트리트 초등학교의 과학 교사와 협력해 3, 4학년 학생들이 자신만의 벌통을 키워볼 수 있도록 돕기로 했다. 지난 1월부터 제이크는 학생들에게 꿀벌의 생애 주기를 가르쳤다. 사진과 그림을 사용해 일벌, 수벌, 여왕벌에 대해 설명했다. 또 꿀벌이 어떻게 화밀을 꿀로 바꾸는지 설명하고, 건강한 벌집에 위험 요소가 되는 바로아응애, 벌집 나방, 굶주림, 그리고 가장 중요한 인공 살충제에 관해 아이들에게 알려주었다.

또다른 사회봉사활동의 일환으로, 제이크는 상업용 살충제가 꿀벌에게 미치는 영향을 연구하는 대학원생들과 지역 양봉가들을 연결하는 일을 도왔다. 수프라그로와의 싸움을 마친 뒤, 오리건주립대학의 농업지원국 사무실에선 대학원생들을 위한 계곡 투어를 주최했다. 학생 네 명이 지역 과수원의 생산량과 꿀벌 개체군 사이의 관계를 조사하는 연구를 제안했다. 두 생태계 간의 공생적 가치를 이해하게 되면 희망이 보일 거라고 제이크는 생각했다.

4월의 이날, 그는 교사와 함께 벌통을 설치하기로 한 메이 스트리트 초등학교 바깥의 나비 정원에 앉아 있었다. 정원은 새로운 과학관 건물의 일부로, 내외부에서 장애인이 접근할 수 있도록 최신 기술이 탑재되어 있었다. 노아가 그를 데려다주었고 누크를 내리는 것도 도와주었다. 제이크는 혼자서 운전하고 싶었지만, 감사하게도 모빌리티 리소스 사측에서 준 보조금으로 구매한 적응형 개조 스바루 차량은 다음주까지는 준비되지 않을 거였다. 자신만의 차에 타는 순간이 몹시도 기다려졌다.

멘토인 크리스는 제이크가 운전면허 시험에 합격한 이후 자신이 직접 꾸민 혼다 파일럿 차량으로 주행 연습을 하게 해주었다. 제이크는 그를 태우고 포틀랜드에서 열린 협력 단체와의 회의에 다녀오기도 했다. 고속도로에 들어서서 속도를 높이자 아드레날린이 솟구쳤고 그는 목청껏 소리를 질렀다.

크리스는 웃으며 그의 어깨를 툭 쳤다. "내 드라이브 망치지 마라, 젊은이!"

제이크는 일찍 도착했지만, 햇빛 아래 앉아서 우나리틴 선생님네 반 아이들을 기다리는 일은 행복했다. 그는 자신이 가져온 목재 누크 상자 두 개에 손을 가만히 대고 안에 있는 벌들이 일으키는 고요한 진동을 느꼈다. 누크 하나당 열린 벌통*이 든 틀 다섯 개, 꿀벌들, 건강한 새끼들, 커다랗고 통통한 여왕벌이 들어 있었다. 그들은 안온한 가족이었으므로 틀을 옮기는 것은 조용히 이루어져야 할 터였다. 제이크는 아이들에게 봉개한 어린 벌들, 아직 덜 자라 봉개하지 않은 어린 벌들, 그리고 틀 위에 놓인 알들을 보여줄 것이다. 그 이후엔 새롭게 페인트칠한 벌통에 그들을 옮겨줄 것이다. 만약 시간이 충분하다면 아이들에게 여왕벌을 찾아보라고 할 것이다. 대부분은 너무 긴장해서 틀을 다룰 수 없을 테지만, 시도

---

* 꿀벌이 만든 밀랍을 사용해 방을 3차원 육각형으로 열어둔 밀랍 기초 시트. 꿀벌이 꿀이나 꽃가루를 저장하기 위해 단열재로 사용하기도 하고, 꿀벌들이 모여들거나 여왕벌이 알을 낳는 데에도 사용된다.

하고 싶어하는 아이들에게는 천천히, 조심스럽게 작업하는 방법을 보여줄 것이다. 꼭 작년에 앨리스가 그에게 가르쳐줬던 것처럼.

그리고 그가 암리에게 가르쳐줬던 것처럼. 제이크보다 더 조심스러운 암리는 처음 서너 번은 양봉복을 완전히 갖춰 입고 앉아서 그가 일하는 모습을 지켜보았다. 해리와 벌들의 첫 조우가 어땠는지 기억하고 있기에 제이크는 그녀에게 압박감을 주지 않았다. 그가 틀을 찬찬히 살펴보고 새로운 벌통 각각의 성장을 기록하는 동안 그녀는 질문했다. 그녀는 제이크와 달리 벌들과 사랑에 즉시 빠지진 않았는데, 그녀다운 일이었다. 암리는 모든 것을 깊이 느꼈지만 감정을 표현하는 데까지는 어느 정도 시간이 걸렸다.

그런 면에서 암리는 부모님과 달랐다. 남편인 켄처럼 올리비아도 공익 변호사였지만, 암리타를 임신했을 때는 요가 선생님으로 일했다. 암리타는 산스크리트어로 '화밀'을 의미했다. 암리의 동생들은 좀더 세속적인 이름—리버, 세이지, 티에라—을 가졌지만 암리의 부모님은 여전히 자신들의 감정을 활발하게 공유하고 소통했다. 처음 제이크를 집으로 초대했을 때 올리비아는 제이크에게 전화해, 집에 경사로가 있으니 휠체어로도 진입할 수 있을 거라고 미리 알려주었다. 암리가 이미 알려주긴 했지만, 전화를 받고서 제이크는 올리비아가 참 좋은 분이라는 생각을 했다. 식탁에 둘러앉아 식사하기 전, 그들은 모두 돌아가며 감사한 것에 대해 말했다. 암리는 눈을 굴렸다. 더 어린 아이들은 수월하게 이야기했다. 최근 변기 사용 훈련을 마쳤고 유아용 속옷에 푹 빠져 있는 티에라의 감사한 목록에는 아이스크림, 세발자전거, 유니콘이 그려진 속옷이 상위권을 차지했다. 제이크는 열두 살이 되던 해부터 가족이 함께 저녁식사를 한 적이 없었고 형제자매도 없었기에 그 시간이 좋았다. 그는 꿀벌들에게, 좋은 친구들에게, 그의 개에게 감사하다며 순서는 무관하다고 덧붙였다. 자신과는 달리 암리는 강렬한 감정을 품고 있으면서도 겉으로는 차분해 보인다는 걸 알고 있었다. 이런 면을 알게 되자, 그를 향한 그녀의 애정을 쉽게 읽어낼 수 있었다. 암리는 제이크를 사랑했다. 그는 그것을 알았다. 그 생각을 하자 머릿속이 자주 아찔해졌다.

어젯밤 농장에 함께 있을 때 암리는 수업을 빼먹고 아침에 제이크와 함께 가고 싶다고 말했는데, 그는 거절했다.

"바보야! 수업을 들어야지!" 제이크는 근엄한 선생님의 어조를 최대한 흉내내며 말했다. "그다음에 날 도와주러 와도 돼."

그녀는 어깨를 으쓱하곤 차에 타기 전에 그에게 키스하기 위해 몸을 기울였다.

"잘생긴 분, 또 봐." 그녀가 말했다. 녹색 눈동자가 어두운색 머리카락 사이로 반짝였다.

이 사람이 내 여자친구라니, 그는 생각했다. 거의 일 년이 다 되어가고 있었지만 그 단어에 여전히 심장이 뛰었다. 그들은 무엇에도 서두르지 않았지만, 다음번 정기 검진에서 그는 건하임 의사 선생님에게 모든 게 다 잘되어가고 있다고 말할 것이다.

암리가 떠난 뒤, 제이크는 일몰을 보기 위해 마당으로 나왔다. 그러곤 트럼펫을 꺼냈다. 광택 나는 악기의 무게가 손에 익숙하고 편안하게 느껴졌다. 그는 한동안 음계를 오르락내리락 연주했다. 그럴 때면 늘 붉은 머리 네드의 의심을 받곤 했다. 자그마한 밴텀 닭은 제이크에게 몰래 다가와서는 마치 누가 우두머리인지 상기시키려는 듯 소년과 닭장 사이를 몇 분간 돌아다녔다. 제이크는 음계 연습을 마친 뒤 〈Up Jumped Spring〉을 연주했다. 지난겨울 내내 연습해온 곡이었다. 이 계절에, 그리고 벌들에게 잘 어울리는 곡처럼 느껴졌다. 악구는 빠르고 우아한 벌들의 움직임을, 그리고 벌판을 넘나드는 그들의 기껍고도 분주한 비행 패턴을 닮았다. 여왕벌들이 이 음악을 들을 수 있을까? 그는 궁금했다. 그랬으면 좋겠다고 생각했다. 어쩌면 그들은 이해할 것이다. 사랑의 노래이자 헌신의 노래, 그의 새로운 삶을 향한 감사의 찬가이자 그 삶이 가져다준 예상치 못했던 기쁨을 연주하는 음악을.

이제 제이크는 3, 4학년 아이들이 누크 두 개를 들여놓기 위해 만든 두 개의 벌통을 들여다보았다. 3학년 아이들이 만든 벌통은 그가 앨리스의 집에서 처음 봤던 것과 같은 전통적인 랭스트로스 스타일이었다. 4학년 아이들의 벌통은 기본적으로는 랭스트로스 스타일이었지만 수평으로 배치되어 있었다. 랭스트로스 벌통과 같은 수의 틀, 같은 내부 덮개와 위쪽이 좁아지는 상단부가 있었다. 위로 높기보다는 옆으로 길었다. 어떤 사람들은 이것을 잎사귀형 벌통이라고 부를 것이다. 이건 스토크스 스타일 벌통이야, 하고 그는 쓸쓸한 웃음을 머금고 아이들에게 말해줄 것이다. 제이크는 이제 그러한 벌통을 세 개 돌보고 있었다. 전통적인 랭스트로스 스타일 벌통들 곁에서 그들은 번성하고 있었다. 해리가 예상했던 그대로였다.

해리는 수평형 벌통에 대한 아이디어가 요기와의 첫번째 카이트보딩 수업 이후 떠올랐다고 말했다. 물리학의 측면에서 다각도로 살펴봄으로써 탄생한 발명품이었다. 벌통이 완전히 수평인 경우 제이크는 번식용 틀과 허니 슈퍼들을 양끝에 추가할 수 있었다. 꿀벌들은 집을 위로 쌓아올리는 것이 아니라 바깥을 향해 지으면 되었다.

"벌들은 우리가 벌통을 만들기 전에도 수천 년 동안 통나무 안쪽이나 아무 구멍에 보금자리를 만들었는데, 안 될 게 뭐야?" 제이크가 회의적인 표정을 짓자 해리는 이렇게 말했었다.

뜻밖의 선물이었다. 해리는 작년 5월 행진을 벌였던 당일 아침에 제이크에게 그 벌통을 건네주었다. 프레드 패리스와 폭력배들이 그들을 공격했던 그날. 그게 무슨 낭패야. 스토크스. 멍청한 놈. 제이크는 해리가 그리웠다.

제이크는 4월의 쌀쌀한 공기에 몸을 떨고는 햇볕이 얼굴에 내리쬐도록 휠체어를 옮겼다. 누크 상자에 한 손을 얹고, 다른 손은 다른 한 상자 위에 얹었다. 눈을 감고 귀를 기울였다. 그러자 소리가 들려왔다―명료하고, 진동하는 G샤프의 음.

종소리가 울렸다. 문이 벌컥 열리더니 선생님 뒤로 활달한 목소리를 내는 3학년 학생들 스물두 명이 건물에서 줄지어 쏟아져나왔다. 아이들은 손을 흔들고 웃으며 제이크의 이름을 소리쳐 불렀다.

1월에 있었던 첫 수업 날, 그가 휠체어를 타고 교실로 들어섰을 때 아이들은 빛나는 빡빡머리와 휠체어를 빤히 쳐다보았다. 우나 리틴 선생님이 그를 소개해주었고, 그가 꿀벌에 대한 모든 것을 알려줄 거라고 아이들에게 말해주었다. 그런데 한 작은 소녀가 고개를 숙이고 조용히 울기 시작했다. 선생님은 당황한 것 같았다.

"자, 루비." 선생님이 말했다. "우리가 무슨 얘기를 했었는지 기억나니?"

하지만 제이크는 손을 내저었다.

"괜찮아요, 선생님. 아이들 대부분은 제 것처럼 날아다니는 휠체어를 본 적이 없으니 그래요. 어떻게 생각해야 할지 모르거든요."

제이크는 학생들을 향해 몸을 돌렸다.

"자, 여러분 중에서 자전거 탈 줄 아는 사람?"

아이들 몇 명이 머뭇거리며 손을 들었다.

그는 고개를 갸웃거렸다. "진짜로요? 여섯 명밖에 없어요? 다른 친구들은 자전거를 탈 줄 모르는 건가요?"

더 많은 손이 올라갔다.

"이게 더 그럴듯하네요." 그가 말했다. "또 여러분 중에서 앞바퀴를 들고 자전거 탈 수 있는 사람은 얼마나 되나요?"

몇몇 손이 다시 올라왔다. 아이들은 책상 앞으로 몸을 기울였다.

"멋지네요!" 제이크가 말했다. "그럼 앞바퀴 들고 타는 분들 중에 매뉴얼을 할 줄 아는 사람은 몇 명이나 되나요?"

아이들은 손을 내리고 확신 없는 표정을 지었다.

"매뉴얼은," 제이크가 말했다. "앞바퀴를 들고 360도 도는 거예요."

"오!" 한 통통한 소년이 의자 위에 무릎을 꿇은 채 손을 흔들며 소리쳤다. "저희 큰형이 그거 할 줄 알아요! 막 위로도 올라가고 막 돌기도 해요!"

소년은 의자에서 벌떡 일어나 빙글빙글 돌았다. 다른 아이들이 와르르 웃었다.

"앉아, 조슈아!" 우나리틴 선생님이 말했지만, 그녀도 웃고 있었다.

아이들은 다시 제이크를 바라보았다.

"자, 제 의자는 그것보다 더 멋진 걸 할 수 있어요. 보세요."

제이크는 앞바퀴를 들고 360도 회전한 다음, 반대 방향으로 다시 돌았다.

"이건 720도예요! 앞바퀴 들기 더하기 더블 매뉴얼. 멋지죠!"

아이들이 박수 치고 환호하며 소리쳤다. "다시 해주세요! 다시!"

이제 아이들은 제이크에게 가까이 모여들였고, 자그마한 얼굴들은 그에게 친근해졌다. 제이크를 처음 봤을 때 울음을 터뜨린 루비는 휠체어 팔걸이에 기대어 몸을 웅크리고 앉았다. 그 아이가 숨을 쉴 때마다 그레이엄 크래커 냄새가 났다. 아이들은 그를 둘러쌌고, 따뜻해지는 공기에 몇몇은 재킷 지퍼를 내렸다.

"안녕, 아가들아!"

"안녕하세요, 제이크!" 그들이 소리쳤다.

"너희를 보니 정말 좋다. 오늘은 정말 특별한 날이야. 누구 기억나는 것 있는 사람?"

작은 손들이 몇몇 올라갔고, 제이크는 바버라를 가리켰다. 긴 머리카락을 땋아내리고 앞니가 빠진 어여쁜 소녀는 실리아의 사촌이었다. 제이크가 이름을 부르자 소녀는 수줍어했다.

"꿀벌의 날이요." 그녀가 작은 소리로 말했다. "디아 데 라스 아베하스.*"

"맞아!" 제이크가 소리쳤다. "메이 스트리트 초등학교 꿀벌의

---

* '꿀벌의 날'이라는 뜻의 스페인어.

날이지! 너희가 만나볼 여왕벌을 데려왔어. 근면 성실한 딸들과 몇몇 게으른 수벌들도. 자, 이제 시작해볼까?"

앨리스 홀츠먼은 가장 아끼는 파란색 원피스가 다시 잘 맞는다는 걸 확인하기 전부터도 아침나절 내내 기분이 좋았다. 머리 위로 드레스를 끌어당겨 입은 뒤 엉덩이 주변의 천을 매끄럽게 정리했다. 허리에는 벨트를 매고 거울에 비친 모습을 들여다본 뒤, 어깨를 쭉 펴고 머리카락을 귀 뒤로 넘겼다. 이 근사한 옷은 특별한 날에만 입는 오래된 원피스였다. 마지막으로 입었던 게 언제였더라? 라이언 집안에서 벌어진 생일파티들 중 하루였나? 창백한 피부를 돋보이게 해주는 회청색이 마음에 들었다. 하지만 너무 화려한 것 같아서 벗었다. 오늘 후드리버 카운티 법원을 방문하는 데에는 슬랙스와 괜찮은 셔츠면 될 거였다.

앨리스는 후드리버 카운티 개발 부서에서 소송이 터질 거라 예상하지 못했었다. 수프라그로와의 분쟁 이후 더욱 강화된 조사 결과, 카운티 예산 사용에 중대한 문제가 있었고 빌 체노위스가 백만 달러 이상을 횡령했다는 사실이 밝혀졌다. 오늘 와이스필드 판사는 언론에 이미 보도된 공식 선고를 낭독할 것이다. 빌은 오리건주립교도소에서 최소 이십 년, 최대 사십 년 징역을 살 것이다.

이 사실을 알아차린 사람은 데비 제프리스였다. 불만을 품은 사무실 관리자 데비. 데비는 카운티 재정과 관련된 문서를 샅샅이 뒤져서 빌이 수년간 훑어보기만 했던 문서들을 정리해냈다. 데비 역시 한동안 급여 인상 없이 근무했고, 그녀에게는 먹여 살려야 할 아이들이 셋이나 있었다.

조용한 이들을 항상 눈여겨봐야 해, 앨리스는 속으로 생각했다.

그녀는 굽이 낮은 남색 신발을 신었다. 좀 끼는 것 같아서 양말을 갈아 신었다.

빌을 떠올리자 헛웃음이 났다. 이 폭로를 통해 많은 의문이 풀렸다. 왜 예산이 항상 그렇게 빠듯했는지, 빌이 어떻게 멋진 보트를 구매해서 후드리버 마리나 항구에 정박해둘 수 있었는지 말이다. 낸시는 이전 직책으로 즉각 강등되었고, 카운티측에선 여전히 빌의 후임자를 찾고 있었다. 리치 칼슨은 앨리스에게 이메일을 보내 빌의 자리에 지원하는 걸 고려해볼 건지 물었다. 빌이 저지른 범죄가 드러나자 마음이 바뀌었다고 그는 썼다. 앨리스가 얼마나 훌륭한 일을 해왔는지, 그 진가를 알아보지 못했다고. 진심으로 복귀를 고려해보기를 바란다며, 돌아오든 돌아오지 않든 내년부터 계획대로 연금이 지급될 것이라고도 했다. 앨리스는 답장하지 않고 이메일을 삭제했다.

이제 그녀는 바깥으로 나와 포치로 걸어갔다. 해리를 만나기를 기대하며 발걸음이 저절로 헛간으로 향했다. 그럴 때마다, 잠든 눈처럼 굳게 닫힌 헛간 문을 바라볼 때마다 작은 충격을 받았다. 갈팡질팡 헤매던 그 소년이 그리웠다.

시계를 힐끔 보니 법원에 가기 전까지 시간이 좀 있었다. 그녀는 계단을 내려가 양봉장이 있던 울타리 주변으로 향했다. 애초에는 손에 꼽히던 벌통 개수는 제이크가 와서 머물던 작년 한 해 동안 쉰 개로 늘었다. 그녀는 빙긋 웃었다. 작년은 참 기나긴 해였다. 울타리 가장자리에 멈춰 선 그녀는 한때 벌통이 놓여 있던 넓은 공간을 바라보았다. 이제, 스탠드 위에서 높이를 자랑하며 놓여 있던 흰색 페인트칠된 벌통들 대신 그곳에는 꽃이 만발했다. 헤더, 디기탈리스, 헬리오트로프처럼 일찍 피는 꽃들이 분홍색, 자주색, 푸른색을 가득 뿜어내고 있었다. 꿀벌이 좋아하는 꽃들이 뿜어내는 진한 향기가 공기 중에 가득했다. 앨리스는 눈을 감고 숨을 들이쉬었다. 여름에는 샐비어, 히솝풀, 라벤더, 러시안 세이지, 그리고 해바라기가 필 것이다. 꽃밭은 제이크의 제안으로 가꾸게 되었다. 그는 꽃밭이 메이 스트리트 초등학교 아이들을 가르치는 데 또다른 훌륭한 도구가 되어줄 거라고 여겼다.

그녀를 둘러싼 공기는, 들판을 가로질러와 꽃들에 불을 밝히듯 내려앉는 황금빛 꿀벌들의 윙윙거리는 소리로 생동감이 넘쳤다. 작년 늦여름 즈음, 앨리스는 초봄에 손실을 입었어도 벌통을 백 개로 만드는 게 불가능한 목표가 아니라고 생각했다. 하지만 그녀의 오래된 양봉장은 그렇게 많은 벌통을 수용할 수 없었기에, 좀더 넓은 랜섬의 과수원으로 벌통들을 옮겼다. 한 개를 제외하고 모든 벌통이 겨우내 살아남았다. 이제 그녀는 원하는 만큼 양봉장을 확장할 수 있는 공간과 자원을 지니게 되었다. 분봉을 하고 운이 따른다면 오는 7월 무렵에는 백오십 개의 벌통을 꾸릴 수 있을 것이다.

앨리스는 멀리 과수원 쪽을 내다보았다. 나무들은 점점 더 따스해지는 봄날을 맞이해 떨어질 꽃봉오리들을 틔우고 있었다. 서풍이 불어오면 마치 거품이 일듯 하얀 꽃들을 흩날릴 것이다. 그러면 벌들은 더욱 바빠질 것이다. 앨리스도 마찬가지였다. 이제는 꿀과 과일을 모두 얻을 수 있게 되었으니까.

작년 여름이 끝날 무렵 앨리스는 더그에게서 오래된 과수원을 샀다. 8월의 어느 날 더그가 자기 집 포치에서 앨리스와 함께 차를 마시다가 먼저 권유했다. 그들은 카운티 위원회 회의에서 스탠이 발표한 제안, 그러니까 과수원에서 몇몇 살충제의 사용을 제한하고 금지하자는 제안에 대해 이야기하던 중이었다. 완전한 역전은 아니었지만 의미 있는 시작이었다.

"오래된 관습은 고치기 힘드니까요." 그녀가 골똘히 생각하다 말했다.

더그는 고개를 끄덕였다. "하지만 사람은 변하기도 해, 앨리스. 저 친구들은 고지식한 늙은이들이지만 나무를 사랑하거든. 시간을 주렴. 자, 넌 어떠니? 이제 뭘 할 거야?"

앨리스는 모르겠다고 답했다. 포틀랜드에서 일자리를 구해보려던 중이었는데 거기로는 출퇴근을 할 수밖에 없는데다 그마저도 찾을 수가 없었다. 그때 더그가 과수원에 대해 제안했던 것이다.

"우리 애들은 과수원을 원하지 않는다고 내가 말했었지? 또 나는 시애틀로 이사가고 싶지 않아. 내가 도시에 산다고? 절대 불가능하지."

앨리스가 대출을 받을 필요가 없도록 더그는 자기가 저당권을 가지고 있겠다고 했다. 앨리스는 후한 제안을 거절하려 했지만 속 마음은 달랐다. 당연히 그녀는 과수원을 원했다. 툭스버리 선생님 네 반에서 수업을 듣던 4학년 소녀 시절 이후로 그녀가 늘 바라왔던 건 과수원이었다. 네, 좋아요. 그녀는 이렇게 말했다. 더그는 그가 원하는 만큼, 집세를 내지 않고 여력이 닿는 한 집에 오래 머물 것이었다. 계약의 일부로서 앨리스는 그의 자녀들에게 매일 그의 건강 상태를 살피고, 쇼핑과 심부름을 돕겠다고 약속했다. 그리고 더그와 함께 시간을 보내는 건, 글쎄, 어려울 게 없었다. 그가 있었기에 앨리스는 자신의 가족을 덜 그리워할 수 있었다.

앨리스는 이제 과수원 운영자이자 양봉가였다. 다가올 가을에는 또 한번 엄청난 양의 꿀과 함께 처음으로 배와 사과도 수확할 수 있을 것이다. 모든 것이 방금 제자리를 찾은 것처럼 너무도 꼭 맞게 느껴졌다. 그것이 마지막 상담 날 지머먼 박사에게 한 말이었다. 그날 두 사람은 앨리스가 치유되고 있고, 앞으로 나아가고 있다는 데 동의했다.

"다시 네 배를 스스로 조종하게 되었구나." 어머니의 목소리가 들려왔다.

"2달러짜리 스테이크처럼 질긴걸. 역시 내 딸이야." 아버지가 말했다.

어디선가 컹 하고 크게 짖는 소리가 들려왔다. 바로 다음 순간 더그의 집 쪽에서 들판을 가로지르며 달려오는 체니의 갈색 몸이 보였다. 체니와 더그는 이제 좋은 친구가 되었다. 커다란 개는 제이크가 그릇에 부어준 아침식사를 헐떡거리며 먹어치운 다음 더그가 숨겨둔 한입거리 간식을 찾아 집으로 유유히 걸어갔다.

앨리스는 체니를 집안으로 들였다. "얌전히 있어라, 덩치 큰 녀석아. 침대엔 올라가면 안 돼."

체니는 꼬리를 바닥에 퉁퉁 치더니 종종거리며 복도를 지나 제이크의 방으로 갔다.

제이크는 그녀와 대등한 양봉 사업 동료였다. 작년 여름 시즌이 끝날 무렵 꿀 400갤런을 수확하게 되면서 양봉은 공식적으로 취미 활동 수준을 넘어섰다. 암리와 노아, 실리아의 도움을 받아 꿀을 수확하고 병에 담는 데 족히 일주일이 걸렸다. 헛간은 조립 라인으로 바뀌었다. 그들은 돌아가면서 꿀칼*을 사용해 꿀이 발린 틀에서 미색의 밀랍 덮개를 잘라냈다. 꿀이 뚝뚝 떨어지는 틀들을 추출기에 넣고, 꿀을 뽑아내는 과정을 모니터링하고, 마지막에 흘러나오는 걸쭉한 황금색 시럽을 걸러내는 모든 과정을 함께했다. 끈적끈적하고도 근사한 작업이었다. 실리아는 밀랍 덮개를 체로 거른 것으로 초를 만들었다. 꿀은 가을에 열린 후드리버 카운티 농업박람회에서 쿼트당 20달러에 팔렸다. 이후에 그들은 제이크네 어머니를 모셔와 회계장부를 만들었다. '여왕벌 G의 꿀' 사업은 그렇게 시작되었다. 론과 조카들은 과수원으로 벌통을 옮길 때 손을 보탰고, 제이크가 양봉장을 두루 돌아다니게끔 서로 연결되도록 설계한 양봉장 전체의 경사로를 만들어주기도 했다.

제이크는 나이가 어렸지만 야심이 넘쳤다. 내가 열아홉 살이었을 때보다 제이크가 확실히 경제적으로 훨씬 더 유능하네, 앨리스는 기쁘면서도 쓸쓸해하며 생각했다. 암리의 변호사 아버지 덕분에 제이크는 신탁금을 받아 꿀 사업에서 지분을 보장받았고 장애 관련 혜택을 받을 수도 있게 되었다. 게다가 운도 좋았다. 제이크는 앨리스로서는 상상도 하지 못했을 방식으로 여왕벌 G를 계속 성장시킬, 여왕벌 사육과 진드기 저항성 꿀벌 교배를 위한 계획을 세우고 있었다. 그녀는 웃음을 터뜨리고는 고개를 절레절레 저었다. 그의 열정은 언제나 그녀를 놀라게 했다.

---

* 벌집에서 꿀을 떠내는 칼로, 전기 등으로 달구어서 꿀 덮개를 끊는 식으로 사용한다.

픽업트럭에 올라탄 앨리스는 긴 차도를 따라 시내로 향했다. 고등학교와 주유소를 지났다. 멕시코 식당 앞에서는 속도를 줄이며, 에반젤리나에게 전화를 걸어 다음 주말에 있을 막내딸의 킨세아녜라에 뭘 가져가면 좋을지 물어봐야겠다고 마음속으로 메모했다. 그 호화로운 생일파티의 다음날은 버드의 생일이었다. 그 전날을 버드의 부모님, 론과 에반젤리나, 작은 로니, 다른 조카들과 함께 보낼 수 있다는 사실에 마음이 편안해졌다. 그들도 그녀의 가족이었다. 제이크와 암리도 올 예정이었는데, 어쩌면 스탠을 초대해도 좋겠다고 그녀는 생각했다.

스탠은, 그녀가 예상했던 대로 깊이 알아갈 만한 가치를 지닌 남자였다. 작년여름 피프리엠에서 처음 맥주를 마신 이후, 그들은 함께 후드산으로 하이킹을 갔다.

"하이킹이라고! 네 이마가 반질반질 윤이 나겠구나!" 어머니가 웃는 소리가 들리는 것만 같았다.

홀츠먼 집안사람들은 언제나 고된 노동 이외에 운동을 하진 않았지만, 앨리스는 하이킹이 좋아졌다. 여름 내내 스탠은 자신이 가장 좋아하는 등반로를 그녀에게 하나씩 소개해주었다. 개울과 폭포를 따라 산을 오르는 경로였다. 그녀와 스탠…… 고지식한 아버지는 뭐라고 했을까? 서로 곁이 되어주었다. 심각할 건 없었다.

리틀빗 식료품점과 랜치 서플라이를 지나쳤다. 그곳들은 더이상 사람 없는 시간에 몰래 다녀오는 장소가 아니었다. 이제 그녀는 거기를 들를 때마다 아는 사람들을, 오래된 지인들과 새로운 친구들을 만날 수도 있다는 기대를 품었다. 안전벨트를 풀고 바지 단추를 끌렀더니 기분이 한결 나아졌다. 그녀는 차창 밖으로 팔꿈치를 내밀고 작은 마을을 가로질러 법원으로 갔다. 그곳에서 지역 정의가 실현되는 모습을 앨리스는 지켜볼 것이다.

해리는 깨끗한 옷을 한쪽 팔 아래에, 세면도구 가방을 다른 팔 아래에 꼭 끼고 샤워하기 위해 줄을 서서 기다렸다. 손에 들고 있지 않은 물건은 다른 남자들 중 누군가가 훔쳐간다는 사실을 그는 힘겹게 터득했다.

세면대에 몸을 기울여 거울 속 자신의 얼굴을 바라보았다. 팔자 콧수염을 길러도 된다고 허락받았고, 그는 그것에 감사했다. 수염이 자라기까진 무척 오랜 시간이 걸렸다. 수염에 대한 모호한 규정 때문에 면도를 해야 했다면 너무나 수치스러웠을 것이다.

수염이 있으니 더 강해 보이기도 했다. 그게 자랑스러웠다. 요즘 역기 운동을 하고 일주일에 세 번씩 달리기하는 그는 스스로 그 어느 때보다 건강하다고 느꼈다. 여기서 그에게 시키는 일은 완전히 몸 쓰는 일이었기에 다치지 않으려면 최대한 건강해야 했다.

저쪽 샤워실 한 칸에서 수도꼭지가 잠기는 소리가 들렸고, 커다란 휘파람소리에 이어 〈Shake Your Moneymaker〉를 부르는 낮은 바리톤 목소리가 들려왔다. 그때 커튼이 휙 젖혀졌고, 새 보드용 반바지와 티셔츠를 입은 요기가 나타났다. 그는 해리를 보더니 더러운 옷들을 바닥에 던지곤 허공에서 기타 치는 흉내를 내기 시작했다. 길고 젖은 머리카락을 휘날리며 기타 솔로를 연주한 뒤 점프 킥으로 마무리했다.

요기가 양손을 모으고는 희미한 목소리로 팬들의 환호성을 흉내내자 해리는 천천히 박수 쳤다.

"감사합니다, 사우스파드리*!" 그가 숨죽여 속삭였다.

해리는 웃었다.

"오늘 치 불 땠나**, 스토크스?" 요기가 물었다. "LA에서 온 저 놈들 무리를 또 맡아야 하게 생겼어."

해리는 끙하고 신음소리를 내며 샤워실 바닥에 몸을 웅크렸다. "그 끔찍한 쌍둥이 좀 데려가주세요, 요기. 도대체 말을 안 들어요."

"그건 지금 걔들 뇌가 불알에 붙어 있기 때문이야. 열다섯 살이 잖아. 뭘 바라냐? 네가 다룰 수 있어, 스토크스. 왜인 줄 알아? 넌 항상 불을 때왔으니까!"

샤워실을 나서면서 그는 저 말의 마지막 부분을 크게 외쳤다.

요기는 사우스파드리 카이트보딩 어드벤처SPKA 시즌 동안 해리 를 고용했다. 텍사스의 이 시즌은 흐리고 비 오는 날이 많은 10월 부터 5월까지 열렸다. 요기는 수년간 SPKA에서 일해왔다. 작년 여름 해리가 재능이 있다는 것을 알아본 이후, 그는 자신의 상사에 게 해리를 추천했다. 해리는 그 기회를 덥석 잡았다. 가을 수확은 함께할 수 없게 되었지만 앨리스는 해리더러 봄이 끝나갈 때 돌아 오라고 말해주었다.

"이번 여름 작업을 할 일손은 다 준비돼 있으니 걱정하지 마, 해

---

* 텍사스주에 있는 작은 마을로, 국제 음악 페스티벌이 열린다.
** 해리의 성에 들어 있는 'stoke'라는 단어의 다른 의미인 '불을 때다' '연료를 넣다'에 착안한 말장난.

리." 그녀는 말했다.

해리는 여전히 그 집에 자신의 자리가 있다는 사실이 행복했다. TV 절도 사건과 징역살이에 대해 말하고 나자, 앨리스가 자신을 계속 써줄지 확신이 들지 않았다. 그날, 부엌에 서서 수프라그로 트럭을 훔쳤던 날의 바보 같은 이야기를 꺼내던 자신의 모습이 떠올랐다. 그는 앨리스의 발치만 바라보며 허겁지겁 말을 내뱉었다. 그녀는 작업용 부츠를 벗고 있었는데 한쪽 양말에 구멍이 나 있었다.

앨리스는 무릎 위에 손을 얹고 있다가 그가 이야기를 마치자 숨을 크게 내쉬었다. 화가 나 보였다. 해리는 마음의 준비를 단단히 했다.

"그 버러지 같은 놈들!" 그녀는 소리쳤다. "모든 책임을 다 너한테 뒤집어씌웠잖아. 두 놈 다 엉덩이를 걷어차줘야겠어."

해리가 놀라서 빤히 바라보자 앨리스는 어깨를 으쓱했다.

"이봐, 난 너에게 전과가 있는지 묻지 않았어. 그러니 너도 내게 말 안 한 거고. 너는 신원 보증을 해줄 사람들의 연락처를 적어두었지만 나는 그들에게 전화 걸어보지 않았고. 그러니까." 그녀는 일어섰다. "파이 더 먹을 사람?"

그녀는 부엌으로 걸어갔다.

해리는 웃음을 잔뜩 참고 있는 제이크를 바라보았다.

굳이 말할 필요가 없었다고 하더라도 솔직하게 밝히자 마음이 놓였다. 그는 트럭을 훔친 혐의로 체포되었을 때 모든 전과가 밝혀질 거라고 생각했었다.

그날, 에이치 삼촌의 예전 집이 있던 그곳에서, 해리는 운전석에서 내려 경찰서 치안 담당 부서 지프차의 깜빡이는 파란색과 빨간색 표시등을 마주했다. 설령 체포당한다 해도 자신이 한 일이 조금도 후회되지 않았다. 단지 돕고 싶었던 거니까. 자신의 행동이 살충제 살포를 하루나 이틀 정도만 늦출 뿐이었을지라도, 분명히 의미가 있었다.

지프차 문이 열리자 로니가 튀어나왔다. 그는 차문을 쾅 닫고 해리에게 성큼성큼 다가왔다.

"친구! 대체 뭐하는 짓이에요?" 로니는 땀으로 번들거리는 얼굴로 말했다. "다리 지날 때부터 경고등 켜고 왔다고요."

"아, 미안해요. 나는…… 나는 몰랐어요. 거기 차를 세웠어야 하는데……"

"저 빌어먹을 사이렌을 도대체 어떻게 켜는지 모르겠어요!" 로니가 처량하게 말했다. "뭔가 더 빨리 켤 방법이 있을 것 같은데. 젠장."

해리는 지프차 문을 열고 퓨즈 상자의 위치를 찾았다. 거기서 끊어진 퓨즈를 발견하고는 뒤집었다. 그런 다음에 사이렌 버튼을 눌러서 경고음이 한두 차례 울리게 했다.

"세상에! 고마워요, 친구." 로니가 말했다.

해리는 로니가 자신을 체포해야 한다는 것을 알았다. 해리는 로니에게 자신의 과거 전과 이력은 물론이고, 세부사항을 알아내기 위해선 어느 카운티로 전화해야 하는지도 말했다.

로니는 지프차 문에 기대어 선 채 모자를 벗더니 짧은 어두운색 머리카락을 쓸어넘겼다. 그렇게는 안 될 거예요, 라고 그는 말했다. 우선, 그는 앨리스 숙모가 다시 본인에게 화내는 걸 원치 않는

데, 그녀의 일꾼을 체포한다면 숙모가 정말로 화낼 거라는 것이다. 또한 해리는 로니가 총을 잘못 발사했다는 비밀을 지켜주지 않았던가. 사실이 탄로나면 로니는 직업을 잃게 될 거였다. 이 사이렌 사건은 사소한 거지만 다른 사람들은 이 일로도 몇 주 동안이나 그를 놀릴 거라고 했다.

"나한테 생각이 있어요." 로니가 말했다.

그는 무전기를 집어들더니, 갈등 격화를 방지하기 위해 수프라그로 트럭을 집회 현장인 퍼 마운틴 로드에서 다른 곳으로 옮겼다고 보고했다. 운전자가 누구인지 찾을 수 없었기에 혼란스러운 상황에서 민간인에게 요청해 운전을 맡아달라고 요청했다고도 전했다. 안전을 위해서, 라고 그는 덧붙였다. 해리는 무사히 커다란 트럭의 운전석에 다시 올라탔고, 로니를 따라 시내 쪽으로 트럭을 몰았다. 시내에 도착한 로니는 경찰서 치안 담당 부서에 트럭을 인계했다. 그리고 해리는 후드리버 카운티 경찰서의 호의로 앨리스네 집 문 앞까지 경찰차를 타고 왔다. 두번째로 있는 일이었다.

그 일 이후, 해리는 결과에 상관없이 모든 것을 밝히자고 결심했다. 자신의 결정에 스스로 책임을 지겠다고. 그는 이제 자기가 한 행동에 스스로 책임지는 일의 힘을 깨달았다. 어떤 일을 일어나게 할 만한 힘이 이제는 그에게 있었다. 자신만의 카이트보딩이나 제이크를 위해 디자인한 잎사귀형 벌통 같은. 그리고 제이크의 카이트보딩도.

그것은 확실히 해리의 길지 않은 인생에서 이룬 가장 큰 성취였다. 강변에서 어떤 숙련된 보더가 스스로 '에어 체어'라고 부르는 것에 앉아 사람들 주위를 돌며 카이트보딩하는 것을 보고 나서 해리는 제이크를 물위로 나서게 해주겠다고 결심했다. 제이크는 충분히 힘센 튼튼한 상체를 지니고 있었다. 그저 보드가 아닌 대체물이 필요했을 뿐이다. 그래서 해리는 제이크를 위한 맞춤형 에어 체어를 만들고 벨트를 장착해 둘이 함께 보딩하면서 제이크에게 연을 날리는 방법을 알려줄 수 있게 했다.

물위에 오른 첫날, 해리는 등뒤에서 파도가 부서지고 헬멧 사이로 바람이 휙휙 불어 들어오는 동안 제이크를 잘 앉히고 하니스를 연결하는 데 애를 먹었고, 그러자 자책이 밀려들었다. 하지만 그때 해리는 기대에 가득찬 친구의 얼굴을 보았다. 그러자 하늘에서 내려온 거대한 손처럼 자신감이 온몸을 감쌌다. 요기가 연을 날렸고, 두 청년은 강물을 가로질러 날았다. 높이 이는 물보라를 그들 뒤에 흩뿌리면서. 제이크는 예상치 못한, 믿을 수 없는 새로운 기쁨 속을 내달리며 바람소리 너머로 탄성과 환호성을 질렀다. 다른 사람에게 기쁨을 선사하는 것. 그것은 해리가 받을 수 있으리라 기대하지 못했던 선물이었다.

이제 해리는 샤워를 하고 보딩용 반바지와 래시가드로 갈아입었다. 숙소로 돌아와서는 세면도구 가방을 내려놓고 젖은 수건을 걸었다. 그는 롤업 출입구 앞에 서서 멕시코만까지 뻗어 있는 평평하고 푸른 바다를 내다보았다.

그는 허리까지 오는 따뜻한 물에서 온종일 걸어다니며 봄방학을 맞이해 LA에서 온 버릇없는 쌍둥이들에게 안전하게 착지하는 법과 연 띄우는 법을 인내심 있게 가르칠 것이다. 그들이 바람의 힘을 존중하도록 가르치고, 해변에서 지켜야 할 에티켓을 알려줄 것이다. 그 쌍둥이가 너무 자기중심적이라 알아듣지 못한다 해도. 다음달이 되면 해리는 가방을 꾸려 비행기를 타고 오리건으로 돌아갈 것이다. 친구들이 기다리고, 벌들이 날아다니고, 바람의 노랫소리가 그를 잠들게 하는 길모퉁이의 작은 농장으로 돌아갈 것이다. 그 모든 것을, 그는 집이라고 부른다.

감사의 말

글쓰기는 고독한 행위이지만 출간은 그렇지 않습니다. 이 책이 세상에 나올 수 있도록 도와주신 많은 분들의 지지와 노고에 감사드립니다.

몰리 프리드리히와 헤더 카, 이 이야기의 잠재력을 알아봐주고 작품이 훨씬 더 나아질 수 있도록 가차없는 첫 편집을 하라고 해주셔서 고맙습니다. 두 분은 모든 과정에서 저와 함께였고, 두 분이 없었다면 저는 길을 잃었을 것입니다. 해나 브라테사니와 루시 카슨, 뒤에서 기울여주신 모든 노력에 감사를 전합니다.

동료 작가를 기꺼이 도우려는 로리 프랭클 덕분에 커다란 변화가 가능했습니다. 깊이 감사드립니다. 린지 로즈, 이 원고의 가능성을 봐주셔서 감사드립니다. 현명한 질문과 능숙한 편집 덕에 이

이야기는 훨씬 나아졌어요. 처음부터 저는 당신이 이 책을 위한 최고의 안내자가 되어줄 거라고 믿었어요. 마야 지브, 당신의 지도와 지지, 성실함에 감사드려요. 당신이 저와 끝까지 함께해주어서 정말 기뻐요. 에밀리 캔더스, 케이티 테일러, 그리고 더턴 출판사의 홍보 및 마케팅팀 모두에게, 여러분이 이 책에 쏟아주신 열정과 노고에 깊은 감사를 드립니다. 비안 응우옌, 아름다운 표지를 만들어주셔서 감사드립니다.

제이크의 캐릭터를 최대한 충실하게 그려낼 수 있도록 많은 분들이 제게 통찰을 건네주셨어요. 매슈 루체로, 린지 프레이신저, 제시카 루소, 네이트 올리히, 티나 카타니아. 여러분 모두에게 감사드립니다.

꿀벌에 대해 너무나 많은 것을 가르쳐준 오리건주립대학 농촌지원국의 마스터 양봉가 견습생 프로그램에 큰 빚을 졌습니다. 저의 멘토인 짐 크루멜께 특별히 감사드립니다.

매슈 로어, 당신의 지원과 격려, 우정에 정말 감사드립니다. 코리 주비츠, 훌륭한 자문역을 담당해주셔서 고맙습니다. 낸시 폴리, 당신은 굉장히 관대한 첫 독자이자 제가 늘 바라왔던 '작가단'이 되어주었습니다.

그동안 저를 응원해준 저의 가족과 친구들에게 깊은 감사의 인사를 전합니다.

그리고 브렌던 래미에게 한없는 사랑과 가장 깊은 감사를 드립니다. 당신이 나의 집이에요.

보금자리를 만들고 지키는 마음,
함께-살기 위해 새로운 음악을 듣는 마음

아일린 가빈은 소설가가 되기 전부터 양봉가였다. 오리건 후드
리버 주민이기도 하다. 그는 스스로를 이렇게 소개한다. "남편과
나는 용맹한 삼색 고양이, 열정 넘치는 바하 시고르자브종 개, 그
리고 60만 마리의 꿀벌과 집을 공유하고 있다." 벌들의 삶을 통해,
그들이 건네는 음악을 통해 그는 이 세계를 새롭게 바라보기 시작
했을 것이다. 그리고 벌들의 매혹적인 세계를 누군가에게 알리고
싶다고 생각했을 것이다. 그러므로 이 책은 양봉가가, 꿀벌을 사랑
하는 사람이 쓸 수밖에 없는 소설이기도 하다. 혹은 꿀벌과 같은,
함께하는 삶의 경이와 아름다움을 아는 사람이. 추울수록 부단히
날갯짓을 해 서로가 서로의 난로가 되는 등, 벌들은 함께일 때 더
욱 신비로운 일을 해내므로.

서로를 전혀 모르던, 아예 교차하지 않고 남은 생을 살아갔을 수도 있을, 각자의 상실과 아픔을 지닌 세 사람이 우연히 연결되며 빚어내는 활력과 관계를 바라보는 일은 마음을 뭉클하게 한다. 세 사람은 서로에게서 힘을 발견하고, 스스로 깨닫지 못했던 재능과 용기를 마주하게 된다. 평생 지속될 것만 같은 사랑의 상실을 통과하는 앨리스에게서, 이전의 삶과 완전히 단절되었으며 또다른 미래(황금색으로 빛나는, 윙윙거리는 음악으로 가득한)를 상상하게 된 제이크에게서, 불안과 자책을 온몸에 뒤집어쓰고 있던 해리에게서 많은 독자분들이 스스로를 겹쳐 볼 수 있는 지점이 있을 것이라 믿는다. 벌집처럼 조밀하게 얽힌 관계망 속에서 자주 숨막힌다고 느끼면서도 또다시 누군가를 만나 함께 살아가는 이들의 이야기에는 마음이 동하기 마련이다.

알맞은 온도로 지속되는 우정의 힘, 꿀벌에게서 얻는 지혜, 다시 시작할 수 있다는 희망과 함께 손잡고 만들어가는 연대의 이야기에 마음이 잠시나마 일렁였다면 멀리서 포옹을 보낸다. 독자의 마음이 움직였다면, 그것은 그 느슨한 연대 안에 존재하는 인물들이 각각의 결핍과 슬픔을 지니고 있기 때문이리라. 그러니 연대란, 매끈하게 다듬어진 목소리로 선함과 당위를 주창하기 때문이 아니라, 사실은 울퉁불퉁한 개인들이 미미하게 모여들어 잠시나마 자신이 할 수 있는 무언가를 행동에 옮겼다는 바로 그 점 때문에 빛나는 게 아닐까.

소설의 세 인물은 서로가 서로에게 조력자가 되어주며 스스로도 그 사실을 모른다. 일방적인 시혜도, 연민도 아닌, 스스로도 자주 비틀거리는 동료이자 친구의 대등한 마음이 소설 속에 줄곧 존재한다. 후반부에서 빠르게 전개되는 시위 장면에서는 꿀벌의 서식지와 생명을 지키기 위한 인간들의 움직임이 부각되며, 그 장면으로 인해 이 작품은 환경소설로 분류되기도 한다. 기후위기의 시급성, 생태 보호라는 중요한 메시지를 놓치지 않는다는 뜻이다. 인간 사이의 유대, 나아가 인간 종을 넘어서는 차원의 존중과 염려, 그리고 사랑이 소설 속에 자리한다. 무엇보다도 보금자리를 지키는 마음, 보듬는 마음, 보호하는 마음이 곳곳에 깃들어 있다. 마지막 문장처럼, 누군가의 보금자리가 곧 집이고, 보금자리는 지켜져야 한다.

이 책을 번역하며 꿀벌의 생태에 관해 많이 알게 되었을 뿐 아니라 양봉에 관심이 생기기도 했다. (벌은 꿀만 먹고 살아서 피도 호박색, 똥도 금색이다.) 꿀벌과 양봉에 관한 전문 용어들을 찬찬히 살펴보았으나, 소설을 읽는 독자를 위해 손쉬운 단어로 변경해 썼음을 밝혀둔다. 혹여 전문 양봉가가 이 책을 읽는다면 비웃지 않을까 걱정이 드는 한편, 좀더 많은 이들이 벌의 생태에 대해, 더 나아가 다른 생명들과 함께 살아가는 삶에 대해 조금 더 가까이 다가갈 수 있기를 바라는 마음이었다고 위안삼아본다.

생태계의 변화를 가장 먼저 감지하는 생물 중 하나인 벌은 '생태계의 카나리아'라고도 불린다고 한다. 2035년이면 지구상에서 꿀벌이 사라질 수도 있다는 언론 보도가 나온 지도 몇 년이 되었다. 유엔식량농업기구FAO에 따르면 벌은 세계 식량자원의 90퍼센트 이상을 차지하는 백여 종의 작물 중 70퍼센트를 수분하고 있기에, 꿀벌이 사라지면 인류의 식량난이 심화될 수 있다. 아몬드의 100퍼센트, 사과의 90퍼센트는 꿀벌이 수분해줘야 열매를 맺는

다. 벌이 사라지는 것이 연쇄 종말의 시작이라고 여기는 학자들도 있다. 그러니 보금자리를 지키는 마음은 내 한몸 누일 곳을 사수하는 데에서 확장될 수밖에 없다. 타자, 혹은 다른 종을 만나고 그들의 살 공간을 마련해주는 사람이라면(엘리스는 양봉가이면서 두 청년이 숨쉴 곳을 제공해준다), 그는 넓은 의미의 환경운동가, 생태주의자가 될 수밖에 없을 것이다. 빛(밀랍)과 달콤함(꿀)을 더는 손쉽게 당연시하지 않게 되는 것이다. 이 책이 꿀벌의 생태와 아름다움을 알게 되는 작은 계기가 될 수 있다면 더할 나위 없이 기쁠 것이다.

또하나, 독자분들과 나누고 싶은 것이 있다. 원서의 제목인 'music'에 관해서다. 음악의 정의를 넓히면, 강한 비트와 비슷한 소리, 음파로 발생하는 진동까지도 모두 음악이 될 수 있다. 캄캄한 벌집에서 벌들은 진동을 감지하여 소통하며, 때로는 다른 벌 혹은 벌집과 접촉하는 몸의 움직임으로 서로에게 화답한다. 벌에게 소리를 듣는 기관은 따로 없지만, 털의 진동을 통해 소리도 느낄 수 있다. 투명한 날개로 일으킨 진동의 세기를 통해 감정을 표현하기도 하는데, 예컨대 웅웅거리는 소리가 크고 빠르다면 화가 났다는 신호다. 여왕벌이 자신의 존재감을 드러내고 다른 구성원들이 소속감을 지닐 수 있도록 분비하는 페로몬, 그리고 식량(밀원)이 있는 곳과 태양의 위치 등 정확한 정보를 담은 벌들의 춤은 또 어떤가. 인간과 다른 언어를 쓰는 종의 소통 체계는 그 자체로 아름다운 음악이 될 수 있다. 인간-귀에 익숙한 조화로운 선율이 아닌 소리를 음악으로 여길 수 있다면, 귀기울여 들을 수 있다면 새로운 감각, 새로운 소통 방식을 움틔울 수 있을지 모른다. 그 과정에는 겸손한 자세, 인내, 그리고 믿음이 필요하다. 양봉가와 벌의 관계처럼, 책임을 지되 인정을 구하거나 알아봐주길 바라지 않는 마음, 생명 자체를 생명으로 놓아둠으로써 존중하는 마음, 정성을 다하되 너무 많은 것을 바라지 않는 마음, 결국 함께 사는 법을 (다시) 배워가는 마음 말이다. 그것은 이 시대에 절실한 윤리이기도 하다.

끝으로, 이 책이 번역 출간되는 과정에서 처음부터 끝까지 애써주신 윤정민 편집자님께 깊은 감사를 드린다. 번역계약서를 처음 작성하고 작업한 책이라 더욱 애틋한 작품인데, 윤정민 편집자님이 좌충우돌하는 초보 번역가를 많이 이끌어주셨다. 번역자로 살아가는 입장에서 매우 자주 느끼는 것은, 번역자에게는 편집자의 존재가 몹시 소중하다는 사실이다. 수많은 꽃과 나무에게 벌이 무척 소중한, 반드시 필요한 존재이듯이.

최현지

옮긴이 **최현지**

대학과 대학원에서 정치학을 공부했으나 문학과 더 가까이 지내며 번역을 시작했다. 영문학을 공부하면서 영미권 문학을 번역하는 한편, '최리외'라는 필명으로 동네 책방에서 독서모임과 북토크 등을 열며 낭독극과 글쓰기 등 창작 작업도 이어가고 있다. 옮긴 책으로는 이디스 워턴의 소설론 『당신의 소설 속에 도롱뇽이 없다면』, 에멀린 리처드슨 시그림책 『멀고도 가까운 노래들』 『해달별』, 스칼릿 세인트클레어의 로맨스 판타지 장편소설 시리즈 등이 있다.

문학동네 세계문학
벌들의 음악

초판 인쇄 2023년 4월 4일 | 초판 발행 2023년 4월 14일

지은이 아일린 가빈 | 옮긴이 최현지
기획·책임편집 윤정민 | 편집 이단네 이희연
디자인 신선아 최미영 | 저작권 박지영 형소진 오서영
마케팅 정민호 김도윤 한민아 이민경 안남영 김수현 왕지경 황승현 김혜원 김하연
브랜딩 함유지 함근아 박민재 김희숙 고보미 정승민 배진성
제작 강신은 김동욱 임현식 | 제작처 천광인쇄사

펴낸곳 (주)문학동네 | 펴낸이 김소영
출판등록 1993년 10월 22일 제2003-000045호
주소 10881 경기도 파주시 회동길 210
전자우편 editor@munhak.com | 대표전화 031) 955-8888 | 팩스 031) 955-8855
문의전화 031) 955-1927(마케팅) 031) 955-2634(편집)
문학동네카페 http://cafe.naver.com/mhdn
인스타그램 @munhakdongne | 트위터 @munhakdongne
북클럽문학동네 http://bookclubmunhak.com

ISBN 978-89-546-9207-6 03840

www.munhak.com